JN163730

清 眞人

ドストエフスキーとキリスト教

イエス主義・大地信仰・社会主義

藤原書店

ドストエフスキーとキリスト教　目次

第二章 ドストエフスキー的キリスト教の諸特徴 101

第三章 「少女凌辱」というテーマの比重と問題位置 147

第四章 汎神論的大地信仰とドストエフスキー、そしてニーチェ 181

第五章 「カラマーゾフ的天性」とは何か?——悪魔と天使、その分身の力学 255

人物相関図

ここに掲げる人物相関図は、ドストエフスキーの後期五大長編それぞれの、しかも本書が取り上げた登場人物たちの関係性に限定したものであって、各長編の内容を織りなす諸人物たちの複雑多岐にわたる関係は相当程度に省略してあることを断っておく。

家族・血縁の関係は　--------線によって示す
強い愛情ないし愛憎関係は　———線によって示す

この相関図に登場するそれ以外の人物は、なんらかの意味で重要な事件ないし問答が主人公とのあいだで生じる重要な友人・師弟等の関係者である。

『罪と罰』

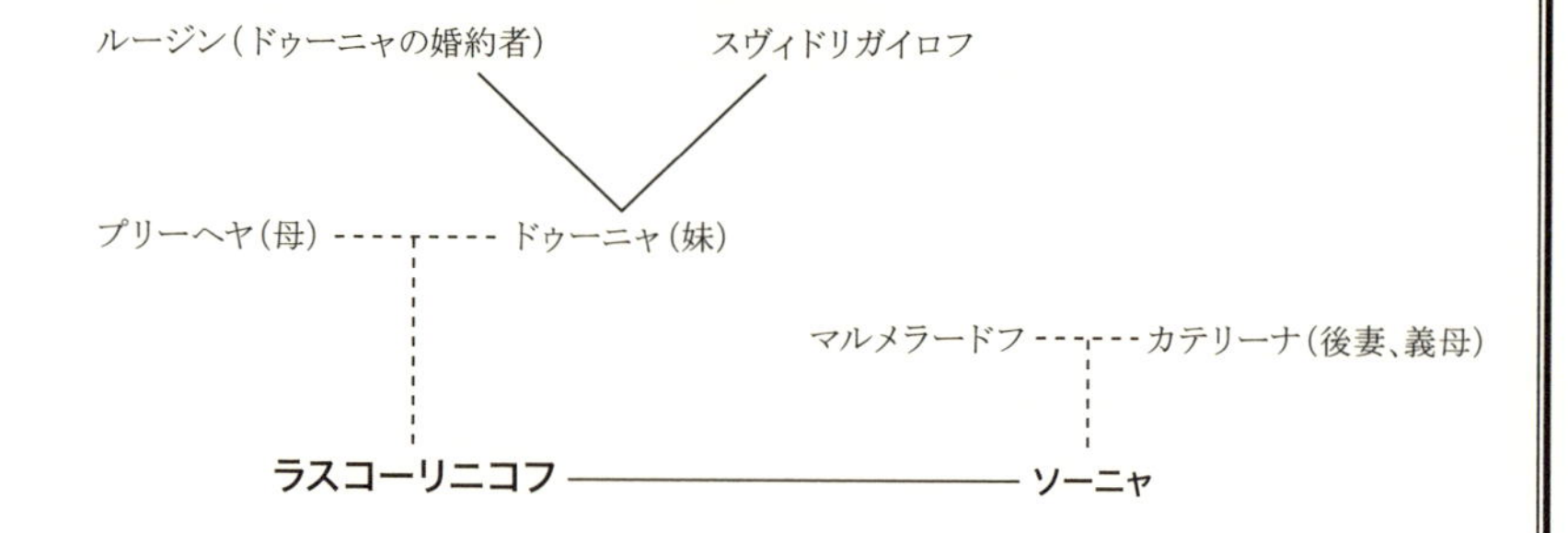

『白痴』

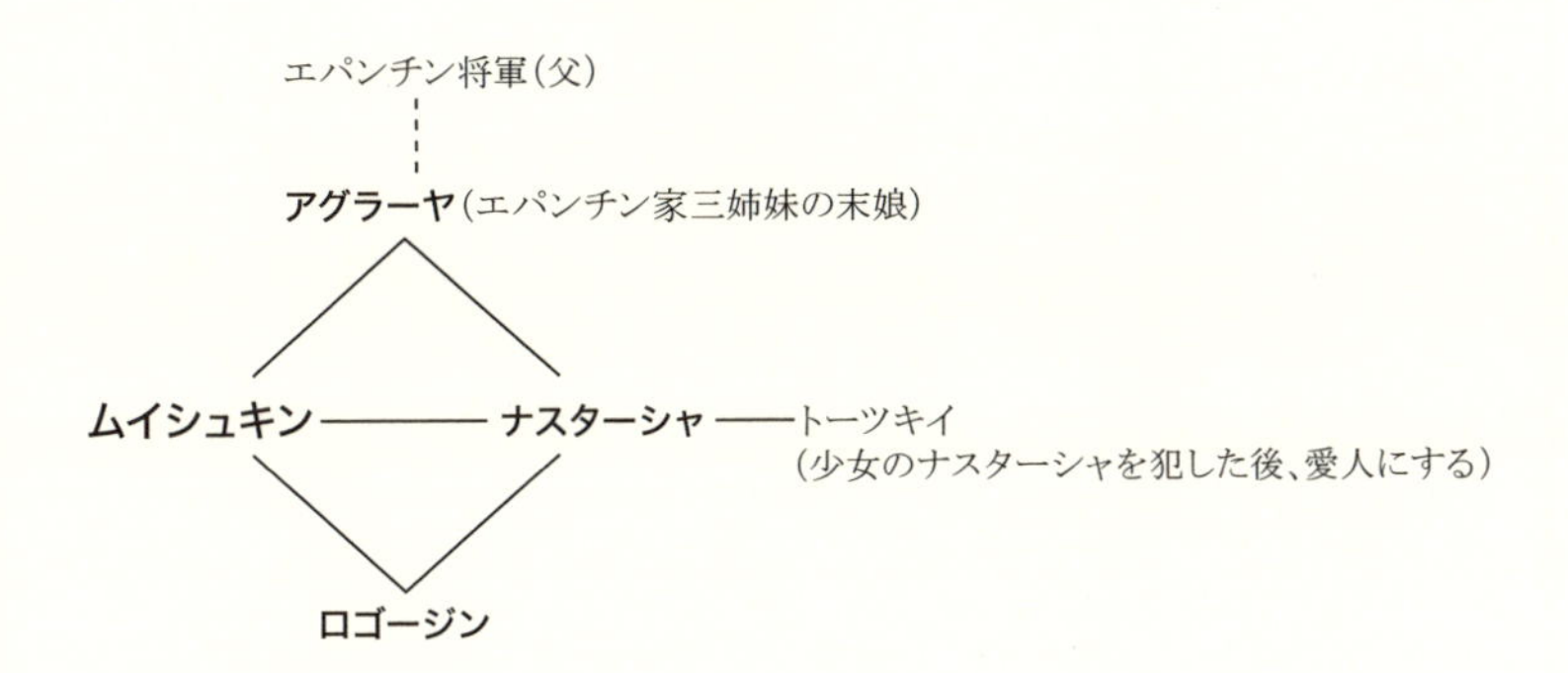

イポリート

パーヴルイチ（友人の一人）

『悪霊』

5人組　リープチン（フーリエ主義者）・シガリョフ（蟻塚的未来社会論者）
・ヴィルギンスキー・リャムシン・トルカチェンコ

G（ナレーター役）

ステパン（元大学教授、ピョートルの父）------ ピョートル・ヴェルホーヴェンスキー

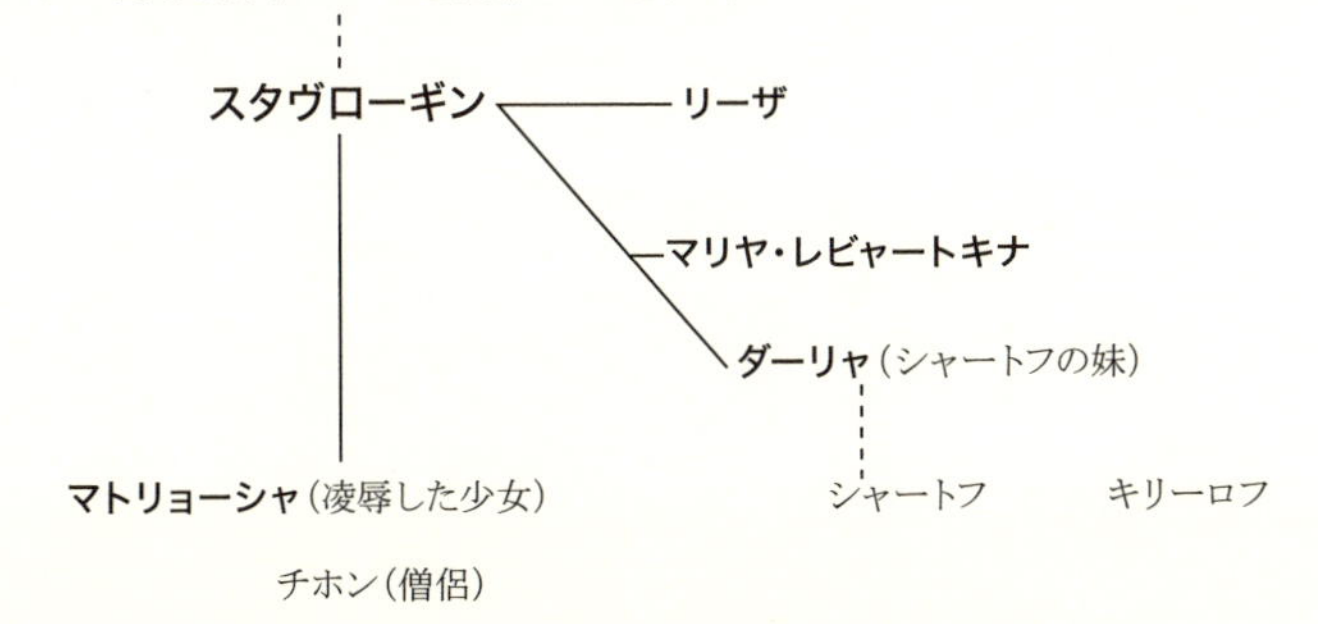

チホン（僧侶）

『未成年』

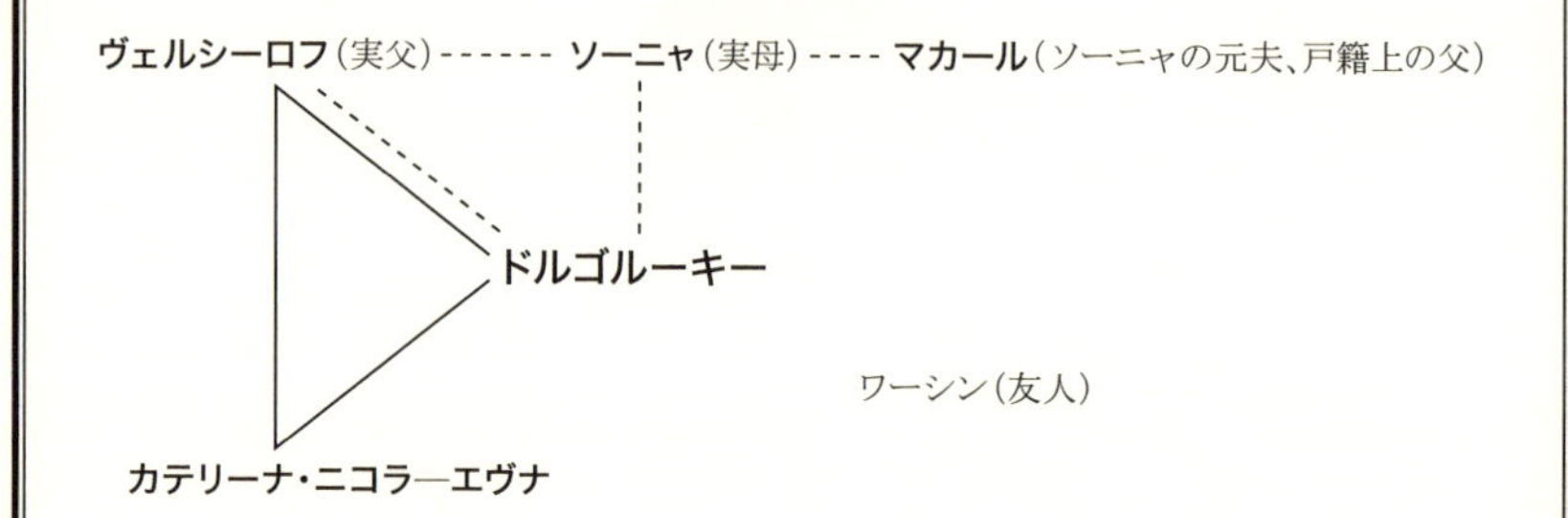

『カラマーゾフの兄弟』

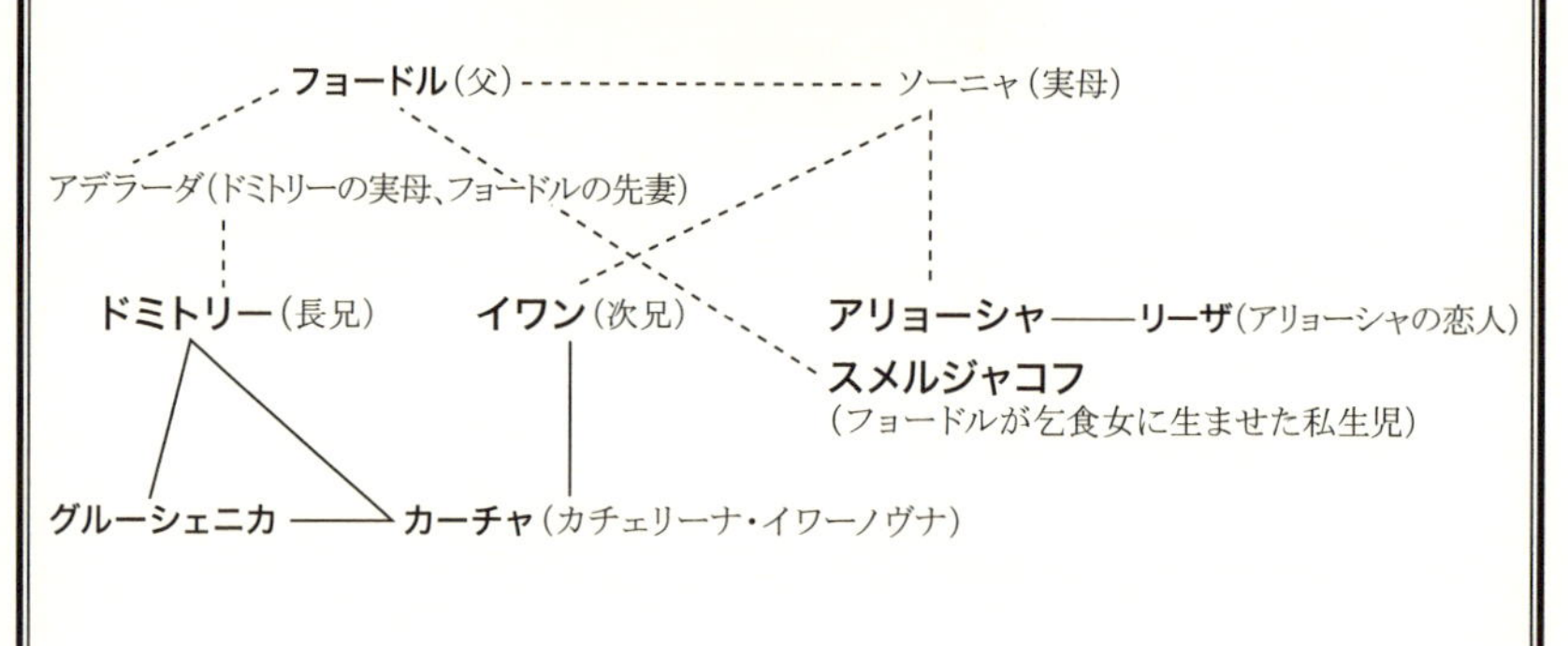

ゾジマ長老

パイーシイ神父　　イリューシャ（アリョーシャの愛護した少年）

フェラポント神父

ミウーソフ

イポリート（検事補）

フェチュコーヴィチ（弁護士）

ドストエフスキーとキリスト教

イエス主義・大地信仰・社会主義

凡例

一　構成は、章（第一章～終章）と各節を基軸とし、章に準ずるものとして補論（Ⅰ～Ⅴ）を置く。章ないし補論での議論の進行に沿って補注を適宜置く。

二　補注は、本文での議論の展開にあわせて、それをいわば脇から補完し、その議論が担う問題の奥行きを並行的に表示するいわばコラム的な機能を負うものである。（目次では当該の章ないし補論に登場する補注をその章・補論のタイトルの後に一括して表示した。）

三　補注のタイトルおよび本文は、活字のポイントを各節のタイトルおよび本文より一ポイント下げてある。

四　各節ないし補注の表示は、第〇章・「◎◎◎◎」節、補論〇・「◎◎◎◎」節、第〇章・「◎◎◎◎」節・補注「●●●●」とする。

五　本文中で参照すべき章・補論・節・補注をそのタイトルを添えて指示する場合、そのタイトルが長い場合は、その全部を表記せず、「〇〇〇〇……」というようにその前半のみを表記する。例：補注「ジョルジュ・サンドへの熱烈な追悼文が語るもの」⇒補注「ジョルジュ・サンドへの熱烈な……」

六　本文の末尾に（　）を添えて追記をおこなう場合、活字を一ポイント下げてある。

はじめに

私が本書で追究する主題は、ドストエフスキーがこれこそが真のキリスト教だとみなすそれ、つまりドストエフスキー的キリスト教の思想的特質を、彼の後期五大長編世界――『罪と罰』、『白痴』、『悪霊』、『未成年』、そして最後の作品『カラマーゾフの兄弟』――と、それに平行して書き綴られた彼の評論集成『作家の日記』を渉猟することであぶりだし、あらためて彼の独特なるキリスト教解釈と彼の文学との深甚なる関係を解明することである。

ここであらかじめ一言するならば、彼がキリスト教の真髄をどの点に見いだしたのかという問いと、彼が如何なる人間認識・人間観の持ち主であったかという問いとは表裏一体の切り離しがたい関係を形づくっている。私は本書において、彼の五大長編と『作家の日記』はもとより、それ以外の論及欠くべからざる諸作品も取り上げながら、彼特有の人間認識の諸側面をできる限り鮮明に浮き彫りにしようと努めた。たとえば本書第五章「『カラマーゾフ的天性』とは何か？――悪魔と天使、その分身の力学」では、まず『カラマーゾフの兄弟』のなかで父親殺しの嫌疑をかけられた長男ドミトリーの裁判において検事補イッポリートが口にする「広大なカラマーゾフ的天性」という言葉を取り上げ、それをこの検事補が次のように定義していることに注目した。

すなわち、「ありとあらゆる矛盾を併呑して、頭上にひろがる高邁な理想の深淵と、眼下にひらけるきわめて低劣な悪臭ふんぷんたる堕落の深淵とを、両方いっぺんに見詰めることができる」性格ないし力と。[1]

かつ次の事情に論及した。ドストエフスキー文学において、この「カラマーゾフ的天性」なるものが――それを広義に解釈すれば――たんにカラマーゾフ家の兄弟たちだけではなく、たとえば『悪霊』のワルワーラ夫人の性格でもあり、息子のスタヴローギンに継がれたそれでもある事情に。

彼女はそれを「飽くことを知らない反対極(コントラスト)への渇望」と呼ぶ。[2] またスタヴローギンは自殺にさいしておのれを振り返り遺書にこうしたためる。「いや、以前も常にそうだったのだが、善をなしたいという欲望をいだくことができ、そのことに満足を覚える。と並んで悪をなしたいという欲望もいだき、そのことにも満足感をおぼえる」(傍点、ドストエフスキー)と。[3] また、実にほとんど同じ言葉で『未成年』の主人公ドルゴルーキーはこの矛盾的渇望を彼自身の「謎」と呼ぶのだ。[4] 同小説は『カラマーゾフの兄弟』の直前に位置する作品であるが、彼の自己省察の記録としての体裁をとるがゆえに、この「謎」をこれ全編にわたってあたかも『カラマーゾフの兄弟』への予行演習をなすが如くくりひろげることとなる。

そして私は次のように推測した。それはおそらくは作者ドストエフスキー自身の「天性」であり、彼はそれを自らの小説の主たる登場人物たちにくりかえし投影せざるを得なかったにちがいない、と。

その詳細はまさに第五章に譲るが、人間の本質をなすものとしてこの「反対極への渇望」を見いだす視点は(それは、ロシヤの民衆こそはこの本質を最も熱く凝縮的に生きるという特質をもつという、彼のロシヤ人観と深く結びついているのだが)、さらにまた「現代人」の、とりわけ屈辱の人生を強いられた個人史を抱え、深く怨恨的性格をもつに至った人物たちの魂の奥底に《「自虐の快楽」主義者と「自尊心の病」患者との双子の振り子機制》とでも呼ぶべき心理機制を突き止め、この機制の内に自らを幽閉してしまった魂の苦悶こそを「現代人」のなかのこのタイプの特有なる苦悩として把握する視点、それを彼に与えるのである。

というのも、彼は実に一貫してこの怨恨人型の人物の苦悶こそを彼の文学の何よりの追求対象に据えたのだが、彼らは実はドストエフスキー自身を含むところの当時のロシヤ・インテリゲンチャのなかから汲み取られた人物たちであり、彼らの自我とは西欧文化の摂取によって研ぎ澄まされた過剰なる自己意識をもっておのれのロシヤ的身体性に向き合わざるを得ないところに生まれる自己分裂、これによって特徴づけられる自我であった。そして彼らは自らの怨恨的性格によってこの分裂気質をいっそう過剰化せざるを得ない人間たちであった。なお一点注記すれば、この心理機制が性愛に投影されるや、彼らはその愛の経験においておのれの性欲が所有と侵犯の快楽を色濃く帯電したそれになっていることを見いださざるを得ず、愛の経験の他方の契機たる共苦の愛との鋭い対立に自ら陥り、愛の感情においても鋭い自己矛盾を経験するのだ。《作家》たるドストエフスキーのリアリズムはこの問題をけっして見逃しはしなかった。否、それどころかこの性の苦悶は彼の主題そのものであった。

では、ドストエフスキー的キリスト教はこの人間認識とどうかかわるのか?

まさにそれは、右の苦悶を裂開し、前述の心理機制の内におのれを幽閉する彼らの病める魂をそこから解き放ち、他者との嘘偽りのない素朴な正直な親しい交わりを取り戻させ、そこへといざない、その親交こそが初めて生みまた再生させる素朴な生命の喜びを、それだけが彼らの苦悶を癒す力をもつのだと確信し、この治癒力の贈与こそが魂の「医者」あるいは「看護師」として彼らにかかわらんとする者の仕事なのだと理解する思想、その源泉となるのだ。

彼らがどのような特有なる苦悶の仕方・心理機制を負わされているのかという前述の問題認識・対象認識は、当然、裏表の関係で、彼らには如何なる治療がほどこされるべきかという点を治療者はどのように自覚すべきか、という治療者の側の主体的認識・自己認識の問題へと反転しよう。ドストエフスキー的キリスト教こそはまさにこの治療者の主体的自覚の根幹に据えられるべき思想として問われるものとなる。

ドストエフスキーは新約聖書が描きだすイエスの人格、すなわち、自分の犯した罪に苦しむ人間に対して彼が取る態度に表出するその人格性と、それを凝縮した「憐れみの愛」の思想・共苦の思想こそを、何よりもキリスト教の真髄とみなす。実にそれは、そもそも人間という存在が、その根本的な《弱さ》（実存的脆弱性）ゆえに抱え込まざるを得なくなる苦悶についての深い洞察といたわりに溢れたものであったのだ。

ここで、私は拙著『聖書論Ⅰ　妬みの神と憐れみの神』（藤原書店）の第Ⅱ部「イエス考」のなかの補注「《人間の根源的弱さへの憐れみの愛》の思想とドストエフスキー」の一部を引用したい。[5] というのも、本書『ドストエフスキーとキリスト教』はまさにそこに記した私の彼に対する視点、それをさらに徹底的に追求したいという動機から誕生したからである。

> 『マタイ福音書』にもっとも力強く表現される思想、人間はおのれの力（自力）では如何ともしがたい根源的な弱さが生む精神の病に冒された「病者」であり、神とはかかる「病者」としての人類へ慈悲と赦しの愛を与える「医者」であるという思想、だからまた、「義人」ではなく、くだんの「罪人」・道徳的弱者こそが身をもってこの慈悲愛のありがたさを理解するという視点、それを文学的に最も鮮烈に打ち出したものは——私の狭い読書範囲では——何といってもドストエフスキーの『罪と罰』におけるマルメラードフの言葉と形象であろう。
>
> 『罪と罰』の天才的構成において、なんと第一部第二章でラスコーリニコフの前に早くも登場する酔いどれマルメラードフは、この小説の根源的テーマが右のイエス思想にこそ据えられていることを一身に体

現する象徴的人物としてこう述べるのである（彼は自分の人間的弱さ故に最愛の娘ソーニャを家族のための売春稼業に追いやり、あまつさえソーニャが家族のために稼いだ最初の金の全部を気違いじみた飲酒――その自責からの自己逃避が生み、しかしその自責を「自虐の快楽」に変えるところの――に使い果たしてしまう人間として描かれる）。「おれたちを哀れんでくださるのは、万人に哀れみをたれ、世の万人を理解してくださったあの方だけだ〔略〕『来るがよい！　わたしはすでに一度おまえを赦した……一度赦した……いまは、おまえが多くを愛したことをめでて、おまえの多くの罪も赦されよう……。』そしてうちのソーニャを赦してくださる〔略〕すっかりみんなの番がすむと、われわれにもお声をかけてくださる〔略〕『おまえらは豚にもひとしい！　けだものの貌と形を宿しておる。だが、おまえらも来るがよい！』」と。

この神の言葉に智者や賢者が何故かと疑義を呈するや、神はこう答えたと、ドストエフスキーは筆を続ける。「彼らのだれひとりとして、自らそれに値いすると思った者がないからじゃ」と。更に、この神の慈悲に触れて、豚にも劣る最弱の者たちが「おいおい泣く」とき、その瞬間にこそ「すっかり合点がいく……いや、みながわかってくれる〔略〕主よ、御国をきたらせたまえ！」と。(6)

ドストエフスキーは彼の理解するキリスト教の担うこの根幹の問題文脈を「キリストの法則」、「キリストの掟」、「キリストの真理」あるいはそれが指示する「人間の掟」・「人間の自然法則」と呼ぶ（参照、本書三七、四八頁）。本書では度々それを彼の「イエス主義」と形容した。本書第二章「ドストエフスキー的キリスト教の諸特徴」はまさにそのタイトルにあるとおりこの問題側面を考察した章にほかならない。私はこの第二章のなかでさらに考察を進め、ドストエフスキー的キリスト教の特異性を構成する要素として次の二点を取り出した。

その第一点は、この「イエス主義」が「受難した子供の眼差し」――私の表現を用いるなら――をもって問題を見渡すという遠近法（パースペクティヴ）と深く結びついている点である。詳論は第二章に譲るが、彼は次の問題を事あるごとに強調した。すなわち、人間がその幼少期に得る愛の記憶の如何――その幸福なる記憶として、あるいは逆に、まさにその愛される幸福を踏みにじられ剥奪され得ることができなかったという屈辱と怨恨の記憶として――がどれほど深刻にその人間の生のありようを規定し、一生を支配するかを。そして、かかる問題を構成するという比類ない人生的意義をもつがゆえに、幼少期は人間にとって「神聖さ・聖性」を帯びると説いたのだ。実に、この愛の記憶の聖性という問題は同時にドストエフスキー的キリスト教にとっては「不死」という観念のいわば実質でもあった。またこのキリスト教が奇蹟に信仰の根拠を置くのではなく、この人間存在の実存的真理に根拠を置く「現実主義的キリスト教」であることの理由であった（パウロ的復活論とのアンビヴァレントな関係性は否定できないとはいえ）。

私がいう「受難した子供の眼差し」とは、まさにこの幼少期の帯びる聖性をその最も悲劇的なあり方においていわば逆照射する視点、その得るべき愛の記憶を剥奪された子供の苦痛と悲しみ、さらにいえばそこから生まれる人生への最深の根をもつルサンチマン、それを抱え込まされた七転八倒の苦悶、それらを凝縮して、そこから人間とその社会を凝視する視点のことなのである。

そしてわれわれはこういわねばならない。この「受難した子供の眼差し」の頂点こそ、男に凌辱され、その相手をさせられ、その時の自らの醜行を想起し恥の意識に打ちのめされ、その果てに深い自己罪悪視に陥り自殺に走る少女の眼差し、これであると。このテーマが後期ドストエフスキー文学に如何に一貫して貫かれることになるか、それを私は本書第三章「『少女凌辱』というテーマの問題位置」で詳論した。

この特質、その「イエス主義」の視座がつねに「受難した子供の眼差し」と縒り合されているというドストエフスキー的キリスト教の第一の特質、それは本書にあっては第二章と第三章を繋ぐ線上に浮き彫りにされる。

では、第二の特質とは何か？　それは、くだんの「イエス主義」が、聖母マリア（＝大地母神に等置された）信仰を媒介とすることで、「大地への接吻」をその象徴行為とするロシヤ民衆の汎神論的な「大地信仰」（しかもヘレニズム起源の「黄金時代の夢」表象とも重ね合わされた）と結合され、両者の融合あるいは混淆が試みられることである（いうまでもなく、「大地への接吻」という象徴行為は『罪と罰』においてソーニャがラスコーリニコフにそれを迫る場面を嚆矢とする）。そして、この事情は先に見た事情、ドストエフスキー的キリスト教が梃子となって、主要な登場人物たち、つまりくだんの怨恨人たちをかの《「自虐の快楽」主義者と「自尊心の病」患者との双子の振り子機制》から解放することで救済するというテーマと緊密に結びついている。

というのも、ドストエフスキーはこの解放の梃子を次のことのなかに見たからである。すなわち、「現代人」たるロシヤ・インテリゲンチャがロシヤ民衆との乖離（地盤喪失〔ボーデンロース〕）を克服し、その再結合の試みのなかでその自己意識の持ち方自体に染みついている反省過剰性・高慢さ・ナルシシズムを自己批判し、生命感情の素朴性を取り戻すことによってまた共苦する愛の力を取り戻し、かくて他者との素朴な生命の喜びに満ちた親交に入り込む能力を自らに再生させることのうちに。まさに彼のキリスト教こそは、問題のこうした展望・遠近法〔パースペクティヴ〕を「現代人」に与えるものとして現れる。

この「イエス主義」と汎神論的「大地信仰」との結合・融合・混淆の企てにおいて、「憐みの愛」・共苦する愛による救済というきわめて人格神的な表象と、あらゆる事象を「全一性」の下に「総合」する直観の高みがもたらす汎神論的カタルシス――「全自然界が実感されて、思わず『しかり、そは正しい』と口をついて出てくる」・『永遠調和の訪れ』（『悪霊』）――の獲得という救済表象とが奇しくも一体化する。

私はこの両者の結合がドストエフスキーにあってはどのような論理によって媒介されたのかを問い、こう把握した。――ドストエフスキー的キリスト教とは次の救済展望の提出者にほかならない。すなわち、人間は「大地信仰」が生みだす《宇宙的自然と他者と自己のあいだを循環してやまない〈生命〉の有機的な汎神論的な統一性》と自分との再融合を追求し、最も深い意味での〈生命〉の再生（＝新生）を果たすことによって《愛》の感情的力（＝生命力としての愛）を最高度の発揮のレベルに引き上げるべく努め、そのことで万人各自が「聖人」となり「神の子」となることで最終的に「互いに愛し合うようになる」関係性をこの地上に横溢せしめ確立すべきである、かかる展望の提出である。本書第四章「汎神論的大地信仰とドストエフスキー、そしてニーチェ」はまさにこの問題の環を――グノーシス派キリスト教も引き合いに出しながら――究明する章にほかならない。つまりくだんの第二の特質とは、本書第二章と第四章とを結ぶ線上に浮かび上がるのだ。

　ところで、こうした本書の担う問題構成を語る私の言葉を聞いてこられた読者の脳裏には一つの問いが兆すにちがいない。それでは、彼のキリスト教の孕む問題の究明においてそもそも第一章にはどのような位置づけが与えられているのか？　と。

　第一章のタイトルは見てのとおり「社会主義とドストエフスキー」である。実は、これまで縷々述べてきた全問題はこの問題、すなわち十九世紀末の西欧を席巻しだす社会主義思想に対して彼が如何なる態度を取り、どのような関係を結んだのかという、この第一章のテーマに流れ込むのだ。実はこの意味で第一章は扇の要の位置に立つのである。

　くりかえせば、私はこう問題を立てた。《ドストエフスキー的キリスト教の思想的特質は何であるか？》と。この問いは実は次の問題を含んでいる。では、世に幾つかの対立しあうキリスト教理解があるわけだが（少なくともすぐわれわれの眼を捉えるのはローマ・カトリック、プロテスタント、そしてロシヤ正教の三者である。ただし私の考察においては、そこにグノーシス派キリスト教とニーチェのイエス解釈が付けくわわる）、そのなかで彼のキリスト教理解は、そのどれをキリスト教の真髄から大きく背馳するものであるとして拒絶し、他方、或る解釈には基本的賛意なり親近感を抱きつつ、あるいは期せずしての一致を示しつつ、かくて激しくも鋭い如何なる解釈論争の内に自分を措定するものなのか？　「ドストエフスキー的」という特別な形容が暗黙の裡に措定しているその固有なる対立者・論争相手とは誰か？

まさにこの点で、次の判断が彼のキリスト教理解の根幹を形成していることに注目しなければならない。すなわち彼は、ローマ・カトリックを、つまりは西欧の正統キリスト教の最大の潮流を、なんと、キリスト教の真髄をなすくだんの「イエス主義」（彼のいう「キリストの真理」）を裏切り、「キリストの真理」がこの地上において実現を果たすプロセスをどう展望するかという点で、本来のイエスの思想と真逆の発想を取ることでその実現を根幹的に不可能にする、憎むべき背教の徒とみなしたのである。他方彼は、ロシヤ正教を「キリストの真理」に最も忠実なる潮流と捉え、またプロテスタントは一見カトリックと激しく対立するように見えて、その本質において——ことにルターの不寛容なる自己絶対視と他者排除の暴力性において——ローマ・カトリックの権力主義的性格を分有するものとみなした。

では「真逆の発想」とはどういうことか？　詳細はまさに第一章に委ねるが、彼は次のような認識を披歴したのだ。ここで『作家の日記』での彼の言葉をもって示すならば、——ロシヤ正教は「まず最初にキリストを中心とする人類の霊的結合があり、そのあとで〔略〕その疑う余地のない結果として正当な国家的、社会的結合が生まれてくる」と発想したのに対して、ローマ・カトリックはまさにプロセスの順序を逆にして、ローマ法王を君主とする全世界を束ねる「強固な国家的結合」をまず生みだし、その強権をとおして次に「人類の霊的結合」を実現すべきだと発想した、と。[7]

だがドストエフスキーにいわせれば、そのような強権主義はまさにその強権主義によって人類の抱える暴力的対立を緩和させるどころかますます激化させるだけであり、それが必然的に生むことになる復讐の連鎖に全世界を巻き込んでしまうことで、「剣に立つ者は剣に倒れる」の格言どおり、「キリストの真理」の実現を根本的に不可能にしてしまう道でしかない。

しかも彼によれば、「自由・平等・友愛」をスローガンとして闘われたかのフランス大革命と、そのあとにこの革命理念のより徹底した実現を求める潮流として生じた社会主義運動、特にその「政治的社会主義」と呼び得る潮流は、右の観点からすれば、実はローマ・カトリックのいわば鬼っ子的継承者なのだ。[8] 人類の真の兄弟愛に横溢した相互扶助共同社会を強権すなわち暴力革命によって実現せんとする点において。

第一章で再び取り上げるが、ここで二つのドストエフスキーの言葉を紹介しておこう。先に私はドストエフスキー的キリスト教の一つの特質を、それが「受難した子供の眼差し」で人間社会を見渡す点にあることを強調した。次に紹介する言葉――それは『カラマーゾフの兄弟』におけるイワンの人物造形について語ったものである――は、ドストエフスキーにおいて社会主義問題はこの特質の問題とも深く連関することを示唆する。いわく、

「社会主義は全体として、歴史的現実の否定から出発して、破壊と無政府主義のプログラムに到達したのです。根本的な無政府主義者たちは、多くの場合、真剣な確信を有する人々でした。小生の主人公は、小生にいわせれば、否応のないテーマ、すなわち小児の苦痛の無意義ということを取り上げて、そこから歴史的現実全体の不合理を演繹しているのです[9]」。（傍点、清）

彼は、西欧社会主義の受け売りになり下がったロシヤの「無政府主義者たち」・「政治的社会主義」を厳しく批判するにせよ、この彼らの誤りの根源には彼らなりの「受難した子供の眼差し」への熱き連帯の想いがあっ

たことを見落とすまいとした。だからこそ、彼らの誤りはいっそうの悲劇性を示すと考えた。つまり、ドストエフスキーもまた社会主義者だったのだ。事実、彼は『貧しき人びと』で作家デビューした翌年（一八四七年）、当時ロシヤにおいて最もラディカルな社会主義サークルであった「ペトラシェフスキー・グループ」の一員となり、その二年後国家反逆罪を犯した罪で逮捕され、ただちに銃殺刑に処せられることとなる。周知のように、その処刑当日恩赦が下り、彼はシベリヤ流刑に付される。かかる来歴をもつ彼は、シベリヤ流刑を解かれた後、一方では西欧出自の「政治的社会主義」を厳しく批判しながら、他方、真の社会主義へ至る別の道の探求を始めるのだ。

紹介したいもう一つの言葉はまさにその点にかかわる。それは、暴力革命を必須のものと考える西欧の「政治的社会主義」に対置して、非暴力的なもう一つの社会主義の生成の展望をロシヤ民衆のエートスのなかに探ろうとする『作家の日記』のなかの言葉である。いわく、

「ロシヤの社会主義の究極の目的は、この地球が収容できる限りの地上に実現される、あらゆる国民を網羅する、全世界的な全民衆的な教会の樹立である。〔略〕ロシヤ民衆の社会主義は、共産主義ともちがえば、機械的な形式だけにとどまるものでもない。究極においてはキリストの名による全世界的な団結によって のみ救われるものであると、民衆は固く信じているのである。これが我がロシヤの社会主義なのだ！」[10]。
（傍点、ドストエフスキー）

つまり真正の社会主義を実現する道とは、ロシヤ民衆のいわば無意識のなかに深く根を下ろした「キリストの真理」の生む共苦のエートスに依拠した非暴力的な精神革命の道、《「イエス」主義的なキリスト教的社会主

義＝ロシヤ民衆の社会主義》を追求する道なのだ。第一章において詳論するが、この構想は、「キリストの真理」の生む共苦のエートスの社会組織的裏付けをロシヤ農民の内に相当なる民俗的強度をもって持続している「土地共同体」のエートスに見いだすものであり、この社会的エートスを最大限に賦活せしめることによって、強権の道を通らず社会主義的社会改造を成し遂げようとする道なのだ。かかるものとして、この路線は、他方の路線、すなわち前衛的分子によるほとんどテロリズムと大差ない強行的な暴力革命の遂行、それによる地上の国家権力のクー・デタ的奪取、それをとおしての社会組織の上からの強権的な社会主義的改造の完遂、この展望に一切を賭ける「政治的社会主義」の前衛党主義に立脚する暴力革命路線に厳しく対置される。

注目すべきは、彼の脳裏のなかでは前者の依拠するロシヤ民衆の「土地共同体」エートスは次の点で精神史的な宗教文化的奥深さをもつと捉えられたことである。すなわちそれは、キリスト教渡来以前から保持されてきた農民のアニミズム的な起源をもつ汎神論的大地信仰に根を下ろし、それと一つに縒り合わさった宇宙観的強度を備えた宗教感情的性格をもつエートスなのである。つまり、かのドストエフスキー的キリスト教の第二の特質に見事に呼応するそれなのである。そしてこうつけくわえておきたい。まさにこうした問題への視界は、彼がかのシベリヤ流刑をとおして身銭を切って得た民衆経験と、そこから発するロシヤ・インテリゲンチャたるおのれへの自己批判、それが生みだした視界であったことを。

実は、私は先に紹介した『聖書論Ⅰ』の補注の最後をこう結んでいた。

「しかも、『罪と罰』は『分離派』信徒であるソーニャの形象を媒介にして、右の『憐れみの神』の思想をキリスト教渡来以前からロシヤ民衆に染みわたっていた大地母神信仰と意識的に結びつけ、逆にそれをラスコーリニコフの形象に孕ませた終末論的救済の『聖戦』思想の系譜——古代ユダヤ教の預言者伝統と『ヨハネ黙示録』を繋ぐ――に意識的に対置せしめる。まさにこの点においても、私のイエス理解と呼応するところ大である」[11]。

その詳細は第一章に譲るが、右に縷々述べてきたドストエフスキーにおける社会主義との葛藤的関係、彼が「政治的社会主義」と名づけた西欧の社会主義暴力革命思想と彼が社会主義の真正の道と考えた《「ロシヤ民衆の社会主義」＝「イエス主義」的キリスト教社会主義》の道との葛藤、このテーマは彼の後期五大長編世界を決定的な仕方で貫いているのだ。注意深く読めば、ラスコーリニコフは「政治的社会主義」の確信犯として登場するのであり、くだんのローマ・カトリックのなすイエスの本来の思想からの背教は『カラマーゾフの兄弟』の白眉の一つたるかの「大審問官」章のテーマそのものにほかならない。ロシヤに移植された西欧の社会主義暴力革命思想がその民衆からの乖離＝「地盤喪失」から必然的にテロリズム化する成り行きはまさに『悪霊』の主題であるし、ローマ・カトリック批判の言説は注意深く読めば『白痴』においても『未成年』においても主人公たちの思想の核心にかかわる問題として顔を出している。

しかもこの二つの路線の対立関係は、ユダヤ＝キリスト教の宗教文化史的伝統それ自身と骨絡みとなった対立を背景にもつ。一言でいえば、『ヨハネ黙示録』の深部にまで継承される旧約聖書のヤハウェ主義的革命主義・「聖戦」思想（マックス・ヴェーバー）と、明らかにこの精神伝統から、しかし、その強烈な自己批判として誕生するイエス主義（「愛敵」と「赦し」の思想）との相克という問題背景、これである。私はこの件に関しては本書の終章「ドストエフスキーと私の聖書論」に詳しく述べた。

かくてくりかえすなら、本書第一章は他の諸章と有機的に関連し、その有機的全体性を観望する扇の要の位置を占めるものなのである。その位置からドストエフスキーと社会主義との関係性を問おうとするものなのである（なお、次のことを注記しておく。これまで述べきたった問題の他の側面とは、私が第一章で取り上げた次の問題、すなわち彼の「犯罪」論が如何に彼の「社会主義」論ならびに「イエス」論と切り離しがたく結びついて展開されるかという問題なのである。このような三者関係が強力に構成されること、それ自体が如何にもドストエフスキー的なのである）。

この「はじめに」を結ぶにあたって次の二点をつけくわえておきたい。

第一点。私は以上述べきたった私の論点をできる限り尖鋭かつ鮮明なる形で読者に届けたいと思い、本書の幾つかの節や補注をとおして、それら論点を江川卓氏と山城むつみ氏のドストエフスキー論への批判と縒り合せて提示すべく試みた。

江川卓氏の「謎とき」ドストエフスキー解釈の起点となった『謎とき『罪と罰』』は読売文学賞（一九八七年）を受賞している。[12] また山城むつみ氏の『ドストエフスキー』は毎日出版文化賞（二〇一〇年）を受賞している。この点で、この二冊は今日の時点における現代日本のドストエフスキー論の二つの代表である（以下、敬称は略する）。

しかし、私の見地からすれば、彼らのドストエフスキー論はドストエフスキー文学の本質に迫るうえで大きな不満を残すものでもあった。私は、その不満を率直に述べることが、ドストエフスキー文学の本質ないしはそれが孕む偉大な問題性に迫るうえできわめて興味深い特別な回路——まさに両者への批評を媒介にするからこそ開ける——を形づくると考えた。また私は、およそ評論者はそうした論争・討論・対話の公開的磁場を読者の前に形成する社会的義務を負っていると考える。

第二点。本書にとってニーチェの存在は特別な重要性を、まさに議論媒介者としての決定的な位置を獲得している。先に述べたように、ドストエフスキー的キリスト教の思想的特質を問うとは、西欧においてそれまで正統キリスト教として登場していたローマ・カトリックのキリスト教理解をドストエフスキーが決定的に疑問に付したという事実、その意味を問うことと一つに縒り合さっていた。

ところで、拙著『聖書論Ⅰ　妬みの神と憐れみの神』と『聖書論Ⅱ　聖書批判史考』は従来「正統キリスト教」と遇されてきた教説に孕まれる問題性を批判的に検討するという作業を随伴するものであった。そして、私の検討作業の機縁となったのはまさにニーチェの「正統キリスト教」批判であったのだ。彼は、そもそも正統キリスト教とイエス自身の思想とを真っ向から対立させ、前者をイエスの名を騙ってイエス自身の思想と真逆の思想を説き、イエスの古代ユダヤ教を乗り越えようとする試みを再び古代ユダヤ教へと先祖帰りさせるものとして批判した。私はこの彼の議論にいたく刺激された。しかも実はニーチェは、「ドストエフスキーこそ、私が何物かを学びえた唯一の心理学者である。すなわち、彼は、スタンダールを発見したときにすらはるかにまさって、私の生涯最も美しい幸運に属する」とまで述べた人物であった[13]。

私は、第三章ならびに第四章の幾つかの節において次の問題を徹底的に究明した。すなわち、ニーチェの遺稿『遺された断想』(白水社版『ニーチェ全集』第十巻)には『悪霊』からの実に丹念な書き抜きが残されており、それが彼の『反キリスト者』、『権力への意志』のなかの「宗教の批判」諸節、『偶像の黄昏』、等でのイエス理解と正統キリスト教批判と深く結びついているという問題を。ドストエフスキーを照らしだすうえでも、また逆にニーチェを照らしだすうえでも、この書き抜きが示唆する両者が結んだ思想の共振と反発の関係性は実に「十九世紀の西欧精神史上の一大事件」と呼び得る価値を有するものだ。そういうものとして、ニーチェの存在、とりわけ彼のドストエフスキーへのかかわりは本書の議論展開における最大の媒介者の役割を果たすのである。

最後にこう申し添えておきたい。本書においては、五大長編と『作家の日記』を渉猟することによって得られた成果の記述は、その生成の経緯を反映し、『罪と罰』、『悪霊』、『カラマーゾフの兄弟』の三作品の考察を基軸に据えてなされるものとなった。『白痴』と『未成年』および『作家の日記』の三作品に関しては、私はその基軸となった議論にそれぞれがどのように絡むかについて論じた節を各章に適宜添えることにした。いいかえれば、もし読者がそれぞれの作品をテーマに立て、各章における当該作品に関する節を拾い読みしていけば、そこにおのずと各作品に関する私の評論のそれなりの全体像が浮かび上がるようにも構成したのである。

また、この後期長編世界の山脈がドストエフスキー文学の展開史のなかでどのようなそびえ方を示すかを少しでも示唆しておきたいという想いから、彼のデビュー作『貧しき人びと』と第二作目『二重人格』、ならびに彼のシベリヤ流刑体験を語る『死の家の記録』、そして一八六四年に最初の妻マリヤの遺骸を前にしてしたためられた「一八六四年のメモ」と、同じ年に書かれた『地下室の手記』、これらの作品についての論評を節・補注・補論等の形でつけくわえた。なお第六章「ドストエフスキーの小説構成方法論」は、彼の抱いた思想と人間観の内容がいかに彼の小説展開の形式を規定したか、内容における「ドストエフスキー的なるもの」は如何に形式におけるそれとなって現れたかを考察した章である。また終章を結ぶにあたっては、本書とそれに先立つ私の『聖書論Ⅰ・Ⅱ』との関連が読者に明確に伝わるように工夫した。この終章は彼の社会主義論と深く関連するだけでなく、彼の性愛論とも深く関連する。私は相当に詳しくグノーシス派のプラトン主義的ないわば性のユートピア・エロスのユートピアを紹介し、それと彼とを対比することをとおして、彼には性的快楽に関するユートピア的次元が欠落していることを析出した。

江川卓氏と山城むつみ氏への批判、そのいくつか（以下、敬称を略す）

江川卓は如何にドストエフスキー文学に「分離派」に対する強い関心が反映しているかを、おそらくこれまでのドストエフスキー解釈が及びもつかぬ斬新な解釈を披歴することで問題提起した。このことは確かである。

しかし私からいえば、この「分離派」問題（それが孕む「大地信仰」問題）がキリスト教的社会主義の可能性を探求し、他方、西欧の「無神論」的な「政治的社会主義」を厳しく批判するというドストエフスキーの思想的立場に如何に深く内在的に結びついているかという肝心な問題、これについては彼は唖然とするほど無関心なのである。またこの無関心が災いして、「カラマーゾフ的なるもの」に関する彼の理解は実に浅薄で平板きわまるものなのだ。

既に、私は本文のなかで「カラマーゾフ的天性」をドストエフスキーがどのようなものとして描きだしたかについて相当詳しく述べたが、江川は『謎とき『カラマーゾフの兄弟』』において「カラマーゾフ的」とは如何なる特質を指すか？　という問いを自ら立て、「まず第一にあげられる特質は『好色』である」と述べ、そのうえで、その「好色」は「ただのみみっちい」それではなく、激烈な、「生への渇望」と結びつき、さらにまた「放蕩の恥辱」の「奈落の底」へと自ら飛び込むような、またそこに美を見いだすような耽美的で背徳的な性格をもつものだと指摘している[14]。しかし私にいわせれば、この定義では、「カラマーゾフ的天性」の秘める矛盾的ダイナミズム、まさに『悪霊』のワルワーラ夫人のいう「反対極への渇望」がドストエフスキー文学全体に果たすいわば領導的役割、これを全然掬い取ることができないことは明らかである。なお、私は次の第一章の補注において、如何に彼がドストエフスキーと社会主義との関係性に対する問題意識を欠いているかを縷々批判するであろう。

では次に、山城むつみに対する私の不満はどこにあるか？

彼のドストエフスキー解釈はミハイル・バフチンのいう「ラズノグラーシェ」（同意したいからこそ反発するというアンビヴァレントな力学が生む、不同意）の関係性を読解の導きの糸とすることで成り立つ。それは幾多の点で啓発的である。特にバフチンへの高い評価は私の共感を誘う点を多々含んでもいる。

とはいえ、やはりドストエフスキー文学の本質的な問題性を主題化することに失敗している。たとえば彼はこう書く。「アウシュヴィッツをもたらした悪の真の恐ろしさは、それがサタニックなものではなく、バナールなものだった点にある。〔略〕アーレントはアイヒマンのうちに想像力の欠如（命令を唯々諾々と陳腐なまでに実行し処理したこと、清）を見出したが、ドストエフスキーならさらに危険を犯して、そこに人間的な善意を見出すだろう。出来した悪の悲劇的なあまりに悲劇的な恐ろしさと、その責任者の人間的なあまりにも人間的な善意との間のこの喜劇的なあまりにも喜劇的なギャップこそ真に恐ろしい、と。〔略〕それは事実そのものが内包している逆説だ。歴史が常に秘めているパラドックスである。我々が今日、ドストエフスキーを読む意味はそこにある」（傍点、清）と。[15]

だが私にいわせれば、そのような「喜劇的なギャップ」なぞがドストエフスキー文学のテーマであるわけもなく、この程度の「歴史が常に秘めているパラドックス」に夢中になるセンスでは、およそドストエフスキー文学の抱える本質的な問題性に感応することはできない。いったいそこに登場する主人公と副主人公たちがどうして「サタニックなものではなく、バナールなもの」によって特徴づけられるといい得るのか？　『作家の日記』のなかでドストエフスキーは「ロシヤの民衆の最も根本的な精神的要求は――場所と対象を選ばぬ、飽くことを知らない不断の、苦悩の要求にほかならない」と述べた。[16]実に、ドストエフスキー文学の主要な登場人物は例外なく「苦悩の要求」によって駆動され人生を生きる人物たちなのであり、「良心の呵責」こそは、ドストエフスキー的キリスト教の決定的な繋留点なのだ。何故、サド＝マゾヒスティックと形容すべきほどに「良心の呵責」に七転八倒する人物がバナールなのか？　むしろサタニックであることは明白ではないか？　事実『カラマーゾフの兄弟』の第十一編九章「悪魔。イワンの悪夢」は、譫妄状態に陥ったイワンの前に、彼の内なる《もう一人の自分》が「悪魔」という分身となって外在化し出現する場面を描く。この章は「反逆」章や「大審問官」章と並んで同小説においてイワンがいやがうえにも際立つ白眉の章の一つである。しかも既にして『未成年』において、その副主人公ヴェルシーロフの人格性（実存構造）を象徴するキーワードとして「分身」（悪魔的な）が登場するのだ（本書第五章・『未成年』における愛と嫉妬……」節。[17] なお、トーマス・マンの『ファウスト博士』第二五章――主人公のアドリアンがおのれの分身たる悪魔と交わす対話をしたためた――は、おそらくそれを先行モデルとしているにちがいない[18]）。

私見では、山城の視点のこうした平板さは、彼のドストエフスキー論では「ドストエフスキーと社会主義」というテーマが――第一章の補注で縷々述べるが――長編諸作品の内容に立ち入った形ではほとんど論じられていないことと相関している。また、ドストエフスキーが、常に怨恨人の抱え込む内面的苦悶の鋭利な切開こそを彼の文学的焦点にしてきた事情、その深い意味を十分に掬い取っていないことに。

第一章　社会主義とドストエフスキー

江川卓の「薔薇と騎士」章の問題性

まず次のことを指摘することから議論を始めたい。江川の『謎とき『カラマーゾフの兄弟』』の「薔薇と騎士」章は、ゾシマ長老の人物形象のなかにアッシジのフランチェスコのそれを読み取ることを課題とするものだが、その書き出しは『作家の日記』からの次の引用で始まるものであった。[1]

「ローマ・カトリックは、地上の支配のために早くからキリストを売り、人類をして自分にそむかせ、このようにしてヨーロッパの唯物論と無神論の最も主要な原因となったのだが、このカトリックこそ当然のことながらヨーロッパに社会主義をも生み出したのである」。

とはいえ彼のくだんの章は、右の引用に示されているローマ・カトリックと「無神論」的社会主義との関係性に関するきわめて注目すべきドストエフスキーの判断について論じることはない。ローマ・カトリック（なかでもイエズス会）は、自らによる「地上の支配」実現のために早くからイエスの思想を裏切り、まさにその点でユダの働きをしたという、このカトリック批判が異端審問に荒れ狂う中世ヨーロッパを背景に「大審問官」の人物像を造形せしめ、大審問官をこの裏切りの確信犯として登場させることになるとの指摘、これは確かに彼によってもなされている。

しかし、そのことが同時に十九世紀の「無神論」的社会主義（「政治的社会主義」ともドストエフスキーは呼ぶ）[2]に対するドストエフスキーの批判とどのように関係するのか、中世の大審問官が如何なる点でこの「無神論」的社会主義者のメタファーであるのか、この問題を内容的に踏み込んで解析するという作業はまったくおこなわれていない。「薔薇と騎士」章は、そのようなカトリック嫌いのドストエフスキーがアッシジのフランチェスコに対してだけはきわめて親愛に満ちた態度をとり、ゾシマの人物造形にフランチェスコの人物像を役立てたことの面白さを浮かび上がらすという論述の方向を採る（さらにつけくわえるなら、第三章で縷々述べるように、そのフランチェスコ論はなんら「大地への接吻」思想への論及をおこなうことのないものである）。

では、同書のその他の章における彼の「大審問官」論において、あるいはイワン論においてはどうか？　私としては唖然とせざるを得ない。右の問題への論及はどこにもないのだ。

では、『謎とき『罪と罰』』ではどうか？　「はじめに」で示唆しておいたが、私の重要論点の一つは次の点にある。すなわち、ラスコーリニコフの《非凡人の犯罪権》思想は社会主義暴力革命の遂行によって「新しきエルサレム」を強権的に実現するというもう一方の彼の思想（「政治的社会主義」）と固く結びついているという点に。では、この私の論点と深くかかわる議論——ほとんど等しいにしろ、逆にそれにまったく背馳するにせよ——は同書にはあるか？

これもまた存在しない。この議論欠落は理解しがたい。いったい全体、この問題を究明することなくして、ドストエフスキー文学の本質ないしはその偉大な問題性をわれわれは突き止められるのであろうか？

ここでまず私は『作家の日記』4から、ローマ・カトリック、「無神論」的社会主義、ロシヤ正教、彼のイエス主義、および彼のロシヤ民衆観、この五者のあいだに張り渡された彼の問題認識を端的に示す箇所を引用したい（その本質的な関連性については既に「はじめに」で取り上げているとはいえ）。

ドストエフスキーによれば、「人類の全世界的統一の理念」を——ただし全世界を束ねる君主国の樹立という形で——人類史上初めて生みだしたのは古代ローマ帝国であったが、後にそれに取って代わったのが「キリストを中心とする全世界の統一という新しい理念」であった。そしてこの新しい理念は「東方的」形態、つまりロシヤ正教のとった形と、西欧的形態、つまりローマ・カトリックのとった形との二つの形態に分かれた。しかも、両者は実に正反対と呼び得るものであった。すなわち、前者は「まず最初にキリストを中心とする人類の霊的結合があり、そのあとで〔略〕その疑う余地のない結果として正当な国家的、社会的結合が生まれてくる」と発想したのに対して、後者はまさにプロセスの順序を逆にして、ローマ法王を君主とする全世界を束ねる「強固な国家的結合」をまず生みだし、その強権をとおして次に精神的結合を生みだすと発想した。[3]

そして彼によれば、「自由・平等・友愛」をスローガンとして闘われたかのフランス大革命と、そのあとにブルジョアジーによる革命の不徹底を糾弾しその徹底を求める運動として生じた社会主義運動、特にパリ・コミューン以後の革命主体を「無産階級」たるプロレタリアートに求める「政治的社会主義」は、右の観点からすれば、ローマ・カトリックのいわば鬼っ子的・「落し子」的継承者なのである。[4]

他方前述の如く、彼はロシヤ正教の理念の中心にイエスの共苦の精神（「キリストの真理」と呼ぶことも多い）を置き、[5]このイエスの精神を無意識の裡に体得した稀有の民衆としてロシヤの民衆を位置づけ、「正教の事業」こそは、社会主義的な国家・社会制度の樹立に先立つその土台形成として民衆のなかに共苦の精神の大規模な賦活と浸透——まさに民衆が無意識の深みにおいて既に体得している精神を自覚化せしめるところに成立する——を引き起こすことであるとする。またこの点でロシヤ民衆の精神の中核をなすのは無意識の裡に摂取されたロシヤ正教にほかならないと力説する。[6]

では、こうしたドストエフスキーの問題認識は後期長編世界でどのように展開され描出されたのか？　それを以下の諸節で見ることにしよう。

『白痴』ならびに『未成年』における問題の位相

『白痴』に関してはどうか？

実に前節で引用紹介したドストエフスキーの問題認識（それは『白痴』発表の九年後の『作家の日記』からの引用である）がほとんどそのままムイシュキンの密かに心中に抱いていた思想として語られるのである。[7] ムイシュキンはそれを或る参会者の発言をきっかけに周囲が唖然となるほどの「熱に浮かされたような長広舌」をもって披歴するのだ。だからまた、そこに示される論点は、『カラマーゾフの兄弟』における「大審問官」章とゾシマによる「無神論」的社会主義者への批判、ならびにそれらに示された問題と深くかかわる「ロシヤ民衆の精神性・ロシヤの国民精神」論、その諸ポイントをまさに簡潔に凝縮したものでもある。[8]

しかもムイシュキンはその主張にこうつけくわえる。本来ロシヤ正教と民衆に背馳するカトリック思想なり西欧の社会主義思想がロシヤ知識人をとらえた場合には、必ずそれがその思想のいちばん過激な形態、カトリックならイエズス会、社会主義なら極端な過激な暴力革命主義にまで突き進んでしまうのは、ロシヤの国民精神にいまも波打っている深い宗教的感情、「救済への渇望」が知識人層において取る特有の転倒形態といい得る。つまり、そうした渇望をいっそう過剰ならしめる知識人の抱える《地盤喪失（ボーデンロース）》的精神状況が、そうした誤った「岸」を救済成就の「岸」として彼らに誤認させ、そこへとまさに宗教的情熱をもって彼らを突進せしめるのだ、と。[9]

かかるムイシュキンの長広舌に、彼をただそのほとんど子供に近い純朴さの持ち主、世間的基準からすれば「白痴」呼ばわりされても仕方がないほどの世間知らずとしてのみ受け取っていた周囲は唖然とする。しかもドストエフスキーによって、この出来事は――詳細は省くが――いよいよ『白痴』がその悲劇的大団円に突入する踏切板になる或る宴席のシーンに設定されているのだ。

『白痴』のそれまでの物語展開を振り返るならば、こうしたムイシュキン像の登場は如何にも唐突である。だが前述のとおり、同小説自体がそれを周囲にとって思いもしなかった彼の言説として描きだすのである。つまり『白痴』のなかでは、それはムイシュキンの精神性の本質を深く照らしだす決定的な反射鏡として設定されているのだ。すなわち、彼が如何に深い「憐れみの愛」をもって、いいかえれば、その深きイエス主義＝共苦の精神をもってナスターシャ・フィリポヴナ、ロゴージン、アグラーヤ、イポリートらにかかわろうとするかという事情、このドストエフスキーにとってのキリスト教的モチーフを。

かくて、ムイシュキンが『カラマーゾフの兄弟』においてアリョーシャとして甦るとするならば、ローマ・カトリック批判の長広舌をふるう彼の像はアリョーシャとイワンとの《二者一組的ネガ・ポジ関係性》（だからまた、ゾシマ対イワンの）が内蔵する論争として甦ることになる。またそこでこそ、『白痴』では唐突さを拭い去れないままで登場したモチーフが十全なる展開を示す（なお、ここで江川卓の『謎とき『白痴』』に一言しておく。彼もまたこのムイシュキンの長広舌を取り上げ、その一部をそのままかなり長く引用してはいるが、江川の関心はそこに登場する「鞭身派」へのムイシュキンの言及にあり、考察はこの分離派の中心セクトの鞭身派に向かうものであって、私が右に示したような問題関連については一切言及すらない[10]）。

では『未成年』ではどうか？

主人公ドルゴルーキーの実父であり、まさに彼と「父と息子」の気質遺伝とそれゆえの対立、この愛憎半ばするアンビヴァレントな関係を結び、それゆえに同小説のいわば影の主人公（＝副主人公）となるヴェルシーロフは、明らかに同小説でドストエフスキー自身の思想をいちばん色濃く投影した人物として現れる。実に本書

第三章と第四章において考察の副主題となる「黄金時代の夢」（ドストエフスキーの救済ヴィジョン）を同小説において語るのは彼なのだ。

とはいえ、いまここで問題にしているローマ・カトリックと「無神論」的社会主義のそれぞれとヴェルシーロフがどういう関係に立つのかは明示的ではない（その言葉の端々には彼が明らかに両者に対して批判的位置に立つことが暗示されているとはいえ）。たとえば、彼は小説の展開のなかで「カトリックに改宗した」ことが噂される人物として登場するのであるが、[11] この噂の真贋にかかわって彼がこの件をめぐる自分の思想を披歴する場面は遂に出てこない（参照、本書補論Ⅱ『未成年』における大地信仰とイエス主義の結合論理」）。

しかしここでの問題に即していえば、次の箇所が注目されるべきである。すなわち、ヴェルシーロフがその言説に「すっかり惹きつけられていた」ところのマカール・イワーノヴィッチ（かつてヴェルシーロフの家僕であり、彼の妻のソフィアとヴェルシーロフとが不倫の結果つくった私生児、それがドルゴルーキーである）とドルゴルーキーとの次の議論のやり取り（しかもそれにヴェルシーロフも立ち会ったとされる）に。

すなわちこうである。その時のマカールは家業を捨て荒野の巡礼者となっている。その彼がキリスト教の真髄としてドルゴルーキーに強調するのはまさにイエスの「憐れみの愛」の思想なのである。彼は、「主よ、誰も祈ってくれる者のない罪人たちの魂に哀れみを垂れたまえ」、「主よ、まだ悔い改めぬすべての罪人たちの運命を哀れみ、救いを垂れたまえ」という祈りの章句、そこにこそキリスト教の真髄は示されるとし、[12] この愛の深みを人間がおのれに即して自覚するには荒野でいったん孤独になる必要があると力説する。世間で暮らすかぎり、人間は「半神」ともいうべき金銭の誘惑、第二に女の誘惑、次に「自意識と嫉妬」の誘惑、この三大誘惑に引きずられて肝心の生命の《真理》の自覚から逸らされるというのだ。彼はこう続ける。

「キリスト様がおっしゃっておられるのは、『行きて、汝の富をわかちあたえよ、そして万人の僕となれ』〔略〕それでこそいままでよりも百万倍も豊かになるのだよ。だって人間というものは、食物や、高価な衣装や、誇りや、羨望で幸福になるのではない、限りなくひろがる愛によって幸福になるからだよ[13]」。

つまりマカールによれば、先の祈りの言葉とは、この究極真理の自覚へと人間が回心する転機を指す言葉なのだ。罪を犯し、「良心の呵責」に苦悩し、その孤独な苦悩のなかで「憐れみの愛」に触れて初めて、人間は自覚できる。魂の幸福を産む愛の力を。そこまで行かないことにはできないというのだ。マカールは続けてこういう。その回心の地点に立てば、

「本からばかりでなく、万象から知恵をくみとって、いつも神と顔を向きあわせているようになる。大地が太陽よりも輝きをはなって、悲しみも、溜息もなく、ただ限りなく尊い楽園だけがあるようになるのだよ！」と[14]。

ここにおいて明らかとなる。マカールにおいても、後に本書第四章が詳しく取り上げる「大地信仰」とイエス主義との接続・融合という問題の環が設定されていることが。しかも『未成年』では、この彼の説教に触れてドルゴルーキーが次のように叫ぶ場面が設定されるのだ。すなわち、「マカール・イワーノヴィッチ！〔略〕じゃああなたは共産主義ですね、そういうことを説くのなら、それは完全な共産主義ですよ！」と[15]。

このあとドストエフスキーはこう続ける。マカールは「共産主義」については何一つ知識をもっていなかったが、しかし、ドルゴルーキーのこの指摘に「ほとんど震撼というほどの」感銘と強い関心を示し、「共産主義」

についてのいっそう詳しい具体的説明を彼に求め、またドルゴルーキーのほうは自分の知識を総動員してそれに応えようとした、と。また、ヴェルシーロフは「共産主義」についての彼の説明の適否については沈黙したままであったが、マカールの反応を指して、「わがロシヤの民衆がその宗教的感情に広くもちこんでいる、民衆に共通な感動の発作」と呼んだ、と。(16)

私はあとの「キリスト教的社会主義の可能性」節で『作家の日記』6から——一部は既に「はじめに」で紹介——「ロシヤの社会主義」を論じる一節を引用するが、右のヴェルシーロフの言葉はその一節が示す観点をそのまま表明するものなのである。また本章の最後の節で『作家の日記』1を取り上げるが、読者はそこで右にいう「共産主義」についてドストエフスキー自身が語る言葉に出会うであろう。

アリョーシャを貫く反転の可能性——イワンとの《二者一組的なネガ・ポジ関係性》

そもそもドストエフスキー自身が『カラマーゾフの兄弟』の主人公中の主人公であるアリョーシャについて、あたかも同書全編の予告をおこなうように、まさに第一編第一章にこう描きだしたのである。いわく、

「アリョーシャは不死と神は存在するという確信に愕然とするなり、彼はごく自然にすぐ自分に言った。『僕は不死のために生きたい。中途半端な妥協は受け入れないぞ』これとまったく同じことで、かりに彼が、不死や神は存在しないと結論をだしたとすれば、すぐに無神論か社会主義者になったことだろう(17)」。

しかも念を入れるようにドストエフスキーはこう続けている。

「なぜなら、社会主義とは、単に労働問題や、いわゆる第四階級の問題ではなく、主として無神論の問題でもあり、無神論の現代的具体化の問題、つまり、地上から天に達するためではなく、天を地上に引きおろすために、まさしく神なしに建てられるバベルの塔の問題でもあるから[18]」。

この問題に対する視角はイワンによっても表明される。かの「反逆」章における彼とアリョーシャの重要な会話に先立つその前の章の終わり近く、イワンはアリョーシャにこういうのだ。今日のロシヤの先鋭な青年を捉えている問題は神や不死といった宗教的・哲学的問題であるが、この問題と無神論者の「社会主義だの、アナーキズムだの、新しい構成（社会組織の、清）による全人類の改造だの」の問題は実は「同じ問題」で、両者は互いに「ただ反対側から論じているだけ」のことに過ぎぬ、と[19]。

ついでに――「はじめに」で既に紹介したが――ここでもう一度、ドストエフスキーが或る友人への手紙のなかで作中のイワンについて語った注目すべき一節を引いておこう。いわく、「社会主義は全体として、歴史的現実の否定から出発して、破壊と無政府主義のプログラムに到達したのです。根本的な無政府主義者たちは、多くの場合、真剣な確信を有する人々でした。小生の主人公は、小生にいわせれば、否応のないテーマ、すなわち小児の苦痛の無意義ということを取り上げて、そこから歴史的現実全体の不合理を演繹しているのです[20]」（傍点、清）。

つまり、同小説の展開に即していえば、アリョーシャはイワンと紙一重の反転の関係性、ないし私の言葉を使えば、《二者一組的なネガ・ポジ関係性》（ユングを使って《「影」関係性》、江川的にいえば《ユダ−イエス関係性》といってもよい）で結ばれている、とドストエフスキー自身が述べているのだ。

このことにかかわって次のことも指摘しておきたい。『カラマーゾフの兄弟』の冒頭に掲げられる「作者の言葉」において、ドストエフスキーはまず「現代」を、「だれもが個々の現象を総合して、全体の混乱の中にせめて何らかの普遍的な意味を見出そうと志しているような時代」と規定し、[21]こう続ける。通例、「奇人とはたいてい個々の特殊な現象」として理解され、したがって問題となる「普遍的意味」からいちばん遠い存在と思われているものだが、この『カラマーゾフの兄弟』では「全体の核心」を表現する役を負った「奇人」が主人公となると。[22]そしてこの「奇人」とはアリョーシャのことなのだ。

私の言い方を使えば、《二者一組的なネガ・ポジ関係性》をイワンとのあいだに結ぶところのアリョーシャである。あるいは、それを核とするところの、「カラマーゾフ」のアリョーシャである。つまり、「現代」という「全体」の、その核心はまさしく「カラマーゾフの兄弟」という一個の全体をなす「奇人」たちが構成し、この「奇人」的全体の、そのまた奇人がアリョーシャである、そうドストエフスキーは宣言するのだ。

この視点からあらためて同小説を振り返ってみると、たとえば次の記述が眼を射る。彼ら兄弟の父、フョードルの最初の妻、つまりドミトリーを産んだアデライーダは当初フョードルを「よりよい明日をめざすこの過渡的な時代のもっとも勇敢な、嘲笑的な人間の一人」と買いかぶり、この誤解に促されて彼との結婚に走ったと書かれる。[23]同小説の展開では、イワンこそかかる「嘲笑的な人間」の頂点として現れる。そして彼は、前述の《二者一組的なネガ・ポジ関係性》をアリョーシャと結んでいる。いいかえれば、イワンとは真逆なアリョーシャの《愛》への熱誠は、実はその裏側に「嘲笑的な人間」への紙一重の反転の関係性を潜ませている。

さてそこで、右に見たそうした予告編的問題提起がその内実においていったいどんな内容を抱えているのか、まずそれを『カラマーゾフの兄弟』に即して考察することにしよう。しかる後に私は、既にそこでの問題がどのように『罪と罰』に内蔵されていたかを示し、ラスコーリニコフに関する先の私の主張、彼の《非凡人の犯罪権》思想は社会主義暴力革命論との切り離し難い絆を結んでいるという主張を論証したい。

なおあらかじめ注記するならば、江川の「謎とき」ドストエフスキー解釈にはこれから私が取り上げる問題内容への論及が一切欠落しているのだ。

ゾシマとイワンの共鳴関係――「教会的社会裁判」思想をめぐって

まず『カラマーゾフの兄弟』第二編第五章「アーメン、アーメン」においてイワンとゾシマ長老とのあいだに取り交わされる議論を取り上げよう。

この場面に至る小説展開の経緯については省略する。或る経緯の末、ゾシマ長老の庵室に父のフョードル・カラマーゾフ、次男のイワン、パリ帰りの革命思想シンパのミウーソフ、ゾシマ、ゾシマの盟友とでもいうべきパイーシイ神父、そしてアリョーシャが集う。

イワンが彼の「教会的社会裁判」思想を開陳することとなる。その要旨はこうである。――古来「国家」というものは今日に至っても犯罪者を処遇するに「病菌に冒された箇所を機械的に切断してしまうようなやり方」で社会から切除する方策を採ってきたが、この方法とその土台をなす犯罪観は、そもそも真のキリスト教的観点とは異なる。真のキリスト教的観点こそは「教会」の採るべき観点だが、この「教会」的観点の要諦はどこにあるか？　それは、犯罪と犯罪者をあくまでも「人間再生の思想、人間の復活と救済という思想」から捉え処遇するところにある。[24] 将来いつになるかはわからないが、究極において、国家はそうした切除主義的な従来の犯罪観と処置方法を捨て、全面的にこの「教会」的観点と方法を採用し、かくて国家は教会に吸収されるべきである。イワンいわく、

「将来の目的においては、〔略〕あらゆる地上の国家がゆくゆくは全面的に教会に変わるべきであり、それも教会と相容れぬ目的をすでにことごとく排除したあと、教会になるほかないのです[25]」。

ここで少しだけ私のコメントを挟めば、「教会と相容れぬ目的をすでにことごとく排除したあと」とは、貧富の不平等拡大を当然視するひたすらなる富者の富追求、強者の弱者に対する暴力的専横、国境・国家の観念と制度と一つとなった戦争という問題解決法の当然視、等々、これらの一切の排除を意味するであろう。いいかえれば、従来の「国家」の廃止と真の平等で公平な相互扶助精神＝兄弟的絆に支えられた「社会」的（＝非国家的）共同体の全人類的規模での創設である。つまり、一言でいえば全人類的な無政府主義的社会主義の実現である。だから、このイワンの主張を聞いてパリの社会主義者の言説に通じているミウーソフは、それを「キリスト教徒の社会主義」と呼び、しかも自分の知る範囲ではパリの治安当局がその正体不明性の点でいちばん危険視している社会主義セクトはこのキリスト教的社会主義であり、イワンの主張とかかるセクトのそれとはほぼ同一だと指摘するのだ[26]。

キリスト教的社会主義の可能性

なお、ここで私は『作家の日記』6の次の一節をぜひとも引用しておきたい。まさに、そこではキリスト教的社会主義の可能性がドストエフスキー自身の思想、すなわち「ロシヤの社会主義」として語られているのだ。しかも、その思想はゾシマ長老の主張と瓜二つである。彼は敢えて「教会に真っ向から対立するこの言葉を使いたい」と断りながらこう書く。

「ロシヤの社会主義の究極の目的は、この地球が収容できる限りの地上に実現される、あらゆる国民を網羅する、全世界的な全民衆的な教会の樹立である。わたしはロシヤの民衆のあいだにある、不撓不屈の、どんな場合にも消えることのない渇望、キリストの名による偉大な、普遍的な、全人類を対象とする全同胞的団結の渇望のことを言っているのである。〔略〕ロシヤ民衆の社会主義は、共産主義ともちがえば、機械的な形式だけにとどまるものでもない。究極においてはキリストの名による全世界的な団結によってのみ救われるものであると、民衆は固く信じているのである。これが我がロシヤの社会主義なのだ！」[27]。

（傍点、ドストエフスキー）

注目すべきは、この一節では二つの問題の契機がドストエフスキーによって切っても切り離せぬ一体の関係に縫り合されていることだ。すなわち、「キリストの名による」という言葉で彼の理解するキリスト教の真髄たるそのイエス主義、「憐れみの愛」の共苦主義が指示されるとともに、後に論じるように、ロシヤ民衆の伝統的ないわば民俗的強度をもつ「大地信仰」と一つとなったその「共同体（オープシチナ）」エートスとが。そしてくだんのゾシマとイワンとのあいだの対話はまっすぐにこの問題に向かうのである。

まず前者の問題から取り上げよう。先のイワンの主張を聞いてゾシマ長老は即それに賛同する。彼はこう主張する。従来の国家のやってきた処置方法はイワンが特徴づけたとおりであり、その方法では「だれをも更生させせない」し、当の犯罪者に自己の犯した犯罪への本当の「恐怖心を起こさせない」から（つまり真の後悔に導かないから）犯罪は減ることはなく増加する一方である、と。そしてこう続ける。

「当の犯罪者をも更生させて、別の人間に生まれ変わらせるものが何かしらあるとすれば、それはやはりただ一つ、おのれの良心の自覚の内にあらわれるキリストの掟にほかなりませぬ[28]」。

ここで一言コメントするなら、右にいう「キリストの掟」（「キリストの真理」と呼ばれる場合もある）とは、あとで詳しく取り上げる次のようなゾシマの根本的人間観を指す。すなわち、「心底から後悔する力」・「良心の呵責」こそが人間を更生（新生）に導く力であり、如何なる人間もこの力を隠し持ち、それは人間の根底に潜む《愛し−愛される》ことを切望する欲求に根差す、という人間観を（『死の家の記録』では、おそらくドストエフスキー自身の獄中体験に基づいて、監獄・懲役制度がこうした内面的更生力をけっして養わず、囚人の「良心の呵責」に苦しむ姿に一度も出会わないことこそ懲役生活の特徴だと記されている[29]）。

しかもこの人間観、くりかえすなら、人間は「良心の呵責」を苦しむことができる存在であるという原的な人間的事実（実存的現実）こそが、彼の理解するキリスト教にとっては《救済は必ず起き、それをもたらす神と不死は存在する》という信仰の根拠となるのだ。だからまた、彼はこの生来の能力を指して、人間という存在に生まれながらに備わっている一種の法則的な連関という意味で人間存在の「自然法則」とも呼ぶ[30]。その点は『作家の日記』ではこういわれる。——「どんな人間でもそれぞれ、良心と善悪についての判断力を身につけて生まれてくる、したがって、善のために生き悪を嫌うという人生の目的を、はっきりと身につけて生まれてくるわけである」、この知恵は「無償で生得のもの」であり、「この知識の中に、本質的には、キリスト自身によって告げ知らされたように、人間の掟のすべてが含まれている」と[31]。

そして『カラマーゾフの兄弟』において、アリョーシャ＝ゾシマのキリスト教は、この人間の実存的で生得的な事実を信仰の根拠とするという意味で人間についての現実主義（リアリズム）に立脚するキリスト教であるとされ、奇蹟に信仰の根拠を置く神秘主義的な奇蹟主義的キリスト教とは画然と区別されるのである（参照、本書第二章）。

さてゾシマは、先の観点を敷衍して具体的にこう説明する。犯罪者を教会は破門してはならず、しかも「父親としての訓戒をして、見すてずにいる」だけでなく、さらに母の愛の如き愛で包むべきであると。いわく、

「ああ、恐ろしいことです！　もし教会までが、国法の懲罰にひきつづいてそのたびに破門の罰を下すとしたら、いったいどうなります？　これ以上の絶望はありますまい、少なくともロシヤの犯罪者にとって。というのは、ロシヤの犯罪者はまだ信仰を持っていますからの。〔略〕教会は愛情豊かなやさしい母親のように、実際的な懲罰を避けておるのです。なんとなれば、教会の罰がなくとも、罪人はすでに国家の裁判によってあまりにも手ひどく罰せられているのですし、せめてだれかしら憐れんでやる者が必要ですからの・教会が懲罰を避けるいちばん主な理由は、教会の裁判こそが真実を内に蔵する唯一のものであり、その結果他のいかなる裁判とも、本質的、精神的に、たとえ一時的な妥協にせよ折れ合うことができぬからです[32]」。

「問題は、規定の裁判のほかにわが国にはさらに、犯罪者に対して。まだ大切なかわいいわが子に対するのと同じような応対をけっして失わぬ教会が存在することです[33]」。

（以上、傍点、清。なお母性的愛の優しさをイエスの愛の核心に見る観点は『作家の日記』2に掲載される回想『百姓マレイ』にも鮮やかである[34]）

ロシヤ民衆の抱く神観念の母性的性格についてのルー・ザロメの指摘

ルー・ザロメはリルケを論じた『ライナー・マリア・リルケ』のなかでロシヤの民衆が抱く神観念がヤハウェ神的な父権的性格のものではなく、母性的性格を色濃くもつそれであることについて次のように書いている。

その神は「ちょうど母性という一種の外套のように」あらゆるものを包み込む神であり、「とくべつ巨大な主権者として威圧することもなく、またそのことによって、生に恐怖を抱くものの内奥の感情のなかで信じられる神となったものではない。その神は、すべてを妨げたり、あるいはもっとよいものにしたりすることはできないのだ。ロシアの神はいつも私たちの身近にいることだけができるのである」（傍点、清）と。[35]

この彼女の観察は彼女の宗教論にとっても、またリルケ論にとってもきわめて重要な意義をもつのだが、その詳細については拙著『聖書論Ⅱ　聖書批判史考』第二章・「人間における二つの宗教源泉――ザロメを手がかりとして」節を参照されたし。

そしてゾシマはイワンに向かってこう述べる。

「たった今この席で言われたことも、きわめて正しいことです。つまり、もし本当に教会の裁判が実現して、力を十二分に発揮するようになったら、すなわち、もし全社会が一つの教会になったならば、教会の裁判は現在ではとうてい考えられぬほど、犯罪者の矯正に影響を与えるばかりか、おそらく実際に犯罪そのものも、信じられぬくらいの割合に減少するにちがいありませぬ。それに教会であれば、疑いもなく、未来の犯罪者や未来の犯罪を、多くの場合、今日とはまるきり違うふうに理解するでしょうから、追放された者の復帰や、悪事をもくろむ者への警告、堕落した者の更生などもできるはずです」。[36]（傍点、清）

このゾシマ長老の議論の展開の土台になっている彼の根本思想については、われわれは、この場面に先立つ第一編・第五章「長老」のなかでドストエフスキーがアリョーシャにゾシマ長老についてこう語らせていたことを思い出さねばならない。いわく、

「長老は聖人で、御心の中には」次の希望、「万人にとっての更生の秘密、最後にこの地上に真実を確立する力とが隠されているのだ。やがてみんなが聖人になって、互いに愛し合うようになり、金持ちも貧乏人も、偉い人も虐げられている人もいなくなって、あらゆる人が神の子となり、本当のキリストの王国が訪れることだろう」（傍点、清）という希望が潜められている、と。[37]

なおここで先取的に一言するなら、右にいう「本当のキリストの王国」とは、確かに「もはや空想の中ではなく、現実に訪れる」ものであるが[38]（後に示すようにほとんど同一の思想を披歴する『悪霊』のキリーロフによっては「未来の永遠の生ではなくて、この地上の永遠の生」と形容される）[39]、ドストエフスキーにとってはローマ・カトリックの「地上の支配」やその継承であるかの「大審問官」のいう「地上の王国」とは画然と区別されるものである。

さらに私の聖書論の見地からいえば、古代ユダヤ教の掲げる救済理念、再建されるべき完全なる正義が支配する「義人の王国」（昔日の「ダビデの王国」を範例とする）とも画然と区別され、またこの点で、その直系である『ヨハネ黙示録』の見地（後に論じるが、『罪と罰』でラスコーリニコフがヴィジョンに掲げる「新しきエルサレム」の依拠する）とも画然と異なる救済思想を表す。

また、この別種の救済理念の土台をなす「あらゆる人が神の子となる」ことで「この地上に真実を確立する」

という思想は、『悪霊』のキリーロフが唱える「人神」の思想に通底するものであり、今日の聖書研究では『ヨハネ黙示録』のヨハネとはまったくの別人だとされているもう一人のヨハネを福音記者とする『ヨハネ福音書』の掲げる救済思想の系譜に立つものなのだ。[40] なお、ドストエフスキーはおそらく自覚してはいなかったはずであるが、この『ヨハネ福音書』は古代の最大の異端派であるグノーシス派キリスト教が四福音書のなかで自分たちの思想と最も親近であるとみなした福音書であった[41]（参照、本書第三章・「『黄金時代の夢』表象のヘレニズム的起原と……」節、終章・「二つのヨハネ書とドストエフスキーの……」節）。さらに付言すれば、後の本書第四章・「ニーチェの遺稿に残る『悪霊』からの……」節に付けた補注「ニーチェの『遺された断想』に出てくる……」で示すように、ニーチェはこの相違をヴェルハウゼンの『イスラエル史・序論』の読書をとおして明敏に認識していたのである。

議論を戻そう。

ドストエフスキーは前述のようにイワンとゾシマの思想の同一性を描きだしたうえで、最後にゾシマにイワンへ次のように語りかけさせる。「あなたは、十中八、九まで、ご自分の不死を、さらには教会や教会の問題についてご自分の書かれたものさえも（彼の「教会的社会裁判」思想のこと、清）信じておられぬらしい」と。先にイワンが示した「教会的社会裁判」の思想は、しかし、実は「まだあなたの心の中で解決されておらないので、心を苦しめる」のだ、と。[42]

では、このくだりはさらにいって何を示唆するのか？　それは次のことではないのか？　すなわち、ドストエフスキーは、一方で「不死と神は存在しない」とする無神論者でもあるイワンが、それにもかかわらず、果たしてゾシマとのくだんの同一性を最後まで維持し得るのか否かという問い、これを『カラマーゾフの兄弟』が追求する核心的問いとして掲げたのだということを。

このイワンの思想的矛盾に苦しむ未決断状態が、先に取り上げた第一編第一章に登場するアリョーシャへの人物規定といわば対（つい）関係にあること、このことはもはや論ずるまでもないであろう。かくてくりかえしいうなら、両者は互いに紙一重の反転の関係性、私のいう《二者一組的ネガ・ポジ関係性》によって結ばれている。そしてこの事情は、ゾシマの死後、彼の衣鉢を継ぎゾシマ思想の「一生変わらぬ堅固な闘士」たらんとするアリョーシャが纏めた「ゾシマ長老の法話と説教から」（第六編第三章）においては、「無神論」的社会主義の暴力革命主義とキリスト教的社会主義（「ロシヤ民衆の社会主義」）のいうならば《愛》主義との対決となって現れるのだ。

「大地への接吻」をとおしての回心の道か、暴力による革命の道か

先にわれわれは、ドストエフスキーが「無神論」的社会主義運動を「天を地上に引きおろす」ために「神なしに」「バベルの塔」（あらゆる民族的・国家的対立を超克した全人類的な同胞社会の神話的比喩たる）を建てようとする運動とみなしているのを見た。他方またゾシマ（＝アリョーシャ）もキリーロフも「もはや空想の中ではなく、現実に訪れる」もの、「未来の永遠の生ではなくて、この地上の永遠の生」の実現として救済を希求しているのを見た。つまり実は「無神論」的社会主義もゾシマ的キリスト教も、言葉の上では、「この地上の永遠の生」の実現を希求するという点では同じなのだ。

しかし、そこへと至るための手段の理解が決定的に異なる。そのことによって、類似の言説を採りながらも、実は目的とする「地上の王国」の内容が異なるということが明らかとなる。そういう問題がここには孕まれている。少なくとも、ドストエフスキーはそのように問題を設定している。

ゾシマ（＝アリョーシャ）の道は、私の言い方をもって結論的にいえば、「大地への接吻」が生みだす《宇宙的自然と他者と自己のあいだを循環してやまない〈生命〉の有機的な汎神論的な統一性》との融合をとおして、最も深い意味での〈生命〉の再生（＝新生）を果たし、そうすることによって《愛》の感情的力（＝生命力としての愛）を最高度の発揮のレベルに引き上げ、このことをもって万人各自が「聖人」となり「神の子」となることで最終的に「互いに愛し合うようになる」関係性をこの地上に横溢せしめ確立すること、このことなのである。「不死と神は存在する」と考えること、いいかえればかかる「信仰」を抱くということは、右の展望を信じるということにほかならない。

では、「不死と神は存在しない」とする無神論に立ち、かつ、「天を地上に引きおろす」ところの「バベルの塔」をこの地上に築こうとする「無神論」的社会主義者のほうは、その実現のために如何なる手段を見いだすのか？

一言でいうなら、ひたすら《愛》という感情力の蘇生に展望を賭けるゾシマの道とは反対に、まさに「裁き」と「闘争」の道たる社会主義暴力革命の道を採ることである。《愛》ではなく、民衆の抱く復讐・妬み・怒り等の《憎悪》の、ルサンチマンのエネルギーに訴えかけることで、不正な体制を維持する権力を打ち倒す新たなる権力を構成し、その新権力によって旧体制と同じく上から（ただし「新しき立法者」たる革命的前衛部隊の権力をもって）強行的に新秩序を樹立し、「新しき構成」（社会機構）による「全人類の改造」を実現することである。

注目すべきは、この強行的樹立の思想の土台には次のような西欧社会主義の「環境決定論」的な発想が据えられていることである。すなわち、

――「社会機構」的環境が意識を決定するがゆえに[43]、その抑圧的な不正な社会機構が維持されている間

はそれへの反抗は「犯罪」へと流れるほかなく、権力は「犯罪」を処罰することでかえっておのれの「正当」性を誇示し、かくて結局抑圧的機構は維持され続けるだけであろう、だから、真理を見抜いている少数の前衛的集団の機を捉えた――被抑圧階級のルサンチマンの高潮を巧みに組織する――暴力革命の遂行による強行突破的権力掌握、その新権力による上からの強行的な機構改変が必要となる。これに成功すれば、暴力によって強行的にであれ誕生した新「社会機構」の力が人民の意識を遅かれ早かれ変革し、流血の道を通ってでしかなかったにせよ、幾世代か経ればもはや暴力と抑圧を知らない正義と平和が染み渡った新しい人間による新しい社会が誕生するにちがいない。――

ドストエフスキーにあって、この西欧社会主義思想に対する批判は既にまず『地下室の手記』におけるチェルヌイシェフスキーの「水晶宮」思想に対する批判として、次いで、『罪と罰』での社会主義をめぐる論争のなかに顔を出す。

ここでは『罪と罰』の場合を取り上げてみよう。――ラスコーリニコフの唯一の友人ともいうべきラズミーヒンは叔父の予審判事ポルフィーリイ（後にまさにラスコーリニコフの事件を担当することになる）に彼を紹介しつつ、前日途中までポルフィーリイも加わっていた友人たちとの議論、その後半の様子を報告する。テーマは「犯罪はありや、なしや」であり、議論のきっかけとなったのは「犯罪は社会機構の不正に対する抗議である」とする「社会主義者の見地」であった。

ラズミーヒンはこの社会主義者の見地を次のように批判する。――それは「社会が正常に組織されるなら、いっさいの犯罪は消滅する、なぜなら抗議すべきものがなくなり、瞬時にして万人が義人になるから」という論理に立つものである。この論理は、だが自分からいわせれば、「人間の本性」あるいは「生きた魂」、「生活の生きたプロセス」を頭から無視して、論理一辺倒の「数学的な頭」で新しき社会主義制度を机上で構想し、それを実現すべく現存の社会機構を革命するなら、瞬時に問題の解決を得ることができると考える反歴史主義的な空想だ、と。(44)

そのやり取りについてのドストエフスキーの描写を見ると、ラズミーヒンが批判の相手とする社会主義とは、かつて若きドストエフスキー自身が参画し、彼を死刑寸前にまで追い遣る逮捕の理由となったペトラシュフスキー・グループの掲げる思想、フーリエやサン・シモンの思想を中核とする社会主義思想をその材料に使っていることがわかる。(45) ただし、そこから出発しながら、その実現を暴力革命によって図ろうとする「政治的社会主義」の局面に移行したところのそれである。

後の「『作家の日記』1……」節で詳しく述べるが、ドストエフスキーは、フランスに誕生した社会主義思想がロシヤの青年知識人に影響を与えペトラシュフスキー事件を引き起こすまでの時期を「理論的社会主義」の時期と呼び、その思想をいよいよ実際の革命行動に移そうとし、暴力革命によるほか実現の道なしと考えるに至る時期を「政治的社会主義」と呼び、この二つの時期をその心性・精神性においてははなはだ異なるものとして区別しようとしている。

『悪霊』では「五人組」の中心的活動分子のリプーチンがフーリエ主義者として登場し、あとで見るように、シガリョフが独自の「未来社会の社会組織」論を展開するにいたるが、彼らはこの「政治的社会主義」の活動家として登場する(『作家の日記』一八七七年、二月号、第二章・第三節「ヨーロッパにおける今日のトッピク」に批判の対象として取り上げられるフランスのプロレタリア派革命運動の『道徳的』統率者」は、この『悪霊』に登場する「五人組」のモデルと思われる)。(46)

あとで述べるように、『罪と罰』をよく読めば、ラスコーリニコフはこの「政治的社会主義」の暴力革命の思想に連なる者として描かれている。そしてここで『カラマーゾフの兄弟』に戻るならば、第六編・「F〈主人と召使について〉」章にかかる「政治的社会主義」の暴力革命主義へのゾシマの批判がこう示されるのだ。ゾシマいわく、自分のいう《愛》による《全社会の教会化》を「嘲笑する人々」には、「こう聞きたいものだ」と。

「もしわれわれの考えが夢だと言うなら、あなた方はキリストに頼らず自分の知力だけで、いつ自分らの建物を建て、公平な秩序を作るのか、と。〔略〕実際、彼らはわれわれよりずっと浮世ばなれした幻想をいだいている。公平な秩序を打ち立てようとは考えているのだが、キリストを斥けた以上、結局は世界に血の雨を降らせるほかあるまい。なぜなら血は血を呼び、抜き放った剣は剣によって滅ぼされるからだ。だから、もしキリストの約束がなかったなら、この地上で最後の二人になるまで人間は互いに殺し合いをつづけるにちがいない。それに、この最後の二人にしてもおのれの傲慢さから互いに相手をなだめることができず、最後の一人が相手を殺し、やがて自分も滅びることだろう」[47]。あるいはこうもいう。「人間の精神的な徳の内にのみ平等は存するのであり、それを理解できるのはわが国だけである。兄弟ができれば、兄弟愛も生まれるが、兄弟愛より先に公平な分配行われることはけっしてない」[48]。

（いうまでもなく、こうした問題対置は本章の冒頭の節で紹介した『作家の日記』4の示す問題認識と重なりあっている）

なおここで既に「はじめに」で触れたことだが、次の点をくりかえし強調しておきたい。この節の前半に見たラズミーヒンの社会主義批判はそもそも「犯罪はあるやなしや」という「犯罪」論に端を発するものであった。実にこの点でドストエフスキーの思考を顕著に特徴づけるのは、まさに「社会主義」論が緊密に「犯罪」

論と縒り合さって展開されるというこの点なのである（だからまた彼のイエス主義と）。読者には、本章の「ドストエフスキーの『犯罪』論……」節を筆頭に、彼の「犯罪」論に言及した他のいろいろな箇所に注意を向けてくださるようお願いしたい。

ロシヤ民衆の「共同体（オープシチナ）」感情とイエスの共苦主義との結合

右のくだりに接して、当初まず私はこう思った。

——ゾシマの《愛》の途は美しき夢ではあっても、遂に夢でしかなく、だから二十世紀の社会主義運動はマルクス主義が先頭になって暴力革命の路線を歴史のリアリズムを生きる途として採ったのだが、その結末はゾシマのリアリズムに軍配をあげるものとなった。つまり、人間のリアリズムはゾシマの途も「無神論」的社会主義の途も非リアルであるとの宣告を下し、《革命》ないしは《救済》の不可能性を結論として残した。二十一世紀はこの絶望を生きる新世紀となろう。そしてこの視点からいえば、ドストエフスキーはこの新たなる絶望の予言者として読み直されることとなろう。彼自身のいわば「実存の真理」——「キリストの真理」ならぬ——である「カラマーゾフ的天性」とはこの絶望を生き抜く二十一世紀の精神性のメタファーとなろう。絶望か、それとも永遠の「自身の天性に反する理想への邁進」（傍点、ドストエフスキー、「一八六四年のメモ」）、いいかえれば《抵抗》か、という。——

この私の想いはその根幹において今も変わることがない。だが、当初の私の問題理解にはまだ一つ大きな見落としがあった。それは、ドストエフスキー的キリスト教の独自性を形づくるものは次の二つの契機、すなわち共苦のエートスの極みとしてのイエス主義（ロシヤ民衆の内面に無意識化されたロシヤ正教にほかならない）と「大地への接吻」を象徴とするロシヤ民衆の汎神論的「大地信仰」との融合であるという私の論点にかかわってのことである。

では、その融合を生みだす媒介者となるものは何か？　彼はこの点をどう考えていたのか？

実はドストエフスキーはその媒介者をロシヤ民衆の「大地信仰」と一体であった「共同体（オープシチナ）」エートスのなかに見いだそうとしていたのだ。この点を私は当初しっかりと押さえることができていなかった。別な言い方をすれば、彼が西欧の「無神論」的社会主義者の革命構想――「数学的な頭」と強権主義との結合による――を非現実的だと批判したとき、では逆に彼にとって社会主義を生みだす兄弟愛のエートスを担保するリアルな根拠となるものは何であったのか？　実はそれが、ロシヤ民衆のなかに当時まだいわば民俗的強度をもって保持されていると彼に思えた民衆の「共同体」エートスだったのである。

後で何度も取り上げるように、彼はイエスの「憐れみの愛」の共苦主義が民衆的エートスとしていまも生きている点にこそ、西欧社会とは異なるロシヤ民衆世界の何よりものエートス的特質を見た。この彼の判断を支えたものこそ、ロシヤ民衆にはもう西欧が遠の昔に失ってしまった自生的な「共同体」のエートスがいまも強力に生きているという民俗学的事実だったのである。

先に取り上げた西欧社会主義かぶれの友人に対するラズミーヒンの批判のなかで論理一辺倒の「数学的な頭」に対して「生きた魂」が強調され、またあとで見るように『悪霊』においてシャートフが真に依拠すべき力として、実際に「諸国民を組織し、動かしている」何かしら本能的な無意識の「命令的で支配的な別な力」を問題にするとき、そこで問題となっていたこと、それは、社会主義を理論から導かれた社会機構論にひたすらに依拠せしめようとする志向性に対して、ロシヤ民衆に自生的な今も民俗的生命力を保持している「共同体」エートスにこそ社会主義を依拠せしめようとする志向性、これを対置することだったのだ。ドストエフスキーはそここにこそ作家のリアリストたらんとする欲求を満足させる、まさにリアルな可能性を見いだしたのだ（もっとも私は、この展望にすら幻想しか見ないわけだが）。

『作家の日記』にこうある。――ドストエフスキーは「わが逆説家」におのれを託してまず「土地がすべてなんですよ！」と議論を始める。「子供は大地の上で生まれるべきものであって、舗装道路の上で生まれるべきものではありません」と。その含意は、一言でいえば、ロシヤ民衆が心の底でいまも生きている農耕生活と一体となった、いいかえれば自然との汎神論的な共生感情を根底においた農村「共同体」のエートスに支えられ包まれて育つべきだということである。

この「共同体」を指して彼は「金色の太陽と葡萄棚の下に、自分たちのものである、あるいは、もっと正確に言えば、土地共有体の楽園がある」と書き、[49] ロシヤの農民たちは農奴制下においても「おれたちはお前様のもんだけど、土地はおれたちのものなんだ」という意識、大地と自分とその自分たちの共同体の三者を互いに媒介し融合する宇宙観、それを農奴制という社会制度に解消され得ぬ、相互扶助的な農民自治の独立の次元（日常的生活様式であるがゆえにエートスとなる）として保持してきたことを強調している。[50] そしてこの宇宙観を指して、「大地こそすべてであり、民衆はありとあらゆるものを地中から、そしてまた地表から引き出す原理」あるいは「大地の中には、土壌の中にはなにか神聖なものがこもっている」と考える「人類の正常な法則」とも呼んでいる。[51]

つまり、それがくだんのロシヤ民衆の「大地信仰」である。この明らかに大地母神的な母権的な宇宙観が孕む「神聖なもの」に、彼は自分のイエス主義の共苦のエートスを接合するのだ。そして、この接合は西欧社会主義の合理主義的発想への批判を意味した。すなわち、西欧の原子論的社会契約論を素地として、その上に合理主義的＝功利主義的な科学的推論の結果として社会主義的な社会機構を構想し、そこへ理性と権力の力で人々を導こうとする発想、この論理一辺倒の「数学的な頭」の発想に対する。

他方、このロシヤ民衆の「共同体」エートスは深く彼らの大地信仰と結びついて、宇宙的感情の域に達する宗教的感情として共生・共苦の同胞愛を、およそ功利主義的発想を超えた兄弟愛的感情を生みだすのだ。そしてこの精神の地盤の上にこそ犯罪者に共苦するエートスもまた可能となる。ドストエフスキーはこの同胞愛の要素にかかわって、「われわれがあんなにすくない犠牲しか払わずに農奴制から抜け出すことができたのは、ひとえに土地の合意のおかげです」(傍点、ドストエフスキー)とも述べている[52](なお、この章の終わりに付けた補注「ドストエフスキーの「政治的社会主義」批判……」をぜひ参照されたし)。

読者には、今後とも私の議論のなかで彼の「大地信仰」が取り上げられる場合、そこにはこの「共同体(オープシチナ)」の民俗的力が必ず含意されていることを想起していただきたい。

なおここで、『作家の日記』3にドストエフスキーが掲げた一編の詩——彼の創作によるものなのか、誰かからの引用なのか不明の——を紹介しておこう。それは、イエス主義と大地信仰の融合こそがドストエフスキー的キリスト教の何よりの特徴である事情を如実に示す一節である。[53]

十字架の重荷に心も打ち沈み
母なる大地よ、汝(な)が上を
奴隷の姿に身をやつし、天なる帝(みかど)は
へめぐりぬ、汝れに祝福与えつつ！

「大審問官」像に仮託されたものとは？

話を戻そう。

こうした議論の経緯を顧みてわれわれは直ちに了解する。かの大審問官が次のドストエフスキーの往還的視点からの「劇詩」構成の産物だということを。すなわち、十九世紀後半の社会主義暴力革命論者の淵源をローマ・カトリックに見いだすことによって、逆に中世ヨーロッパの異端審問に明け暮れるカトリックの大審問官の人物形象を現代の社会主義暴力革命論者のメタファーとするところの。

ドストエフスキーはイワンの劇詩「大審問官」にイエスを登場させるに先立って、まずイワンが「聖母マリアの苦悩の遍歴」というもう一つの劇詩の粗筋をアリョーシャに紹介するという場面を置く。

イワンによればその劇詩では、聖母が地獄を巡り、そこで「神にも既に忘れられた罪人」たちの苦悩に出会い、この苦悩者たちを訪ねる遍歴のあと神にひれ伏し、「地獄に堕ちたすべての者に、自分が地獄で見たすべての者に、分けへだてなく、恵みを乞う」に至る。[54] つまり、劇詩「大審問官」に登場し、大審問官が対決に引き込まれるところの「沈黙のイエス」とはこの聖母マリアのいわば化身でもあるのだ。

まさにこの劇詩のなかで大審問官は、「地上の王国なしにはキリストもこの地上に存立しえない」との確信に立ち、一方では宗教裁判による異端者惨殺の恐怖を武器に、他方では「良心の自由」を捨てる代わりにパンを得るという誘惑と、さらにもう一つの誘惑、おのれの「良心の自由」を捨てる代わりに「みんなが一緒にひれ伏す」権威を得て、服従の安心感・「跪拝の統一性」を得るという誘惑、この恐怖と二つの誘惑を武器にくだんの「地上の王国」——「議論の余地ない親密な蟻塚」——の樹立のために身を捨てて闘う闘将として登場する。[55]

彼は自分を「何十億もの幸福な幼な子」（パンと「跪拝の統一性」の供与に安心しきっているという意味で、清）と「善悪の認識という呪いを我が身に背負い込んだ何十万の受難者」との対置のなかで、その後者の確信犯的「受難者」部隊の隊長として自分を捉える。古代ユダヤ教の掲げる「宗教的救済財」を地上における「政治的および社会的革命」の遂行に見るマックス・ヴェーバー的見地からすれば、大審問官はヤハウェの代理人でありモーセの最後の後継者という役割を自ら引き受けたパロディー的人物なのである。

しかし見落としてならないのは、この劇詩のなかでは、彼はこの役割を敢えてイエスの《愛》の思想を裏切る（「売る」）ことによって引き受けたという自覚を隠し持つユダ的人物として設定されていることである（この「ユダ」という視点は江川の着眼点であり、この着眼の功績は否定し得ない）。「沈黙のイエス」との対決の場が設定されることの意味はここにある。

また次のことも見逃されてはならないだろう。大審問官の自己像のなかには、ドストエフスキーがイワンを指してそのモデルは「根本的な無政府主義者たち」であったと或る手紙に書いたように、その価値観の根幹には実は——神であれ王であれ何であれ——あらゆる権威への盲目的服従を唾棄して自己一身の「良心の自由」、おのれがなす善悪判断の自由を据えるいわばバクーニン的な無政府主義者の相貌が織り交じっている。

彼はこの自分自身が最高の価値とする「個人の良心の自由」の重荷から大衆を解放してやるというシニックな戦略を立てることによって「地上の王国」の実現を図る、そうしたニヒリスト革命家なのである。そしてまさにこの点において、彼もまた自分の最奥の良心を犠牲に供する「自虐」の徒の一人でもあるのだ。「地上の王国」の実現という神の意図（究極目的）に仕えんがために、敢えて自らの掲げる最高価値を破壊することに手を貸すという手段を取り、おのれの手を汚す行為を選んだところの。そしてまた異端者粛清執行の「苦しみを我が身に引き受ける」（『罪と罰』での言葉を用いるなら(56)）ところの。いいかえれば、「良心の呵責」という最奥の重石に実は心を引き裂かれた。かくて沈黙のイエスは、この大審問官の魂の最奥で生じている自虐・「良心の呵責」を見抜き、黙って彼の手をとって慰謝の接吻を送る。

思うに、その沈黙をとおしてこう語りかけたのではないのか？

――あなたは、あなたのなした決断、敢えて「大審問官」の役割を引き受けたその決断を既に信じていない、その過ちに気づいてなさる。あなたはその過ちをいずれ自らお裁きになろう。私はそのことを知っている、と。

私の言い方をもってするなら、こうして、「大審問官」章を決定しているのは、《大地母神-聖母-イエスの絆が表す《生命》の宇宙的循環性への接続-「土地共有体の楽園」の全面的な賦活-新生-《愛》の感情力の決定的賦活-「永遠の今」の実現＝地上の楽園の成就-不死》という問題系と《古代ユダヤ教-ヤハウェ主義的預言者-『ヨハネ黙示録』-社会主義革命家-裁きと復讐の暴力-「新しきエルサレム」（＝「義人の王国」の樹立）-暴力のブーメラン的自己回帰による自壊》という問題系との確執のドラマツルギーなのである。

先駆としての『罪と罰』――ラスコーリニコフの《非凡人の犯罪権》論

ここであらためて注目したい。かかるドラマツルギーの基本構造は既に『罪と罰』において成立していたということに。

まずラスコーリニコフの主張する《非凡人の犯罪権》論が登場する経緯を振り返ろう。

予審判事ポルフィーリイはラスコーリニコフがかつて発表した小論文にふとした機会に目を止め、それを読んで彼にいたく関心をもつ。ラスコーリニコフの《非凡人の犯罪権》論はその小論文に展開されていた。まずポルフィーリイがそれをこう要約紹介する。その論文によれば、「すべての人間が『凡人』と『非凡人』に分かれる」のだが、その分岐点となるのは「凡人は、つまり平凡な人間だから、服従を旨として生きなければならんし、法をふみ越える権利ももたない。ところが非凡人は、非凡人なるがゆえに、あらゆる犯罪を行ない、かってに法を越える権利を持っている」という点だと。[57]

すると、ラスコーリニコフは、この要約に対して「ほとんど正確」だと応じつつ、「ただひとつちがう点」は、自分は「非凡人はいつも必ず不法行為を犯すべきだ、いや、その義務がある」と主張したわけでなく、あくまで「自分の良心」に対して「ある種の障害をふみ越える権利を持つ」と論じたのであり、そこでいう犯罪権とは「公的な権利」ではなく、あくまで自分の「良心」に対する内面の権利としてのそれだと。[58] そしてさらに説明を試み、歴史上「新たなる立法者」として登場した人物たち、リキュルゴス、ソロン、マホメット、そして最近ではナポレオンの名を挙げながら、こういう。「彼らは新しい法を与えることによって、社会において神聖なものとされてきた父祖伝来の古い法を破ったわけで」あるから、その点だけでも、古い法の視点からは犯罪者となるわけだし、しかも彼らは自分の掲げる新しい法の実現のためには敢えて「流血も辞さなかった」という点でも犯罪者であったと。[59] 実は自分が問題にしているのは、こういう思想的動機から敢えて流血も辞さないという決意ができるか否か、「自分の内部で、良心に照らして、流血をふみ越える許可を自分に与えることができるか」否かという内面的問題であった、と。[60]

ところで、私は一貫してこう主張してきた。右の《非凡人の犯罪権》論は一種の社会主義革命論と固く結ばれていた、と。

『罪と罰』では、右の問題をめぐるポルフィーリイと彼とのやりとりは次の議論の流れから出てくるのだ（ここで読者に、先に取り上げた社会主義の社会機構・環境決定論をめぐるラズミーヒンと友人たちの論争を想起してほしい。というのも、この論争を視点としてラスコーリニコフの《非凡人の犯罪権》論を照らし出すならば、次の側面がくっきりと浮かび上がってくるからだ）。

彼は自分の《非凡人の犯罪権》論の真意をポリフィーリイに説き明かそうと試み、まずこういう。すなわち、現存の秩序を維持する者たる古い立法者と、現存秩序の破壊をとおして新しい秩序の樹立を説く新しい立法者とは、新旧の違いはあれもともと彼らこそが「立法者」であったという点では「そのどちらも完全に平等な存在権をもっている、と。次いで、こう述べる。

「要するに、ぼくの理論では、みなが同等の権利を持ち、Vive la guere êterenelle（永遠の戦い、万歳）なんです。もちろん、新しきエルサレムまでの話ですがね！」（傍点、清）

するとすかさずポリフィーリイは「じゃああなたは、やはり新しきエルサレムを信じておられるのですか？」と質す。するとラスコーリニコフは「信じてますとも」と即答する。そして、神も信じているのかという問いに対しても「然り」と。さらにまた、イエスの死後復活のみならず『ヨハネ福音書』のいうラザロの復活も、と。[61]

また別な箇所では、彼は自分のおこなった殺人が思想的動機から発したものであることを暗に匂わせながら、こうソーニャにいう。

「どうするって？　打ちこわすべきものを、一思いに打ちこわす、それだけの話さ。そして苦しみをわが身に引きうけるんだ！　なに？　わからない？　いまにわかるさ……自由と権力、いや、なにより権力

だ！　ふるえおののくいっさいのやからと、この蟻塚の全体を支配することだ！」と[62]

（この「蟻塚」という表現は、まず『地下室の手記』でチェルヌイシェフスキーのいう革命が生む未来の新社会を指す「水晶宮」を批判し揶揄する言葉として登場し、次いでくだんの「大審問官」章でもくりかえされる。また『作家の日記』でのジョルジュ・サンドへの追悼文、くだんのカトリックならびに「無神論的」社会主義批判のなかにも出てくる）[63]

あるいは妹のドゥーニャに――自分のなした殺人に対する自己弁護の欲望を捨てきれないままに――こういう。

「ぼくだって、人びとに善をもたらそうとしたんだ、幾百、幾千という善行ができるはずだったんだ、あのひとつの愚劣な行為、いや、愚劣とさえ言えない、ただの不手際の代わりにね。だってあの思想そのものは、失敗してしまったいまそう思えるほど愚劣なものじゃ、けっしてなかったんだから。〔略〕ぼくはあの愚劣な行為で、ただ自分の独立をかちとりたかっただけなんだ。最初の一歩を踏み出して、資金を手に入れたかっただけなんだ。そうなれば、それと比べて比較にもならない大きな利益で、すべてが帳消しにされるはずだったんだ[64]」。

こうした一連の彼の物言いは、これまで幾度となく提出した私の主張、ラスコーリニコフの《非凡人の犯罪権》論と社会主義暴力革命思想との切り離し難い絆を疑問の余地なく示すものである。社会主義暴力革命思想、その前衛集団（党なりセクト）によるテロル肯定の自己正当化の道徳的根拠は、抑圧的制度環境の敢えてなす暴力的変革は究極においてすべての人間をその制度変革によって「義人」に変える人間革命・「全人類の改造」

の成就をもたらすという展望への信仰の内に据えられているからだ。そしてつけくわえるなら、かかる一続きの思念の連鎖からの自己脱却の可能性の如何こそ、ラスコーリニコフにとっては、かのソーニャの「大地への接吻」の思想との対決のドラマツルギーが孕むテーマ中のテーマなのだ（ところが、何度もいうことになるが、江川の『謎とき『罪と罰』』はまるでこの対決のドラマツルギーに関心を示すことがない）。

なお先のラスコーリニコフとポリフィーリイとのやり取りについて一言つけくわえておこう。ポリフィーリイの「神も信じているのか」という問いに対しても「然り」と答えた限りでは、ラスコーリニコフはまだ無神論者ではない。しかしドストエフスキーの視点からすれば、もし彼が本当の意味でキリスト教徒でありイエス主義者ならば、くだんの《非凡人の犯罪権》思想は生まれるはずがない。もし彼が真に信仰に目覚めるならば、いうならば彼は『カラマーゾフの兄弟』のアリョーシャにとなって生まれ変わるであろうし、逆に《非凡人の犯罪権》思想に徹するならば、無神論者イワンに生まれ変わろう。そして、そのときその《非凡人の犯罪権》論はスメルジャコフの「もし神と不死が存在しないとすれば、すべてが許される」というニヒリズムとして掲げ直されることとなろう。『カラマーゾフの兄弟』の視点に立てば、『罪と罰』における彼とソーニャとの対決劇はこの分岐を暗黙の裡に予告するものだということになろう。

『悪霊』の問題位置

『悪霊』の主人公スタヴローギンはほとんど二重人格的自己分裂を抱えたきわめて複雑な人物である。自分を生涯彼の弟子だと自称するシャートフは、かつての彼の「思想の核心」は次の如きものであったと証言する。すなわち、彼は一方で社会主義は「科学と理性のみに基づいて」人類にとって最も正しい社会機構を打ち立てようとする思想であるから、「その本質からいってすでに無神論たるべきもの」であるが、まさにそのことによってけっして各民族の国民から支持を得ることのできないものであることを強調した、と。

なぜなら、彼によれば、実際に「諸国民を組織し、動かしている」のは、そうした科学と理性の力ではなく、何かしら本能的な無意識の「命令的で支配的な別な力」なのであり、しかもこの力はきわめて矛盾的性格をもつ力であり、それは「あくことなく究極に到達しようとする願望の力」であるとともに、同時に「この究極を否定しようとする力」でもあり、この自己分裂的な力は従来「生の精神」とも呼ばれ、また「聖書が『生ける水の流れ』と説き、その枯渇を『黙示録』が警告してやまないもの」でもあった。またそれは従来哲学者が「美の原理」とも「道徳の原理」とも呼び、それは相矛盾する相貌をつねに呈したが、彼はそれを各民族に固有なその国民の「自身の神の探究」と呼んだ。[65] ——そうシャートフは語る。

こうしてスタヴローギンは、シャートフの視界のなかでは、まさに「無神論」的社会主義の批判者たる相貌において現れる。だが、だからといってけっして『カラマーゾフの兄弟』のゾシマ長老的キリスト教も、またキリスト教的社会主義の可能性も主張するわけではない。また、右に引用した言葉が語る、自己追求的であると同時に自己否定的でもある自己矛盾に満ち満ちた「生ける精神」の力、「美」と「道徳」の矛盾的一体性がかたちづくる「力」のイメージは、あとで取り上げるように、実は「カラマーゾフ的天性」のいわば祖型イメージそのものであるとともに、そもそもロシヤ民衆の気質的特徴とされるものである。

では、スタヴローギンは「キリスト教的社会主義」の追求者とはならないまでも、先に取り上げた「ロシヤ民衆の社会主義」に希望を賭ける者となるのだろうか？（もっとも、ドストエフスキーの視点では両者は一体のものなのだが）。そもそも、西欧社会主義が見失った民族的な「生ける精神」の力を自分は感得でき、自分もまたそれを所持していると考えている人間なのだろうか？

ここで注目したいのは次の点である。

確かに、スタヴローギンは自分にもそうした矛盾的な一体性をなす「力」が取り憑いていると述べるときがあるにせよ（参照、第五章・「カラマーゾフ的天性と……」節）、根本的には自分にはおよそもはやそうした「生ける精神の力」、つまり「生命力」というものが失われていると感じ、それに絶望している人間なのである。この点は次の問題とも相関している。

『罪と罰』と比較した場合、『悪霊』を決定的に特徴づけるのは、スタヴローギンにはもはやラスコーリニコフにとってのソーニャはいないという点である。そのことをこよなく鮮烈に示すのは、スタヴローギンが自殺にさいしてダーリヤ（シャートフの妹）に書き残した遺書に出てくる「看護婦」という言葉であろう。

遺書はこう書きだされる。

「愛するダーリヤ・パヴロヴナ　あなたは以前私の《看護婦》になると希望されて、必要となったら呼びによこすようにと私に約束させた」と。[66] またこういう箇所もある。「心沈むとき、あなたのそばにいると心地よかった。あなただけには、口に出して自分のことを話せた。〔略〕あなたは自分を《看護婦》に決めてしまった。――これはあなたの言葉です。なんのためにそんな大きな犠牲を払わなければならないのか[67]？」。

この「看護婦」という言葉はスタヴローギンとリーザとの愛の確執の中核に置かれた言葉でもある。リーザはスタヴローギンにこう言い渡す。

「そんなふうに潔く打ち明けてくださるのなら、わたしもお返しをしなければならないわね、――わたしはあなたの看護婦になるのはごめんです。もしかして、きょううまい具合に死ねなかったら、ほんとうに看護婦になるかもしれないけど、たとえそうなっても、あなたの看護婦にはなりません〔略〕ダーシェンカにお話しなさいな、あの人なら、どこへでもあなたについていってくれるでしょうよ」と。[68]

では、如何なる打ち明けを彼はなしたのか？「きみを愛していないくせに、きみを破滅させたことを、ぼくは知っているんだ」とスタヴローギンは叫ぶ。

詳細は省く。結論だけいえば、スタヴローギン、ダーリヤ、リーザの三者のやり取りのなかで「看護婦」とは愛の関係性のシンボルにほかならない。そしてもちろん、それはスタヴローギンの実存の病たる「生命力」の欠如（肥大化した自己意識の反省性によっておのれの身体性＝生命性から絶えまなく離隔され、愛も憎悪も、あらゆる感情の生命性を失うほかなくなる。参照、本書二一四―二一六頁）を癒し治療する魂の看護師たることを意味する。

ソーニャがラスコーリニコフにとって魂の看護婦となりシベリヤの流刑地まで彼に付き添うような、そのような女性の存在をスタヴローギンは遂にもち得ない。またもち得ない彼は遂に自分のリーザへの愛を愛として貫く生命力をもち得ない人間として現れるのだ。彼の生命力の無さは彼の愛をただの演技に変えてしまい、その演じられた愛を本気にとったリーザを、そのいわば意図せざるペテンによって破滅に導く。

彼にはソーニャがいないどころではない、彼は少女マトショーシャを結果として凌辱さえする。いいかえれば、もしソーニャがいなかったならば、必ずラスコーリニコフがなったであろうスヴィドリガイロフの血を引くシニカルな元「無神論」的社会主義者、そして、「国民の神の探究」を課題としながらどこにもその探究の着地点を見つけられない、いずれの側からも、つまり「無神論」的社会主義からも「ロシヤ民衆」の社会主義からも見放され、孤独に宙を舞うほかないニヒリスト、自己自身に対してすら冷笑的・嘲笑的であるほかない人間、それがスタヴローギンである。

いうならば「カラマーゾフ的人間」のなかでもその矛盾を、その矛盾を激化させたあまり遂に「生命力」と「生命力の希薄さ」の矛盾にまで転形させてしまったところの一番悲劇的な人物といい得る。そしてわれわれはこういいたくなる。実は、それが「作家」――書くことをとおして作中人物に「生命」を吹き込みながら、常に冷徹な観察者・認識者であり続けねばならない――という生をおのれに課してしまったことによって、ドストエフスキーが自分に与えることになった実存形態ではなかったのか？　と。

この点でまた次の点にも注目しておきたい。すなわち、右のシャートフの視点とその源流となったスタヴローギンの視点が批判する当の相手として、『悪霊』の第二部第八章「イワン皇子」に、ピョートル・ヴェルホーヴェンスキイーをリーダーとする過激社会主義の小セクト「五人組」が登場することである。というのも、実にこのセクトの掲げる思想こそかの「大審問官」に仮託されて示される「無神論」的社会主義・「政治的社会主義」のいわば祖型となるからだ。

ヴェルホーヴェンスキイーはスタヴローギンにこう打ち明ける。

――自分たち「五人組」は「いっさいのものが根底からゆるぎだすような混乱時代」を、たんにテロルによってだけでなく、あらゆる形態の道徳的壊乱をシニックに組織するという「ニヒリスト」的秘密工作活動を通じて生みだすつもりだと。[69] いわば「大審問官」に仮託された善の独裁に行き着く前にはまず「人間が醜悪な、怯懦な、残忍な、利己的な動物になり代わってしまうような、前代未聞の、ふしだらきわまる堕落」が必要であり、この終末論的カタストローフの意図的創出を通じて、それを転換の梃とすることで[70]、次の局面で社会をシガリョフの提案する「スパイ制度」によって打ち鍛えられた社会主義国家へと導くのだと。すなわち、それは「社会の全成員がおたがいを監視して、密告の義務を負う」国家であり、そこでは「各人は全体に属し、全体は各人に属する、全員が奴隷であるという点で平等な」全体主義国家であり、そこで何より重要な原理は「平等」と「専制主義」のいわば相補性にあると。つまり、一方の人民大衆の構成する「家畜の群れ」の中では「平等」の原理が支配しなければならないが、しかし他方では、「高度の能力をもった」前衛的指導部の「専制主義」が樹立されねばならない。というのも、「奴隷たちには支配者が必要であり、完全な服従、完全な無人格」の実現、これが必要であり、この理法こそ「シガリョフ主義」のテーゼである、と[71]。

明らかに、この「シガリョフ主義」的ヴィジョンはかの「大審問官」章の描く次の相補性の孕むサド＝マゾヒズムをいっそう剥き出しにしたその祖型である。すなわち、「議論の余地ない親密な蟻塚」とそれを構築し指導するために敢えて流血の専制主義者とならんとする前衛主義者＝「大審問官」の決意という相補性の。このいわば祖型提出にあたっては、ヴェルホーヴェンスキイーは自分を社会主義者ではなく、それを騙る「ペテン師」だと呼び、そのサド＝マゾヒスティックなニヒリスト振りをスタヴローギンに自己陶酔的に顕示しようとする。そして、まさにヴェルホーヴェンスキイーはこう続ける。

「ぼくは世界をローマ法王の手に渡そうと思ったんですよ。〔略〕法王は上段で、ぼくらがまわりを取り囲み、下のほうにシガリョフ主義の連中がくるわけです」と[72]。

ただし、彼はおどけてこうもつけくわえる。「もっとも、インターナショナルが法王かつぎだしにうんと言ってくれないと困りますがね」と[73]（いうまでもなく「インターナショナル」とはパリ・コミューンを通じて組織された社会主義の国際組織「第一次インターナショナル」を指す）。

なお、この「シガリョフ主義」についてさらにいえば、右のくだりのずっと前、第二部第七章「同志たちのもとで」においてシガリョフがこう自分を振り返る場面がある。自分は「現存のものに代わるべき未来社会の社会組織の問題研究」にいそしんだ結果、「世界機構についての私独自のシステム」（まさに先にヴェルホーヴェンスキイーが語った）を提案するに至ったが、振り返るにこういわざるを得ない、と。

「私の結論は、私がそもそもの出発点とした当初の理念とまっこうから矛盾するにいたったのです。無制限の自由から出発しながら、私の結論は無制限の専制主義に到達したのです。しかしながら、つけ加えますと、社会形態の問題は私の解決以外にけっして解決されえないのであります[74]」。

なお私は次のこと付言しておきたい。

本書の第四章・「ニーチェの遺稿に残る『悪霊』からの書き抜き」節で論ずるように、ニーチェはこれらのくだりをほとんどそのまま彼のノートに書き抜いている。また社会主義はキリスト教の産物であり、この問題系はイエス自身の救済思想と対立する古代ユダヤ教の「預言者」の掲げた救済目標、すなわち絶対正義の支配する「義人国家」の樹立という救済目標を継承するものであると明記し、『悪霊』での議論をこの問題文脈で捉えている。

『作家の日記』におけるドストエフスキーの回顧――「理論的社会主義」・シベリヤ流刑・「政治的社会主義」

本章を結ぶにあたってまず私は、これまで取り上げてきたテーマに直にかかわる『作家の日記』の三つの章を取り上げたい。その三つとは、まさに一八七三年に当初雑誌「市民」誌の連載企画として始まった『作家の日記』の、そのスタートを切る第二回と第三回、およびこの年の終わりを飾る第十六回なのだ。

訳者小沼文彦は、この『作家の日記』――小説、回想、文芸評論、社会政治評論が渾然一体となった――を『日記』という名を借りた、まったく新しいジャンル」と呼び、「これを吐き出さずには死んでも死にきれないという、切々とした思い」が込められた「ドストエフスキーの『白鳥の歌』」と評しているが、その通りである。[75]

まずその第二回は「往時の人たち」と題されたが、それはゲルツェンとベリンスキーへの回想であり、前者の人柄を「自分の感情の最深奥部からひとつの客体を作り出し、それを自分の前にすえて、それに跪拝したかと思うと、今度はすぐにまた、一転して、それに冷笑をあびせたりする能力」の塊たる「反射鏡」と名付け、後者はそれと真逆の「われを忘れて感激してしまう人物」であったと評している。この人物評は実に興味深い。[76]

ドストエフスキーによれば、ゲルツェンは生れた後に亡命者となったのではなく、「最初からいきなり亡命者として生まれてきた」というべき人間であり、「ロシヤの土壌とロシヤの真実」と自分の思想との「連繋」を追い求めながらも、遂にそれを得ることができなかったという十九世紀ロシヤの知識人階級に負わされた歴史的運命、これを鮮明に表す「歴史的なタイプ」にほかならなかった。そしてドストエフスキーはこう言葉を継ぐ。「民衆から離れるとともに彼らは自然の成り行きとして神をも失ってしまった」と。[77] この一行の示す観点はドストエフスキーにきわめて特徴的であるが、それも含めてこうしたゲルツェン評はわれわれにスタヴローギンの人物像を思い起こさせる。

またベリンスキーは『カラマーゾフの兄弟』のドミトリーを思い起こさせる。そしてドストエフスキーがベリンスキーのこの熱情的性格を愛していたことは、その筆致からよく伝わってくる。おそらく彼はベリンスキーの熱情的性格のなかに、結局ベリンスキーにおいても実現に至らなかったとはいえ、求められた「連繋」を回復する可能性を見ようとしたにちがいない。しかも後述するように、若きドストエフスキーを感化して社会主義・共産主義に向かわせ、例のペトラシェフスキー・グループに導く決定的な役割を果したのはベリンスキーなのである。

まさにこの回想の中心に置かれたテーマは、彼ら二人こそがドストエフスキーにとって最も優れたロシヤの「無神論」的社会主義者であったということに尽きる。だから、この回想はそのまま本章がテーマとしてきた問題に結びつく。特にベリンスキーを語る彼の言葉の端々には、本章が彼の長編小説のなかから取り出した問題の要点が今度はベリンスキー批評の要点として登場する。一言でいうなら、ベリンスキーのなかに彼は、遂に実現されなかったとはいえ、「無神論的」社会主義をキリスト教的社会主義へと転換せしめる可能性の萌芽を読み取ろうとするのだ。

たとえば、こう書く。――「彼は理性と、科学とリアリズムをなによりも高く評価していたが、それと同時に、理性と科学とリアリズムだけでは、単に蟻塚を創り出すのがせいぜいで、人間が仲良く暮らすことのできる『社会的ハーモニー』を創造することは不可能であることを、誰よりも深く理解していた」と。

では、そのための「精神的要素」をどこから得るのか？　彼は勿論無神論者としてキリスト教を否定したが、しかし、この否定には、それでも次の問いが残された。それでは「ほかならぬキリストという輝かしい個性」

の精神的価値、これまでも否定するのか？　という。

私はこのくだりに注目する。というのは、それは、ドストエフスキーのキリスト教信仰がその教義への信仰というよりは、何よりもイエスという人格への敬愛にこそ発するという重要な事情を示唆するものだからだ。[78]ドストエフスキーによれば、ベリンスキーはまるで愛しているくせに（＝愛してるからこそ）憎むが如く、居丈高にイエスの言説を人間に「自然法則」に反する無理難題を押しつけるものと否定したが、しかし、最後にこう述べて周りに強い印象を残した、と。「まさにキリストは社会主義者の仲間に加わってそのあとに従ったにちがいないね」と[79]（ドストエフスキーの処女作『貧しき人びと』をベリンスキーに紹介したのはニェクラーソフであった。『作家の日記』、一八七七年、一月・第一章・第四節「ロシヤの風刺文学、『処女地』『最後の歌』。古い思い出」のなかに、この三者の劇的な出会いを彼自身が熱烈な感激を込めて回想する一節がある[80]）。

この「往時の人たち」章は次の回想で締め括られている。若きドストエフスキーは仲間とくだんのペトラシェフスキー事件でシベリヤ送りになるとき密かにデカブリストの妻たちとの面会を許され、獄内で携帯することを許された唯一の本であった福音書を贈られる。福音書は四年間の流刑生活で唯一の、しかし彼の枕頭の書となる。この四年間が彼にキリスト教の、なかんずくイエス思想の徹底した再考察の機会となるとともに、くだんの「連繫」の獲得を図る決定的なそれともなる。「ロシヤの土壌とロシヤの真実」をロシヤの民衆の最下層、ロシヤの民衆から「不幸な人たち」と呼ばれるのを常とする囚人、つまりロシヤの犯罪者たちと共に暮らすことをとおして（なお『作家の日記』４・一八七七年一月号・第二章・第三節「昔話、『ペトラシェフスキー・グループのこと』はドストエフスキー自身の手による回想として重要である[81]）。

この四年間の経験はドストエフスキーに次の二つのことを確信させる。

一つは次の確信である。ロシヤの民衆が犯罪者たちを「不幸な人たち」と呼ぶとき、確かにその基底をなすのは《彼らが立たされたその環境が彼らをして犯罪へと追い遣った》という認識であり、それは社会主義者の犯罪論、かの『罪と罰』に登場する社会主義者たちが主張する環境決定論、《悪しき環境が人間を犯罪に走らせるのだから、犯罪者の道徳的責任を問うべきでなく――それは無いのだから――、環境の責任を問うべきであり、かつこの観点からいえば犯罪とは悪しき環境への抗議であり、反逆である》とする思想と確かに通底するところがある。だが、両者のあいだには「微妙な差異」があり[82]、前者には「別な思想の響き」が聞こえる。そしてこの「微妙な差異」は実は決定的な差異、「無神論的」社会主義とキリスト教的社会主義とを分かつ決定的な差異となるにちがいないという確信を。

もう一つは次のことである。ロシヤの民衆は確かに福音書を読む力も環境ももたないから福音書を知らない。しかし、「心ではキリストを知っているし、キリストについての真の認識も十分に存在している」ことを確信したということ、そこから次の直観が彼に生まれたということである。「キリストこそロシヤの民衆の唯一の愛であり、民衆はキリストの姿を自分なりに、つまり苦しみを感じるほど熱愛しているのかもしれない」という直観が[83]（いうまでもなく、「キリスト」はここでは何よりもかの「憐れみの愛」・共苦の精神の象徴である）。

そしてこの二つの事柄は実は一つに縒り合されたものなのだ。というのも、無学文盲のロシヤの民衆が抱いているこのイエスへの熱愛こそ、ロシヤの民衆の抱く「無意識の理念」とも呼ぶべきくだんの考え方、すなわち、犯罪者たちを「不幸な人たち」と発想するその意識から生まれるイエスへの愛だからだ。

『作家の日記』、一八八〇年・八月号、第三章には、この観点が次のように敷衍されている。ロシヤの民衆は説教や福音書の読書によってキリスト教を学んだのではなく、「キリストの真理」つまりイエスの思想の真髄が「すべて含まれている」ところの「祈りと聖歌」や教会で口伝として伝えられた「聖者伝」という口承文化をとおして、また何よりもその真髄を彼ら自身の「堪え忍んできた無数の、そして無限の苦しみにみちあふれた長い世紀」のなかで身をもって会得することで学んできたのだ、と。またかかる認識は流刑経験をもつ自分にして初めて可能になったと、彼はこう書いている。

「なぜならば、わたしはわが国の民衆をこの目で見て、彼らを知っているからである。かなりの年月を彼らとともに暮らし、彼らとともに食事をし、彼らとともに眠り、自分も『悪人の仲間に入れられ』、彼らとともに文字どおり手をまめだらけにして重労働にふくしていたことがあるからである」[84]。

ドストエフスキーはくだんの連載第二回目「環境」にこの「無意識の理念」についてこう書く。いわく、

「この『不幸な』という言葉によって、民衆は『不幸な人たち』につぎのように語りかけているように思われる。――お前さんたちは罪をおかして苦しんでいる。しかしわれわれだってやはり罪がないとは言えないのだ。もしわれわれがお前さんたちの立場に置かれたら、――ことによると、もっと悪いことをやってのけたかもしれないのだからな。われわれもうすこしましな人間であったなら、あるいは、お前さんたちも監獄へ送られるような悪いことはしないですんだかもしれないのだ。自分がおかした犯罪の報いで、そしてまた世間一般の無法状態のおかげで、お前さんたちは重荷を背負うことになった」[85]。

彼はこう強調している。「この考え方は純ロシヤ的なものである。ヨーロッパのいかなる国民のあいだにもこんな考え方が認められたことはなかった」[86]と（なお、この記述に対応する『死の家の記録』の随一の箇所は第一部・第一章の結び、および第四章と第二部第二章の徒刑囚と医者の関係を述べた箇所、またクリスマスにはさまざまな種類のパンや

お菓子が囚人への贈りものとして「町のあらゆるすみずみから監獄に持参される」模様を描く第一部・第十章であろう。[87] なお医者と囚人との関係についての記述は、神を医者に擬し、罪人を病者に擬した『マタイ福音書』のくだんの節を彷彿させる。参照、本書「はじめに」)。

ドストエフスキーがここで重視しているのは、犯罪者の裁き手たちが自分たちにも罪があると考え、「良心の呵責」を自ら負い、心を痛ませることで「その判決の重荷の半分を自分のものとしてその身に引き受ける」という関係性が誕生していることである。そして自らに道徳的責任を感じることは犯罪者に対して憐れみを感じるにしても、当然彼ら自身も道徳的責任を負うと認識することでもある。そして道徳的責任を認めるということは個人の主体的決断の自由を承認することなのである。彼は強調する。このような個人の自発的な道徳的責任感に支えられた環境改善の営為によってのみ環境の改善はなるのであり、「社会的ハーモニー」は初めて醸成されると。

この点で、彼はキリスト教的社会主義と「無神論的」社会主義との対立点を次の如く簡明に押しだす。前者の立場はこうである。

「環境の圧力を十分に認め罪をおかした人間に対する憐憫の情を高唱したうえで、なお人間に環境との戦いを道徳的義務として課し、どこで環境が終わり、どこで義務がはじまるかという境界を人間のために設ける」。

これに対して、後者はこうである。

「人間を社会組織のどんな小さな欠陥にも左右されるものとして、環境論は人間をまったく無人格なもの、個人のありとあらゆる道徳的義務、ありとあらゆる自主性からまったく解放されたものにしてしまい、想像しうるかぎり最もいまわしい奴隷状態にまでおとしいれる」[88]。

（くだんの「蟻塚」とはまさにこの奴隷状態を指す言葉にほかならない）

第十六回「現代的欺瞞のひとつ」章はまず何よりも次の点できわめて興味深い。すなわちこの章は、『悪霊』がかのニェチャーイエフ事件から大きなインスピレーションを得て「ニェチャーイエフ的人物」を何故に「社会の基本的な信念に動揺をきたした懐疑と否定の時代」の象徴的人物、「わが国の現代の最も病的な最も悲しむべき特徴」を体現する人物としてこの小説の中心に据えたのか、その理由を、ドストエフスキーが彼自身の若き日の決定的な体験、いわばニェチャーイエフ・グループの前史をなすというべき「ペトラシェフスキー・グループ」の一員として自らが経験した諸問題を率直に振り返りながら論じた章なのである[89]。まさにこの章は『悪霊』への作者自身による解説といってよい。

彼はこう回想する。

――自分たちペトラシェフスキー・グループは「政治的社会主義」に先行する「理論的社会主義」の時代を生きていたのであり、その「理念に感染していた」と。

彼はこの二つの社会主義の概念区別をこう語る。

前者は後者の掲げた理念を実現しようと暴力革命に訴える政治的実践に着手したわけだが、その「本質」は、現存社会にとって代わる未来社会の本格的な探求に実はあるのではなく、未来社会の誕生のためには「現在の社会は崩壊されねばならない」というただその一点に固執する破壊主義にあり、結果として、それは有産階級への無産階級の復讐欲望を代表するだけのものに成り下がった、と。

他方後者は、まだ社会主義を「この上なく明るいこの世のものとも思われぬ道徳的な光に包まれている」、「キリスト教と同じもの」、キリスト教の現代的発展形態と考え、「最高度に神聖である道徳的な、そして何よりもまず、全人類的な、例外なしにすべての人類の未来の法則」の如きものとみなしていた。それは、キリスト教的観点から見た「現代社会の根底そのものの非道徳性、宗教や家庭の非道徳性、私有財産所有権の非道徳性〔略〕四海同胞を実現するための国籍の廃止とか、人類全体の進歩にブレーキをかけるものとしての祖国主義への蔑視」等々の理念に満ちたものであり、既に一八四六年の時点で、自分はベリンスキーからの感化によってこれらの「真理」と「未来の共産社会の神聖さ」に「一も二もなく身を捧げていた」[90]。だからまた、逮捕され死刑宣告を受けたときも流刑となったときも、自分たちは「殉教者」的覚悟に燃えていたから怯むことはけっしてなかった、と[91]。

とはいえ、この回想の最後の重点は、これまでの考察が何度も取り上げた点、理念の実現を暴力革命によって図るという「政治的社会主義」がそこに介在するならば、「なんともいえぬ暗黒の世界、手のつけようもない混沌とした世界、おそろしく粗野で、盲目的で非人間的な妙な世界」(かの「蟻塚」)が出来上がってしまい、社会主義は実現する前に自ら崩壊するにちがいない、というドストエフスキーの判断にある。そして、この章でも彼はこの問題を先に「環境」章で見たと同じく、「いったんキリストを拒否したならば」という選択の視点から論ずる[92]。イエスの人格に象徴される共苦の愛のエートスを革命の必要の名の下に拒絶するならば、ということである。

かくてドストエフスキーによれば、この問題の環を鋭く自覚できなければ、たとえ、きわめて良心的で純朴な人間たちですらも「このようなグロテスクな悪行に手を貸すことになりかねない」。この問題を描きだすこと、それが『悪霊』の試みであった。[93] ペトラシェフスキー・グループは幸いにしてまだ「理論的社会主義」の局面に立っていたから「ニェチャーイエフ的人間」になる危険に出会わずに済んだ、とはいえ、「政治的社会主義」の局面の到来はすぐ後に控えていた。「ニェチャーイエフ的人間」は明らかに彼らのなかにも潜在していたといわざるを得ないのだ。

とはいえ、ペトラシェフスキー・グループは二重の意味で幸運であった。結局その流刑のおかげで、「政治的社会主義」の局面に立たずに済んだという意味でも、またくだんの問題の環についての深い認識へと促されたという意味でも。

ドストエフスキーはくりかえす。その体験が自分たちに与えた贈り物とは、「民衆とじかに接触したことであり、共通の不幸の中での民衆との同胞的結合であり、自分も民衆と同じものになった、彼らと肩を並べられる、いやむしろその最下層のものと同等のものとなったのだという認識」であったと。[94]

しかし、それは裏返しにいえば、地主貴族を主たる出身階級とするロシヤ知識人と民衆世界とが「底知れぬ深淵によって」隔絶しており、民衆は知識人を——たとえ徒刑を共にする相手であったとしても——自分の「仲間」の一員にはけっして加えないことを身をもって知ることでもあった。『死の家の記録』第二部・第七章「抗議」はその点を実に印象深く描きだしている。[95] 同書の結び近くこうある。出獄にあたって囚人たちと別れの挨拶を交わしたとき、彼らの挨拶はにこやかではあっても「仲間同士のそれからは遠く、まるで旦那に対するような態度だった。中にはそっぽを向いて、けわしい顔をし、わたしのあいさつに応えない者もあった。またある者は、むしろ憎悪のこもった目で、わたしをにらんだ[96]」。

ジョルジュ・サンドへの熱烈な追悼文が語るもの

『作家の日記』一八七六年、六月号にはジョルジュ・サンドを追悼する二つの文章が収められているが[97]、その二つは、若きドストエフスキーと「理論的社会主義」との関係や彼がその後追求した《イエス主義的社会主義》とも形容し得る「キリスト教的社会主義」の思想を理解するうえで、また彼の諸作品に登場する少女像の淵源を探るうえでも欠かすことのできぬ彼の重要な証言が孕まれたものである。

彼によれば、彼女はかのフランス大革命が掲げた「自由・平等・友愛」の理念（この三者を一体とし得る社会の建設）が、その後の革命の経緯のなかで一方では裏切られ続け欺瞞と変わり、他方ではもはや実現不可能とするシニズムが横溢する時代がやって来たかに思えたその時、このユートピア的理念の意義を確信し、その最も正統な断乎たる継承者として社会主義思想が登場したという十九世紀フランスの、ひいては全ヨーロッパの精神史的出来事を代表する作家なのである[98]。ドストエフスキーはこう書く。彼女はカトリックの、しかも「理神論者」であったが、実質においてはロシヤ正教と同様に信仰の根拠をイエスの如き人格の出現に置く「最も完璧なキリスト教の信仰告白者の一人」であったというべきであり、「彼女は人間の道徳的感情、人類の精神的渇望、完成と純潔を追求する人類の意欲の上に、その社会主義、その信念、希望、理想の基礎を置いたのであって、蟻塚的必要性を基礎としたのではない」と[99]。

彼は、彼女の作品を初めて読んだのは十六歳の頃であったが、そのあと「一晩中熱に浮かされたようになった」と告白している[100]。また彼女の作品に登場する一番惹かれた少女像をこう特徴づけている。「悪徳の巣窟の真っ只中に紛れ込んでいたという場合でも、決してそれを恐れず、またそれによって汚されることもありえない、誇りに満ちた純潔さを身につけている、うら若い女性のひたむきで、誠実な、だがまた世慣れていない性格」と[101]。こうした少女像への感激がその後今度はドストエフスキー自身の諸作品に投影されたこと、このことは明らかであろう。さしずめ『罪と罰』のソーニャはその筆頭であろう。

ドストエフスキーの「政治的社会主義」批判の予言性――不破哲三『スターリン秘史』に関連づけて

日本共産党前委員長不破哲三の労作『スターリン秘史』を読むと、われわれはドストエフスキーの「政治的社会主義」批判があたかもスターリンの画策し主導した二つの「巨悪」(不破)、すなわち、「農業集団化」とその後に起きる世に「大テロル」と呼ばれる党内大粛清、この二つの恐るべき残酷非道な愚行を予言するものとなっていることに気づき、戦慄を覚えないわけにはいかない。

不破は次のことを実に克明に暴き出している。

まず第一に、レーニンが労働者階級と農民階級の同盟関係を樹立することを主眼に据えて、社会主義への農民の支持を取りつけるべく、社会主義経済システムのうちに市場経済を導入し農民がその余剰作物を自由販売し利益を得ることを許可する「新経済政策(ネップ)」を打ち出したにもかかわらず、スターリンはこの政策を破棄し、表向き、トラクターの大量導入による農業生産力の飛躍的増大を可能にするための農地の大規模統合と農作業の集団化を謳い文句とした「農業集団化」政策を強権発動したこと。しかもこの政策の本質は、実は農民から余剰作物の自由販売権を奪い彼らの労働収益を全面的に社会主義国家の軍事的強化のために供出させる強権措置である点にあったこと。そのさい、この政策に反対する農民には無差別に「富農(クラーク)」=反革命分子のレッテルを貼り、即決裁判による銃殺を頂点とする苛酷な処罰を加え、その犠牲者はなんと一千万人に上ったということ、を。[102]

不破はチャーチルの回顧録からこの件についてスターリン自身がチャーチルに語った言葉やそのときの様子を詳しく紹介し、またゴルバチョフの次の回想も引用している。[103] 実はこの「農業集団化」の強行は農業生産力の増大どころか、当時ソ連を襲った旱魃を引き金とする歴史上稀なほどの大飢饉をもたらした。その原因についてゴルバチョフは次のような見解を披瀝しているのだ。

「巨大な集団化が、何百年にもわたって積み重ねられた従来の生活基盤を根底から覆し、それまで慣れ親しんできた農業経営と農村での生活形態を突き崩した。私の見るところでは、これが最大の要因だった。もちろんこれに旱魃が加わった。二つが相乗的に影響し合ったのだ。恐ろしいほどの飢餓だった」[104]。

この彼の言葉は、それをドストエフスキーに関連付ければ次のことを実によく示していると思われる。すなわち「農業集団化」とは、ほかでもない、まさにドストエフスキーが「ロシヤ民衆の社会主義」の生成の根拠とみなした、ロシヤ農民が農奴制下にあっても独立的に持した共同体的相互扶助と農村自治の基底となったかの民俗的強度をもった「土地共同体」、それを根こそぎにすることであり、代わりに理論一辺倒ないわば「数学的な頭」がでっち上げた手前勝手の机上プランを強権的に上から一方的に押し付けることであったこと（しかも、それ自体がたんに表看板に過ぎなかった）、またそのことによって農村の自前の自己防衛救助力を破壊し去ったこと、そのことが旱魃をたんなる旱魃に留めず大飢饉にまで導いたこと、これらのことを。

つまりドストエフスキー的にいえば、スターリンのおこなった政治とは、もっとも劣悪で残酷な形態における「政治的社会主義」の執行であり、その犯罪性とは、まさにそうであったがゆえに「ロシヤ民衆の社会主義」の可能性を根こそぎにしたことにあるということになろう。

しかも第二に、こうした「政治的社会主義」に本質的に孕まれるルサンチマン的粛清主義的暴力性はこの「農業集団化」を成し遂げるや否や、今度はその暴力の鉾先をソ連共産党自身に向け直し、かつてはレーニンの指導下で相共に同志として一九一七年革命を闘った党幹部たち――トロツキーやブハーリンを筆頭とする――のほとんどにナチス・ドイツの手先に成り下がった「裏切り者・内通者」との烙印を押し、ことごとく「反革命分子」として処刑する大粛清、世にいう「大テロル」となってブーメラン的に回帰することになるのだ。

不破によればこの粛清劇は、スターリンがおのれの専制体制を確立すべく、それ以前レーニンの指導下で営まれてきた党内生活のあり方・党内論争の処理方法の実際を身をもって知る一世代、いいかえればスターリンと同輩関係にある党員世代をまるごと消滅させるという意図による恐るべき粛清であった。不破が資料を駆使して示すところによれば、一九三四年の第一七回党大会選出の中央委員と候補、計一三九名のうち九八名、七〇％が、その後「裏切り者・反革命分子」として銃殺され、赤軍にあっては、トハチェフスキー元帥以下首脳部八名（元帥五人のうち三名）、ほとんど全部の海軍軍管区司令と陸軍司令官、全陸軍政治委員、軍司令官一六人中一五名、軍団司令官六七名中六〇名、師団司令官一九九名中一三六名が同じく銃殺された。また赤軍政治部長ガマールニク大将は自殺した。[105] しかも重要なのは「ソ連社会を変えた本格的なテロルは、それと並行しておこなわれた中央・地方での大量テロ」であったこと、[106] その結果五年後の第一八回党大会参加代議員で前述の同輩世代に属する年齢の者はなんと二％、一五七〇名中わずか三四名に激減したことである。[107] 推定によれば、一九三七年—三九年に三五〇万人—四百万人が「反革命分子」の名の下に弾圧され、そのうち六〇万—六五万人が銃殺され、残りは収容所に送られたといわれる。[108]

なおここで不破のこの労作に一言批判を述べるなら、彼の事実究明の情熱とその徹底性は実に称賛に値するものだが、その問題究明の依って立つ視点は全事態の責任を「巨悪」と形容するほかないスターリン個人の悪魔的な権力欲望、復讐心、謀略心にひたすら帰すところにあり、次の問題を問うという視点があまりにも不足していると私には思われる。すなわち、何故にかかるスターリンの暴挙と権謀術策が功を奏し、それにソ連共産党員の大半がほとんどまともな抵抗もできずに呑み込まれ、全員がスターリンの暴挙の被害者・犠牲者であると同時に共犯者になったのかという問題、これを問う視点である。

私は以下のことが問われなければならないと思う。

すなわち、かかる大悲劇がソ連共産党員における如何なるメンタリティーの醸成を土台として成り立ち、その醸成は当時のソ連マルクス主義を支配したどのような観念要素・意識様態と当時の実践経験――とりわけ近親憎悪関係となるいわゆるメンシェヴィキとの主導権争い――との相互作用から生成したのか、そしてこの点からそもそもマルクス主義総体を反省的に振り返るなら、粛清主義的メンタリティーへの滑落の危険をあらかじめ予期しそれと有効に闘う上で、如何なる問題意識の欠如、思想的理念的不備、この問題の理論的主題化の遅れ、党組織論の欠陥等々があったのかという反省、これが当然生まれなければならない。そしてこの反省的自己吟味からは当然次の反省が生まれよう。

すなわち、そもそも権力論を中核に据えるリアルな具体的な政治的上部構造論自体が、革命を追求する当のマルクス主義にあってあまりにも未形成であり、しかもそうした未形成がそもそもマルクス、エンゲルス、レーニン自体の史的唯物論構想自体に起因するのではないか？　という。しかも私が考えるに、スターリンとヒトラーを経験した後に位置するわれわれにとっては、そうした諸問題はたんなる政治理念論や制度組織論に解消されてはならず、権力欲望とルサンチマン心理との関係性をめぐる実存的精神分析学的問題――「集団的無意識」の問題を射程に置いた――によっても媒介されなければならないはずである。そしてマルクス主義者なら、こうした複雑にして豊富な政治的上部構造論を展開する能力を果たしてそもそも史的唯物論はもち得るのか？　という根本的反省をおのれに課すべきなのだ。

ドストエフスキーとの関連でいえば、右に指摘した問題の心理学的側面に関してわれわれは彼から学ぶべきことは大である、と私は考える。「巨悪」なるスターリンの実存的精神分析もきわめて興味ある問題設定であるし、彼が抱えたその問題が――あたかもヒトラー個人のメンタリティーとナチ党員の共有されたメンタリティーとがどのようにシンクロナイズ（共振）するかの問題に類似して――ニーチェ的にいえば、ソ連共産党員の「心理学的類型」分析という問題とどのようにシンクロナイズするか、これは解明されるべき重要問題である。

この問題の環において、人間の抱えるルサンチマン心理への天才的洞察者たるドストエフスキーの「政治的社会主義」批判は、またこのテーマにかかわる『悪霊』を筆頭とする諸小説の箇所は、きわめて示唆に富む（なお読者には、ぜひ終章において触れた「マニ教主義的善悪二元論」メンタリティーの問題も参照していただきたい）。

ドストエフスキーの「犯罪」論――『作家の日記』から

ドストエフスキーにおいて、彼の社会主義論は『罪と罰』が実に印象的に示したように、そもそも「犯罪」はあるのか否かという問いを根底に置く「犯罪」論と一体のものであった。逆にいえば、彼の「犯罪」論は「社会主義」論との切り離しがたい結びつきをとおして展開されるものであった。実にこの事情こそが彼のキリスト教論、イエス解釈、さらには人間観察、つまりはドストエフスキー文学そのものの個性を規定するものなのだ。

この問題の関連性を実に直截かつ簡明に示すのは『作家の日記』一八七七年、七・八月号の第二章における議論である（実はこの議論は、第三章にまたがるトルストイの『アンナ・カレーニナ』をめぐるドストエフスキーの本格的な論評――特にその主人公レーヴィンに焦点を据えた――の一部をなし、トルストイが抱く「人間の有罪性と犯罪性に対する見解」についての論評として展開される）。

実にその議論は、「アブノーマルな環境におかれた人たち」がなす犯罪行為を果たして人間は裁く権利をもつのか、もつとしたら如何なる意味あるいは範囲においてもち得るのかという問いを中核において展開される。だからそれは、この議論でも当然そうなるのだが、くだんの社会主義論とそのまま連結することにもなる。

ドストエフスキーの簡明なる整理によるなら、西欧社会がこの問いに対してなす「解決」は二種類に分かれる。

「第一の解決」とは次の如き見地である。[109]――たとえその環境自体がそもそも犯罪的なのであり、だから犯罪はその環境に染まって犯罪に走った人間に先立って既になされていたというべき側面を大いに持つとはいえ、そこまで認めて個々の犯罪に対して寛大となったら社会自体の秩序が崩壊してしまう。だから、これまでの人間の歴史が仕上げてきた成文化され、「善と悪とがはっきり区別され、秤にかけられている」法典というものに、「盲目的に従って」、だからまた本当は犯罪者に対して「非人間的な」処罰を下すことになるとしても、「これより解決策はない」と決断して事を処理すべきだ。

つまりそれは、先のゾシマとイワンとの議論のなかに出てきた従来国家がなしてきた裁きの論理、かの犯罪者に対する切除主義的な処置の論理である。あるいはまた、私の聖書論からいえば、古代ユダヤ教に発する強烈なる律法主義の伝統である。

「第二の解決」とは、まさにこれまで縷々紹介してきたドストエフスキーの小説に登場する「無神論」的社会主義者の「正反対」の見解である。すなわち――犯罪の責任はあげて犯罪的な環境に帰せられるべきであり、「犯罪者には責任はなく」、「社会とその構造の畸形を根絶やしにする必要がある」。とはいえその社会改造を地道に追求することはきわめて時間がかかり、成果に乏しい。だから、「いっそのこと社会をすっかり破壊して、箒ででも掃き出すように古い秩序を一掃してしまい」、そのあとに「科学」に基づいて新秩序を一挙に創出するという方策しかない。

ドストエフスキーは議論の締めくくりにこう書く。ここでもかの「蟻塚」という言葉が登場する。いわく、第二の立場は「未来の蟻塚を待ち望みながら、世界を血の海にしようとしているのだ」と。そして、第一と第二の双方を振り返ってこう結論する。「人間の有罪性と犯罪性についてのこれ以外の解決法を、西欧の世界は何ひとつ提示していない」と。[110]

ところで注目すべきは、以上のように問題を提示したうえで、次にドストエフスキーがトルストイを称賛しつつ、こう述べていることである。彼のなかには次のことが「明らかに、疑問の余地もないほどに明白に示されている」と。[三] では、何が？

「人類の中に悪は社会主義の医者たちが考えているよりもはるかに深くひそみかくれていること、いかなる社会組織にあっても悪をまぬがれることはできないこと、人間の魂はいつになっても同じままであること、異常性と罪は人間の魂そのものから出るものであること、そして最後に、人間の魂の法則はいまだに不明のままであり、科学の世界にとっては未知の世界であって、あまりにも茫漠とした、あまりにも神秘的なものであるので、いまだこれを治療する医者はいないし、またいるはずもなく、究極的な裁き手すら存在せず、存在しているのはただ『復讐するは我にあり、我これを報いん』と言うものだけであること〔略〕。

いうまでもなく、右の一節は実は何よりドストエフスキー自身の見地である。彼はここでは、この問題の捉え方にトルストイのなした最高の洞察という形を被せるとはいえ。彼はこうトルストイを絶賛する。

「〔右のことが、清〕人間の魂のまことにすばらしい心理解剖の中に、恐ろしいほどの深さと力とをそなえて、これまでわが国において一度も見られなかった芸術描写のレアリズムの手法で描き出されている」。

しかし、このトルストイへの称賛句は、実は彼が彼自身に与えた自己評価基準あるいは文学目標そのままであることは明白である。彼にとっては、右の洞察あるいは嘆息があって初めて宗教の次元、つまりイエスへの信仰の場が開けるのである。いいかえれば、「第一の解決」も「第二の解決」も実は解決にならないのだ。人間には究極において犯罪を真に正確に裁く資格がない。「いまだに解決されていない神秘の法則の前に低く頭をたれる」ほかになすことがない。その自己嘆息とそこから生まれる謙虚さが、初めて神の、あるいはイエスの『慈悲』と『愛』にすがる」ことが実は「唯一の解決法」であることを自覚せしめるのである（この観点は、道徳的「自力」信仰の挫折があってこそ初めて宗教的「他力」信仰の場が開けるとした西田幾多郎の観点と深く通ずるところがある。参照、拙著『聖書論Ⅱ』第五章「西田幾多郎と終末論」。なお西田はドストエフスキー文学をキリスト教的終末論の真髄を示すものとして高く評価している。彼の遺作ともいうべき「場所的論理と宗教的世界観」の背後にはドストエフスキーとの対話が隠されている。彼がどこまでドストエフスキーの「犯罪」論を理解していたかは知る由もないが）。

この観点からドストエフスキーの文学を振り返った場合、彼の文学が、また当然『作家の日記』が右にいう犯罪の「神秘性」の側面に常に如何に強い関心を払ってきたかが気づかれる。実に次の言葉がこれまで取り上げてきたトルストイ称賛のなかに登場する。あたかも自分のこれまでの文学営為にエールを贈るが如くに。

「悪が人間の全存在を支配し、その一挙一動をがんじがらめにして、これに抵抗しようとするあらゆる力、あらゆる考え、魂に影を落としてくる闇とたたかうあらゆる意欲を麻痺させ、意識的に自分から好きこのんで、復讐の情熱にかられるままに、光明のかわりにその闇を魂に受け入れようとする、有無をいわせぬ状態が描きだされているところ」云々と。(112)

またまだから『作家の日記』を見渡すならば次のことも実に特徴的である。そもそも同書は彼が報道をとおして接した様々なる犯罪事件と、それをめぐる裁判――まさにその犯罪をそもそも「犯罪」と認めるか、認めるとしたら如何なる「犯罪」と捉えるか、その認識が問われる格好の舞台たる――についての彼の批評に充ち溢れているといい得る。そのさい彼の視点をこよなく特徴づけるのは、犯罪に走るさいの犯罪者の心理状態を「精神錯乱をともなわない狂気状態」として問題化する視点[113]、これを彼が持している点である。また通常われわれが「魔がさす」という言い方で示そうとする、行為者本人の主体性、つまり意識的自己コントロールを内側から突き崩す深層意識層に潜んでいた情動の突発性、その偶然性――それが或る偶然的な出来事を刺激として発動するという――に強い関心が払われているという点である[114]。

かくて、ドストエフスキーの「犯罪」論は次の問いの線上に常に展開することになる。すなわち、「環境」なり、運命的に与えられた「性癖」なり、深層意識・無意識に巣くう秘匿された情動が、人をして如何ともしがたくその犯罪に走らせたという被決定の客体的存在の側面と、しかし、その犯罪者は意識者として決断する自由とそれが生む自己責任を免れ得ない自己決定者＝主体的存在であるという側面、この両側面を如何に総合的に問題にし得るかという問いの線上を。

ところで、そもそもこうした犯罪の心理学的側面への深い関心を養ったものこそは多種多様な犯罪者と起居を共にした彼のシベリヤ流刑経験であったこと、またその圧倒的な作品的証言こそが『死の家の記録』であることはいうまでもない。この点で一言つけくわえれば、同作品で展開される彼のいわば「笞刑論」のなかでの次の観察、すなわち笞刑にサディスティックな快楽を見いだしている刑吏のジェレビャトニコフ中尉についての観察は、サディズム論としても、また刑吏側のサディスティックな犯罪性の告発としても同書の一つの白眉をなす箇所であろう[115]。

以下、内容は省いて、ドストエフスキーの「犯罪」論として注目すべき『作家の日記』の箇所を挙げておく。
――『作家の日記』1、一八七三年・第三章「環境」、第十章「仮装の人」。『作家の日記』2（一八七六年一月

—六月）・第二章・第三節「少年犯罪者のコロニー……」、第二章・第一節「クローネベルク事件について」から始まるその全節、五月、「カイーロヴァ事件」を論じた第一章の全節、『作家の日記』3（一八七六年七月—十二月）十月・第一章・第一節「単純な、だが厄介な事件」から始まる全節、十二月第一章・第一節「ふたたび単純な、だが厄介な事件」から始まる全節、『作家の日記』5（一八七七年七月—十二月）七・八月号・第一章の全部。

『作家の日記』におけるトルストイ論

なお、『作家の日記』のなかで注目すべき彼のトルストイへの言及が含まれるのは以下の諸章、諸節である。『作家の日記』4、一八七七年、一月号・第五節「名の日の祝いの主人公」（なおこの一節は、トルストイの『幼年時代と少年時代』への称賛がドストエフスキーの《受難した子供》のテーマと深く結びついていることを強く印象づける）、二月号、第二章・第一節と第二節。『作家の日記』5、一八七七年、七・八月号・第二章と第三章の全部、その全体はトルストイの主人公たちが遂に地主貴族の限界を打ち破れず、ロシヤ民衆との真の結合を実現できなかったことへの強烈な批判によって貫かれている。この点で、ドストエフスキーは、自分の方はくだんのシベリヤ流刑をとおして民衆と起居を共にし、民衆の実像を知っているが、トルストイはそうした経験をもたず民衆の実像を知らない貴族の旦那衆の一人に過ぎないと暗に匂わせている。かくてトルストイへの称賛と批判が縒り合さったアンビヴァレントな関係性が全編にわたって実に印象的である。

なおそこでの議論には、当時、オスマン・トルコ帝国がセルヴィア、ヘルツェゴヴィナ等に住むスラヴ諸民族に加えたトルコ帝国の暴虐に対し、スラヴ諸民族への連帯を表すロシヤからの義勇兵派兵の国民運動が起き、これを熱烈に支持するドストエフスキーと、むしろそこに民族主義的熱狂を煽ることで自分の国内支配を強化しようとするロシヤ皇帝の策略を見てシニカルな批判的立場を持すトルストイとの対立、この両者の確執が深く絡みあっている。

「社会主義とドストエフスキー」：山城むつみの場合をふりかえる

山城の『ドストエフスキー』においては、「社会主義とドストエフスキー」というテーマはどこまで、またどのように取り扱われているか？　この点を簡略にではあるが批評しておきたい。

まず彼の『罪と罰』論である第二章「ソーニャの眼――『罪と罰』」においてはどうか？　確かにそこにはラスコーリニコフのくだんの老婆とリザヴェータ殺しが山城のいう《善を為さんと欲して悪を招来する》「歴史の真の恐ろしさ」の一例であることの指摘はある。[116] しかし、この殺人が、彼のくだんの《非凡人の犯罪権》思想に裏付けられており、しかもそれが社会主義革命論と連携しているという問題連関に関する言及は一切ない。そもそもこの問題連関についての論述が一切ないから、このテーマをめぐって『罪と罰』と『悪霊』と『カラマーゾフの兄弟』とのあいだに深甚なる関連が、テーマの継承性が成立していることへの指摘も当然ない。

ついでに述べておくなら、私は本書の第三章でソーニャの「大地への接吻」思想とその大地信仰との関連を大きく取り上げるが、山城の第二章はその副題にもあるように中核にソーニャ論を――キルケゴールの自己犠牲論をいわばサーチライトとしながら――据えるものである。だが、そのソーニャ論には私が非常に重視するこのテーマはまったく登場してこない。そこには「大地への接吻」という言葉すら登場しない。したがってまた、私が注目してやまない「大地への接吻」思想の系譜学的連関、つまり、『罪と罰』のソーニャとリザヴェータ、『悪霊』のマリヤ・レビャートキナ、シャートフ、キリーロフ、チホン、そして最後に『カラマーゾフの兄弟』のゾシマ長老とアリョーシャへと受け渡されてゆく「大地への接吻」によって象徴される「大地信仰」の汎神論的思想動脈に関する注目も彼にはまったくない。

では戻る形になるが、彼の第一章の『悪霊』論（「黄金時代の太陽――『悪霊』」）においてはどうか？　本書の「はじめに」でおこなった山城への私の批判的言及がいちばんかかわりをもつのは実はこの第一章である。そして、そこには彼のいう「歴史が常に秘めているパラドックス」にかかわってドストエフスキーと当時の社会主義運動（バクーニンやニェチャーイエフ、さらにはマルクス、等）とのあいだに成立した葛藤的関係が論じられてはいる。しかもそれは、私が注目した当時ロシヤに民俗的強度をもって存在した「農村共同体」にこそ西欧にはない社会主義の民衆的基盤を発見しようとする志向がたんにドストエフスキーだけでなく、多くのロシヤの社会主義者を、のみならずマルクスをも含めて捉えていた事情を明らかにし、大変刺激的である（同書、一一三―一一八頁）。またドストエフスキーの「黄金時代」表象にはこの「農村共同体」の理想化されたヴィジョンがこの表象のギリシャ神話的起源と結合される形で入り込んでいることへの的確な指摘もある（同書、一一五頁）

とはいえ、その議論は当のドストエフスキーの長編世界の具体的展開と内容的に十分媒介されてはいない。だからそこには、本書の第一章で執拗に問題にした関連――「無神論」的社会主義と、「ロシヤ民衆の社会主義」と一体のものとしてのドストエフスキー的「キリスト教的社会主義」の可能性と、汎神論的「大地信仰」、この三者のあいだに張り渡された葛藤の緊張関係――に明示的にかかわるような論述、これはまったく存在しない。だからまた、社会主義とドストエフスキーとの関係性や如何にというテーマをめぐる『罪と罰』と『悪霊』と『カラマーゾフの兄弟』とのあいだの深甚なる関連、これが同章の問題検討の場に引き出されるということもない。私が延々と紹介したヴェルホーヴェンスキイーがスタヴローギンに真意を明かすくだりについての考察もなければ、言及さえない。

では、彼の第六章「カラマーゾフのこどもたち――『カラマーゾフの兄弟』」ではどうか？　そこには「大審問官」という言葉はかなり頻繁に出てきて、「大審問官」とイワンとの関係性を論ずる議論も展開されるにせよ、読者の視点からいえば、そもそも「大審問官」表象にドストエフスキーが如何なる思想的問題性を担わせたかをめぐる山城の議論自体がそこにはないから、この第六章を読んでも読者は本書で私が立てた右の問いに深くかかわり重なる議論に出会うことはない。結局、彼の『ドストエフスキー』はそれらの問題関連についてはまったく無関心なのである。

《正統キリスト教批判》問題をめぐるドストエフスキーとニーチェとの複層的関係性

本章で見たドストエフスキーのローマ・カトリックへの批判はわれわれに正統キリスト教に対するニーチェの次の批判をただちに想起せしめる。すなわち、『権力への意志』の「宗教の批判」章の「キリスト教の歴史」節のなかで彼は正統キリスト教をこう批判した。

――正統キリスト教が生みだす「キリスト教徒」という「類型」は、自分たちが「元々否定したすべてのものを徐々にふたたび取り入れる」、彼らは、「市民、兵隊、司法官、労働者、商人、学者、進学者、僧侶、哲学者、農夫、芸術家、愛国者、政治家、『君主』となる（略）彼は、誓って否認しておいたすべての活動をふたたび取り上げる（――自己弁護、審判、刑罰、誓約、民族と民族との間の区別、軽視、立腹（略））。キリスト教徒の全生活は、ついには、キリストが離脱することを説教した生活とまったく同じものとなる」云々と。[117]

私の『聖書論Ⅱ』第一章「ニーチェのイエス論」に示したように、この彼の批判はその前提に次の認識を据えるものである。すなわち彼によれば、くだんのイエスの「愛敵」の思想は端的に「原始キリスト教は国家を廃止する」と評し得るものであり、かかる思想の成立する「前提」は「まったく非政治的なユダヤの社会」[118]（傍点、ニーチェ）にある。すなわち、イエスの精神を文字通り体現するものとしての「キリスト教はもっとも私的な生存様式としては可能である。それは、狭い、引きこもった、完全に非政治的な社会を前提とする」[119]と。

とはいえ、このニーチェの批判はくだんの拙著で強調したように、実はきわめてアンビヴァレントな性格の批判でもある。というのも、このようにイエスの名を騙って古代ユダヤ教的「義人国家」主義に還るだけでなく、まさにドストエフスキーが批判するように、積極的に教会の国家化・キリスト教の「西ローマ帝国」化に走る正統キリスト教の自己欺瞞をニーチェは痛罵するにせよ、彼自身は「国家」へと成長せざるを得ない人間社会にとって「戦争」こそは「本質的常態」なのであり、イエス的な愛敵と平和の思想は人間にとって何らリアリティーをもち得ないと論告するからだ(拙著、二四頁)。彼にとっての究極の選択は、自己欺瞞なき暴力の断固たるディオニュソス的自己肯定か、それとも「愛敵」の仮面を被った自己欺瞞に満ち満ちた小賢しい「正統キリスト教」的暴力肯定か、そのいずれかである。イエス的立場自体は人間にとってはリアルな選択の対象とはなり得ないのだ。

後に本書第四章の後半で詳論するように、右の『権力への意志』でのニーチェの議論は彼のドストエフスキー読書とほとんど重なっている時期の彼の断想集から後に採集され編集されたものであり、そこでも触れたように、正統キリスト教の提出する救済思想を、イエスの思想の真髄——人間の「神化」をとおしての地上での「浄福」的生の実現——を取り落とすだけでなく、ほとんど真逆の主張へと歪曲するものと考えるニーチェの批判と、ロシヤ民衆の大地信仰とイエスの救済思想のなかの「生命主義」的契機とを結合しようとするドストエフスキーの観点とは、深く重なり合う側面をもつ。

とはいえ、ニーチェにはドストエフスキーにとって決定的なテーマとなる母性愛経験を根底に置く共苦の愛による魂の新生のヴィジョン、これはまったく欠落する。ニーチェにとっては「共苦」の心性は理解の彼方にあるものでしかない。彼が知るのは「同情」のみであり、この「同情」は相手の生きる苦悩への「共苦」の身振りの下に、その実小賢しい自己優越感の密かなる享受を底意にもつものでしかない。他方、彼の提唱する「力への意志」を賛美する「主人道徳」(強者の道徳)の掲げる戦士道徳にとっては「同情される」ことほどの屈辱はなく、真の「戦士的友愛」は如何なる「同情」も排してひたすらに相手の、つまり彼我の戦意と戦闘能力を称賛しあうことのうちにのみ成立を見る。

この契機においては、ニーチェにとってドストエフスキー文学ほどに遠い存在はない。まさに「社会の廃物、神経障害者、『子供のような』白痴ども」[120]らデカダン（＝生命力衰弱者）の文学以外の何物でもない。ドストエフスキーを知ったことは自分にとってスタンダールを知ったことをも上回る生涯最高の幸福であったとまで絶賛するニーチェの言葉の端々に、しかし、このアンビヴァレントな関係性は常に屈折の陰影を落とす。

第二章　ドストエフスキー的キリスト教の諸特徴

ドストエフスキー的キリスト教の三つの特徴

ドストエフスキーの理解するキリスト教、それは『カラマーゾフの兄弟』においてはゾシマ長老の掲げるキリスト教として登場する。その真髄は、人間が「良心の呵責」に取り憑かれ、それを苦悩するという人間的事実（実存的現実）のなかにこそ、この宗教が神の顕現を見て取り、人間は必ず救済されるという信仰の根拠を見いだすという点に示される。そのことについては既に前章の「キリスト教的社会主義の可能性」節で言及した。ここではその点をさらに掘り下げてみたい。すると、これからの議論が次第に浮き彫りにしていくように、次の三点がドストエフスキー（＝ゾシマ長老）の理解するキリスト教の大いなる特徴であることが明らかとなろう。その三点をあらかじめ結論先取り的に提示すればこうである。

第一に、それは「神と不死の存在」への信仰の有無をくりかえし問う点で、一見パウロのいうイエスの肉体を伴う死後復活の奇蹟に信仰の根拠を据えるように見えるが、[1] またドストエフスキーが或る友人に宛てた私信には彼がこのパウロ的見地を強く肯定する文言が書かれもするのだが、しかし少なくとも、彼は小説作品の上ではそうしたパウロ的主張を前面に押しださなかったことである。むしろ反対であり、小説においては、彼は信仰の根拠を如何なるものであれ奇蹟に置くことを拒絶して、ひたすらに右に述べた人間の実存的事実、「良心の呵責」を生きる力を人間が有するという点に信仰の根拠を据えようとしたのである。この事情を指してドストエフスキーが『カラマーゾフの兄弟』のなかで使った言葉を用いれば、小説が押しだす彼のキリスト教は「現実主義」的キリスト教なのである（この興味深い問題については、あとの「パウロ的復活論と……」節を軸に幾度も触れることになろう）。

第二に、それは「良心の呵責」の根底に古代ユダヤ教的な律法主義的心性がおのれに課する呵責を見るのではなく、何よりも、愛の生命力がおのれに課する自責を見て取る立場を表す。またこの点で、人間における愛の生命力・愛という生命力の育成の源泉を幼少期における愛経験・記憶――もちろんまず何よりも親による愛護の経験から生まれる「愛され＝愛する」経験――に見る。だから、大人による虐待に傷つき苦しむ《受難した子供》の苦痛と悲しみに何よりも共苦（compassion, Mileiden）し連帯するキリスト教として現れる。

『作家の日記』のなかにこういう一節がある。

「現代の子供たちもいずれは神聖な思い出を持つようになるに相違ない。〔略〕それでなければ生きた生活は中断されてしまうからである。子供の時分の思い出からその人生に繰り入れられた神聖で貴重なものがなければ、人間は生きていくことすらもできない。〔略〕こうした思い出はあるいはどうにもやりきれない、苦いと言ってもいいものであるかもしれないが、しかし苦しみも過去のものとなればやがてはその人の魂にとって聖なるものに変わりうるものなのだ。人間は大体において、その過去の苦しみを愛するように創られているものなのである。そればかりでなく、人間はもともと必然的に、その過去の要所要所に点を打ち、それによって将来の目標を定め、習慣的にそしてまた自分の教訓のために、それを土台にしてせめてなにかまとまったものを引きだそうとする傾向をもっている。そのさい、最も強烈で最も影響力の大きな思い出は、ほとんどつねに子供の時分の思い出と相場が決まっている。したがって、思い出や印象、それもおそらく、この上なく強烈で神聖な思い出や印象が現代の子供たちによって人生に繰り入れられることになるのは、疑う余地もない(2)」。

右の一節にかかわってここで予告しておくならば、私はこの章の「ゾシマ長老の言葉を……」節、補論Ｉ『白痴』における『不死』問題」、補論Ⅳ『一八六四年のメモ』とドストエフスキー的キリスト教」において次の主張を展開するであろう。すなわち、ドストエフスキーにあって「不死」の思想の支柱となって現れるのは、何よりも人間の生命力を支える精神的支柱たる愛の記憶の継承性（もちろん無意識化されたそれも含め）である、と。[3]

また『白痴』から次の言葉も引いておきたい。それはムイシュキンの言葉だが、いうまでもなくドストエフスキーの思想を端的に表す言葉、ドストエフスキー的キリスト教の原理を表す言葉だ。いわく、「共苦こそ全人類の生活にとって最も重要な、ひょっとすると、唯一の法則だからである」[4]。

なお、右の引用のなかの「共苦」の語に関して次のことを注記しておきたい。実は木村浩訳では「共苦」は「同情」となっているのだが、上から目線の、裏側に自己優越感の享受を隠し持った「同情」――ニーチェが嫌悪し批判してやまなかった――と理解されるのを避けるために、私は「共苦」と敢えて訳した。共苦は、苦悩者の担う苦悩への尊敬・労わり・連帯の深き感情の地平に成り立つ[5]。

第三に、それは「無神論」的社会主義の主張、すなわち、社会機構の全面的変革による「全人類の改造」理念と張り合うことのできる社会主義を内蔵するキリスト教として、わかりやすい言い方をすれば、人間の魂に愛を育てるどころか憎悪・復讐・支配の欲望を育てるあらゆる機構・環境・事態に対するおのれの如何なる傍観者的加担・共犯も許さない精神、この意味の道徳的自責能力を最重要の精神的資質として信徒に要求するキリスト教として現れる。

先の第二の点に絡めていえば、仮に眼前のその《子供の受難》に対しては直接の責任が自分にない場合でも、そこに生じている《子供の受難》を一つのシンボルと取れば、一切の《子供の受難》が消滅しないあいだは、すべての大人は大人であるかぎり、《子供の受難》を引き起こす社会機構・環境が存続しつづけていることへの加担者・共犯者という側面を否応なく背負わされるのであり、自分は無罪だと考える人間ほど実は傍観者という加担者としての役割を果たすことになるという逆説がそこに成立することになる。ドストエフスキー文学において作中人物がその回心の時に必ず「何よりも罪を負うべきは自分だ」との自責の言葉を口にするのはこのゆえである。既に私はこの点を第一章・『作家の日記』第一巻、第二章『往時の人たち』……」節で縷縷論じた。

「裁判長の架空の訓示」節（『作家の日記』一八七七年、七・八月号）が示すドストエフスキーの思想

先に引用した一節に示唆されるドストエフスキーの観点、くりかえせば、人間がおのれの内に愛の感情と思想を育てるうえで幼少期経験が如何に決定的な意義をもつかを強調してやまない彼の視点は、彼の作品の随所に現れる。たとえば、『作家の日記』一八七六年二月号でなされる弁護士スパソーヴィッチへのドストエフスキーの執拗きわまる批判はこの視点からのものであるし、(6) いわばそれとメダルの裏と表の関係に立つ『カラマーゾフの兄弟』における弁護士フェチュコーウィチのドミトリー弁論（本章次節）もまさにそうである。くだんの引用を含む一八七七年の『作家の日記』には「裁判長の架空の訓示」という節があるが、これは当時実際にあった親による我が子虐待事件をめぐる裁判を題材として、彼が自分をこの裁判の裁判長に擬し、裁判終結にあたっての被告人に対する裁判長訓示を架空に創作することをとおして、前述の二つの議論の土台をなす彼自身の思想を真正面から展開した節である。(7) 実にそれは、彼の子供論・愛論・教育論・家族論（当時のロシヤの家庭関係が「偶然の家庭」と呼び得るものへと変質したことをテーマとする）が混然一体となった*大評論*であり、一読に値する。

人間の抱える最重要の実存的問題のリアルな認識――現実主義的キリスト教の信仰根拠

『カラマーゾフの兄弟』の第一編第五章「長老」章はアリョーシャを登場せしめるにあたって、彼を「狂信者」や「神秘主義者」と対置しながら、「誰にもまして現実主義者だったような気がする」と特徴づける。[8] しかも興味深いことに、「現実主義者を信仰に導くのは奇蹟ではない」とわざわざ注記し、こう続ける。「現実主義者にあっては、信仰が奇蹟から生まれるのではなく、奇蹟が信仰から生まれるのである」と。[9] また、彼がゾシマ長老を師として信仰の道に入ったのは「もっぱら、当時それだけが彼の心を打ち、闇を逃れて光に突きすすもうとあがく彼の魂の究極の理想を一挙にことごとく示してくれたからにほかならない」[10] と。

では、ここでいう「奇蹟」とは何を指すのか？　またアリョーシャを信仰に導いたとされる「究極の理想」とは？　私はまず後者の問題から入って、しかる後に前者の問題を取り上げることにしたい。

次の問いから入ろう。

何故にアリョーシャはここで「現実主義者」と形容されているのか？　また、彼がゾシマ長老に出会ったとき、右にいう理由からゾシマの言葉だけが彼の心を打ったというのだが、それは同小説に即してもっと具体的にいえば如何なる問題を指してのことなのか？　いったい善良なる魂の化身に見えるアリョーシャが、逃れるべき如何なる「闇」を抱えていたというのか？

この問題を考えようとするとき、実にわれわれは前節で述べた《受難した子供》という問題に導かれることになる。

読者にはいきなり過ぎて突拍子もないことと思われるであろうが、説明をわかりやすくするために、私は途中経過を省略して、『カラマーゾフの兄弟』の実質的な最終場面、ドミトリーの父殺しの嫌疑をめぐる裁判において弁護士フェチュコーウィチがおこなう最終弁論の場面に飛ぶことにしたい。

フェチュコーウィチはその最終弁論の終結部において、仮に実際ドミトリーが父フョードルを殺害したとしても、次のことは考慮されねばならないとして、こう議論を展開する。

まず彼は、一般に人々が「父親殺し」という出来事に、あるいは言葉に接したときに胸中に「ほとんど無意識に、本能的に」抱くであろう戦慄と嫌悪に言及する。(11) なぜそうなるかといえば、彼がいうには、かかる殺人は「われわれを生んでくれた人の血を、われわれを愛してくれた人の血を、われわれのためなら自分の生命も惜しまず、幼いころからわれわれの病気に心を痛め、一生われわれの幸福のために苦労し、われわれの喜びや成功だけを生き甲斐として生きていた人の血」を流すことだと、そう誰もが思うからであり。(12)「父親」という言葉・概念は自動的に人々の思考をこの方向に誘うからだ、と。

とはいえフェチュコーウィチはこの点を確認したうえで、フョードル・カラマーゾフはこの概念に当てはまるような父親ではなかったと主張し、こう続ける。子供にとって「ある種の父親」は悪しき運命が与えたもっとも残酷な「災難のようなもの」であることがある、と。この彼の指摘は、『カラマーゾフの兄弟』においては、かつてゾシマ長老が述べた次の指摘と呼応している。そして、この指摘は同小説のエンディングを飾るイリューシャの埋葬に集まった子供たちを前にしてのアリョーシャの演説のなかでそっくりそのままくりかえされる。いわく、

「なぜなら人間にとって、親の家ですごした幼年時代の思い出ほど尊いものはないからだ。家庭内にたとえほんの少しでも愛とむすびつきとがありさえすれば、ほとんど常にそうだと言ってよい。どんなにひど

い家庭でも、こちらの心が尊いものを求める力さえあるなら、尊い思い出がそっくり残ることはありうるのだ[13]」。

既に述べたように、この言葉に次のゾシマの視点が凝縮している。すなわち、愛の生命力を育むもっとも重要な基盤となる時期として幼少期を捉え、そこにおける親子関係が愛を育む関係であったのか、それとも逆に、愛を子供から剥奪し、愛を求める子供に屈辱を与え愚弄し、そうすることでその子供に終生抱え込む復讐の欲望、人生そのものへの憎悪心、《世界》憎悪の感情を刻印することとなる関係であったのか、それを問う視点が。

フェチュコーウィチは、まさにこの点で、フョードルはかかる「尊い思い出」を一片もドミトリーに残すことがなかった「災難」に等しい悪父だったと論告する。――彼はくだんの「父親の概念」にまったくそぐわない父親であったのであり、ドミトリーにとっては「子供のころから憎むべき相手であり、仇敵であり、侮蔑者」でしかなかったと述べ、こう続ける。

「父と認められぬ父親に対する愛情など無意味であり、不可能であります。無から愛を生みだすことはできません。無から創造できるのは、ひとり神だけであります」。

そして、既に一度引用したが、彼は法廷にこう呼びかける。

「わたしは〔略〕世のすべての父親に向かって、『父親たる者よ、なんじの子供らを悲しませるな!』と叫ぶものです![14]」。

もちろん彼によれば、以上の問題はそのまま「母親」の問題でもある。彼は、われわれが既に本書第一章・「ゾシマとイワンの共鳴関係……」節において見た、かつてゾシマ長老がイワンの「教会的社会裁判」の思想に賛同したときに語ったことと等しい観点を次のように主張する。

――ドミトリーを世間一般が理解するくだんの意味での「父親殺し」の下手人として有罪とし、彼の幼少期の苦しみには一顧だにせず、彼の幼少期以来の内面の苦悩に慈悲の一かけらも示さないならば、おそらく彼はひそかにこう思うであろうと。

「この人たちは俺の運命のために、俺の躾や教育のために何もしてくれなかったんだ。俺をもっといい人間に、真人間にするために、何一つしなかったんだ。〔略〕これでおあいこだ、これからは何一つ借りはないし、だれにも永久に負い目はない。この連中が憎むなら、俺も憎んでやる。こいつらが冷酷にするなら、俺だって冷酷になってやる」と。[15]

そして彼はこう続ける。

「誓ってもいいですが、あなた方が有罪にすれば、彼の気を軽くしてやるだけです。良心を楽にしてやることになるのです。彼はわが手で流した血を憐れむことなく、呪うようになるでしょう。それとともに、あなた方は彼の内の、まだ可能性のある人間を滅ぼすことになるのです。なぜなら、彼はこれから一生、悪意にみちた盲目的な人間でありつづけるからです」[16]。

フェチュコーウィチはこう陪審員たちに呼びかける。「あなた方の慈悲で彼を圧倒してください」と。復讐の悪意で凝固まろうとする彼の魂を「慈悲で圧倒し、愛を施してやれば、その魂は自己の所業を呪うようになり」、良心の力を取り戻し、おのれの良心の呵責をとおして、そのような呵責に自分を引き渡す力の源泉たる愛の生命力を取り戻すのだ、と。そのことであなた方は「ロシヤの裁判が単なる懲罰だけではなく、破滅した人間の救済でもあること」を立証すべきだ、と。[17]

ここで私は次のことを書き添えておきたい。『作家の日記』にはクローネベルク事件——父による七歳の娘への虐待——をめぐる裁判を論じた一節がある。[18] そこで展開される、この父に対する弁護士スパソーヴィッチの弁論に対するドストエフスキーの冗長に過ぎるとの印象を与えるほどの執拗きわまる批判（彼の弁論は、娘虐待の重い事実から傍聴人の注意を巧妙に逸らさせようとするものだ、という）は、スパソーヴィッチの弁論をちょうどこのフェチュコーウィチの弁論のいわば反対モデルの位置に立たせるようで興味深い。次のことも付言しておこう。十分に愛されなかったことによって自己肯定感をもてぬままに育つ人間の苦悩を描いたという点で、ドストエフスキーはトルストイの『幼年時代と少年時代』を「実に素晴らしい筆致で描き出された、少年の心を題材にした、きわめてまじめな心理探究のエチュード」と『作家の日記』のなかで称賛している。[19]

議論を戻す。既にわれわれには、右のフェチュコーウィチの訴えがそのままゾシマ長老の訴えに重なるものであることは明白であろう。またこの視点は、スメルジャコフの実存が抱え込んだ悲劇を透視するそれでもある。フェチュコーウィチはその最終弁論のなかでスメルジャコフについてこう述べる。

——彼は「度はずれに野心的な、復讐欲の強い、嫉妬心に燃える男」であり、彼が「自分以外のだれをも愛さず、ふしぎなほど高く自分を評価していた」のは、また「ロシヤを呪い、ばかにし」、「フランス人に帰化することを夢見ていた」のは、ひとえに彼が「自分の出生を憎み、それを恥じて、《スメルジャーシチャヤの子供》（同時に「臭い女の子供」という意味をもつ、清）であることを歯ぎしりしながら思い起こしていた」人物であったからだ、と。[20]

つまり私の言い方をもってするなら、スメルジャコフもまた《受難した子供》の一人なのだ。ただし、この「受難」をくだんの「自尊心の病」（それも度を越した）に陥るという最悪の形でしか、つまり極端な自己愛と如何なる他者も愛さぬ他者憎悪と、それが生むロシヤ憎悪＝《世界》憎悪においてしか生きることができなかったところの、結局は自殺に行き着くほかなかった悲劇的人物の一人なのである。

ドストエフスキーが最終弁論の場でフェチュコーウィチにくだんの世の父親への訴えを叫ばせるとき、その彼の叫びはこのスメルジャコフの実存の悲劇をも視野に入れてのことだということ、これはいうまでもない。愛の経験を積むうえで基盤となる幼少年期において、愛どころか、その反対の恐怖・いいしれぬ屈辱・おのれの無価値化、憎悪等々をひたすら内面化するほかなかった《愛されぬ子供》の受苦、その受苦から悪魔的な強度をもって立ち上がってくる自殺欲望と表裏一体の《世界》への復讐欲望、何にもまして人間の抱えるこの実存的問題の重みをドストエフスキーは問題にする。そして彼はフェチュコーウィチにこう語らせる。「現実生活は自己の権利を有しているだけでなく、それ自体が大きな義務を課すものであります。その領域内においては、われわれはもし人道的になりたいなら、そして結局はキリスト教徒でありたいならば、思慮と経験によって正当化され、分析の試練をへた信念だけを実行する義務と責任があるのです」（傍点、清）と。[21]

右にいう「信念」とは何か？　いうまでもなくそれは、いましがた述べた「《愛されぬ子供》の受苦」が示す「実存的問題」を人間は根源的に抱え込んでいるという「信念」、これである。

ここでわれわれは本章の冒頭に掲げた問いに戻る。何故にアリョーシャは「現実主義者」と形容されたのか？　それは、彼がこれまで縷々述べた人間の抱える最重要の実存的問題を身をもってリアルに認識していた者だからである。実はアリョーシャ自身が《受難した子供》の抱えるくだんの実存的問題をおのれの「闇」として抱え、そこから脱出するための「光」・「彼の魂の究極の理想」、いいかえれば、その受難からスメルジャコフ的な復讐欲望の権化と化す道に向かうのではなく、その苦悩の経験を糧に人間にとって愛し＝愛されることがもつ根源的な魂の救済＝治療の力を自ら思い知り、だからこそ同様の苦悩のなかで迷路――愛への渇望と、復讐的憎悪との両極に切り裂かれた魂のアンビヴァレンス――に陥った人間たちへの深い共苦に貫かれた先輩的指導者・治療者・看護師・医者へと成長するという生の方向性を必死に模索していたのだ。

なおこの点で、私は次の問題を指摘しておきたい。

アリョーシャが母ソフィア・イワノーヴナについてどのような記憶の持主かはこの小説の書き出し、まさに第一編第一章にこう書かれる。

「彼女が死んだとき、幼いアレクセイは数えで四つだった。実に不思議なことではあるが、彼がそのあと一生、もちろん、夢の中のようにぼんやりとにせよ、母親をおぼえていた」と。[22]

そしてこうつけくわえられる。「終生、母の顔立ちや愛撫を（まるで生ある母が目の前に立っているように）おぼえていた」と。[23]　また、ドストエフスキーはこうした母性愛享受の記憶はたいていの人間において既に二歳ごろの記憶として保持されるものだと注釈を加えながら、この記憶をこうも特徴づける。いわく、

「ただ一生を通じて、さながら闇の中の明るい点か、あるいはまた、全体はすでに色あせ消えてしまった

巨大な絵からちぎりとられ、わずかにそれだけ残った小さな片隅のように、光に浮かんでくるものである」[24]。

このことに関連してさらにわれわれは次の二点に注目すべきである。

第一点は、くりかえしになるが、まさにスメルジャコフにあっては、幼少期の記憶はまるでアリョーシャと正反対に――フェチュコーウィチの述べたとおり――恥辱と母親憎悪に塗りたくられているということである。第二点は、アリョーシャと同じ母をいただく兄弟であるにもかかわらず、この小説がイワンに与える記述には、右に見たアリョーシャの記憶に類似した母への思慕に満ちた愛の記憶は一片たりと登場しないことである。ドストエフスキーはイワンの母性愛体験の有無、その程度、あり方について小説的な展開を与えていない。だが、それがアリョーシャの如き思慕性を伴うものではないことは暗示されている。スメルジャコフのイワンに対する「兄弟愛」（山城むつみの鋭い問題把握）はたんに父フョードルへの憎悪のみならず、この問題の契機も内蔵してはいないか？

アリョーシャに戻れば、とにかく母への思慕に満ちた記憶と結びつくかかる問題、兄ドミトリーやイワン、それにスメルジャコフまでをも含むところの、「カラマーゾフの兄弟」に分有された危機に満ちたこの実存問題、これこそが「当時それだけが彼の心を打った」問題であり、それに真正面から答える師としてゾシマが現れたのである。先に見たフェチュコーウィチの問題提起する「信念」と、ここにいう「闇を逃れて光に突きすすもうとあがく彼の魂の究極の理想」とが同じ事柄を指していること、それは明白である。

なおここでもう一点指摘を重ねたい。右の一節は、第三部第七編「アリョーシャ」に描きだされるゾシマの遺骸が放つ死臭が多くの人々の奇蹟待望を裏切るものとして作用し、大きな動揺が起き、その動揺を反ゾシマへと扇動する者として神秘主義者の苦行僧フェラポント神父が登場する経緯、これと対になっている[25]。

だがまさにアリョーシャは、結論からいえば、その動揺を敢然として突破し、あらためてかつ決定的に、人間のもっともリアルで切実な実存問題とその《これしかない唯一なる》解決方向への確信、この現実主義的確信にこそキリスト教徒(=イエス主義者)たらんとするおのれの信仰の根拠を置き据えるに到るのだ。そして、そもそもゾシマ長老のキリスト教がかかる現実主義的キリスト教であって奇蹟に信仰の根拠を据えるサクラメント的キリスト教ではなかったのだ。

先に私があとで取り上げるとした「奇蹟」の問題、それはこの点にかかわる。

パウロ的復活論とドストエフスキーの問題位置

新約聖書にはイエスが引き起こした様々なる奇蹟が報告されている。とはいえ、奇蹟中の奇蹟、それは十字架に掛けられ惨殺されたイエス自身が死後、しかし三日して肉体を伴って墓場から復活したという奇蹟であろう。

周知の如く、パウロはこの復活の奇蹟を信じるか否かをキリスト教の信仰者たるか否かの試金石とみなした。私はくだんの『聖書論I』においておおよそ次のように問題を提起した(同書、三二五―三二七頁)。

――古代の正統キリスト教を代表する論客の一人であるテルトゥリアヌスは「肉体の復活を否定する者は、いかなる者であれ、異端者であり、キリスト教徒ではない」と宣言し[26]、他方、グノーシス派はそうした解釈を「愚者の信仰」と呼び、復活とはイエスの存在を信者がその内面においてその時点においてのみならず未来においても霊的に経験できること(イエスの隣在・臨在)の象徴・比喩にほかならないと見なし

た。(27)

ところで、このテルトゥリアヌスの主張は次のパウロの言葉に依拠するものであったと思われる。すなわち、パウロは『コリント人への第一の手紙』のなかでこう述べた。「もしも死者たちの甦りがないとするならば、キリストも起こされてはいない。もしもキリストが起こされていないとするなら、実際われわれの宣教も空しく、あなたがたの信仰も空しい」と。(28) あるいはまた、「しかし今やキリストが、眠りについている者たちの初穂として、死者たちのなかから起こされているのである。〔略〕アダムにおいてすべての者が死ぬように、そのようにキリストにおいてもまた、すべての者が生きるようにさせられるだろうからである」(29)と。つまり彼によれば、イエスの復活は改心した全人間（＝キリスト教徒）の地上における死後復活、もはや死の恐怖を免れた永遠の生への到達の予言であり保証なのである。だからまた彼は同書のなかで、終末の時に「キリストは、王国を神すなわち父に渡し、またその時、神はすべての君侯たちと、すべての権威と権力とを壊滅させる」と述べつつ、「最後の敵として死が壊滅させられる」とする。つまり彼は古代ユダヤ教の掲げる救済思想との関係でいえば、救済の最終目標にユダヤ教がけっして問題にしたことのない「死の壊滅」を置きながら、他方ではこの「死の壊滅」展望に明らかにユダヤ教の救済思想が帯びる強烈な「現世内的」性格を帯びさせようともしたのだ。復活は「身体」を伴う復活であってこそ「復活」であるという論点、したがって「身体」を伴う復活であるか否かの問題への態度決定こそが正統キリスト教か異端かの分水嶺であるとするパウロに由来する論点、この論点は、そのさいの「身体」は――改心を遂げ真のキリスト教徒になった者の身体であるがゆえに――もはや復活以前の罪深い「肉」的身体ではないという注釈を伴うものであれ、その「復活」ヴィジョンが明らかにその「現世内」的な性格に力点を置くものだという事情を示している。つまり、彼においても人間各個人の現世における新生――

しかももはや永遠に死を知ることのない——の可能性こそがテーマであることを。

確かに、このような身体を伴う地上における死後復活は人間の常識を超えた秘蹟以外の何物でもない。とはいえパウロにあっては、その秘蹟性こそが人間の原罪へ赦免を——人間がそれを真に悔いるならば——神が与えるという「新しき契約」がイエス・キリストの犠牲死によって締結されたことの証拠なのであり、また、同様な地上における永生が信仰を共にする人間、つまりキリスト教徒すべてに起きることの約束の意味をもつのだ。

ついでに一言すれば、あとでも触れるが、ニーチェはこのパウロの復活論を「異教的神秘教」と呼んだうえで、[30]真の意味での地上における新生（人間の「神化」として実現される「浄福的生」）の実現へと人間を具体的実践的に励ますものではなく、ほんとうのところは実現するか否か誰も証明できない死後復活の空約束に（しかも、その永生願望とはその実死を恐怖して今の狭小な利己主義的自己の保全願望にほかならない）自己救済のエネルギーを縛り付け、生の重心を現世から絶えまなく空想の無内容な「死後」へと移し替える役割しか果たさないものと批判した。

（参照、本書第四章・「キリーロフの『人神』思想と……」、『聖書論Ⅱ』第一章「ニーチェのイエス論」）

ここで考察をドストエフスキーに移すならば、実に興味深いのは次の点である。

一方で、彼は右のパウロの主張を、ニーチェと反対に肯定しているようにも見える。というのは、これは山城むつみが取り上げた資料なのだが、晩期のドストエフスキーはソロヴィヨフの神秘思想への共感とも重なりながら、イエスの死後復活と、それを徴（しるし）とし約束とするキリスト教徒全員の死後復活を説くパウロ主義的な救済論を肯定する立場を披歴しているのである（付言すれば、本書六六頁に示したように、『罪と罰』にはラスコーリニコフがイエスのみならずラザロの復活も信じると断言するシーンが登場する。ただし、いわばエピソード的にである）。

友人のペテルソンが彼にこう問う。あなたは「復活は現実的なもの、ひとりひとり個別のものとしてある。我々を祖先の霊から隔てている深淵は埋められ、征服された死によって征服される。そして祖先は、単に我々の意識においてではなく、アレゴリーとしてではなく、肉体において実際に、個別的に復活する」、そう考えておられるのか、と。

するとドストエフスキーはこう返事をしたためるのである。

「ここにいる私たち、とはすなわち私とソロヴィヨフですが、我々は、少なく見積もっても、現実的で文字通りの個別的な復活を、そして復活が地上にありうることを信じるものであります[31]」。（傍点、清）

とはいえ、私にとって興味深いのはたんにこの点だけではない。この私信ではそう書きながらも、彼の諸作品ではこの復活の秘蹟への信奉が前面に押しだされ強調されることは一度とすらなく、これまで見たように、むしろ反対に信仰の根拠は常にくだんの人間の実存の「現実主義」的真理に置かれ、「不死」の観念の実質はくだんの愛の記憶論に置かれ続けたということ、このズレなのである。

前節で指摘したように、ゾシマの遺骸が強い死臭を放ち、それが奇蹟を待望していた多くの信徒を動揺させるが、アリョーシャは本質的にはそのような動揺にけっして陥らなかったという場面は、「現実主義者を信仰に導くのは奇蹟ではない」、「現実主義者にあっては、信仰が奇蹟から生まれるのではなく、奇蹟が信仰から生まれるのである」というドストエフスキー文学の最重要なテーゼの一つを印象的に押しだす場面である。つまり、ドストエフスキーがここで「奇蹟」というとき、明らかに彼はイエスの死後復活の奇蹟を念頭にしているのである。

さらにここで指摘しておきたいのは、明らかにこの場面は『白痴』の次の場面と連動しているということである。すなわちそこでは、イポリートがロゴージンの家でホルバイン作の『十字架からおろされたばかりのキリスト』の絵の模写に出会い、次のように述懐するのである[32]

「こんな死体を眼の前にしながら、どうしてこの受難者が復活するなどと、信じることができたろうか?」、「この絵を見ていると、自然というものが何かじつに巨大な、情け容赦もないもの言わぬ獣、〔略〕最新式の巨大な機械が眼の前にちらついてくるのである」。

（傍点、清。なおここには、自然を機械論的に問題にする近代自然科学の視点と、それを巨大な有機的宇宙生命体として捉える汎神論的視点との対立が含意されている）

死の悪臭を放つゾシマの死体、ホルバインの描く無惨なるイエスの死体、それはまさしくイエスの復活も、それが約束するとされる善きキリスト教徒の復活も信じ得なくさせる近代自然科学の「自然法則」のリアリズムであるが、このリアリズムを前にして、それでも揺るがぬ信仰の論理を小説上に押しだすとき、ドストエフスキーが持ち出すのはけっしてパウロ的な「不合理ゆえに我信じる」の信仰論理ではなかった。人間の実存が生きるもう一つの「自然法則」、人間の実存的自然法則としての、また汎神論的自然法則としての、愛の記憶の有無が人間の生のあり方を決定的に左右し、かつ愛の記憶は必ず転生的循環性を形づくって世代から世代へと永遠に継承されるという「現実主義」的な真理だったのである。

くだんの私信が披歴するように実は彼は確かにパウロ的な復活信奉者であった。とはいえ、その奇蹟への信奉を生むのは「信仰」であり、その「信仰」とはあくまでも人間の実存のリアリスティックな認識そのものから生まれるものであった。つまり、あくまでも自分は奇蹟信奉者である前に小説家という「現実主義者（リアリスト）」であった、これがアリョーシャに仮託したドストエフスキー自身の自己表明であったのではないか？　私は本書で、このあともくりかえしこの問題の文脈を、いいかえれば彼の「不死」観念を支える実存認識の文脈を辿り直すこととなろう（本書第四章・『おかしな人間の夢』の……」節、補論I『白痴』における『不死』問題の位相」等）。

ここでこの実存的真理としての《愛の力》という問題の環にかかわって、『作家の日記』から一つ引用したい。一八七六年九月号にこういう一節がある。ドストエフスキーはロシヤのキリスト教の「核心」は何よりもイエスが示した人間（私の言い方をもってするなら「根源的な弱さ」に蝕まれ、それに苦悩することを運命として背負わされた）への愛、憐れみの愛にあることを力説し、まずその核心についてこう述べる。

「（それは）けっして単なる教会の儀式や典礼ではない。わが国の民衆のあいだで、それなくして国民が生きていくことができない、あの根本的な生活力のひとつになってしまっている、生きた感情なのである」。

次いで、この「生きた感情」はイエスが示した人間愛の「御姿」にもっとも呼応し、またそれによって掻き立てられてきたものだとし、こう続ける。

「ロシヤのキリスト教には実際のところ、神秘主義すらもまったく含まれていない。そこにあるのはただ人類愛だけ、キリストの御姿があるだけで——すくなとも、それがいちばん本質的なものである」[33]。

また、この愛が何よりも「不幸な人間」への共苦としての愛であることを強調し、トルコの圧政によって苦難に陥ったセルビア等のスラヴ民族の人々への救援が説かれる場合も、「自由を守るための崇高な事業」への援助を説くよりは、そのメッセージの重心を、そうした崇高な事業に携わる力をまだもち得ない人々が膨大にいることを顧慮し、「人間が不幸であるというただそれだけの理由で援助の手を差しのべること」に置くべきだと論じている。[34]

かくしてゾシマ＝ドストエフスキー的キリスト教の特質はまず何よりもその徹底したイエス主義の姿勢にあるのだ。[35]

右の主張をさらに裏付けるものとして、私は『白痴』から次のムイシュキンの言葉を引用しておきたい。読者は、先の第一章・「キリスト教的社会主義の……」節で取り上げたゾシマ長老の言葉のなかに、その言葉の鮮やかな再現を確認することであろう。またドストエフスキーが宗教問題の本質を、神の存在をめぐるいわば科学的思考の地平における論証可能性の問題として立てるのではなく、これまで見たように、あくまでも人間一般（つまり民衆）の「宗教的感情」の抱える根源的問題として設定していたことを、そこでも確認できるであろう。

ムイシュキンはロゴージンに次のエピソードを語る。――或る百姓女が自分の乳飲み子が初めて見せた笑顔に目を細め十字を切る。その振る舞いに、彼はなぜそうしたのかと尋ねる。以下こう書かれる。

「相手は、『いえ、あなた、はじめて赤ちゃんの笑顔を見た母親の喜びっていうものは、罪びとが心の底からお祈りするのを天上からごらんになった神さまの喜びと、まったく同じことなんでして』と答えたもんさ。〔略〕じつに深味のある、デリケートな、真に宗教的な思想じゃないか。この思想のなかにはキリスト教の本質のすべてが、つまり、人間の生みの親としての神にたいする理解のすべてと、親が生みの子を思うと同じような神の人間にたいする喜びのすべてが、いや、キリスト教の最も重要な思想がことごとく、いっぺんに表現されているんだからねえ！」

そうムイシュキンは語り、さらにこう続ける。

「宗教的感情の本質というものは、どんな論証にもどんな過失や犯罪にも、どんな無神論にもあてはまるもんじゃないんだ。〔略〕そこには無神論などが上っ面をすべって永久に本質をつかむことのできない、永久に人びとが見当ちがいな解釈をするような、何ものかがあるんだ。しかし、肝心なことは、この何ものかがロシヤ人の心に、誰よりもはっきりとすぐ眼につくということなんだ[36]」。（傍点、ドストエフスキー）

この観点が、先に引用紹介した、「共苦」を全人類の生活・生命の「唯一の法則」とみなすムイシュキンの言葉に呼応するものであることはいうまでもない。

『未成年』からの照射

《受難した子供》というテーマが如何にドストエフスキー文学にとって根幹的な意義を有するかという問題を考える場合、『カラマーゾフの兄弟』の直前の長編となる『未成年』もまた外せない。

そもそもその主人公ドルゴルーキーは、『カラマーゾフの兄弟』の遠近法（パースペクティブ）からいえば、その「私生児」としての生い立ちが彼に容赦なく浴びせた屈辱に対する復讐心からまさにスメルジャコフのもつ「度はずれに野心的な、復讐欲の強い、嫉妬心に燃える男」として登場する。とはいえ他面では、スメルジャコフとはまったく反対に、そもそも母へのアリョーシャ的思慕を抱き、当初孤児院に送られ母から棄てられた形になっていたにもかかわらず、母と往き来する生活が始まるやますます母への愛をおのれの実存の強力な支えとする、そうした二重人格的人物（「分身」に纏いつかれた人物）[37]として登場するのだ。この点は本書でこれから幾度か取り上げることになろう（本書第五章・『未成年』における……」節、「《想像的人間》としての……」節）。

ここでは、父ヴェルシーロフが彼に語りかける次の言葉を引用するとともに、『作家の日記』に記されるニェクラーソフについてドストエフスキーが語る思い出もついでに引いておきたい。

まずヴェルシーロフの言葉。

「わしはもうまえから知っていたんだが、わがロシヤには、父親の醜いおこないや環境の冷たさによって辱めを受けて、もう小さい子供のころから家庭というものにひがみをもっている子供たちが多い。〔略〕わしはいつも、おまえはそうした子供たちの一人だが、しかし自分の才能を自覚して、孤独に徹しきろうとしているような人間なのだ、と想像していたんだよ[38]」。

この一節に見事に呼応する一節が『作家の日記』にある。ドストエフスキーはニェクラーソフへの深い追悼を込めてこう彼について回想している。

「わたしはそのときすぐに感じ取ったのであるが、彼はその生涯のごく初期に傷を受けたハートの持ち主にほかならなかった。そしてこのけっして癒えることのない傷こそが、その後の一生を通じて彼の情熱的で悲痛な詩情の根源であり源泉であったのである。彼はそのとき目に涙を浮かべて自分の幼年時代のこと、彼を苦しめてやまなかった両親の家での乱脈な生活のことや、自分の母親のことなどをわたしに話してくれたのだが、〔略〕もし彼の生涯においてなにか神聖な、それもその運命の分かれ目である最も暗黒な瞬間にあってもなお彼を救い、彼のために灯台の役を、導きの星の役を勤めてくれるような神聖なものがあるとすれば、それは言うまでもなく〔略〕誰にも見られないように（彼が話してくれたところによると）どこかの片隅でこっそりと、受難者である母親と、彼をあれほど愛してくれた人間と、互いにしっかり抱き合いながら流した子供の涙、子供らしいすすり泣きという、幼年時代の最初の印象をおいてほかにはないのではあるまいか[39]」。

（また『作家の日記』にはドストエフスキーと彼との劇的な出会いを熱烈な感激を込めて回想する一節もある[40]）

まさにこの二つの節は『未成年』の主題の所在を語る節でなくてなんであろう！　またそれらは、ドルゴルーキーのモデルは実はニェクラーソフではないかとの推測にわれわれを駆り立てるものである。ドストエフスキーによれば、ニェクラーソフとは劇的な出会いをしたにもかかわらず、ほどなく縁を切ってしまうのだが、まさに『未成年』の公刊を機会に再び顔を合わせるようになったという（なお私は本書第五章・「《想像的人間》としての……」節につけた補注でこの推測をさらに推し進めた）。

同小説の最終章においてドルゴルーキーは自分のなした自伝の試み（まさにそれが『未成年』なのだが）を振り返ってこういうのだ。「ほかならぬこの回想と記述のプロセスによって、自分自身を再教育していたこと」、そのことをいまや自分は気づくに至ったと[41]。先に取り上げた問題、『カラマーゾフの兄弟』のアリョーシャを捉えていた「闇を逃れて光に突きすすもうとあがく彼の魂の究極の理想」への問い、まさにこの問いの探求の先行形態となる小説、それが『未成年』なのだ。

最後に『作家の日記』2を取り上げたい。この一節はまさに『未成年』を振り返りながら、ドストエフスキーが《受難した子供》というテーマに賭けた自分の作家的抱負を語った一節なのである。彼は開口一番こう書く。「わたしはもうずっと以前からロシヤの現代の子供たちを主題にした長編小説を書くのを自分の理想としていた」と。[42] まさに『未成年』はその「最初の試み」なのだ。彼はドルゴルーキーを造形した理由をこう述べる。「まだ罪を知らない、だが早くも堕落の恐ろしい可能性と、自分が取るに足りない人間であり『偶然の産物』であることに対する、その年ごろにしては早すぎる憎悪と例の幅の広さによって汚されている魂」、「まだ純粋無垢な魂でありながらすでに自分の考えの中に悪徳が忍び込むことを意識的に許容し、〔略〕恥じらいがちではあるけれどもすでに大胆で奔放な空想の世界でうっとりとそれに見とれている魂」、これを描きたかったのだ、と。[43]

彼は、そう記したあと、実母が継父に斬殺される場面に立ち会わされた二人の子供についての新聞記事に書き及び、そのような陰惨な記憶に生涯心を脅かされながら生きざるを得ないこの二人の子供の人生に想いを馳せつつ筆を擱いている。[44]

『作家の日記』における、《受難した子供》というテーマにかかわる主な諸章のリスト

ここでは内容の論評はおこなわず、右のテーマにかかわる『作家の日記』2以降の章のタイトルだけ挙げることにしたい。

『作家の日記』2、一八七六年、第一章・第二節「今度書く長編小説。ふたたび『偶然の家族』」、第三節「芸

術家クラブのヨーカル祭。思考力のある子供と解放された子供〔略〕」、第四節「黄金時代はポケットの中にある」、第二章・第一節「お手々を突き出す男の子」、第二節「キリストのヨーカルに召された少年」、第三節「少年犯罪者のコロニー。暗い人間の標本。汚れた魂を改造して汚れのないものに〔略〕」、第三章・第一節「クローネベルク事件ついて」、第三節「スパソーヴィッチ氏の弁論。巧妙な手口」、第四節「見せ場」、第五節「ヘラクレスの柱」、第六節「家庭とわれわれが聖とするもの〔略〕」、『作家の日記』4、一八七七年、一月号、第一章・第五節「名の日の祝いの主人公」、『作家の日記』5、七・八月号、第三節「ジュンコフスキー夫婦の実子虐待事件」、第四節「裁判長の架空の訓示」、十二月号・第一章の全部。第二章・第一節「ニェクラーソフの死。その墓前で語られたことについて」。

イワンにおける「神への拒絶」とドミトリーの夢

こうして私の視点においては、くだんの「現実主義」の契機と《受難した子供》の視点という契機とは切り離し難い一体性を結び、ドストエフスキー(＝ゾシマ長老)のキリスト教の決定的な特徴となっている。この点で次の問題をわれわれは見過ごすわけにはいかない。

まず第一の問題は、『カラマーゾフの兄弟』の第二部第五編の「大審問官」章の直前の「反逆」章のなかに登場する、きわめて有名なるイワンの神拒絶の論理をめぐる問題である。

それが語り出されるくだりはあまりに有名であるが、行論の必要上なぞっておこう。しかもあらかじめコメントしておけば、そこでのイワンの議論の運びは本書第三章が取り上げるゾシマ長老の「大地信仰」と融合した信仰論理に正確に対応して、そのアンチ・反措定を刻むものなのである。

まずイワンはアリョーシャに大略こういう。

――神は果たして存在するか否かは、およそ「地上的」思考を超えることができない人間の「ユークリッド的頭脳」には答え難い問題である。存在するにせよ存在にしないにせよ、神が人間にとって「必要」であり、人間には「まったく測り知れぬ神の叡智」・「目的」があって、そこから「人生の秩序や意味」が生まれるのだし、究極において万物と全人間が「その中で一つに融和するという永遠の調和」が実現し、実際宇宙そのものがこの目的を目指して運行しており、「それ自体が神である」という信仰（この点では汎神論的性格をもつ、清）、これが人間には必要であること、それは自分も認める、と。認めるどころか、自分もその信仰を抱く、と。ただし、認めたうえで、自分は神が創造したとされ究極において「永遠の調和」に辿り着くとされるこの世界を受け入れない、辞退したい、と（この、同意したうえで敢えてなす「不同意」を、山城はバフチンに学んで「ラズノグラーシェ」と呼ぶ。なお興味深いのは、このイワンの物言いをそっくり借りて今度はアリョーシャが友人のラキーチンに、敬愛するゾシマ長老の遺骸が悪臭を放って周囲の不信と軽蔑を買うという仕儀となることに憤り、思わず「神の正義」への憤懣を吐露する場面が設定されることである。[45] この点にも本書第一章で取り上げた彼ら両者の《二者一組的なネガ・ポジ関係性》が鮮やかである）。

その不承認の理由が《子供の受難》なのである。いわく、

「ぎりぎりの結着のところ、ぼくはこの神の世界を承認しないのだ[46]」・「すべての人間が苦しまねばならないのは、苦痛をもって永久の調和をあがなうためだとしても、なんのために子供がそこへ引き合いに出されるのか、どういうわけで子供までが苦痛をもって調和をあがなわなけりゃならないのか、さっぱりわからないじゃないか[47]！」。

なお、ドストエフスキーはこのくだりを自ら「わたしは全ヨーロッパに、わたしが『カラマーゾフの兄弟』のイワンのことばに記したのに比べられるような力強い神の否定を見出さなかった」と自画自賛したし[48]、既に二度紹介したように、或る友人への手紙のなかでこのイワンについてこう書いた。「小生の主人公は、小生にいわせれば、否応のないテーマ、すなわち小児の苦痛の無意義ということを取り上げて、そこから歴史的現実全体の不合理を演繹しているのです[49]」（傍点、清）と。それほどに、ドストエフスキーにとって《受難した子供》というテーマは深く重い。

そして、この事情は、ドミトリーの決定的な回心のきっかけとなる「童の夢」のエピソードを描く『カラマーゾフの兄弟』第九編第八章「証人たちの供述。童（わらし）」においても鮮やかである。小説の展開はこうだ。

――父親殺しの容疑でグルーシェニカの目の前で逮捕されたドミトリーは尋問がいったん休憩に入るや、疲れ切って尋問のおこなわれた部屋の片隅のトランクの上に身を横たえる。たちまち眠りに落ち「奇妙な夢」を見る[50]。その夢のなかでは彼は広野を走る馬車のなかにいて、泣き叫んでいる赤子を抱いた貧しい痩せた農婦のそばを通りかかる。御者の農夫はその赤子のことを「童（わらし）」とその土地の方言で呼ぶが、それが彼の気に入る。「いっそう哀れを催すような気がするからだ」。彼は御者の農夫に聞く。「どうして泣いているんだい？」と。農夫は、凍えて寒いからだと答える。しかし、ドミトリーが「どうして？」と問いを発したとき、彼が問題にしたのは実はそうした赤子を泣かせている個別の具体的原因ではなかった。彼が「どうして？」と問うたとき、彼が問題にしたのは、問いの相手に神を指名することはないにせよ、いわばくだんの「反逆」章でイワンが立てたと同じ弁神論的問いと同じ性格の一種の形而上学的問いだったのである。何がこの不条理を正当化するのか、究極において誰が責任を負うべきなのか、自分にも責任があるのかないのか？　といった。

ドストエフスキーはまずドミトリーに問わせる。

「教えてくれよ。なぜ焼けだされた母親たちがああして立っているんだい。なぜあの人たちは貧乏なんだ。なぜ童はあんなかわいそうなんだ〔略〕」。そしてこう続ける。「そして彼は、たしかにこれは気違いじみた、わけのわからぬきき方にはちがいないが、自分はぜひともこういうきき方をしたい、ぜひこうきかねばならないのだと、ひそかに感じている」と。[51]

そうした「不幸な災難」の不条理性は、ドストエフスキーにとって人間の世に必然的につきまとう前提的事態として初めから受け入れられてしまうのではなく、その不条理性がことあらためて主題化されねばならない問題となる。「童」はイワンのみならず、ドミトリーにとっても、多くの虐げられた人々が蒙る不条理のシンボルにほかならない。

問いただされなければならないのは「罪なき者」が蒙る不幸の不条理性であり、その責任者が一体誰なのか？　である。ユダヤ＝キリスト教徒なら、その責任者に神を挙げるか、あるいは人間を、結局は自分を挙げることになろう。自分たちの犯す罪ゆえに神が罰としてこの不幸をわれらに与えたと。神を挙げ、そして、子供の受難の不条理性を盾にとって、神を敢えて拒絶したのはイワンであった。逆にドミトリーは、その責任者に自分を挙げる道を選ぶ。

夢から覚めた彼は臨時の尋問室からいよいよ警察署に連行されるさいに突然叫ぶ。

「みなさん、わたしたちはみんな薄情です、みんな冷血漢ばかりだ、ほかの人たちや母親や乳飲み子を泣かしているんです。しかし、その中でも僕がいちばん卑劣な悪党なんだ、今となったらそう決めつけられても仕方がない！」[52]。

この最後のフレーズは、本章の冒頭で述べたドストエフスキー的キリスト教の第三の特徴を表す点にほかならない。

ゾシマ長老の言葉を振り返る

さて、これまで述べてきたことを前提に置いて、最後にここであらためて幾つかのゾシマの言葉を振り返っておこう。それらの言葉は、彼を慕い、彼に救済の言葉をかけてもらおうと遠路をはるばるやってきた信者の農婦たちに彼が与える言葉である。

この場面に出てくる農婦たちはおおむねヒステリー患者、「癲狂病みの女」たちであり、ドストエフスキーは突然狂乱状態に陥るこれらの女たちについては作中こう説明している。

「なんら仮病でなどなく、主としてわがロシヤに多く見られると思われる、恐ろしい婦人病で、何の医学的な助けもない、正常を欠く苦しいお産のあと、あまりにも早く過重な労働につくために生ずるのであり、いわばわが国の農村婦人の悲惨な運命を証明する病気」であり、またそれだけでなく「やり場のない悲しみとか、殴打とか、その他、一般の例から言っても女性の性質いかんではやはり堪えきれぬようなことが原因になる」そうした心の病であると[53]。

ドストエフスキーは明らかに新約聖書に頻出する「悪霊憑き」に苦しむ女たち――マグダナのマリアを筆頭とする――とそれを癒すイエスの姿を当時のロシヤの農婦たちの状況に重ね合わせ、この場面を作中に設定している。

一人の女は、自分を事あるごとに殴打してやまなかった夫が重い病に倒れたとき、その夫がそのまま死んでゆくことを願い――何をしたかは、それを打ち明けたゾシマのみが知るというように場面を作りながら――、死に至らしめたという罪を告白する。それに対してゾシマはこう応ずる。

「何も恐れることはない、けっしてこわがることはないのだよ、滅入ったりせんでもよい。その後悔がお前さんの心の中で薄れさえしなければ、神様はすべて赦してくださるのだから。心底から後悔している者を神様がお赦しにならぬほど、大きな罪はこの地上にないし、あろうはずもないのだ。それに、限りない神の愛をすっかり使いはたしてしまうくらい大きな罪など、人間が犯せるはずもないのだしね。それとも、神の愛を凌駕するほどの罪が存在し得るとでもいうのかな？　絶えざる後悔にのみ心を砕いて、恐れなどすっかり追い払うのだ。〔略〕悔い改めた一人に対する天の喜びは、行い正しき十人に対する喜びよりも大きい、と昔から言われているではないか。さ、行きなさい、恐れなくてもよいのだよ。〔略〕本当に和解しなさい。後悔しているのなら、愛せるはずだ。愛するようになれば、お前さんはもう神の下僕なのだよ。……愛はすべてをあがない、すべてを救う。〔略〕愛というのは、全世界を買いとれるほど限りなく尊いもので、自分の罪ばかりか、他人の罪まで償えるのだからの」[54]。

（傍点、清）

この言葉にあるとおり、「良心の呵責」、「絶えざる後悔にのみ心を砕く」心術の核心をなすのは《律法》に背馳した恐れではなく、《愛》に背馳したことへの後悔であり、だからまたそれは同時に《愛》の生命力の賦活でもあるという逆説なのである。

この農婦にとって、自分を殴打した夫を死へ至らしめたことへの後悔は、殴打した夫との「和解」であり、その彼を憐れみ愛することの始まりであり、その愛は彼女の罪――根底的には神に対する――を赦すばかりか、彼女を殴打した夫の罪――同様に神に対する――をも彼に代わって償うことなのだ。くりかえすなら、「良心の呵責」とはドストエフスキーにとって「和解」の道を――永遠なる霊魂たちがおのれたちのあいだに――開くことなのである。

実はこの点に「不死」という言葉に彼が込めた意味がある。不死とは、いうならばパウロのいうが如き死者の肉体を伴う現世的復活なのではなく、敢えていえば、むしろアニミズム的な霊魂の不滅、永遠性、転生性なのだ。そしてこの霊魂の不滅性・転生性を人間の側で担保するものは、一言でいえば、愛の記憶が人間の魂にとってもつ永遠性のアウラ（後光）なのだ。そのことは、自分の幼子を亡くした農婦にゾシマが与える次の言葉に鮮やかであると思われる。

貧困のなかで生んだ子供を三人とも死なせ続け、最後に生まれた子もまた三歳になる前に死なせてしまった或る農婦が、そのおのれの人生に絶望してゾシマの前で悲嘆にくれる。その女に彼は『エレミヤ書』のなかの《子を失った母は慰められるのを拒んだ》との一節を引きながらこう諭す。

「お前さん方、母親には、この地上にそうした限界が設けられているのだよ。だから慰めを求めてはいけない。慰めを求める必要はない。慰めを求めずに、泣くことだ。ただ、泣くときにはそのたびに、息子が今では天使の一人で、あの世からお前さんを見つめ、眺めておって、お前さんの涙を見て喜び、神さまにそれを指して教えておることを、必ず思いだすのですよ。母親のそうした深い嘆きは、この先も永いこと消えないだろうが、しまいにはそれが静かな喜びに変わってゆき、お前さんの苦い涙が、罪を清めてくれる静かな感動と心の浄化の涙となってくれることだろう[55]」。（傍点、清）

そして、この言葉をこう結ぶ。

「だって子供さんは生きておるのだよ、生きておるとも。子供さんの魂は永遠に生きつづけ、家にこそいなくとも、目には見えぬ姿でお前さんたちのそばにおるのだからの。お前さんがわが家を憎んでいるなどと言えば、子供はどうして家にもどってこられよう？　ふた親がいっしょのところを見られなかったら、いったいだれのところに戻ってくればよいのだね[56]？」（傍点、清）

古来から全人類が素朴に抱き、現代に至っても、たとえ科学が如何に迷信として否定しようと人間の心性のなかに、まさに「宗教的感情」として生きつづけている根源的な霊魂不滅・転生のアニミズムの基礎の上に、ドストエフスキー（＝ゾシマ長老）は《「良心の呵責」によって「心を砕かれた人々」に与える「憐れみの愛」の治癒力》についてのイエスの思想を接ぎ木するのだ。

私の聖書論の言い方を使えば、「永遠」を、あるいは「宇宙的全体性」を志向し、それへとおのれの地上的現在を乗り越えようとする超越的志向性が、同時に必ず帰還の志向、いわゆる「還相」をもち、この心術の往還性――それは「転生性」とも呼び得る――そのものがまさに「罪を清めてくれる静かな感動と心の浄化」のカタルシス作用を発揮するという心的事情、まさにこの心術の往還性を《愛》という感情力の往還性（相手に向かって往き、我に還る）が生む「和解」のカタルシスとして捉えること、それがドストエフスキー（＝ゾシマ長老）のキリスト教の真髄なのである（なおここにいう往還性・「転生性」の問題については、終章に付けた補注「親鸞における『本願念仏専修説』の……」をぜひ参照されたし）。

『作家の日記』におけるロシヤ民衆世界における女性虐待と「笞刑サディズム」との関連性に対する強い関心

『作家の日記』1、一八七三年、第三章「環境」に次のくだりがある。「諸君は、百姓が女房を折檻しているところを見たことがおありだろうか？　わたしは見たことがある。彼はまず縄か革のベルトで折檻をはじめる」とドストエフスキーは書きだし、そのサディスティックな様子を記し、その百姓は女房のあげる悲鳴を「快感をいだきながらそれに耳を傾けているのだ」と注記する（五五頁）。民衆世界においてロシヤの女性が如何に男から虐待されてきた存在であるかという問題に対する関心、その強烈さは明らかに『作家の日記』を特徴づけるものである。しかもまた、人間がおのれにとって弱者とみなす者に振るう暴力には常にサディスティックな快楽が随伴する事情に注目し続けたという点も。『作家の日記』2、一八七六年、五月号、第二章・第一節「ある施設について一言。……」から始まる全節。この点で注目すべきは、こうした暴力のサディズムの淵源には当時のロシヤの刑罰の中核に笞刑が置かれていた事情が横たわっていることである。実にドストエフスキーのシベリヤ流刑体験の作品的証言というべき『死の家の記録』はこれ全編いわば「笞刑サディズム論」と呼ばれ得る趣をもつ。またたとえばその第二部・第四章「アクーリカの亭主——ある囚人の話」は、この笞刑サディズムが当時のロシヤ民衆の男たちに——恐怖・復讐・支配力誇示、等の無意識化された感情衝動として——深く内面化され、今度はそれが自分の妻への恐るべき殴打のサディズムとなって倒錯的に発現するに至る悲劇性を示唆する章であるといえる。

『ヨブ記』解釈のアンビヴァレンス

さて、この点でもう一点だけつけくわえたい。

『カラマーゾフの兄弟』第十一編・第九章「悪魔。イワンの悪夢」においてイワンの内なる《もう一人のイワン》は、夢のなかで一人の悪魔へといわば外在化し、訪問者となってイワンの前に訪れる。つまり、この悪魔とイワンとの対話は実はイワンの内なるもう一人の自己との自己内対話である。

その悪魔=イワンが半ばちゃかしたようにイエズス会の理解するキリスト教をこう批判する。そこで批判の嘲笑を浴びせかけられるのは、弁神論的立場に立って神の存在を説くことに終始するイエズス会の、その視点である。

――或る侯爵が淫蕩な暮らしが災いして梅毒に罹り鼻欠けとなり、イエズス会の神父を、自分に鼻を取り戻せるよう神に執り成してくれとかき口説く。すると、その神父は侯爵をこう「言いくるめた」と悪魔は笑う。

「わが子よ！　すべては神意の窺い知れぬ定めによって補われるもので、目に見える不幸も時には、目にこそ見えぬが並はずれた利益をもたらしてくれるのです」。たとえば、あなたは鼻を失うという悲劇に見舞われたにしろ、そのおかげで誰ももはや鼻のないあなたにあなたの「鼻をあかしてやる」ような卑劣な計略を仕掛けることができなくなったわけですから、と。[57]

悪魔はこのような「悪い冗談」に類する詭弁をその神父が語ったとまことしやかに語る。とはいえ、このイエズス会に対する揶揄は実はそれに留まらない。悪魔はこうイワンに念を押す。「ねえ、君、僕は君を笑わせたかっただけなんだ。しかし、ほんとのことを言うと、これこそ正真正銘のイエズス会の詭弁なんだよ。誓ってもいいが、一字一句今僕が話したとおりだったんだから」と。[58]

この悪魔のなすイエズス会批判は一見笑劇の一場面であるような装いを採りながら、実はそこにはイエズス会的なキリスト教理解へのドストエフスキー自身の批判が埋め込まれている。そして、それと裏表の関係をなす形で彼の理解する真の信仰のあり方――何を根拠として「神と不死の存在」への信仰が成立するのか、その構造――が示唆されているのだ。

つまり一方に、「良心の呵責」という苦悩を人間が生きるということの人間的事実、この人間の抱える実存的問題を根拠とし、それに訴えかけることをとおして神への信仰を説くドストエフスキーの理解する真のキリスト教のあり方。

他方に、もっぱら独断的に神の存在を権威主義的に主張したうえで、いいかえれば世界創造主としての神を常に地上の王国を統治する王という政治的比喩をとおして表象し、その神が創造した世界に《何故に義人が苦しみ悪人が栄える》が如き不条理が許されるのかという「弁神論・神義論」的問いに直面するや、その不条理を先の如き、最後に応報を必ずもたらす「神意の窺い知れぬ定めによって補われる」という論理によって正当化することで、一方では、自動的に自らを説明責任の義務から解除するとともに、他方ではあくまでも応報はあるとの空約によって応報主義の枠内に信徒を繋ぎとめようとするイエズス会的キリスト教の論理。

これら両者の対置が示唆されているのである。

この点で注目されるのは、『カラマーゾフの兄弟』が旧約聖書の『ヨブ記』に対してとっているアンビヴァレントな態度である。

まずゾシマ長老の言葉に、かつて少年時代に『旧・新約聖書の百四の物語』を読み、そのなかの『ヨブ記』からとったヨブの物語にとりわけ強い感動を受けた思い出を語るくだりがある。その感動は「おどろきと、困惑と、喜び」の入り混じった複雑なものであったという。その彼の思い出のなかに次の見解が登場する。記憶を回顧するゾシマはその見解を「嘲笑や非難をする人々の言葉」、「思い上がった言葉」として非難するが、おそらくはその見解が表す『ヨブ記』の問題性こそがかつて少年であったゾシマの得た感動のなかの「困惑」の要素を構成した当の事柄であったことは間違いない。その言葉とはこうである。

「いかに神とはいえ、自分の聖者たちのうち最愛の者を慰みものとしてサタンに与え、子供たちを奪い、聖者自身をも病気や腫物で苦しめて、陶器の破片で傷口から膿をかきださせるようなことが、よくもできたものだ。それもただサタンに対して『どうだ、わたしの聖者はわたしのためになら、あんなことまでも我慢できるんだぞ！』と自慢したい一心からなのだ[59]」。

ここで私のコメントを差し挟むなら、私にはこの言葉は実に鋭く『ヨブ記』の描くヤハウェ神の心性を突くものだと映る。だからこそ、少年ゾシマは「困惑」せざるを得なかったのだし、イワンはこの「困惑」を「拒絶」にまで推し進める人物として登場することになるのだと思う。事実、『ヨブ記』がこのくだりによってキリスト教神学（全知全能の最高の義と愛を体現する創造主神と神をみなす）にとっての最大の難問、すなわち《邪悪なるものが栄える傍らで、もっとも義なる者が堪えがたい苦悩を背負わされるという不条理は、何故に生じるのか》という弁神論＝神義論の核心的問いを投げかける預言者文書になったことは周知のことである。[60]

　では、ゾシマは先の神批判をどのような論理によって反批判することができたのか？

　実は、『カラマーゾフの兄弟』はそれを示そうとはしていない。むしろそのような人知にとっては答え難い問いに直面しながらも、ヨブが、いわば論理の問題を棚上げにして、「上着を引き裂き、地にひれ伏して叫んだ。『わたしは裸で母の胎を出た。また裸で大地に帰ろう。主が与え、主が取られたのだ。主の御名はとこしえに讃むべきかな！』」という態度をとったことに少年ゾシマが「神秘」を覚えたとするのである。そしてゾシマにこうドストエフスキーはいわせる。

「しかし、そこに神秘があり、移ろいゆく地上の顔と永遠の真理とがここで一つに結ばれる点にこそ、偉大なものが存するのである。地上の真実の前で永遠の真実の行為が行われるのだ[61]」。

　この『カラマーゾフの兄弟』の展開は、私見によれば、ルードルフ・オットーの『ヨブ記』解釈と非常に類似している（もっとも、歴史的順番からいえば後者が前者に類似しているというべきだが）。

　オットーは『ヨブ記』を、彼のいうヌミノーゼ経験の中核をなす《神秘に接しての驚嘆》という要因が「同時に高貴なものと結びついたかたちで、めずらしいほど純粋に現れている」書と特徴づけ[62]、この点で『ヨブ記』は「神議論の放棄や不可能性を伝えているのではなく、逆に確固たる神議論をうち立てようとしている」と解釈されるべきだとする。

　というのも彼によれば、ここに現出する神の「はかり得ない」大きさ・「絶対的卓越性」についての経験＝ヌミノーゼ経験は、それだけで、ヨブに自分の絶対的卑小さを悟らせるだけでなく、「同時に、懐疑に悩まされていたかれの魂を、そのもっとも深い部分から落ち着かせることができるほどのもの」・「かれの魂の苦悩の内的な緩和と充足感」をもたらすものであったことが示されているからだ、と。この背理的で逆説的な神秘的事態の誕生、これこそがオットーにいわせればヌミノーゼ経験そのものなのであり、つまりは神義そのものなのである。[63]

なおここでコメントを一つ差しはさめば、ヨブが叫んだとされる「私は裸で……」云々の言葉は、実は『旧・新約聖書の百四の物語』の記述をそのまま引用しているという形をとったドストエフスキーの完璧な創作ではないかと思われる。『ヨブ記』そのものにあってはただこうあるのみである。すなわち、

「そうです、私はあなたのことを片耳で聞いていました、しかし今、私の目はあなたを見ました。それゆえ、私は退けます、また塵灰であることについて考え直します」と[64]

大地を「母の胎」とみなす宇宙観は古代ユダヤ教にはまったくなく、かの『伝道の書』もそうであるように、この宗教の抱く死後世界の表象には「塵」が象徴する虚無性が纏いついている。そもそも大地母神的宇宙観は古代ユダヤ教にとって仇敵であったバァール=アシェラ信仰の立脚するそれであった。

注目すべきは、明らかにドストエフスキーは右のように創作することで、ゾシマ長老の『ヨブ記』解釈に大地信仰に接続するニュアンスを帯びさせていることである。私の目には、ゾシマ長老（=ドストエフスキー）のキリスト教は「大地信仰」に接続し、それと独特に融合することによって、「弁神論的問い」それ自体を超越する視点、その信仰者をしてかの「すべては素晴らしい」と叫ばしめる《宇宙的自然と他者と自己のあいだを循環してやまない〈生命〉の有機的な汎神論的統一性への信仰》（参照、本書第四章）へと移動していると映る。

それは明らかに超論理的移動であり、「神秘」としかいいようのない感情変容によるおのれの運命の卒然たる受容、世界受容であり、いわば受容がなったカタルシス的喜悦である。

私の聖書論の言い方をもってすれば、『宇宙的全体性への主体転換』によって人間が得ることになるカタルシス的法悦感・エクスタシス」である。[65] まさに前述のオットーの概念を使えばヌミノーゼ的受容でありカタルシスである。[66]

だから、『カラマーゾフの兄弟』において、この移動をなすことができず、くだんの弁神論的問いにあくまで論理による解答を得ようとする立場は「困惑」に留まるほかはない。そしてこの「困惑」は次の局面ではイワン的な神拒絶の道へと突き進むこととなるのだ。

この点で次の山城の指摘は実に的確である。彼は、先に見た神の創造したはずの世界における不条理の存在の理由に関するヨブ的問いについてこう述べた。すなわち『カラマーゾフの兄弟』はこの問いの全重量を《何の罪のないこのこどもに災難がおそいかかるのはなぜなのか》という一点で支えようとしている。すでに見たように、イワンにおいても、ドミトリーにおいてもこの問いは変奏されていた。スメルジャコフは自分自身について同じ問いを天に突きつけていただろう」と。[67]

ここでこの節の冒頭で取り上げたイワンの悪魔のなすイエズス会批判に戻るなら、おそらくドストエフスキーにとってイエズス会の神学は、その論理主義によって、一方ではもちろんヨブ的「弁神論」の問題をまさに神拒絶の論理にまで突き進めるわけにはいかず、他方では「大地信仰」と接続する神秘的・超論理的感情転換の立場も打ち出すことができず、結局、「すべては神意の窺い知れぬ定めによって補われる」という応報の合理主義的論理の延長線上で「困惑」を神への信仰の枠内へと「いいくるめる」詭弁的態度に終始するものとして捉えられたのである。そしてかかる論理主義の根底には、そもそも神の「創造主」性格を一貫して地上の王権を比喩にして表象し続けたこの宗派の根本的な政治主義的性格という問題が置かれているのだ。

つまり、『ヨブ記』が突きつけてくる弁神論的問いに対してドストエフスキー文学において道は二つあることになる。それをイワン的な神拒絶の意志にまで徹底するか、キリスト教と「大地信仰」のゾシマ的融合によってこの問いそのものを神秘的感情変容を通じて超越し、いわば汎神論的カタルシスへと至り、宇宙と自己との生命の有機的統一性への感情的確信=信仰へと突き進むか、この二つの道である。

イワンの道は、結局彼をその「神」へのラズノグラーシェ的不同意を通じて「無神論」にまで押しだすとともに、その《受難した子供》への共苦は彼を「無神論」的社会主義の暴力革命主義へと同時に押しだすであろう。他方、ゾシマの道は、彼をして大地信仰の与える――ヴェーバー的にいえば「神人合一の無感動的エクスタシス」が与える――カタルシスの本質をなす《宇宙的自然と他者と自己のあいだを循環してやまない〈生命〉の有機的な汎神論的統一性》への参与が生む愛の生命力・感情的力の昂揚、その契機を他方のモチーフ、「良心の呵責」を苦しむことができる人間の愛の生命的能力への信頼と結びつけ、両契機の融合を追求する道となるであろう。かくて、くだんのゾシマの「大地への接吻」主義は「良心の呵責」賛美主義へと展開するという独自の回路が切り開かれる。

私はその問題を次々章、第四章であらためて取り上げ直すであろう。

汎神論的カタルシスをめぐるマックス・ヴェーバーの議論への注解

マックス・ヴェーバーはその『世界宗教の経済倫理』において世界の主だった宗教の掲げる「宗教的救済財」の諸類型を分類し、おおよそ次のように区分した。

第一類は、高度な知識人層を階層的基盤とする「神人合一」の汎神論的な「瞑想的・神秘的体験」、あるいは

「無感動エクスタシス」の享受、他方、その宗教意識が呪術段階にある民衆には世界に共通して見られる――ディオニュソス祭儀が一つの典型である――性的、飲食的、歌舞的な諸形態をとる「オルギア的な憑神状態」の享受、あるいは祭司階級に多々見られる――古代ユダヤ教の預言者にも見いだされる――「幻視的な霊感」や『託命』体験等の本質的に非合理的性格のそれ。(68)

第二類は、それら非合理的な性格の救済財とは大きく性格を異にし、現世的な、かつ明確に概念化され体系化された道徳命令（律法）によって「合理主義」的に指示された政治的道徳的あるいは経済的行為をとおして、現世を神の望み給うものに造りかえることのなかに、またそうした「使命預言」を自らが実践することの誇りと喜びのなかに、救済の達成を見いだす救済観念である。

そしてヴェーバーによれば、後者の救済観念が十全な発展を遂げたのは西欧のキリスト教世界のみであり(69)、もちろんその発展の「決定的前提」は、古代ユダヤ教のきわめて合理主義的性格を強くもつおのれの民族を「政治的および社会的革命」によって救済するというくだんの救済観念の誕生に置かれる。(70) この土台の上に、救済対象が民族的集団から民族の範囲を超えた普遍主義的な広がりをとおして個々人へと移行するところに、キリスト教の誕生を見るのである。(71)

ドストエフスキーの信奉するキリスト教の独自性格を考える場合、ヴェーバーとの関係できわめて興味深い問題として浮かび上がるのは次の問題である。すなわち、ドストエフスキー的キリスト教は汎神論的性格を色濃くもつ「黄金時代の夢」表象ならびに「大地信仰」と、共苦の愛を掲げるイエス主義との結合を特色とするわけだが、この結合ないし融合はヴェーバー的視点からはどう評価され論じられることになるのか、この問題である。

ヴェーバー自身は勿論このドストエフスキー批評の問題に取り組んでいるわけではない。だがいわば応用問題としてかかる問題を立てるならば、議論は如何に展開することになるのか？　この問題である。

というのもヴェーバーは、必然的に創造主としての人格神を究極神として立てることになるユダヤ=キリスト教の観念系譜と、他方の汎神論的な神人合一観念――第一類の知識人層のもつ救済観念にも民衆の「オルギア的憑神」エクスタシスにも共通する――とは、原理的に両立不可能だとみなすからである。大略彼はこう述べる。

――ユダヤ=キリスト教における「使命預言」の観念は「特定の神観念、つまり、現世を超越する人格的な、怒り、赦し、愛し、求め、罰するような創造主という神観念と深い親和性をもっていた」のであり。[72] 他方、くだんの第一類の知識人階層の「神人合一」的な救済観念が定立する神は「通例は、瞑想的な状態としてのみ近づきうるような、したがって非人格的な最高の存在である」から、この点において両者は「対照的である」と。[73] また続けて、キリスト教の範疇内に位置しながら汎神論的思想を追求したマイスター・エックハルトに言及して、彼は「西洋的な天地創造の信仰や神観念における一切の決定的に重要な諸要因を完全に放棄することなしに、神秘主義者に固有な汎神論的神体験を貫きとおすことができなかった」という内的矛盾に直面した、と。[74]

とはいえ私はこう思うのである。第一類と第二類とが対立する局面を常にもちながらも、およそ宗教的感情・経験・欲求にとって欠くべからざる二契機として如何ともしがたく人類の文化に保持され続けるのだとしたら、その二者のなんらかの融合・混淆・折衷等の問題が出現することはむしろ個人をその創作主体に据える独創的な文学や哲学の創造にあっては必然的ではないか、と。

というのも、文学や哲学の使命が批判的な――何よりも自己批判的な――思考の展開にあるかぎり、どちらかの類を基軸に据えてその観念創造を試みるにしろ、おのれを批判する他者の眼差しとしてくだんの二つの類のどちらかをおのれの他者のもつ眼差しとして自分のなかに取り込まざるを得なくなるからだ。

ドストエフスキーこそはこうした文学的必然性の代表者である。ヴェーバーの比較宗教学的考察は実に広大な視野のものだから、そこから学ぶべきものは実に多い。だが、右に述べた文化の独創的創造にとって必ず問題となる――私の好む言い方を使えば――「異種化合合成」の問題の追究には不足がある。彼の思考は分析対象をかの「理念型（イデアル・ティプス）」に総括する類型分析に傾斜し過ぎると私には映るし、彼は宗教の発展過程を呪術的段階から世界態度の合理化による合理主義的救済観念の成長へという発展史観をとるが――実は、他方では如何なる合理化的展開にあっても遂に宗教の呪術的・非合理的契機は残り続けることを強調しもするが――、この点でも思考の展開に弁証法的なセンスが欠けていると映る。

なおついでに岩波文庫の『古代ユダヤ教』の訳者である内田芳明の『ヴェーバー『古代ユダヤ教』の研究』（岩波書店、二〇〇八年）に一言したい。一読して私が驚いたのは、内田の問題関心にはヴェーバーに関して本書が縷々論じたような諸問題（もちろんこの補注で触れた問題も含め）がものの見事に一切不在なのである。だがいったいそれら諸問題を論ぜずして、果たして『古代ユダヤ教』の孕む問題性を浮かび上がらすことができるのであろうか？　この私の批評を疑われる方はぜひ同書と本書とを読み比べていただきたい。

《受難した子供》というテーマの位置づけをめぐって、江川卓と山城むつみ

私が本書において一貫して注目し、第四章と第五章においてもさらに掘り下げることになる《受難した子供》というテーマ、それは江川卓や山城むつみのドストエフスキー解釈においてはどの程度の比重において取り上げられているだろうか？

結論を述べれば、そのテーマは取り上げられていないわけではないが、私にはその比重はきわめて低い、ないし脆弱に過ぎると映る。そのことを事細かに指摘する紙数がない。この私の批評の是非を、読者がご自身で彼らの著作の次の諸章をお読みになって判断していただきたいと思う次第である。というのも、それらの諸章にはこれまで本書が縷々述べてきたこのテーマに通じる諸事項が顔を出すのだが、その取扱い方と私のそれと

の落差、それが歴然となると思われるからだ。

まず江川に関しては次の諸章を挙げておく。『謎とき『カラマーゾフの兄弟』』第Ⅱ章「黒いキリスト」、『謎とき『罪と罰』』第Ⅴ章「ロジオン・ラスコーリニコフ＝割崎英雄」、および第Ⅶ章「人間と神と祈り」章。

山城の『ドストエフスキー』に関しては次の章を挙げておく。まず第一章「黄金時代の太陽――『悪霊』」。読者には、スタヴローギンのくだんの「少女凌辱」を彼が論じるさいのいわば議論の陣容と私のそれとを比較し、その差を知っていただきたい。同じことを第二章「ソーニャの眼――『罪と罰』」のスヴィドリガイロフ論についてもいいたい。第四章「写真の中の死、復活、その臭い――『白痴』」におけるナスターシャに関する彼の議論。なおそれに対する私の批判は本書第五章に付けた補注「江川卓と山城むつみの……」を参照されたし。第六章「カラマーゾフのこどもたち――『カラマーゾフの兄弟』」における彼のスメルジャコフ論。なお読者には、彼のそれと私のそれ（この第二章の「人間の抱える最重要の実存的問題……」節、第四章・「江川卓の『分離派』論……」節ならびに『カラマーゾフの兄弟』における……」節。）とをぜひ比較していただきたい。一言指摘すれば、彼の第六章にはドミトリー裁判における弁護士フェチュコーウィチの最終弁論自体が論及の対象にすらなっていない。

次のことも指摘しておきたい。山城は『カラマーゾフの兄弟』のくだんの「反逆」章に言及しながら「イワンがその熱弁においてこどもを愛し可哀そうに思っているのはこどもの立場に立ってというよりは、むしろ幼児嗜虐者の立場に立ってである」という[75]。つまり、虐待される子供の悲しみに身を寄せるような素振りをしながら、そこにはむしろその悲しみを快楽の糧とする幼児嗜虐者の「精神的情欲」が密かに燃え上っていると見る。

だが、果たしてそう言い切ってよいのか？　イワンの熱弁はひたすらに児童虐待を糾弾する「こどもの立場」から成り立つと捉えることが一面的であると同時に、「むしろ幼児嗜虐者の立場に立ってである」と言い切ることも、同様に一面的ではないか？

この問題事情は、次の山城の議論にはしなくも露呈していると私には思える。

彼はくだんの「反逆」章でのイワンの熱弁についてこう問題を提起する。

「この世界の不条理を告発するなら、不慮の事故や不治の難病や障害たまたま降りかかって来て余命を数年、あるいは数か月と限られたこどもたちの苦しみを引き合いに出すのでもよかったのだ。いや、〔略〕そうした偶発的不幸、確率的災難（なぜ、よりによって何の罪もないこの子に？）の方が苦しみの理由が見えない分、この世の不条理はヨブ的な意味で深刻になるのだ(76)」。

私には、この彼の問題の捉え方には、前述の節で私が提示した問題、すなわち、人間の精神のうちに愛の生命力を育むうえで幼少期において如何にその人間が豊かな愛の経験を積めるか否かという問題が決定的であり、その決定的時期に愛されるどころか反対に虐待を受けることがどんなにその人間を内的に致命的に損なうかという認識、だからこの観点に立つ立場にはそれはもっとも許しがたいもっとも重い罪とみなされるという問題、またこの問題事情が如何にゾシマ的（＝ドストエフスキー的）キリスト教にとって決定的な人間認識の核になるかということ、これらの点の認識が如何に山城において曖昧かつ脆弱であり主題化されていないかという問題、それが露呈しているように思える。

なぜ、ドストエフスキーが山城のいう「偶発的不幸、確率的災難」によって世界の不条理性（つまり神の摂理の それ）を示すのではなく、児童虐待を挙げることによって神の摂理への異議申し立てをおこなったのか、その最深の動機は幼児嗜虐者のサド＝マゾヒスティックな快楽主義にあるのではなく、まさにいましがた述べた人間認識にドストエフスキーが立つからこそなのだ。またその点は、本章の補注『未成年』からの照射」や『作家の日記』における《受難した子供》……」にこよなく明らかであろう。

第三章　「少女凌辱」というテーマの比重と問題位置

通奏低音的主題としての「少女凌辱」

われわれは、前章においてドストエフスキー文学における《受難した子供》という主題の重大さを考察してきた。その続きとして、どうしても私が取り上げたい問題が一つある。

それは、彼の文学において《受難した子供》という主題はまず何よりも「少女凌辱」というテーマとなって展開するという問題である。しかも彼にあってはこの「少女凌辱」というテーマは、そのおぞましさが孕む生の苦痛性を際立させるために、いわばその反対鏡・反射鏡として彼が掲げる人間の幸福なる生のシンボル、「黄金時代の夢」というユートピア的救済ヴィジョンと一対の関係を結びながら展開されるのだ。

また他方では、或る種の男たちにあってはそれが抗しがたいほどの――「精神錯乱を伴わない狂気状態」とさえ呼び得るほどの[1]――快楽となるという男の性欲様態（セクシュアリティー）の特殊性にかかわる問題の凝集点ともなる。この二点もまた彼の文学の比類なき特徴である。

そこでまず私は、かつて自分が著した論考「ドストエフスキーにおける〈受難した子供〉の視線――ベンヤミンにも寄せて」のなかでの考察、『悪霊』のスタヴローギンが僧チホンに対しておこなう告解と短篇『おかしな人間の夢』とを関連づけながら展開した考察、それをあらためて要約して紹介しておきたい[2]。スタヴローギンは、自分が或る少女を凌辱し自殺に追い遣ったことを世間に公開すべく印刷し用意した「告白書」をまずチホンに読ませる。ところで、その告解を『おかしな人間の夢』と重ね合わせるならば、いましがた述べたドストエフスキーに特異なテーマの全体構造がくっきりと浮かび上がるのだ。そのうえで、次に私は、そこに浮かび上がる問題の諸契機のほとんど全てが実は『罪と罰』のなかに既に内蔵されているという事情について指摘したい。さらにまた、その問題の文脈が如何にまた『白痴』にも『未成年』にも継承されているかを。

そのような手順で冒頭に掲げた問題を追究するならば、その問題が如何に彼の文学にとって決定的な本質的なテーマとなっているかを読者は深く了解することになろう。またこの事情を戦慄を覚えることなしには受け止めることができないであろう。その本質性と、それゆえに生まれる執拗なる反復性、それは次のことを暗示しよう。それら諸問題は実にドストエフスキーにとって想像力の遊戯が生みだす絵空事ではなかったのだということを。おそらくその淵源には、なんらかの水準において彼が彼の人生のなかで直に彼自身の生々しい体験として身に刻むことになった諸問題が潜んでいるにちがいないということを（参照、拙著『否定神学と《悪》の文学Ⅱ　マンの『ファウスト博士』とニーチェ』におけるトーマス・マンのドストエフスキー評価についての言及、ならびに本書第五章・補注「ドストエフスキーの実存様態……」）。

スタヴローギンの告白の二重構造——黄金時代の夢と少女陵辱

さて、現在公表されている『悪霊』のなかに含まれている「スタヴローギンの告白」という特別章が、『悪霊』が最初に刊行された当時は公表が控えられ、かつその原稿にはドストエフスキーの厖大な書き込みがなされた校正刷りと、彼の妻が筆写したものとの二種類があること、それをめぐる一連の事情については省略する。[3]

まず私はくだんの論考で、この「告白」章が『黄金時代』の夢想の脇には少女強姦の悪夢がいわば随伴している」という異様な構造をとっていることに注目した。

ここでいう「黄金時代の夢想」とは、『カラマーゾフの兄弟』のかの「大審問官」章の直前の「反逆」章において、イワンがアリョーシャに自分が神の終末論的摂理を信じるにもかかわらず、如何にそれに「反逆」するかを語るさいに出てくる「人類の黄金時代」再来の夢想のことである。それを彼はこう語る。「やがて鹿がライオンのわきに寝そべるようになる日や、切り殺された人間が起き上がって、自分を殺したやつと抱擁する」時の到来である、と。

私は大略こう書いた。――それは終末においては一切の矛盾と対立が「和解」にもたらされ、一切が絶対的な「調和」の内に憩う時が再来するというヴィジョンであり、そこに到達するや、過去の人類史のなかで幾多の人間が蒙った一切の不条理・苦悩・「人生の無意味さ」への絶望も、《すべてはこの究極の救済のためであった》との根源的自己了解に導かれ、いわば自己自身との和解に達するという「全体的な時の到来についてのヴィジョン」である、と。

この夢想は、たんに『悪霊』と『カラマーゾフの兄弟』のなか出てくるだけでない。『未成年』にも『おかしな人間の夢』にも出てくる。また次々節で示すように、「黄金時代の夢」という形ではないが、癲癇発作の瞬間に訪れる「至高なる生の総合」の法悦的瞬間として『白痴』のなかにも出て来る。そして次節で述べるように、その救済ヴィジョンはドストエフスキー的キリスト教の大いなる特徴である汎神論的な大地信仰との融合と深く連動するものであり、そこに託された救済観念の特質を浮き彫りにする梃となるものなのだ。またそういうものとして、『悪霊』ではスタヴローギンのいわば《影》たるキリーロフのいう、彼自身の経験に根差す「世界の完成」の「瞬間」の「永久調和の訪れ」のヴィジョンとも重なるのである（参照、本書第四章・「キリーロフの『人神』論」節）。

その夢想が、『悪霊』のくだんの「スタヴローギンの告白」においては異様な併存の関係性をとって登場するのだ。すなわち、眠りに落ちたスタヴローギンはこの幸福な夢想に浸っていた、そして目覚める。夢想は消える。彼は急いで失った夢想に、幸福感に戻ろうとする。だが、そのとき彼に次のことが起きる。こう書かれる。「あかあかと輝く光の中に、私は突然何かの小さな点を見たように思った」、その一点は「ちっぽけな赤い蜘蛛」であった、と。ここで突然、彼の心象世界は暗転する。

その暗転のくだりはこう描写される。

「私はすぐさまゼラニウムの葉の上にいたあの蜘蛛を思い出した。あのときもやはり沈みゆく夕陽の斜めの光線が注いでいたではないか。何かが私を刺しつらぬいたように感じて、私は起きあがり、ベッドの上にすわり直した(4)」。

スタヴローギンにとって「ちっぽけな赤い蜘蛛」の記憶は、彼が結果としてその少女を強姦したに等しい結末となる彼の行為（詳しくは、「《少女の娼婦化への嫌悪》……」節）、その結果として少女マトリョーシャが三日後にその絶望の果てに物置小屋で自ら縊死を遂げたことについての彼の忌まわしい記憶、それと結びついている。彼は、この少女が物置小屋に入ってゆくのを窓辺から見かけ、そして彼はその少女の様子に彼女の自殺を予感し、この自分の予感に極度の興奮を覚えながら、その成就を窓辺で待ち続ける。そのとき彼は、なかば茫然自失の呈でゼラニウムの葉の上の小さな赤い蜘蛛を凝視していた。スタヴローギンは「人類の黄金時代の夢」から覚めて、赤い蜘蛛に導かれ、おのれのなしたおぞましい犯罪へと連れ戻されるのだ。

なお、私は本書の第六章「小説構成の方法論、その三契機」においてこの場面を小説展開の方法論的問題としても考察することをあらかじめ予告しておきたい。ドストエフスキーの小説展開の基軸には次の如き感覚変容のドラマツルギーが常に据えられている。すなわち、主人公が或る光景・表情・仕草等々に出会う、するとそれがきっかけとなって、或る異様な感覚変容が起きる。そのきっかけは「彼の内部では何かがぎくりと動いたようだった」（『罪と罰』）という作用を引き起こし、主人公は自分がこれまで封印していたかつての或る原的な意味を持つ光景に連れ戻され、それを生きていたときの感覚世界が甦り、いままで彼が浸っていた世界が一挙に転覆せしめられ、まるで異なった別の世界に放り込まれるという「世界・内・存在」（ハイデガー）様態の変容に見舞われるのだ。いま問題にしている場面もこの変容の典型例の一つなのである。

「黄金時代の夢」　表象のヘレニズム的起原とドストエフスキー的キリスト教

ここで私は議論の運びにいささか齟齬をきたすことになるとしても、くだんのスタヴローギンの見る「黄金時代の夢」について次のコメントをどうしてもつけくわえておきたい。というのも、これから取り上げる問題は、本書の中心主題である問題、《汎神論的大地信仰とイエス主義の融合》と呼ぶことのできるドストエフスキー的キリスト教の特質に直にかかわる問題だからだ（それゆえにまた次の第四章で取り上げるキリーロフの「人神」思想にも深くかかわる）。

川崎浹はちくま学芸文庫版『作家の日記』6に付録としてつけられた「『作家の日記』のモチーフ」のなかで、このドストエフスキーの「黄金時代」観念の起原を問い、それはドストエフスキーが新婚旅行で立ち寄ったドレスデン王立美術館にあったクロード・ローランのギリシア神話を題材とした『アシスとガラテヤ』であったこと、またその片鱗は早くもデビュー作『貧しい人びと』に出てくることを指摘しつつ、そのイメージの古代ギリシア的性格に着目しこう書いている（なお左の一節には『罪と罰』が挙げられているが、これは川崎の誤記であり、本章がこの件で取り上げている諸作品のどれか、ないしはその全部でなければならない。『罪と罰』には黄金時代思想は登場しない。以上指摘しておく）。

「黄金時代思想はヘレニズムの世界を背景にしているだけに基本的に無神論といえる。『罪と罰』では例外的にキリスト教と結びつきかけている」[5]。（傍点、清）

またこの点にかかわって、私が『おかしな人間の夢』の最も注目したい箇所の一つを安岡治子はこう訳している。

「彼ら（黄金時代を生きていた他の惑星の宇宙人たち、清）は近しい死者たちと、死後もまた触れ合うことができ、彼らの間の地上での一体感は、死によっても絶たれることはないと考えることができた。永遠の生命について尋ねたとき、彼らは、私の言ってることがほとんど理解できなかったが、どうやら彼らは永遠の生命を本能的に確信していたので、そんなことについて、わざわざ質問することなどあり得なかったのだろう。彼らは、神殿は持っていなかったが、宇宙の『全一』との、何か日々の欠くべからざる、生きた絶え間ない一体感があった」[6]。（傍点、清）

安岡はこの「全一」の訳にわざわざ注を付け、そこでは「神」という言葉の代わりにこの言葉が用いられていることに読者の注意を促しつつ、「宇宙の万物に遍く浸透しつつ、その全体を統一するものという神の『全一性』が念頭に置かれているものと思われる」と注記している[7]。また解説のなかで、この一節には当時ドストエフスキーに強い影響を与えたウラジミール・ソロヴィヨフの思想が垣間見えると指摘している[8]。

この彼女の訳、注、解説に私は注目する。というのも、同小説はもともとは『作家の日記』一八八七年四月号に掲載されたのだが、ちくま学芸文庫版の『作家の日記』の訳者小沼文彦はそれを「宇宙の全能の支配者」とかなり意訳している(9)。

ここで私はコメントしておきたい。まず川崎の見解についてであるが、彼がこの観念のヘレニズム的起源を指摘したことは適切である。そもそもドストエフスキー自身が明らかにしていないが、また川崎もそこまで踏みこんで指摘してはいないが、この観念は明らかにヘシオドスの『仕事と日』で語られる神話、ゼウスに先立ってその父クロノスが主神であった時代の最初の人類は「黄金族」と呼ばれ、神々と等しいほどの幸福で平和な調和に満ちた生活を享受していたという神話を出自とするものであろう。そこではこう書かれていた。

「心に悩みもなく、労苦も悲嘆も知らず、神々と異なることなく暮らしておった。惨めな老年も訪れることなく、手足はいつまでも衰えず、あらゆる災厄を免れて、宴楽に耽っていた。死ぬときはさながら眠るごとく、あらゆる善きものに恵まれ、豊沃な耕地はひとりでに、溢れるほどの豊かな稔りをもたらし、人は幸せに満ち足りて、心静かに、気の向くにまかせて田畑の世話をしておった。『豊かな家畜に恵まれ、至福の神々にも愛されていた』」。

そしてこの「黄金族」の時代は、以後の「銀の種族」、「青銅の種族」、「英雄の種族」がどれも戦争の暴力によって蝕まれ潰えるのと対比され、如何なる争闘も知らなかった和合の時代として語られるのである(10)。

確かに、ヘシオドスの記述にあっては、ドストエフスキーの記述で強調された点、人間間のみならず争闘を運命づけられたあらゆる動物たち同士の「和解」や、「物質的機械論」に明示的に対置された「全一」と「部分」との有機的な弁証法的な統一＝総合性が主題的に押しだされているわけではない（後述。参照、補論Ⅳ「『一八六四年のメモ』と……」）。とはいえ逆にいえば、ドストエフスキーはこのギリシア神話表象をきわめて自覚的に宇宙的な万物の「和解」・「全一」と「部分」との「総合」としての「永遠的な調和」という神学的ヴィジョンへと改作し、いわば高次化しているのである。

しかも、このことに関しては次の推測が成り立ち得るのだ（これはまだほとんどこれまで指摘されていないと思う）。すなわちそのさい彼は、旧約聖書の『イザヤ書（第二）』の次の箇所を梃子に、旧約聖書に伏流として流れている――それ自体がヘシオドス的観念の継承かもしれない――《原初の万物の争闘無き平和的共存⇒争闘⇒和解による原初の平和回復》という終末論的歴史観を掘り起こしつつ、これとくだんのヘレニズム起源の「黄金時代」観念を合体せしめることによって、彼の小説に登場する「黄金時代の夢」を創作したのではないか、ということが。

『イザヤ書（第二）』11章の「エッサイの根から出る芽」節にこうある。それは同書において遂にヤハウェ神の敵が倒され、神の正義があまねく実現される終末論的未来のヴィジョンが語られる箇所である。

「〔略〕正義をもって弱い者たちを裁き、公正をもって地の貧しい者たちを裁決する。〔略〕正義はその腰の帯に、真実はその腰部の帯になろう。狼は子羊とともに宿り、豹は子山羊とともに伏し、子牛と若獅子と肥えた家畜は共にいて、小さな少年がそれらを導く。雌牛と熊は草を食べ、相共に伏すのはその子ら。獅子は牛のように藁を食らう。乳飲み子が戯れるのは、毒蛇の洞の上、まむしの穴へと、乳離れした子は手を伸ばす。〔略〕まことに、ヤハウェをめぐる知見が地を満たすこと、まるで、水が海を覆うようだ[11]」。

また、この一節に訳者の関根清三は注をつけて次のことを指摘している。すなわち、そこには『創世記』には原初は人も野獣もみな草食であったから、人と野獣にせよ野獣同士にせよ一方が他方を食おうとして死を賭した争闘に陥ることはなかったが、この平和がくだんのノアの洪水以降破れ、それを回復するのが終末論的な救済の時だとする思想（『ホセア書』2章「愛による和解」節）が伏流する、と。[12]

『カラマーゾフの兄弟』のイワンの言辞でいえば、「やがて鹿がライオンのわきに寝そべるようになる日や、斬り殺された人間が起き上がって、自分を殺したやつと抱擁するところを、この目で見たい」というくだんの箇所は、明らかにこの『イザヤ書（第二）』と『ホセア書』を繋ぐ終末論的救済ヴィジョンを念頭に置いてのことと思われる。その旧約聖書起源の文言がローランの絵『アシスとガラテヤ』によって掻き立てられたヘレニズム的「黄金時代」観念と融合する。まさにこの融合から「和解」成就に重心を置くドストエフスキー独自の終末論的救済ヴィジョンが生まれたと思われるのだ（付言すれば、『創世記』・『イザヤ書』・『ホセア書』には「黄金時代」の概念は出てこない）。

また私は次の点にも注目する。この「黄金族」の時代を司る主神クロノスは、クロノスを筆頭にあらゆる神々・人類・万物の母なる原初神「大地（ガイア）」の愛する息子にほかならないという点に。

ヘシオドスはその『神統記』において「まず原初にカオスが生じた、さてつぎに胸幅広い大地（ガイア）（略）、八百万の神々の常久に揺るぎない御座なる大地（ガイア）」が生まれたとし、この「大地」が次に「天（ウラノス）」を生み、「天（ウラノス）」とのいわば母子相姦によって、八百万の神々や万物が生まれるに至ると記述する。[13]

つまり、この神統記的過程は確かに男女二神の相克に満ちた過程ではあるにせよ、その基軸はまさに――私の視点からいえば――大地母神的母権的宗教の神話文脈を基軸とするものなのだ。実に、後に本書第四章で縷々論じるドストエフスキーの「大地信仰」思想は、明らかにこの古代ギリシアの「大地」信仰、大地母神的宇宙観にも接続しているのである。そのことが、彼においてロシヤ民衆に自生的な「大地信仰」とヘレニズム的「黄金時代」表象のいわばキリスト教的=終末論的改作――ヘーゲル弁証法的にいえば、即自（原生的な和解的全一性）⇓対自（個的自立が生む分裂と争闘）⇓即自かつ対自（和解的全一性への高次回帰）――との結合が図られるいわば下支えとなっているのだ。

なおこの点にかかわって、江川卓は『謎とき『カラマーゾフの兄弟』』のⅪ章「心の広さと大きさと」のなかで注目すべき指摘をおこなっている。

『カラマーゾフの兄弟』のなかに、ドミートリーがアリョーシャに向かってシラーの詩「エレウーシスの祭」を「ケレースと人間についての詩」と呼び変えながら、それを朗読し、自分は我が身を堕落と汚辱の底からなんとか救い上げようとして何度もこの詩を読んだものだと告白する場面がある。江川はそれを取り上げ、このやり取りに孕まれる問題をこの詩を梃子に解明しようとする。そのさい彼は次のことを指摘する。「エレウーシスの祭」とは古代ギリシャの大地母神デーメテールの祭であり、ケレースとはデーメテールのローマ名にほかならず、そもそもドミートリーという名の起源をなすことを。また彼は、ドミートリーがおのれを堕落と汚辱から救済すべく読むその詩の結びを引用する。それはこうである。

「汚辱の底に沈む人の子よ／もし魂の目ざめを果たそうとするなら／万古変わらぬ母なる大地と、／とこしえのちぎりを結ぶがよい」・「女神の来臨がこの地を一変させた、女神の導きのままに、もろ人は団結のちぎりを結び、生の崇高さを会得した」

江川は右の結びを「ケレースが狩猟民、遊牧民であった人間に農耕を教え、神（ゼウス）への捧げものには、血にまみれたいけにえよりも、濃厚の実りがふさわしいことを説いて、人間の団結をもたらしたテーマが強調されている」と解釈し、そのうえで、ドミートリーを評して「キリスト教神話と、言ってみれば異教的なギリシャ・ローマ神話とが、ドミートリイの中にすべて呑み込まれ、立派に共存していることが、ドミートリイの『心の広さ』の何よりの証明であった」と書いている。[14]

私は第四章冒頭の「江川卓の『分離派』論……」節で彼をこう批判する。――彼は、せっかくロシヤ民衆の「大地信仰」の問題を『罪と罰』や『悪霊』の訳注で提起しながら、その「謎とき」評論シリーズではほとんどこのテーマを展開せず、いわんや掘り下げもしなかった、と。右の箇所はこの私の批判が該当しない数少ない例外箇所である。とはいえ、その箇所もいま見た程度の指摘に留まり、それ以上の議論の展開も掘り下げもない。しかも「黄金時代の夢」問題との関連性などは全然言及すらされていない。他方、私にとって右の江川の指摘は、これまで論じ、またこれから第四章へと引き渡されてゆくテーマの文脈において実に貴重であり、大いなる傍証の価値をもつ。

さてここで川崎に戻ろう。

川崎は前述のように黄金時代思想を指して「無神論」と評していた。

だが私からすれば「無神論」という形容は不正確である。古代ユダヤ教的な創造主的人格神の支配を否定するという意味では「無神論」的であっても、「黄金時代」観念はそもそも古代ギリシア神話「大地（ガイア）」神とクロノス神との神統から生まれてきたものであり、宗教学的視点からは宇宙の全体性それ自体を宇宙神と考える汎神論的見地に立ち、かつ大地母神的母権的宗教の系譜に立つと評され得る。この点で、それはそれで神的存在を想定しているのだ。しかも、ドストエフスキーの場合は、前述のとおり、それがユダヤ＝キリスト教の創造主としての人格神思想と独自の融合ないし混淆を遂げたと思われるのである。この意味では安岡の注のほうが適切であり、「無神論」というべきではない。[15]

ただし安岡についていえば、「神」の概念が敢えて避けられていることが孕む次の意味を彼女はもっと強調すべきだと思う。すなわち、ドストエフスキーがヤハウェ神の観念からは出て来ようのない汎神論的な宇宙神の要素を、古代ギリシア神話からまさに一般のヤハウェ神理解と暗黙に対置しつつここで敢えて混淆的に導入していることを。しかも安岡は見逃しているが、この観念は、いましがた強調したように、ドストエフスキーの「大地信仰」と結合し重なり合うものなのだ。また前述の『作家の日記』の小沼訳の方は、私から見れば、逆に汎神論的宇宙神の観念を創造主的人格神の側に引き寄せ過ぎている（この訳では、全体と部分とが織りなす有機的統一性の弁証法的関係性が浮かび上がってこない）。

つまり私の言い方を用いれば、ドストエフスキーがここで掲げつつある「宗教的救済財」は――この概念を提起したヴェーバーを援用していえば――「神人合一の無感動的エクスタシス」というインド型にむしろ類縁的なのであり、かつ同時に古代ギリシャの大地母神信仰とも接続するものなのである。またその点において、右記の如く、まさにキリスト教渡来以前からのロシヤ古来のアニミスティックな母権的な大地信仰とも重なるのだ。実にこの点こそが、ドストエフスキー的キリスト教の本質的特徴なのである。さらにいえば、元来はヘレニズム起原の汎神論的な宇宙神思想が、ロシヤの伝統的な大地信仰を媒介にして、「憐れみの愛」を基軸に据えるイエス主義と融合するという事情、これがドストエフスキー的キリスト教を比類なく特徴づける問題なのだ。まさに川崎のいう両者の結合の「例外的」性格こそが。だから、本書第四章が示すように、この問題連関は『カラマーゾフの兄弟』のイワンはもとよりゾシマ長老にまで辿りなおされねばならないのである（こうした融合性・混淆性が抱える問題については、参照、本書第二章・補注「汎神論的カタルシス……」）。

もう一つ注記しておきたいのは次の問題である。すなわち、次の第四章の「キリーロフの『人神』……」節で私はキリーロフの「人神」観念とニーチェの「神化」論との類縁性を論じるが、この類縁性は「黄金時代」

観念のヘレニズム的起原から生じているに相違ないということである。

この点で、次のことも私は指摘しておきたい。『悪霊』において、いわば第二の主人公ともいうべきステパンが自分の思想が立脚する立場についてこう語る場面がある。

「ぼくは衷心からの敬意をキリスト教に払うけれど、キリスト教徒じゃない。ぼくは、どちらかといえば、偉大なるゲーテや古代ギリシャ人のような、古代異教徒なんでね[16]」。

後に取り上げるが、このステパンは死に臨んでキリーロフの思想と類似した独特な神の観念を口にして自分の「信仰告白」とする。彼を正統キリスト教徒たらしめないこの「古代異教徒」的要素、それは明らかに右に述べた問題と繋がっていると思われる（ただしステパンが「黄金時代の夢」に明示的に言及する場面は登場しない。なお、ニーチェが『悪霊』に登場するこの救済観念と古代ユダヤ教出自の《完璧なる「義人国家」の再建》という政治的・社会革命的救済ヴィジョンとの明白な対立性に注目していた点については、第四章・「ニーチェの遺稿に……」節に付けた補遺「ニーチェの『遺された断想』……」を参照されたし）。

なお最後に次の一点をつけくわえておきたい。

「黄金時代」という言葉は先に川崎が指摘していたように実にドストエフスキーのデビュー作『貧しき人びと』に三度ほど出てくる。まず男主人公の老いた小役人のマカールが自分の惨めな屈辱多き役所勤めの人生を振り返りながら、それでもあの頃は今から見れば「わたしの黄金時代」だったと回想する場面に[17]、次に貧しき孤児となったうら若き女主人公のワルワーラが、なぜ自分が「田舎の秋」が大好きかを説明するなかで幼少期を「あの黄金の幼年時代」と二度ほど形容する場面で[18]。

このワルワーラが語る場面は、田園の秋の自然宇宙が示す様々な相貌との生き生きとした詩的な交感をとおして、幼きお転婆な少女がおのれの生命の自由なる発揮、その身体いっぱいの喜戯に満ちた享受を得て如何に幸福であったかが巧みに描写され、強い印象を残す。

個人なり民族なりがおのれの歴史を振り返り、一番輝かしき幸福な時期を「黄金時代」と形容することは、ヘシオドスを起源とする神話的歴史観を共有している文化圏においてはおそらくごく普通なことであろう。だがドストエフスキーの場合は、それが彼のいわば《受難した子供》視点と結合し、かつまたそれが人類史の抱える受難性への終末論的な救済論的視座と共振することで、いいかえれば個人の「幼少期」と人類のそれとが重ねあわされ、これまで見てきたような過程を辿っていわば形而上学的観念にまで高次化することになるのだ。

『白痴』からの照明

『白痴』はその独異な「死刑」論（死刑が如何に処刑される者にとっていわば心理的拷問装置となるかを延々説く）においても、[19]少女への性愛志向をあからさまにする好色漢トーツキイ像においても、明らかにドストエフスキー自身の経験に根差す感情・感覚の記述を他の作品よりもいっそう直接的に作中人物に投影しているのではないかと推測させる。この点で、「黄金時代」表象をとおして描かれる「宇宙の『全一』との一体感」という感情経験は、クロード・ローランの絵画作品を一方の契機としつつ、実はそれだけではなく、他方の彼自身の癲癇経験に孕まれていたカタルシス経験、これと前者がいわば相互誘因的に結合したところに誕生したのではないか、そう推測したくなる場面が『白痴』には出てくる。

ムイシュキンが癲癇発作の到来を予感する体感を得て、かつての発作の瞬間を想起する場面はこう描かれる。

その瞬間には「自分が生きているという感覚や自意識が稲妻のように一瞬間だけ、ほとんど十倍にも増大し」、それは自分が「調和にみちた歓喜と希望のあふれる神聖な境地」へと解放される瞬間であった、と。[20] この瞬間とは「美」の瞬間でもあり、「いままで耳にすることも想像することもなかったような充実、リズム、融和、および最高の生の総合の高められた祈りの気持ちにも似た法悦」の瞬間、「《ああ、この一瞬のためなら全生涯を投げ出してもいい!》」と感得される至福の瞬間とも形容される。[21]

後の本書第四章・「キリーロフの『人神』論」節で取り上げるが、このムイシュキンの至福経験はそっくりそのまま『悪霊』のキリーロフに引き継がれる。

この点に目を止めるならば、われわれは右のモチーフのみならず、まさにそれに併存する仕方で、実に少女凌辱という本章のテーマそれ自体が『白痴』から『悪霊』へと――起源へと遡行するような仕方で――受け渡されていることに気づく。

『悪霊』において少女マトリョーシャは結果としてスタヴローギンの少女志向の性愛快楽の餌食となることで身に負った屈辱と恐怖、またそれだけでなく、スタヴローギンの性欲に応えて自分自身のなかにも性的快楽への強い疼きを目覚めさせられ、逆にそのことを彼に軽蔑されるという恥辱、それが生む自己罪悪感・深い自己嫌悪、一言でいうなら「神様を殺してしまった」という、[22]「おのれひとりを責めるしかなかった、まだ分別も固まっていない、孤立無援の存在のみじめな絶望」の果てに、[23] 自殺に走る。

この『悪霊』の物語から『白痴』を振り返るならば、同作品の女主人公ナスターシャは、淫蕩なトーツキイの手によって少女時代にまさに同じ苦悩を背負わされることになった女として登場する。ただし、彼女は何度も自殺を考えながらも怖くてできず、生き延び、成人していわばその苦痛への復讐の女神となった女として、今度は傲然と常に世間を睨み据え嘲笑し怯むことがない女となる。

だが結局彼女は少女期の自殺衝動を乗り越えることができない。嫉妬に狂ったロゴージンによる刺殺を意図して自ら自分に招き寄せることで、彼女は延期されていた自己処罰を敢行する。つまり『悪霊』のマトリョーシャとは、このナスターシャの奥底に秘匿され続けてきた少女ナスターシャをことあらためてドストエフスキーが少女マトリョーシャとして解き明かした、いわば出現の順序を逆にしたナスターシャの原像にほかならない（しかし周知のように、この試みられたあらたなる主題化・前景化の試みも『悪霊』公刊時には出版社側の強い要請で見送られ頓挫させられた）。

このナスターシャの「並はずれた運命」がもたらす苦悩、それをムイシュキンは彼女の肖像写真を見ただけで直観し、そのことにとてつもない「憐れみの愛」を感じる[24]。そして彼は、その後実際にナスターシャと出会い、交流を深めるなかで彼女のなかに次の「コントラスト」を見いだし、それに著しく惹きつけられ、一目惚れすることになるのだ。ドストエフスキーはこう描写する。

「まるで量り知れぬ矜持と、ほとんど憎悪に近い侮蔑の色が、その顔にあらわれているように思われた。と同時に、なんとなく人を信じやすいような、おどろくほど飾り気のない素朴さといったものがあった。この二つのもののコントラストは、この面影を見る人の胸に一種のあわれみの情とさえ言えるものを呼びおこすように思われた[25]」。

この彼女のコントラストの意味するものは何か。一言でいえば、それは彼女が少女時代に「少女好み」の淫蕩なトーツキイの性愛の餌食となることによって得た魂の傷の表明にほかならない。彼女は十二歳のときに「この道にかけてはけっして眼に狂いのない玄人」のトーツキイの目に止まり、十六歳になるや彼の少女志向の好色の餌食となる運命を負わされる。[26]あるとき彼女はロゴージンにこう打ち明ける。そのとき以来トーツキイは「一年に二ヶ月ずつ泊っていって、はずかしい真似をさせて、さんざん熱くして、男なしではいられなくさせておいて、行ってしまうの、——わたしは何べんも池へ身を投げようと思ったけど、でも駄目ね、勇気がなくてできなかったわ」と[27]（なお、この一節の訳は江川卓の『謎とき『白痴』』から採った。この箇所の翻訳をめぐる興味深い問題については、本書二九五頁）。

彼女の顔に常に漂う「ほとんど憎悪に近い侮蔑の色」とは幼い自分にそのような恐怖と恥辱とかのマトリョーシャの抱いたと同様の自己嫌悪・自己罪悪感、それを自分に背負わせた運命の成り行きへの憎悪と復讐の意志を表すものである。その対象は何よりもまず実はトーツキイにほかならない。彼女はトーツキイに向かってこう言い放つ。

「（お前に対しては、清）いままで自分の胸中にはふかいふかい侮蔑の念のほかは、あの最初のおどろきにつづいてすぐあとからわきおこった侮蔑の念、吐き気を催すような侮蔑の念のほかは、いかなる感情をもたない」と。[28]

このナスターシャの抱える実存の苦悩の核心は、くりかえしになるが、あの『悪霊』のマトリョーシャの言い方を借りれば、「神様を殺してしまった」という自己嫌悪・自己罪悪感とそれが生む自己処罰欲望、つまり自殺願望にある。ムイシュキンはそれを直観する。或るとき、彼はアグラーヤにその自分の観察を次のように語る。

「あの女(ひと)はひっきりなしに気でも狂ったみたいに、わたしは自分の罪を認めるわけにはいかない、わたしは世間の人の犠牲だ、放蕩者や悪者どもの犠牲なのだ、と叫んでいるのです。しかし、口ではどんなことを言おうとも、いいですか、あの女(ひと)は何よりも自分で自分自身を信じていないんですよ、そして口とは反対に、心の底から自分こそ罪ぶかい人間なのだと思いこんでいるのですから[29]」。

彼女はマトリョーシャのように自殺を果たさず生き延びたが、遂行されなかった自殺は絶えまない自殺衝動となって彼女の内奥に待機し続ける。彼女はその秘密を他者にも自分にも覆い隠すべく、憎悪と侮蔑に燃え上がる傲慢で誇り高き女という仮面を自分に被せる。そして自殺衝動に苦しむ秘匿された少女の苦悩のさらにその地盤には、まさに凌辱されたところの彼女の生来の素朴な小女性が横たわっている。――「なんとなく人を信じやすいような、おどろくほど飾り気のない素朴さ」を生きていた、その少女性が。つまり、そのような素朴な人間好きの少女が真逆の顔つきの復讐の女神に変貌したのだ[30]。せざるを得なかったのである。

だが、その秘めた事情に気づける誰がいたというのか？　まさにこの点で、ムイシュキンは彼女にとってこの秘めた自分の《真実》を読み取ってくれた唯一の人間として現れる。そして彼がその唯一の人間になり得たのは、彼が「大人といっしょにいると、相手がどんなことを話しても、どんないい人であっても、なんだか気が重くなってしまって、一刻も早くそこを逃げ出したくなる」人間、「子供たちの一団に会うたびに、なぜだか知りませんが、とても強烈な幸福感を覚える」人間[31]、『カラマーゾフの兄弟』に登場する一種の「奇人」たるアリョーシャの前身だからにほかならない（本書三九、四四頁）。

彼女が心の奥底で待っていた人間、それが彼にほかならない。「正直で、人が良くて、親切で、そしてやっぱりすこし間の抜けた人」で「いきなりやってきて『ナスターシャ・フィリポヴナ、あなたには罪はありませんよ、私はあなたを尊敬しています』と言う」、そういう役割を果たす人間。
凌辱される少女を「受難した子供」のシンボルとするなら、ナスターシャはあらゆる生き延びた「受難した子供」のシンボルであり、『カラマーゾフの兄弟』でいえば、かのアリョーシャとイワンが結び合う「二者一組的なネガ・ポジ関係性、反転関係性」が形づくる「コントラスト」の、その女性版なのである。

子供の示す絶望の仕草と表情、その「魅惑」の両義性

既に私は前章の「イワンにおける『神への拒絶』……」節で、神の与え給うであろう「永久調和」へのイワンの参入拒否の論理、そのいわば梃が不条理なる子供の受難にあったことを述べた。またイワンの分身にして先行者たるスタヴローギンは、キリーロフとの議論のなかで、後に彼自身がその一員となるもっとも下劣で許しがたい犯罪者の代名詞として、「女の子を辱めたり、穢したりする者」・「赤ん坊の頭をぐしゃぐしゃに叩きつぶす者」をあげるのである[32]。

ここで注目したいのは次の事情である。すなわち、イワンにとって右のいわば弁神論＝神義論的意味をもつこの子供の虐待というテーマは次の人間観察に支えられているものでもあった。

> 「人間の多くの者は一種特別な素質をそなえているものなんだ。――それは幼児虐待の嗜好だよ、しかも相手は幼児に限るんだ。……子供を痛めつけるのが大好きで、その意味では子供そのものを愛しているとさえ言えるわけだ。この場合、まさに子供たちのかよわさが迫害者の心をそそりたてるのさ[33]」。

（山城むつみはこの一節を根拠としてイワン自身が幼児嗜虐者であったと推測するが、その解釈への私の批判は先の第二

章・補注「《受難した子供》というテーマ……」に示した）

またここで、右の人間観察にも関連して、次のことも指摘しておきたい。ドストエフスキーはスタヴローギンが少女マトリョーシャを犯そうとしたときに彼女がどんな様相を呈したかを次のように語らせている。

「彼女は突然私に向かって、しきりと顎をしゃくりはじめた。無邪気な、まだ非難の仕方も知らないような子供が、相手を強くとがめるときの、あの顎のしゃくり方である。それから、ふいに彼女は私に向かって小さな拳を振りあげ、その場所から私を脅しはじめた。最初の瞬間、私にはそのしぐさが滑稽に思われたが、じきに耐えられなくなってきた〔略〕。彼女の顔には、子供の顔には見られるはずのない絶望があらわれていた[34]」。（傍点、清）

そして、この少女の仕草と絶望の表情についてさらに彼はこう語る。自分はその記憶をくりかえし想起してきたが、その自分を振り返るなら、こういわなくてはならないと。

「むしろ私が呼び出すのである。そして、それと一緒に暮らすはことなどできるはずもないのに、呼び出さずにはいられないのである」・「どうして私の生涯の他の思い出は、一つとして私のうちにこれと似たようなことを呼びおこさないのだろうか[35]？」

私は、前述の拙論で右のように問題の所在を指示したあとで、さらにこれらの問題の連鎖がいわばネガとポジの陰陽関係をとって『おかしな人間の夢』での少女問題に背中合わせに貼りあわされていることを取り上げた。というのも、私は『おかしな人間の夢』の次のくだりに、ネガ・ポジ関係性の反面の提示を見いだしたからである。

この短篇では、人生に絶望し自殺を決意した男が主人公である。自殺を決意したその日、彼は通りでいきなり見知らぬ少女に——おそらく親に捨てられ浮浪児となった——ひじを引っ張られ、呼び求められる。

その少女の様子はまずこう書かれる。

「彼女は泣きもしないで、妙に引きちぎったような調子で、〔略〕彼女はどうしたのか恐怖におそわれて『おっ母ちゃん！　おっ母ちゃん！』と絶望の調子で叫んでいるのだ。〔略〕その声には、ひどくおびえた子供に絶望の表示としてあらわれる一種の響きがあった」[36]。

とはいえ、彼はいったんこの少女を振り切る。これから自殺するというのにかまっていられるかとばかり。しかし、いざ自殺しようとしたとき、「一つの想念」・「一つの疑問」が湧きあがってきて彼を捉える。自殺しようと、もうなにもかもがどうでもよくなったはずのあのときの自分なのに、彼はこう述懐する。

「なぜ急におれは無関心でなくなって、あの女の子をかわいそうに思うのだ？　今でも覚えているが、あれはまったくかわいそうでたまらなかった。なにかしら不思議な痛みを感じるほどだった」[37]（傍点、清）・「正直なところ、おれはその時、自分の心をかすめた刹那の感触を、これ以上うまく伝えることはできないけれども、その感触は、すでに家に帰って、テーブルに向かった時でさえつづいていた」[38]。（傍点、清）

実に彼はこの想念に浸っているうちに自殺の企てを取りやめにしてしまうのだ。

かくて、「子供の顔には見られるはずのない絶望」の表情、その記憶は「おかしな人間」を自殺欲望から解放し、他方スタヴローギンをして自裁の自殺へと突き進まさせる。これはまさに「二者一組のネガ・ポジ関係性」ではないだろうか？

私は前述の拙論のなかで右の『おかしな人間の夢』の一節に関してこう書いた。

――「物語の構造は『スタヴローギンの告白』と驚くほどよく似ているではないか。違いは、自分の心に食い入る少女の絶望の痛みのゆえに、一方が〔略〕最終的な自己断罪へと突き進むのに対して、他方はそれゆえに自分のうちに生命的な愛の感触を甦らすことで自殺から救われるという点にあるだけである。少女の受苦はスタヴローギンを自殺に追いやり、『おかしな人間』を再生に導く。だが、おそらくはこの紙一重の差の画面の反転の構造のなかにドストエフスキーの信仰の論理が潜められているのだ。『完全な無神論者は完全な信仰に達する、最後の一つ手前の段に立っておる（それを踏みこすか越さないかは別として）』というスタヴローギンに与えたチホンの謎に満ちた言葉を解く鍵も、おそらくはこの構造のなかに潜んでいるのだ[39]」。

この視点からあらためて問おう。なぜスタヴローギンにとって少女マトリョーシャの記憶は自分でくりかえし呼び出したくなるほどの「耐えがたさ」をもつものとなったのであろうか？

敢えて一言でいえば、それが、神と人間との双方に絶望してその双方との一切の関係を断って冷酷なる非情の砦に我が身一つ閉じこもったはずのスタヴローギンにとっても、いったん断ち切ったはずの人間たちと自分とのあいだに共苦の絆を、いいかえれば《愛》の絆を開く唯一の媒体だからである。ここにスタヴローギンの大いなる逆説がある。彼は少女マトリョーシャに「神さまを殺してしまった」と感じさせるほどの恥辱と罪悪感を与える犯罪をなすことによって、その少女の苦痛に触れ、触れることでその苦痛への居たたまれぬ共苦の感情を同時に自分に甦らせる。だから、マトリョーシャへの共苦ゆえに、共苦の名において、彼女にそのような苦痛を強いた下手人、つまり自分自身を断罪しなければならない。かくて、彼は自らに縊死を命じる。「スタヴローギンの告白」筆写版には、チホンの言葉として次の言葉が残されている。「あなたは自分が辱しめた少女の苦悩を思って、生死を考えるほどの衝撃を受けられた。してみれば、あなたにはまだ希望があり」云々と[40]。

逆説的にもスタヴローギンの自殺は「あなたにはまだ希望がある」ということの証明なのだ。

《少女の娼婦化》という問題

なお一点、既に取り上げた問題ではあるが、もう少し掘り下げておきたい問題がある。

マトリョーシャが「神さまを殺してしまった」と自分を感じたことにはもう一つの重要な契機が差し挟まっていた。スタヴローギンの記憶にそのことも「奇怪なこと」として鮮明に残っている。

マトリョーシャは、スタヴローギンがまるで大人の女を相手にするように自分の手に接吻し、自分を膝の上に抱きあげ、酔いに任せて甘い囁きを注いでいると、最初は冗談事と受け取って自らも戯れにあげていた笑い声もひっこめ、突然、彼を「不気味なほどじっと動かない目」で見つめはじめ、ふいに「妙にゆがんだ」微笑を浮かべ、しかも、そのあと次の驚くべき行動に出る。スタヴローギンはこう回想する。「いきなり両手で私の首にしがみつくと、ふいに自分のほうからはげしい接吻をはじめたのである。彼女の顔には完全な歓喜の情があらわれていた」と。この回想を彼は次の言葉で結ぶ。

「こんな幼い者がと思い、ふいに私が感じた憐れみの気持ちから、私は不快でならなくなったのである」[41]。

しかし、少女とのセックスが終わったあと、彼女が性交の実際にはまったく無知であったことを自分は知ったとスタヴローギンは告白書のなかで確言する。

だから、「こんな幼い者が」というそのときの彼の思いは、もしそれが男の「淫蕩」の欲望に同じように「淫蕩」の欲望をもって応える大人の女の性欲、その意味で娼婦的な性欲が既に「こんな幼い者」にも疼いていることの発見の驚きという意味であったなら、それは誤解であったということになろう。実は、マトリョーシャは実母にすら虐待されるほどに孤独で誰からも保護されることなき貧しい少女であった。その少女が周囲から畏怖されているスタヴローギンに――本当は戯れに過ぎぬ（しかし、実はそこに共苦する真情も混ざりこんでいる）――特別な接吻と愛の言葉を与えられ、いわば準性愛的興奮を伴うといえども、まだ明らかに性欲以前の素朴な愛の歓喜に舞いあがったのだ。

とはいえ、その少女の舞いあがりに出会った瞬間の彼はそこに彼の淫欲に応える女の淫欲を見いだし、それを不快と感じた。いいかえれば、彼は二重にマトリョーシャを侮辱したのだ。まず彼は戯れの仕草と言葉で少女の深奥に疼く愛への渇望に火を投じ、それを弄び、なおかつそれを大人の女の淫欲の興奮と同類のものと誤解し、少女を蔑んだからだ。そして、事が終わったあとマトリョーシャの側が見いだしたのは、自分がこの男に愛されているどころか不快な存在として蔑まれているということであった。その自分を恥じ、かつまたまだ少女である彼女にとってはすべてが恥ずかしく醜悪に思える性交の相手をさせられ、彼女は自分を「神さまを殺してしまった」と感じた。

なお、ここで私は急いで次のことをつけくわえておきたい。スタヴローギンの半ば戯れの愛の口説き——共苦する真情が混淆しているとはいえ——が、生まれたときから薄幸の孤独で屈辱に満ちた人生を歩んできたマトリョーシャを愛されることの生む喜悦に舞い上がらせてしまうという問題の構造、だからまた彼のマトリョーシャへの行為はなおいっそう罪深いという問題、これはマリヤ・レビャートキナに対するスタヴローギンの関わり方のもつ問題と同型同質の問題である。さらに付言すれば、『柔和な女』における男女主人公の関係も同型な形から始まる。そして実に『地下室の手記』第二部における娼婦リーザと主人公の「ぼく」との関係がそもそもそれなのである（参照、補論「『地下室の手記』の祖型性……」）

あるとき、ピョートル・ヴェルホーヴェンスキイーが『悪霊』のナレーターである「私」にこう暴露する場面がある。いわく、スタヴローギンはマリヤを嘲弄した男を窓の外に放り出し、これまで「罪なく虐げられた」人生を送ることしかできないできたこのマリヤを、その後まるで「侯爵夫人のように」扱いだすが、それを脇で見ていたキリーロフはスタヴローギンに「そんなことをしたらこの女をほんとうにだめにしてしまうぞと注意した」ことがあり、キリーロフはこう批判した、と。「きみはわざわざ最低の人間、たえず辱められ、なぐられているかたわの女を選んで、そのうえこの女性がきみへのコミカルな愛情のために死なんばかりでいるのを知りながら、わざとこの女をかつごうとしている。それもただただその結果がどうなるか見てみたいだけなんだ！」と[42]（また、読者は次の第四章・『悪霊』と『罪と罰』……」節において同様な批判がシャートフによっても激しくスタヴローギンに浴びせられる次第を見るであろう。他方第五章では、反対に彼の母ワルワーラ夫人が、それは息子の真情から出たものだと擁護すること、を)。

ところで、ここに出てくる右の「こんな幼い者が」のモチーフもまた既に『罪と罰』のなかに、まさにマトリョーシャの場合とそっくりそのままに、少女凌辱の問題が孕む必須の一契機として登場する。その事情をあとでわれわれはスヴィドリガイロフを自殺に導くきっかけとなる、彼の見る夢のなかに決定的な形で見いだすであろう。

先に私は本書の第一章において「子どもというものはキリストの姿じゃないか」というラスコーリニコフの言葉を引いた。実はこの言葉の前には次の言葉が——スヴィドリガイロフの見る夢への布石として——置かれていた。「七歳の子どもがもう性的に堕落していて、もう盗みをやるんだ」(傍点、清)という。[43] ドストエフスキーにとって《子供の受難》とは、少女がたんに大人の男に凌辱されるということだけでなく、既に少女の段階で性的に堕落させられ娼婦化するという問題、あるいはそのように見られ遇されるという問題を欠くべからざる問題として含むものだった。

そして、われわれはこのテーマが『白痴』にも強力に貫かれていることを先に、ナスターシャがロゴージンに語った言葉に即して確認したところであった(江川訳の画期的意義はこの問題関連を明白にした点にある。なお、この点をめぐっては、さらに本書第五章・「『白痴』における愛・嫉妬・《自尊心の病》……」節を参照されたし)。

では、こうした問題の文脈を念頭にもう一度『罪と罰』を振り返ってみよう。

『罪と罰』の祖型的位置——スヴィドリガイロフの告白

まず次のことを指摘しなければならない。

この小説において、ラスコーリニコフのいわば影法師たるスヴィドリガイロフはラスコーリニコフの妹ドゥーニャの愛を遂に自分が獲得することができないことを悟った果てに、ピストル自殺を遂げる。その自殺の最終的な踏切板となるのはドゥーニャと別れホテルに帰った彼が眠りにつき、睡眠中に見る次の夢の記憶なのだ。

彼は夢のなかで、白い壁布で覆い尽くされた部屋のなかに置かれた、純白の布で包まれた棺に、これまた白いレースの服を着て遺体となって横たわる十四歳の少女の姿を見る。彼女は「どこか子どもらしくない、かぎりない悲しみと、深い哀願とがあふれていた」微笑を浮かべて横たわっていたのだが、彼女は男に強姦され、「凌辱が、このおさな子の意識を恐怖と驚きに慄かせ、天使のように清純なその魂をいわれのない羞恥で満たし」たがゆえに自らに手を下した自殺者であった。(44)

スヴィドリガイロフ自身はドゥーニャを強姦しはしなかったが、実は十分それができる状況につい先ほど立っていたところであった。だからこの夢のなかの少女はドゥーニャの夢化されたいわば可能な一つの延長でもあった。

否、実はその夢のなかに出てきた少女は彼がかつて凌辱した少女かもしれないのだ。というのは、『罪と罰』は彼には次の噂がついてまわっていたと物語っていたからである。ドゥーニャの元婚約者のルージンは彼女を自分から奪うかもしれぬスヴィドリガイロフへの敵意に駆られ彼女にその噂を暴露する。スヴィドリガイロフはレースリッヒという女と秘密の仲であったともっぱらの噂だが、その女は面倒を見ていた十四歳の姪を虐待していたことでも知られていた。その姪があるとき屋根裏部屋で首を吊っているのが発見されたが、「あとになってから、その子はスヴィドリガイロフから……手ひどい凌辱を受けていたという密告があった」と。(45)『罪と罰』は最後まで実際に彼がこの凌辱に手を染めたのか否かを確定はしない。いましがた取りあげた夢の場面においてすら下手人の男が実は彼自身であったとは書かない。
だが、凌辱された果てに屋根裏部屋で縊死する少女というモチーフは既に『悪霊』に先だって『罪と罰』でドストエフスキーの心を捉えていたのだ。

しかも、次の点においてもそうなのである。スヴィドリガイロフはその夢の続きとして今度はホテルのなかで五歳前後の「雑巾のようにぐしょぬれになった服を着て、がたがたふるえながら泣いている」姿の少女に出会う[46]。彼女は、母親に虐待された少女であった。彼は思わずこの少女を保護してやりたくなる。部屋に連れ帰り、びしょ濡れの着物を脱がせ、毛布でくるみ、ベッドに寝かしつけてやる。そのとき、彼は見も知らぬ少女のことを気遣う自分自身に驚き、イラつきもする。「また余計な世話をやいている!」と[47]。

しばらくたって、寝入っている少女の様子を見に行く。目を覚ました少女の眼に出会う。だが、今度はそこに「何か厚かましい、いどむような表情が、およそ子供らしくない」・「淫蕩」を顕わにした「フランスの淫売女の厚かましい笑顔」を見いだす。そしてそこに彼は「何かしらかぎりもなく醜悪な、痛ましいもの」を見いだす。「なんだ! 五つの女の子のくせに!」[48]。そして夢から醒める。

スヴィドリガイロフに自殺を決断させるのはこの二つの夢なのだ。さらにいえば、夢のなかでのいわば聖なる少女像の暗転なのである。おそらくその暗転を生みだす元凶としての自己自身への絶望が、あるいは聖なる少女性すらそのように暗転せしめる人間の世の習いとそれに加担する存在でしかなかった自己への絶望が、彼をして自殺へと決断させるのだ。

このように見てくれば、既に「スタヴローギンの告白」は『罪と罰』のなかに「スヴィドリガイロフの告白」として完全な形で胚胎していた事情が気づかれよう。

しかも、見捨てられた少女との出会いが共苦の感情を主人公の内部に甦らせることで、彼がおのれを死の岸から生の岸へと呼び戻すという『おかしな人間の夢』のモチーフ、これもまた先のびしょ濡れの少女の夢のなかに、まさに聖なる少女性の娼婦性への暗転という構造を宿しながらも孕まれていることにわれわれは気づく。

実はこのモチーフこそが、前章が示したように、『罪と罰』のライト・モチーフとも呼ぶべきものであった。その事情は、だからまたスタヴローギンの自殺の先駆形態であるスヴィドリガイロフの自殺のなかにもくだんの暗転の構造をとって合流しているのだ。そして、そもそもソーニャが娼婦に身をおとしめざるを得なくなるという物語設定それ自体にもこのモチーフは暗黙のうちに流れ込んでいる（付言すれば、『未成年』には淫蕩な男たちの罠にはまって犯され、その恥辱の果てに屋根裏部屋で首をくくる女学生オーリャのエピソードが副主人公ヴェルシーロフにかかわる形で登場するが、このエピソードは明らかに右のモティーフを引き継ぐものである。ただし未展開に終わっている感が強い）。

最後に『罪と罰』の次の場面もここに呼び出しておこう。

それは、ラスコーリニコフが遂にソーニャにリザヴェータ殺しを告白する場面である。彼は自分が犯人であることを強く匂わせ、自分の顔をしっかりと見ろと彼女にいう。ドストエフスキーは続けてこう書く。

「そう言ったとたん、ふたたび以前からなじみのある感覚が、突然、彼の心を凍らせた。彼はソーニャを見た。と、その顔にリザヴェータの顔を見たように思った。彼は、自分が斧をもって近づいて行ったあのときのリザヴェータの表情を、まざまざと覚えていた。彼女は片手を前に差し出して、まったく子どものようなおびえた表情を顔に浮かべながら、壁のほうへ後じさって行った。それは幼い子どもが、ふいに何かにおびえて、その何かをまばたきもせず、不安そうに見つめながら、じりじり後じさって行き、小さな手を前に差し伸べて、いまにも泣きだしそうにする、その様子にそっくりだった。ところが、ほとんどそ

れと同じことが、いまのソーニャにも起こった[49]」。（傍点、清）

ここに再びまたあの見捨てられた〈少女〉の仕草と表情が登場する。ほとんどドストエフスキーにまといついた強迫観念のように。

最後に、私は次の一節を紹介しておきたい。『作家の日記』にこうある。

「小さな子供が、誰にも見られないようにこっそりと隅にかくれ、そこで、小さな手をもみしぼり〔略〕ちっちゃなこぶしで胸を叩きながら、〔略〕ただ自分が愛されていないことを、いやというほど身にしみて感じながら泣いているところを、あなたはご覧になったことがおありだろうか[50]？」（傍点、ドストエフスキー）

男性的性欲様態(セクシュアリティー)の特殊な環としての少女姦

トーマス・マンはそのヴァーグナー論（『リヒャルト・ワーグナーの苦悩と偉大さ』）においてドストエフスキー文学を「地獄的な魂の状態に通じたキリスト教的知識の世界」と呼びつつ、ヴァーグナーの『パルジファル』は自分たちをそこへと導くと書いているが、彼はまた書簡「パウル・シュテーゲマンへ」のなかでほぼ断定するようにこう書いた。

「偉大な道徳家は大抵大悪人でありました。ドストエフスキーは子供を弄んだといわれています。その上癲癇持ちで、そして今日、この神秘的な病気は淫乱の一形態として説明されようとしています。いずれにしろ、この敬虔な人の作品は、到る処で淫欲の深淵が口を開けて待っています[51]。

このように断定できるのかどうかはさておいて、ドストエフスキー文学の「到る処で淫欲の深淵が口を開けて待っています」ということ自体は紛れもない事実だ。そして、この「淫欲の深淵」が何よりも少女との性交欲望にあることも。

この観点から振り返るなら、まず『罪と罰』のスヴィドリガイロフ、『白痴』のトーツキイ、『悪霊』のスタヴローギンが何よりもその代表者となるが、男主人公ないしはその分身的登場人物を惹きつける若い女がほとんど十四歳から十六歳ぐらいのまだ少女の素朴な風情を色濃く残した女であるという設定・パターン、それは驚くべき執拗さをもって彼のほとんどの作品を支配しているといってよい。たとえば、『柔和な女』においてもそのことは歴然としている。また『罪と罰』ではそもそもソーニャはラスコーリニコフにとってそういう風情の女として登場する。先の三作品ほどあからさまな「淫欲」の対象として現れないまでも、男において強い愛着の感情は当然相手との性交欲望にまで成長し、それと撚りあわされるから、右のパターンを必須のものとして抱え込むドストエフスキー文学にとって、少女との性交快楽の相貌が常なる「影」の如きものとなって随伴する次第となるのは当然である。様々な児童虐待の事例を延々とあげつらう『カラマーゾフの兄弟』におけるかのイワンの長広舌の顕著な特徴は、彼が児童虐待行為に潜んでいる「性的快楽」に焦点を当てて、そのサディズムを告発している点にある。

先の三作品における少女姦とイワンの列挙する児童虐待サディズムとはけっして同列に並べられるものではないが、「性的快楽」が人間にとって抗しがたい魔物的な欲動作用の象徴・メタファーとなるという点では両者は通底している。ドストエフスキーの「犯罪」論のユニークさは、人間をして犯罪に走らせる瞬間がほとんどの場合何らかのこの《抗しがたい魔物的な欲動快楽》に当人が取り憑かれる瞬間──『作家の日記』の或る章での言葉を使えば「精神錯乱をともなわない狂気状態」──だという事情にひたと視点を合わせる点にある。

この点でいえば、彼にとって少女との性交快楽はそれを偏愛する人間たちにとっては一種の「精神錯乱をともなわない狂気状態」として実現するということになろう。[52] そこには、人間各個人に取り憑く運命的な「性癖」という問題、ユング的にいえば、「自我」という道徳的な反省的自己意識の審級を突破してしまう無意識的な「影」的「自己」の表出という問題が登場している。この問題場面を何よりも自分に取り憑く少女へのロリータ的愛着──性愛欲動への成長発展を不可避とする──の問題として自覚したという作家体験、これがドストエフスキー文学のまさに「個性」なのだ（かかるモチーフがドストエフスキー自身の性欲様態（セクシュアリティー）の特異性に由来するものなのか、彼の父親に生じた出来事が彼に与えた衝撃に由来するものなのか、はたまたその両者の重なりのなかから生まれたものなのか、それを決定することは難しい。彼の父親は、自分の農奴の恨みを買い惨殺されるのだが、この殺害は、奉公にあげた自分の娘が十四歳になる頃この父親によって凌辱されたことに対するその農奴の復讐であったという有力な説が存在する。この事情については遠丸立の『無知とドストエフスキー』が詳しい。同書、三一─三八頁）。

第四章　汎神論的大地信仰とドストエフスキー、そしてニーチェ

江川卓の「分離派」論への不満

江川の「分離派」解釈、とりわけてその二つのセクト、「鞭身派」と「去勢派」との確執についての着目と深い知見が、彼の「謎とき」ドストエフスキー解釈を領導するいわばガイド的役割を果たしていること、この点は一読すればただちに感得される。

しかし、だからこそ私にとって大きな不満となったのは次のことであった。

江川は『罪と罰』の翻訳（岩波文庫）に付けた訳注で次の注目すべき問題を指摘している。すなわち、『罪と罰』に登場するソーニャとリザヴェータは「ある種の分離派宗教とのかかわり」をもつ人物として設定されていると思われ、「これがどのような宗派であったかは推定しにくいが、大地信仰とのかかわりをもつ信仰であったろうことは、その後、ソーニャがラスコーリニコフに対して大地への接吻をすすめたりすることから見て、おそらくまちがいあるまい」（傍点、清）とし、[1] また別な訳注では大略こう述べていた。

——「大地への接吻というモチーフ」は、ドストエフスキーにはしばしば現れ、それは『カラマーゾフの兄弟』においてはゾシマ長老の衣鉢を継ぎ、彼の思想を宣教する「一生変わらぬ堅固な闘士」たらんとするアリョーシャの決意表明を象徴する行為として描きだされる。[2] また『悪霊』では、マリヤ・レビャートキナが不思議な巡礼の老婆から教えられた聖母マリア信仰と大地信仰を重ね合わせたような教えを象徴する行為として現れる、と。[3]

さらに次の指摘もおこなっていた。すなわち、十世紀にロシヤにキリスト教が伝来した時点では終末の時に再来したキリストが峻厳な裁きをおこなうという思想――私の観点からすれば、かの『ヨハネ黙示録』がそのもっとも先鋭な表現であり、明らかにその点にドストエフスキーは注目している――、これが「異教徒を畏怖させてキリスト教に帰依させる手段」として前面に押しだされ、ロシヤ語ではそれが「恐ろしい裁き」と呼ばれたが、時代を経るにしたがって、民衆の「民間信仰」化したキリスト教のなかでは、この裁きの思想が緩和され、信仰の中核に「峻厳な神の掟の体現者」としての「父なる神」よりもむしろ「罪の赦し」を与える「キリストや聖母」を置く「偽経や説話」が増え広まった、と。[4]

私はこれらの訳注にたいへん注目し、本書の「はじめに」で示したように、私の聖書論の視点――古代ユダヤ教とイエス思想との対立性に注目し、それを強調する――との深い呼応をドストエフスキーのなかに見いだしたのである。

ところが、江川はせっかく右の訳注を記したにもかかわらず、『罪と罰』と『カラマーゾフの兄弟』を論じた二つの前掲書において、しかもそこにおける「分離派」論において、この「大地への接吻というモチーフ」についてほとんどまったく触れることがない（『謎とき『カラマーゾフの兄弟』』においては、その第二章「黒いキリスト」の末尾でゾシマ長老の衣鉢をアリョーシャが継ぐ象徴的行為として彼が大地に接吻することが取り上げられてはいるが、ただ指摘のみであって、本書がおこなっているような「大地信仰」との関係を問うが如き考察を展開しているわけではまったくない）[5]。『謎とき『カラマーゾフの兄弟』』における彼の「分離派」論は、その二つの分派「鞭身派」と「去勢派」とが、その強烈なる反性欲主義を共通基盤にしながらも如何に近親憎悪的な対立に陥ったかの問題、そしてこの両派の確執がスメルジャコフの人物形象のなかにもっとも鋭く投影されていることの解読に終始しており、そこではくだんの訳注に彼自身が記した分離派とロシヤ民衆に古来から受け継がれてきた大地信仰との関連性というテーマはまったく影をひそめてしまっている（第三章・「『黄金時代』表象の……」節に示したように例外はあるとはいえ）。

ついでに指摘するなら、江川のスメルジャコフ論はスメルジャコフの人物像と「分離派」との関係をめぐる興味深い考察だとはいえ、しかし、その人物像の解明にとって決定的な梃を提供するものではない。「分離派」の過激な徹底的反性欲主義は、ドストエフスキーの思想を探究するうえではこのうえなく興味深い問題をなすが（第五章で後述）、スメルジャコフ自身は『カラマーゾフの兄弟』において分離派的な徹底的反性欲主義者として登場するわけではない。むしろ無神論者の相貌において登場し、彼がイワンの内なる無神論的ニヒリズムといわば内通するイワンの「影」的存在として現れる。彼がそうなることの実存的要因は、既に本書第二章・「人間の抱える最重要の実存的問題の……」節で示したように、出生の事情が彼に刻印する激しい怨恨的性格のなかにある。この点で、彼もまたまさに《受難した子供》の一人なのである。だが、江川の考察はこの問題の関連に届くものではない。そもそも彼にはドストエフスキー文学の核心にこの《受難した子供》というテーマを確定する視点がない。

ロシヤ民衆の大地信仰の意義──「自尊心の病」からの解放

「大地への接吻というモチーフ」に戻ろう。

既に第一章で示したように、私は、このモチーフがドストエフスキーにあっては「無神論」的・政治的社会主義との対決というテーマと切っても切り離せぬ重大な関連性をもつ点に注目する。私は、拙著『否定神学と《悪》の文学Ⅲ　ドストエフスキー的なるものと『罪と罰』において、このモチーフがラスコーリニコフにおいてナルシスティックな「自尊心の病」からの脱却・自己解放という問題となって展開することに注目したが、そのことと右の問題とは深く関係する。

ラスコーリニコフは自分のなした金貸し老婆殺しを正当化しようと《非凡人の犯罪権》を主張するのだが、第一章で示したように、この考え方は社会主義暴力革命の遂行によって「新しきエルサレム」を実現するという思想と固く結びついていた。彼は、くだんの老婆殺しにおいて、老婆だけでなく、まったく無辜のリザヴェータまでも巻き添えにしてしまう。それは彼自身にとって意図せざるものであった。

われわれが注目すべきは、この出来事が彼によっては「不手際」の如き些細な副次的な偶然事としてしか意識されないこと、そのようにドストエフスキーが描きだしている点である。[6] そこにはリザヴェータの生命に向けられた「良心の呵責」は存在せず、ただ自分の手段選択の失敗に対する自嘲があるのみなのだ。周知のように、ソーニャはそのような態度をとる彼にこう迫る。

「十字路に立つんです。おじぎをして、まず、あなたが汚した大地に接吻なさい。それから四方を向いて、全世界におじぎをしなさい。そしてみんなに聞こえるように、『わたしは人を殺しました!』と言うんです。そうしたら、神さまが、あなたにまた生命を授けてくださる」[7]。

「大地への接吻」の思想はまさにここに登場する。

だが、ラスコーリニコフはなるほどこのソーニャの訴えを容れて自首するにせよ、自分の殺人行為が――たとえ非難されようとも――彼の主観的意図どおりに受け取られることを願ってやまない。それが、けちな小金盗みのまったく利己的な矮小な動機から発した犯罪であると世間にみなされ、大学まで出た教養人がそのような卑近な下卑た目的のために稚拙にも殺人を犯し、愚かにも一生を棒に振る羽目となったというように受け取られ、世間から嘲笑されること、このことを彼は何としても肯じ得ない。そうなることは彼の自尊心が許さない。

だからラスコーリニコフはソーニャに促されて自首した後も、彼の殺人を真に恥じ後悔すること、真に「良心の呵責」に苦しむことができない。殺人のおぞましさと自分の行為の醜さを思って自虐するにしても、それは後悔することなのではなく、あくまで誇り高き《非凡なる犯罪者》になりきれなかった自己の弱さを思って自虐することでしかない。その自虐は絶えまなく彼を《非凡なる犯罪者》たらんとする自負心と自己誇示に送り返す。この自虐と自負とのあいだを振り子となって往復する彼の心のなかには、罪を詫びる相手として老婆もリザヴェータも一度たりと登場することはない。彼女たちの居場所はどこにもない。自分が奪った相手の《生命》の尊さや苦悩をおもんばかる心は一片もないのだ。この彼の姿勢は流刑地にソーニャと共に旅立った後にも変わることがない。それが劇的に転換し、真の意味で彼がソーニャの訴えを受け入れることになるのはこの小説のラスト近くなのである。

この彼の問題性のなかに、私が「自尊心の病」と名づける問題が浮かび上がっている。

後の第五章で詳しく論じるが、私見によれば、この「自尊心の病」という問題の環はドストエフスキーにとって現代人の自我意識が抱え込む実存的問題性を凝縮するものである。それはもう一方の問題の環、私が「自虐の快楽」主義と呼ぶ問題といわば《双子の振り子機制》とでも呼ぶべき一対の関係性を結んで、現代人の自我意識に強烈な自己誇示・ナルシシズムの志向性を刻み込む働きをするのである。ラスコーリニコフにおいて自分が殺したリザヴェータへ向かう意識はけっして彼女自身の存在に向かうのではなく、絶えず彼女を素通りして彼の「非凡人」たらんとする自尊心へと回帰し、そこに螺旋的なナルシシズムの回路を生みだしてしまう。

そのように、「自尊心の病」においては、他者へのかかわりが結局すべて自分の手元でナルシスティックな自己誇示の道具に変えられてしまうのである。たとえばまた、カテリーナ・イワーノヴナにあってはドミトリーへの愛は《「愛ゆえの自己犠牲」を雄々しく生きる私》への自己愛・自己誇示を導くための道具であって、けっして彼への真実の愛ではないように。

また他方「自虐の快楽」主義にあっては、他者に対する振る舞いが周囲の嘲笑を意図的に誘う「道化」的身振りに絶えまなく歪み滑落し、この快楽主義に捕らわれた者は「自尊心の病」を病む者と同様に、これまた他者と真摯な嘘偽りのない素朴で正直な親交に入ることができない。しかも、この道化的自虐性の裏側には、フョードル・カラマーゾフに典型化するように、相手を笑わせてやっている自分の優越、その罠に見事にはまって愚かしくも笑い転げている相手への侮蔑、かかるコメディアン芸人の自尊心が実は疼いてもいるのだ。かかるいわば両極的な相貌を呈する自己誇示・ナルシシズムの問題こそ、現代人の抱える自我意識の病に対するドストエフスキーの心理学的観察の常なる焦点であった。

『悪霊』と『罪と罰』——大地信仰の問題位置

この問題は、『悪霊』にそのまま引き継がれる。江川は指摘していないが、「大地への接吻」の思想を語るのは、マリヤ・レビャートキナと彼女にその思想を教える巡礼の老婆だけではない。マリヤ・レビャートキナからそれを教えられたシャートフも語る。彼は、スタヴローギンがマリヤ・レビャートキナとの結婚の動機が真の愛にあるのではなく、まさに「自虐の快楽」を通しての自己誇示という「自尊心の病」に基づくものではないかと詰問する。

「あなたは苦悩を求める情熱から、良心を責めさいなみたい情熱から、精神的情欲から結婚したんです。〔略〕常識に挑戦するのがたまらなく誘惑的だったんです！」[8]

ここで注意したい。ここにいう「良心を責めさいなみたい情熱」は真の「良心の呵責」ではない。それはその初発においては魂のなかから自発的に湧き出てきたそれであったろうが、そのうちスタヴローギンのなかで「常識に挑戦する」自己誇示の道具へと変質、かくてまた一つの演技へと変質するに至ったそれである。そして、鋭くその事情を見抜いたシャートフはスタヴローギンの肩を掴んでこう叫ぶのだ。「大地を接吻なさい、涙でうるおしなさい、許しを乞いなさい！」と。[9]

ここにおいてわれわれは次のことに気づかされる。ドストエフスキーにおいて大地への帰還とは同時に《自我の病たる自尊心の病に罹った知識人意識》から《民衆》の生きる親睦なる同胞意識＝共生・共苦の意識への帰還でもあるということを（ここで読者には、本書第一章・「ロシヤ民衆の『共同体』感情と……」節を想起していただきたい）。

しかもこのシャートフとは、スタヴローギンがかつての思想、自分を魅了したそのローマ・カトリック批判を捨てたのではないかという疑惑にかられて、彼にこう詰め寄る人間でもある。いわく、

「あなたは、ローマ・カトリックはもはやキリスト教ではないと信じていたのです。あなたの主張では、ローマが称えたのは、悪魔に第三の誘惑に負けたキリストである。カトリックは、地上の王国なしにはキリストもこの地上に存立しえないと全世界に宣言することによって、反キリストの旗をかかげ、ひいては西欧

世界全体を滅ぼしたのだ[10]」。

かかる認識が実は作者ドストエフスキー自身の認識であり、また右のシャートフの立場は後の『カラマーゾフの兄弟』においてゾシマに、またイワンにさえ受け継がれること、それは先に第一章で示したとおりである。そして『悪霊』において、このシャートフはかつて過激な「無神論」的社会主義者であったが、激しい自己批判の後に転向して「民衆のロシヤ」主義者、かの「スラヴ派」になった男として登場する（それゆえ同小説では彼は、彼自身がかつてはそのメンバーであった社会主義過激派小セクトのリーダーであるピョートル・ヴェルホーヴェンスキーによって、密告者となる危険を孕む裏切者として内部粛清の対象となり射殺される）。くだんの大地信仰はこの転向の証なのだ。

また僧侶チホンも、少女凌辱を告白せんとするスタヴローギンの動機を推し量って、おまえはほんとうに真実の後悔・「良心の呵責」からそうするのかと詰問するなかで、同じく大地信仰を口にするのだ。彼もまたスタヴローギンの「自尊心の病」を見抜きこう呟く。

「あなたはご自分の心理にいわばうっとりされて、実際にはあなたのうちに存在しない非情さで読む者を驚かせようとしておられる[11]」、「準備ができておられない。鍛えられておられない」、「土壌から引き離されておられる、信じておられない[12]」。

いうまでもなく、「土壌から引き離されておられる」という実存のあり方は「大地への接吻」と相対立する一対の関係を結んでいる。つまりくりかえすなら、「大地への接吻」によっておのれを再度大地との接続にもたらすことは、「自虐の快楽」と「自尊心の病」という振り子機制の内に閉じ込められた《現代人・知識人・都会人・西欧人》的な自我のあり方を、いまだその素朴な信仰性を失わないロシヤの民衆の実存のあり方へと復帰せしめることなのである。

なおあとで「ニーチェの遺稿に……」節で述べるように、かかる現代的自我のあり方は、サルトル的にいえば絶えまなき《おのれからの「無化的後退」》と形容されるその自己意識の反身体的な過剰な反省性によって、自己分裂の蟻地獄的悪循環を脱し得なくなる自我のあり方に等しい。[13] またロシヤの民衆がいまなお保持している信仰性とは、私の言い方を用いるなら《宇宙的自然と他者と自己のあいだを循環してやまない〈生命〉の有機的な汎神論的な統一性（永遠的な調和）への信仰》と形容し得るそれなのだ。

この点で、「大地への接吻」は次の事態の克服のメタファーであり、おのれの実存の生命性の根源的回復のシンボルなのである。すなわち、意識と身体・感情とが過剰な反省的亀裂に陥り、そのことによって心身の生命力に満ちた統一性が解体し、自己アイデンティティーの依拠すべき生命感情的基盤が失われるという事態の克服、心身的統一性の回復、自己アイデンティティーの回復の。そうした過剰に研ぎ澄まされた現代知識人の自我意識を特徴づけている問題性の克服の（参照、第一章・『悪霊』の問題位置」節、本章・「ワルワーラ夫人と……」節、補論V「『地下室の手記』の……」）。

『罪と罰』のラスコーリニコフに話を戻せば、前述の自我の地獄的ナルシシズムの悪循環から彼が解放されるのは、いいかえれば、ソーニャの呼びかけの意味を真に了解し受容するのは、当初は「なぜ彼らがみな、あれほどソーニャを好きになったのか」が理解できなかった彼が、[14] 流刑地で徒刑囚たちが彼女についてこう語ることを目の当たりにすることによってである。

「ソフィヤ・セミョーノヴナ、あんたはおれたちのおっかさんだ、やさしい、思いやりのあるおふくろだよ！」[15]

そして注目すべきは、この徒刑囚たちとソーニャとのあいだの母子的絆は彼らが生きる次の宇宙感情と深く結びついていることである。

――ラスコーリニコフは流刑地で徒刑囚たちの様子を見ていて、彼らにとって自由の身であるときより「人生がより愛され、価値を認められ、大事にされている」ように見え、驚く。「どれほどのおそろしい苦痛と責苦に耐えてきた」かもしれない彼らにとって、「ただ一条の太陽の光、鬱蒼たる森、どことも知れぬ奥まった場所に湧きでる冷たい泉」が、まるでそれに出会うことが「恋人との逢瀬」のように期待され喜ばれ価値あるものとなっていることに。

この一節が孕む含意は『悪霊』においてもっと明示的に語られる。前述したように、『悪霊』においてもともと「神さまと自然は一つのもの」と考えていた無意識の汎神論者たるマリヤ・レビャートキナが「大地への接吻」の教えを得るのは巡礼の老婆の次の言葉からなのだ。[16] ――「聖母様は大いなる母、うるおえる大地〔略〕自分の涙で足もとの土を半アルシンもの深さにうるおせば、どんなことにも喜びを感ずることができるようになる」（傍点、清）。そしてマリヤはそれ以来この予言を信じ、「お祈りをして、頭を地につけてお辞儀をするときには、いつも地面に接吻する」ようになる。[17]

つまり、大地の本質をなす大地母神（同時にそれは、彼らにとっては聖母マリアでもある）の霊力とは、何よりもまず「どんなことにも喜びを感ずることができるようになる」力を人間に与えること、あるいは呼び戻すことであり、実はそのことによって徒刑囚たちの人生もまたその価値を回復する。そしてこの価値回復とは、彼らの内部の《生命＝生命感情》――大地と他者の生命に呼応する力としての――の回復、つまり新生・更生として捉えられている。ソーニャはこの回復の最初の媒体であり、この回復・新生の変わることなき象徴として「おれたちのおっかさん」なのである。そして、木の葉を照らす「ただ一条の太陽の光」は万物が〈生命〉の全一性と部分との関係を結ぶがゆえに、〈生命〉の喜びの表現であると同時にその源泉となり得るという新事態の象徴・メタファーなのだ。いまやわれわれは気づく。かかる問題の認識角度は実はラスコーリニコフに投げ与えたソーニャの命令の末尾に既に示されていたことを。「そうしたら、神さまが、あなたにまた生命を授けてくださる」(傍点、清)と。

先に私はロシヤ民衆の「素朴な信仰性」を特徴づけて、《宇宙的自然と他者と自己のあいだを循環してやまない〈生命〉の有機的な汎神論的な統一性(永遠的な調和)への信仰》と定義したが、実はこの定義は右の大地信仰に対するドストエフスキーの捉え方を念頭においてのことなのである。その事情をあとで私はゾシマ長老の思想のなかに跡付けるであろう(なお私は、『聖書論I』第II部・第三章「イエスにおける『天国』表象の『生命力』メタファー――種子と幼児」と第六章「イエスの生命主義とグノーシス派」で、イエスの思想のなかにこの汎神論的生命主義の側面が見いだされること、またそれがグノーシス派キリスト教と分有されていると見なし得ることを論じた)。

キリーロフの「人神」論

さてこの点でわれわれが注目すべき問題が一つ浮かび上がる。すなわち、大地信仰の観点は、既に『悪霊』において、ローマ・カトリックとその現代的継承者たる「無神論」的社会主義に対抗する思想原理としてキリーロフとシャートフによって代表され、この問題の環をめぐる彼ら二人とスタヴローギンとの会話は、次章に示すように、形を変えて『カラマーゾフの兄弟』の第二編の「アーメン、アーメン」章、第五編の「大審問官」

章、そして第六編の「ゾシマ長老の法話と説教から」章に主題化されて引き継がれるということが。

その詳細をここで取り上げよう。

まずこの変換的継承の橋渡しとして注目すべき幾つかの言葉を『悪霊』と『カラマーゾフの兄弟』双方から引用しよう。

『悪霊』でキリーロフとこの小説のナレーターとなる「私」（ステパンの親友として登場し、作中「G」と呼ばれることもある）とが次のやり取りを交わす。

キリーロフはこういう（まさにそれは、私からすればくだんの《「自虐の快楽」主義者と「自尊心の病」患者の振り子機制》を指す言葉である）。いわく、

「生は苦痛です。生は恐怖です。だから人間は不幸なんです。〔略〕いま人間が生を愛するのは、苦痛と恐怖を愛するからなんです。そういうふうに作られてもいる。いまは生が、苦痛や恐怖を代償に与えられている、ここにいっさいの欺瞞のもとがあるわけです[18]」。（傍点、清）

そもそもこの彼の主張は、彼がひそかに執筆中であるといわれる自殺論に興味をもった「私」（G）との議論のなかに出てくる。キリーロフは、自分は「なぜ人間はあえて自殺しようとしないのか思わないか、その原因を探究している」のだという。つまり彼にすれば、むしろ大半の人間がほんとうなら自殺するほどに人間の生はそもそも「苦痛であり恐怖だ」から厭わしいものであるのに、「二つの偏見」がやっとそれを思いとどまらせているというのだ[19]。

では、その「二つの偏見」とは何か？

その一つは、彼によれば、人間は勝手に死の苦痛を恐るべき程度のものに妄想し、その結果死を恐怖するに至るという事情、これである。というのも、死ぬことは確かに痛みを伴うにしても、それは一瞬のことだから実際はその苦痛はたいしたものではない。にもかかわらず、人間は動物と違っておのれの死を想像し、いわば妄想に陥り自らを恐怖へと駆り立てるのだ（なお、これと同様な批判をわれわれはルソーのなかに見いだす[20]）。

第二は、「あの世」があり、そこで現世でのおのれのなした罪を神に裁かれることになるという宗教的妄想である。死そのものは実は恐れるに足るほどの苦痛は伴わないし、「あの世」つまり「不死」も「神」も「天国」も「地獄」も存在しないという無神論が徹底すれば、人間は死を恐れることがなくなる。そして生は、先に述べたように実は厭わしいものだから、自殺をはかる人間は大いに増えるはずだということになる[21]。

キリーロフによれば、そうなってこそ初めて人間は《自由》という場に立つことになる。まさにこの点において彼は二十世紀の実存思想の先駆けとなる。死を恐怖するがゆえに、本来生は苦痛と恐怖であるにもかかわらず、それを愛するという「自己欺瞞」をおこなう必要がなくなり、その自己欺瞞から解放され、かつまた死の恐怖からも解放され、初めてそこで人間にとって死ぬも生きるも自分自身の軽やかな自由なる選択だということとなる。キリーロフいわく。

「自由というのは、生きていても生きていなくても同じになるとき、はじめてえられるのです[22]」。

彼はこの議論をさらにこう敷衍する。前述の二つの偏見からおのれを解放した者は「自ら神になる」のだと。そして、「そのとき新しい生が、新しい人間が、新しいいっさいが生まれる……そのとき歴史が二つの部分に分けられる——ゴリラから神の絶滅までと、神の絶滅から……地球と、人間の肉体的な変化まで」と。そして彼は後者の段階を「人間は神になって、肉体的に変化する」段階といいかえる[23]。

なお、右にいう人間が自ら神となった人間のことを彼は「幸福で、誇り高い新しい人間」とも呼び[24]、あとで取り上げるスタヴローギンとの会話のなかでは「神人」——神の子が人間に受肉され、その意味で神が人間になったところのイエスを指す——と敢えて対置して「人神」とも呼ぶ。つまり、神が人間を受肉するのではなく、人間が神を受肉するわけだ（次節で述べるように、グノーシス主義＝ニーチェ風にいえば人間の「神化」である）。

この彼の自殺論は、キリーロフが実際に自殺を決行する直前にピョートル・ヴェルホーヴェンスキイーと交わす会話のなかでもくりかえされる（ピョートルは、彼の自殺意志にいわばつけ込んでシャートフを射殺したのは自分だという遺書をキリーロフに書かせようとする）。そのさい、議論は「無神論」の問題とこの自殺論との繋がりを明確にする。

先のキリーロフと「私」との議論のなかで提出された「苦痛と恐怖を愛する」欺瞞から脱却する明晰なる「自由」——自殺と一体となった——の自覚という問題は、人間がおのれを「卑劣漢」性、いいかえれば自己欺瞞性から解放する唯一なるチャンスという問題として語られ、自殺への意志こそが人間にとっておのれの「卑劣漢」性を抜け出る唯一の機会だとの観点が示される。

注目すべきは、このキリーロフの観点が次の神の存在の有無をめぐる議論と結びついている点である。すなわち、「もし神があるとすれば、すべての意志は神のもので、ぼくはその意志から脱却できない。もしないとすれば、すべての意志はぼくのもので、ぼくは我意を主張する義務がある」と[25]。

つまり、無神論的確信はいわば自由なる自己決定（我意）を人間に投げ戻してくれ、それは生きるも死ぬも自分しだいの境地に人間を立たせるがゆえに、人間を「苦痛と恐怖を愛する」必要から解放してくれるというのだ。この論理において、その重心は自己欺瞞・「卑劣漢」性からの自己解放にある。とすれば、このキリーロフの論理において選択肢は《自己欺瞞からの解放としての自殺》か、それとも《苦痛なる生の自己欺瞞なき受容》かである。いいかえれば、その限り、そこには《自己欺瞞なき、幸福な悦ばしき生への愛》の可能性はない。

だが、キリーロフは人間が敢えて自殺を選択する程の境地に立つや突然人類史の新段階が切り開かれ、人間は「人神」に転換して生を心底愛する「幸福で、誇り高い新しい人間」となるともいっていた。ここには矛盾が、あるいは論理の飛躍がありはしないか?

ここで私は幾つかコメントを加えたい。

第一は、『悪霊』の展開のなかで——次に取り上げるスタヴローギンとの会話、ならびにキリーロフの自殺直前に交わされるピョートル・ヴェルホーヴェンスキイーとの会話ののなかで——、右のキリーロフの主張はマリヤ・レビャートキナの大地信仰(ひいては『カラマーゾフの兄弟』におけるゾシマ長老の汎神論的大地信仰と融合した特異なキリスト教)といわば紙一重の《二者一組の反転の関係性》を結ぶものでもあるという問題である。

第二は、かかるキリーロフの「人神」思想は期せずしてニーチェの「超人」思想あるいは「神化」思想と実に大きな呼応と共振の関係をもつという問題である。

第二の問題は後の節に譲って、ここでは第一の問題を取り上げよう。

では、問題となるスタヴローギンとキリーロフの会話はどう展開するのか?

彼はその会話のなかでは次のような信念の持ち主として登場する。

すなわち、「未来の永遠の生ではなくて、この地上の永遠の生」(傍点、清)が訪れる「瞬間」があり、そのときには「突然時間が静止して、永遠になる」ということを信じる者、それが自分である、と。[26] そしてその瞬間とは、文字通りこの世の「すべて」の出来事と人間と事物が「すばらしい」ことに人間が目覚める時であり、それはまたすべての人間が、もちろん悪人もまた「自分がいい人間である」ことに気づく瞬間であり、それに気づくことで悪人であることをやめる時でもある、と。

この見解はピョートルとの会話のなかではさらにこう補足される。この「瞬間」とは「完全に自分のものとなった永久調和の訪れが実感される」瞬間、「全自然界が実感されて、思わず『しかり、そは正しい』と口をついて出てくる」瞬間であり、この「明晰なる」認識それ自体が生む「おのずからなる喜び」というものがそれには随伴し、それは「一度にせいぜい五秒か六秒しかつづかない」瞬間である、と。この特殊ないわば知的な喜悦は「愛以上」の喜悦であり、「赦し」という感情的カタルシスさえ超えている。とはいえ、この「瞬間」の喜悦に現在の人間の「身体」は五、六秒しか堪え切れることができず、「十秒間持ちこたえるには肉体的な変化が必要である」。しかし、この瞬間は自分にとっては「この五秒間のためになら、ぼくの全人生を投げ出しても惜しくわない」、いわば「永遠の今」として体験される瞬間なのだ、と。[27]

ここで読者は気づくであろう。かかる神的「瞬間」のヴィジョンは『白痴』においてムイシュキンが語るかの癲癇の瞬間において彼が経験した至福の「瞬間」の様相と瓜二つであることに（本書第三章・『白痴』からの照明」節）。事実、これを聞いたピョートルにドストエフスキーは「気をつけたまえ、キリーロフ、癲癇だよ！」といわせているのだ。またマックス・ヴェーバーのいう汎神論的な「神人合一の無感動的エクスタシス」に限りなく近いことに（参照、本書第二章・補注「汎神論的カタルシスをめぐるマックス・ヴェーバーの議論への注解」）

さて、まず私は右のくだりについて二つのことを注記したい。

第一に、明らかに右の「この地上の永遠の生」の「瞬間」的実現論は、先の《自己欺瞞からの解放としての自殺》論がいう「人神」となった人間が迎えるくだんの「人類史の新段階」論と重なっているものではある。

とはいえ、先の議論ではこの新段階開始のいわば踏切板として自殺決断の契機が据えられていたわけだが、こちらの議論にはこの問題契機は全然姿を現わさない（ただし、ピョートルはそれを癲癇の前兆だと警告するが）。この点で、既に指摘したように、このあとの方の「地上の永遠の生」の開始論は先の自殺論といわば《二者一組的な「反転」の関係性》を形づくっていると評し得ることだ。かの自殺論では生は本来的に厭わしいものであった。しかし、いまや「生は素晴らしく愛するに値するもの」へと一八〇度転換している。

しかも、この「地上の永遠の生」のヴィジョンは、それをソーニャ－マリヤ・レビャートキナ－シャートフ－ゾシマの観念連鎖の文脈に浸すならば、この「地上の永遠の生」へと到達する道は「大地への接吻」を象徴行為とする大地信仰にあり、その能力をもつのはロシヤ民衆であり、敢えて自殺を為し得るほどの英雄的なニヒリスト的知識人ではないということになる。さらにまた、この大地信仰がもたらす「地上の永遠の生」は多くの場合癲癇の前兆として与えられる五秒とか十秒とかの「瞬間」ではけっしてない。きわめて持続的な生の喜びの感情としてそれは問題とされている。

ではこのピョートルとの会話のなかで「地上の永遠の生」を説くキリーロフと、先に取り上げた彼の自殺論とはどう関係するのか？　おそらくその鍵は、まさにそこに出てくる「瞬間」論であり、それと一つになった彼の「肉体改造」論であろう。彼は明言していないが、現在の人間にすら訪れ得る五、六秒間の「瞬間」とはおそらく自殺の瞬間であろう。死に踏み切った、しかしまだ死に完全に移行してはいない、死の途上にある五秒間に突然、人間は「完全に自分のものとなった永久調和の訪れ」を体験するのだ。とはいえ、それはせいぜい六秒までの「幸福」である。肉体改造がなっても、せいぜい「十秒間」のそれである。つまり、結局自殺の瞬間に突然訪れる「全自然界が実感されて、思わず『しかり、そは正しい』と口をついて出てくる」カタルシスの幸福なのだ。

いいかえれば、ロシヤ民衆には「大地への接吻」をとおして与えられる「永久調和」の幸福感、それはキリーロフの如き無神論的＝ニヒリスト的知識人にはただ自殺の瞬間に、もしくは或る病的瞬間に訪れる突如たる全的カタルシスという形でしか訪れない。そうドストエフスキーは問題を提起したいのである。アリョーシャとイワンとが《二者一組の反転の関係性》を互いに結んでいるように、マリヤ・レビャートキナあるいはシャートフとキリーロフとはそれとよく似た関係性を結んでいる。キリーロフの生への嫌悪主義が《受難した子供》という踏切版を得て（『悪霊』ではこの問題はくだんの「黄金時代」の夢とスタヴローギンの少女マトリョーシャ凌辱の記憶との葛藤的並存という形でしかまだ登場しない）「永久調和」への参加拒絶にまで突き進めば、彼はイワンとなる。だが、まだ彼は自殺をとおしてであれ「永久調和」の幸福に自分が包まれる夢を捨てきれない。とはいえ、彼は既に自殺を、ないしは病的瞬間をとおしてしかそこに与ることができないほどに、ロシヤ民衆の享受する大地信仰の幸福感からは全的に疎外されている。これがキリーロフの苦境である（おそらくドストエフスキー自身の）。

第二に、右に述べたことへの補完であるが、この万物が素晴らしいことが気づかれる「地上の永遠の生」の開始時を描写するにあたってキリーロフが使用する比喩表現は、『罪と罰』と『カラマーゾフの兄弟』とを大地信仰の文脈で繋ぐ決定的な比喩媒体と等しいという問題である。

キリーロフの表現、「葉脈のくっきり浮き出た緑色の葉で、太陽にきらきら輝いているのです〔略〕ただの木の葉、一枚の葉ですよ。木の葉はすばらしい。すべてがすばらしい」（傍点、清）[28]は、既にわれわれが『罪と罰』で徒刑囚らの魂のありようを示唆する言葉として出会ったものと同類の、その延長にあるものだ。同時に、それはまた『カラマーゾフの兄弟』でゾシマが使う表現ともなる。ゾシマいわく、「木の葉の一枚一枚が、神の言葉を志向し、神をほめたたえ、キリストのために泣いている」。

しかもまた、イワンがアリョーシャとの対話のなかで、如何に自分がニヒリストになろうと最後まで捨てることができないであろう「生への渇望」を語るときの象徴的表現とも明らかに通底している。いわく、

「三十まではどんな幻滅にも、人生に対するどんな嫌悪にも、俺の若さが打ち克つだろうよ。俺は自分に何度も問いかけてみた。俺の内部のこの狂おしい、不謹慎とさえ言えるかもしれぬような人生への渇望を打ち負かすほどの絶望が、はたしてこの世界にあるだろうか。〔略〕アリョーシャ、生きていたいよ、だから俺は論理に反してでも生きているのさ。たとえこの世の秩序を信じないにせよ、俺にとっちゃ、《春先に萌え出る粘っこい若葉》が貴重なんだ。青い空が貴重なんだ」[29]（そしてアリョーシャはこう呼応する。「あなたのおっしゃるように論理以前にまず愛するんです。ぜひとも論理以前にですよ。それでこそ初めて意義もわかってきます」）。

なお本書の第五章との関連でついでに指摘しておけば、彼の「生への渇望」にとって貴重なもの、その象徴は右に見たとおり、「青い空」とそれに照らされて輝く「若葉」であり、けっして女の存在でも女体でもない。もちろん、性欲はイワンにとっても「生への渇望」の必須の要素ではあろうが、この渇望が《世界》そのものへの肯定、宇宙的感情のレベルでの渇望であり肯定である限り、それを語る比喩表現に登場するものは光に包まれ輝く若葉なのである。

ここでキリーロフに戻ろう。彼は先の言葉に続けてこういう。「すべての人がいい人間だと教える人、その人が世界を完成するのです」と。するとスタヴローギンはすかさずこう合いの手を入れる。「それを教えた人は、十字架にかけられた」と。キリーロフはそれを受けながら「その人の名は人神です」と答える。「神人ではなく、そこにちがいがある」と。[30] そして彼は、意味深長にも、先のくだりを人間が「自ら神になる」や「あの神はいなくなる」（傍点、清）と結ぶ。[31] かの「人神」の観念はここに登場するのである。

中間項としての『悪霊』のステパン

なおこの点で、次のこともつけくわえておきたい。先に述べたように、私はこの宇宙的感情の系譜を《ソーニャ–マリヤ・–シャートフ–ゾシマの観念連鎖》と形容し、キリーロフをシャートフとのあいだに屈折した葛藤（《二者一組的な反転の関係性》）を形成する人物として位置付けたわけである。しかし『悪霊』にさらに内在すれば、シャートフ–ゾシマのあいだにステパンを入れておかねばならないということになる。

経緯を省略していえば、『悪霊』の第二の主人公ともいうべきステパンは死に臨んで、次のような彼の遂に到達した宇宙感情とそれに緊密に結びついた神の観念を披歴する。その場面をドストエフスキーはこう書く。

『おお、ぼくはぜひとももう一度生きたい！』彼は異常なエネルギーの高まりとともに叫んだ。『人生の一刻一刻、一刹那、一刹那が人間にとって至福の時にならなければいけないのです……これは人間の掟です——目にこそ見えないが、厳として存在する掟なのです〔略〕人間にとっては自分一個の幸福よりも、この世界のどこかに万人万物のための完成された、静かな幸福が存在することを知り、各一瞬ごとにそれを信じることのほうが、はるかに必要なことなのです……人間存在の全法則は、人間が常に限りもなく偉大なものの前にひれ伏すことができたという一事につきます。もし人間から限りもなく偉大なものを奪い去るなら、人間は生きることをやめ、絶望のあまり死んでしまうでしょう[32]』。

（傍点、清。なおここでいう「限りもなく偉大なもの」が神を指すことは勿論であるが、その神が汎神論的性格において掴まれていることがここでのポイントである）

このステパンの思想は、これまで考察してきた「永遠の今」を生きる喜悦というテーマを構成する観念連鎖にほとんど自らを浸すものであり、またこの点でキリーロフの自殺論に明確に対抗の関係を結ぶものである。しかも次に紹介するステパンの言葉が示すように、この宇宙感情が愛の感情と記憶が比類ない現実性をもって――いいかえれば永遠的持続性を感じさせられるほどの強度において――人間の魂のなかに存在し続けることへの信仰と一つとなっている点で（補論Ⅰや補論Ⅳ・「不死と記憶」節で取り上げたドストエフスキーの「愛の記憶」論と結びつけるなら）、明らかにゾシマのそれの先取りともいい得る。つまりおそらくそれはドストエフスキー的キリスト教の原理の要約なのだ（参照、本書第二章・「ゾシマの言葉」を振り返る」節）。

ステパンいわく、

「ぼくにとって不死が欠かせないのは、神が不正をおこなうのを望まれず、またぼくの胸の中にひとたび燃えあがった神への愛の火をまったく消し去ることを望まれないという理由によるものです。愛より尊いものがあるでしょうか？　愛は存在よりも高く、愛は存在の輝ける頂点です。もしぼくが神を愛し、自分の愛に喜びをおぼえているとするなら――神がぼくらを無に変えてしまうなどということがありうるでしょうか？　もし神が存在するとすれば、そのぼくも不死なのです。コレガ・ボクノ・シンコウコクハクデス」[33]。

ところで、多くの読者には突拍子もないと思われるであろうが、この「人神」思想は私にとっては、ニーチェのイエス理解ならびにそもそも古代キリスト教のグノーシス派の掲げる「宗教的救済財」（ヴェーバー）ときわめて親近な関係にあるものとして映る。

このことについて私は一言コメントしないわけにはゆかない。

キリーロフの「人神」思想とニーチェ

ここでは前後の事情は省略するが、私はニーチェの理解するイエスの思想に言及し『聖書論Ⅱ』にこう書いた。

――ニーチェならびに彼の理解する真のイエスにあっては、たとえ現世の肉体に担われた生であろうと、人間の生が生の本質にふさわしくもっとも活き活きと生きられた場合には、その生は――ニーチェの言葉を用いるなら――「おのれが『神化された』と感ずる」[34]ところの「神と人間との一体化」において実現される生[35]、おのれが『天国』にいると感ずる」あるいは「おのれを『永遠』と感ずる」浄福的生（das selige Leben）になることができる。[36]したがって、この立場は徹頭徹尾そうした形容が指示する性格の「地上の幸福」を目指すものなのだ[37]

またこうも書いた。[38]

――ニーチェの側からする別な言い方を用いれば、彼と彼の解するイエスの立場は――そこに強壮と衰弱との、重大な、ひいては和解し得ない対立にまで成長する相違があるにせよ――「快楽主義の崇高な発展」を追求するという点では、またこの立場が「ルサンチマンのあらゆる感情を越え出た卓越性」[39]に満たされることを必須とするという点では一致している。そしておそらく、この両方の快楽主義は注意をひたすらにこの地上のおのれの浄福的生の実現に注ぎ、その悦ばしき経験のなかでつねに「永遠の今」の感情に満たされるが故に死には無関心となり、そういう形で死への恐怖をも超越するものにちがいない（私は既に十二分に生き得たが故に、そして宇宙と自己とを融合せしめる快楽の修行を積み重ねてきたが故に――死を恐れるにしても僅かにであって――満足のうちに死ぬであろう！）。

なお、この一節にかかわって、ここで私は『未成年』から次のマカール・イワーノヴィッチ（いわばゾシマ長老の前駆形態ともいうべき人物）の言葉を引いておきたい。いわく、

「年寄りはあとくされなく去らにゃいかんのだよ。おまけに、不平を言ったり、不服に思ったりして死を迎えたら、それこそ大きな罪というものだよ。だが、心の楽しみから生活を愛したのなら、きっと、年寄りにでも、神はお許しくださるだろうさ。〔略〕年寄りはどんなときにでも満足して、自分の知恵が咲き匂っているあいだに、感謝しながら美しく死んでいかにゃならんのだよ。毎日日々を満足しきって、最後の息を吐きながら、喜んで、麦の穂がおちるように、自分の秘密を補って、去ってゆくのだよ[40]」。

また私はこうした「宗教的救済財」のヴィジョンがきわめてグノーシス主義のそれと近接していることについて、補注『おのれを神化されたと感じる』という救済目標とグノーシス主義」でこう述べた。

——柴田有の『グノーシスと古代宇宙論』（勁草書房、一九八二年）のなかに、ニーチェがイエスの掲げた根本的問いを「おのれが『神化された』と感ずるためにはどう生きなければならないか」であるとしたことに深く関わる重要な指摘がある。その指摘は別段ニーチェに関するものではなく、古代ヘルメス文書の重要な一冊でありグノーシス主義の書である『ポイマンドレース』が掲げた救済目標に関してのものであるが、しかし、そこにはニーチェとの期せずしての興味深い関連が浮かびあがっている。すなわち柴田によれば、『ポイマンドレース』は「神と一体となること」を「神化」と呼び、「神化、これこそが認識（グノーシス）を有する人々のための善き終局である」と述べているが、しかし、こうした救済目標の設定はグノーシス主義に特有なことではなく、「ローマ帝政期の国家宗教、密儀宗教・哲学諸派」等に共有された観念であったと。それは、「本来神的な起源を持つ人間が、地上の生と身体に降下することによって自己の起源を忘却するが、魂の帰昇において再び神性を回復することを意味した」（同書、四五頁）。ここには、ニーチェのイエス解釈が期せずしてグノーシス派とその基礎をなすプラトン主義にきわめて接近したものになったことの思想的・文化的背景がおのずと浮かび上がっているといい得るであろう。

また、私は右の問題とも関連づけながら、『聖書論Ⅰ』のなかでニーチェの最終的に行き着いた「生成の無垢」の宇宙観を取り上げながら次の問題を提起した（同書、第Ⅱ部・第一章・「汎神論的宇宙神と慈悲の神とは……」節）。

——ニーチェは『権力への意志』の終わり近く断章一〇〇四でこう述べている。「高所からの鳥瞰的考察をほしいままにしうるのは、すべてのものが、その成りゆくべきとおりに現実の成りゆきもなっているということを、すなわち、あらゆる種類の［不完全性］とそれで受ける苦悩とは、同時にまたこのうえなく望ましいものに数えられてよいものであるということを、わきまえるときである」[41]（傍点、清）と。

しかも彼はこの視点から、宇宙のあらゆる事物・現象のなかにいわばそれらの生気論的本質として各々に固有な「力への意志」を見いだし、それら諸々の「力への意志」のカオス的＝交響楽的なディオニュソス的融合の「一者」性のなかに「生成の無垢」の絶対的な力性を見て取り、これを是とするという思考回路をとおして、彼の「主人道徳」の暴力性を正当化したのである。[42]

〔略〕

――ニーチェの哲学的デビュー作である『悲劇の誕生』を読むと、世界に対する視点のかかる「高所」への形而上学跳躍、それを古代ギリシア人に得させるものこそが古代ギリシア悲劇の悦楽性そのものであると彼が考えていたことがよくわかる。「個体性」の原理の頂点に立つ英雄的主人公の悲劇的死は宇宙の全体性である「根源的一者」への融解であり、この融解こそは同時にあらゆる死を再生へと取り返す「根源的一者」の永遠回帰的な自己生殖、枯れ果てることなき永遠の生への言祝ぎに悲劇の苦悩が転換する瞬間であり、ギリシア悲劇の悦楽性とはこの感情転換を観客が享受することにほかならない。つまりニーチェによれば、そのとき観客はおのれの個人性を超克し、「根源的一者」との自己同一化を成し遂げ、「根源的一者」の側に立つ主体へとおのれを主体転換しているのだ。ニーチェが発狂の前年に公刊した『偶像の黄昏』はこの主体変換を遂げた者の眼に映る世界の在りようを次のように記している。

すなわち、そこにおいては各個人の負う「宿命性は、過去に存在し未来に存在するであろうすべてのものの宿命性から解きはなすことはできない」ものとして現れるに至り、「人は必然的であり、一片の宿業であり、全体に属しており、全体のうちで存在している。〔略〕全体以外には何ものもないのだ！」という覚醒が生じるのだと。[43] そして彼はこの確認をもって創造主神宗教であるユダヤ＝キリスト教的宇宙観への訣別の辞としたのである。いわく「私たちは神を否認する。私たちは神において責任性を否認する。すなわち、このことではじめて私たちは世界を救済するのである」（傍点、ニーチェ）と[44]（参照、『聖書論Ⅱ』第一章「ニーチェのイエス論」）。

――グノーシス主義のいうソフィア的智恵の感得をとおしての「プレーローマ」的全体性への帰還としての救済にしろ、禅仏教的「平常底」の悟りにしろ、道教の「道」をとおしての即天的覚醒にしろ、それらはみな救済の到着点を――ヴェーバー的にいうなら――「神人合一の無感動的エクスタシス」という「宗教的救済財」の獲得に置く点で共通している。それは人間個人におのれの立ち位置を宇宙的全体性の側へと主体転換することを迫るものなのだ。

もっとも、ヴェーバーがこのエクスタシスに与えた「無感動的」という形容詞はニーチェのいう古代ギリシア悲劇のディオニュソス的悦楽性に与える形容詞としては不適合かもしれない。しかし、この形容詞の狙いが、その独特なる法悦・恍惚感が人間界を支配する地上的な喜怒哀楽の次元・水準・質を超越した、そこにおいては諦観が一転して祝福感へと転じるいわばカタルシス的性格のものだという事情を指す点にあるとするなら、ニーチェのそれにも適合的といい得るであろう。先の福永の議論を援用すれば、イエス的有情も阿弥陀的有情もさらに超越したところの非情性・無常性が、その意味での「無感動性」がまさにその超越・超出性によってこそ醸しだすカタルシスとしてのエクスタシスというものがあり、オットー的にいえば、それこそが究極の「宗教に固有」の「ヌミノーゼ」的な救済感情だということになろう（参照、『聖書論Ⅱ』第四章「オットーの『聖なるもの』を読む」）。

とはいえ、ほとんどの宗教において、この超出性はふたたび地上的人間界へと帰還・還送されて再び人間の有情のなかで新しい生命感情となって生き直される往還論理が説かれる。そのとき多くの場合、非情

郵便はがき

料金受取人払

牛込局承認

7198

差出有効期間
平成29年6月
21日まで

162-8790

東京都新宿区
早稲田鶴巻町五二三番地

株式会社 藤原書店 行

（受取人）

ご購入ありがとうございました。このカードは小社の今後の刊行計画および新刊等のご案内の資料といたします。ご記入のうえ、ご投函ください。

お名前	年齢

ご住所 〒

TEL　　　E-mail

ご職業（または学校・学年、できるだけくわしくお書き下さい）

所属グループ・団体名　　連絡先

本書をお買い求めの書店			
市区郡町　書店	■新刊案内のご希望	□ある	□ない
	■図書目録のご希望	□ある	□ない
	■小社主催の催し物案内のご希望	□ある	□ない

読者カード

書のご感想および今後の出版へのご意見・ご希望など、お書きください。
い社PR誌『機』に「読者の声」として掲載させて戴く場合もございます。)

書をお求めの動機。広告・書評には新聞・雑誌名もお書き添えください。
頭でみて　□広告　□書評・紹介記事　□その他
社の案内で　(　)　(　)　(　)

購読の新聞・雑誌名

社の出版案内を送って欲しい友人・知人のお名前・ご住所

ご住所　〒

入申込書(小社刊行物のご注文にご利用ください。その際書店名を必ずご記入ください。)

	冊	書名	冊
	冊	書名	冊

定書店名　住所

都道府県　市区郡町

なる宇宙神はたとえ父神の相貌を当初とっていたとしても実質的には母性愛を原理とする「慈悲と赦しの神」へと変貌するのである。ではさらにいって、どのような媒介の論理・説明の論理を経ることで、この宇宙神の二つの相面は一つとなるのか？　どのような往還の内的論理が、あるいは文化人類学的ないし深層心理学的説明が説かれるのか？　実はこの問題は――私が出会ったかぎり――これまでの宗教論において本格的に問われたことがまだほとんどない。それはこれから本書で私が問うてゆかねばならない問題なのである。

以上が『聖書論Ⅰ』で展開した私の見地であった。この見地からすれば、キリーロフのいう「瞬間」――「全自然界が実感されて、思わず『しかり、それは正しい』と口をついて出てくる」・「永久調和の訪れが実感される」瞬間たる――は、このニーチェ-老子-インド的「神人合一的無感動エクスタシス」-グノーシス派の「プレーローマ的安息」の救済ヴィジョンに限りなく近い。また、彼の「人神」概念もニーチェとグノーシス派を期せずして繋ぐ（ニーチェがグノーシス主義ならびにグノーシス派キリスト教にどこまでの認識をもっていたかはまだ私には不明であるがゆえに）「神化」の観念に限りなく近い。そのことは拙著からの右の引用によって了解してもらえるであろう。

推測するに、ニーチェは明らかにいましがた紹介した彼の観点にきわめて類縁的な思索を『悪霊』のなかに嗅ぎつけ、そこからの延々たる書き抜きをノートにしたためたのである。そこに渦巻いた共振と学びと反発、そこから『反キリスト者』と『偶像の黄昏』と『権力への意志』が立ち上がってきたのだ。ニーチェが発狂に向かう最晩年の時期のことである。『ニーチェ事典』の中尾健二による「ドストエフスキー」の項目の記述をそのまま援用するなら、――ニーチェがドストエフスキーの著作に出会ったのは、彼が精神に異常をきたす数年前であり、一八八六年から翌年にかけての冬のニース滞在の折に、数週間前までは名前すら知らなかったドストエフスキーの仏訳『地下的精神』（『地下室の手記』のこと）を本屋で偶然見つけ、それ以降『虐げられた人びと』、『死の家の記録』、『悪霊』などを仏訳で精力的に読むに至る（なお、『未成年』を読めたか否かをめぐる興味深い問題については次節に付けた補注を参照されたし）。

ニーチェの遺稿に残る『悪霊』からの書き抜き、そのアンビヴァレントな性格

ドストエフスキーがニーチェを読んだとは考え難い。だが、その逆はあった。あったどころではない。既に「はじめに」で紹介したが、ニーチェは『偶像の黄昏』のなかに「ドストエフスキーこそ、私が何物かを学びえた唯一の心理学者である。すなわち、彼は、スタンダールを発見したときにすらはるかにまさって、私の生涯最も美しい幸運に属する」とまで述べ[45]、かつこの著作に連続する『反キリスト者』――後に『権力への意志』と銘打たれて公刊された膨大な草稿群を両書は共通母胎としている――では、ドストエフスキーを「崇高なもの、病的なもの、子供らしいもののそうした混淆からうける感動的な刺激をこそ感受しうる人」と形容し、福音書の描きだす世界（それを他方では否定的に、「社会の廃物、神経障害者、『子供のような』白痴どもが密会している」世界とも呼んでいる）はドストエフスキーの小説こそが最も巧みに描きだしたと述べている[46]。

ここでまたコメントを挟めば、明らかにドストエフスキーに対するニーチェの態度は、右の引用が示唆するように称賛と否定とが表裏一体となったアンビヴァレントなもので[47]、かつ彼自身それを十分に自覚していた。彼にとって、ドストエフスキーの小説が描きだすような「社会の廃物、神経障害者、『子供のような』白痴ども」の世界は生命力の衰弱を示すという意味で「デカダン」そのものであり、かかるデカダンこそは「力への意志」

を生きる男性主義的な生命主義こそを自らの実存の「基層」をなすものと考えるニーチェにとっては最も軽蔑すべきものであった。とはいえ、彼は或る友人への手紙のなかにこう書いた。

「たとえ彼（ドストエフスキーのこと、清）がどれほど私のもっとも基層の本能に反するとしても、奇妙なことに私は彼に感謝しています。これは私がほとんど愛好しているパスカルとの関係にほぼあたります。というのは、パスカルはかぎりなく学ぶところのあった唯一の論理的キリスト者だからです[48]」。

つまり、ドストエフスキーこそイエスの精神的本質をいちばんよく解らせてくれる文学者であると評価しているのだ。しかも、この評価は、イエスに「あくまでも病的な基礎にもとづいて一歩をすすめた快楽主義の崇高な発展」という――これまたアンビヴァレントな――賛辞を捧げるニーチェ[49]、ニーチェのうちにひそむイエスへの愛と固く結びついていたのである[50]。既に本書第二章・「ドストエフスキー的キリスト教の三つの特徴」節で取り上げたように、『白痴』にはムイシュキンの言葉として「共苦こそ全人類の生活にとって最も重要な、ひょっとすると、唯一の法則だからである」という思想が掲げられている。まさにこの点で、ドストエフスキーのイエス主義はニーチェの戦士的な反「同情・共苦」主義と真っ向から対立する（しかも、この「対立」という前景には、実はザロメの指摘するニーチェの自己自身の本質的性向へのアンビヴァレントな態度、「同情・共苦」の心性がおのれの実はもっとも内的は性向だからこそ、逆に「権力への意志」の立場から居丈高に自己否定しなければならないという事情が潜んでいると推測される[51]）。

さて、ここでグロイター版ニーチェ全集（邦訳、白水社『ニーチェ全集』第十巻（第Ⅱ期））に収録されているニーチェの書き残した断想集『遺された断想』について触れたい。

まず次の事情を指摘しておこう。ニーチェ晩年の彼のキリスト教批判の書、かの『反キリスト者』はこの断想集のなかの「第一書」として纏められていた部分であった。というのも、この部分はニーチェ自身によって「半ば完結している」と語られ、また「キリスト教からの救出、反キリスト者」と名づけられていたので、ニーチェ死後くだんの書名で公刊されたのである。また残りのかなりの部分が『権力への意志』と題されて公刊された。しかし、それ以外で遺稿として未公刊のまま保存されたものもあった。それがグロイター版ニーチェ全集に「遺された断想（一八八七年秋—八八年三月）」として納められた。

実に興味深いのは、そのなかに邦訳で一七頁分の『悪霊』からの連続した書き抜きが収められていることだ[52]。それは、「ノートWⅡ、3」とタイトルを付された、一八八七年十一月から翌八八年三月までに書かれたニーチェの膨大な書き抜きノートのなかにあり、またそのあとの部分にも幾つかドストエフスキーに関する彼の重要なコメントが存在する。しかし、このきわめて注目すべき問題はニーチェ論の側からもドストエフスキー論の側からもまだほとんど十分に論じられたことがないと思われる[53]。なお付言すれば、ニーチェが読んだのはドストエフスキーによって公刊された『悪霊』の仏語訳であるから、そこにはくだんの「スタヴローギンの告白」章はロシヤ語原典と同様削除されている。この削除された章が発見されたのは一九二一年であり、公表されたのは一九二二年であるから[54]、ニーチェにはこの章を読む如何なる可能性もなかったことは明白である。

ここでまず次のことに注目したい。

そこには、ニーチェがキリスト教と社会主義との内在的な絆をきわめて強く意識していたことを示すくだりが含まれている。彼は『悪霊』のくだんの「五人組」の思想が開陳される箇所を「ニヒリスト」という小見出しのもとに指示しつつ、「キリスト教の登場は社会主義者の典型的な学説以外のなにものでもない」（傍点、ニーチェ）と書いている[55]（なお次のことを指摘しておく。この問題認識においては、ドストエフスキーとニーチェはヴェーバーよりも先鋭である。ヴェーバーは古代ユダヤ教の掲げる「宗教的救済財」を「政治的および社会的革命」と特徴づけたにせよ、この視点から十九世紀社会主義のいわば精神史的祖型の役割を古代ユダヤ教にまで遡及するが如き議論は少なくとも『古代ユダヤ教』ではおこなっていない)。

　そしてたとえば、『反キリスト者』五七節の末尾にこうある。

「今日の賤民のうちで私の最もはげしく憎悪するのは誰か？　労働者の本能を、楽しみを、満足感を、その卑小な存在でくつがえすところの社会主義者という賤民、チャンダラの使徒、――これは、労働者を嫉妬せしめ、労働者に復讐を教える……不正はけっして権利の不平等にあるのではない、それは権利の「平等」を強要することのうちにある……何が劣悪であるのか？　しかし私はすでに言った。弱さから、嫉妬から、復讐から由来するすべてのものと。――アナキストとキリスト者とは同じ一つの血統のものである……」(傍点、ニーチェ)[56]。

　本書の第一章を読んできた読者なら、右のニーチェの見解がくだんのドストエフスキーの「政治的社会主義」批判の論点と如何に重なる面をもつか、ただしまた、ニーチェの側にはドストエフスキーの追求したが如きモチーフ、つまり「キリスト教的社会主義」ないし「ロシヤ民衆の社会主義」による真の社会主義理想の救出と実現というモチーフが如何に原理的に欠落するかを痛感するであろう。実にニーチェは後者のモチーフを切り捨て前者だけをおのれ自身の視点へと摂取するという仕方で『悪霊』を換骨奪胎するのだ。それほどに深く『反キリスト者』の成立と『悪霊』の読書とはニーチェにおいて絡みあっているのである（その前提には『地下室の手記』に示される「政治的社会主義」批判にニーチェが深甚なる関心を抱いたということがあったにちがいない。参照、本書補論V・「蟻塚・水晶宮・暴力・……」節)。

　これは十九世紀の西欧精神史上の一大事件と呼ばれてよい問題である。ここで次のことを指摘しておきたい。私が前節「キリーロフの『人神』思想とニーチェ」を論じるさいに典拠としたニーチェ自身のイエス解釈、その要点は『反キリスト者』三三節—四三節にもっとも明示的に示されるのだが（参照、『聖書論Ⅱ』第一章・「ニーチェのパウロ批判の論点」節—「「反終末論的イエス」節）、実にその核心部分は、なんとこの『悪霊』からの書き抜きのすぐあとに続く「キリスト教的誤解」の小見出しをもつ断想三五四—三六〇にメモ書きされているのである。[57]

ニーチェの書き抜きの三つの特徴

私は、このニーチェの書き抜きに関して次の三点を指摘したい。

第一点。先の「キリーロフの『人神』思想」節ならびに「キリーロフの「人神」思想とニーチェ」節で私が『悪霊』からおこなった引用はほとんどすべて、ニーチェによって「ニヒリストの心理学のために」や「無神論の論理」の小見出しの下に彼自身のノートに書き抜かれている。[58]

第二点。シャートフとキリーロフの殺害へと向かうピョートルの率いる「五人組」の立つ「シガリョフ主義」が開陳される箇所（第二部第八章「イワン皇子」、参照、本書第二章・「『悪霊』の問題位置」節）はほとんど全部書き抜きされている。[59]

第三点。スタヴローギンの実存構造を著しく特徴づけるその自己意識の極度の反省性がもたらすおのれの存在の身体性との分裂＝離隔、そして《「自虐の快楽」主義者と「自尊心の病」患者とのあいだの双子の振り子機制》をよく表すスタヴローギンの言葉や、彼についての他の人物からの観察、これも実に的確に書き抜かれている。[60]

『悪霊』において、スタヴローギンはくだんのこの小説のナレーターたる「私」（G）の観察によれば、「現代の病的な神経をもち、疲れ切り、分裂した人間の本性」を代表する人間であり、もはや「古きよき時代に波瀾万丈の生活を送った人たちが求めていたような直接的で純一な感覚への希求」（傍点、清）など、そもそも捨てている人間である。たとえば、憎悪という感情一つとってみても、それは生きた感情のまさに生命的な「直接的で純一な感覚」としての憎悪ではなく、彼のそれは「冷ややかな、冷静な、もしそんな言い方ができるとすれば、理性的な憎悪」であり、だから、「もっとも醜悪な、ありうるかぎのもっとも恐ろしい憎悪」なのだと指摘される。[61]

この「私」による指摘は、同小説の最終章において今度はスタヴローギン自身の自己観察として披歴される。彼は自殺にさいしてシャートフの妹ダーリヤ宛の遺書に次のようにしたためる。いわく、

「あんたの兄が私に言ったことだが、自身の大地とのつながりを失った者は、自身の神をも失う、つまり、自身の目的のすべてを失うという。何事につけても際限なく議論することはできるけれど、私の内部から流れ出たものは、なんらのおおらかさも、なんらの力ももたないたんなる否定のみでしかなかったのだ[62]」。

あるいは、おのれの思想に殉じてピストル自殺を遂げたキリーロフと比較しながら、自分はそのような思想に殉じるほどの「心の広さ」（前述の表現を用いれば、生命的な「直接的で純一な感覚」）をもたない「生気がない」人間であり、そのようなおのれの生命力・「心の広さ」を「示すことを恐れるから」そもそも自殺ができない人間だという。しかも、すぐ続けて、また自分にあってはそのような自分への絶望としてなされる自殺ですら、すぐさま一個の自己欺瞞として認知されてしまうのであり、自分はこのおのれとの反省的亀裂を遂に如何にしても克服できぬ人間だとしてこう書く。

「私はその自殺がまたしても欺瞞であるだろうこと、無限につづく欺瞞の列の最後の欺瞞であるだろうことを知っている。心の広さを演じて見せるだけに自己をあざむいてみて何になろう？　私の内部には憤怒と羞恥はけっして存在しえないだろう。したがって絶望も」[63]。（傍点、清）

サルトル＝三島由紀夫的にいえば、彼は自分のあらゆる感情と行為が自らの手元で演技に代わってしまう、一個のコメディアンとしてしかこの世に実存できない人間なのだ。既に指摘したように、実にニーチェの書き抜きはこれらのスタヴローギンが披歴する自己分析を引用することから始まっている。

このことは二重の意味で興味深い。というのも、それは一方では、実はニーチェ自身が――つとにザロメが強調したように（参照、補論Ⅴの注（34））[64]――極度の自己分裂型人間であり、この彼の実存事情がスタヴローギンの人格像への共感と興味を著しく高めたのではないかと推測させること、また他方では、ニーチェが掲げる（実は彼が自分にもっとも欠けているがゆえに理想とする）「権力への意志」として高々と掲げられる欲望と感情の直情的な心身統一性に依拠する「生命への意志」の立場、「主人道徳」の立場にとっては、スタヴローギンの人格性は典型的な生命力の衰弱を表す「デカダンス」の見本となるからである。この両方の事情からしてニーチェは『悪霊』のこの箇所を書き抜いた（せざるを得なかった）のだと思われる。

なおもう一度次のこともここでくりかえし強調しておきたい。すなわち、先にキリーロフの「人神」思想に関して、それがニーチェの「神化」の観念ときわめて類似しており、かつこの点でグノーシス主義と期せずして重なり合う点が大であるということを指摘したが、この問題関連である。

ドストエフスキーがグノーシス派的観念についてどれほど自覚的であったか、この点についても私には知る術がない（しかし、ニーチェのことだから「グノーシス派キリスト教」は十分に知り得なかったとしても、その土台にあるグノーシス主義については相当の知見をもっていたかもしれない）。

とはいえこの期せずしての類縁性は比較宗教学的な観点――ヴェーバー的にいえば、「宗教的救済財」のパターン比較をおこなう――からは注目されるべきである。そしてこの問題の遠近法（パースペクティヴ）から見渡せば、グノーシス派とニーチェがヤハウェ主義的な創造主的人格神を基軸に置く宇宙観を拒絶したことと、先のキリーロフの言葉に出てくる「人神」がとって代わることで退場せしめる「あの神」とは重なるのである。

つまり、それは旧約聖書のヤハウェ神であり、それをイエスも引き継いでいると考える西欧の正統キリスト教――ローマ・カトリックとプロテスタント――の掲げる「神」なのである。さらにいえば、ドストエフスキーがどこまで自覚的であったかはわからないが、彼が自分のイエス信仰とロシヤ民衆が古来受け継いできた大地信仰を接続したとき、彼は期せずして自分を汎神論的宇宙神と人間との「神人合一」に「宗教的救済財」を見いだす――ヴェーバーによればインド宗教がその典型である――立場に接続させたといい得るのだ（両神の相違についてのヴェーバーの見解については前述の補注「汎神論的カタルシス……」を参照されたし）。ここで私は読者に次のことを想起していただきたい。かの「黄金時代」観念の起源をなすギリシア神話は宇宙を究極の原初神たる大地母神「大地（ガイア）」から誕生するものとして示す母権的宗教観念を基軸とするものであったことを。そして明らかに、この宇宙観はニーチェがギリシア悲劇の根底に見いだした「根源的一者」の思想と重なるものにほかならなかったことを。

かくて『罪と罰』と『悪霊』とを結ぶ線上に浮かび上がるドストエフスキーの思念の骨格とはこうであろう。

――人間が大地との再接続を果たし、《宇宙的自然と他者と自己のあいだを循環してやまない〈生命〉の有機的な汎神論的な統一性（永遠的な調和）への信仰》をすべての人間が回復するならば、天上の天国に行かずとも、この地上で、「すべて」の出来事と人間と事物が「すばらしい」ことに人間が「目覚める」という出来事が起きる。それは言葉を換えていえば、もっとも深い意味での〈生命〉性への目覚めであり、それは――『おかしな人間の夢』での言い方をもってすれば――「彼らは私たちが人生を知りたいと夢中で追求するようには、人生の意味を認識したいと望んでいない。なぜなら彼らの生命は満たされているから」という境地への到達であり[65]、かつこの目覚めがすなわち《愛》の感情の目覚めにほかならない。「すべての人間」が愛の感情に目覚め、如何なる許しがたい罪を犯した者もこの目覚めた愛の感情によって自分の犯した罪を心底後悔し、その限りではもはや罪人ではなく、後悔・良心の呵責を苦しみ得る「いい人間」になる。そういう新生がこの地上に生じる。

ここで議論を『悪霊』のキリーロフに戻せば、くりかえしになるが、実は彼のなかに人間が「人神」へと飛躍するにあたって二つの道が構想されていたといい得る。一つは、敢えていえば、ニーチェの「超人」と実によく似た真の英雄的な「自由」人の敢えてなす自殺の決意が逆説的に切り拓く（そして切り拓いたとたんに終焉する）生賛美への転回＝回心の道である[66]。もう一つは、古来からのロシヤ民衆が生きてきた宇宙的生命感覚の取り戻し（＝そこへの帰還）のいうならばゾシマ的道である。より正確にいえば、その二つの道が《二者一組の反転の関係性》において結ばれ矛盾的一体性を形づくりつつ、さしあたって前者をドミナントな契機とすることで成立を見ていたといい得る。

なおさらに一言添えるなら、この二つの一見相対立する道のキリーロフのなかの矛盾的同一性はニーチェの形而上学的宇宙論美学、すなわち、宇宙生命そのものたる「根源的一者」への帰一が、個体性の英雄的頂点をなす英雄的個人の蒙る死への没落をとおしてこそ開示されるとする美学とあまりに近接してはいないだろうか？

ニーチェの『遺された断想』に出てくる言葉「黄金時代」をめぐって

『遺された断想』には、ヴェルハウゼンの『イスラエル史序論』(ベルリン、一八八三年)を読んでの、次のニーチェの要約が記されている(なお付言すれば、この観点はマックス・ヴェーバーの『古代ユダヤ教』とまったく同一である)。

「国家が分裂と危機に陥り、無政府状態と外面的な崩壊のなかでの、アッシリア人に対する恐怖のなかでの生活が続くと、それだけますます強く、完全な王政の、まったく独立した民族国家の再来が夢想される。この種の幻想は預言者的だ。イザヤはそのいわゆる救世主の予言によって最高の典型である。〔略〕彼らが望むのは『黄金時代』などではさらさらなく、確固として厳格な統治であり、軍事的で宗教的な本能をもち、エホバへの信頼を回復する君主なのだ」。(傍点、ニーチェ、五一二頁)

ところで右に見たように、そこには、「彼らが望むのは『黄金時代』などではさらさらなく」(sie wünschen durchaus kein „goldenes Zeitalter", sondern...:グロイター版のニーチェ全集:Friedrich Nietzsche Sämtlich Werke Kritische Studienausgabe Band13, p. 170)とあるわけだが、くだんのヴェルハウゼンの著作と照らし合わせてみると、それは同書の次のくだりを念頭してのことだと思われる。——ヴェルハウゼンはまず「正義・公正こそヤハウェの固有性であり中心的な要求である」と書き、「眼前にする王国はふつう不十分なものであるから、イザヤは古代のダビデ王国という模範に合致した新しい国家を、すなわち救世主を望んだ」と続け、その少しあとにこう書く。

「ふつう人はここに世間のいう地上の黄金時代が指示されているように思うだろうが、しかし、イザヤは一つの舞台としての聖なる山、すなわちダビデ王国の中心たるまったきダビデの都を象徴する山、それについて語っているに過ぎない」。

では、その記述を読むと多くの人が「黄金時代」を想起するであろうとされたその山の状況はどういうものとして記述されたかというと、それはまさに本書第三章・「『黄金時代の夢』……」節で『イザヤ書（第二）』から引用した「エッサイの根から出る芽」節の記述（狼と子羊、豹と子山羊、子牛と若獅子、熊と雌牛、子供とマムシ等の平和共存のヴィジョン）を要約したものなのである。(67)

このくだりはまず次の四つの意味で興味深い。

第一に、戦争・暴力の鋭い争闘の関係に切り裂かれている者同士の和解・平和・共存の成就を指して「地上の黄金時代」への回帰と呼ぶことは、ヨーロッパの文化史においては先に示したようにヘシオドスの書き残したギリシア神話に起源を置く一般に浸みわたった神話的観念であったが（本書第三章・「『黄金時代の夢』……」節）、この事情がヴェルハウゼンの議論をとおしても浮かび上がってくるということ。

第二に、彼はそのさいそのヘレニズム的観念と旧約聖書の『イザヤ書（第二）』の終末論的救済ヴィジョンを重ね合わせ、後者をこの概念に関連づけていること。

第三に、しかし、ちょうどドストエフスキーとは反対に、『イザヤ書（第二）』に見られる野獣間ならびに野獣と人間の共存ヴィジョンはあくまでも《正義・公正が完璧に支配する義人の王国の樹立》という救済目標の比喩、いいかえれば「正義と信頼は頬ずりし、如何なる強者も弱者をかさにかかって侮辱することはなく、法の厳格さをおもんばかって普遍的な信頼が生まれ、もはや子羊は狼を怖がることはない」ということのたんなる比喩として使われていることを強調し[68]、文字通りの平和共存の実現を救済目標としているわけではないことを強調していること（この点では、彼はこのヴィジョンの解釈において関根清三がくだんの一節につけた訳注で指摘した問題連関を等閑に付したともいい得る。参照、『黄金時代の夢』……」節）。

そして第四に、ニーチェはその点に注目したがゆえに、冒頭に紹介した如く、『黄金時代』などではさらさらなく」という強調の仕方をとったということである。

ところで、右の四点の確認はわれわれをきわめて興味深い問題へと導く。

まさにそれは、先の『黄金時代の夢』……」節で論じた次の問題、すなわち、ドストエフスキーにおいてはヘシオドス起源の「黄金時代」観念が一方ではより汎神論的な方向へと拡張されつつ、さらにそこでの「大地（ガイア）」神的要素がロシアの大地信仰と接続させられ、他方ではまた、『イザヤ書（第二）』を媒介にイエス信仰へと接続させられ、「和解」と「永遠の調和」への回帰＝再建という救済史的＝終末論的ヴィジョンへといわば高次化するという問題、これである。

そして、この問題関連は次の問いをわれわれに投げかけるものともなる。

――もしかしたら、ニーチェは前述の要約を彼の『遺された断想』に記したとき、ドストエフスキーの「黄金時代の夢」表象も知っており、だからこそいっそう「黄金時代」観念の呼吸する救済思想と古代ユダヤ教のヤハウェ主義的救済ヴィジョンの根本的相違にいたく注目したのではないのか？　しかも、このヴェルハウゼンの要約と『悪霊』からの書き抜きとはいわば軒を連ねる格好で『遺された断想』に出てくるのだ。

いいいや、しかしながらまさにこの点で、実はドストエフスキーの「黄金時代の夢」表象をニーチェが知っていた可能性はひどく低く、また厳密にいうと確かめることができない問題なのだ。

まず、『悪霊』についていえば、この表象が『悪霊』に出現するのはかの「スタヴローギンと告白」章なのだが、既述のとおり「スタヴローギンの告白」章が公開されたのは一九二一年になってからであり、ニーチェが読んだ『悪霊』からは削除されていたのだから、彼はそれに出会うことはなかった。

では他の作品からの可能性は？　この表象が明示的に登場する『悪霊』以外の作品は、『未成年』および『作家の日記』のなかの「おかしな人間の夢」であり、かつ明示的にではないが明らかに引き継がれたと思わせるのは先に引いた『カラマーゾフの兄弟』の「反逆」章でのイワンの「永遠の調和」について語る言葉である。しかし、これまでの研究では、これら諸作品のうち『悪霊』以外はニーチェはまだ読むことができなかったとされる。

ただ、『未成年』を仏訳で読んだ可能性はある。

もし彼が同書を読んでいたとしたら、先のヴェルハウゼンについての彼の要約の仕方はニーチェとドストエフスキーの思想的共鳴関係を浮かび上がらすもう一つの強力な傍証となり得る。

というのも、同小説では副主人公と呼ぶべきヴェルシーロフが自分の見た「黄金時代の夢」について語り、そこに現出した「人類の地上の楽園」イメージを、まさに『悪霊』の「スタヴローギンの告白」におけるのとほとんど同じ言葉でこう語るのだ。

「これはかつてあったあらゆる憧憬の中のもっとも非現実的な夢想だ、だがその実現のために人々はその生涯と力のすべてを捧げ、そのために予言者たちが生命を失い、またそれがなければあらゆる民族が生きることを望まず、死ぬことさえできないのだ！」。

（『未成年』下、三九二頁。『悪霊』下、五七一頁）

しかも、この議論はそのあとに「神の王国」をめぐる議論を従える格好となっている。ヴェルシーロフは、同時代の西欧の「保守主義者」と「放火犯人ども」(明らかにこの言葉で革命派を指している)を次のように批判する。すなわち、彼らは共に自分の理念を実現するに暴力に訴えることしかできず、それゆえ「彼らには、神の王国を達成するまえに、恐ろしい苦悩が運命づけられている」(同書、三九九頁)と。また、その彼の言葉を聞いてドルゴルーキーはすかさず、「あなたは今、『神の王国』と言いましたね。ぼくは聞きましたよ」と応ずる。

だから、もしニーチェが『未成年』を読めていたならば、ヴェルハウゼンのくだんの箇所を読んだ彼が「神の王国」をどういう世界として理解するかという点で、ドストエフスキーのいう「黄金時代」が通常のユダヤ=キリスト教的な黙示録的観念とは相当に異なっていることに注目したことは十分に予測がつく。彼の眼力をもってすれば、かの「スタヴローギンの告白」は読めなかったとしても、『悪霊』に展開されるキリーロフの救済思想と『未成年』における「黄金時代」ヴィジョンとの通底性を見抜けていたはずであり、ユダヤ=キリスト教的世界観を徹底的に相対化できる彼の知的教養はこの思想の――古代ユダヤ教に還元不可能な――ヘレニズム的側面を敏感に感知できたと思われる。そうしたことを背景に、先のような文言がユダヤ教的救済思想の特質を浮かび上がらせるためのいわば反対鏡として書かれたのではないか?

しかし、この推論が成り立つ前提、ニーチェが『未成年』を読んだという前提、これ自体がいまのところ確かめようがないのだ。

なお次のことをつけくわえておきたい。ニーチェはこの要約のなかで、きわめて道徳主義的な律法精神を強調するヤハウェ主義の生成が何よりもくだんのバァール=アシェラ信仰に対する闘争によって駆動されてきた点に注目し、それを「自然性喪失」の過程と問題把握していることである。しかもそのさい、バァール=アシェラ信仰を「耕作と牧畜の自然神(=バール=ディオニュソス)」と形容している。この彼の問題視角もまたドストエフスキーとの期せずしての呼応の面をもつといえよう。前述のように、まさにドストエフスキーはギリシア神話の「黄金時代」表象と、ロシアの大地信仰、イエス信仰の三者の独自な総合をはかることで、キリスト教的救済観念のベクトルを、ユダヤ教的政治・道徳主義の方向から汎神論的な自然主義的性格を色濃くした生命主義の方向へと切り替えようとしているからである。そしてこの生命主義という問題の環において彼とニーチェは交差するのだ。

ゾシマ長老における大地信仰、その「大洋」比喩

さてここで、キリーロフ的救済観念が孕んでいるニヒリスト的極とロシヤ民衆の大地信仰的極とのあいだに透かし見える《二者一組の反転の関係性》をより明確に照らしだすために、今度は『カラマーゾフの兄弟』のゾシマ長老の言説を覗いてみよう。

ゾシマは自分の兄がかつてこういったことがいまの自分の思想の源泉だと語る。すなわち、次の言葉が。

「人生は楽園なんです。僕たちはみんな楽園にいるのに、それを知ろうとしないんですよ。知りたいと思いさえすれば、明日にも、世界中に楽園が生まれるにちがいないんです[69]」。

「そうだ、僕のまわりには小鳥だの、木々だの、草原だの、大空だのと、こんなにも神の栄光があふれていたのに、僕だけが恥辱の中で暮らし、一人であらゆるものを汚し、美にも栄光にもまったく気づかずにいたのだ[70]」。

「人間以外のあらゆるものが罪汚れを知らぬ[71]」。

「キリストの言葉はあらゆるもののためにあるのだ。神の創ったすべてのもの、あらゆる生き物、木の葉

の一枚一枚が、神の言葉を志向し、神をほめたたえ、キリストのために泣いている。自分ではきづかぬけれど、けがれない生活の秘密によってそれをおこなっているのだ[72]」。

ここでわれわれは注意しておきたい。如何にゾシマがここでは「楽園」という言葉を愛用し、愛の「喜び」を強調しているかを。彼は一方で「良心の呵責」を強調するが、その「良心の呵責」はその苦しみの通路を通って必ず生命の喜び・愛の喜びへとおのれ打ち開くもの、そこへとおのれを超克するものとして展望され続けたことに。

またゾシマは宇宙的な生命の有機的な汎神論的な統一性について「大洋」の比喩をもってこう語る。

「なぜなら、すべては大洋のようなもので、たえず流れながら触れ合っているのであり、一個所に触れれば、世界の端にまでひびくからである。小鳥に赦しを乞うのが無意味であるにせよ、もし人がたとえほんのわずかでも現在の自分より美しくなれば、小鳥たちも、子供も、周囲のあらゆる生き物も、心が軽やかになるにちがいない。もう一度言っておくが、すべては大洋にひとしい[73]」。

宗教心理学の領域では、ヴェーバーが問題にする「神人合一」の汎神論的な至高体験を指してよく「大洋感情」という用語が使われる。まさにゾシマの比喩表現はそれを直観的に先取りしているといい得る。そしてこの「大洋感情」経験こそが「楽園」を「楽園」たらしめる、そこに横溢する浄福的快楽の本質あるいは源泉なのである。いうまでもなく、「楽園」を語る言葉が担うイメージと観念の文脈はもはや道徳主義的な性格のものではない。敢えてここでニーチェの言葉を援用すれば「快楽主義」的であり、生命感情の充溢＝喜悦を志向するものだ。（鈴木大拙『仏教の大意』法蔵館、一二二頁にはゾシマの大洋比喩とほとんど同じ表現が出てくる）。

また、この「楽園」は先のゾシマの兄の言葉のなかでは、また地上と現在をはるかに超越した天上の未来でもなく、この地上の現在のなかに開花されねばならないものとして、しかも既に実在していながら、ただ愚かな歪んだ魂をもつがゆえに視野を狂わされた人間だけが気づかないでいる、そうした「楽園」として認識されている。

こういう二世界構造は典型的にプラトン主義的であるとともに、比較宗教学的にはグノーシス主義や仏教（ニーチェはイエスを「インドならざる土地における仏陀」と呼んだ）にきわめて類縁的である。[74]

『カラマーゾフの兄弟』における「人神」論の位相

ここに一つ注目すべき問題が登場する。先にわれわれはキリーロフが口にする「神人」ならぬ「人神」論を見たが、『カラマーゾフの兄弟』においてもこの「人神」という概念が登場するのだ。しかも、それは譫妄状態に陥ったイワンの前に彼の「影」（ユング的にいえば）ないし悪の分身として「悪魔」が登場し、この悪魔との対話（つまりは二重人格的に自己分裂した一方の彼と他方の彼との対話）のなかで、悪魔がおこなう主張のうちにいわば転倒されて登場する。

悪魔はかつてのイワンの主張を、まさにかの「神と不死とが存在しなければ、一切が許される」という命題を引き合いに出しながら、彼の前でこう要約してみせる。お前はかつてこういった。「必要なのは人類の内にある神の観念を破壊することだけであり」、それができさえすれば、「ひとりでに、旧来のあらゆる世界観や、そして、何よりも、旧来のいっさいの道徳が崩壊し、すべて新しいものが訪れるだろう」、つまり、「新しい人間の出現が起きる、やがて人神が出現する」と。この新人類の出現を指して、「神のような、巨人のような誇りの精神によって傲慢になり、やがて人神が出現する」と述べる[75]。この人神にまで成長発展した人類の世界についてはこういわれる。いわく、

「天上の喜びというかつての希望にとって代わるくらい高尚な喜びを、たえず感ずるようになるであろう。人間はやがて死ぬ身であり、復活もないことを、だれもが知り、神のように誇らしげに冷静に死を受け入れるようになる。人間は、人生が一瞬にすぎぬなどと嘆くにはあたらぬことを、誇りの気持ちからさとり、もはや何の報酬もなしに同胞を愛するようになる。愛が満足させるのは人生の一瞬にすぎないが、その刹那性の自覚だけで愛の炎は、かつて死後の不滅の愛という期待に燃えさかったのと同じくらい、はげしく燃え上がることだろう[76]」。

愛の生命感情が激しく燃え上がるという点の強調を除けば（キリーロフはその点さほどでもないから）、この悪魔の言説はほとんどそのままキリーロフに重なる。しかも逆にいって、人生の刹那性の自覚が燃え上がらせる愛の炎によって、人間は刹那性のニヒリズムを超えて「死後の不滅の愛」への確信と匹敵するほどの愛の充足を得るようになるという思想は、『未成年』におけるヴェルシーロフの思想とほとんど重なる（本章・補遺Ⅱ『未成年』における大地信仰とイエス主義の結節論理）。またそれは『悪霊』のステパンとも重なる（本章・「中間項としての『悪霊』のステパン」節）。

また、ここに述べられているユートピアを正確に理解するためには、われわれは先に見たイワンの発言——熱烈なキリスト教徒と無神論的社会主義者は互いに反対側から同じことをいっているという——や、「教会的

社会裁判」思想とその将来展望――国家の教会への吸収――に関するゾシマとイワンとの意見一致を想起し、その角度からこの言説を解釈しなければならない。一言でいえば、ゾシマにあっては「大地への接吻」を象徴する宇宙の有機的生命体系と人間の生命との深き交流実現によって《愛》の感情力の比類なき活性化が起きるなら、またその結果として人間同士の社会関係が愛による結合に置き換わるなら、人間は死後復活の期待によって死の恐怖を克服する必要はなくなり、自分の死を永遠的な生命感情の現下における高揚のなかで受け容れられるようになると考えられていたのである。それが――『未成年』のヴェルシーロフとよく似て――彼の提示する救済展望であった。

ここでわれわれは次の問題の関連にあらためて注目すべきである。すなわち、この救済展望と悪魔の言説が提示するそれとはほとんど同じであることに。

つまり、こういえないだろうか？　悪魔の言辞はキリーロフとゾシマに通じる「大地信仰」をいわば揶揄的に捻じ曲げ、そうすることで彼らの「大地信仰」を無神論の側に簒奪して、イワンとゾシマとの間に離反の割れ目を走らせようとする悪魔の策略的言辞、かかるものとしてドストエフスキーによって描かれたのだ、と。言い方を替えれば、それはゾシマ的キリスト教と無神論のあいだで動揺するイワンの思想の揺れを示唆する言葉だともいえるのではないか？

そのようにして、キリーロフのなかに内蔵された《二者一組の反転の関係性》は『カラマーゾフの兄弟』ではイワンとゾシマとのあいだに張り渡されたそれへとなって現れるのだ。あるいはまた、ゾシマ的キリスト教が、実はたんにローマ・カトリックや「無神論」的社会主義の「地上の王国」主義に対抗するだけでなく、ニーチェ風にいえば地上における「浄福的生」の実現を希求することなく、すべてを「天上」に求められた「未来の永遠の生」の追求に置き換えるパウロ的＝「正統キリスト教」的思想に鋭く対立するものでもあることを示

唆するための言葉だといえないだろうか？（参照、本書第二章・「パウロ的復活論とドストエフスキーの問題位置」節）
実にニーチェは、先に紹介した人間の「神化」＝「浄福的生」の実現こそがイエスの救済思想の核心をなすとの主張に続けて、パウロの理解するキリスト教を次の視点から批判したのである。拙著（『聖書論Ⅱ』）から次の一節を引いておきたい。

——他方、パウロがなすこととは何か？　はたして実現されるか否かわからない、およそ人間の理性では理解しがたい肉体を伴う死後復活の「約束」に、しかも現在の自己を不滅化したいといったナルシスティックな惨めな狭量な小人の願望の正当化を随伴させつつ、[77]真の浄福的生を得たいという人間の自己救済願望を縛りつけてしまうことなのだ。その結果、「生の重心が、生のうちにではなく、『彼岸』のうちに——無のうちに——置き移されい」（傍点、ニーチェ）、「生から総じて重心が取り除かれてしまう」[78]。だから、パウロのやることは実は人間の意識を観念的な仕方でひたすらに死後という無（非実在）の方向に動員することでしかない。かくて、パウロのくだんの解釈とともに、「福音のまったき唯一の実在性である『浄福』という全概念（der ganze Begriff „Seligkeit“）が姿をくらましてしまった」[79]。——そうニーチェは論定する。[80]

『おかしな人間の夢』の祖型的なテーマ凝縮性

この章を結ぶにあたって最後に『おかしな人間の夢』に触れておこう。
同小説はそもそもは一八八七年四月号の『作家の日記』に書かれた、邦訳の文庫でいえば四五頁ほどの短編である。しかし、バフチンはこれを「ドストエフスキーの主要なテーマのほとんど完璧な百科事典である」と評したという。[81] けだし名言である。

「黄金時代の夢」についてのそこでの記述、特に「宇宙の『全一』との一体感」という言葉が如何にこのヴィジョンと大地信仰とのあいだの切り離し難い関連に照明を与えるものであるかは、既に述べた（本書第三章・「『黄金時代の夢』表象の……」節）。

ここで取り出したいのは、同小説はこの点で深く『悪霊』のスタヴローギンに関係するだけでなく、訳者の安岡治子も指摘しているように同時にまたキリーロフの思想にも深くかかわり、[82]かつまた「愛」の観念をめぐってユダヤ＝キリスト教の思想伝統に沁みついた性愛嫌悪の問題にも、グノーシス派の全一性と欠如とのプラトン主義的観念にも深くかかわるという問題である。

まずキリーロフとの関連を取り上げよう。彼の自殺論は既に見た。まさに、『おかしな人間の夢』の主人公も自殺願望者として登場する。そして夢のなかでピストル自殺を敢行するが、しかし、死から甦ることになる。すると、今度は彼は地球によく似た、しかし、別の惑星の「黄金時代」のなかにいる自分を見いだす。

夢のなかで彼は自分が死から甦ったことを確認しながら、こう独り叫ぶ。「またしても、実在しなければならず、避け難い誰かの意志によって再び生きなければならないとしても、僕は征服されたり侮辱されたりするのは御免だ！」と。[83]

いうまでもなく、ここにいう「避け難い誰かの意志」とは神の意志のことである。ここで読者はキリーロフの自殺論を貫く見地を思い出さねばならない。すなわち、自殺の瞬間こそが、神の支配とそれが押し付ける《厭わしき自己欺瞞に満ちた恐怖の生・恐怖を愛することによってしか生を愛せぬという欺瞞》からの自己解放の瞬間、真の「自由」獲得の瞬間だという思想を。主人公「私」の生の意識とキリーロフのそれとはほとんど同じである。明らかに両者は相互分身の関係にある。

《愛》の問題が中心にせり出す。地球においては、「苦悩とともに、苦悩を通してしか愛することができないのだ！　その他の愛し方はできないし、それ以外の愛を知らない。僕は愛するために苦悩を欲する」[84]、この矛盾性、「自虐の快楽主義」に至るこの矛盾性、それはキリーロフの生意識の中核に置かれた問題であった。のみならず、ドストエフスキー的主人公が共通に生きねばならないテーマにほかならなかった。

そして、こうした矛盾と自己欺瞞に取り憑かれた《愛》のあり方の対極にこそ「黄金時代」においてしか享受可能とならない別種の《愛》のあり方が置かれる。

その愛のあり方は「地球の子供たち、それもほんの小さな幼子の中にだけは、こうした美の遠い微かな面影を見いだすことができるかもしれない」、そういう美に包まれた愛であり、その愛は陽光に包まれた生命感に満ちた自然的宇宙への愛と一つの愛であり、たとえていえば木々たちと会話を交わすことのできる愛、それを自然全体に押し拡げた愛である。[85]何よりも「嫉妬」とその根源にある自己執着が醸す焦燥に満ち満ちた愛ではなく、「静穏」に満ち、かつ「歓喜にまで高まった愛、それも穏やかな、何かに満たされてゆく瞑想的な歓喜」に満ちた愛なのだ。[86]また「近しい死者たちと、死後もまだ触れ合うことができ、彼らの間の地上での一体感は、死によっても絶たれることはないと考えることができた」愛なのだ。[87]（付言すれば、ヴェーバーは汎神論的な「神人合一」がもたらす救済感情の特質として常にその「瞑想」的・観照的性格を強調した。）

なお、私は本書第二章・「ゾシマ長老の言葉を……」節において、ドストエフスキーにおいて「不死」の観念が担う意味の重心を問い、それを次のように特徴づけた。くりかえすなら、その重心は「パウロ的な死者の肉体を伴う復活」の観念にあるのではなく、むしろ「アニミズム的な霊魂の不滅、永遠性」に向けられており、「この霊魂の不滅性を人間の側で担保するもの」は「愛の記憶が人間の魂にとってもつ永遠性のアウラ（後光）」なのではないか、と（本書一三二頁）。この点で、私はいましがた『おかしな人間の夢』から引用した言葉、すなわち「黄金時代」を生きる者たちのあいだでは「地上での一体感」は「死によっても絶たれることはない」とする言葉は、この私の解釈に直に対応するものと考える。「絶たれることはない」のは愛の記憶がそれを保持するからである、と。

さて、同小説が提起する、この愛の感覚と志向性をめぐる地球人と黄金時代人との相違の如何というテーマにおいて、ここでもう一つ注目したいことがある。それは、キリーロフの場合とは異なって『おかしな人間の夢』では、たんに自然的宇宙への愛、生一般への愛という次元に議論が留まることなく、人間の抱える愛の苦悩性の根源が《性愛・肉欲・情欲》とそれが生む《嫉妬》に名指しされ、議論の地平が一気にユダヤ＝キリスト教的思想伝統を顕著に特徴づける反性愛主義的伝統に接続することである。

いわく、「人類のほとんどあらゆる罪の唯一の源泉」、それは「あの残忍な肉欲の激発」なのであり[88]、「情欲が生まれたかと思うと、情欲が嫉妬を生み、嫉妬が残酷さを生み〔略〕すぐさま、最初の血しぶきがあがった」という因果連関、これが人類史の根底に横たわる人間の宿阿なのだと。私は右の問題観――それは『創世記』にある《肉は暴虐を引き起こす》という観念に見事に象徴される――をユダヤ＝キリスト教の思想伝統を貫くものとして私の『聖書論Ｉ』の随所にわたって追究した[89]。この点で、『おかしな人間の夢』は――問わず語りにドストエフスキーの性愛観をも示す点も含め――きわめて興味深い（なお、この問題を私は次の第五章・『白痴』における愛・嫉妬……」節であらためて取り上げるであろう）。

グノーシス派のプラトン主義的宇宙観との対比

しかも、ドストエフスキーはこの性欲を起源とする他者所有・嫉妬・暴力の問題をいっそう過激化するものとして近代の自我主義の固有な問題をも射程に入れているのだ。

すなわち、「各人が自身の個性に執着し熱中するあまり、他人の個性は全力でひたすら貶め縮小しようと努める」、狭義の性愛的所有にも金力と権力における所有欲望の確執にも還元できない、いわば自我そのものの存在感情に貼りついた実存的次元にまで根を下ろす自己所有・「我有化」（サルトル）とその争闘が生む嫉妬の問題を射程に捉えるのである。いうまでもなく、次の第五章において縷々論じるように、ドストエフスキー的主人公たちがひとしく「自虐の快楽主義」と「自尊心の病」との双子のサド＝マゾヒスティックな振り子機制に囚われ、そこからの脱出を悪戦苦闘する人物群として現れるのは、右の視点がドストエフスキーの人間観察の根幹に座るからである。

この点でもう一点つけくわえておきたい。何度も述べたように、こうした振り子機制のなかでしか《愛》を感覚し志向できない人間の病、近現代においてそのひたすらなる進行・過剰を見るこの病、それは「黄金時代」が生きる「宇宙の『全一』との一体感」を基礎に置く静穏なる瞑想的歓喜の愛と対蹠をなす愛の様態であった。かくて、同小説のなかで右の一体感の対極の位置に「分裂、孤立、個性のため、おれのものか、おまえのものかを決める闘いが始まる」との一節が置かれる。(90)

ここで読者には突拍子もないと感じられるであろうが、私は『聖書論I』のなかでグノーシス派キリスト教が立脚するプラトン主義的な根本発想について紹介したことの大略、それを語っておきたい。というのは、ドストエフスキーがグノーシス派キリスト教について十分な知識をもっていたとは到底思えないのだが（ただし、ニーチェの場合と同様にその土台をなす「グノーシス主義」についてはそれなりの知見をもっていた可能性はある）、私には、くだんの「黄金時代」観念からゾシマの大地信仰へと進んでゆく彼の思索の展開にはグノーシス派の思想との明らかなる類縁性が感じられるからである。「黄金時代」観念のヘレニズム起源についての議論で示唆したように、直接は知らなくとも間接的に——たとえばまさにソロヴィヨフの影響などを媒介に——期せずして、その根本発想をドストエフスキーが共有することになったのではないか？

では、そのポイントについて語ろう。[91]

ヴェーバーの「宗教的救済財」という概念を援用するなら、グノーシス派の掲げるそれは「安息」への到達である。「安息」とは、各人が「一者」（一なるもの、全一なるもの）たる宇宙的全体性に抱擁され浸透され支えられ一体となっていると自分を感じとることによって、そこから切り離され、諸欠如に織りなされ、そのことに苛まれる孤独に陥っているという不安、これをもはや抱えずに済む実存的境地＝存在感情に達したことを指す。そこでは、お互いを「互いに助け合うことによって生み出す」[92]という感情が支配的であるがゆえに、相互に「妬みもない」[93]のであり、「調和と愛」・「一致と合意」が支配的となっているとされる。[94]

他方、まだ右にいう欠如的孤独のうちにあるあいだは、人間は自分に「自分たち自身によって存在しており、始源を持たない者たち」[95]だという高慢な意識を与えることによってその孤独と不安を補償しようとし、さらにその高慢を、他の人間や事物をすべて自分の支配下に置こうとする覇権・所有の欲望によって打ち固めようとする。[96]だが、そのような方向に自分を駆り立てることは、それが達成されないことが生む激しい妬みの感情に自分を委ねることにほかならない。かくて人間は競い合って万人万物をして争闘の関係性のうちへと沈没せしめる。「このゆえに、彼らの子孫として多くの者たちが、戦士、闘士、荒らす者、反抗する者として現れてきた。彼らは不従順な者、覇権を好む者である」[97]という仕儀となるのだ。

かかる問題認識を背景にして、グノーシス派の立てる中枢的問いは《如何に人間は「妬み」の心性からおのれを解放し得るか？》にある。

いましがた見たように、欠如的孤独の苦痛が支配の欲望を生み、支配の欲望があるところ必ず勝敗の分岐が生じ、それは妬みの心性を生み、妬みは必ず復讐の暴力を生む。

この悪循環をなす心性連鎖の基礎には、或る特別な場合、すなわち、人間の意識がまだ嬰児の段階にある場合か、あるいは特別な神秘的な瞬間を除いて、人間にとっては一般にあらゆる物事が常に「境界づけ・分割・欠如」の論理に貫かれてしか現象してこないという存在論的でもあれば認識論的でもある事態がある。

しかし、それは人間にとっての現象形態がそうだということであって、宇宙の全事物が織りなしているそれ自体の関係性、宇宙の全体性そのものがひたされている真のリアルな存在連関は「プレーローマ（充溢）」的な全面的相互依存・相互補完性によって織り上げられているのである。

だからもしこの真の「プレーローマ（充溢）」的な存在連関についての認識（グノーシス）を獲得できたならば、人間はかかる認識に促され一転して相互依存・平和・調和の心性を産みだすことができ、それによって支配・妬み・復讐の心性を克服するであろう。まさにそこへと到達した魂の境地、それがくだんの「安息」であった。

ところが、その肝心な認識（グノーシス）を得ることが難しい。しかも特別な場合を除いて、もともとあらゆる物事を常に「境界づけ・分割・欠如」の論理に貫かれた形でしか受け取れず、容易く「欠如的孤独」に陥り、そこから脱しようとして、かえっていっそう自分を「孤独」に追い遣る「支配の欲望」に自分を委ね、ますます争闘の関係に沈没してゆくのが人間である。かくて悪循環が始まる。人間はますます争闘の論理の下においてしか物事を受け取れなくなり、だからますます「安息」の境地から遠のき、それゆえにいっそう争闘の論理に呪縛されるほかなくなる。

だが、まさしく事態がそうであるからこそ、神はイエスを、真の認識を人間が再獲得するためにこそ遣わした。イエスこそ、「プレーローマ（充溢）」の視座から世界を、他者を、そして世界・他者と自分との繫がりを、自分の「本性」にほかならぬこの真の存在連関を感得し認識すること、このことを人間に教える知恵（ソフィア）の教師であり、人間の目の歪みを、つまりは魂の歪みを治療するところの「医者」である（グノーシス派は『ヨハネ福音書』を四福音書のなかでこの観方がいちばん明瞭に貫かれていると見て、同書を自分たちの聖書とみなした）。

いうまでもなく、右にいうグノーシス派の「安息」（この概念自体、ドストエフスキーのいう「静穏」や「瞑想的歓喜」に響き合うところ大である）、それを生む宇宙的全体性のそもそもの「一者」性とは、期せずして『おかしな人間の夢』がいう「宇宙の『全一』との一体感」とほとんど同じ事柄を指している。そして、かのグノーシス派のいう「認識」とは、先の「ゾシマ長老における大地信仰……」節でも指摘したが、ゾシマ長老が兄から受け継いだと語る観点とほとんど同じである。

くりかえし引用しよう。「人生は楽園なんです。僕たちはみんな楽園にいるのに、それを知ろうとしないんですよ。知りたいと思いさえすれば、明日にも、世界中に楽園が生まれるにちがいないんです」という観点と。

この点で、私は強く主張したい。問題をここまで辿らなければ、ドストエフスキー的キリスト教の独異性は見えてこないのだ、と。

ソロヴィヨフ・グノーシス派・ドストエフスキー——「全一性」をめぐって

谷寿美の『ソロヴィヨフ　生の変容を求めて』はソロヴィヨフとドストエフスキーとの熱烈にしていわば肝胆相照らす交流の開始は一八七七年であり、その痕跡は『作家の日記』4の一八七七年、五・六月号に早くも見いだされるのではないかと述べているが、「全一性」を鍵概念とするソロヴィヨフの思想を顧みるなら、その重大な痕跡は何よりもまずこの号の一月前の四月号に掲載された『おかしな男の夢』にこそ探られねばならないといい得る。

谷はソロヴィヨフの「全一性」の思想を解説するさい、その要諦を彼の『人生の霊的基礎』に出てくる「人-神」の概念、すなわち「神性を感受する人間」の形成論のうちに見て、次の一節を引用している。「人間が神性を感受することができるのは、ただ自らが無条件に欠けるところがない時のみ、つまり、全てのものとの総体にある時にのみである」との。またこの状態を彼がこうも言い換えていることを。「それは円周を成り立たせる点のどれにとっても半径が同一であって、それ故、それ自体として既に円の始まりである円周の点は、ただその総体としてのみ円を形成するようなものである」と。

そしてソロヴィヨフは、いわば存在論的にはそもそも元来的に総体的である存在のこのあり方を、人間がおのれの理性を振るって主体的自覚的に認識し、我が物とし、そのことによって自分の欠如的な存在のあり方を総体的なものへと変革するとき、人間は「人-神」へと成熟するとしたのである。また彼はこの認識を指して「ソフィア」とも呼んだ[98]。

この彼の「人-神」思想は私からすればほとんどグノーシス派の思想とその核心において同一だと映る、そのことは読者も納得されよう。

この点で、私は谷が紹介する次の事実に「やはり」の想いを深くしないわけにはいかなかった。すなわち谷によれば、彼は「二十代の初めにはグノーシス諸派やカバラに関心をもっていた」のであり、グノーシ派キリスト教のオフィス派やバレンティノス派への言及が確かに見られ、この点で谷は彼のなかに『グノーシス的源泉』を読み取ろうとすることは意図すれば比較的容易にできる」と述べている[99]。

ただし谷は、ソロヴィヨフにあってはこの「人-神」論は、たんなる個人の「人-神」への成熟としてではなく、「全地におよぶ教会」という共同体的な人間関係を生きる人間への成熟論として展開され、彼が神的知恵・認識を指して「ソフィア」と呼ぶ場合も、それは実はこの教会共同体を指したこと、またこうした集団論的展開にこそソロヴィヨフの独創性があるとして、彼とグノーシ派との類似性に注目する観点を強く批判し、両者は「似て非なるもの」である由を強調している。[100] とはいえ、こうした点で、当時からソロヴィヨフとグノーシス派との類似性を指摘する人や『全一』という汎神論的な用語がどうして有神論的な『神の三位一体性』とつながられるのか、不可解に思った人」に事欠かなかったこと、またこの点をめぐってソロヴィヨフとトルストイとの対立が生まれたこと等を認めている。[101]

私の議論の文脈からいえば、いうまでもなく、ソロヴィヨフとグノーシス派との類縁性や汎神論的観念と有神論的（=創造主的人格神）観念との混淆性や融合可能性の問題が注目点になることはいうまでもない。

なお次の点をあらためて指摘しておく。ドストエフスキーの側のくだんの「黄金時代の夢」表象に孕まれる汎神論的契機は、本書の補論Ⅳ「『一八六四年のメモ』と……」で論じたように、既に「一八六四年のメモ」に確認され、また『悪霊』（一八七一―一八七二年）と『未成年』（一八七五年）もソロヴィヨフとの邂逅以前の作品である。また、ドストエフスキーの場合はこの問題が如何に深くロシヤ民衆の大地信仰の問題と結びつけられていたか、この点は本書に縷々述べたとおりである。ソロヴィヨフとの邂逅と熱烈な交流はそもそもドストエフスキーの側にこうした土壌が既に形成されていたからこそ生じたのだ。

補論Ⅰ　『白痴』における「不死」問題の位相

『カラマーゾフの兄弟』における「大審問官」章あるいはそれに先立つ「反逆」章に匹敵するインパクトを持つ章が『白痴』にはあるか？　つまり、その作品の核心に据えられた主題を、しかも、強烈な《異議申し立て》の否定の文法をもって圧縮して浮かび上がらす独立章があるか? こう問いを立てるなら、誰しもが次の場面を挙げるにちがいない。イポリートが或る宴席で、その前夜したためた原稿「必要欠くべからざる弁明〝わが死後はよしや洪水あるとも〟」を朗読する場面(第三編5―7章)を。

その場は、例によって例の如き長口舌のカーニバルとなった酒宴である――ムイシュキン公爵とロゴージンを先頭に主たる男登場人物たちの揃い踏みの感ありの――。結核に蝕まれたイポリートは余命二週間と自分をみなしている。その書き出しはこうだ。

「きのうの朝、公爵がやってきた。〔略〕ぼくは〔略〕また例によって、『人びとや木立にかこまれて死ぬほうが楽だから』と単刀直入にきりこんでくることを確信していた。〔略〕ぼくは、彼がふたこと目には『木立、木立ち』と言うのは、いったいどういうつもりなのか、またなぜそれほど『木立』を押しつけようとするのか、とたずねてみた[102]」。

実に暗示的である。本章を読んできた読者なら、太陽の光をその木の葉に享け、きらきらと反射しながら風にそよぐ木立、これがドストエフスキーにとっては生命の永遠性・宇宙の全一性の筆頭のメタファーであることをここでも確認させられ、イポリートならずとも、「またなぜそれほど『木立』を」といいたくなるにちがいない。

この朗読の場面は『白痴』の出だしに置かれたムイシュキンの「死刑」論に呼応している。処刑日時をあらかじめ宣告し、それにむけて一歩また一歩と接近してゆく絶望の日々を死刑囚に強制する心理的拷問装置、実はそれが死刑という制度の本質なのだというのが彼の主張であった。

それと同種の拷問刑を司法権力ならぬ「自然」によって自分は課せられた、そう今度はイポリートがいう。いいかえれば、「不死」は有るや無しやというドストエフスキー文学を一貫して貫く宗教的問いに、今度は彼が直面させられるのだ。この問いの場において、「木立」は、これまで本書が取り上げてきた諸人物たちにとってと同様、ムイシュキンにとっても「不死」のシンボルである。「無神論者」が理解しているところの「死」、つまり死後は絶対的な虚無であると理解されたところの「死」、実はそのような「死」はなく、生命は永遠であり、死は常に生へと取り戻されるという「不死」の思想のシンボルなのである。つまり、「木立」は《宇宙的自然を循環してやまない〈生命〉の有機的な汎神論的な統一性（「永遠の調和」）》のシンボルなのだ。

ムイシュキンが「人びと」と「木立」の二つに囲まれて死ぬほうが「楽」だと述べたのは、「木立」がこの「統一性」・「永遠の調和」への信仰をイポリートのなかにも惹き起こしてくれると期待したからである。

また「人びと」といったのは次の理由からだ。すなわち、右の生命の永遠なる循環性にもし我が身を浸すことができたなら、人間はおのれのなかの《愛》の生命力を高め、そのことによって自分たちが分け持つ《「愛し－愛された」記憶》の想起力＝転生力を高め、かくしてこの愛の記憶を生命の永遠性のシンボルとなさしめることができるようになるからだ。死の床にあっても、「人びと」に囲まれていることによって人間はこの記憶を絶えまなく想起し、死にゆく我が身に転生させ、かくてまたそれが幾多の自分を見送る人々のなかに同様に転生する希望によって自分を温めることができる。そして、この記憶の発揮する生命を温める力によって「死後の虚無」という観念が生む恐怖を緩和し中和化し、ひいては乗り越えることができるようになる。そうムイシュキンは考えたのだ。

イポリートの朗読は、それを聴く者をこの二つの問題の環にまっすぐに導く。ただし、右のムイシュキンの思想に《異議申し立て》するという仕方で。山城むつみが注目したバフチンの視点を援用すれば、「ラズノグラーシェ」（同意したいからこそ異議申し立てする、不同意）の文法をもって。

彼の朗読の順序に即せばまず後者の問題の環が先に出てくる。

イポリートは流刑囚たちから慕われ続けた或る老人のエピソードを持ち出しながら、かつて或る友人との議論のなかで彼の主張した、「社会的慈善」と厳密に区別されるべき「個人の自由」に基づく「個人としての善行」論を回想する。[103]

その老人は、一言でいえば、流刑囚の親身な話し相手になり、なにくれと世話を焼き、いたわり役に徹した人間であった。彼はどんな流刑囚とも対等に接し、まるで兄弟のように話しかけ、相手の話を最後まで聞いた。面白半分で十二人もの人間を殺し六人の子供も突き殺したという或る極悪の流刑囚ですら、彼からもらった優しい労りを二十年たっても忘れないでいたというほどであった（この老人の面影が、『死の家の記録』第三章「最初の印象」に出てくるカトリックの老囚人――慕われ信用され、ほとんどの囚人の所持金の保管係になった――に見いだされる）[104]。

イポリートはこの老人の行いを例にあげ、こうした人間間の触れ合い・交流の意義を次のように或る友人に自分は説いたと回想する。「そこには一個の人間の全生涯と、ぼくたちの眼には見えない無数の分脈がある」といえる、つまり、「人が自分の種子を、自分の《慈善》を、自分の善行を、たとえそれがどんな形式であろうと、他人に投げ与えることとは、自分の人格の一部を与え、相手の人格の一部を受けいれることになる」と。そしてこの投じられた「種子」は、その人の手を離れて、「また血肉を付されて生長してゆく」、そのようにして「個人としての善行」は「来るべき人類の運命の解決」に益するものとなる、と。[105]

本書の見地からいえば、このイポリートの議論こそ《生命の永遠性のシンボルとしての愛の記憶》という観点そのものを表すのであり、ムイシュキンへのイポリートの同意を象徴する彼の《物語》にほかならない。ところが、この同意を、次の局面でイポリートは自ら転覆せしめる。まさにそこに、「ラズノグラーシェ」

としての《異議申し立て》が誕生する。その転覆の構造は、『カラマーゾフの兄弟』におけるイワンのくだんの「反逆」の論理――神の「永遠的な調和」に同意するが、しかし、辞退させてもらうという――と同じである。

「種子」という言葉が逆説のキーワードとなる。友人にこの主張を説いた日の晩に、突然彼は「《最後の信念》の最初の種子」が自分に投ぜられたと直観する出来事に出会う。詳細を省いて一言でいえば、その種子とは、ロゴージンの家で彼が見たホルバインの『十字架からおろされたばかりのキリスト』の絵の模写、それが自分に与えた衝撃を反芻するうちに生じてきた新しい種子なのだ。

この反芻は、この絵の記憶を辿るうちにいつしか彼が迷い込んだ夢魔の世界、そこに登場する幽霊となったロゴージンとの会話へと移行する。そして、右にいう「《最後の信念》」とは、『悪霊』のキリーロフを連想させる思想的動機からの自殺決行の決意にほかならない。

――「自然」が押し付けてくる運命としての死を、自ら決意して自分に与えることによって、「自然」の支配を拒絶してやること！　そこに実は、あの「木立」が象徴する自然的宇宙の全体性が呼吸する生命の永遠的循環の有機的統一性の問題が、まさしく「ラズノグラーシエ」的形態をとって浮上するのである。

既に第二章・「パウロ的復活論……」節で取り上げた箇所であるが、ドストエフスキーはくだんの絵についてイポリートに次のように語らせる。

――通常画家たちは、十字架上の、あるいはおろされたばかりのイエスの顔を描く場合、一般に「異常な美しさの翳」を与えるものだが、その絵はちがっていた。その傷つけられ苦痛に歪むイエスの肉体の描写はいささかも「比喩的」ではなく、ひたすらに「リアル」に「すこしの容赦もなく描かれ」ており、「そこにはただ自然があるばかりであった」。イエスといえど、その肉体は「自然法則に十分かつ完全に服従させられる」ということが前面に押しだされていた。そう述べて、イポリートはさらにこう続ける。

「こんな死体を眼の前にしながら、どうしてこの受難者が復活するなどと、信じることができたろうか？〔略〕この絵を見ていると、自然というものが何かじつに巨大な、情け容赦もないもの言わぬ獣、〔略〕最新式の巨大な機械が眼の前にちらついてくるのである」[106]。（傍点、清）

いうまでもなく、これは「木立」のくだんのシンボル性に対する真っ向からの否定である。先に言及した第二章の節でも指摘したが、自然を「最新式の巨大な機械」とみなすこの比喩は自然を汎神論的な宇宙生命体として感得する立場への明確なアンチ・テーゼを表す（参照、補論Ⅳ・『キリストの楽園』の原理……」節）。そのことは、この印象から彼が最終的に次の思念を引き出すことに明瞭に表れてくる。彼は何よりもムイシュキンを念頭に置きながらこういう。

「彼のようなキリスト教徒」は、「あの滑稽な《パーヴロフスクの木立ち》なんかを持ち出して、どうするつもりなんだろう？　ぼくの生涯の最後の数時間を楽しませようというのか[107]？」

「死」は実は存在しない、存在するのは生命の永遠の循環性であり、その有機的な統一性であるといった言説は、その宇宙的全体性から「ただぼくひとりだけは除け者にされている」というイポリートの実存の現実性（リアリティー）にとっては、指一本触れてくる力をもたないたんなる空言に過ぎない。そのような空言に酔いしれる者たちは、この私の「あきらめきれぬ憤怒と、秘められたる無限の憤懣」を知ることがない[108]。彼らにとっては、「何かしら全体として普遍的な調和を充たすために、僕の取るに足りない原子の生命が必要になっただけのことだ」が、なぜ彼らは、その自分から同意まで要求するのか?[109]

彼はいう。――「いったんもう《われあり》ということを自覚させられた以上[110]」、原理的にこの全体性の秩序の《外》に自分がいて、そういう局外者として、この全体性に服属することを拒絶する権利の持ち主として自分を自覚することは当然のことではないか、と。自分は「永遠の生なるものを認めている」が、しかし、同時にそれへの参加を自ら拒絶する権利をも持っていることを自認する。「僕が自分の自由意思で、事をはじめ事を終わらせることのできる仕事は、どうやら、自殺以外にはなさそうである」から、その「最後の事業の可能性」に賭けることにしたい、と。[111] これが彼のいう「最後の弁明」、つまり、神に対する反逆の最後の弁明である。

では、この彼の「最後の弁明」に対してムイシュキンはどう答えたと、ドストエフスキーは書いたであろうか?

ドストエフスキーがこの彼の《異議申し立て》に対して論理的な反論が可能と考えていたとは思われない。思うに、このイポリートの朗読に即していえば、イポリートの「《最後の信念》の最初の種子」論のいわば否定的な前提となっている《「種子」としての「個人的な善行」》論が、実は、いわば《否定の否定の弁証法的総合》として高次復活を遂げること、それが反論の形なのである。実はその総合的反論こそがまさしく『白痴』という作品の小説的全体性なのである。つまり、愛の記憶が、その《異議申し立て》を最終的圧倒してしまうほどの「生命」の永遠なる循環性=転生性をもつこと、それを同小説が、なかんずくムイシュキンが、その《異議申し立て》者に与える慰藉をとおして、また小説の全体的な展開から、読者は直観し感得すること、そういう読後感を手にすること、それこそがドストエフスキーのおこなう小説という試みなのだ。

別な言い方をすれば、このイポリートの「最後の弁明」へのムイシュキンの反論とはナスターシャ・フィイリポヴナに対してなしたような「憐れみの愛」の差し出しにほかならない。あるいは、言葉でいえば、『悪霊』で僧チホンがスタヴローギンに対して述べた「準備ができておられない、〔略〕土壌から引離されておられる、信じておられない」ということになろう[112]（本書一九〇頁）。『カラマーゾフの兄弟』でならイワンに対するアリョーシャの言葉、「あなたのおっしゃるように論理以前にまず愛するんです。ぜひとも論理以前にですよ。それでこそ初めて意義もわかってきます」ということになろう[113]（本書二〇一頁）。

しかもなお、私は次のことを忘れず指摘しておかねばならない。

それは、イポリートの披歴したおのれを宇宙の調和的全体性への参加をただ一人拒否された「除け者」と感じたという経験は、実は少年期のムイシュキンの危機経験にほかならなかったことだ。それは、その重い心身症的疾患の治療のためにスイスに渡った当初、まだほとんど白痴状態にあった少年ムイシュキンを襲った経験そのものであった。ムイシュキンはイポリートのその告白を聴いたあと、しばらくして公園に独りいたとき、そのことを思い出す。イポリートが用いた言葉と「すっかり同じ言葉」で自分はかつてその経験を言葉にしたことを。そのようにドストエフスキーは問題を設定するのだ[114]。

イポリートが抱え込んだこの全面的で圧倒的な疎外感・孤独感、実はそれは少年ムイシュキンのいわば実存の出発点でもあり、しかも形こそ異なるが、トーツキイの淫欲の犠牲となった少女ナスターシャが抱え込んだ圧倒的な疎外感・孤独感（『悪霊』でのマトリョーシャの言葉を使えば「私は神様を殺してしまった」という、自己罪悪感と一つとなった）にそのまま通底するものであった。

ムイシュキンは、かつての自分の経験がイポリートのそれと同一だったことを思い出したのち公園で眠りに落ちる。すると、その夢のなかにナスターシャが登場する。「たったいま恐ろしい罪を犯してきたかと思われる」

ほどの「悔悟と恐怖の色」をした顔つきで。しかもまた、この悪夢の衝撃に目を覚ました瞬間、彼は背後にアグラーヤの「明るい生き生きとした笑い声」を背後に聞く。陰と陽との合わせ鏡の如く。

いずれ私は右の如きドストエフスキーの場面配置が意味するものについて節を一つ設けて論じるつもりである。一言だけここでそれが示唆するものについていえば、こうではないか？

――『白痴』の根底には、ムイシュキン、ナスターシャ、イポリート、ロゴージンのそれぞれが形こそ異なるが生きざるを得なかった《受難した子供》（私の言い方を使えば）の全面的孤独性の体験が、彼らの相互の葛藤を生み出す共有基盤として据えられているのではないか？　しかもまた、これまた共通して、この孤独経験はまさに《受難した子供》の実存経験として、その裏側に、犯され破壊されたものとしての生命の素朴な喜戯性の経験（《子供》だけがもつ神聖な宇宙的交感能力が生む）を秘匿するものでもある。この彼らに特権的な実存の両義性に満ちた生の共有基盤こそが、彼らに共苦の特別な愛の絆を与えるとともに、また特別な嫉妬の関係性を与える。この基盤の上で出会う相手こそは、一方ではこの共苦の絆を私の人生に与えてくれるかけがえのない可能性であると同時に、それを私から剥奪する可能性、つまりライバルないし裏切者・見捨てる者でもあるという。

この共苦と嫉妬とのアンビヴァレントな矛盾的一体性の関係構造、《二者一組的な反転の関係性》の何よりの象徴は、『白痴』の実質的ラストシーンにおいて、ムイシュキンの予言通りにナスターシャを刺殺してしまったロゴージンとムイシュキンとが、ナスターシャの遺骸の両側に添い寝し、二人だけの、あるいは三人だけの、トリオをなす、彼らの《愛》の通夜をおこなう場面、その最後にムイシュキンが意識を失い熱にうなされるロゴージンの頭を「まるであやしなだめるように、そっとその頭や頬をなでているのであった」と書かれる場面であろう[115]（なお、江川卓は『謎とき『白痴』』の最終章「悲劇の重奏」において、このロゴージンへのムイシュキンの愛撫の仕草と、それ以前の場面で彼はナスターシャをなだめ癒そうとして「子供をあやすように」彼女を愛撫したと記述されている点に注目し、彼の両者への仕草は「相手が女であるか男であるかも、ほとんど問題にならないほど」驚くほどよく似かよっていると指摘している。その以前の場面とは、アグラーヤを追おうとするムイシュキンをナスターシャが抱きすくめ「あたしのものよ！　あたしのものよ！」と絶叫し、彼がアグラーヤを追うのを止め、ナスターシャをなだめ癒そうとする場面である。この彼の注目はさすがである。ただし、彼は私のような問題の捉え方はまったくおこなっていない[116]。

『作家の日記』の「判決」節とイポリート

なお次のことを指摘しておく。『作家の日記』3、一八七六年、十月号・第一章・第四節「判決」は、その七年前の一八六八年と翌年に「ロシヤ報知」誌に発表された『白痴』でのくだんのイポリートの朗読をほとんどそのまま、今度は或る「退屈のあまり自殺した、もちろん、唯物論者であるひとりの男」（傍点、ドストエフスキー）が「N・N」のイニシャルで書き残した「考察」、それをそのまま引用紹介するという形に翻案して登場させる[117]。先に本章で私はイポリートの次の主張――「いったんもう《われあり》ということを自覚させられた以上」、人間はおのれを自然宇宙の全体性のもつ「調和」の圏外に位置する者として自覚せざるを得なくなるという――を取り上げた。この『作家の日記』の「判決」節はまさにこの問題を中心に据え、それを集中的に論じる形で構成されている。この点で、それはイポリートを引き継ぐとともに、過剰な自己意識のもたらすこの《存在論的離隔》によっておのれの生命性の希薄性・欠如性を痛感し、それに苦吟する『悪霊』のスタヴローギンをも引き継ぐ節であるといい得る（参照、補論Ⅳ「『一八六四年のメモ』と……」の「愛の不可能性」節）。

補論Ⅱ　『未成年』における大地信仰とイエス主義との結節論理

既に本書第一章・「『白痴』ならびに『未成年』……」節や本章の「『おかしな人間の夢』の……」節で触れたように、くだんの「黄金時代の夢」は『未成年』においては副主人公と呼ぶべきヴェルシーロフが見た夢として出てくる。また、私はくりかえし、ドストエフスキー的キリスト教の本質的特徴は大地信仰とイエス主義との結合にあると主張してきた。

ではこの点で、『未成年』ではその結合はどのような論理の展開によって支えられるのか？　この問題についていささか述べておきたい。

まず「黄金時代の夢」の記述については、それをこの夢が登場する他の作品と比較した場合、その記述自体においては、『おかしな人間の夢』がいちばん凝縮して示すかの「全一」と部分との有機的全体性の弁証法はそれほど強い印象を放たない。むしろ、印象の重点をなすのは幸福な生命感の息吹にある。ヴェルシーロフの言葉には、あのイワンとほぼ同様の一節が書き入れられている。[118]

「これはかつてあったあらゆる憧憬の中のもっとも非現実的な夢想だ、だがその実現のために人々はその生涯と力のすべてを捧げ、そのために予言者たちが生命を失い、またそれがなければあらゆる民族が生きることを望まず、死ぬことさえできないのだ！」

この夢想が帯びる「地上の楽園」性はこう表現される。

「人々は幸福に清らかに、目ざめ、そして眠った。草原や茂みは彼らのうたごえや、明るい喚声で充たされた。ありあまる豊かな力が愛と素朴な喜びについやされた」。

この点で、彼の夢想はくだんのヘシオドスの『仕事と日』にいちばん近い。そして議論はむしろ次の対比に移動する。すなわち、こうした性格の素朴な生命力の横溢がもつ幸福感が、ヨーロッパ世界の近代化がもたらす自他の存在論的離隔を否応なくもたらす自我意識の確立、それによる人間の相互の孤立化、エゴイズムの跳梁、それ生む嫉妬と復讐の暴力、国家による戦争手段のひたすらなる採用等によって破壊され、「ヨーロッパの古い世界のすべての栄光」が葬送されるに至ったことへの痛憤へと。[119]

この点で、ヴェルシーロフは自らを「ロシヤの最高の啓蒙思想主義者の保持者」と規定しつつ、「ロシヤ思想」の真髄は、それがヨーロッパの諸民族がそれぞれの個性に基づいて発展させてきた諸理念の総合者たるところに、「あらゆるイデーの総和」であるところに、いいかえれば、その汎ヨーロッパ的普遍性の体現者たることに見いだす。ロシヤ人は「ヨーロッパにおける唯一のヨーロッパ人」という普遍性を一身に担ういわば普遍的独異者という逆説的存在だというのだ。[120]そして彼は、この普遍的独異性を担うロシヤ精神を、いいかえれば、それを担う知識人のタイプを「万人の苦悩を背負う世界苦のタイプ」と呼ぶ。[121]

ここで注目しておきたいのは、実はこういうとき彼がこの精神のタイプの模範をイエスのなかに見ていることである。また、そこへと進む論理の展開が実は本書第一章・『白痴』ならびに『未成年』……」節で紹介したマカール・イワーノヴィッチの《荒野での覚醒》論と瓜ひとつであり、なぜ彼がマカールに惹きつけられたかの解き明かしともなっていることである。

ヴェルシーロフはいまや「黄金時代の夢」ならぬ《人類の近未来の夢》、彼の幻視した歴史ヴィジョンについてこう語る。

――近代の到来とともにかの「黄金時代の夢」が完全に潰えたとの認識が人々を捉える時代がやって来るわけだが、その結果、「気味のわるいほどの静寂」が人間社会を襲うに至り、あの黄金時代を可能にした「偉大な力の泉」が遂に枯渇し、「人々は望みどおりに、一人ぼっちになった」[122]（傍点、ドストエフスキー）。

しかし、この彼の《人類の近未来の夢》においては、逆説的にもこの孤独こそが回心の梃、転回点となるのだ。読者はその夢に触れて、愛こそが幸福の源泉だという覚醒に達するためには荒野の孤独が必要だと述べたマカールを想起するにちがいない。

ヴェルシーロフはこう彼の幻視した未来図を語る。孤独になったことで、人々は「まえよりもいっそう緊密に、いっそう愛情をこめて、互いに体をよせあうにちがいない。今はもう彼らだけがお互いにとってすべてなのだとさとって、手を結びあうにちがいない」と。

そしてこう主張する。

――かかる切ない孤独者間の愛の交換は黄金時代が体現した「不滅の偉大な理想」の代わりなのだ、と。かの理想の直接の復活はあり得ないほどに近代の到来は人類史の不回帰点をなす。だから、この有限な孤独でみじめな個人相互の切ない愛がその代わりになるしかない。だが、それは唯一のチャンスでもある。間接的な媒介された形での「不滅の偉大な理想」の復活の。そして以下の言葉が続く。「そこで不滅なるものに注がれていたそれまでのありあまる愛が、自然に、世界に、人々に、すべての草木に向けられることになるだろう。彼らは大地と生活を際限なく愛するようになろう」[123]。

しかも、ヴェルシーロフはこの愛は「以前の愛とはちがう特別な愛」だと述べ、その相違は「限りある自分の生命のはかなさを自覚している」点だとする。

これまでの本書の考察を導入するなら、黄金時代の愛は宇宙の全体性が呼吸する生命の大いなる循環性と相互依存に直接に接続し、いわば「神人合一のエクスタシー」をそのまま大らかに実現するものであった。

他方、この新しい愛は、究極的にはその宇宙の生命力の有機的統一性に感応する人間の側の魂の能力であるという点では変わりはないのだが、次の点がちがう。すなわちそこへ到達するうえで、この愛は近代によって運命づけられた自我の孤独に切なく媒介された愛として、互いの孤独に共苦するイエス的な「憐れみの愛」を媒介項に据えるという点で。

ヴェルシーロフはいう。「彼らは目がさめた思いで、生命の日が短く、しかもそれが彼らにのこされたすべてである」という自覚に立ち、この自覚に媒介された愛の眼差し、「まったく新しい目」で自然をも見ることを学びだす、と[124]。

彼はこう指摘する。その指摘には、本章・『おかしな人間の夢』の……」節や「補遺I『白痴』における「不死」……」で取り上げた「不死」の観念の根拠に愛の記憶の継承性を据える見地が見事に反映されている。いわく、

『たとい明日がわたしの最後の日でもかまわない〔略〕同じことだ、わたしが死んでも、彼らがのこる。そして彼らのあとには彼らの子供たちがのこるんだ』。そして彼らがのこるのだという考えが、たえず互

いに愛しあい、案じあっているうちに、あの世でのめぐりあいという思想にかわっていくはずだ」[125]。

人間はそのようにして、自分が愛された記憶によって自分の魂を育み、その魂をもって今度は自分の子供たちを愛し、その子供たちはまた……というように、自分たちを繋げてゆく。そのような形で受け継がれてゆく愛の記憶は実はその都度の魂の復活・新生でもある。そういうものとして転生である。死んだ親の魂は子供なかに親の愛の記憶という形で、子供の魂の力そのものの一要素、まさに「種子」(『白痴』)として再生＝新生＝転生する。その死んだ親の愛はそもそもたくさんの人々との愛の相互性の産物であり、その愛自体がたくさんの人々の愛の記憶を生きることによって、それを「種子」とすることで誕生したものである。いいかえれば、その愛はそれ自体たくさんの人々の愛の記憶・種子を宿し、その記憶は実は記憶された人々の魂の再生・新生・転生にほかならない。そしてこの転生経験のくりかえしが、この現実的(リアル)な実存的経験のくりかえしが、おのずと「あの世でのめぐりあいという思想」、つまり「不死」＝復活の奇蹟への信仰を育むというわけなのだ。

ヴェルシーロフは、こうした自分の幻視した未来図を語りながら、最後にこういう。

――自分はキリスト教徒であるにしろ、その信仰はごく浅いものであり、思想的には「哲学的理神論者」と呼ばれるべき人間であり、いま語った未来幻想もその立場からのものだが、それでも「わしの幻想は〔略〕どうしてもキリストを避けることはできない、最後に、孤独になった人々のあいだに、キリストを想像しないではおられない」ものなのだ、と。そしてこう結ぶ。

「キリストが彼らのまえに現れ、両手をさしのべて、『どうしておまえたちは神を忘れることができたのだ?』と言うのだよ。するとすべての目からおおいがとれたようになって、はっと迷いからさめて、最後の新しい復活の偉大な感激の讃歌が高らかにひびきわたる」[126]。

なお、ここで読者は、ドストエフスキーのキリスト教信仰の核心が何よりもイエスの人格への敬愛に発するものであったことを想起するであろう（参照、本書第一章・『作家の日記』1（一八七三年）・第二章『往時の人たち』……」節におけるベリンスキーについての箇所）。

このようにして『未成年』の展開はドストエフスキー的キリスト教の内部構造、つまり大地信仰とイエス主義を相互媒介にもたらそうとする彼の試みの、きわめて興味深い一つの証言ともなっている。

第五章　「カラマーゾフ的天性」とは何か？——悪魔と天使、その分身の力学

「カラマーゾフ的天性」とは何か、それはどのような相貌の全体性をもって『カラマーゾフの兄弟』にとどまらず、ドストエフスキー文学の根底をなすのか？

このことをあらためて問おう。

既に本書の「はじめに」において私は江川卓の議論を批判しつつ、「カラマーゾフ的天性」についての自分の理解を対置した。読者にはあらためてそこでの議論を振り返っていただきたいのだが、一言でいえばそれは、善への熱情と、それに匹敵するほどの強度をもった悪への衝動を自分の内に同時に感じ取り、しかも、その併存を《二者一組の反転の関係性》にあるものとして感じ、そうした自分を「飽くことなき反対極（コントラスト）への渇望」として把握せざるを得ない実存の様態にほかならなかった。

より具体的かつ正確にいうならば、ドストエフスキーにおいて中枢的位置を獲得した対立は、一方における深い共苦の感情を基礎に据えた《愛》の熱情と、他方の、強烈な自我確証欲望と一体となった「淫蕩」と形容すべきほどの好色、あるいは転倒したルサンチマンと呼ぶべき猛々しい自己誇示の欲望、その裏面をなす猛烈な嫉妬心が生む他者憎悪、「愛」と自己誤認された他者所有の欲望、それらとの対立であった。両者の葛藤であった。ドストエフスキーの好んだ言い方をすれば、「キリスト」的愛の熱情と「アンチ・キリスト」的衝動とのそれと呼んでもよい。くりかえし強調するなら、その対立の基準点をなすのはイエス的共苦であり、対立はこの基準に対する同と反として構成された。

「はじめに」でも述べたが、私は、この「カラマーゾフ的天性」とはおそらくドストエフスキー自身の深層の実存様態にほかならず、だからこそ、それはその多彩な変奏をかなでつつ常にドストエフスキー文学の主人公ないしはそれに準じる登場人物のいわば存在スタイルとなったと考える。

この章では、この変奏の様相をあらためていくつかの角度から追究してみたい。

ドストエフスキーの実存様態に関する遠丸立の考察

遠丸立は『無知とドストエフスキー』（国文社、一九八一年）のなかでこう書く。ドストエフスキー文学の主人公や副主人公格の人物の多くは「或る意味でドストエフスキーの分身といっていい人物」たちであり、こうした人物創作は次のようにいい得る、と。――「要するに或る忌むべき極限状況を設定して、そこに自分自身を想像的に投げ込んだ場合に自分が取るかもしれない行動の様式、すなわちその種の極限状況下での可能的なおのれの分身の創造、自分自身の不可知の内部に対する怖れの表現としての分身の創造」と（傍点、遠丸、同書、一四五頁）。

この点で同書は、まさにこの問題関連を解明すべく様々な伝記的資料や周囲の証言を駆使してドストエフスキーの人物像（実存様態）を克明に分析しようとした労作である。次の諸点において、同書と本書とのあいだには呼応し共振するところが大であり、同書は多くの点で本書にとって傍証の役割を果たす。

1、「少女凌辱」のテーマが帯びる執拗性はこのテーマがドストエフスキー自身の経験ならびに彼の父親のそれに深く関連していることを推測させること（同書、三二―三五、二八〇―二九二頁）。2、ドルゴルーキーやアリョーシャを特徴づける強い母思慕がドストエフスキー自身の母思慕の投影という性格をもつこと（三六頁）。3、ムイシュキン、アリョーシャ像は「ドストエフスキーが彼自身のなかにひとりの天衣無縫の子供を棲まわせていたことの証拠」だということ（「無知とドストエフスキー――神聖天使論」章の「3神としての子供」）。4、ドストエフスキーの「彼自身の犯罪者的性格の自覚」という問題。それは特に「度しがたい賭博癖」、「カッとなれば我を忘れる性格」、「極度の嫉妬深さ」、「浪費癖」、「錯乱と自殺願望」に現れること。

これらの問題の全てを含め同書の「犯罪とドストエフスキー――一〇〇年をへだてて読む」章は全編きわめて興味深い。私が本書で問題とした「カラマーゾフ的天性」というテーマは、遠丸においては、この「犯罪者性格」論と先の3の内なる「神聖天使」論との二本立て構造においてドストエフスキーの実存を究明する試みとなったといい得る。

ただし、彼の議論は本書第一章・「ドストエフスキーの『犯罪』論……」節で私が扱った問題への視点をほとんど持ち合わせていない。この点は大変残念である。また「少女凌辱」のテーマが裏表の関係で《受難した子供》への共苦・共苦し得る自己の発見による再生というテーマと繋がっているという本書第三章の視点、これも欠落している。

ワルワーラ夫人とナスターシャ・フィリポヴナ、そしてカテリーナ・ニコラエーヴナ

まずその変奏の代表例の一つを、たとえば『悪霊』のなかに追ってみよう。しかも女登場人物のなかに。

既に紹介したことだが、スタヴローギンの母として登場するワルワーラ夫人は息子を弁護しつつ、自分たち母子を貫く共通の資質としてまさに前述のように「飽くことを知らない反対極（コントラスト）への渇望」を挙げる。この資質は彼女にとって「わたしの気性」であり、だから彼女は息子のなかに「自分の姿を見る思いがする」とまでいう。[1] そして、この点で息子がくだんのマリヤ・レビャートキナに対して「侯爵夫人に対するような」尊敬の態度をとったのは、キリーロフやシャートフが推測するようなシニカルなもてあそびの意図からではなく、真実の心身一体となった「気高い同情の気持ち、全オルガニズムの崇高な戦慄」によるのだと主張するのだ。[2] また、この「気高い同情の気持ち」、共苦の感情に対立するもう一つの渇望の体現者として、彼女は自分＝息子のなかに「誇りが高いために、傷つくことも早く、〔略〕《冷笑的》にまでなってしまった人間」を見いだす。[3] つまり「自尊心の病」に罹った人間を。

なおここで一つ付言するなら、ドストエフスキーはこの夫人の息子観を全的に正しいものとしてこの小説に持ち出しているわけではない。というのも既に見たように、まさにスタヴローギン自身はそうした心身一体的な「全オルガニズム」を貫く直情性を根本から欠くという特有の実存的不幸を抱えた人物だからだ。彼の不幸は、まさにそうした「女だけ」がもつ心身一体的な直情性を欠いている点にある。いいかえれば、そのような《女性原理》的な心身一致を解体してしまう彼の自己意識の《男性原理的》な過剰な反省性にこそある。

明らかにドストエフスキーはこの母子の相違性を意識的に導入することで、自分の文学が同時に常に《男性原理》的実存様態と《女性原理》的なそれとの相克劇となるように構成している。しかもこれまで幾度か論じたように、この問題は同時にまさにくだんの「大地への接吻」問題へと接続するのだ（参照、第四章・『悪霊』と『罪と罰』……」節）。

だからまた他方で彼は、同時に女性でありながら男性の登場人物と比肩し得るほどの「自尊心の病」に取り憑かれ、ラスコーリニコフ、スタヴローギン、イワンと同様な自己意識の極度の反省性がもたらす心身一体性の解体に苦悩する女性たちを彼らの脇に立たせもする。そうすることで、この《男性原理》と《女性原理》との相克劇をいっそう際立たせようとするのだ。その典型は『カラマーゾフの兄弟』においてドミトリーの愛人となるグルーシェニカの対極に位置するカテリーナ・イワーノヴナ――ドミトリーによって「彼女が愛しているのは善行であって、俺じゃない」といわれる――であり、[4]『悪霊』のマリヤ・レビャートキナの対極に位置するリザヴェータ・ニコラエヴナである。たとえば彼女は「まさしく《征服者として、また征服せんがために》この世に現われてきたかのよう」と書かれ、「彼女の内部のいっさいは、たえず自身の均衡を求めながら、永遠にそれを見だせないでいる趣があった」と描写される。[5]

こうした点でさらに私が注目するのは、『白痴』の女主人公ナスターシャ・フィリポヴナである。というのも、彼女もまた、先のワルワーラ夫人の言葉を援用すれば「飽くことを知らない反対極への渇望」によって特徴づけられる人物として登場するからだ。ムイシュキンはまだ彼女に実際に出会う以前に、その肖像写真を見ただけで、彼女の顔のなかに次の「コントラスト」を見いだし、それに著しく惹きつけられまさに一目惚れする。いわく、

「まるで量り知れぬ矜持と、ほとんど憎悪に近い侮蔑の色が、その顔にあらわれているように思われた。と同時に、なんとなく人を信じやすいような、おどろくほど飾り気のない素朴さといったものがあった。この二つのもののコントラストは、この面影を見る人の胸に一種のあわれみの情とさえ言えるものを呼びおこすように思われた[6]」。

いうまでもなく、ワルワーラ夫人やナスターシャにあっては、もはや男性に特徴的な「淫蕩なる好色」という極は問題にならない。しかし、その激情性や攻撃性においてそれと類似したきわめて男性原理的な攻撃的情動が、すなわち自尊心の病が、それとは真逆な愛・受容・優しさ・共苦・素朴・信頼等の女性原理的な情動と奇しきコントラストを形づくって彼女たちの実存を形づくる。いわばそれは「カラマーゾフ的天性」の女性版である。このコントラスト性こそがドストエフスキーを惹きつけてやまない問題、人間存在が性別を超えて抱える問題中の問題であることは疑いない。つまり、《西欧近代が生みだす「自我主義（エゴイズム）」、実存的次元に食い込んだそのナルシシズムと、他方のあらゆる人間的共同性の基底をなす共苦する魂の素朴な生命的自発性との対立》という問題であることは。

だから、このコントラストに引き裂かれた女性像は『未成年』においても中心に据えられる。かのカテリー

ナ・ニコラエーヴナ、同小説における《父と息子》、ヴェルシーロフとドルゴルーキーの愛憎半ばする確執の中心に座り、その震源地となる彼女の顔が放つ印象の二重性として。その二重性の記述はそっくりそのまま『白痴』のナスターシャのそれなのだ（もっとも、カテリーナはナスターシャの如き受難を少女期に蒙った女ではまったくないが）。

ドルゴルーキーはこう彼女に語りかける。

「あなたの顔に現れている表情は、子供っぽいいたずらっ気と、限りない純朴さです。〔略〕おお、それはあなたは傲然と相手を見すえて、ちぢみあがらせることもできます。〔略〕羞じらいをふくんだ、そして清純な顔です。ほんとうです！　清純というよりももっと清らかな――子供の顔です！」[7]

「高慢と情熱の頂点」を示すと思われたその顔が一転して子供の純朴さに戻る、[8] その二重性に自分は惹きつけられ、恋へ落ちたのだ、と。

このくだりに出会って、われわれ読者は嘆息に似た感慨のうちにかの格言を思い出さないわけにはいかないであろう。すなわち、如何なる詩人も実は彼にとっての「ただ一つの歌」を、ないしは一群の歌だけをくりかえし歌うことができるだけなのだ、という。

「卑劣漢（パドリィエツ）（ПОДОЛЕЦ）」という主題

ドストエフスキーの小説を読んでいるとわれわれは次のことに気づく。それは、主たる登場人物は自分が卑劣な人間であるか否かを常に自己評価の基軸に据え、したがってまたこの基準を他者評価の基軸に据える人間たちであることに。鋭い自己意識をもつ人物たちはほとんど即「卑劣漢」であるが如く、彼らは他者を、否、何よりも自分を罵倒してやまない。

その様子は、あたかもサルトルの『存在と無』において「対自存在」（つまり自己意識者）の存在様態は自動的に「自己欺瞞者」に譲り渡されてしまうこととよく似ている。サルトルはこう指摘したのであった。――自己を意識するとは、「自己」を対象とするがゆえにそこから半ば離脱（無化的に後退）することである。だから「自己である」とは実は「その自己を演技している」ということであり、「私は……である」と自他に確言することは既にして実は一つの自己欺瞞である、と。

ドストエフスキーならばこういうはずだ。《自我である》とは《自分とは演技者である》ということに等しいがゆえに、常に《一個の卑劣漢・欺瞞者たる可能性》をおのれに与えることにほかならない、と。

日本語の翻訳でほとんど必ずといってよいほど「卑劣漢」と訳されているロシヤ語の言葉は ПОДЛЕЦ（パドリィエツ）である。露日辞書には、この言葉は口語の罵倒語であると記されたうえで「卑劣漢・ろくでなし」との訳語が当てられている。「スカザーチ・パドリィエチャ・コーミャ」といえば「ある人を卑劣漢呼ばわりする」と用例が示されているところからも、ロシヤ人にとっては頻繁に使用される代表的な罵倒語であることが伺える。

いうまでもないが、卑劣は卑怯の類語であり、たんに劣った者という意味にとどまらず、誰かと戦うにしても正々堂々と戦うのではなく、相手を騙し裏をかく方法で戦う者という意味がそこに孕まれている。そして、もっとも優れた詐欺師とは自己自身を詐欺する者だとの格言があるように、当然そこには自己欺瞞者という意味も含蓄されている。

この点でわれわれが注目すべきは、ドストエフスキー文学において「卑劣漢」という言葉が使用される場合、そこには相手をたぶらかす者は常にまたそのことを自分自身に隠そうとする自己欺瞞者であるという心理的含意が込められている点である。

『カラマーゾフの兄弟』に例をとれば、たとえばドミトリーは生来真っ正直な直情径行の人間であるがゆえに、逆説的にも、絶えず自分のことを「卑劣漢」とののしってやまない人物として登場する。彼は、自分のごときろくでなしを、本当は愛していないにもかかわらず、いわば愛の殉教者的ヒロイズムから無理に愛そうとするカテリーナの心理（それこそ「卑劣漢」的な）を見て取り、それを逆手にとって彼女から三千ルーブルを借り、この金を彼が真に愛するグルーシェニカ（カテリーナの嫉妬を掻き立てるもっとも憎むべき競争相手（ライバル））との愛の逃避行の費用としようとする。しかし彼は、同時にかかる策略的行為に走る自分の卑劣さを、生来自己に嘘をつかず真っ正直であることを最高の自己価値とする人間として自ら糾弾してやまない。

またそもそもドストエフスキー文学には「道化」的人物が頻出する。まさに父のフョードルこそ筆頭であるが、その彼の振る舞いを見て、ゾシマ長老はこう彼に忠告する。――

「何よりも、そんなにご自分のことを恥ずかしくお思いにならぬことです。なぜって、それがすべての原因ですから」と。[9] そしてこう諭す。

「肝心なのは、おのれに嘘をつかぬことです。おのれに嘘をつき、おのれの嘘に耳を傾ける者は、ついには自分の内にも、周囲にも、いかなる真実も見分けがつかなくなって、ひいては自分をも他人をも軽蔑するようになるのです。だれをも尊敬できなくなれば、人は愛することをやめ、愛を持たぬまま、心を晴らし、気をまぎらわすために、情欲や卑しい楽しみにふけるようになり、ついにはその罪業たるや畜生道にまで堕ちるにいたるのです。これもすべて、人々や自分自身に対する絶え間ない嘘から生ずるのですぞ」[10]。

右のゾシマの人間観察はドストエフスキー文学が立脚する根幹的人間認識にほかならない。彼の小説は、これ全編、右の観点からの人物批評であり、したがってまたこの自己欺瞞の病からおのれを解放し、他者と真に愛と信頼に満ちた嘘を必要としない素朴で正直な親交に入りたいという実存的希求の表明である。またそのような人間間の正直な親交こそが魂を病んで罪に走る人間を真に治療し、兄弟愛のゆきかう社会関係を醸成してゆく唯一の土台となるという倫理の提示にほかならない。彼の文学に常に「道化」的人物が溢れ返っているのも、また彼が人間の抱える魂の病の中核をくだんの《「自虐の快楽」主義者と「自尊心の病」患者の双子的振り子機制》に見いだしているのも、彼が右の人間認識に立つがゆえである。

ここで次のことも指摘しておこう。後に本章の補論Ⅲ「祖型としての最初期中編『二重人格』」において論じるが、本章で考察する二重人格的自己分裂に引き裂かれくだんの双子的振り子機制のなかを七転八倒する実存類型、その祖型を提出したドストエフスキーの作品こそデビュー作『貧しき人びと』の次に来る第二作『二重人格』にほかならない。

そこではまさに「卑劣漢」に対して「実直者」が対置され、この対置を基軸においておのれのまた他者の人格的価値を問題にする主人公の意識がテーマとして立てられるのである。主人公のゴリャートキンはまさにおのれとその分身たるもう一人のゴリャートキンとの関係をこう語る。

「あいつは卑劣漢だ――なあに、卑劣漢だってかまうもんか、そのかわりこっちは実直者だからな。よし、あいつは卑劣漢らしくやっていくだろうが、こっちは実直者で通していこう」[11]。

ちなみにいえば、ゴリャートキンにとってもっとも重要な生の規範は「公然と、策を労さず行動すること」であり、「マスクをつけるのは仮装舞踏会のときだけで、毎日そんなものをかぶって公衆の面前を歩くようなまねはしない」ことなのである。(12) 劣等感の塊である彼にとって、実はこの誇り高き規範こそ、望みながらも実はついぞ果し得ぬ生の規範であり、自己憎悪・自己軽蔑の発生点であるがゆえに他者へのそれでもあるのだ。

「自虐の快楽」主義者と「自尊心の病」患者との双子性

この点で私は何といっても『罪と罰』に登場するマルメラードフに注目したい。

既に私は本書の「はじめに」で、『罪と罰』の主題と『マタイ福音書』に鮮烈に描きだされた観点、すなわち、「罪人」を魂の「病者」と捉え、神を「医者」と捉え、「憐れみの愛」を魂の「病者」を治療する最大の効力をもつ薬と捉える観点との深甚なる繋がりについて語った。

この私の視角からすれば、『罪と罰』は、人間存在をその存在の根源に抱える《弱さ》ゆえに――その強弱の程度はもちろんあるにせよ――必ず《精神的病者》として、またこのおのれの《弱さ》とそれが生む罪を糊塗することに狂奔する「卑劣漢(パドリィエツ)」として如何ともしがたく現れざるを得ない存在として把握する。しかもまた、その病者性を何よりも次の点に捉える。すなわち、弱者たる人間は、それでも生きようとするとき、その生のエネルギーを――人生の隠された秘策として――なんらかの「自虐の快楽」として、あるいは「自尊心」の妄想的発揚として調達する存在なのだという点に。

マルメラードフこそこの「自虐の快楽」主義者の筆頭である。彼は常に自分の人間的《弱さ》に自ら打ちのめされる人物である。その彼はこう告白する。「つねの倍も苦しみたいからこそ、飲むんですよ」と。[13] こうも叫ぶ。「これも私には快楽なんですよ！　苦しみじゃなくて、か・い・ら・くなんだ、あなたア」。[14]

そして他方、後妻カチェリーナ・イワーノヴナはその根源的な《弱さ》ゆえ、今の自分を受け入れられず、もう一つの病、「自虐の快楽」の双子の兄弟たる「自尊心の病」に罹っている。彼女はかつての自分が貴族に伍するほどの「大佐の娘」であったことを事あるごとに誇示し、そのことによって周囲の反発と冷笑を引き起こし、それゆえにいっそうまたおのれの血筋の自己顕示に突き進むという果てしなき悪循環に陥り、しかもかかる血筋にかなうべき振る舞いを我が子らに要求して、結果として我が子への虐待に走る。

この「自虐の快楽」と「自尊心の病」の対（つい）性、この関係構造こそドストエフスキー文学を貫くドラマツルギーの基軸となる構造そのものというべきである。「自虐の快楽」主義者にしろ「自尊心の病」患者にしろ、彼らはこの二つの病の特質をなす自己意識性の鋭さ・過剰な反省性ゆえに、自分を、自己を欺くことで他者を欺く「卑劣漢」として意識する者たちなのだ。この実存の事情こそ前節で見た当の事情にほかならない。

そしてマルメラードフを筆頭とする「自虐の快楽」主義者の別名は「道化」にほかならない。しかも「自尊心の病」患者もまた、フョードル・カラマーゾフがまさにそうであったように、敢えて「道化」を演じることで、その「道化」のマスクの裏で自分の自尊心を満たす策略に出る場合もあるのだ。あるいはまた、『カラマーゾフの兄弟』のカテリーナのように、ただただ自分の自尊心を満たすために、本当は軽蔑し憎んでいるドミトリーを「愛する苦行」を自分に課すこともある。いいかえれば、「自尊心の病」患者は実は同時に「自虐の快楽」主義者となるのだ。かくて、「自虐の快楽」主義者と「自尊心の病」患者とは双子の兄弟であり、両者の兄弟性はマルメラードフとカチェリーナの如き対（つい）関係を構成する場合もあれば、同一の個人の感情がこの一対性を絶えまなく往復的に生きるという双子的振り子機制となって現れる場合もある。この意味では、漆原隆子の言葉を借りれば、彼らはみな等しく実は「純粋自己意識者」であり、「自己閉鎖患者」の「地下生活者」型の人物なのである。[15]

ところでここで注目したいのは、右の事情だけでない。実は次のこと、すなわち、これら登場人物が演じることになる「自虐の快楽」と「自尊心の病」の七転八倒振りの孕む文学的逆説というものこそが、実はドストエフスキー文学の主題だという事情に、である。それら二つの病の孕む《痛み》こそは、実は当該の人物をしてこの二つの病が共有するナルシシズムを内側から裂開して、おのれを他者への共苦へと突き出す感情的モーターへと反転するものなのだという事情に。

くだんのマルメラードフはこう告白する。彼が「いま恐れているもの」は彼の心をかきむしるがゆえに「子どもたちの泣く声」なのだ、と。つまり、彼の《弱さ》が生む「自虐の快楽」主義は受難した子供への共苦と縒り合さっている。ソーニャは深い同情を込めて、「自尊心の病」患者の義母カチェリーナの振る舞いを「あのひとにどうしようがあるんです? どうしようが、どうしようがあるんです?」とラスコーリニコフに対して理解を求める。[16]

そもそもこの二つの病は実は《良心の病、後悔の病》、つまり「良心の呵責」だったのである。その病は、自分の弱さとそれが産む罪への自己意識の転倒形態としてのみ成立する。おのれのなす《悪》・罪への七転八倒する自己意識、おのれの「卑劣漢」性への自覚、西田幾多郎的にいえばおのれの内なる《悪》を自ら克服し得るはずの、自分がもつ道徳的「自力」への自負を打ち砕かれた者のみが抱くおのれの罪性への自覚、《悪人自覚》、これこそがこの二つの病の核心なのだ。[17]

自分の《真実》から逃れようとする意識は、既にそのことで実は当の自分の《真実》の自覚である。最後の決断・最後の飛躍が、その《真実》からの逃亡ではなく、その敢然たる引き受けへと彼・彼女を奮起させるやもしれぬ。だからこそ、その作中人物の自覚には、その相手方の秘めたる自覚を洞察しているもう一人の人物の共苦が相関する。後妻カチェリーナに取り憑いた「自尊心の病」の奥底にある苦悩と自責と後悔と《痛み》を誰よりも理解するのは、「自虐の快楽」に取り憑かれた夫マルメラードフであり、その関係は逆でもある。またその両者の奥底の絆を理解するのは娘ソーニャである。かかる人間理解の根底に波打つ感情と精神とは共苦のそれである。そしてドストエフスキーにとってくだんの「分離派」（ロシヤにおけるキリスト教の「民間信仰」形態のシンボルとしての）とはこのいわば――「底辺民主主義」ならぬ――《底辺共苦主義》の宗教なのだ（江川が「分離派」にかかわって『罪と罰』につけた訳注は右の事情を洞察させる重要なきっかけをなすものであった。しかしにもかかわらず、彼はこのテーマに向けて論究を推し進めなかった）。

「自虐の快楽」主義者と「自尊心の病」患者との双子の兄弟性、この一対性をもう少し考察しておこう。では何故、両者は双子の兄弟なのか？

端的にいえば、この二つの精神の病の源は次の運命のなかに据えられているからだ。すなわち、なんらかの事情によって或るとき、多くの場合その幼少期において手酷い致命的な侮辱を加えられ、それを甘受するほかなかったという敗北の経験をせざるを得ず、以降、それを撥ねのけようとする生の意志も何度ともなくへし折られ、かくて人生を深い怨恨と復讐欲望に取り憑かれながら生きるほかなかったという敗北の運命のなかに。人を根源から怨恨人に仕立て上げる運命のなかに。

おそらく、この問題の環を最もあからさまに前面に押しだした男主人公が『未成年』のドルゴルーキーであり、女主人公が『白痴』のナスターシャであろう。あるいは、彼らの祖型とも呼ぶべき『地下室の手記』の「ぼく」であろう。

たとえばドルゴルーキーは、「わたしほど、一生のあいだ自分の姓を呪わしく思った者はおるまい」と自らを語る人物として登場する。彼は学齢期になり、入学し、名を尋ねられ、「ドルゴルーキーです」と答えると、きまって「あの公爵の？」と聞き返され、そのたびごとに「いいえ、ただのドルゴルーキーです」と答えねばならぬ羽目になり、「このただのがしまいには私を気が狂いそうにした」と述懐する。[18] その後彼は年長となるや、今度はそう答えたあとに「もとの主人ヴェルシーロフ氏の私生児だ」とつけくわえるようになる。それを見ていた或る教師は「復讐的な自由思想に充ちている」と評し、また或る友人は「きみはまるでそれが嬉しくてたまらんようじゃないか？」と評した、そう彼は述懐する。[19] 二人はそこに彼による「私生児」たることの誇示を見たのである。

またナスターシャの顔が見せる「量り知れぬ矜持と、ほとんど憎悪に近い侮蔑の色」の背後に如何なる少女期の苦悩が隠されていたかは、本書第三章・『白痴』からの照明」節に既に示した。

いわば彼ら二人を凝集点として、ドストエフスキーの長編小説に登場する人物たちは様々なるグラデーションにおいて、次の心理的機制を生きる。すなわち、一方では、そうした自分の惨めな敗北に、それは自ら欲して自分に与えたものだという意味賦与を施すことで、つまりそれを「自虐の快楽」へと変容させることによって、辛くも全面的な敗北＝自殺を回避する道が生まれる。他方では、深い怨恨と復讐の欲望は、実行に移されるに先立ってまず意識・観念のなかで、その都度周囲に見いだす気に入らない他者を《そもそも自分を侮辱する資格を一分たりとも持つはずがない本性において劣等なる他者》に仕立て上げ、そうすることで、自分の深部に沈澱した復讐感情を激しい蔑みの感情へと燃えあがらせて憂さを晴らすための格好の対象として調達する。実のところ復讐の実行は危険である。なぜなら我の劣勢と敗北の危険はそもそも運命づけられているのであり、実行は——これまで何度となくそうであったように——手酷い敗北を招来せしめる危険を宿す。実行の手前で、いいかえれば、我の意識・観念のなかで、せめて相手へ投げつける口先において、言葉として、劣等なる他者への侮蔑の感情が燃えあがらねばならない。手が出るにせよ、それは、勝利が約束されているとはいえないまでも、手酷い敗北は免れ得る相手に対してだけでなければならない。とはいえ、いずれ堤防決壊の日が来るやも知れぬ。その日が来たならば、彼らは一切を投げ打って、つまりおのれの破滅と抱き合わせで、その時彼らのルサンチマンを一身に引き寄せた或る人間を殺しにかかるにちがいない。これが「自尊心の病」である。

彼らにとって、他人に、世間に嘲笑されることほどの屈辱はない。だからこそ彼らの或るタイプは敢えて嘲笑される言動に出る。それほどの自虐の快楽はなく、かつ侮蔑のチャンスはない。俺の仕掛けた罠にまんまとはまったことを知らぬお前たちの間抜けさ加減よ！　というわけだ。このタイプが「道化」である（なおこの点で次のことを付言しておこう。ドストエフスキーはかのシベリヤ流刑体験をとおして、こうした「自尊心の病」の心理機制のいわばその最底辺部での多様なありようを徒刑囚と刑吏の双方の振舞い方のなかに日々観察したのである。彼によれば、徒刑囚たちを支配する「全体の調子」というものは「陰気で、ねたみ深く、おそろしく見栄っぱりで、いばり屋で、怒りっぽく、そのうえ極端に体裁屋」の「独特の自尊心」からなっていたし、[20] 刑吏は刑吏で同様であった。[21] さまざまな形の屈辱とルサンチマンがその生の基本に座る彼らは「自尊心の病」を生きることによってこそ自己防衛と復讐を成し遂げようとするのだ）。

ラスコーリニコフは次のような自己認識に到達する。『罪と罰』第五部第四章にこうある。自分は「うぬぼれやで、そねみやで、意地悪で、卑劣で、執念深くて……それに……たぶん、発狂の徴候がある男」だと。[22] この自己批評のなかに「自尊心の病」を構成する本質的諸要素がことごとく集められている。

そして、彼がくだんの《非凡人の犯罪権》論を振りかざすことになる実存的土台こそはこの「自尊心の病」なのだ。事実彼が実際になした犯罪権の行使とは、たかが貧民街の金貸し老婆の殺害であり、たまたまその直後に部屋に入って来た善良そのもののリザヴェータを目撃者となることを怖れて殺すことでしかなかった。

既に本書第一章の「キリスト教的社会主義の……」節で指摘したように、しかし、彼はこの自分の殺人をあくまで《非凡人の犯罪権》論の視点から照明することに固執する。その場合彼にとって最大の問題は、彼の犯した金貸し老婆とリザヴェータの殺害のあとで、いいかえれば流血を辞さずと「ふみ越えた」あとで、その結果に怖気づき後悔の念に襲われ結局この「許可」を内面的に持続できなくなる「凡人」へと自分が後戻りしてしまうのか、それともそのあとでも自ら《非凡人の犯罪権》論を担ってたじろがない「非凡人」であるのかという問いなのである。

ここで、くりかえしになるがわれわれは次のことを確認すべきだろう。かかる二つの魂の病こそをドストエフスキーが十九世紀ロシヤ（彼にとっての「現代」）のもっとも先鋭な知識人に共通する運命的病とみなすとともに、その病性を照射する反対鏡としてロシヤ民衆の生きる魂の大地性――くだんの《宇宙的生命性》への感応力であり、《罪における連帯意識》となって現れる素朴な憐れみの愛・共苦の愛――を掲げたことを。

彼は死の前年におこなったプーシキンを讃える講演のなかで、プーシキンこそ「わが祖国の大地をさまよい歩くあの不幸な放浪者の人間像」――まさに革命と資本主義に揺れ動く西欧文化と農奴制が育んだロシヤ的現実との激突の狭間で自らの自己分裂に苦吟する青年知識人――を「発見」し、「これを天才的な筆で指摘してみせた」作家であり、彼の筆の下で彼らは「民衆から分離したわが国の社会に歴史的必然性によって現れた、あの歴史的なロシヤの受難者」として描き出されたと述べた。[23] そして、彼らにとってはただ「民衆とのへりくだった結合という救いの道」しか残されていないはずだと力説した。[24] いわく、

「謙遜であれ、傲慢なるものよ、なによりも先にその慢心の角を折れ」、「真理は汝の外にではなく、汝自身の中にある。汝自身に自己を服従させ、自己を支配せよ。〔略〕そうすれば、汝はかつて想像もしなかったほどの自由の身となり、偉大な事業に手をつけることができる」。[25]

さてここで、私はあらためて次の問題を取り上げたい。私は何度もくりかえしてきた。ゾシマ的＝ドストエフスキー的キリスト教の原理は「愛」であると。だが、それは如何なる愛なのか？なぜこう問うのかといえば、ドストエフスキーは常に二つの愛の様相を強い自覚をもって書きわけていると思えるからだ。

一つは、愛する相手への深い共苦を内含し、その共苦の絆を生きる喜びに支えられているがゆえに、そもそも嫉妬という問題に出会うことのない愛の様態である。あるいは嫉妬を自ら乗り越え得る愛である。それは、たとえていえば、ソーニャの愛であり、多くの母たちの愛であり、あるいはムイシュキンの愛、あるいはムイシュキンがもし老成したなら彼になったはずの、ゾシマ長老の前駆形態でもある、『未成年』のマカール・イワーノヴィッチの愛である。(26)

他の一つは、その愛がその根底において実は深い自尊心と結びついており、それゆえに、出現した競争者(ライバル)によって愛する相手が奪われる危険、だからまたこの根底にある自尊心が毀損される危険を察知するや否や、たちまちその愛が一転して競争者への激しい嫉妬と愛する相手の背信への憎悪に急変する愛である。そしてこの根底に置かれた自尊心は、いわば実存的な深みをもった他者所有の欲望――サルトルが「我有化appropriation」の概念で示そうとした――と一つになっている。この所有欲望こそが、彼らの性愛欲望が帯電する当の実存的な意味をなすものなのだ。

しかもこの二種類の愛の区別という問題は、ドストエフスキー的キリスト教の独自性を考察するという本書の中心テーマからすれば、次の問題にも直結する。すなわち、そもそも彼はそのキリスト教理解において、古代ユダヤ教を著しく特徴づける嫉妬の心性に対して如何なる態度をとったのか？　という問題に。

ドストエフスキーのプーシキン称賛と『オニェーギン』のターニャ像への共感

ドストエフスキーにとってプーシキンは彼を導く「魂の教師・文学の教師」とでも呼ぶべき 最高の存在であったことについて触れておきたい。『作家の日記』一八七七年、七・八月号・第二章は彼のトルストイ論を展開した章としても重要であるが、その第二節「スラヴ主義者の告白」のなかで彼はプーシキンをロシヤ文学史上「最大の天才」と称賛し、プーシキンは「二つの大きな思想」を併せ持つことによっておのれの思想と文学とを生みだした点でまさに自分の導き手だと語る。

その第一の思想とは、「ロシヤの全世界性、その適応性」、つまり西欧文化の精髄をなす天才たちと彼との「疑う余地もないこの上なく深い血縁関係」が示すものだとされる。この第一の思想に関しては、『作家の日記』一八七七年、一月号・第二章・第二節「われわれはヨーロッパでは人間の屑にしかすぎない」のなかの次の一節が注目される。まさにこの節のタイトルを受けて、こうある。「だがそれにもかかわらずわれわれとしては、どうしてもヨーロッパを頭から拒否するわけにはいかない。ヨーロッパはわれわれの第二の祖国なのである。——わたしは自分からまっ先に心をこめてこのことを告白する」、「ヨーロッパはわれわれすべてのものにとって、ロシヤとほとんど同じように尊いものなのだ」と。[27]

第二の思想とは、「民衆への回帰と民衆の力にただひたすら期待をかけること、民衆の中にこそ、ただ民衆のあいだにおいてのみわれわれは完全にわがロシヤの天才とその使命の自覚を見出すことができるという遺訓」、これを指す。[28] その内容をなすのは、われわれがかの「大地信仰」・「共同体」・「ロシヤ人気質」等々のテーマでくりかえし接してきた彼の議論にほかならない。そこに浮かび上がるのは次の彼の認識である。すなわち、ロシヤ民衆にもっとも色濃く内在する共苦の精神、いいかえればイエス主義こそが、いまやロシヤ民族をこれまで西欧が追求してきた真のキリスト教的な全人類的な普遍主義的同胞主義の最大の担い手として登場せしめるという。

この認識こそがドストエフスキー的スラヴ主義の命題であった。先の節にもこうある。「スラヴ主義者の理想は、虚偽と物質主義を抜きにした、真に広大な愛の精神を基礎にした」ものであり、この理想を、いいかえれば真の「世界人」たることを「ロシヤの国民が身をもってヨーロッパに示すことを運命づけられている」と自覚すること、それが真のスラヴ主義である、と。[29]

プーシキンは彼にとってこの自覚の預言者・先導者なのだ。そしてドストエフスキーの文学においては、この彼のなかのヨーロッパ的側面を誰よりも代表するのが『悪霊』のステパンや『未成年』のヴェルシーロフなのである（なお、『作家の日記』6、一八八〇年、八月号、第一章と第二章は以上の視点からの延々たるプーシキンへの頌歌である。また『作家の日記』5、十二月号・第二章、第二節「プーシキン、レールモントフ、ニェクラーソフ」はこの三者の系譜に右の「遺訓」の継承を読み解くドストエフスキーの視点を簡明に伝える）。

ここで、次のことも紹介しておきたい。『作家の日記』6で、プーシキンの『オニェーギン』においてターニャがオニェーギンの求愛を夫への愛の忠誠を貫くために断る場面を指して、ドストエフスキーがその彼女の態度を次のように称賛する箇所がある。いわく、

「彼女の裏切りは、彼（夫のこと、清）を汚辱と恥辱で押しつつみ、彼を殺すことになるに相違ない。だが人間は自分の幸福を、他人の不幸の上に築くことができるものでありましょうか？　幸福は単に愛の愉悦の中ばかりでなく、魂の最高の調和の中にも存在するものであります。もしも自分の背後に、不名誉な、情け知らずの、非人間的な行為が隠されているとしたら、なにをもってその魂を静めることができましょうか？　そこに自分の幸福があるというだけの理由で、彼女はさっさと逃げ出してもいいものでしょうか？　しかもそれが他人の不幸の上に築かれたものであったならば、そんなものがどうして幸福でありえましょう？」[30]

ここでは、愛がおのれの生の歓喜を貫こうとして或る他者には言い知れぬ絶望を強いることになる場合の苦悩、

愛が愛ゆえに背負い込む「良心の呵責」の問題が、しかもプーシキンへの称賛と一つとなって語られている。そこには、最初の妻マリヤ・ドミートリエヴナへのドストエフスキーの深い自責の念が込められているにちがいない。

『白痴』における愛・嫉妬・《自尊心の病》のトライアングル
――ニーチェの「性愛」論ならびにサルトルの「我有化」論を導きとして

ここで『白痴』をあらためて考察の対象として取り上げないわけにはいかない。私はこれまでの考察のなかで度々この作品から次の問題側面が鮮やかに浮かび上がる場面を取りだしてきた。すなわち、ドストエフスキー的キリスト教の二つの構成契機のうちのイエス主義の契機、かの「憐れみの愛」をもって人間を愛せという共苦の精神が浮かび上がる場面を（本書一〇五、一二一―一二二頁）。

振り返れば、私が『白痴』をそのような印象的記述に満ちた作品とみなしたことには実は次の事情が絡まっていた。一言でいうなら

――人間が抱える愛の問題を次の二つの問題の契機、すなわち「憐れみの愛」が担う共苦の絆という契機と、愛と嫉妬・愛と憎悪とのあいだを行き交う反転絶えまないアンビヴァレンスという契機、この二つの契機の葛藤として愛の問題を徹底的に追究しようとした作品、それが『白痴』だという事情が。たとえば、ムイシュキンはロゴージンに力説する。自分はナスターシャを「《恋で愛しているのじゃなくて、あわれみで愛している》がゆえに「一度だって私がほんとのきみの競争相手（ライバル）だったことはない」（傍点、ドストエフスキー）と。[31]

ロゴージンはムイシュキンのこの言葉に直に接していると、それを真実と受け入れる気になってゆくし、自分がもともと彼をどういうわけか大好きだという感情が甦り始めるのを感じる。

とはいえ、彼のなかに湧き起こる嫉妬と、それが生むムイシュキンへの憎悪の突発を完全に克服することはできない。というのも、彼のナスターシャへの愛はあくまでも性愛と一つになった愛であり、その根底にある「とても激しい情欲」は、常にこの性愛の地平でムイシュキンを嫉妬の対象として発見することへと彼をどうしようもなく引き戻してしまうからだ。[32]

ムイシュキンの見るところ、ロゴージンのナスターシャへの「恋」は「憎しみとすこしも区別がつかないもの」なのだ。その「恋」ゆえの嫉妬、またナスターシャが自分の言いなりにならない強い独立性を示すことへの苛立ち、それが生む苦痛、つまり「現在の恋のために、現在うけている苦しみ」によってこそ「あの女をとても憎むことになる」という道行、これをどうにもロゴージンは脱却できない。[33] ムイシュキンは、そうであるかぎり二人は互いに殺し合う羽目に陥るしかなくなるぞと彼に警告する。そして、物語の展開はこの予感・警告通り、ロゴージンによるナスターシャの刺殺に終わる。

私はこのくだりを読み、ニーチェの次の一節を思い出さずにはいられなかった。彼は最晩年の著作といい得る『偶像の黄昏』のなかでビゼーの『カルメン』を愛と憎悪のアンビヴァレンスをかくまで鋭くかつ感動的に描ききったものはないと絶賛し、こう指摘したのだ。いわく、『カルメン』は「運命としての、宿命としての、シニカルで、無邪気で、残酷な愛」[34]を描きだしており、そうした愛はまた「自然」を表わす。そして、かかる愛の自然性とは、言葉を換えていえば、愛は「その手段において戦いであり、その根底において両性の死にものぐるいの憎悪である」ということだ、と。[35]

ではニーチェにとってなぜ愛は同時に憎悪なのか？

それは、愛とは愛する相手を絶対的に所有しようとするもっとも強烈な欲望だからだ。原理的に所有不可能な存在——なぜなら、相手は生きた自由なる他者なのだから——を絶対的に所有しようとする欲望だからこそ、それは愛であることによって同時に所有し得ない相手への憎悪となるほかない。また愛とは相手を所有することである以上、その手段は結局は相手の抵抗をねじ伏せ我が手元に拘束する戦いでしかない。

ニーチェは、愛をそのように解釈する観点は「哲学者にふさわしい唯一の解釈[36]」だと述べ、かつそうした解釈をとる人間は稀だとして、愛に関する愛他的観念、つまり、愛はしばしば自分の利益を犠牲にしてまでも相手の利益を願うのだから人間は「愛においては無我である」とする世間一般の理解――それは西洋社会においてはまさにキリスト教出自のものだ――を嘲笑している。

彼によれば、ヴァーグナーですらこの点では世間の常識を超えておらず、愛を「誤解」している。だが、この自己を犠牲にして相手に献身しようとする欲求の根底にあって働いているのは、実はいっそう深く相手を所有しようとする欲望なのだ。だから、どんな無私な情熱も、相手が所有できないことがはっきりするや否や憎悪へと一変する。ニーチェはこうつけくわえる。「次の格言は神々のあいだでも人間のあいだでもその正しさをもっている――愛はすべての感情のうちで最も利己的であり、したがって、傷つけられるときには、最も寛大ではない[37]」と。

『悦ばしき知識』一四番はこの問題についてのニーチェの観点を凝縮したものとして注目に値する。彼はまず次のようにいう。

「所有への衝迫としての正体を最も明瞭にあらわすのは性愛である。愛する者は、じぶんの思い焦がれている人を無条件に独占しようと欲する。彼は相手の身も心をも支配する無条件の主権を得ようと欲する。彼は自分ひとりだけ愛されていることを願うし、また自分が相手の心のなかに最高のもの最も好ましいものとして住みつき支配しようと望む[38]」。

続けて彼は、愛する者がいかに恋敵の死を願い、また愛する者にとって自分の性愛にかかわることのない世界はいかにどうでもよいものとなるかを縷々指摘した後で、こう皮肉たっぷりに述べる。

「われわれは全くのところ次のような事実に驚くしかない、——つまり性愛のこういう荒々しい所有欲と不正が、あらゆる時代におこったと同様に賛美され神聖視されている事実、また実に、ひとびとがこの性愛からエゴイズムの反対物とされる愛の概念を引き出した——愛とはおそらくエゴイズムの最も端的率直な表現である筈なのに——という事実に、である[39]」。

また嫉妬に関して、ニーチェは『ツァラトゥストラ』にこういう言葉も残している。以下の一節のなかの「徳」という言葉を「愛」ないし「愛人」に置き換えて読んでみたらよい。

「見よ、きみの諸徳のどれもが、いかに最高位を切望しているかを。どの徳も、きみの全精神を欲求し、それを自分の伝令にしようとするのだ。どの徳も、憤怒、憎悪、ならびに愛における、きみの全力を欲求するのだ。どの徳も他の徳を嫉妬しているが、嫉妬は或る恐ろしい事柄である。諸徳もまた嫉妬によって破滅することがありうる。嫉妬の炎に囲われるものは、ついには、サソリのように、毒を含んだ針を自分自身に向ける[40]」。

「性愛」のエゴイズム的本質をめぐって——ヴェーバーとニーチェ

マックス・ヴェーバーは『世界宗教の経済倫理』の「中間考査」・「現世拒否の諸方向。経済的・政治的・審美的・性愛的・知的諸領域」章の後半において、性愛を「人生における最大の非合理的な力」と呼びつつ、その「奥深い内面において必然的に排他的、かつ考えうる限り最高の意味において主観的であって、絶対に伝達不可能である」点で、この欲望エネルギーほどに「救いの宗教における同胞倫理」(何よりも彼はこの概念でキリスト教的倫理を指している)と「深刻な緊張関係」に入るものはないとする。彼はこの問題点を延々十数頁にわたって論じている。[41]

そのなかで、この対立性をもっとも鋭く把握できた人物としてトルストイとともにニーチェの名を挙げるのである。[42]

なお、私はここに示されるニーチェの観点をさらに深く掘り下げるためには次のことがきわめて有意義であると考える。すなわち、そこに示される「所有」の欲望の本質を、サルトルが『存在と無』で提起した「我有化 appropriation」の概念によって照射することが。

サルトルは、この「我有化」の概念によって「所有」概念を《内在的所有》と《外在的所有》との二つに区分する。

前者は、もしその対象を所有できなかったならばその主体にとっておのれの存在感情そのものが大きく毀損され瓦解するほどの打撃を受けるという実存的作用力を発揮するに至る所有関係である。後者は、確かに政治的あるいは経済的にそれなりの打撃を蒙るにしろ、おのれの存在そのものが瓦解の危機を迎えるとは到底感じないで済む所有関係である。

そして、彼は前者の実存的意味——彼の概念を使えば「存在欲望 desire d'être」と一体となり、その別の顔とも呼ぶべき——を探求した。しかも、分析対象となった個人において「存在欲望」と「我有化」欲望とがどのように関係し合うかを具体的に解明することが、サルトルの考える「実存的精神分析」なのである。

いささか解説しよう。

——「我有化」の概念が表わす所有欲望に関してサルトルはたとえばこういう。

「所有のきずなは、存在の内的な絆である。私は、所有者の所有している対象のうちに、またこの対象をとおして、所有者に出会う[43]」。

所有物と所有者とは外在的な関係性のうちにあるのではなく、所有物は所有者の外部に位置するモノでありながら、同時に、まるで所有者がそれを創作して、自分の作品のなかに自己の実現＝化体を見いだすように、そのモノは所有者の存在がそこに化体されているという意味を担っている。だから、そのモノを失うことは自己の存在そのものの喪失なり重大な棄損を意味するほどに、そのモノは所有者の存在そのものと一体化している。

たとえば、われわれが愛用の万年筆を失くす。すると如何ともしがたく心が落ち着かず、まるでその喪失はおのれの存在の一部の喪失のごとく感じられ、その万年筆がなければ一字も書けないと感じるほどに自分と世界との関係が毀損されたと感じられる。こういった例がこの「我有化」の日常的な一例である[44]。

サルトルは「我有化」の関係性の具体的例をいくつか述べたあとで、次のような見事な総括的定義を下す。

「所有するとは、我有化のしるしのもとに、所有される対象と合一することである。所有したいと思うのは、かかる関係によって或る所有対象と合一したいと思うことである。それゆえ、或る個別的な対象を欲求することは、ただ単に、この対象についての欲求ではない。それは、或る内的な関係によって、いいかえれば、対象とともに、《所有するもの-所有されるもの》という一体を構成するようなしかたで、その対象と合一したいという欲求である。持つ欲求は、実のところ、或る対象に対して、一種の存在関係にありたいという欲求、すなわち存在欲望に、還元される[45]」。

つまり《内在的所有》・「我有化」の絆とは、所有者と所有対象とが「所有が所有する」（ニーチェ）という関係を築くことで、両者が互いをそれぞれ自分の存在性を支える内的契機として領有しあい、またそのように依存しあうことで、一対的な依存的な存在関係を構成することである。

私見によれば、このサルトルの観点は前述の性愛の本質を「所有の衝迫」に見たニーチェの観点をいっそう精細に述べたものである。つまり、「我有化」的所有のいわば祖型は性愛における所有欲望であり、それがいわば物に対する所有関係に投影されたものが――先の万年筆への愛着が例となるような――フェティシズムにほかならない[46]（後に私は、『白痴』や『未成年』において前景化するテーマ、嫉妬が男をして愛する女への殺害へと走らせる心理機制に関して、また『柔和な女』における男主人公の妻に対する特徴的態度について、それらを考察するさいにこの「我有化」の観点を大いに活用するであろう）。

ドストエフスキーが、人間の抱く性欲・情欲を、またそれと深く一体化する形で追求される恋愛の欲望・感情を、人間の自我意識の存立と一つになったナルシシズムあるいは自尊心――サルトル的にいうなら自我の本質に孕まれた「存在欲望」――と切り離しがたく結びついたものとして描きだすとき、期せずして、ドストエフスキー、ニーチェ、サルトルは同一のテーマを追っているのだ。

しかも、明らかに、ニーチェとサルトルはドストエフスキー文学から多大な刺激といわば自分の思念してきたことへの強い傍証を得たのである。サルトルはこの「存在欲望」と「我有化」欲望とを導きの方法概念とする彼の「実存的精神分析」を使って評伝を書きたいと思う作家として、フローベールと、もう一人、実にドストエフスキーを挙げている（彼は結局ドストエフスキー論の方は書かなかったが、フローベールへのこの関心はサルトル晩年の巨編『家の馬鹿息子』となって実現した）。

さてここで私は振り返らざるを得ない。ムイシュキンをめぐってナスターシャとアグラーヤはまさにライバル関係に入るのだが、ナスターシャの叫びたてる言葉こそ「あたしのものよ！　あたしのものよ！」だということに[47]、そしてそれはアグラーヤにおいてもそうだということに。

そのやり取りをしばし追ってみよう。

密かにナスターシャはムイシュキンに隠してアグラーヤに三通の手紙を送る。そこには、自分はアグラーヤを「恋しく思っている」ほどに好きだということ、そして、ムイシュキンがアグラーヤを愛していることを自分は知っており、またアグラーヤが幸福になるのが自分の望みだから、アグラーヤはムイシュキンと結婚すべきであり、その結婚を見るのが自分の望みであり、アグラーヤを幸福にできるのは「あたくしだけだ」と書いてあった[48]。

そのことをアグラーヤはムイシュキンに打ち明けると同時に、そこに書かれていることはナスターシャの本意を伝えるものではなく、いわば転倒させられた形の自己誇示であり真意は真逆である、と嫌悪を示す。その真意は、自分はアグラーヤを憎んでおり、ムイシュキンは自分とこそ結婚すべきであり、アグラーヤの幸福はひとえに自分に掛かっているほどに自分はムイシュキンの心を既に握っているのだという主張、これであると。

「この手紙がどんな意味をもっているのか、あなたはご存知ですの？　これは嫉妬ですよ。いえ、嫉妬以上のものですよ！〔略〕あの女はあたくしたちが式を挙げたら最後、その翌日に自殺するに決まっていますよ！」[49]

そして、このナスターシャからの手紙をめぐるやり取りの後、しばらくしてからアグラーヤは密かに画策して遂にナスターシャとの直の対決に行き着く。

なお、『白痴』のその後の展開についてここでコメントしておけば、このナスターシャの手紙の実際の文面は、ムイシュキンがそれを直に読む場面を描く第三編10章において読者に明らかになる。すると、読者は次の感覚を抱くことになる。実際の彼女の手紙は、アグラーヤはそれをひたすら嫉妬の表現ととったのだが、そうではなくて、もっと悲痛な調子に満ち、ナスターシャが真実の彼女の奥深い内面を打ち明ける真摯さに満ちたものではないかという感覚に。そのなかでナスターシャはたとえばこういう一節を書く。

「あなたさまだけは利己的なお心をいだかずに、人を愛することがおできになるのでございます。あなたおひとりだけが、ご自分のためでなく、あなたさまの愛していらっしゃるかたのために、愛することがおできになるのでございます」[50]。

またこういう一節もある。

「なぜわたしはあなたがたお二人を結びつけようとするのでございましょう。〔略〕もちろん、わたしのためでございます。そのなかにわたしの問題の解決が、すべて含まれておるからでございます[51]」。

そして、これらの言葉の真意を解く手掛かりを示すが如く、次のくだりがある。

――ナスターシャは一枚の絵を思いついたという。イエスが独りいて地平線を眺めている。脇に小さな子供がひとり遊んでいる。イエスの眼差しのなかには「全宇宙のように偉大な思想が安らかに宿り、その顔は愁いにみちている」、「子供は口をつぐんで、キリストの膝によりかかり、かわいらしい手で頬杖をつきながら、顔をあげて子供っぽい考えぶかそうな眼つきで、じっとキリストの顔を見つめている」、そんな絵だと。

そのくだりはこう結ばれる。

「これがわたしの絵のすべてでございます！　あなたさまは無垢なおかたでございます。そして、その無垢のなかにこそあなたさまの完全な点がそっくり含まれているのでございます[52]」。

『白痴』を読み終わった読者にはこれらの数節の言葉の切なさがわかる。

ナスターシャのいう「ご自分のためでなく、あなたさまの愛していらっしゃるかたのために、愛すること」、かかる愛をナスターシャは憧れたが、遂に実現できなかった。彼女が少女時代に蒙った受難は彼女を自己処罰と他者への復讐と飽くなき自己誇示の欲望の螺旋的渦巻きのなかに閉じ込め、遂にくだんの愛を生きる能力を彼女に与えなかった。

そして、アグラーヤもまた、もちろん彼女はナスターシャのような受難者ではなかったにしろ、おのれの無垢性・子供性を素朴に生きとおす能力、それをもう持ちようがないほどに、既にして「自尊心の病」に罹ってしまった人間であった。少しの侮辱にも憤怒を覚え、「一瞬にしてもう憤怒の虜となって、まるで坂からころがり落ちるように、恐ろしい復讐の快感の前に自らを制することができなくなる」[53]、そういう人間であった。彼女が叫んだ「あたくしはまだ誰であろうと、人の情婦のかわりを勧める気はありませんからね」という言葉は、彼女がムイシュキン的無垢の相共にする担い手となる能力をもはやもたないことの宣言であり、自己宣告であった。彼女は一瞬ですらナスターシャへの共苦を生きたことがなかったし、その能力をもたなかった。

ただ、ムイシュキンだけがその愛を生きることができた。ナスターシャもアグラーヤもロゴージンも、そのムイシュキンの愛を受け取り、自らもその愛を生きる能力、それをもはや喪失した人間であった。だからまた、ムイシュキンも死なねばならない。彼の無垢なる愛は宙に浮き、相手をもたないがゆえに不毛でしかない。

ナスターシャの抱えた問題、くりかえせば《自己処罰と他者への復讐と飽くなき自己誇示の欲望の螺旋的渦巻き》から自己を解放するという課題は、彼女がムイシュキンの無垢に応え得る自分の無垢に辿り着くことであった。つまり、彼の自分への愛を受けいれると同時に彼のアグラーヤへの愛も受け入れることであった。しかし、最後の瞬間に彼女があげた絶叫、「あたしのものよ！　あたしのものよ！」は彼女のこの課題での自己との闘争における最終的敗北を告げるものであった。

アグラーヤが仕掛けたナスターシャとの対決の場において、結局その勝利者はナスターシャであるかに見えた。アグラーヤは去り、ムイシュキンはナスターシャと結婚式を挙げることになったのだから。その式場で、ナスターシャはロゴージンの姿を発見するや否や、気ちがいのように彼に駆け寄り、「助けてちょうだい！　あたしを連れてってちょうだい！　どこでもいいわ、いますぐ！」と絶叫し、ロゴージンと共に式を抜け出す。

彼女は自殺のチャンスを掴んだのだ。ロゴージンと一緒になることは、たんにムイシュキンの予感のみならず、彼女の確信において、彼によって殺されることの受諾であった。

つまり、私がここで敢えて創作するなら、「助けてちょうだい！ あたしを連れてってちょうだい！」とは、「自殺させて、もう子供の無垢性の回復は私にはあり得ないことがわかったから、自殺が私の救済なの、『助けて』とは『自殺させて』、『連れてって』とは『死へ』ということよ！」という叫びなのだ。

『未成年』における愛と嫉妬、そしてニーチェ

ニーチェに戻る。彼は『白痴』を読めなかった。しかし、『未成年』は読んだかもしれない。ただし、『悪霊』に対しておこなったような書き抜きは『未成年』に関してはいまのところ見つかっていない。

とはいえ、もし読めたなら、先に紹介した『偶像の黄昏』のなかの『カルメン』やヴァーグナーについての批評が書かれた時期と彼のドストエフスキー読書とは重なっているのだから、彼は多大な関心と共感をもって『未成年』を読んだことは間違いない。というのも、実にドストエフスキーの五大長編のなかで『未成年』ほどに、主人公、つまりドルゴルーキーとその分身たる父ヴェルシーロフに中心化して、愛と嫉妬とのアンビヴァレンス、男女の愛に孕まれる両者の「死にものぐるいの憎悪」を、そうしたアンビヴァレンスから解放された愛のあり方（母ソーニャや義父のマカールが代表する）との意識的な対置の下に主題化した作品はないからである。

ヴェルシーロフとドルゴルーキーとは実の父と息子であるが、まるで双子の兄弟のような父子である。いいかえれば、両者は相互に互いの分身の関係にある。そして実は『未成年』にはこの「分身」という言葉が、ユング的な「影」の「分身」――道徳的自我意識によって自己抑圧される、禁じられしもう一人の反道徳的な欲動的自我――を指す言葉として登場し、それは『未成年』の孕む一つのキーワードとなる。

物語が終局に向かって歩みだすときに、ヴェルシーロフは彼の敬愛するマカールから遺贈された聖像を敢えて暖炉の角に叩きつけ真っ二つに割る暴挙に出る。彼は妻のソーニャにいう。「わしはマカールの遺志を破ったのじゃない、ただ割ってみたかっただけなのだ！〔略〕比喩ととってくれてもかまわない」と。[54]彼はこの「比喩」行為に出る前に、こう打ち明ける。

「なんだか、わしは二つに分裂してゆくような気がしてならんのだよ〔略〕心は二つに分裂してゆく、そしてそれがこわくてたまらないのだ。まるでわしのそばにわしの分身が立っているみたいなのだ」。

彼にとって、この「分身」はいまある自分と正反対の否定すべき自分だが、しかし、実は自分が密かになりたがっているもう一人の自分でもある。その「分身」は「必死になって逆らいながら望む」相手なのだ。[55]ヴェルシーロフはカテリーナ・ニコラエーヴナへの愛の関係をこの二つの分身において生きる。彼は、二年ぶりにやっと直に会うに至った彼女に、自分の想いを述べ、彼女の真意を探り、とうとう結婚を申し込んだうえで、それが断わられると、最後にこう叫ぶ。

「どうかもうひとつ施しをあたえてください。〔略〕見るのも聞くのもいやだとおっしゃるなら——即座に消えてなくなります、ただ……ただ誰かの妻にならないでください！」

だが、一呼吸おいてこういう。

「わたしはあなたを亡ぼしてやる！」[56]

（傍点、ドストエフスキー）

二つの分身とは、人間すべてに押し及んでゆく「広い心」をもってする「普遍的な愛」の土台に立った（ここで私の論点を強く入れれば、共苦を中核とする）愛の分身A、それが一人。もう一人は、激しい情欲と一つとなり――しかもその情欲は、相手を性的に征服し独占し自分に仕えさせることで、実はこれまでの自分の屈辱の人生が生んだ激しい自尊心の欲望と世間への復讐の欲望を同時に充足させてくれるという実存的意味を帯電している――、そうであるがゆえに、いったん裏切られたとなるや嫉妬によって相手を殺害するところまでゆく分身Bである。

サルトルはまさに先ほど紹介した「我有化」の視点から、こう指摘している。彼によれば「我有化」の欲望の重大な特徴とは、この欲望に捕らわれた者は「その対象を所有することがそもそも不可能であるということ」を認知するや「いっそこの対象を破壊してしまいたいという激しい欲望」を抱くに至る点である。いわく、

「破壊するとは、私のうちに吸収することであり、破壊された対象の即自存在に対して、創作におけると同様、一つの深い関係を保つことである。私が農園に火をつけたとしよう。農園を焼く炎は、この農園と私自身との融合を、次第に実現してゆく。この農園は、消滅することによって、私へと変化する。〔略〕破壊は――創作よりもいっそうあざやかに――我有化を実現する」。（『存在と無』[57]）

この点において、ヴェルシーロフはロゴージンの後継者なのだ。

そして、この愛する相手の殺害に反転する我有化の欲望は、実はそれ以前は、その相手を征服し所有し尽く

す快感の享受を志向するという点で、愛の欲望であるにもかかわらず強姦・凌辱の快楽に絶えまなく傾斜し、それをおのれの内に混融することを必然とすることにもなる。またこの点で、それはふと気づくと相手が自分の愛する相手であることを忘れて、相手を長年にわたって自分が蓄えてきた《世界》そのものへの復讐を果たすためのいわば象徴的代理対象に自分が変換してしまっていることを発見することにもなる（誰でもいいから復讐したかった！　俺の耐え忍んできた屈辱を味あわせたかった！）。だからまた、この二つの象徴的な意味性において、強姦は愛する相手が自分の愛を裏切ったことへの復讐の快楽ともなる。

ヴェルシーロフの息子ではあるが或る意味で双子の兄弟でもあるドルゴルーキーが、カテリーナに初めて実際に会って、そのあと彼女の傲然とした気位の高い美しい顔に自分が覚えた欲情についてこう告白する場面がある。『未成年』が始まって第三章に入ったところでだ。

「くもが捕らえようと狙いをつけた蠅を憎むことができるものかどうか〔略〕誰でもその生贄は愛するもののらしい。〔略〕だからこうしてぼくもこうしてぼくの敵を愛するのだ。たとえば、彼女があれほど美しいのが、ぼくは嬉しくてたまらない。奥さん、あなたがあれほど高慢で尊大なのが、ぼくは嬉しくてたまらないのだ。もしもあなたがもっと謙虚だったら、ぼくはこれほどの満足を感じなかったろう」。

そしてこう続ける。彼女が自分の「生贄」だという想念を指して。「この考えはなんと魅惑的なことか！　そうだ、力のひそかな自覚は露骨な虚勢よりも堪えられぬほど快いものだ」と。(58)

ここで彼が自分のなかに想像したこの「力」とは、その本質において、ほとんど強姦の暴力と変わりはない。彼女を凌辱し、その只中で彼女の気位をへし折り、征服し、屈服させる「力」の感覚と一つとなった性の快楽、それを想像するオナニズムの快楽、それがここで告白されていることは見紛うべくもない。『未成年』の終盤に再び彼はこう告白する。

「わたしは敢えて断言するが、わたしが彼女を凌辱して、彼女がラムベルトから手紙を買収する現場の目撃者になろうと望んだのは〔略〕実は……わたし自身が彼女に恋いこがれていたためらしいのである。わたし自身が恋のとりことなり、嫉妬していたらしいのである！　誰に嫉妬していたのか？　ビオリングにか、それともヴェルシーロフにか？　わたしが片隅にいじけて立っているとき、彼女が舞踏会で視線を向けたり、話を交わしたりするすべての人々にか？〔略〕要するに、わたしは誰に嫉妬したのか、自分でもわからないのである」[32]。

ところで、私は次の点にも注目する。

それは、男主人公がこの愛と嫉妬とのアンビヴァレンスという視野のもとに女を問題にするや、彼らはそれまでの女性観を一転させ、――私の聖書論の観点でいえば古代ユダヤ教に顕著な――女性嫌悪の遠近法に捕らわれるに至るという事情、これである。実に、この事情をドストエフスキーは意識的に鮮やかに描きだしている。

私は、この点に次のことが見いだせるのではないかと思うのだ。すなわち、完璧に意識化されるまでには至ってないにしろ、明らかに彼のなかには旧約聖書に体現される古代ユダヤ教の精神とイエス主義との対立についての意識が作動していることが。かの「大審問官」や「新しきエルサレム」の革命主義と沈黙のイエスとの対立と並んで、愛と嫉妬のアンビヴァレンスによって象徴される男性主義が内蔵する女性嫌悪に対して、大地主義と深く融合したイエス的な共苦精神の担い手を何よりも女性に見いだす見地がここに表白されている。そう私は見るのだ。

ドルゴルーキーの言葉。「卑しい気持ちのない女なんてあるもんか！　だからこそ女のうえに男の支配が必要なのだ。女なんてものは服従するようにつくられているのだ。女は——悪徳と誘惑で、男は——高潔と寛容だ。これは永遠の真理なのだ」[60]。「それが女なのさ、それが——蛇ってものさ！　女なんてみな——蛇さ、蛇なんてみな——女さ！」[61]。

なおここでニーチェについて一言指摘するなら、彼の視界にはムイシュキンの示す「憐れみの愛」によるナスターシャへの熱愛というが如き問題、あるいはソーニャやマカールの体現する愛の様相は一切登場してこない。彼は共苦という思想を信じないし、この点においてイエスを——一方ではあれほど愛していながら——拒絶するからだ（なおこの問題に関しては、拙著『大地と十字架——探偵Lのニーチェ調書』をぜひ参照されたし[62]）。ついでに、次のことも指摘しておこう。ニーチェの性愛論とドストエフスキーのそれとの驚くべき一致は実に興味深い問題だが、両者のあいだにはそれだけでなく、くだんの「自虐の快楽」という問題をめぐっても一致が見いだされる。というのも、ニーチェこそは実はこのマゾヒステイックな快楽の最初の発見者は自分だと誇った哲学者であったからである。いわく、

「残忍とは他人の苦悩を眺めるところに生ずるものだとしか教えることのなかった従来の愚劣な心理学を、追いはらわなければならない。自分自身の苦悩、自分自身を苦しめることにも、豊かな、あふれるばかり豊かな快楽があるのだ」[63]と。

そしてこうつけくわえておく必要があろう。遠丸立が紹介しているように、嫉妬の激情こそまさにドストエフスキーの個人的性癖、彼の実存的特質であり、彼の苦悩の源泉であったにちがいないということを(参照、本書第五章の冒頭に付けた補注「ドストエフスキーの実存様態に関する遠丸立の考察」節)。

さらにまた次のように。——ルサンチマンの欲動が如何に人間において根深く、かつ人間を駆動するうえで最大のものであり、だからこそ、ルサンチマンからの解放を如何に成し遂げ得るかという問いこそ、ドストエフスキーとまったく同様に、ニーチェの人間学と社会学の中枢的主題であり、それゆえにまた彼のイエス論とユダヤ教ならびに正統キリスト教批判の中心主題であったということを。(64)

江川卓と山城むつみの『白痴』解釈への批判——ナスターシャとムイシュキンとの関係性の理解をめぐって

中心に座るのは次の問題である。既に本書第三章・「『白痴』からの照明」節および第四章・補遺「『白痴』における……」の後半部において考察したことだが、『白痴』にはムイシュキンがナスターシャの表情のなかにたんに「大いなる苦悩」を見るだけでなく、彼女の表情に「恐怖」を覚えたと語る場面がある。また、彼がナスターシャについてエヴゲーニイ・パーヴルイチという人物に「私はあのひとの顔を見つめていたんです! もう朝のうちに、写真で見たときから、見るに耐えなかったのです! (略) 気がちがっているんです!」と語る場面が。(65)

この問題に関する私の解釈はこうであった。

——彼はナスターシャの顔のなかに、トーツキイに凌辱されその相手にさせられた十六歳の彼女が自身に対して抱いた嫌悪・恥・絶望感の持続を、しかもくりかえしその後も彼の性の相手をさせられているうちに彼との性交に快楽を感じだすに至る自分へのさらなる嫌悪・恥・絶望感がその上に重層してゆく事情、これを直観し、この重層化が彼女を気ちがいじみた自己罪悪視に駆り立て、自殺による自己処罰の欲望を彼女のなかにいっそう燃えあがらせる道行を直観する。ムイシュキンが彼女のうちに感じた「狂気」とはこの彼女の自殺による自己処罰欲望を指し、まさに彼は彼女のなかに巣くうこの「狂気」に「恐怖」を覚えたのである。

ところで、江川と山城はこの問題をどう解釈するか？

江川卓の場合　彼は、まずナスターシャがロゴージンにおこなったトーツキイとの関係についての告白を、「一年に二カ月ずつ泊まっていって、けがわらしい、はずかしい真似をさせて、さんざん熱くして、男なしにじゃいられなくさせておいて、行ってしまうの」（傍点、清）と訳したうえで、さらにこの一節を「男なしではいられない身体にさせられてしまったことを、ことさら印象付ける」ものと注釈し、そこから次のように類推する。彼女はムイシュキンと密かに一か月田舎暮らしを共にしているあいだ、彼の性的不能に対して「女性からのはげしいセクシャル・ハラスメントを仕掛けたのではないか」と。つまり、ムイシュキンは彼女の示した強烈な性欲に恐怖を覚え、かつそのような強烈な性欲の持ち主のナスターシャを狂人視したにちがいないと。いわく、「これが彼女を公爵にとって『恐怖』の対象にしたのであり、また『信ずべき理由』によって、彼女を『気ちがい』視することになったのである」と。[66]

私の解釈と江川のそれとの相違はきわめて明白だが、私からすれば彼の解釈はまったく浅薄であり、全然ナスターシャとムイシュキンの関係が読めていない。しかも、『白痴』が読めていないだけでなく、このナスターシャの狂気の域に達した自己処罰欲望というテーマにおいて、ナスターシャは『罪と罰』のスヴィドリガイロフが夢でみる男に凌辱されたことを恥じて自殺し白い棺のなかに横たわる白衣の少女、『悪霊』のスタヴローギンに犯された三日後に納屋で自殺するマトリョーシャ、この二人の少女像と連続線上にあるという問題すらなんら論及していない（なおこの点は、本書第三章・「《少女の娼婦化への嫌悪》……」節もぜひ参照されたし）。

ただし、次のことを注記しておきたい。先に紹介したナスターシャの告白の江川訳のなかの傍点部分、そこは日本の『白痴』翻訳の歴史においては江川の画期的な新発見なのである。というのも、確かに原文には彼がそう訳した部分（ただし、直訳すれば「熱くして、淫乱にさせる」であり、「男なしにじゃいられなくさせておいて」はそれをいっそう口語的に訳したものといえる）があるが、にもかかわらず、江川以外の翻訳では訳されてこなかった部分なのである。この一節は木村浩、米川正夫、小沼文彦、中山省三諸氏の訳には全然出てこないのだ。[67] 確かに、従来翻訳されてこなかったこの重要な一節を原文通り復元したことは彼の大いなる功績である。だから、私はこう思う。彼は、くだんの著書において従来の翻訳が無視した決定的な一節を復元した自分の功績を明記するべきだった、と。とはいえ、そうした大きな功績があるにせよ、江川の解釈は浅薄であるというのが私の見解である。付言すれば、彼のこの解釈の問題性は「カラマーゾフ的なるもの」をどう把握するかをめぐる問題性と明らかに連動している。

また彼は、先に触れたムイシュキンとパーヴルイチとの会話場面を延々引用しているが、実はそのやり取りにこそ問題の核心に迫る手掛かりがたくさん忍ばされていることにも気がついていない。

たとえば、ドストエフスキーはパーヴルイチにムイシュキンがナスターシャに抱く感情の真実性を疑わせ、こういわしめる。君（＝ムイシュキン）のそれは「そもそものはじめから何か条件付きの民主主義的な〔略〕いわゆる『婦人問題』〔略〕の崇拝とでも言うべきものが横たわっている」ように見え、君の抱いた観念が生み出したたんなるセンチメンタルな偽の感情ではないか？　と。[68]

だが、ドストエフスキーはわざわざこういうやり取りを設定することで、逆に、ムイシュキンの彼女に対する共苦の感情が、パーヴルイチなどには到底理解できぬ深みをもったものであり、彼女の狂気じみた絶望感は、子供の魂をいまも保持している人間のみが理解可能なそれであるということを示唆するのだ。だからまた、同じように子供の魂を保持するアグラーヤなら、心を落ち着けて自分の説明を聞けば、くだんの一件を乗り越えてナスターシャの苦悩を理解し、だからまた自分の取った態度も許すにちがいないとムイシュキンにいわせもするのだ。そして、次のようにもいわせる。「われわれの誰かに罪がある場合、その人についていっさいのことを知る必要があるにもかかわらず、どうしてそれができないんでしょうね！」と。たとえば、ナスターシャの生きた苦悩・恥辱・悲痛・憎悪・そして自己罪悪感とそれが生む自殺願望の一切を知ろうとする努力の必要なぞ元々最初から考えず、世間は、あるいはその一人であるパーヴルイチは彼女を好き勝手に評論し裁き蔑視する。だがムイシュキンの方は、いまも子供の魂の持ち主であり、彼女の肖像写真に既にとてつもない苦悩の痕跡を直観した人間として、それと真逆の道を通って彼女にかかわろうとする。彼は共苦の絆を真に生きようとするのだ。私から見れば、江川の『白痴』論はこの根底の文脈がまったく読めていないのである。

山城むつみの場合　彼は一方で私とほぼ同様の見方を示して、ナスターシャと『罪と罰』でスヴィドリガイロフに凌辱された果てに自殺したと噂された少女との関係についてこう書いている。

「十四歳でスヴィドリガイロフに凌辱されて水に身投げして死んだこの少女はナスターシャを思い出させる。彼女もまた十六歳でトーツキイに凌辱されて苦しんだ果てに何べんも池へ身投げしようとした。〔略〕一枚の写真を見て、これは尋常じゃない苦しみを経験した女だと感じたときすでにムイシュキンもまた、美しいナスターシャに、凌辱されて池に身を投げて死んで横たわる十六歳の少女の遺体を予感していたのかもしれない」と。(69)

ところが、この一節が出てくる頁を十頁遡ったところでは、彼女の肖像写真を見ただけでムイシュキンに「限りのない憐れみ」を引き起こすことになったといわれるナスターシャの顔に刻印された苦悩についてこう書いている。

「ナスターシャはトーツキイに辱められたことに苦しんでいるのではない。〔略〕ナスターシャは、トーツキイのことをその抜きがたい淫蕩さにもかかわらず愛そうとしている。〔略〕ナスターシャもまた『何も要求せず、何の打算もなく彼に身を捧げ』ようとしていたのである。にもかかわらず、トーツキイはそのようには彼女を愛そうとしなかった。ナスターシャが恥辱を感じているのはそのような『関係』になのだ。幼くして凌辱されたから苦しんでいるのではない。彼女は、彼が或る日から豹変しトーツキイに思いっきり恥をかかせ彼を侮辱しようとして来たが、本当は、彼が悪いとは考えていない。自分に罪があると感じている。彼との関係がこんなものになったのは、愛そうとして愛し得なかった自分のせいだ、と」。だから、山城の結論は、ムイシュキンの心を打ったナスターシャの苦悩とはこの罪悪感だということになる。いわく「己を滅ぼして相手に与えるように愛そうとしてそれができないでいるところにナスターシャの『苦しみ』があるのだ」[70]。

私としては唖然とするほかない。自殺したくなるほどの、そして実際ロゴージンの手を借りての自殺と呼んでよい死に終わるナスターシャの苦悩、それを一方で主張しておきながら、他方で、そのような苦悩は実は彼女にはなく、むしろ彼女の苦悩は、自分では根限り愛したはずなのに、その愛に応えるほどには自分を愛してくれなかったトーツキイのその態度が示す、自分の愛し足りなさ、その自己罪悪感にあるというのである。このような矛盾した主張がなぜ可能となるのか？　少なくとも私が読んだかぎりでは、彼は読者のこの素朴な疑問になんら十分な説明をおこなっていない。

また、先に江川に対する批判のなかで取り上げた問題、ナスターシャにかかわってムイシュキンは何を「恐怖」したのかという問題については、山城はこう主張している。その「恐怖」とは「自分が彼女を限りなく憐れんでゆけばその果てに彼女が死体として横たわることになる」という「予感」にほかならない、と[71]。そして彼の解釈によれば、この「予感」は、実はロゴージンと同じく自分も彼女を刺殺することになるかも知れぬというムイシュキンの予感となって現れるのである。いわく、「彼女を殺そうとしている自分の手を見出した瞬間が公爵にはきっとあった(72)」。

この彼の解釈のいわばその土台は私のそれと共通している。まずムイシュキンを驚愕せしめたのはナスターシャのなかに秘匿されている自殺による自己処罰の激しい欲望の察知であったとする点において。山城の場合は、さらにそこから進んで、そうした彼女への「憐れみの果てに」、ムイシュキンは自分のなかに彼女の望む自殺を自分が彼女を刺殺することによって代行してやろうとする衝動を見いだし、それに恐怖したのではないかと推測するのである。しかもこうした動機は、一見ナスターシャをひたすら「我有化」（私の言い方を使えば）し尽くそうとして、自分を見捨ててムイシュキンに走る彼女を刺殺せんとするロゴージンのなかにも、実は彼自身さえ自覚できないでいるもう一つの無意識的動機として孕まれているものでもあった、と山城は解釈するのだ。

この推測はきわめて興味深い。私はそういう推測の余地を否定するつもりはない。またムイシュキンとロゴージンとの間に、さらにいえばナスターシャも加えて、三者の間に、深い共苦の絆が生みだすそうした秘匿された共犯の絆が誕生していることへの暗黙の相互了解が成立していたと見る山城の視点、それは、本質的には、私が本書二四六―二四七頁で披歴した視点と同一だと思う。ロゴージンは、彼のなかに秘匿された「受難した子供」の苦痛を共有し得るほとんど唯一なる相手としてナスターシャを直観するがゆえに、彼女を失うぐらいなら刺殺することによって彼女とのかけがえのない一体性を完成しようとするのだが、同時にそれはまた彼の彼女に対する比類のない共苦の絆でもある。我有化のための刺殺は共苦ゆえの刺殺を隠し持つ、だが、両者はあまりにも解きほぐしがたく絡みあって自己矛盾的一体性を形づくっているので、ロゴージンはこの事情を解きほぐすに至るほどには自覚し対象化することができない。そして、ナスターシャはもとより、実はムイシュキンにも――彼がかつてイポリートの絶望を自らの経験として知っていたことと良く似て――こうした我有化の愛と共苦の愛の苦痛に満ちた自己矛盾的一体性を洞察するうえで何か糧となった自身の経験があったにちがいないのだ。ここにも、われわれはかのカラマーゾフ的な「反対極への渇望」を見ることができるし、ナスターシャならびにロゴージンの二者とムイシュキンとの間には、かのイポリートと彼との間に見いだされたかの「二者一組のネガ・ポジ関係性」と良く似た相互反転の関係性を見ることができよう。一方はこの自己矛盾的一体性を破壊的我有化に突き進むことによって終わらせ、他方は共苦の契機を一身に体現することになるにせよ、それによってくだんの二者を死から救い得たわけではない。

とはいえ、山城の解釈の重点がそこにあるのならば、前述のナスターシャの抱える苦悩についての二様の解釈は是正され、何よりもその苦悩は彼女の自殺による自己処罰願望のなかにこそ見定められるべきであるし、私の言い方になるが、我有化の愛と共苦の愛との葛藤に満ちた自己矛盾的一体性の構造がもっと明確に突き出されて然るべきではないだろうか?

『柔和な女』における所有欲望の諸相

愛と嫉妬とのアンビヴァレンスという問題をもう一歩掘り下げたい。そのための考察材料として今度は『柔和な女――幻想的な物語』を取り上げたい。『作家の日記』一八七六年十一月号にはこの中編小説だけが掲載される。それは、『罪と罰』・『白痴』・『悪霊』・『未成年』と来て、最後の『カラマーゾフの兄弟』に向かういわば助走として書かれる。翌年の四月号の掲載される『おかしな人間の夢』とともに。

漆原隆子は同小説にドストエフスキーが主題とする男女の愛の関係性を「極めて高い結晶度をもって」描きだしたものとし高い評価を与えている。[73] 私もまさにそう思う。だからそれはここでの私の考察にとっても格好の材料となる。
質屋を営む主人公の「わたし」は、なけなしの、おそらくもっとも大切な家に伝わる聖母像をいまや質草に金を借りに来た彼女に出会い[74]、たちまち見抜かれる。「あなたは社会に復讐してらっしゃるのね」と[75]。数頁あとに彼の独白がこう書かれる。

「諸君、実はわたしはこれまでずっとこの質屋という商売を誰よりも憎んでいたのである。〔略〕わたしは実は『社会的なるものに復讐していた』のである。本当にそうなのだ。実際、実際そのとおりなのだ！[76]」。

少なくとも自分では彼は本当は「この世で最も気前のいい人間」なのだが、その「事実」を、そうした彼の「熱烈な衝動」を、世間は認め受け入れ愛し尊敬するどころか、相手にしなかった。「諸君はこのわたしを拒否した、諸君、と言うことはつまり世の人々ということであるが、諸君は侮蔑に満ちた沈黙でこのわたしを追い出した。諸君のほうに向けられたわたしの熱烈な衝動に対して諸君は生涯忘れることのできない侮辱をもってわたしに答えたのだ」と[77]。

それ以来、彼はこの自分の「真実」を、あてつけのように吝嗇・欺き・卑劣・弱いもの虐めの街場のシンボルである「質屋の主人」の仮面を被ることで秘匿し、またそうすることでもはや誰の支配下にも入らず世間から超然として生きる術を獲得し、時折、本当に困った人間には本来の気前の良さの一端を与えながら、孤独に徹して生きる道を選ぶ。彼は自分をこう分析する。

「わたしは暗黙のうちに語ることにかけては名人である。わたしはこれまでずっと暗黙のうちに語りつづけてきた。そして自分ひとりだけを相手に無数の悲劇を無言のまま堪え忍んできたのである。おお、わたしだってやはり不幸な人間だったのだ！　わたしはあらゆる人から見棄てられ、棄てられたまま忘れられてしまったのだ。〔略〕なぜ沈黙をまもっていたのか？　誇り高き人間としてである。〔略〕わたしはつねに誇りにみちていた、わたしはつねにすべてかそれでなければ無を望んでいたのである！[78]」

かくて彼は次の生のスタイル・美学を身に着ける。「あくまでも手きびしく、誇りを持ち、どんな人間からも精神的慰安などは求めず、黙って苦しみを堪え忍ぶ」という美学を。[79]つまりここにも「自尊心の病」患者が一人登場するわけである。

だが、突然、思いがけぬことに、彼のこの秘匿していた「真実」を察知してくれる人間、もはや期待を絶ったはずの理解と愛と尊敬とを自分に差し出してくれる存在、否、正確にいえばその可能性をもつ唯一なる存在が彼の前に出現する。それが彼女であった。同小説の女主人公はこの「彼女」である。

彼はこう告白する。相場を超える質代を自分が彼女に提案したときのことを。

「(自分は、清) 彼女に恩着せがましい言葉などおくびにも出さなかったことは言うまでもない。いやそれどころか、むしろ反対に、『ありがたく思うのはわたしのほうで、あなたではありません』といったくらいである[80]」。　(傍点、ドストエフスキー)

彼は「どんな人間からも精神的慰安などは求めず、黙って苦しみを堪え忍ぶ」ことを生の美学としていたはずであった。その彼が、突然、その美学を投げ捨て、彼女を自分が「精神的慰安」を受け取るべき唯一なる存在として発見するのだ。あれほど、他者を愛することも他者から愛されることも自ら拒絶したはずの彼が、彼女に対してだけはその生の美学を撤廃して、愛と理解と尊敬を乞うに至る。彼はこうも告白する。自分は「学校時代にも一度だって仲間から愛されたことのなかった」人間であり、「いつでもどこでも嫌われもの」であったと。[81]

そういう彼にとって、彼女は「わたしが自分のために用意した唯一の人間」、つまり唯一の「味方」となったのである。[82]

ドラマはここから始まる。

だが、それは始まった途端悲劇的結末を予告されてもいる。

なぜなら、彼に沁みついてしまった「沈黙」に徹する「自尊心」は、唯一の味方になってくれた彼女への彼の切なき感謝の表明を禁じてしまうからだ。誰からも愛されずに来た自分の苦しさや悲しさを打ち明け、自分の弱みや惨めさを晒けだして、相手の足元にひれ伏し身を投げ自分への愛を乞い願う、そうした生命の素朴な気取りのない「誠実」で「大らかさ」に満ちた自己表明、それを自分に許すことが彼はなんとしてもできない。まさに、それができないことが彼の「自尊心の病」にほかならない。

彼はこう回想する。彼が彼女に愛を打ち明け、結婚を申し込み、その段取りの話し合いに入った頃のことだが、自分が驚いたことがあった、と。

「彼女がいきなり最初から、あれほど気を強く持とうとしていたのに、愛情をいだいてわたしのふところへ飛び込んできたことである。わたしが毎晩のように彼女のところへ出かけて行くと、すっかり有頂天になってわたしを迎え入れ、〔略〕自分の少女時代のこと、幼年時代のこと、両親の家のこと、父親や母親のことなどを、残らずわたしに話してくれたものであった」。

だが、彼はそう語ったうえで次のことをつけくわえる。

「ところがわたしはこうした陶酔にその場でいきなり冷水を浴びせかけてやった。はっきり言えばその点にこそわたしの思想はあったのである。歓喜に対してわたしは沈黙をもって答えた」(傍点、清)と。[83] 別な箇所であるが、彼はこうも述懐する。そうした彼女の愛の「衝動」は、「病的な、ヒステリックなものでもあった。だがわたしにとって必要なのは、彼女の側からの尊敬をもともなう揺るぎのない幸福であった」と。[84]

彼の実存に沁みついた「自尊心の病」は彼女の示す愛の歓喜に自らの愛の歓喜をもって応えることを禁じる。彼女の示す歓喜は彼にはあろうことか「病的な、ヒステリックなもの」としてしか映らず、他方、自分の示す「沈黙」が相手には冷たい無関心としてしか映らないことに彼は気づくことがない。それ以来、彼女はつねに無応答の真空のなかに「あんたはあたしをこのままにして放っておく」(傍点、ドストエフスキー)だけなのではないかという不安と苦痛に、否、絶望に取り憑かれ、[85] 愛という関係が自分たちを繋いでいるという確信を確実に失ってゆく。

他方彼は、歓喜に歓喜をもって応えるが如き自己贈与は「敗北」とみなし、嫌悪し、自分に許すことができない。唯一なる理解者を得たという愛の喜びは、その只中で、その喜びの表明をおのれに禁じ、自分を台無しにする。しかも彼はそのことに気がつかず、この自己抑制こそがおのれの「敗北」であること――「自尊心の病」からおのれを解放する闘争での――に気づかず、それどころか、それを自分の「勝利」と取り違える。
　二人の相互にとってかけがえのない出会いが生んだはずの結婚はハサミ状に分裂してゆくほかない。ドストエフスキーは同小説にこう書き込んでいる。この小説の目指すところは、紆余曲折に満ちた「幻想的な物語」の道を通って、しかし、遂にはおのれの「真実・真理」へと、いいかえれば、深い自己覚醒へと導かれることである、と。

　とはいえ同小説においては、物語は《時すでに遅し》の悲劇的結末をもって終わる。主人公の「わたし」が如何に自分が「自尊心の病」に取り憑かれており、そのことによって、彼の唯一の理解者・味方であり彼に愛を捧げる彼女を結局のところ自分の自尊心を満たす道具として扱うだけであったこと、彼女から愛と尊敬を受けることばかりを願い、自分のほうは少しも彼女にそれを与えようとしなかったこと、彼にも愛の歓喜に酔いしれる感情の高揚が訪れることがあったとしても、その歓喜はけっして相互的なものではなく、ナルシスティックな独善的なそれでしかなく、そこに彼女の居場所はないこと、これらの認識に彼は物語の終局にようやっと辿り着くにしろ、それはもはや遅すぎるのだ。

　彼を覚醒に導くきっかけはこう描きだされる。「奇妙なことに相違ないが、わたしはこのようにこっそり彼女の様子をながめるのが大好きであったのに、長い冬のあいだ自分にそそがれる彼女の視線を一度もとらえたことがないという事実には、ほとんど冬の終わりまで、それこそ一度も思い及ばなかったのである！」（傍点、清）と[86]。

　つまり、彼は分析対象としての彼女しか知らなかったのだ。一個の生きた主体としての、まさに彼を眼差す主体としての彼女は知ることがなかったのである。

　おそらく、その彼女の眼差しは、「あんたはあたしをこのままにして放っておく」つもりなのかと問う眼差しであり、またたとえば彼女が質草に勝手に相場以上の値をつけて困窮した女客を助けようとしたとき、それを質屋主人である自分への越権であると激怒した彼に対して、深い失望と軽蔑と怒りに燃え上がった眼差し、それであったはずなのである。しかし、彼はそんな彼女の眼差しが自分を見据えているとはついぞ思いもしなかったのだ。

この問題は次の点にも良く現れる。いましがたのべたように、彼女の出現は彼にとっては奇蹟に等しい出来事であり、彼自身が口にしたようにこの出会いに感謝すべきは彼女どころか彼自身なのだ。ところが、そう自ら思っていたにもかかわらず、彼に染みついた「自尊心の病」はこの関係性を知らず知らずのうちに転倒させ、逆の形で彼に意識させることになる。そのとき、関係を語る言葉を支配するのは「所有」であり、この所有をめぐる自我の闘争における「勝利」か「敗北」かである。

彼はこう語る。自分が彼女を気に入り瞬時に結婚の欲望を抱いたとき、「わたしはすでに彼女を自分のものとしてながめ、自分の力を疑っていなかった」（傍点、ドストエフスキー）と。[87] あるいはまたこう告白する。彼女はまだ十六歳であり、大らかな無邪気さに満ちた娘でありながら気位の高い女性であったが、「わたしも実は気位が高い女が大好きなのだ。気位の高い女が特にこたえられないのは、つまり……、つまりその、相手を支配する自分の威力がもはや疑いのないものになったときである」（傍点、清）と。[88] またこうも。

「(わたしは、彼女が)自分ひとりでわたしという人間の謎を解き、その人間を理解するようになることを望んだのである！ 彼女を自分の家に入れるにあたって、わたしは欠けることのない尊敬を望んだ。彼女がわたしのこれまでの苦悩に対して、敬虔な祈りを捧げるような態度でわたしの前に立つことを望んだのである。——またわたしにはそれだけの価値があったのだ。おお、わたしはつねに誇りにみちていた」（傍点、ドストエフスキー）と。[89] あるいはまた、「わたしは勝ったのだ、——そして彼女は永久に敗れ去ったのだ！」と。[90]

つまり、ここでサルトルの「我有化」の視点を持ち出せば、彼女を「所有」し尽くすことで彼は《誇り高き私》を所有する。いいかえれば、意識のなかで《世界》の全体を精神的に所有する主人へと高められた私を所有する。彼の崇拝者として彼によって「所有」し尽くされた彼女は、彼を真の誇るべき自己——世間がいっこうに認めない——へと送り返してくれる唯一の導体であり、彼が《真の自己》であるという「存在欲望」を実現できるためには彼女をそのように「我有化」できていることが唯一にして絶対の条件である。いまや、彼の自尊心・彼のいわば実存的ナルシシズムの享受可能性はひとえに彼女の「我有化」の程度に掛かっている。いいかえれば、彼女を失うとはこの「存在欲望」＝実存的ナルシシズムの全面的崩壊にほかならない。

この「我有化」の概念に関してはサルトルは実に興味深い指摘をおこなっている。それはドストエフスキーの作品に出てくる「精神的情欲」という言葉を考えるさいに非常に参考になる。サルトルは指摘する。

「認識することも、やはり、我がものとすること（アプロプリアシオン）である。それゆえ、科学的探究は、我有化の一つの努力より以外のなにものでもない」[91]と。あるいはまた次のように。「見ることは享受であり、『見る』とは『処女性を犯す』ことである。もしわれわれが、認識するものと認識されるものとのあいだの関係を言いあらわすのに通常用いられるさまざまな比喩を検討するならば、われわれは、それらの比喩のうちの多くのものが、『見ることによる一種の凌辱』として示されていることに気づくであろう。〔略〕未知の対象は、まだその秘密を〈引き渡して〉いない。人間はまだこの対象からその秘密を〈奪い取って〉いない。〔略〕あらゆる探究のうちには、つねに、裸体をおおいかくしている邪魔ものを取り除いて、裸体のままをさらけ出す、という観念がふくまれている」[92]。

さらにまたこう述べる。「認識するとは、眼で食べることである」[93]。ただし彼によれば、認識においては「眼で食べる」対象はそのようにして認識者のうちに同化されるにせよ、それは食物のようにこの同化の過程で自己を分解され破壊されてしまうのではない。対象はあくまでその対象それ自身としてとどまりながら、その存在の独立性を保持したまま同化される。それゆえにと、サルトルは続けてこういう。『同化作用』と、依然としてもとのままの『同化させられるもの』との、この不可能な綜合は、その最も深い根源において、性欲の根本的な傾向と結びついている」[94]。

愛撫において男が試みるのは女の存在と自己とのこの不可能な綜合の追求である。そこにこそ性欲の焦点が据えられている。男たちにとっても性欲とはけっしてたんなる射精の生理的欲望ではない。かくてサルトルによれば、認識の根本的比喩は食欲ではなくて、性欲にこそ求められねばならない。

ここで『柔和な女』に戻るなら、主人公二人の関係は次第に破綻の色を濃くし、彼女はその破綻に苦悶するようになる。ところが、前述したように、彼はその彼女を密かに観察することに快楽を覚える。

「わたしにとっては、あれはいま胸の中でいったいどんなことを考えているのだろう、とその心を読むのがおそろしく楽しかった」[95]。(傍点、清)

この彼の覚える観察と解読の快楽は、まさにいましがた紹介したサルトルの議論、「認識」が「我有化」的性格をもち、かつこの点で「性欲」がそれのメタファーとなるという視点、これによってもっともよく説明できるであろう。

彼女との関係が破綻した今、もはや彼は彼女と性の快楽を共にすることはできなくなる。その性的空隙を補償し代位するものとして、いまやオナニズム的な窃視的観察の欲望が彼のなかに立ち上がってくる。とはいえ、おそらくはまだ性交が彼女とのあいだで可能であったときですら、実は彼らの性交は彼にとってはほとんどオナニズムの域を出なかったのではないか。そのことは既に前述の彼の彼女の心身一体的な歓喜に接しての彼の嫌悪のなかに予示されているのではなかったのか？

性の幸福な快楽があるはずの場面にも、自分たちの破綻に苦悶する場面にも、彼の側には「共に」という相互性は一切成り立たない。性の共喜も精神の共苦も。

ことのついでに、サルトルの次の言葉も引用しておこう。彼は、性愛を突き動かす欲望の弁証法を「自由同士の奴隷化というこうしたサド＝マゾヒズム的弁証法」と形容しつつ、それをもたぬ愛はないと確認したうえで、さらにこう指摘する。

> 「だがまた、自由同士の相互的なより深い承認と理解というものをもたぬ愛もない。〔略〕にもかかわらず、愛をして欲望と魅惑化のサド＝マゾヒズム的な遊技場をのりこえさせるべく努めること、つまり、人間を開示するさいの性的なタイプの愛、性愛という愛を消えさせようとすること。緊張というものが必要なのだ。両義性の二つの顔をともに維持し、一にして同じ企ての統一性のうちに両者を引き戻すこと。両義性を緩めるや否や、また二元性を取り戻すこと、到達すべき所与の総合・ジンテーゼというものはない。発明されねばならない」と。[96]

私には、このサルトルの一節はそのまま『白痴』や『未成年』に波打っている「カラマーゾフ的天性」の「分身」弁証法へのもっとも鋭い照明のように思える。というのも、まさに「自由同士の相互的なより深い承認と理解」の中枢あるいは震央とは共苦の感情にほかならないと思うからだ。

山城むつみの「マリヤの遺体とおとなしい女――『作家の日記』」批判

山城の『ドストエフスキー』の第三章は「マリヤの遺体とおとなしい女――『作家の日記』」と題されている。この節で取り上げた『柔和な女』を『おとなしい女』との訳語を採用して彼もまた論じ、それを切り口に同時に『作家の日記』論を展開するという構成をとっているのである。副題の付け方からいってそのはずである。他の各章もそれぞれ、その章が取り上げる一つの長編作品の、その全体から彼がこれぞと思う或る一つの特化したテーマを引きだし論じつつ、同時にそれを全体へと進む特殊な切り口として差し出すという構成をとっているはずである。

だが、いま「はず」と書いたように、そこに構成されるべき部分―全体の弁証法的構成はあまりうまくはいっていない。特にこの彼の第三章では実は全然そうした部分と全体との関係への配慮はおこなわれていない。

私は何も総花的な議論を求めているわけではないが、この第三章は『柔和な女』論ではあっても全然『作家の日記』論ではない。私が『作家の日記』と各長編とのあいだの内的関係に注目し、本書全編にわたって『作家の日記』へのかなり詳細な言及を各問題に即して補注を中心に展開したことは読者にはよくわかると思う。だが、実に彼の第三章には私が取り上げた諸問題はほとんどまったく登場しない。ローマ・カトリックと「無神論」的社会主義の関係、ベリンスキーとニェクラーソフとに対するドストエフスキーの評価、プーシキンとトルストイへの彼の関係、ロシヤ知識人の根無し草性とロシヤ民衆の本質的なイエス主義的心性との対比、《受難した子供》というテーマと深く結びついて幼少期の記憶の重大な意義についての観点、彼の「犯罪」と「裁判」論、等々、これらの諸テーマはまったく登場することはない。

だから読者はこの第三章を読んでもドストエフスキー文学の全体にとって『作家の日記』が如何なる意義をもち、そこにはどんな諸問題が内蔵されているかのガイダンス的知識すら得ることはできない。実に第三章は彼の本のなかで最長の頁を有するのだが、そこにはこうした事柄が何一つ書かれていないのだから。

では、『柔和な女』論としてはどうか？　百頁を超える、しかもきわめて複雑で屈折にとんだ抽象度の高い彼の議論に誠実に応答しつつ批判をおこなうことは、この補注の範囲をはるかに超えることである。本節と彼の議論とを読み比べていただければ、如何に両者の注目点が異なっているかについて読者は嘆息に似た驚きを感じることであろう。ここでは私の視点から生まれてくる彼の議論への批判の中心点だけを論じることにしよう。

まず最初にいっておけば、この小説にドストエフスキーが「幻想的な物語」との副題をつけた理由をめぐる山城の議論は、その基本線において私が本書第六章・「ヒポコンデリー患者の……」節で展開した考察と同一であり、同意し共感するところの多いものであった。

だが、主人公が常にもう一人の自分としての「分身」を抱え込む理由、二重人格的自己分裂をせざるを得ない理由として、私が本書でくりかえし論じた「カラマーゾフ的天性」の抱える自己分裂性を明確に掴みだしていない点が私には何よりも不満であった。いいかえれば、共苦する強い感受性をもっていたはずの魂が――屈辱の経験を幾多積み重ねるなかで――「自尊心の病」へと折れ曲がり、その結果絶えまなく共苦する魂のベクトルが不能化して、「自尊心の病」のなかへと主人公を自閉化させてしまうという問題、この問題が明示的に提出されていない点が。

私からいわせれば、彼の議論には《「我有化」の愛》と《共苦・共喜の愛》との区別という私の視点に重なるものがない。彼は男主人公のなかに「愛によって相手を滅ぼしてしまう」悲劇を見るが、[97] その相手を滅ぼしてしまう「愛」なるものを右の区別に立って分析的に論じるという視点がない。総じて彼の男主人公についての考察は底が浅い。また彼は女主人公の「おとなしさ」が「激越なもの」と表裏一体のものであることを強調するが[98]、私の解釈からすれば、この二重性は本節で論じたように、マトリョーシャ、マリヤ・レビャートキナ、ナスターシャにも相通じる素朴な少女の生命性の激情性——喜びの激情として発揮され、だからまた絶望の激情性ともなる——そうした《受難した少女》の問題性として把握し返されなければ、「ドストエフスキー的なるもの」の把握にまではゆかないのだ。

第五章注(74)でも触れたが、この女主人公像にはシニックな自殺を遂げたインテリ少女と聖像を抱いて飛び降り自殺した貧しいお針子の少女との二つの自殺事件に関する彼の考察が大いにかかわっている。そこに引かれている線引き、インテリ的な「自尊心の病」患者のシニックな心性と素朴な生命性に満ちた民衆の共苦・共喜のエートスとの根本的差異というドストエフスキー的線引き、これに山城の議論は応える視点を持ち合わせていない。だから彼の議論は『作家の日記』論にはならない。そこには届かない。なぜなら本書でくりかえし示したように、『作家の日記』の中核的主題は、ロシヤ民衆の魂のもつ生命性と一体となったイエス主義的共苦力の視点からくりかえしロシヤ知識人の根無し草性を、そのシニズムと傲慢さを批判することにあるからだ。

また彼は「一八六四年のメモ」を取り上げ、そこで「娶らず、犯さず」というドストエフスキーの言葉に言及してはいるが、本書の補論Ⅳ「『一八六四年のメモ』と……」の『娶らず、嫁がず(犯さず)』節で私がおこなったような性愛に関する議論は一切していない。

ラスコーリニコフの二重人格的分裂性と感情変容

私はこれまでドストエフスキー文学の多くの主人公たちの二重人格ともいえるほどの自己分裂性をくりかえし強調してきた。前節で取り上げた『未成年』に登場する「分身」をめぐるヴェルシーロフとドルゴルーキーを始めとする周囲のやり取りはまさにこの問題の象徴的頂点の一つにほかならない。そして、そこでも述べたように、まさにその分裂性が「カラマーゾフ的天性」の矛盾性と一つに結ばれている問題であることはいうまでもない。

ここでは、その問題がドストエフスキーの小説においては《突如たる感情変容による無意識化されていた別なる世界観の噴出》という問題となってつねに展開するという事情に踏み込んでみよう。その典型例を『罪と罰』に探ることとしよう。

『罪と罰』の第一部第四章において、ラスコーリニコフは街を歩いていて明らかにその風体から狂女であることがわかる泥酔した様子のうら若い娘に出っくわす。彼は見かねて巡査になけなしの金を渡し、その歩くこともおぼつかない娘を家まで連れてゆくように頼む。そのときは、ふだん冷酷で通っていたはずの彼も自分でも思いもかけぬほどに共苦の感情に突き動かされていた。ところが、この狂った女は、彼が余計な差し出がましいことをしたことに反発したかのように、プイとまた歩きだそうとする。その瞬間、「ラスコーリニコフは何かにちくりと刺されたように感じた。たちまち彼の気持ちはがらりとひっくりかえった」とドストエフスキーは書く。[99]

或る光景・仕草・表情に出会い、それがきっかけとなって、或る驚くべき感覚変容が引き起こされ、その変容は、その人間がまるで別人になったかのような、本人も思いもしなかった別の真逆の世界観の持ち主へと変貌したことを表す。かかる問題・テーマは『罪と罰』において根本的な位置を占める。この変容の問題は『罪と罰』の根幹的な主題と結びついて、必ずといってよいほど、〈少女〉との出会いがきっかけとなって作中人物のなかに引き起こされるいわば世界感情・世界気分と、それと一対の自己感情・自己気分の転換として問題となる。

いましがた取りあげた例では、彼の善意をあだにするそのうら若い狂女の振る舞いがそれまでラスコーリニコフを導いてきた共苦の感情、いいかえれば《他者への応答責任感》をたちまち彼のなかから引き揚げ雲散霧消させ、代わりに世界・他者に対する《無応答》・《関与切断》・《嫌悪》の感情に彼を包む。彼は金を渡してその少女の保護を頼んだ当の警官に、「ほっときたまえ！　きみになんのかかわりがあるんだ？　うっちゃっとけよ！」と叫び、その警官を困惑させる。

これときわめて類似した場面がもう一つ出てくる。もっともこの場合感情変容のきっかけとなるのは少女ではなく警察の事務官の態度である。しかし、この感情変容という問題をドストエフスキーがどれほど重大な問題として捉えているかを知るうえでは大いに参考となる。

第二部第一章の終わり近く、くだんの殺人を犯してしまったあとの出来事だが、ラスコーリニコフは警察署から呼び出し状を受け取る。まだ警察はその殺人事件も、ましてや彼がその犯人だということも知らない。彼がかつて書いた或る借用書に基づく債権取り立てがまわりまわって警察の管轄となり、彼は呼び出され、この取り立て請求に対する返答書の作成を命じられる。

そのときの警察官の事務的で横柄な態度に彼はムッとなる。すると、突然彼の内部で感情の変容が生じる。ドストエフスキーはその様子を次のように叙述する。

「ふしぎなことに、彼は突然、誰がどう思おうといっさいかまうものか、という気になった。しかもこの変化は、一瞬のうちに、あっというまに起こった。〔略〕彼の心はだしぬけにそれほどまでうつろなものになってしまったのである。せつない、無限の孤独と疎外の暗い感覚が、ふいにまざまざと意識にのぼってきた。〔略〕いま彼の身におこりつつあったのは、彼にとってまったく未知の、新しい、思いがけぬ、ついぞこれまで例のないことだった。頭で理解したというのではなかった。彼は明確に、全感覚をつらぬくほどの力で感じとったのだった。〔略〕いま、この瞬間まで、彼は一度としてこんな奇怪な、恐ろしい感覚を経験したことはなかった、そしてなによりもやりきれなかったのは、これが意識とか、観念というよりも、むしろ感覚であったこと、直接的な感覚、これまでの生涯に彼が体験した感覚のうちでも、もっとも苦しい感覚であったことである[100]」。

右の一節はわれわれに次の三つのことを示唆するものだ。

第一に、おそらくそれはドストエフスキー自身がみずらの体験から直に汲み取ってきた認識にほかなるまいということ。私は、この感情変容の問題の意味を探るうえでハイデガーの「世界・内・存在」の概念を援用して、次の問題連関へ注意をむけたい。すなわち、或る出来事がきっかけとなって特殊な個別的な感覚が新たに生起し、それが契機となって思いがけなくも、その個人がそもそも世界を全体としてどう感じ取り、直観的にどういう関わり方・態度を世界に向けて取ろうとするのかを規定する《世界感情・世界気分》とでも呼ぶべき地平・審級（ハイデガーが『存在と時間』で「不気味さ」と「不安」という気分の分析を通して取り出した「情状性 Befindlichkeit」）にいわば地殻変動が起き、これまでのとはまったく異なる新しい《世界感情・世界気分》が生じ、かかる全体的な感情変容に導かれてその個人の抱く記憶と認識が従来とは異なるものに次々と変容し始め、結局その人間の自覚化された世界観をも転換せしめる、かかる問題連関へ。

しかも、この変容はいま示唆したように、そもそも深くその人間の身体性（無意識）に根を降ろしていた感情形態の変容として生起するのだ。ドストエフスキーは彼の実存の特殊な来歴からこの問題連関を特別に鋭く、いわば身銭をきって体験せざるを得なかった人間であったと思われる。

第二にこの点で、彼は——ユング的にいえば——意識化された《自我》の地平と、この地平によって発現を抑圧されることで無意識化された身体的・感覚的・欲望的な地平（だが、実はその人間の魂そのものである《自己》という総体的な全体性をなす審級の不可欠の構成部分であるところの）との自己分裂を、もっとも鋭く身に負わされた人間だったにちがいないということ。あるいは彼がそういう人間で実際にあったか否かという問題は棚上げしておいても、要するに、彼は次の問題に惹きつけられていたということ。すなわち、右の如き自己分裂を抱え込んだ人間にとってこそくだんの感情変容の問題はまさにその人間の実存の仕方を左右する決定的な問題として浮上せざるを得ないという事情に（参照、拙著『聖書批判史考』第三章「ユング『ヨブへの答え』を読む」）。

第三に、だから、この感覚変容の問題は『罪と罰』のなかでは実はもう一つの反対パターンを提示することになる。まさに次に示すように、〈少女〉との出会いが先の例とはまったく正反対の変容のきっかけとなる場合があるのだ。否、むしろ実はこの小説の中枢的テーマが与える問題の比重からいえば、こちらのケースが『罪と罰』の基軸となるといわねばならないのである。すなわち、その出会いが世界・他者に対する《無応答》・《関与切断》・《他者嫌悪》の感情世界から、反対の共苦と《応答責任感》の感情世界への変容・転換を引き起こすきっかけとなるというケースが。

この事情をしばし考察しよう。

先に私は呼び出しを受けた警察署でラスコーリニコフを襲った感情変容の場面を引いた。注目すべきことが実はもう一つある。この警察署でのやり取りを通じて彼は自分の犯行がまだ警察には露見していないことに確信を持ち、いうならば完全犯罪をやりとげる自信を得る。彼は警察から帰って、部屋に隠していた老婆からの強奪品を持ち出し、それを或る街路の石塀の内側に隠し証拠隠滅を完成させる。その場面はこう続く。

『証拠は消えた！〔略〕片はついた！　証拠がない！』彼はふいに笑いだした。たしかに彼はのちのちまでおぼえていた。〔略〕広場を横ぎって行くあいだも、たえず笑いつづけていたことを。しかし、一昨日例の少女に会った並木道にはいったとたん、彼の笑いはぴたりとやんでしまった。彼の頭にべつの考えが忍びこんできた。あのとき、少女が立ち去ってから、すわりこんで、物思いにふけったあのベンチの横を通るのが、急にたまらなくいやな気持になったのだ」[101]。（傍点、清）

この一節にいう「例の少女」とは、先に引いたうら若い狂女のことである。その出来事が思い出されたとたん笑いの世界は終わる。というのも、その記憶は、彼の意識をまっすぐに彼の犯した老婆とリザヴェータ殺しへと引き戻すからである。完全犯罪成就の笑いの世界が突然暗鬱なおのれの犯罪直視の世界へと、くだんの少女の記憶をきっかけに転倒する。

ところでさらに興味深いことは、そのくだりに出てきた「ラスコーリニコフは何かにちくりと刺されたように感じた。たちまち彼の気持ちはがらりとひっくりかえった」とほとんど同じフレーズが、第三部第四章でソーニャに初めてラスコーリニコフが直に対面する場面を描くさいに再び使われることである。彼はマルメラードフからソーニャのことは聞いており、既にそのとき以来ただならぬ関心を彼女に抱いてはいた。だが会うのは初めてであった。会った瞬間に起きたことがこう書かれる。

「相手の顔をもう一度しげしげと見やったとき、ふいに彼は、この辱められた娘が、あまりにも卑屈になっていることに気づいて、急に気の毒になった。彼女が恐怖のあまり逃げだそうとする素振りを見せたとき、彼の内部で何かがぎくりと動いたようだった」[102]（傍点、清。そして次の一節がしばらくあとで出てくる）。「彼女の顔付きには、というより、彼女の容姿全体には、そのほかもうひとつ、きわだった特徴があった。十八歳だというのに、彼女は年よりもずっと若く、まだほんの少女のように、いや、ほとんど子どものように見え、それが何かの動作のはしばしに滑稽なくらい顔を出すのである」[103]。

注目すべきは、「何かにちくりと刺されたように感じた」・「彼の内部で何かがぎくりと動いた」ことが発揮する作用が、先の狂った少女にまつわる場面とソーニャとの出会いの場面とでは真逆だという点だ。ソーニャの場合は、それがラスコーリニコフにもたらすのは、《無応答》・《関与切断》・《他者嫌悪》の感情世界から反対の共苦と《応答責任感》の感情世界への劇的転換である。

その事情が実に明瞭に浮かび上がるのは第五部第四章である。

ラスコーリニコフは自分の《非凡人の犯罪権》論を土台に、そして自らの二人の女の殺人を正当化する底意を秘めて、前日ルージン（妹ドゥーニャの元婚約者でラスコーリニコフに激しい敵意をもつ）に百ルーブリ札の横領の濡れ衣をきせられ危うく警察送りになりかけたソーニャに問う。もし昨日のルージンの策略が実現し彼女が監獄に送られ、その結果マルメラードフ亡き後の一家がその唯一の支えである彼女を失って、狂ったカチェリーナ・イワーノヴナを筆頭に全員が破滅することが目に見える予測として立った場合、ルージンを殺してまでも彼の策略を阻止すべきか、それともルージンを生かしてその策力をおめおめと許し一家の破滅を招くのか、おまえならどちらを取るかと。

すると、ソーニャはそんな問いにはそもそも答えられないし、なぜそんな問いを私にぶつけてあなたは私を苦しめるのかと泣く。その姿を見ているうちにラスコーリニコフにくだんの感情変容が起きる。ドストエフスキーは次のように叙述する。

『きみの言うとおりだよ、ソーニャ』ついに彼が小声で言いだした。彼は急に人がかわったようになった。わざとらしいふてぶてしさも、力のともなわぬ挑戦的な調子もいえてしまった。声までがふいに弱々しくなった。『昨日ぼくは自分から赦しを乞いにくるんじゃないなんて言ったくせに、なんだかいまは、それこそ赦しを乞うような調子ではじめてしまったな……〔略〕』〔略〕彼は頭をたれ、両手で顔を覆った」[104]（そうまず書いて、ドストエフスキーはそのあとをこう続ける）。「と、だしぬけに、ソーニャにたいする毒々しい憎悪に似た、異様な、思いがけぬ感覚が彼の心をよぎった。その感覚にわれながら驚き、おびえたようになって、彼は突然頭を起こし、まじまじと彼女を見つめた」。

だが感情のこの憎悪への振れは再び反対極へと振り戻る。「しかし、彼が出会ったのは、じっと自分に注がれる、不安そうな、痛々しいまで気がかりげな彼女のまなざしだった。そこには愛があった」、そうドストエフスキーは書く。続けて「彼の憎悪は幻のように消えた。思い違いだったのだ。ある感情をべつの感情に取りちがえたのだ」と[105]。

つまり『罪と罰』を貫く感情変容のドラマツルギーはこうなのだ。ラスコーリニコフは他者への《無応答》・《関与切断》・《他者嫌悪》の感情世界と共苦・《応答責任感》・《愛》の感情世界とに引き裂かれ自己分裂し、しかもソーニャと会うまではこの自己分裂においてますます前者が強度を増し、それは彼の《非凡人の犯罪権》論にまでおのれを論理化するまでに到る。しかし、ほとんどまだ少女というべきソーニャとの出会いがこの前者のヘゲモニーを突然転倒せしめる。その出会いは次第に後者の感情世界の蘇生を促し始め、遂にそれは前者を圧倒しラスコーリニコフを自首に赴かせ、ソーニャに付き添われた流刑地シベリヤの地での最終的な魂の救済へと至る。

《想像的人間》としてのドルゴルーキー――『未成年』の祖型的凝縮性

この章を締めくくる前にもう一つ『未成年』のドルゴルーキーについて論及しておきたい。既に私は「はじめに」において彼もまたくだんの「カラマーゾフ的天性」をおのれの「謎」とする人物であることを指摘し、また先の「『自尊心の病』と『自虐の快楽』……」節でこの心理構造を生きる典型的主人公の一人として彼を取り上げた。

そもそも『未成年』はまだ二十歳の未成年ドルゴルーキーが書いた自伝とされ、その全編が彼の自己省察の開陳という形をとって展開する。つまり、読者はその全編にわたって彼の自己意識の持ち方、その特質につきあわされるのだ。この点で、私は『未成年』をドストエフスキー文学に特徴的な主人公の実存構造を「祖型的凝集性」において示す作品だと位置づけたくなる。作品の発表順序からいえば祖型どころか、最後の作品『カラマーゾフの兄弟』の一つ前の晩年の作品であるにもかかわらず、同作品は他の作品のドストエフスキー的人物たちをもその内面の奥底から照射する祖型の如き働きを演じる作品である、と。それというのも、この作品はわれわれ読者を絶えまなく主人公の自己省察に伴走させるからである。ここから次のことの理由もわかる。実に『未成年』にはドストエフスキーの他の作品よりもはるかにおびただしいほど「卑劣漢」という言葉が飛び交うことになる理由も。本章の「『卑劣漢（パドリィエツ）（подлец）』という主題」節で論じたように、自我意識の存立構造それ自体が人を「卑劣漢」へと送りだすいわば実存装置となっているからであり、この小説はまさにドルゴルーキーの自我意識小説だからだ。

ところで、私はかつて《想像的人間》という問題視点からニーチェと三島由紀夫を一種の実存的精神分析にかけるという試みをおこなったことがあった（拙著『《想像的人間》としてのニーチェ』晃洋書房、『三島由紀夫におけるニーチェ──サルトル実存的精神分析の視点から』思潮社）。そもそもこの《想像的人間》という問題視角は、ジャン・ジュネをサルトルが彼の実存的精神分析の方法で評論した書『聖ジュネ』から私が汲み取った方法論的視角であった。読者には突拍子もないと思われるかもしれないが、《想像的人間》に関する次に紹介するサルトルの言葉はそのままドルゴルーキーに捧げてもよいと思わせるほどだ。またそこからして彼を祖型とする幾多のドストエフスキー的主人公たちに。拙著『三島由紀夫におけるニーチェ』から引こう。

サルトルは、R・D・レインとその盟友のクーパーが共著で書いたサルトル論『理性と暴力』に序文として寄稿した文章のなかでこう述べた。「私は〔略〕精神疾患というものを『生きることの不可能な状況を生きうるために創出する脱出口』だと考えていますと。

『聖ジュネ』を読むと、この「生きることの不可能な状況を生きうるために創出する脱出口」という定義は、実はジュネにとって「詩」が担った働きを定義する言葉であり、総じて「想像的なもの」に対するサルトルの執拗な問題関心の所在に深く関連する言葉だということがわかる。ジュネについて、彼は──明らかにニーチェの「運命愛」の思想を仄めかせながら──こう書いている。「生きることが不可能なような人生を与えられたので、彼はこの生きることの不可能性を、彼ひとりだけに留保された特別の試練として、わざと自分のためにつくったかのように生きるであろう。彼は自分の運命を意欲する。それを愛しようとつとめるだろう」と。[106]

〔略〕

《想像的人間》とはいかなる人間類型のことを指すのかを説明する、ジュネについてのサルトルの言葉を引きたい。それはこうだ。「その原理が彼をして、存在よりも虚無、現実よりも想像を、享楽よりも緊張を選ばせしめるのである。一言にしていえば彼の営為は、詩的行為の範疇のなかにあきらかに位置づけられるのである。それは不可能なものの体系的な追求だ。後になって彼が、『架空の国だけが住むに価する唯一の国である』と書きえた理由は明らかである」[107]。（傍点、清）

既に一度本章の『自尊心の病』……」節で取り上げたように、ドルゴルーキーは「わたしほど、一生のあいだ自分の姓を呪わしく思った者はおるまい」と自らを語り、この自分の出生そのもの、いいかえれば、彼の実存そのものに運命が貼りつけた恥辱によって発狂しかけるほどの人物である。つまり彼に与えられた人生とは──サルトルの言い方を借りれば──、そもそも運命によって「生きることが不可能なような人生」となったそれなのだ。しかしだからこそ彼は、「この生きることの不可能性を、彼ひとりだけに留保された特別の試練として、わざと自分のためにつくったかのように生きる」ことを選ぶ。彼が名を聞かれ、「ただの私生児のドルゴルーキーだ」と傲然と言い放つとき、それは自己誇示なのである。

この自己誇示とは、同時に私のいう「自虐の快楽」である。既に『自尊心の病』と『自虐の快楽』……」節で示したように。まさにドルゴルーキーはこう語る。──自己誇示とは、その裏面に「必ず受動的にその侮辱に服したいというやみがたい願望」を貼りつけているものであり、それは侮辱され軽蔑されることの快楽なのである、と。いわく、

『ぼくを下男にしたいのなら、さあ、すすんでなってやるぞ、人間の屑になれ──そらどうだ。りっぱな

屑じゃないか』。こうした類の消極的な憎悪と潜在的な怨念を、わたしは長年にわたってもちつづけることができたのである」[108]。

『未成年』は次のドルゴルーキーの述懐から始まる。——「わたし」は「自分を抑えきれなくなって、人生の舞台にのりだした」とき、同時に自分についての「記録」（それが『未成年』にほかならない）を書きだすが、それを始める一ヶ月前に家族すべてから離れ、「もはや完全に自分の理想に去る決意」をしたのだ、と。そして、こう続く。

「わたしは『自分の理想に去る』というこの言葉をここに特に記しておく、なぜならこの表現がわたしのほとんどすべての主要思想——そのためにわたしがこの世に生きている目的そのもの——を意味するものだからである」[109]。

彼はここにいう「自分の理想」が何であるかを説明しようとしてこう述べる。自分はもともと幼少から「空想の中に生きてきた」といってよいほどに空想好きだったが、その自分の空想力を浮遊と漂流の状態から決別させ、「にわかに固め」、「あるひとつの型に鋳造する」作用、つまり或る一点に集中させる作用を発揮する、いわば空想目標の設定を意味したのだ、と。それは、もっと具体的にいえば「ロスチャイルドのような富豪になること」なのであるが[110]、この人生目標・理想を立てることは、彼にとっては実は「すべての人と完全に関係を絶ち」、「必要とあれば全世界とさえ縁を切って」[111]、「亀のように甲羅の中へひっこむ」ことを自分に可能にさせることなのである[112]。そこにこの「理想」の意味があるのだ。彼はこういう言い方もする。この「理想」とともに、「おれは一人ではなくなるのだ」と。そしてこう続く。

「これからはもうけっして一人ぼっちではないのだ。これまでどれだけの恐ろしい年月を孤独に苦しめられたことか。おれには理想という生涯の伴侶ができたのだ。たといあちらで彼らが〔略〕おれに幸福をあたえてくれ、十年も彼らといっしょに暮らすようなことになったとしても、おれはこの理想をけっして裏切りはしないぞ！」[113]。

下男の息子にして、私生児のドルゴルーキーが十九世紀ロシヤにおいてどんなに努力しようと運命が微笑もうと、到底ロスチャイルドになれるはずがない。この理想は、ありていにいえば、「理想」という名の「妄想」である。先のサルトルの言い方を借りれば、まさに彼に「不可能なものの体系的な追求」を可能にさせてくれるものであり、そのことによって彼の営為を「詩的行為の範疇」のなかへ、つまりあの「自分という亀の甲羅」にひきこもらせてくれるもの、彼に「架空の国だけが住むに価する唯一の国である」といわせるものなのだ。つまり、彼を《想像的人間》にさせてくれるものなのだ。

かくて、彼は世間という現実社会のただなかにあっても、彼の存在と生活を「二重化」できる。一方で彼は「彼ら」（家族、友人、同僚、様々な仕事相手、等々）と世間のいう「現実」的諸関係を結びながら、しかし、いつでもそれらと手を切る決意を保持し続けることによって、その「現実」的諸関係のただなかで彼らの思惑の裏をかき「亀の甲羅の中へのひっこむ」自由の優位を密かに保持し続ける。彼は端的にこういう。「ぼくの理想――それは闇と孤独だ」と。[114]

ところで、『未成年』には幻想・妄想がもつ感情喚起力についての素晴らしい洞察が披歴される場面がある。

それ自体はまったく非現実ないわば純粋観念にしか過ぎないはずの観念・妄想が、それにもかかわらず、あるいはそれだからこそ、強い感情喚起力を発揮するという問題、だからかかる妄想は実は感情化された観念であり、あるいは観念化された感情であるという、その両者の相互浸透的混淆性についての素晴らしい洞察が。それは、ドルゴルーキーがくりかえし嫉妬に追い遣られながらも、しかし、心服と敬愛の感情を捨てることができないワーシンという友人が披歴する洞察であり、ドルゴルーキーはそれにいたく感服するのだ。ワーシンいわく。

「多くの人間に言えることだが、論理的結論がときとして強烈な感情に転化し、完全にその感情の虜となって、駆逐することも、改めることもひじょうにむずかしいことがある。このような人間を正常にもどすには、その感情そのものを変えねばならんが、それには同程度に強烈な別な感情を代わりに注入する以外に手はない。これは常にむずかしいことであり、たいていは不可能なことだ[115]」。

この指摘を聞いてドルゴルーキーはそれを自分にあてはめ、こう独り言する。

「美しい思想を論破するだけではだめだ、同程度に力強い美しいものを代わりに与えねばならぬ。さもないとわたしは、ぜったいにわたしの感情と別れることは望まないから、彼らがなにを言おうと、たとい強引にでも、わたしの心の中で論破されたものをさらに論破することになる。だって、彼らがいったいなにを代わりにあたえることができたろう[116]？」

ここに語られた問題を、途中を省いて、いきなりドストエフスキー文学の主題に引き寄せ、そこから《想像的人間》たるドルゴルーキーの抱える実存的問題を照射するなら、その問題とはこうではないか？　以下は私の創作である。

――「ロスチャイルドのような富豪になる」という「理想」は実は妄想でしかない、そのことは俺はわかっているのだ。しかし、それを如何に周囲から論理的に暴き立てられようと、俺は、ただますますこの「理想」にしがみつくだけだ。そしてこの「理想」は実に観念だけによって構築された妄想だから、それの非現実性を暴く論理を逆に反駁する論理はいくらでも俺は案出することができるにちがいない。要するに、問題はこの「理想」の実現可能性といった点にあるのではなく、この妄想的理想が俺に与えてくれる「感情」にこそある。つまり、この妄想が俺に《おのれの孤独を誇示したい》というやむことなき欲望・感情をくれるであり、それを欲する強烈な感情が俺にあるかぎり、俺はけっしてこの妄想から自分を解き放つことはない。逆にいえば、この妄想から俺が自分を解放するためには、いま俺を捉えているこの孤独への熱情と匹敵するほどの、しかし、それとはまったく「別な感情」が俺に注入されねばならない。では、どんな「同程度に強烈な別な感情」が俺の場合問題となるのか？――

私の答えをずばりいえば、それは共苦の感情である。私としては、読者に本書第三章・『『カラマーゾフの兄弟』の……」節や本章の「ラスコーリニコフの二重人格的……」節をあらためて読み直していただくようお願いしたい。

あの『おかしな人間の夢』に出てくる場面、今晩自殺を決行しようとしていた男が先ほど街ですれ違った哀れな少女へ自分が抱いた共苦の感情の突発性と強烈性を自分でも不思議がっているうちに、自殺をする決意を忘れ、眠りに落ち、くだんの「黄金時代の夢」を見るといった劇的な少女との出会い、あるいは『罪と罰』でのラスコーリニコフのソーニャとの出会い、そうした出会いに匹敵するような回心の場面は『未成年』には遂に登場しない。

とはいえ、このドストエフスキー文学の根幹的視座をから『未成年』を振り返るなら、実はドルゴルーキーにはこれまで一貫して問題にしてきた孤独欲望――まさに彼を《想像的人間》たらしめる原動力となる――だけでなく、共苦への熱情と《子供》への愛――まさに彼の幼少期の絶望的な孤独経験の実は裏地をなすといい得る――がもう一つの隠された感情マグマとして秘匿されている事情、これが常に書き込まれていることがわかる。

彼は自分の母を「去年までずっと、ほとんど知らなかった」人物、「ほとんど捨てられたみたいに、ほとんど生まれるときから他人のあいだにおかれた」生い立ちを背負った人物として登場するが、だからといって、『カラマーゾフの兄弟』のスメルジャコフのように母を憎み、故郷を憎み、ロシヤを憎み、全人間を憎む「人間嫌い」の復讐的心性に凝り固まった人物として登場するわけでは実はない。彼は、ほとんど母の愛を幼少期には体験できなかった人間であるにもかかわらず、母の天性の善良さと優しさを直観し、妹を愛し、自分はどんなことがあっても母と妹を捨てないと考える人間であり、しかもまた父ヴェルシーロフの語る「黄金時代の夢」やマカール・イワーノヴィッチの語るイエス的な「憐れみの愛」の共苦の精神を根底において互いを結びあう新しき人間共同体の理想を聞いて感激する人物として描きだされる。

『未成年』第二部第九章第二節は、ドルゴルーキーが眠りに落ち、母に彼が生まれて初めて会ったときのことを夢に見る場面を描く。[17] 母は少年の彼が預けられていたトゥシャール家を訪ねて来るのだ。この節は彼の根底に疼く母への思慕と自分を愛してくれる母への感謝をまるまる一節全部を使って描きだし、たいへん印象的である。しかも、夢のなかでもこの母との出会いが少年の彼にそれまで取り憑いていた「世のすべてを呪う陰にこもった憎悪」から彼を解放する転機となったことが思い出されるだけでなく[118]、まさにそうした夢を見たことが、再び彼を、その日幾つかの出来事をきっかけとして彼に取り憑くに至った、かつてのそれと同様な世間全体に対する「狂おしい憎悪」から解放するのである。彼はその日、この夢を見るまでは、「罪のあるやつもないやつも、すべてのやつらをたたきつぶし」、そのあとに自殺して果てるという決意を固めていたにもかかわらず[119]。

かかる彼の二重性は女性に対する彼の態度の二重性ともなって現れる。一方で、彼は自分を「生涯女なんてものには唾を吐きかけてやるつもりだし、そう自分は約束した」と語るほどの女嫌いである。だがそれにもかかわらず、母と妹に対する愛の絆は深く、また後には父の愛人カテリーナ・ニコラエーヴナに対する一途な恋に――しかも、彼女の表情の奥底に隠された純朴で生き生きしたいたずらっ子の子供らしさに感動することを梃子に――走る青年として描かれる。次の言葉は彼の真情を語る言葉なのである。いわく、

「赤んぼうを見たまえ。赤んぼうたちだけが完全に美しく笑うことができる。――だからなんともいえずかわいいのである。わたしは泣いてる子はいやだが、楽しそうににこにこ笑っている子は――これこそ天国からの光であり、人間が、ついには、子供のように清純で素朴になる日の訪れることを告げる、未来からの啓示である[120]」。

つまりかの「カラマーゾフ的天性」の本質をなす「反対極への渇望」は、ドルゴルーキーにおいては、まさ

に一方における恐るべき孤独癖と他方における愛の絆への渇望との二重性となって現出するのだ。

ドルゴルーキーのモデルはニェクラーソフではないか？

既に私は本書第二章・『未成年』からの照射」節において、『未成年』の抱えるテーマが如何にニェクラーソフとドストエフスキーとの友情と深く関係するかという問題を指摘したが、この点をさらに補っておきたい。一言でいうなら、ドルゴルーキーのモデルはニェクラーソフではないかと思うのだ。『作家の日記』一八七七年、十二月号はこれ全編ニェクラーソフ追悼号といい得るが、そのなかにニェクラーソフの人格性（実存構造）をこう語る箇所がある。——彼には「この上なく暗い、屈辱的デーモン」が取り憑いていた、と。そしてこう続けている。

「それは傲慢と、自己保全の渇望と、堅固な壁を築いて他人から自分をまもり、その悪意や、その脅威を自分に関係のないこととして平然と眺めていたいという欲求のデーモンであった。このデーモンは、すでに子供の時分に、ほとんど父のところから逃げ出すようにして、ペテルブルクの歩道の上に立った、十五歳の子供の時分に、その心に吸いついて離れなくなったのであると、わたしは考えている」[121]。

実はこの一節はその直前に引用紹介される彼のごく初期の詩を受けてのものである。その詩はまさに右にいうペテルブルクの歩道に突っ立った孤独で惨めな十五歳の彼の姿を活写する詩なのだが、その結びは「それから四十年がすぎたいま／ふところにうなる大枚百万両」という句なのだ。そしてこの結びの「百万両」を指して、ドストエフスキーはそれが彼に取り憑いた「デーモン」であるとまず指摘するのだ。

私はこう推測する。このデーモンたる「百万両」こそは、まさにニェクラーソフをして《想像的人間》になさしめるそれ、つまりドルゴルーキーのいう「ロスチャイルドのような富豪になるという理想」の原型にほかならない。

カラマーゾフ的天性とロシヤ人気質――『作家の日記』から

最後に『作家の日記』から次の視点を取り出しておきたい。それは、ドストエフスキーにあって実はくだんの「カラマーゾフ的天性」とは、そもそものロシヤ人気質を土台にいわばその最高の典型的な凝縮形態として構想されたテーマであったにちがいないという問題である。

『作家の日記』1（一八七三年）の第五章「ヴラース」は、ニエクラーソフの詩「ヴラース」を論じることをとおしてドストエフスキーが自らのロシヤ民衆観を語るきわめて重要な章である。そこには次の言葉が記されている。すなわち、「ロシヤの民衆の最も重要で、根本的な精神的要求は――場所と対象を選ばぬ、飽くことを知らない不断の、苦悩の要求にほかならない」という言葉が[122]。

彼によればこうした精神的事態が生じるのは、そもそもロシヤの民衆には「二つのタイプ」の欲求が食らいつき染みこんでいるからである。すなわちその一方は、「なにか悪魔にでもそそのかされたように」、「何事においてもあらゆる尺度を忘却し」、「限度を越えようとする欲求」である。彼は次のようにも形容する。

「深淵の際まで行って、その深淵の上に半身を乗り出し、そのどん底をのぞきこみ、胸のしびれるような感じを味わおうとする欲求」、「まるで気でも狂ったように、底をめがけて頭から真っ逆さまに飛びこもうとする欲求」と。

注目すべきは、彼がさらに言葉を継いで、それは「旋風」の如き「瞬間的で発作的な自己否定と自己破壊」の欲求であるから、何よりも「自分の心がいちばん大事にしている聖なるもの、完璧この上ない自分の理想」に狙いをつけ、それを否定し破壊しようとする欲求だと指摘している点である。[123]

では、他方のタイプの欲求とは何か？

それは、この発作的な自己破壊衝動に対するリアクション・反動の欲求、破壊されかけた自己を復元し、まさに自分のなかの聖なるもの・理想を復元しようとする欲求である。しかもドストエフスキーは次のことが注目されねばならないという。すなわち、この「復元と自己救済の衝動」は最初の自己破壊衝動よりも「ずっと真剣」なものであり、「ロシヤ人はきわめて膨大な真剣な努力を傾注してそれに没頭し、その前の自分たちの否定的な動きを自分自身に対する軽蔑という目でながめる」と。[124]

たとえば『カラマーゾフの兄弟』において、この苦悩を自ら欲する民衆の精神性にいちばん近いのはドミトリーであろう。そして多くの場合、ドストエフスキーの諸主人公たちはこのロシヤ人気質を共有し土台にしながらも、この民衆的な苦悩のダイナミズムが知ることのないロシヤ知識人固有の苦悩性、スタヴローギンがその極となるような、自己矛盾を対象化する自意識の過剰な反省性が反身体的な空虚感の黒い染みを否応なしに実存の奥底に染みわたらせる、そうした苦悩性を抱え込んだ人物たちとして登場することになろう。つまりくりかえしいえば、「自虐の快楽」と「自尊心の病」（もはや民衆が知ることのないほどの先鋭さに触まれた）の双子の振り子機制の裡に閉じ込められた人間として。

補論III　祖型としての最初期中編『二重人格』

『二重人格』の異様さ

既に触れたように、ドストエフスキーの第二作にあたる『二重人格』は本章で考察したドストエフスキー的主人公、あるいは「カラマーゾフ的天性」の祖型を提出した作品にほかならない。そして次の事実はドストエフスキー研究のなかではよく知られている。デビュー作『貧しき人びと』はベリンスキーを筆頭に当時のロシヤ文壇において絶賛を浴びたが、この第二作目は――ドストエフスキー自身は『貧しき人びと』よりも「十倍も優れたもの」とみなしていたにもかかわらず――その幻想小説的志向とあまりの冗長さに対する酷評によって迎えられたこと、だが、彼はこの作品に「異常な執着」を示し、遂に果たせなかったとはいえ生涯改作の意志を捨てなかったことは。[125]

実にこの作品を読めば、本章の前半で取り上げた《「自虐の快楽」主義者と「自尊心の病」患者との双子的振り子機制》や「卑劣漢」問題、あるいは偶然の感覚的刺激が突如世界感覚の変容を引き起こすことが示すラスコーリニコフの二重人格的自己分裂性、深いルサンチマン的心性がドルゴルーキーにもたらす《想像的人間》としての実存様態、『柔和な女』の男主人公のヒポコンデリー患者型人物像と同小説が「幻想的な物語」を通しての「真実の物語」の追求という構造をとることとの切り離しがたい関係性、等々の諸問題のほとんど全部が、そこでは祖型的に提出されていることがよくわかる。あるいはまた次の第六章「ドストエフスキーの小説構成方法論」で論じる諸問題のほとんど全部が同様に祖型的に提示されていることが。この意味で、ドストエフスキーがこの作品を『貧しき人びと』よりも「十倍も優れたもの」と自負した自己認識はまったく正しかったといわねばならない。

いうならばベリンスキーを指導者とする親社会主義的な「自然主義的リアリズム」が優勢であった当時のロシヤ文壇の軍配は『貧しき人びと』に挙がったとはいえ、今日の時点から振り返れば、まさにドストエフスキー文学の今も失われることなき《現代文学》性を担保する本質的契機は実はむしろこの『二重人格』こそが担っていたというべきなのだ。

一言でいってこの小説は異様である。内容がそうだという意味ではなく、読者はそこで作者の或る異様さに触れるのだ。岩波文庫本でいえばおそらく数十頁の分量の短編に凝縮され得る、またむしろその方が作品的インパクトも高まると思える内容が、最後に発狂に至る二重人格的自己分裂が生む意識の自己幻想化の過程を執拗に描出したいという作者ドストエフスキーの欲動に主導権を取られてしまい、その描出欲望の「淫している」といわざるを得ないほどの自己耽溺性によって実に三一六頁にまで膨れ上がった作品なのである。まさにこの点では「ドストエフスキー的冗長さ」の祖型でもある。

とはいえ、そのことも含めて、この小説は二重人格的分裂意識が生きる自己幻想化の過程——現実認識を飛び地のように含み、かつその現実認識の絶えざる無化ないしそこからの逃避として生じ、だからまたおのれに欠如するものを体現する幻想的分身に対する、主人公の隠し持った憧れとそれゆえの憎悪という七転八倒のアンビヴァレンスに彩られる——をリアルに描出するための画期的な小説的方法、それの身をもっての提示である。この点で同小説が小説方法論上決定的な文学的意義を有することは疑い得ない。彼自身がきわめて強く意識していたゴーゴリ的なカリカチュア文学の可能性の現代的賦活の問題にもかかわって、その笑劇にして悲劇である「物騙り」表現手法——実に鬼気迫ると形容したくなるほどの——は実に今日においてもその範例的な価値を失っていない。

明らかにドストエフスキーは、《現代とは幻想的という非リアリズムの契機を含むことなくしては如何なるリアルにも接近できない時代である》というテーゼの最初の決定的な提出者なのだ。[126] そして、この点にこそ『二重人格』の文学的意義が存する（私が思うに、かのブルガーコフはこの『二重人格』を引き継ぐことでドストエフスキー継承者となったスターリン治下のソ連作家である。参照、「はじめに」注（6））。

ただし、次のことはぜひとも指摘しておかねばならない。この作品はまさにまだドストエフスキーの第二作目の位置にあるものとして、本書がテーマとする後期五大長編世界を貫く勝義の意味の「カラマーゾフ的天性」の抱える自己分裂性をまだ全然主題化してはいない。つまり、共苦の愛を生きる自己と、《「自虐の快楽」主義者と「自尊心の病」患者との双子的振り子機制》を生きる自己との、かかる二つの自己への二重人格的自己分裂はまだ主人公の実存の核心問題としては設定されていないのだ。

『二重人格』の主人公ゴリャートキンにとっての分身は劣等感の塊たる彼の実存がその反対モデルとして産み出した——実は憧れの対象であると同時にそれゆえに憎悪と軽蔑の対象でもあるところの——「新ゴリャートキン」なのである。だから、この二重人格的自己分裂自体を関係づけているくだんの心理機制それ自体を破砕せしめ、この機制そのものから主人公を解放せしめる《共苦の愛を生きる、素朴な実直なる親交の心性に溢れた自己》がおのれの反対モデル的分身として登場しているわけでは全然ない。後期五大長編世界とのこの差異はドストエフスキー文学の発展史にとって決定的な問題である。

『貧しき人びと』と『二重人格』との相互媒介という課題

いいかえれば、『二重人格』は『貧しき人びと』とは、あるいは逆にいって後者は前者とまだ媒介され統合されてはいない。

ここで一言するなら、『貧しき人びと』のほうは、それぞれ心に深い傷を抱える惨めな初老の小役人マカール・ジェーヴシキンと貧しく孤独な孤児のうら若きワルワーラ・ドブロショートワとが、普通ならあり得ない頻度で（心理的には毎日といい得る）取り交わすほとんど恋文にまで高まった、互いの心の傷を明かしあい、相手を気遣いあう《共苦の往復書簡》小説なのである。またそこで互いが報告しあう周囲の事件なり光景があたかも《泉の中心と湧く水の同心円的波動》・《一つの叫びや嘆きと、それに響き返す木霊の同心円》の如き共苦関係を構成して、その書簡の内部に絶えまなく呼び込まれる書簡小説なのである。

二人は、長年誰からも関心をもたれず、自分の話に耳を傾けてくれる相手をもたなかった人間が初めて発見した唯一の話し相手・聴き手として互いを見いだす。その書簡に満ちた饒舌なほどの言葉の噴出、特にマカールのそれは、彼らのこれまで生きてきたそうした孤独の裏返しの現れであり、そこにはひょっとするとワルワーラとは彼の幻想の産物で、実は実在の人間ではないのではと思わせるほどの或る夢幻性が纏いつく。この共苦の絆において、相手を失うことは再びあの恐るべき孤独へと還ることであり、しかも既にこの絆を生きることができた時間をもった以上、この帰還は決定的な絶望としておそらく自殺を招来するほかないものとなる。

かかる『貧しき人びと』の観点からいえば、『二重人格』のゴリャートキンとはワルワーラと出会う以前のマカールの現身であるともいい得る。共苦の絆から徹底的に見放されたマカールの生きる実存構造の徹底的なリアリスティックなカリカチュア化、それが『二重人格』なのである。まさにこれら二つの小説のことあらためての媒介と統合の問題こそが、いいかえれば、この統合という新たな問題地盤の上に二重人格的自己分裂の問題を再設定することが五大長編の主題となろう。

その門口こそが『地下室の手記』であった（参照、補論Ⅱ『地下室の手記』の祖型性……）。そしてドストエフスキーがこの門口を通ってさらに右に述べた媒介と統合へと決定的に進むためには、『二重人格』のゴリャートキンは劣等感の塊たる彼の実存の深部から湧き出るルサンチマン――「敵という敵を一挙に灰にし粉砕せずにはおかない異常な力を持った、例の挑みかかるまなざし」[127]――を「無神論」的ニヒリストたる「政治的社会主義者」のまなざしとしてあらためて実現しなければならなかったのだ。

そしてまた、このテーマの進展とともに、かかるルサンチマンの持ち方（おのれを「無神論」「政治的社会主義」として実現する）それ自体への根底からの自己批判、あるいはこの形のルサンチマンからの根底からの自己解放、その唯一なる媒介者・助勢者として「貧しき人びと」が再発見されねばならなかったのだ。ゴリャートキンはラスコーリニコフとなって再登場し、彼は最後まで彼を見捨てないソーニャを得る。実にこのテーマの変奏と成長の脈管こそがドストエフスキー文学の生命線ではなかったか？

第六章　ドストエフスキーの小説構成方法論

あらゆる文章は文体をもち、成功するか不成功に終わるかは別にして、内容と形式とのあいだに誕生する弁証法的力学を生きようとする。ドストエフスキー文学の内容をなすその主要なテーマが必然的に如何なる展開形式を彼の小説に、まさに形式の「ドストエフスキー的なるもの」として与えることになるか、この点について触れたい。

意識と無意識との対話

既に、本書第五章・「ラスコーリニコフの二重人格的……」節で取り上げたように、ドストエフスキーの小説の展開を駆動していくいわば方法原理は、私がハイデガーの現象学的概念「世界・内・存在」を援用して指摘しようと試みた次の問題連関、それへの彼の注視から生まれる。[1] すなわち、なんらかの事情から偶然或る特殊な個別的な感覚が作中人物を襲う、するとそれがきっかけとなって、身体性＝無意識の地層・審級に根差す《世界感情・世界気分》とでも呼ぶべき地平に激震が走る。そもそもこの地平はその人物の意識活動を根本的に方向づけ掣肘するものであったが、この激震のなかから新しい別な《世界感情・世界気分》が湧きおこりその人物を包む。しかも、この新たに誕生したそれは実は想起的性格・既視感的性格をもつ。つまり、実はその人物がつい先ほどまで生きていたはずの意識が封印していた、その意識に背馳する別な《世界感情・世界気分》が突如その封印を破り捨て、その人物の実存を一挙に包んでしまうのだ。するとその結果、その人物の世界・他者・自己自身への関与態度が根底的に変化するから、それら三者に関して、その人物はいままで思い出さなかったことを思い出し、いままで知覚しなかったことに気づき、これまでとは異なる認識を得るようになる。そこに出現するのはこれまで封印していた《もう一つの自己》が切り拓く意識世界なのだ。

かかる問題連関への注視、これがドストエフスキーが小説を展開するときの方法原理となる。この点で、ドストエフスキーはニーチェと並んで後にフロイトが創始した精神分析学的方法の最も重要な先駆けである。こうした事情は、《夢》が彼の小説の展開のなかでもつ比類なき意義を説明するものでもある。その代表的一例は第三章のなかで見たとおりである。スヴィドリガイロフもスタヴローギンも、彼らが自己断罪の自殺に導かれるのは彼らの睡眠中の夢が、あるいはそこからの覚醒が彼らをしておのれの為した犯罪に対して真正面から向き合うことに導くからである。なぜなら《夢》こそは、人間が昼間を生きるために依拠している意識、それが封印している無意識の地層・審級に保存されている記憶・感情・思考を開封する場だからだ。

この点で、次の一節はぜひとも引用しておかねばならない。『罪と罰』第一部第五章にこうある。

「病的な状態にあるときには、夢はしばしば異常なほどくっきりと、鮮明になって、驚くくらい現実と似てくるものである。ときには非現実的な奇怪な光景がくりひろげられることもあるが、夢のなかの出来事の状況や経過が真に迫っていて、おもいもかけぬような微細なデテールまでそなわっている。しかもそのデテールが出来事の全体に芸術的に実にぴったりとはまっていて、夢を見た人間がプーシキンやツルゲーネフのような芸術家であっても、うつつにはとても考えつけぬほどの見事さなのである。こういう病的な夢は、たいていいつまでも記憶から抜けず、変調をきたし、すでに興奮状態にある人間の神経に強烈な印象を与える(2)」。

また『未成年』のなかに次の場面、ドルゴルーキーが自分の無意識のなかに潜むカテリーナ・ニコラエーヴナへの激しい情欲、彼のいう「くもの魂」に夢のなかで出会わされて、それを述懐する場面がある。彼は彼女の「あつかましい、真っ赤な、笑いにひくひくふるえる、そしてわたしを呼びまねく唇」に自分が接吻しようとする夢を見る。そして夢から覚め、この「呪われた夢」についてこう語るのだ。ほとんどそれはフロイトの発見の先取りである。

「誓って言うが、この忌まわしい夢まではわたしの頭にこのような恥ずべき想念に似たものすらなかったのである！〔略〕いったいどこからこんな想念がいきなりすっかりできあがった形であらわれたのか？　それは、わたしの内部にくもの魂がひそんでいたからなのだ！　それはつまり、すべてがもうとうにわたしの淫蕩な心の中に生まれて、わたしの欲望の中にひそんでいたのだが、正気のあいだはまだ心がそれを恥じ、理性がなにかそうしたものをまだ意識的にあらわすことができずにいただけなのだ。ところが夢の中で魂そのものが、心の中にひそんでいたものをすっかりさらけ出し、細かいところまで、実に正確に、しかも――予言の形で見せてくれたのである(3)」。

こうした事情は次のことを指示する。すなわち、右に取り上げた問題連関はおよそあらゆる人間に程度の大小はあれ普遍的に妥当する事柄であるが、ただし、そういう人間の普遍的事情を誰にもまして鋭く強烈に生きざるを得ない《代表的パーソナリティー》とでも呼ぶべき人間がいるという問題を。ウイリアム・ジェイムズは『宗教的経験の諸相』のなかにこう書いた。

「私たちは、病的な心のほうがいっそう広い領域の経験におよんでおり、その視界のほうがひろいと言わねばならぬように思われる。注意を悪からそらせて、ただ善の光のなかにだけ生きようとする方法は、それが効果を発揮する間は、すぐれたものである。〔略〕しかし、憂鬱があらわれるや否や、それは脆くも崩れてしまうのである。そして、たとい、私たち自身が憂鬱をまったくまぬかれているとしても、健全な心が哲学的教説として不適切であることは疑いがない。なぜなら、健全な心が認めることを断乎として拒否している悪の事実こそ、実在の真の部分だからである。結局、悪の事実こそ、人生の意義を解く最善の鍵であり、おそらく、もっとも深い真理に向かって私たちの眼を開いてくれる唯一の開眼者であるかもしれないのである」(4)。

この言葉はまるでドストエフスキーの小説の登場人物たちに捧げられたように響く。実に「自虐の快楽」を生きるにせよ、「自尊心の病」に身もだえするにせよ、彼らはみなドストエフスキーによって意識の世界での自己像と無意識の世界での自己像とのあいだに鋭い亀裂・対立が穿たれた人物、自己分裂の苦悶を抱き、もっぱらこの自己分裂によっておのれの人格的アイデンティティーを定義する「病的な心」の持ち主として設定されている。

突如たる根本的感覚変容が、したがってまたまったく相対立する《世界感情・世界気分》のあいだを、いいかえれば意識と無意識とのあいだを振り子のように揺れ動くことが彼らの実存様態の特質であるとしたら、そのことは彼らに当然《夢遊病者》の歩行を与えることになろう。

彼らは、昼日中の世界にあっても、彼らの実存を定義するその激しい自己分裂性によって、或るちょっとしたきっかけで意識の地平から無意識の地平へと、昼間の覚めた意識の世界から睡眠中の《夢》の世界へと送り返される。あるいはそこへと突如失墜する。彼らの昼間の歩行路は突如として陥没し、その暗渠のなかで彼らを《夢》の世界の歩行者へと変貌させる。ラスコーリニコフがその典型であるように。

炯眼なるミハイル・バフチンのきわめつけの一節にいわく、

「夢や空想や狂気は、人間やその運命の叙事詩的、悲劇的統一を破壊する。ひとりの人間のなかに別の人間、別の生の可能性が開かれ、彼は一個の完結した一義的な自己を失い、自分自身と一致することを止める」[5]。

だが、このバフチンの指摘に対してはもう一言言い添えねばならないだろう。主人公が「一個の完結した一義的な自己を失い、自分自身と一致することを止める」というドラマツルギーを生きることになるのは、ドストエフスキーにあっては、たとえ最後まで歩き通すことができないで終わることになったとしても、究極のおのれの「真実・真理」へと向かう救済への道行として構想されているということが。

「無神論」的ニヒリズムを生きる「嘲笑」的人物、おのれの「カラマーゾフ的天性」に苦吟する「嘲笑」的人物、「自虐の快楽」主義者にして「自尊心の病」患者たる《双子の振り子機制》からの解放を苦吟する「嘲笑」的人物、彼らへの共感こそがドストエフスキー文学の根底であることは確かである。だが同時に、そうであるのは彼が救済の道を歩こうとする人間だからだという一点、この点は見失われてはならない。

だからその歩行が、予言に導かれ、運命に促され、到着すべきところへ一歩一歩足を運ぶミステリアスな歩行となることは必定であろう。作中人物たちは互いに自分たちの記憶の封印を解くきっかけを提供しあい、自分でも思ってみなかった打ち明け話をし始め、そうやっておのれの実存の地中・「地下室」に埋め込み封印したはずの秘密＝おのれの実存の《真実》へと差し向けられ、互いのあいだにもう一度その秘密・《真実》に還り着くための運命の赤い糸を張り巡らしあい、物語は次第にこの赤い糸が形づくる《蜘蛛の巣》的な、相互反照・相互共鳴の球体世界へと変貌する。この歩行と、予言に満ちた《世界》のミステリアスな《蜘蛛の巣》化、あるいは円環化ないしは球体化、それが「ドストエフスキー的なるもの」のフォルムなのだ。

『柔和な女』と『おかしな人間の夢』には「幻想的な物語」というサブタイトルが添えられている。しかし、このサブタイトルはこうしたドストエフスキー的主人公たちの自己意識の「夢遊病者の歩行」に即せば、およそあらゆるドストエフスキーの作品に暗黙の裡に付けられたサブタイトルであるといえよう。しかも、この歩行こそが実は主人公たちをおのれの「真実・真理」へと運んでゆく必須の歩行だという意味で。

その事情について次に述べよう。

ヒポコンデリー患者の《世界》としての「幻想的な物語」――『柔和な女』から

『罪と罰』のなかにラズミーヒンがラスコーリニコフの母に彼の人となりについて思うところを次のように語る場面がある。

「ぼくはロジオンと知りあって一年半くらいになりますが、陰気で、気むずかしくて、傲慢で。気位の高い男ですね。最近は（ことによると、ずっと前からかもしれませんが）、疑ぐり深くなって、ヒポコンデリー気味です。心の大きい親切な男なんだが、自分の感情を人に話すのはきらいで、言葉で心を語るくらいなら、むしろ冷酷な仕打ちをしかねませんよ。と言っても、ときにはまるでヒポコンデリーじゃなくなって、ただ冷淡で、人間らしさが感じられないほど無感動になることもある。まるで相反したふたつの性格が交替に現われて来るみたいなんですね」と。(6)

まさにこの人物評は『柔和な女』の主人公「わたし」にそのまま当てはまる。同小説にいわく、「おまけに彼はどうにもならないヒポコンデリー患者で、しきりに自分で自分に話しかける仲間ときている」と。[7]

この一節に明らかなように、ドストエフスキーにとってヒポコンデリー型人間の自己意識の持ち方を何より特徴づけるのは、それが絶え間ない自問自答の悪循環となることによってこの型の人間を自閉の内に追い遣ることである。そして、この自問自答が自閉を促す悪循環となるのは、それがまさに果てなき自己内論争だからだ。「相反したふたつの性格」のそれぞれが、自分こそが当人の「真実・真理」の座を占めるべきと主張しあうのだ。双方が、この私をお前の「真実・真理」とせずにあいつをその座に就けるのは、お前の自己欺瞞であり幻想ではないのかとその人間に詰め寄るのだ。そのようにして自己の「真実・真理」への道は、実は絶えまない自己欺瞞や自己幻想との主人公の闘争をとおして追求されるべき道となる。

なお、ここで「ヒポコンデリー」という病名について少しコメントしておこう。この病名は通常「心気症」と訳されることが多く、「病気をひどく恐れ、ちょっとした身体の異常を過大に考えて、不安感・恐怖感にとりつかれる精神病的症状」と解説される。この点でいえば、『罪と罰』においても『柔和な女』においても、主人公のラスコーリニコフなり「わたし」が或る具体的な身体異常を過大視して悩む場面が描かれるわけではまったくない。ドストエフスキーはあくまでこの用語をいま述べたように絶えまない自問自答の悪循環に陥った主人公の心理的状況――まさに自分を気に病んで果てしがない――の比喩として使っており、その自問自答の中心に据えられた問いは自己の「真実・真理」である。ただしそのさい、主人公たちは自分を捉えた或る想念、印象、感覚、感情に、あたかもそこに秘密なり啓示を解く鍵があるかのように、つまりそこにおのれの「真実・真理」に到達する秘密の通路あるいは扉が隠されているかのように偏執狂的にこだわる。その執着性がこの自問自答にヒポコンデリー的色彩を与えるのだ。自分を突き動かしている根幹にある感情とは何か、自分が根本的に依拠している道徳観・美意識・宇宙観とは何か、あるいはそれらの諸問題契機の総合として自分は如何なる「性格」の持主なのか、そうした一言でいえばおのれの真のアイデンティティの隠された所在、それがここで問題となる「真実・真理」にほかならない。とはいえまさにこの問いをめぐって、彼は自分が答えを出せない自己分裂に引き裂かれていることを見いだす。だからこそ彼はヒポコンデリー的であるほかない。彼の内部に隠匿されている激しくも苦しい自己内論争は、彼の感覚・感情の微かな揺らぎも見逃さず、たちまちそれを捉えておのれの発火剤に変える力をもつ。彼はその自分の抱える事情を恐れてもいるし、また愛してもいるのだ。

注目すべきは、ドストエフスキーが『柔和な女』においてこの意識の事情を指して「幻想的な物語」と命名したことである。彼はこういう。作品『柔和な女』とは、主人公の「わたし」の脇に彼のその自問自答を「なにもかも残らず書きとめた速記者」がいたと「仮定」して、その速記者の残した速記録を要約したものにほかならない。そしてこの点こそ、「この物語の中でわたしが幻想的と名づけるものにほかならない」と。[8] 私の理解をいえば、先に述べたように、この自問自答は「相反したふたつの性格」が互いに相手をお前が描きだす自己像は幻想に過ぎず、自己欺瞞的だとののしりあう過程としてしか展開しないからである。とはいえ、その過程を通りながら主人公は一歩一歩自分の「真実・真理」に近づいてゆく。まさにドストエフスキーは同小説の「テーマ」は次のことだと述べる。

「呼び覚まされた一連の記憶は、やがて、否応なしに彼を真実へと導く。また真実は否応なしに彼の頭の働きと心情とを高める。終わりに近づくにつれて、物語の調子までが支離滅裂なはじめの部分とは変わったものとなってくる。真理がこの不幸な男の前に、すくなくとも、彼自身にとっては、かなりはっきりと明確な形で明らかにされてくるのである」[9]。

ドストエフスキーは次のことを明かしている。かかるテーマと、それに即応したこの「幻想的」展開形式の模範例は実はヴィクトル・ユゴーの傑作『死刑囚最後の日』なのだが、死刑を前にした主人公の死刑囚の頭のなかをよぎり渦巻く幻想を活写したこの作品はユゴーの諸作品中「最も現実的で最も真実味のある作品」であったと[10]。まさにくだんのヒポコンデリー患者型の主人公をもっともリアルに描きだす方法とは、その意識の生きる幻想化と脱幻想化との葛藤を、自己の「真実・真理」に向かう道行きとして速記者的忠実性をもって活写する「幻想的な物語」の方法であった。

われわれは既に『未成年』の最終章においてドルゴルーキーがおのれの自伝も兼ねた自己記録の試みを振り返って、「回想と記述のプロセスによって、自分自身を再教育する」ことと述べたことを知っている。まさにそのプロセスを自己の「真実・真理」に向かうプロセスとしておのれ自身に「再教育」することが求められ試みられたのだ。

かつてサルトルは『文学とは何か』のなかでこう述べた。

「創造は読書のなかでしか完成しない。芸術家は自分のはじめた仕事を完成する配慮を他人に任せなければならないし、読者の意識を通じてしか、自分を作品に本質的なものと考えることができない。従って、あらゆる文学作品は呼びかけである」[11]。

まさにドストエフスキーはドルゴルーキーの「再教育」のプロセスを創作して読者に差し出すことをとおし

て、読者自身のなかに実は潜む自己再教育プロセスを——ドルゴルーキーを想像せしめることによって——喚起し、もって作者と読者のいわば《想像の共犯共同体＝再教育共同体》を生みだそうとしたのではなかったか？　それがドストエフスキーにとっての「小説」実現の試みにほかならなかったのではないか？

「影」的存在の対話劇

かかる意識と無意識、あるいは自我とその自我意識が抑圧するもう一人の無意識的自己との対話劇を、その人物とその「影」との対話劇として概念化した精神分析学者がユングであった（参照、『聖書論Ⅱ』第三章「ユング『ヨブへの答え』を読む」における「影」の理論に関する諸節）。

しかし、ユングに先だって既にニーチェは彼の『人間的、あまりに人間的』の最終章を「漂泊者とその影」と銘打ち、両者の対話劇を提示することによって、ユングの先駆けとなった。ニーチェの実に魅力的なこの最終章を紹介することはここでは禁欲し、指摘するだけに留めよう。ユングについていえば、ニーチェを彼が如何に自分を精神分析学的思考へと導いた先達者として賞賛したかは周知の事実だが、彼が同じくドストエフスキーの文学にもその先達の地位を授けたかどうか、それはまだ私の知るところではない。

だが、ニーチェ自身が如何にドストエフスキーを称賛していたか、このことは本書で縷々指摘したとおりである。その称賛は、自我とその「影」との分身関係を人間理解の基軸におくこのドストエフスキーの小説方法にも及ぶものではなかったのか？　私はそう推測したくなる。

たとえば、ラスコーリニコフにとってスヴィドリガイロフがいわば彼の悪の分身であり、悪の影法師であること、このことを読者はすぐに察知しよう。

私は、本書第二章においてラスコーリニコフの抱え生きる自己分裂のドラマツルギーをこう捉えた。くりかえそう。――彼はおのれを一方では他者に対する《無応答》・《関与切断》・《他者嫌悪》の感情世界のなかに据え付け、その自分を生きようとする。しかし、実は彼自身が気づいていないもう一つの感情世界が彼自身のなかには封印されている。その世界とは、共苦・《応答責任感情》・《愛》の感情世界である。まさに真逆のそれである。この後者の秘匿されている感情世界は彼の夢のなかに再生される。先に引用紹介した《夢》についての見事な考察を表す一節は、実は、この彼の夢について与えられたいわば前置きであった。その夢とは彼の幼年時代の記憶にかかわる夢である。その夢のなかでは少年の彼は父と二人で当時住んでいた町の酒場の前を通りかかる。するとそこで、百姓のミコールカが自分の荷馬車を曳かせていた老いさらばえた馬に腹を立て、残酷な仕打ちをしている場に出っくわす。その男はとうとうその持ち馬を殺してしまう。こう描写される。

「しかし、哀れな少年はもうわれを忘れていた。わっと叫びながら、群衆をかき分けて葦毛のそばまで出て行くと、少年はもう息をしていない血まみれの鼻づらをかかえて、それに接吻した。目にも、唇にも接吻した……それから、ふいにはね起きると、小さな拳を固めて、逆上したようにミコールカにとびかかって行った[12]」。

ラスコーリニコフは汗をびっしょりかきながら、この夢から目覚め、自分に問うのだ。自分はほんとうにあの金貸し老婆を斧で殺す気なのだろうか、と。

このくだりは、実は彼のなかに共苦・《応答責任感情》・《愛》の感情世界が秘匿されていることを示す。彼は夢のなかでこの自分のなかに秘匿されている感情世界に包まれ、その感情に立って果たして自分はほんとうに老婆殺害をおこなう気なのかと問うのだ。だが、彼はこの感情世界を彼の「自尊心の病」が生みだした《非凡人の犯罪権》思想＝観念＝論理によって無理やり押し潰す。とはいえ、この感情世界はソーニャと出会うたびに蘇生しかけもする。その蘇生がいったんは彼を自首に赴かせる。とはいえ、既に述べたように、この感情蘇生と彼の自我意識を捉えつづけるかの《非凡人の犯罪権》思想との葛藤は流刑地にまで持ち越され、『罪と罰』の最終場面に至ってようやく後者に対する前者の最終勝利によって終わるのだ。

ここでラスコーリニコフとその「影」の問題に戻るならば、彼とソーニャとの対話劇はこの点では同時に彼と彼の《悪しき影》ならぬ《善き影》との対話という意義を担うことは明らかである。こうして『罪と罰』は、ラスコーリニコフとその二つの「影」との対話劇、いいかえれば彼とスヴィドリガイロフならびにソーニャとの対話劇を中軸に、その周りにさまざまな《人物－影》のいわば同心円を描きだしつつ展開することになる。

より正確にいえばこうだ。

本書第五章で延々とくりひろげたように、くだんの「カラマーゾフ的天性」が『カラマーゾフの兄弟』にかぎらず、ドストエフスキー的主人公一般に共通な実存構造であるとするならば、彼らの内なる「飽くことなき反対極への渇望」は必然的に彼らを彼らの自我意識とそのユング的な意味での「影」との自己内対話へと導くとともに、それが投影され象徴する或る他者との対話劇にも彼らを導く。

ドストエフスキーの小説家としての直観は、人間と人間とが結ぶ人間関係には、その個人が抱える自我とその「影」との自己内対話が投影される或る特別な他者とその個人との自他関係というものがあるということ、あるいは、あらゆる自他関係は実は絶えまなくこの問題の光のもとに探索され呼び求められ、人間各自はその相手との自他関係が同時に自分と自分の「影」の自己内対話の投影であり媒介となる、そうした質をもつ自他関係を追い求めてやまないものだということ、このことにまっすぐに向かうものであったといえよう。

すると、ここに「分身」という言葉を導入するなら、「分身」にも二種類あるということになろう。一つの「分身」はくだんの「カラマーゾフ的天性」がその人間のなかに生みだす《悪しき影》にしろ《善なる影》にしろ、とにかくその自我にとって反対極を意味する「影」的分身である。そしてこの「影」的分身は問題となるその自我が自分を《善》の価値目標において定義づけようと苦闘しているかぎりは、いうまでもなく悪魔的「影」・悪魔的分身となって、まさに無意識の暗闇の冥府というまったき他所から、しかしながら、忽然と独り、深夜独りでいる主人公を訪れる彼の旧知の訪問者となろう。

さらに詳しくいえば、この水準の分身には二種類の分身がいることになろう。いうまでもなく、一人はいましがた述べた「カラマーゾフ的」自己分裂に苦悩する意識の病が生みだす幽霊存在、自我意識の幻影としての悪魔的「影」である。もう一人は、明らかに意識の生みだした幽霊存在ではなく、現実の他者であるところの「分身」である。だが、その意味性においてほとんど悪魔的「影」に等しい作用力をその個人に対して発揮する「影」的他者である。たとえば、既に取り上げたが、『未成年』においてヴェルシーロフは自分が自分のなかからこの幽霊存在としての悪魔的分身が誕生する恐怖に囚われて、マカールから遺贈された聖像を暖炉の角に打ち付けて叩き割る。この場合は前者が問題となっている。他方、『カラマーゾフの兄弟』のイワンは実際彼の内なる悪魔的「影」の訪問を深夜の彼の部屋に受けるとともに、スメルジャコフをおのれのもう一人の悪魔的分身として見いだす。スメルジャコフは後者の「分身」である。

ところで、そこまでの「影」的濃度をもつことはないが、なんらかの意味で主人公の似姿、つまり主人公の姿を映す鏡となり、主人公が自分の内なる「カラマーゾフ的天性」を再認識し、それを次第にはっきりと主題化してゆく行程、くだんのおのれの「真実・真理」へと向かう道の、その時々の里程標となり媒介者となる、そうした一群の他者たちがいる。これが先に問題にしようとした別種の「分身」群である。

前節の最後に私はドストエフスキーの小説世界は常に《おのれの秘匿された「真実」への求心的問いとして、運命の赤い糸が張り巡らされる「蜘蛛の巣」的な、相互反照・相互共鳴の球体世界》の構造をとると指摘したが、このことはこういいかえてもよい。すなわち、彼の小説世界は常に《「カラマーゾフ的天性」の主人公が生きるおのれの「影」との自己内対話劇を中心点とする、さまざまなる濃淡の分身群によって織りなされる同心円的対話劇世界》の構造をとると。

カーニバル化

さて最後にかのバフチンからもう一つ鋭い洞察を借りて、小説展開形式における「ドストエフスキー的なるもの」の第三の要素として「カーニバル化」という問題を取りだしたい。

たとえば、『罪と罰』の読者は、まずマルメラードフと彼の後妻カチェリーナ、この二人を軸とする彼らの一家なり、酒場での飲み仲間たちとの悲喜劇的な乱痴気騒ぎの描写に接するとき、バフチンがドストエフスキー文学の本質的要素として「カーニバル的世界感覚」を挙げたことに深く頷かざるを得ないであろう。彼は、カーニバル的な民間伝承から生まれた古代ローマの「メニッペア」という風刺文学ジャンル、そこに脈打つ「真面目な茶番」の伝統が確実にドストエフスキーのなかに受け継がれていると主張した。その彼の分析に私は深く頷き、かつてドストエフスキー論のなかでこう書いた。

「バフチンが見事に説明してみせたように、ドストエフスキーにあっては、生と死のあわいに立って神すらも審問の庭に引き出し生の根源的意味を問う『最後の問い』の悲劇的な厳粛さと、一切の悲劇好みの厳粛主義と権威主義をパロディー化するカーニバル的な祝祭の滑稽な陽気さとが、相共に一なる世界を構成する両契機として不可分に結びついている。いいいかえれば、ドストエフスキーにあって〈受難した子供〉の視線は一個のコメディアンたる『地下室人』を介していわば自己をカーニバル的に救済するヴィジョを幻視しているのだ」[13]。

先に私は、睡眠中の夢のなかでラスコーリニコフが幼少期に出会った荷馬車の曳き馬の残酷な死の記憶を甦らすくだりを紹介した。——或る農夫が自分の持ち馬をサディスティックに虐め殺し、それを周囲が取り囲み、そこには囃し立てる者も「まったくおめえは、十字架を持っちゃいねだな!」と非難する者もいる。その描写は第一部第五章のほとんどを費やして延々とくり拡がられ、この農夫のサディズムを描きだしてあまりない。と同時に、しかし、それは周囲に漲る或る種のカーニバル的な祝祭的高揚をも伝えるものでもある。あるいは、たとえば第五部第五章は、これ全編、ルージンから濡れ衣を着せられたソーニャを弁護しようと狂躁状態に陥ったイワーノヴナが遂に発狂に至る模様を描くのだが、そこにも同様なことがいい得る。悲劇は喜劇的ニュアンスをけっして失うことがない。そのドタバタ喜劇風の展開こそが実はその場面で主人公が生きる悲劇を活写する小説的力を発揮するのだ。

総じて、作中人物が熱烈な論争に突入していく場面、たとえば、まさにラスコーリニコフの《非凡人の犯罪権》論がラズミーヒンやポルフィーリイらとの論争を通じて開陳される場面、そうした場面での論争の熱度はどこか祝祭的でドタバタ喜劇風である。そのいくつかの代表的事例を指摘しておこう。

その一つの頂点は『悪霊』に見いだされる。私の見るところ、五冊の長編世界のなかでも『悪霊』はこの技法において傑出している。『悪霊』それ自体がまさに悪霊のカーニバルであるといいたくなるほどに。「スタヴローギンの告白」に頂点を極める『悪霊』の救いのないシリアスさは、『悪霊』第三部の劈頭を賑わせる県知事のユーリ夫人を主催者に据える「家庭教師援助」を名目にした舞踏会付き文学講演会の文芸祭りの破滅的なドンチャン騒ぎの滑稽さと対になっているのだ。しかも、この文芸カーニバル自体がその終幕を『悪霊』の二人の女主人公、マリヤ・レビャートキナとリザヴェータ・ニコラエヴナの無惨な殺害死に置くのだ。この構成技法にわれわれは注目すべきである。

総じて、ドストエフスキー文学にあっては作中人物たちはほとんど皆長広舌を振る。彼らは論争に熱中する。熱中し過ぎるほどに熱中する。長広舌とは、実にくだんの五冊の長編世界のいわば会話作法の如きものである。ドストエフスキーは、ロシヤ人の気質・天性を何よりも「度外れ」であることに、その比類なき激情性・熱中性に見た（参照、第五章・「カラマーゾフ的天性とロシヤ人……」節）。実に一言でいうなら、このロシヤ的激情性・「度外れ」ぶりは本質的にカーニバル的であり、バフチン的にいうなら「真面目な茶番」としてしか展開しようのないものなのだ。

また次のことも指摘されねばならない。前述のようにラスコーリニコフはほとんど常に或る種の夢遊病者として世界を歩き廻るといってよいのだが、彼自身が自覚している彼の一方の実存様態にほかならないヒポコンデリー患者的性格とこの夢遊病者的実存様態とが混淆するとき、彼は一方では極端な細部現実への執着を生き、他方では夢想への滑落による離人症的な現実離脱に走るという、両側面のドタバタ喜劇的反復をとおしてしか自分を生きれないのである。ここにもバフチンのいう「真面目な茶番」の論理が貫徹していくのである。いかざるを得ないのだ。

以上、述べきたった三要素、まずそれを私は彼の小説技法・小説フォルムの「ドストエフスキー的なるもの」

と呼びたい（なお、前章の補論「祖型としての最初期中編『二重人格』で示唆したように、本章の議論を本格的に展開しようとするならまず『二重人格』論から始めなければならないのだが、ここでは省略させてもらう）。

補論Ⅳ　「一八六四年のメモ」とドストエフスキー的キリスト教

ドストエフスキーは最初の妻マリヤ・ドミートリエヴナが死去した翌日、日記に一つのメモを書き残した。このメモは後にドストエフスキー研究者によって「一八六四年のメモ」と呼ばれることとなったが、実にそれは彼の思想の根幹的モチーフをしたためたものなのである。後に触れるが、江川卓はこのメモについて――特にドストエフスキーの性愛観に孕まれる矛盾とかかわらせて――『謎とき『カラマーゾフの兄弟』』のなかできわめて興味深い考察を加えているし[14]、安岡治子訳『白夜／おかしな人間の夢』のなかにはその全文が収録されており、解説のなかで安岡はそのなかに出てくる「キリストの楽園」のヴィジョンこそが『おかしな人間の夢』に登場するくだんの「黄金時代」の楽園ヴィジョンの原型であることを力説している[15]。

本書において私は、ドストエフスキーの理解するキリスト教、ドストエフスキー的キリスト教の特質を次の点にとらえる私の見地をくりかえし主張してきた。すなわち、その強烈なるイエス主義（「憐れみの愛」の共苦主義）と宇宙の生命的全体性の有機的な統一性の観念に掉さす汎神論的大地信仰、この二つの契機の独特なる融合のなかにその特質をとらえる見地を。また私はくだんの「カラマーゾフ的天性」について次のことを強調してきた。すなわちそれは、そもそもドストエフスキー自身の実存構造の表明であるがゆえに、たんに『カラマーゾフの兄弟』のみならず、他の諸作品のなかのドストエフスキー的性格をもつ諸登場人物全体を刺し貫く共通の祖型となる事情を。

実に、この「一八六四年のメモ」はまざまざとこれらのドストエフスキー思想の特質を凝縮して語るメモなのだ。以下、その事情を補論という形でスケッチしておきたい。

愛の不可能性

メモの書き出しはこうである。

「四月十六日。マーシャはテーブルの上に横たわっている。私はマーシャとまた会えるだろうか？ キリストの教えに従い、己のごとく他人を愛することは、不可能である。この地上では、皆が個我の法則に縛られているからだ。我が障害となるのである」。

（傍点、ドストエフスキー、なお、当時のロシヤの習慣では遺体は棺に納められる前にひとまずテーブルの上に安置された）

江川卓は、このメモの書き出しの背景にあるドストエフスキーとマリヤとの確執に満ちた夫婦関係――そこには彼とスースロワとの愛人関係が深く介在していた――を指摘し、この一節にはマリヤに対する彼の深い自責の念が表白されていると注釈している。安岡は、両者の関係は「複雑というより、互いに傷つけ裏切り合う、端的にいって不幸なものであった」と述べている。そうした事情から生まれる彼の自責の念から、イエスの体現し説くが如き愛、それは人間には不可能だという断定が迸り出たのだ。

同時に、たとえば読者はここで『白痴』のテーマを思い返すであろう。そこでは「己のごとく他人を愛す」とは、「憐れみの愛」すなわち共苦の愛をもって全面的に他者を愛するということであった。つまり、それはムイシュキンの愛であった。だが同時に彼だけが体現できた愛であって、ロゴージンにしろナスターシャにしろアグラーヤにしろ、彼らのもとでは、愛は彼らの所有欲望と自尊心に躓き、嫉妬へと反転し憎悪に転じることで自らを破壊した。

その『白痴』でイポリートがこう述べる場面がある。「いったんもう《われあり》ということを自覚させられた以上」云々と。(16) この一節の含意はその場面では次の点にあった。すなわち、この自覚によって人間各自は自分と「普遍的調和」が語られる宇宙の全体性とのあいだに《それを対象化する我とは同時にそこから独り脱け出ている我にほかならない》という《存在論的離隔》を誕生させてしまうのであり、かくておのれをその全体性の圏外、局外者の位置において見いだすほかなくなるということであった。イポリートの場合、「余命二週間」という意識は彼に自分独りがこの宇宙のなかの「除け者」という自己意識を与えることになるのだが、それは右の局外者意識の否定的過激化の所産とでもいうべきものであった（本書第四章・補論Ⅳ『白痴』における『不死』……」)。

いうまでもなく、この離隔意識は同時に自他のあいだに如何なる愛の関係性を人間は生みだし得るのかという問いの核心ともなる。眼前の陽の光を浴びて風にそよぐ一枚の木の葉と自分の交信可能性が、同時に宇宙の全体性を浸す「普遍的調和」との交信のその時点での特権的通路として問題となるとすれば、或る他者とのかけがえのない交信可能性は同時に全人類との、ひいては全宇宙との交信の、その時点の特権的通路として問題となるはずである。だが、そもそもそのかけがえのない他者とのあいだですら、くだんの離隔意識は、むしろ交信不可能の絶望を人間に強いるものとして働くのではないのか？

私は『おかしな人間の夢』を論じたときに、そのなかに出てくる「各人が自身の個性に執着し熱中するあまり、他人の個性は全力でひたすら貶め縮小しようと努める」・「分裂、孤立、個性のため、おれのものか、おまえのものかを決める闘いが始まる」という言葉を引きながら、こう書いた。

――ドストエフスキーは古代ユダヤ教の視点を引き継いで性欲を起源とする他者所有・嫉妬・暴力の問題を《愛》の問題の中核に置いただけでない。狭義の性愛的所有にも金力と権力における所有欲望の確執にも還元できない、いわば自我そのものの存在感情に貼りついた所有欲望、サルトルの用語を使えば「我有化」(或る対象を所有することが同時に自己を強く所有するという意味を帯びる、所有)とその争闘が生む嫉妬の問題を射程に据えたのだ、と。また、ドストエフスキー的主人公たちがひとしく《「自虐の快楽」主義者と「自尊心の病」患者との双子のサド＝マゾヒスティックな振り子機制》に囚われ、そこからの脱出を悪戦苦闘する人物群として現れるのは、右の視点がドストエフスキーの人間観察の根幹に座るからである、と。

この点で、まさに「一八六四年のメモ」は、安岡治子もつとに強調するように『おかしな人間の夢』の直接の源泉なのである。

人間と人間との交信可能性が問題となる場合、その最も切実で決定的な問題の環は共苦の交信性にある。イエスが何よりも「憐れみの愛」の能力を問い、『白痴』のムイシュキンが「憐れみの愛」をもってナスターシャを愛しているがゆえに、自分はロゴージンの「競争相手(ライバル)」ではないし、また自分の愛をめぐってナスターシャとアグラーヤは互いを「競争相手」として見いだすべきではないと説いたのも、そのゆえではないのか? くだんのメモに自分とマリヤとの関係を振り返りながらこうある。

「自身の我を人々や他の存在に対して、愛の力で犠牲として差し出さなかったとき(私とマーシャ)、人間

は苦悩を感じ、その状態を罪と名づけた」[17]。（傍点、ドストエフスキー）

ここでドストエフスキーのいう「犠牲」が、人間の抱える苦悩への共苦のゆえに神の子でありながら自らを「犠牲」（供物としての）として差し出すことで父なる神に人間への憐れみを請うた、そのイエスの十字架上の「犠牲」を指すことは明白であろう。つまり、共苦するその相手の抱える苦悩を緩和したいとしてなす――「我」を「我」たらしめる利益・保存欲・自尊心・我意・自己執着・妬み・復讐心等々を犠牲にしてまでもの――他者への献身である。その献身をなさしめるのは、まさにそこに記されているように「愛の力」である。そして、彼が問題にする「罪」とは、古代ユダヤ教（旧約聖書）のいうが如き律法への背反を指すものではなく、共苦の愛を苦悩する他者へと差し出さなかったことである。

愛は命令・律法によって生じることはない。愛は生命の自発性そのものである。その自発的生命感情がおのずと共苦を生み、相手の苦悩を緩和すべき「我」の献身を「我」に促す。だが、まさにその「我」を構成する前述の諸要素が「障害」となって、つまり「我」の自尊心なり自己保存欲望なり、それが生みだす嫉妬なり復讐欲望なり、あるいは蔑視の欲望、優越意識が障害となって、その献身ができない。共苦は頓挫し不能化する。共苦に向かったはずの愛という生命的自発性は自らに躓く。

とはいえこの躓きは、愛という生命的自発性にとっておのれを裏切ったという苦悩の黒いシミとなって、その人間の生命感情から消えることがない。つまり、それが「良心の呵責」であり、これがドストエフスキーのいう「キリストの法則」（＝キリストの真理）である。この意味で、彼の理解するイエス主義にあっては、「罪」と「苦悩」とは、あるいは「罪」と「良心の呵責」とは、つまりは「罪」と「愛」とは一つのものであり、切り離すことができない。

だから彼にとって、イエスの示した如き愛は人間には不可能だという断定は同時に次の認識に反転するのだ。すなわち、しかし人間はそのおのれにおける不可能性を苦悩し続けるという認識、そして苦悩し続ける限り実はイエスという「人間の理想」は断念されないで追い求められ続け、かくて人間は「自身の本性に反する理想に向かって邁進する」（傍点、ドストエフスキー）ところの[18]、「未完成の過渡的存在」であり続けるとする認識へと[19]。

彼はこう考えていたのだ。イエスの人間にとっての意義は、神の力がイエスとなって人間を「受肉」し「人間の理想」を表すものとなり、この理想を現実の地上の人間各自が追求することになったことにある。敢えていえば目的に到着することは問題にならない、なぜなら不可能だからだ。とはいえこの理想を抱くか否かで人生の歩行の姿勢が変わる。そのことこそが問題なのだ、と。その点こそがキリスト教の立脚点である、と[20]。

「キリストの楽園」の原理としての「完全な総合」

既に述べたように、このメモが掲げる「人類の究極の目的」たる世界状態、すなわち、もし全人間がイエスの如き人格になったならばそこに実現されるであろう社会状態は「キリストの楽園」と呼ばれ、それは『おかしな人間の夢』の語る「黄金時代の楽園」の祖型となる。本書がこれまで縷々述べてきたように、この楽園ヴィジョンがさまざまな変奏を奏でながら大地信仰と融合してドストエフスキー文学を領導してきた経緯を考えるならば、この点においてもこのメモの意義は重大である。

私が注目するのは、この「キリストの楽園」がまず「我の法則が、ヒューマニズムの法則と溶け合い、この融合の内に」両者が、つまり「我」とそれ以外の全他者が、つまり全個人が相互に相手のためにおのれを無にする、つまりエゴイズムを捨てて献身する、全面的な友愛の共同社会の成就を目的に掲げる点である。つまりそれは、本書が跡付けてきたキリスト教的社会主義――「無神論」的社会主義への激しい批判と一つになった――の理想を掲げるものなのだ。

と同時に、何より私が注目するのは、このメモにおいて、その社会ヴィジョンが宇宙の全体性そのものをいわば絶対者＝神とする汎神論的宇宙観と固く結びつけられている点である。既に『おかしな人間の夢』を論じたさい、私はそこに提出される世界像が宇宙的全体性を織りなす「全一」と各存在・事象の個別性とのあいだの有機的統一性の弁証法、あるいは「総合」の弁証法によって特徴づけられるものであり、この点で当時の唯物論思想の機械論的集合思想に自覚的に対置せしめられていることに注目した。まさにこのメモの末尾にはこう書かれる。「唯物論者たちの教義は、全般的無知と物質の機械論であり、つまりは死を意味する」と。[21]

そしてメモは、この「物質の機械論」に「キリストの統合的本性」を対置し、次のように主張するのだ。すなわち、「キリスト教の統合的本性」が示唆するのは、キリストの理解する宇宙的全体性とそこにおける万物との関係、また人類と各個人との関係、それが「あらゆる存在の完全な総合」の関係性として理解されているということなのだ、と。つまり「神の本性」、いいかえれば宇宙的全体性の本性は「多様性の中に《分析》の中に、自身の姿を見出す」ものとして、一言でいえば、有機的全体における全体と部分との弁証法的関係性として理解されねばならない、と[22]（『白痴』では、虚無感に陥ったイポリートが自然を「最新式の巨大な機械」と比喩することによって、ムイシュキンの汎神論的な自然ヴィジョンを拒否しようとする場面が登場するが、それはこの対置の継承である。本書二四二―二四四頁）。

なお、右の問題に関連して注目すべき問題がもう一つある。それは、このメモではこの有機的な弁証法的宇宙観を示唆するものとして、プルードンの『経済的矛盾のシステム、ないしは貧困の哲学』における議論に出てくるという「神の直接的発出」の思想が挙げられていることである。

ところが私が考察するかぎり、ここにいう「神の直接的発出」の思想を明示的に表現しているような思考の軌跡はこのプルードンの著書には見当たらないのだ。しかし、『未成年』ではくだんの「黄金時代の夢」を語るヴェルシーロフは自分のことを「哲学的理神論者」と呼ぶ。そして「理神論」というテーマは確かにこのプルードンの著書の中枢的テーマの一つなのである。というのも、プルードンは近代自然科学の知見と「神は存在するという仮説」とを「理神論」という視点を導入することによって融合しようとしているからである（なお、ジョルジュ・サンドもドストエフスキーは「理神論者」と呼んでいる）。

そこから推測するに、ドストエフスキーはくだんのプルードンの著作にある「理神論」に関する議論をかなり汎神論的色彩を濃厚にする形で受け取り、プルードン自身の議論ではほとんど前景化しない「全一」と部分との有機的全体性・「総合」の弁証法を独自に強調したのではないかと思われる。『おかしな人間の夢』を書いた頃はドストエフスキーはソロヴィヨフの神秘主義的宇宙観から大きな影響を受けたといわれているが、その土台には、それに十年以上先立つこの「メモ」が示すように、プルードンの理神論的解釈をいっそう汎神論的色彩において継承するというドストエフスキーの独自思考があり、それがソロヴィヨフとの出会いをとおしていっそう強化されるという事情があったと推測される。

とすれば、ドストエフスキーの根幹的な人間観——人間各人の実存–全人類–宇宙的全体性との関係を有機的全体性の関係として発想するところの——が期せずしてグノーシス派に類縁的なものとなったことも不思議ではない（参照、第四章・「グノーシス派のプラトン主義的……」節、およびそのなかの補注「ソロヴィヨフ・グノーシス派……」）。

不死と記憶

また次のことも強調しておきたい。既に私は本書において『白痴』を論じたさい次のことを強調した。すなわち、ドストエフスキーは「不死」の実在性を論ずるさい、人間の側でそれを確信させるものとして、人間の人格性＝内面性の形成にとって愛の記憶が果たす深甚なる役割を挙げたことを（補論Ⅳ『白痴』における『不死』……」）。また、そこに示される観点は『未成年』のヴェルシーロフの言葉にも強い印象を放って浮かび上がることを。まさにこの点で、このメモのなかでドストエフスキーはこう述べているのだ。

「私たちはすでに、完全に死滅するわけではないことを知っている。人間は、肉体的には、息子を産む存在として、息子に己の個我の一部を伝えてゆくし、精神的にも自身の記憶を人々に残してゆくからだ（追悼式の席で、永遠の記憶を祈願するのは意義深い）。つまり、この世で生きていた過去の個我の一部は、人類の未来の発達に参画するわけだ。私たちは、人間の発達に貢献した偉大な人々の記憶が（悪人たちの発達も同様だが）、人々の間に生き続け、人間にとっては、そういう過去の人々に似ることが最大の幸福でさえあることを、はっきりと見ている[23]」。

この箇所を、本書第二章・「パウロ的復活論と……」節と関連づけるなら次の二点が注目される。まず第一に、右の引用が示すように、ここでも彼の「不死」論の重点は人間の魂にとっての愛の記憶の重要な意義の強調に置かれており、パウロ的復活論は全然姿を見せない。しかし第二に、私がくだんの節で引用紹介したパウロ的復活論への彼の信仰告白の視点に立てば、メモの書き出しに出てくる「私はマーシャとまた会えるだろうか」の一節はこの信仰告白を背景に置いているとも推測し得る。とはいえそうであったとしても、やはりパウロ的復活論の姿はメモのどこにも出てこず、少なくとも彼の小説世界ではその「不死」論は一貫して愛の記憶論の線上で展開したといわざるを得ないこと、このことが再度確認できる。

「娶らず、嫁がず（犯さず）」

さて、最後にここでもう一度、メモの書き出しにあった愛の不可能性という問題に戻りたい。

というのもそこには、ドストエフスキーのなかの激しい性衝動とそれを共苦の愛に対する最大の敵対者とみなす彼のイエス主義との矛盾、『白痴』でいえばロゴージンの愛とムイシュキンの愛の対立、『カラマーゾフの兄弟』にいうまさに「カラマーゾフ的天性」、「メモ」にいう人間における「自身の本性」とそれに「反する理想」との葛藤、このテーマが性愛という問題に集中して語られるきわめて興味深い一節が書き込まれているからだ。

くりかえし見てきたように、全人間がイエスの如き人格にまで成長し人間社会が「キリストの楽園」となるという目標は、「過渡的存在」であるしかない人間にとってはその永遠的追求が運命的に課せられた「理想」ではあっても、人間が人間である限りはけっして到達できない目標であった。では、もし人間が人間である限界を突破してさらに高次の新人類へと変貌し、この目標を来世ではなく現に地上において実現するならば、いうならばキリーロフあるいはゾシマのいう「未来の永遠の生ではなくて、この地上の永遠の生」が実現したのなら、そのとき具体的にいってその楽園（まさに「キリストの楽園」）はどのような姿をとり、人間はその身体と精神においてどのような存在へと変貌しているのか？

彼はそう問いを立て、それは「わたしたちにはさっぱりわからない」と述べる。しかし、そのうえで、ただ一つ、この新人類＝高次存在者が次の「特性」をもつことだけは確かだと主張する。

ではその「特性」とは如何なるものか？ 彼は『マタイ福音書』の「復活問答」（これはマルコ、ルカの二福音書とも共通）の一節を引用しつつ、まず「《娶らず、嫁がず（犯さず）、神の天使のごとく生きる》——実に意味深長な特性である」と記し、さらにその「意味深長」たる理由を説明してこう続けるのである。[24]

「1　娶らず、嫁がず（犯さず）、——なぜなら、その必要がないからだ。世代交代によって発達し目的を達成する必要はもはやないのだ。そして

2　結婚および女性を犯すことは、いわばヒューマニズムからの最大の離反であり、一組の男女が万人から完全に孤立することである」（傍点、ドストエフスキー）。

ところで、右の一節に関しては面白い問題がある。というのは、彼が聖書から引用した箇所は、実は聖書自体の邦訳では「娶らず、嫁がず、神の天使のごとく生きる」と訳されており、「嫁がず（犯さず）」とは訳されていないのだ。[25]

ではなぜ、このメモの邦訳（安岡訳も江川訳も）では、聖書からの引用箇所の「嫁がず」のあとにわざわざ「（犯さず）」と書き添えたのであろうか？

そこには次の事情がある。江川卓の説明がきわめて興味深い。彼によれば、この一節の「嫁がず」の箇所は教会スラヴ語訳では「ニエ・ポシャガーチ」と訳され、教会スラヴ語としては「ニエ」という否定詞が掛かる

「ポシャガーチ」はまさに「嫁ぐ」の意味なのである。だから教会スラヴ語訳の文脈では邦訳聖書と同様、そこは「嫁がず」とだけ訳されるべきなのである。

だが、なんとドストエフスキーの生きていた頃のロシヤ語では、「ポシャガーチ」は「犯す」という意味の言葉に変容していたというのである。そして（2）の「女性を犯すこと」と邦訳されている箇所のロシヤ語は「ポシャガーチ」を語源とする「ポシャグノヴェーニエ」であるが、この言葉になるともはや「嫁ぐ」という意味はまったく含まれないというのだ。(26)

かくてこのメモの邦訳は、ドストエフスキーがそれを当時のロシヤ語で書き記したことに含意されていることを示唆できるよう、聖書の邦訳をそのまま転用するのではなく、意識的に「嫁がず（犯さず）」と表記したのである。(27)

さてここで私が注目したいのは、そこに姿を垣間見せている彼の復活論——死後復活して永生を得た人間は死を免れるに至ったのだから、もはや子孫づくりのための結婚も必要としなくなるという——もさることながら、彼の結婚観、さらに踏み込んでいえばその性交観である。というのも右の引用が示すように、彼は、性交はそれをなす男にとっては必ず相手の女を「犯す」という意味・感情・欲望を帯びると捉えている。この捉え方に私は注目するのだ。

付言すれば、右の引用のなかに示される「家族」のエゴイズムという論点も確かに興味深い。彼によれば、「家族」はまさに人類に生存の持続を保証し、それゆえに人類の成長と発展の保証となるという意味で人間のまさに「自然法則」であり、その意味で「最も偉大で神聖なもの」だが、同時に、人間性がイエス的人格へと成長発展し、それによって人類社会が「キリストの楽園」へと成長すべきだという、これまた人間存在に内在している別種の「自然法則」（くだんのいわば実存的自然法則としての「キリストの法則」・「キリストの真理」）から見れば、家族こそはエゴイズムの最大の係留地ともいうべきものであり、まさにこの点でも、人間は「自身の本性に反する理想に向かって邁進する」という矛盾的運命を負荷されているのである。私は、このいわば《エゴイズムの社会的主体》として家族を問題把握するドストエフスキーの観点もきわめてリアルであり、そのリアリズムが同時に「キリストの楽園」の理想追求の意志と一つになっているところが、まさにドストエフスキー的だと思う。

だがそれに加えて、人類のまさに「自然法則」である性交も男性においては「犯す」快楽と一つになっているということを見逃さず、その問題文脈を右のような仕方でいわば結婚=生殖装置論に忍び込ませる彼の視点もまさにドストエフスキー的であると思う。

かくて私が思うに、愛の不可能性というテーマはドストエフスキーにあっては次のように展開するのではないか？

――男性においては性の快楽が絶えまなく「犯す」快楽に傾斜し、そのことがパウロ的にいえば「自然的性欲」を「情欲」化せしめるいわば梃となる。[28] つまり男性にあっては「所有」欲望の性的凝縮形態こそ「犯す」快楽欲望にほかならず、この問題の環において愛は――その「競争相手」を発見するならば――たちまち嫉妬へと反転変貌し憎悪に変わることによって、愛であったはずの自分を自ら破壊する。この成り行きこそが男性の性欲の「自然法則」なのだ。かく彼の思考は展開したのではないか？

また「情欲」を担うこの男性的「自然法則」は、或る種の男性たちにあっては、おのれの快楽と暴力の頂点として少女凌辱の瞬間を捉える。だからこそ、少女凌辱は彼の文学において欠くべからざるテーマとなる。さらにまた、男女のエロス的関係性は女性をも抗しがたくこの男性的「自然法則」のなかに巻き込み、それを女性の内にも浸潤させよう。一方では女性は男性の「犯す」快楽に呼応して「犯される」マゾヒスティックな快楽をおのれのなかに育てるとともに、同時に他方では、男性の激しい「所有」欲望と「嫉妬」感情を自分自身の内に転写し、自らもその欲望と感情において愛を生きることになる。かくて、「共苦の愛」の中心的担い手であったはずの女性における「母性愛」を女性自らが蹉跌に追い込む。観念のなかでは共苦の愛に燃え上がりながら、「実行の愛」においては男性に伍し、あるいは男性を凌駕するほどにおのれに取り憑いた自尊心・所有欲望・嫉妬に苦悩する女性たち、そうした女性群は明らかにドストエフスキー文学の副主人公たちである。

先のくだりに触れて、私はこう思った。彼には性交の欲望と快楽が男性にあって必ず抱え込む次の問題への鋭い直観があったのではないか、と。すなわち、性欲充足の欲望と快楽は男性にあっては勃起したペニスを女性の膣へ挿入して射精するという行為形態をそれこそ「自然法則」にするがゆえに、そこにはどうしようもなく「犯す」快感といういわば原サディズムが帯電されざるを得ず（これを女性の側からいえば、女性の性交快楽には「犯される」快楽という原マゾヒズムがどうしようもなく帯電されるということになろう）、もしその快楽追求が愛の欲望を構成するもう一方の要素——所有の欲望に拮抗する——、すなわち相手への共苦を根底において生じる、優しくあること、いたわること、庇護することの快楽、等々によって中和されついには乗り越えられるということがないならば、男性における性交快楽は「犯す」快楽に決定的に傾斜せざるを得ないという問題、これへの直観である（本書第四章・『柔和な女』における所有欲望の諸相」節で私は、サルトルが「性的なタイプの愛、性愛という愛」を特徴づけて「欲望と魅惑化のサド＝マゾヒズム的な遊技場」と名づけていることを紹介したが、この彼の観点もまた右の問題に触れていると私は思う。なおまた、この点で読者はぜひグノーシス派の神話を参照されたし。本書終章・「グノーシス派における性欲のエロス的肯定……」節）。

だが、この男性的「自然法則」の成り行きに、もう一つのこれまた人間性・実存構造に根差す「自然法則」が、つまり「共苦の愛」と「良心の呵責」といういわば「キリストの法則」・「キリストの真理」（キリストの示した「人間の掟」が対抗する。[29] それは外側からこの成り行きに対抗すると同時に、それもまたもう一つの「自然法則」であるがゆえに、男性的「自然法則」の自壊の契機として作動する。少女凌辱という男性的快楽の頂点においてさえ、実は「キリストの自然法則」は作動しだす。この問題相の下に文学を構築すること、それが、かかる人間的矛盾を一身に凝縮した「奇人」、人間の抱えるそうした諸問題の全体性を束ねる「総合」的真理をあろうことか一身に担うという「奇人」、つまり「カラマーゾフ的天性」の持ち主を主人公として小説を書くということにほかならない。

つまり、このことについての覚書が「一八六四年のメモ」なのだ。

補論Ⅴ　『地下室の手記』の祖型性をどこに見いだすべきか？

補論Ⅳがテーマとした「一八六四年のメモ」が書かれた同じ年に最初の妻マリヤの死を挟むようにしてその第一部と第二部が公刊された『地下室の手記』、この中編小説がドストエフスキーの前期と後期長編五作品とのあいだに立ってその転機をなす意義をもつ作品であること、この点でまた後期作品にとってさまざまなる意味において「祖型」的性格をもつこと、この点はドストエフスキー研究の世界では周知の事柄といい得る。だから当初私は取り上げないことにした。しかし、こうして議論を積み重ねあらためて同小説を振り返り、やはり私は私なりに指摘し強調したい点をいくつか見いだした。特に、後期長編世界と比較した場合に、同書が「祖型」として引き継がれた側面と、明らかに同書ではまだほとんど展開されず萌芽に留まった側面とがどのように浮かび上がるか、この点に関して私見を提示しておきたくなったのだ。

『地下室の手記』第一部に提示される「意識＝病」論をめぐって

『地下室の手記』はこう書きだされる。「ぼくは病んだ人間だ……ぼくは意地の悪い人間だ」と。[30] なんとも惚れ惚れする書き出しだ。一言で読者をいきなりテーマの渦中に投げ込む力をもった。

主人公の「ぼく」はつねに周囲を憎んでいる怨恨人である。主人公は、同小説が「ぼく」という一人称でかかれる主人公の自己省察と回想の書として展開され、かつ彼が自分のその意識のあり方を「地下室」というメタファーで形容する点で、後期長編世界でいえば『未成年』のドルゴルーキーに一番類似している。

既に本書第五章・「《想像的人間》としての……」節で縷々論じたように、ドルゴルーキーは怨恨人であるからこそ、ロスチャイルドのような富豪になるという非現実的な「理想」を自分に課すことで「全世界と縁を切って〔略〕亀のように甲羅の中へひっこむ」生き方を実現しようとするわけだが、まさに「ぼく」は彼の祖型である。「ぼく」はおのれの「強度な自意識」のうちに「籠城」し、否応なく他者と交渉に入らざるを得なくなる行動の生を放棄して、何もせずに自己自身と対話し続ける「意識的な惰性」というあり方を「地下室」と称し、それをおのれの生の中枢に据える。この「地下室」とは、ドルゴルーキーのいう「理想」が彼に与えてくれる「甲羅」（想像界）の祖型である。「ぼく」は親戚に引き取られた孤児であり、長じて寄宿学校に送られるが、そこでは一人の友達も生まれなかった「嫌われ者」であり、絶えまなく周囲から屈辱を強いられ、だからこそ逆に周囲を虚勢を張って軽蔑し、憎悪することによって、おのれの意識の内部に優越感を生みだし、それを支柱としてからくもおのれの生を支えてきた人物である。まさにこれらの点でも「ぼく」はドルゴルーキーの祖型である。

私は本書でまず『罪と罰』のマルメラードフを取り上げ、それを糸口にして《「自虐の快楽」主義者と「自尊心の病」患者の双子の振り子機制》こそがドストエフスキー的登場人物の共通した心理機制であることをくりかえし指摘し続けてきたが、まさに彼はその典型、おそらく『二重人格』の次にくる典型、後期長編世界の門口に立つ典型＝祖型であろう。

その怨恨人たる彼が「憎悪の最大のポイント」にするものとは何か[31]？

実はそれは周囲ではなく、自己自身である。もっと正確にいえば、それ自体が一つの病であるところの自己意識なのである。おそらく「たんに意識の過剰ばかりでなく、およそいっさいの意識は病気なのである」という一節ほど、『地下室の手記』が後の多くの作家と哲学者に多大なる影響を与えた理由を説明するものはないであろう。既に私は本書第四章・「ニーチェの書き抜きの……」節で『悪霊』のスタヴローギンの抱える実存的苦悩の核心が「その自己意識の極度の反省性がもたらすおのおの存在の身体性との分裂＝離隔」に設定されていることを取り上げ、それをサルトルのいう「意識の無化的後退作用」の議論と結びつけた。すなわち、自己意識の自己に対する「無化的後退作用」がたとえば「私は今愛している・私の感情は愛である」という感情に関する自己アイデンティティーの確言を不可能にしてしまい、「……である」がたちまち「……でない」にひっくり返り、如何なる「私は……である」という確言をも不可能にしてしまうという問題、「私は……である」という確言が「私は『……である』をたんに演じているに過ぎない欺瞞者である」という苦悩に転じるという問題、これがドストエフスキーとサルトルとを結ぶ問題の環である。実にこのテーマは既に『地下室の手記』のいう《意識それ自体の病性》の問題に孕まれているのだ。またこの側面においては、「ぼく」の直系は『悪霊』のスタヴローギンであるということになろう。

同時に、『地下室の手記』にあっては右の問題はさらにそこから転じて、自己のなかに或る情動を認知することはそれとは正反対の情動を認知する――たとえば「愛している」と意識すればするほど、自分のなかに「憎んでいる」という反対の情動を認知してしまう――ことだというレベルでの自己分裂の問題が立ち上がっている。その両方が一緒くたになって《自己を意識することは即ち自己分裂の病に陥ることである》という認識が展開されているといい得る。この点で注目すべきは、本書第五章で取り上げた「カラマーゾフ的天性」とは「飽くことなき反対極への渇望」であるというテーマが、既に『地下室の手記』において主人公の自己意識の中核にくだんの「意識＝病」論と結合して据えられている事情である。こうある。

「ぼくは自分の内部に、まるで正反対の要素がどえらくひそんでいるのをたえず意識していた。その正反対の要素が、ぼくの身内ですさまじくうごめきまわるのさえ感じられた(32)」。

また、前述のスタヴローギンに継承される問題は、同小説にあっては自分の感情の心身一体性を確信できている「直情型の人間や活動家」に対する揶揄的なニュアンスを孕んだ批判のなかに出てくる（なお「活動家」とはチェルイヌイシェフスキーの掲げた社会主義革命の理想に挺身する活動家を念頭にしており、後述するように、『地下室の手記』は実はドストエフスキーのいわゆる「政治的社会主義」批判と緊密な関係を既に示している）。

この場面の彼は自分を「思索する人間」の側に分類し、他方彼らを意識の繊細さや反省的鋭利さを欠いた素朴ではあるが愚鈍なる「頭が弱い」人間として批判するのだ。

とはいえそう批判しながらも、「そういう直情型の人間こそ、本来の意味での正常な人間、つまり、慈母のごとき自然がご親切にもこの地上に最初の人間を生み落とすにあたって、かくあれかしと願ったような人間なのだと思う」と書き添えられ、「ぼくはむしょうに羨ましくなる」とも告白される。またこの人間類型の対置は、「《自然と真理の人》」というルソーの用語を引きながら、自虐的にこの「《自然と真理の人》」と自己分裂の意識を生き続ける「ねずみ」型人間たる自分との対置としても語られ、この「ねずみ」型人間の方は、「正常な人間のアンチテーゼ、つまり自然のふところから生まれたのではなく、蒸留器から生まれてきたような、強度の自意識をもった人間」とも形容される[33]（なおここで次のことを付言しておこう。本書第四章で詳論したように、ニーチェは『悪霊』からこの苦悩を語るスタヴローギンの言葉を書き抜いているのだが、そもそも彼がドストエフスキーに関心を抱くきっかけは『地下室の手記』の仏訳を読んだことにある。この点でルー・ザロメのニーチェの人物評を読むと[34]、この「意識＝病」論がそもそもニーチェ自身の抱える実存的苦悩を直撃するものとしてあり、そこから一挙にドストエフスキーへの関心が生まれ、それが彼を『悪霊』の書き抜きにまで導いたのではないかと推測したくなる）。

しかも彼は、この「ねずみ」型の人間はその実存の自己分裂性から「心中ひそかに自分をさいなみ、われとわが身を噛みさき、切りきざみ、しゃぶりまわす」ことが生の必然的様態になるにしても、実はそこにはこの苦痛がしまいには「ある種の呪わしき甘美さに変わっていき、最後には、正真正銘、ほんものの快楽に変わってしまう」という秘密が宿ってもいると告白する[35]。つまり、くだんの「自虐の快楽」主義は「意識＝病」論と一つになっているのだ。

ではこの彼の主張を後期長編世界と対比した場合、そこに顕著に浮かび上がってくる問題とは何であろう？　本書をこれまで読んできた読者には次のことは明らかであろう。スタヴローギンにおいて顕著なタイプの自己分裂性にせよ、ラスコーリニコフ型の自己分裂性――他者への《無応答》・《関与切断》・《他者嫌悪》の感情世界と共苦・《応答責任感》・《愛》の感情世界との――にせよ、後期長編世界ではそうした自己分裂性は明確に克服され乗り越えられるべき問題として設定され、「ぼく」の主張するが如き「およそいっさいの意識は病気なのである」という見地は否定され、かかる「ぼく」的視点は民衆的大地から切り離された知識人特有の、あるいは怨恨人にならざるを得なかったような個人史を歩んできた人間がそれゆえに背負い込む特有な視点として捉え返され、批判的に相対化されることである。

とはいえ、次のこともまた明白である。既にして「ぼく」の自己主張がまさに「自虐の快楽」に横溢したものであり、その自己肯定の身振りの陰に如何に強い自己否定の欲望が隠されているかということも。だから既に示したように、「ぼく」がさも軽蔑したように揶揄する「《自然と真理の人》」というテーマは、『悪霊』の僧チホンと『カラマーゾフの兄弟』のゾシマ長老においては、ロシヤ民衆の「大地信仰」ならびにそれに重ねあわされた汎神論的な宇宙観の担う生命主義と結合され、まさにスタヴローギンなりイワンなりの精神の「根無し草」性を真っ向から批判する観点へといわば反転し、小説世界の前面に肯定的に押しだされることになるのだ。

私は本書でくりかえしてきた。ドストエフスキー的キリスト教の特質は、ロシヤ民衆の汎神論的な大地信仰と共苦の愛を中心に据えるイエス主義との独特なる融合にある、と。この観点からいえば、『地下室の手記』では「《自然と真理の人》」というテーマとこの大地信仰との深い関係性はまだ全然浮かび上がってきていない。とはいえ既に見たとおり、同じ年の「一八六四年のメモ」においてはこのテーマが明確に登場しているし、かつまた『地下室の手記』においても、共苦の愛という観点から「ぼく」的な「意識＝病」論を批判するというテーマがいわば隠れたるマグマとして実は中心に据えられている。まさに、こうした事情こそが『地下室の手記』が二部構成の構造をとることのいわば動因となっているのだ。

『地下室の手記』の二部構成に潜められているもの

なんと、『地下室の手記』第一部の最終章において、突如「ぼく」はあれほど誇示していたと見えた彼の実存様式である「地下室」を罵倒し始める。

直前にあげた「地下室万歳！」の叫びを「まだ嘘をつこうというのか！」と自ら詰問し、今度は「地下室なんぞ糞くらえ！」と叫ぶ。[36]自分が本心において求めているものは、「地下室」なぞではなく、「ぼくが渇望していながら、けっして見出せない何か別のもの」なのだ、と。そして自らを振り返り、自分には「真実はあっても、純真さが欠けている」と自己批判し、自分は実は「恐ろしくて、その最後の言葉をかくしている」と告白し、[37]それを「自分にさえ打ち明けるのを恐れるようなこと」とも呼ぶ。[38]

実に、これまで自分自身にすら押し隠してきた或る秘密、いいかえれば彼が真に「渇望しているもの」、それが打ち明けられるのが第二部「ぼた雪にちなんで」なのである。

まさにこの反転の、どんでん返しのダイナミズムこそ、『地下室の手記』が二部構成を取ることによっておのれに孕ませるものにほかならない！

では、その「最後の言葉」とは何か？　一言でいうなら、まさにそれが共苦の愛の絆である。

ストーリーの具体的紹介は省略する。

――「ぼく」はあまりの孤独さに耐えかねて、また「自尊心の病」が生む虚栄心も手伝って、これまで自分から拒否してきたはずの大学時代の友人たちの宴会に強引に乗り込み、しかし、案の上結局は仲間に入れてもらえず、屈辱感をいっそう募らせた果てに泥酔し、酔った勢いで娼家に向かい、リーザという若い娼婦を買う。

第二部の核心部分は、しばしの半睡の放心状態から意識をはっきり取り戻した彼がシニックな気分からいたぶるようにリーザに身の上話をするよう迫り、聞いているうちに心が動いて彼女の話に自分の身の上話も重ね合わせるに至り、なかば説教口調で娼婦稼業から身を洗うべきだと説きだすところから始まる。

その熱弁のなかで、その材料として、彼は自分が孤児として「家庭を知らずに大きくなったこと」、つまり「親」からさえ愛されるという経験を一度も味わうことなく、いわんやそれ以来およそ他者から愛されるという経験なぞ一度もすることなく育ったこと、「そのおかげで、ぼくはこんな人間になっちまった」ことを打ち明けさえする。

その語りの展開のなかに本書が縷々述べてきた《受難した子供》という視点から幼少期に愛を享けて育つことの意義についてのドストエフスキーの思想、くだんの愛の記憶の受け渡されてゆく連続性こそが「不死」の観念の核心をなすという思想を示唆する文言や、「きみは幼い子供が好きかい、ぼくはたまらなく好きだよ」と語りかけることから始まる、子供の自由溌剌とした無垢なる生命の愛おしさへの想い、それらが彼の言葉としてふんだんに盛り込まれる。

第一部からは想像もつかない「愛」についての熱弁を彼はリーザに向けて振るいだす[39]。彼はそのようにリーザに語りかける自分を、一方では「こういう美しい絵でもって、おまえをおびきだしてやるわけだ」と意識しながら、しかし、同時に「誓っていうが、ぼくは真情をこめて話していたのだ」とも意識する[40]。

私の観方をいえば、いまや彼はラスコーリニコフ型自己分裂へと突き進みだしているのである。「地下室」型自己意識の彼と共苦の愛を生きようとする「真情」の彼との。ドストエフスキーは、第二部の開始とともに彼の自己意識の抱える分裂性の展開局面(ステージ)を最初のいわばスタヴローギン型からラスコーリニコフ型のそれへと移動させるのだ。

リーザはそうした彼の口調を指して「なんだか、あなたは……まるで本を読んでるみたい」と恥ずかしそうにおずおずという。彼はそれを聞いて自分が嘲笑されたように思う。彼の実存に染みついた「自尊心の病」がたちまち燃え上がる。するとと、彼の胸のなかには「はげしい憎悪がむらむらと頭をもたげてきた」という仕儀となる。つまり、彼の自己意識はくだんの「こういう美しい絵でもって、おまえをおびきだしてやるわけだ」という方向性に舵を切ってしまうのだ。しかし、後にこの瞬間のことを回想し、彼は自分がそのとき「彼女がことさら嘲笑的な口調のかげに身をかくそうとしたことがわからなかった」と反省する。[41] 実は彼女は娼婦の自分にそのように真情を傾け、自身の人生の悲劇性すら告白して語りかける彼に深く打たれ、感謝し、愛されていると思い、だからまた突如として彼への愛に掴まれたというのに。

その後の展開の具体的紹介は省略するが、私にはかかる展開はあの『柔和な女』での主人公の男女二人の悲劇的な心理のやり取りとそっくりに思える。

彼はリーザの抱える苦悩と自分のこれまで生きてきた苦悩を共振させ共苦しあうことを心底では望みながらも、あまりにも自分を《「自虐の快楽」主義者と「自尊心の病」患者の双子の振り子機制》のなかに閉じ込めてきたがゆえに、共苦の絆を実現できないのだ。彼の「自尊心の病」は彼の心底に潜むこの望みを彼に自覚させず、彼をくりかえし彼女を支配し尽くすという欲望へと追い遣る。「こういう美しい絵でもって、おまえをおびきだしてやるわけだ」という自己意識は、次の局面では娼婦稼業の成れの果てがどうなるかの暗澹たる絵をこれでもかこれでもかと語り続け、彼女の心を打ち砕き、もって彼女への支配、彼女の所有を完成させることへと傾斜し、留まることをしらない。こう告白する。

「ぼくはもうだいぶ前から、ぼくが彼女の魂をひっくり返し、その心を打ち砕いてしまったことを予感していた。そして、そのことを確信すればするほど、すこしでも早く、またできるかぎり力強く目的を達したくなった」[42]。

だが、予想通りの効果が上がり、リーザが自分の暗澹たる将来に絶望してベッドに突っ伏し号泣し始めたとき、彼はようやく自分がしたことが何であったかに気づく。彼女の心を打ち砕くことで自分の勝利――復讐・所有・支配における――を得ること、それが達成されたことがこの彼女の号泣に証立てられたと思いきや、しかし、実はその彼女の姿を見てようやく彼は気づく。自分が望んだことは別なことであったことに。共苦の絆を実現することで彼女を奮い立たせることであったことに。

しかも『地下室の手記』は、この彼の自己発見とは見事にすれ違って、リーザのほうはまさに彼の語りをひたすらに自分の将来を思い遣り、叱咤激励して、娼婦稼業からきっぱり手を切るように励ますための熱誠溢れる説得ととったと描きだす。別れるとき、彼女は彼の熱誠溢れる説教に対する自分の感謝と応答を示すために、また彼の愛を確信して、彼女の「ただひとつの宝物」である彼女がかつて或る学生からもらったラブレターをわざわざ彼に見せる。自分を肯定できたその喜びを彼に知ってもらおうと。そのとき彼女の眼を、ドストエフスキーは「それこそ無邪気な、まるで子供のような勝利感に輝きわたっていた」と描写し、また「子供たちが、自分の好きでたまらない人、何かおねだりしようとする人を見るときの、あの目つき」と描写する[43]。

実は、この彼女における彼への感謝と自己肯定感の回復、つまり愛という生命力の回復こそが彼が達成したことであった。だが当の彼はそれを、彼女の致命的な自己敗北感への滑落と取り違えていた。しかもそれこそは自分が意図しサディスティックに追求したことであった、と。つまり、彼の意識は自分自身の本当の気持ちも、また彼女の本当の気持ちも捉え損ねたわけだ。共振ということが致命的に働かなかったのだ。共苦においても共喜においても。自分自身に対しても彼女に対しても。翌日この時のことを振り返り、彼はやっと気づく。

「きのうおれは真心からしゃべっていたじゃないか。おぼえているが、おれの感情はほんものだった。ほかでもない、おれは彼女のうちに高潔な感情を呼びさましてやりたかったのだ……彼女が泣いたのは、いいことだった。あれはきっといい影響を与えるはずだ」と。[44]

しかし、当のその時点では、彼は自分を誤認し続けていたし、だからまた彼女の号泣の意味も取り違え続けていたのだ。

場面展開の具体的経緯を一切省略して、『地下室の手記』第二部が切開してみせる「ぼく」の心理機制を鮮やかに示す数節を引用しておきたい。それを読めば、読者は私が本書第五章で縷々展開した議論とこの作品とが如何に呼応する関係にあるかをすぐさま理解されるであろう。(なお、既に述べたとおり、ニーチェとドストエフスキーとの出会いの発火点となったのはこの作品であった。読者にはそのことを念頭に置いたうえで、以下の引用と、本書第五章・『白痴』における愛・嫉妬……」節に紹介したニーチェの性愛観とを重ね合わせてみてほしい。)

「ぼくの心に、そのときふいに別の感情(自分を恥じる感情とは別の、清)が火を吹き、ぱっと燃えあがったのだった。……別な感情、つまり、支配欲、所有欲である。ぼくの目は情欲にぎらぎら輝き、ぼくは折れよとばかり彼女の手をにぎりしめた。この瞬間、ぼくがどれほど彼女を憎み、どれほど彼女に惹かれたことか。この二つの感情はおたがいにあおり立てあった。それは復讐にさえ似ていた。〔略〕ぼくの情欲の発作がまさしく復讐であり、彼女に対する新しい屈辱であったことを、彼女は悟ったはずなのだ。そして、ぼくの以前からの、ほとんど対象がないような憎悪に、いまや個人的な、彼女に対するねたみにみたされた憎悪が加わったことも……[45]」。（傍点、ドストエフスキー）

「ぼくは人を好きになることももうできなくなった男なのだ。なぜなら、くりかえすようだが、ぼくにとって、愛するとは、暴君のように振舞い、精神的に優位を確保することの同義語だからだ。ぼくは生涯、それ以外の愛情は思ってみることもできなかった。〔略〕ぼくは愛を闘争以外のものとして考えたことはなかった。そして、いつも憎悪から愛をはじめて、精神的な征服に行きつく。そして、そのあとにはもう征服した対象をどう始末したものやら、考えられもしない有様なのだった[46]」。

蟻塚・水晶宮・暴力・正義・活動家

私はドストエフスキーの第二作目『二重人格』を取り上げた本書第五章・補論Ⅲ「祖型としての最初期……」のなかでこう指摘した。

――この作品はドストエフスキー的登場人物が共通に抱える二重人格的自己分裂を最初にテーマ化したきわめて重要な作品であるが、しかし、そこでの主人公ゴリャートキンは後期長編世界を特徴づける「飽くことなき反対極への渇望」たる「カラマーゾフ的天性」の抱える自己分裂をまだ抱えているわけではない。「二重人格」問題がこの問題局面（ステージ）にまで進出するためには、怨恨人たるゴリャートキンは世界を睨み据えるそのルサンチマンの眼差しを「無神論」的・ニヒリスト的社会主義者のそれへと高次化しなければならないし、そのことによって同時に彼はおのれの自己分裂を《「自虐の快楽」主義者と「自尊心の病」

患者の双子の振り子機制》を生きる自己と共苦の愛を生きる自己との二重人格的分裂へと高次化しなければならない。また、こうした新たなる問題局面の到来を告げる後期長編世界の門口に立つ作品、それが『地下室の手記』にほかならない。――

この問題の環を瞥見しておこう。

既に本書第一章で縷々述べたように、「政治的社会主義」ないし「無神論」的社会主義の思い描く革命が実現しようとする新社会、未来の社会主義的ユートピア社会を名指すドストエフスキーの言葉は「蟻塚」である。実にこのキーワードはこの『地下室の手記』にも登場する。ドストエフスキー研究の世界では、この作品がチェルヌイシェフスキーの社会主義的革命思想に対する強烈な批判を含意しており、そこに出てくる「直情型人間や活動家」がこの革命思想に挺身する活動家を揶揄する含意を孕み、また「蟻塚」と重ね合わされて使われる「水晶宮」がまさにチェルヌイシェフスキーから採った概念であることは周知の事柄である。

きわめて興味深い問題は、後期長編世界の門口に立つ『地下室の手記』の主人公「ぼく」がニヒリスト社会主義者の相貌を呈するどころか、逆にこの社会主義ユートピアに対する徹底的な批判者として登場する点である。ただしその批判は、その怨恨的世界観のゆえにおのれの実存を「地下室」として構成する、徹底的な「例外者」(ニーチェ)あるいは「単独者」(サルトル)の視点からのそれである。この点では、彼は明らかにドルゴルーキーの先行者であるにもかかわらず、マカールとの会話のなかでマカールの共苦主義を最近の「共産主義」思想と根幹において同じだと熱弁を振るうドルゴルーキーの側面はまったくもたないのだ。

反対に彼はチェルヌイシェフスキーの「水晶宮」なり類似の「無神論」的社会主義者の言辞を念頭に置きながらこう論ずる。

「だいたいが人類自身の利益のシステムで全人類を更生させるなどという理論を説くのは、ぼくにいわせれば〔略〕、人間は文明によって温和となり、したがって、残虐さを減じて、戦争もしなくなるようになるなどと説くのと、ほとんど選ぶところがない[47]」。

しかし彼にいわせれば、そう説くことは「論理だけからいえば」は筋が通っているように見えて、肝心の大元の「人間」観がそもそもリアルではないのだ。そのあとに続く彼の批判は実に鋭い。今読んでも、二十世紀はもとより今世紀においても「革命」主義を標榜する「活動家」（かつてのコミュニストもファシストも現今のイスラム過激派も含めて）のメンタリティーの陥穽を実に鋭く突く力がある。いわく、

「人間というものは、もともとシステムとか抽象的結論にはたいへん弱いもので、自分の論理を正当化するためなら、故意に真実をゆがめて、見ざる、聞かざるをきめこむことも辞さないものなのだ」・「以前は流血のなかに正義を見出して、当然殺すべき人間をなんら良心にやましいところなく殺してきたのだが、いまのわれわれは流血を醜悪なことと考えながら、なおかつこの醜悪な行為に従事している。しかも、以前より大々的にだ[48]」。

そして、昨今の社会主義者の「科学と理性」に依拠する「合理主義一点張り」の主張を批判し、こういう。人間の現実を観察すれば、人間は誰しも「けっして理性や利益の命ずる」合理主義的結論に基づいて行動したことはなく、人間を行為に突きだす「欲する」という欲動の契機はいかなる合理主義（自己利益のエゴイスティッ

クな計算も含めて）も簡単に突き破る非合理的性格をもっており、かつそれは無意識の闇から人間を捉え、その意識の合理主義を突き破る魔的な性格をもつ。この点で、人間を真にリアルに認識したければ、人間が如何に「自分自身の自由、気ままな恣欲、どんな無茶なものであれ、自分自身の気まぐれ、ときには狂気と選ぶところないまでかきたてられる自分自身の空想」を愛し、それに突き動かされておのれの生を生きようとするか、人間が実は絶えず望むものはただ一つ「自分独自の恣欲」である点にこそ目を据えるべきだ、と。[49]

かくて「ぼく」は「自分独自の恣欲」を生きとおすといういわば彼の「単独者」の生の美学から合理主義的発想から生まれる社会主義思想の非リアリズムと自己欺瞞を拒絶し、かつその「水晶宮」的ユートピアが本質的にこの「単独者」的立場に敵対的であることを、いいかえればくだんのその「蟻塚」的性格を嫌悪し糾弾する。

以上の『地下室の手記』が「ぼく」をとおして打ち出すいくつかの論点を見ただけでも、この作品がいわば反・社会主義という逆方向から、しかし、まさに社会主義問題に接続していることがわかる。と同時に、後期長編世界と比較するならば、そこには「キリスト教的社会主義」ないしは「ロシヤ民衆の土地共同体に立脚する社会主義」の可能性と無神論的・ニヒリスト的社会主義との対決ないし対話というテーマは全然まだ顔を出してないことが気づかれる。

一言でいえば、『地下室の手記』には『カラマーゾフの兄弟』における「教会的社会裁判」思想をめぐるイワンとゾシマ長老との対話＝対決が顔をのぞかせる余地まだ全然ない。あるいはまた、或る時「まさにキリストは社会主義者の仲間に加わってそのあとに従ったにちがいないね」との告白をおこなったベリンスキーについてのドストエフスキーの大切な記憶の入る余地はない。

なぜなら、共苦の愛の絆というテーマは第二部に顔を出してはいるが、その展開はまだあまりに脆弱で端緒に留まっているからだ。「ぼく」はおのれの「単独者」主義が彼の「自尊心の病」の産物であり、そこに留まっているかぎり実は彼が一番欲している共苦の愛の絆を自ら破壊する結果に終わるしかないこと、このことに最後に直面するにせよ、それはまだ「気づき」の段階を超えるものではない。

他方、単独者たる彼は「無神論」的社会主義の自己欺瞞的暴力主義を見事に批判できてはいるが、怨恨人として常に世界を――誰に向かってか、自分でも分からないほどに、全体的に――憎悪しており、この全体的憎悪と復讐心をその都度の個人的対象に投射し転化しつつ生き続けている。「世界が破滅するのと、このぼくが茶を飲めなくなるのと、どっちを取るかって？　聞かしてやろうか、世界なんて破滅したって、ぼくがいつも茶を飲めれば、それでいいのさ」[50]、これが彼の実存様式であり、「世界・内・存在」様式であり、世界態度なのだ。

だから彼は、『悪霊』でいえばかのピョートル・ヴェルホーヴェンスキイーの先行者になり得る人物なのだ。実は自分はけっして社会主義者なんぞではなく、社会主義者の仮面を被りながら世界を破滅に導く快楽を追求している一個の「ペテン師」の暴動主義者だと告白するピョートルの。

かくて、『地下室の手記』の「ぼく」からは後期長編世界の様々なる主人公が生まれ得る。その可能性のなかにはスタヴローギン、イポリート、ドルゴルーキーはいうに及ばず、ムイシュキンやアリョーシャさえ含まれる。彼が「きみは幼い子供が好きかい、ぼくはたまらなく好きだよ」とリーザに語りかける男である限りは。彼はそれら「カラマーゾフ的」人間のすべての可能性のまだ決定されざる混淆体である。このことこそ、同作品が後期長編世界の門口に立つ「祖型」であることの理由であろう。

終章　ドストエフスキーと私の聖書論

本書を書き終えるにあたり、これまでの行程を振り返って私は痛感せざるを得なかった。くだんの私の『聖書論Ⅰ　妬みの神と憐れみの神』・『聖書論Ⅱ　聖書批判史考』を導いた方法論的観点、それはそのままドストエフスキーのキリスト教理解の独自性をどの点に発見し如何に特徴づけるのかという本書の試みを導く観点になったのだ、と。当たり前ではある。それほどに、本書は両書が仕上がった直後から書き始められたのだから。『聖書論Ⅰ』の冒頭、ⅠとⅡを繋ぐ「総序」で私はこう述べていた。

「四者のあいだの亀裂と対立、その緊張関係の理解なくしてどの一者の真の理解にも達し得ない。ここでの四者とは、旧約聖書に体現される古代ユダヤ教におけるヤハウェ信仰（マックス・ヴェーバーのいう「純粋ヤハウェ主義」）、新約聖書に語り伝えられるイエスの言葉と行為が推測せしめる彼自身の思想、パウロを創始者とする西欧の正統キリスト教、ならびに旧約聖書とイエス思想との対立性を徹底的に主張し、それを糊塗する者として正統キリスト教を批判してやまなかった古代キリスト教における最大の異端たるグノーシス派キリスト教、この四者を指す[1]」。

ヴェーバーは、その宗教は何を獲得することをもって救済が成就したとみなすかという問いを鮮明にすべく「宗教的救済財」という概念を設定した。本書はこの彼の概念をたびたび援用した。いまここであらためてこの概念を使うならば、右に私が掲げた視点とは、くだんの四者それぞれの掲げる「宗教的救済財」を相互に比較することをとおしてこそ、それぞれの掲げる救済観念（もとより同時に、救済を阻む主要な阻害要因についての観念）の特質と問題性が、かつまたそれらの相互関係が、いっそう鮮明に正確に浮かび上がるはずだという観点にほかならなかった。

本書は、まさにこの観点を今度はドストエフスキーに適用することによって、彼の理解するキリスト教、ドストエフスキー的キリスト教の追求しようする「宗教的救済財」の特質を浮かび上がらそうとする試みとなった。冒頭に述べた四者の緊張関係、それが生みだす審問の磁場の只中に今度はドストエフスキーを立たせる試み、これである。

そのさい、私が二つの聖書論をとおして確立した知見が今度はこの磁場に立つドストエフスキーを考察するためのいわば特注のサーチライトとなった。まず二つの問題系が二塔のサーチライトとして設置された。

ドストエフスキーを照射する第一の問題系

第一の問題系とは次の問題の関連にほかならなかった。

ヴェーバーは強調している。すなわち、古代ユダヤ教のヤハウェ主義者が掲げた「宗教的救済財」とは、「賤民民族（パーリア）」に貶められたユダヤ民族の苦境を打破し民族解放を勝ち取ること、また富裕階級の私利私欲を糾弾しその専横を排し、ユダヤ社会をあくまでも真に同胞的な相互扶助共同体として維持すべく戦い、昔日のダビデ王国の栄光に範をとる（『イザヤ書（第二）』[2]）、詳細に明文化された強力な律法精神と「兄弟愛」の絆が隅々にまでゆきわたる絶対正義が貫かれる完璧な道徳国家＝「義人の王国」の建設であった、そしてヤハウェはまさにこの「政治的および社会的革命」を導く「軍神」にほかならなかった、この点で彼らが掲げた救済ヴィジョンは徹底的に「現世内的」であった、と。[3]

この点で、たとえばエーリッヒ・フロムも旧約聖書の預言者思想と救済観念の重大な特質として次の点を挙げていた。すなわち、「政治が道徳的価値で判断されるべきこと、そして政治生活はこうした価値の実現をその使命としている」と考える点で、預言者はたんに宗教指導者であるだけでなく、同時に「政治指導者」であり「革命家」として登場することを[4]。

また先のヴェーバーは次のことも強調していた。かかる「宗教的救済財」の徹底的な現世内的かつ政治的性格こそが古代諸宗教のなかにあってユダヤ教の比類なき独創性であった、と。その事情は、この宗教が他の諸宗教とは異なって、死に臨んで人間各自・個々人が抱く恐怖と不安を如何に乗り越えさせるかという問題、いいかえれば、死を再生に取り戻す宇宙的な生命の永遠の循環性への自覚的あるいは瞑想的な復帰、人間の死後の救済・復活・霊魂の永遠的不滅性への確信といったテーマにまったく関心を示さないという点に如実に現れているし[5]、またこの意味で救済対象として問題となるのは常に民族共同体という集団であって、おのれの生と死に苦悩する個人ではなかった、と[6]。

では、かかるヤハウェ主義の「宗教的救済財」に対してイエスの掲げたそれはどのような関係に立つのか？　完璧な継承なのか、それとも対立なのか、あるいは「第三の道」とも呼びうる別なヴィジョンの対置なのか、その関係性はどう規定されるべきか？

これが第一の問題系である。

くだんの聖書論をとおして私の到達した見解とは一言でいうならこうであった。イエス思想は、右に略述したヤハウェ主義の「政治的および社会的革命」主義に対する、この革命主義の内部から生まれた強烈な自己批判として出現する。

まず最初に、この革命主義から生まれてくる「聖戦」思想に対してまさにイエスは「汝の敵を愛せ！」の愛敵思想を対置し、この革命主義とその強烈な道徳主義に纏わりつくところのマニ教主義的善悪二元論を一貫して批判し続けた。

また次に、この革命主義は常にヤハウェ神に忠節を誓う信徒たる自分たちを「義人」の正統的共同体を実現する人間たちとして描きだそうとするわけだが、そうした自己正当化の強力な道徳的エネルギーというものは実はその裏側に次の心理的機制を秘める。すなわち、たんにその「革命」が差し向けられる敵（＝抑圧者たる他民族なり自民族内の専横なる富裕層）のみならず、実はおのれの周縁に必ず劣悪なる非正統的な悪人・罪人層を被差別民・道徳的劣等者として配置し、この周縁との絶えまなき自己比較（＝差別）の意識回路、いいかえれば自己中心化の回路を形成するという心理機制を。この心理機制を私はここで「広義の粛清主義・純血主義」的心性と呼んでおきたい。

拙著『聖書論Ｉ』で強調したように、ヤハウェ神の「妬みの神」という表象が物語る心理機制はこの神が常に信徒の背信・裏切りに脅かされており、ある点で敵に対する怒りに勝る激怒と憎悪をこの裏切りに向けている点である。この心性はまたそこから信徒らのいっそうのおのれへの忠誠を、いいかえれば「純粋ヤハウェ主義者」（ヴェーバー）たることを求め、それを「試す」踏み絵、つまり過酷な忠誠の試練を敢えて課し、その証明を求めるという欲望（まさに、たとえばアブラハムに愛する息子イサクを犠牲に差し出す試練を敢えて課し、忠誠の程度を試すが如き）に取り憑かれていることである。かの『ヨハネ黙示録』の有名な一節「お前は生温かくて、熱くも冷たくもないから、私はお前を口から吐き出そうとしている」・「私は、自分の愛する者たちをこそ、皆叱責し懲らしめる。だから、一所懸命になって、悔い改めよ」という一節なぞはこの心性の最も顕著な表現であろう[7]。

ここで議論をドストエフスキーに結びつければ、このヤハウェ主義者的心性は、かの『悪霊』に展開される主題、すなわち本質的に暴力的心性に蝕まれた「政治的社会主義」が内蔵する粛清主義的心性の問題へと展開することになる。また彼を越えて、この「心理学的類型」（ニーチェ）視点から後のかのスターリン主義的心性を照らしだすなら、スターリン主義者が周囲とかつての同志たちに対する「富農」・「トロツキスト」・「反党分子」等のレッテル貼りに狂奔し、そのことで当時のソ連共産党員総体をこの粛清主義的大テロリズムの犠牲者にして共犯者へと追い遣ったこと、この事態の心性的基礎には明らかにその祖型として右のヤハウェ主義的心性が見いだされると思われるのだ（参照、本書第一章・補注「ドストエフスキーの『政治的社会主義』批判……」）。

議論をイエスに戻せば、かかる「広義の粛清主義・純血主義」は先に見たマニ教主義的善悪二元論の第二の現れ、《悪》の体現者を敵対する異民族や支配階級からおのれの周縁的被差別民に移したところのそれにほかならない。イエスはきわめて自覚的にこの心理機制に闘いを挑んだ。彼は常にかかる心理機制によって生産される《被差別民》の側に立ち、その精神的擁護者として奮闘した。そのことを象徴するのが、福音書が伝えるイエスによるかの「サマリア人」称賛や、「娼婦と徴税人」こそが真っ先に「天の王国」に迎えられる資格をもつとの主張にほかならない[8]。あるいはまた、イエスが常に「悪霊憑き」（精神病者）を筆頭とする様々なる病者の治療者として登場することである。そしてまさにこのことを通じてこそ救済対象として集団に還元し得ぬ個々人の実存――その《弱者》と《病者》の規定とともに――が浮かび上がってくるのだ。

つまりはこの第一と第二の両方の文脈で、イエスはヤハウェ主義が本質的に抱え込むマニ教主義的善悪二元論と闘い続けた[9]。彼の「裁くな、赦せ」の訴えが当時もった最大にして尖鋭なる社会的＝政治的意味はまずはこの点にある[10]。

では、この問題系からドストエフスキーを振り返るなら、彼の文学はどのような問題として立ち現れてくるのか？　いましがた既に幾分かは示唆した通り、この問題が本書第一章「社会主義とドストエフスキー」が取り組んだ問題にほかならない。

ヴェーバーは、ヤハウェ主義が体現する「兄弟愛」の倫理を基軸とした社会倫理――ユダヤ社会を真に同胞的な相互扶助的共同体として維持せんとする――を「平民的」あるいは「清教徒的」と形容しているが、[11] これは「原社会主義」とも形容可能である。私が推測するに、そもそもヴェーバーがかの長大な『古代ユダヤ教』を書き綴った深層の動機は、D・H・ロレンスが何よりも『ヨハネ黙示録』――正統キリスト教のなかに脈打つヤハウェ主義的心性をもっとも尖鋭に表現する――を念頭に『黙示録論』を書いたと同様、十九世紀後半から二十世紀へと西欧社会を揺り動かす社会主義的革命運動(ファシズムも含めて)のうねりが暴力への渇望と全体主義的色彩――まさにドストエフスキーの「蟻塚」の言葉が予告する――をますます濃厚にしながらヨーロッパを席巻しだすという問題、その精神史的系譜をたどれば祖型として古代ユダヤ教を見いだすという問題意識、これに発するのではないか?[12]。ニーチェは明らかにこの問題系を『悪霊』の書き抜きを通して意識していた。

まさにこの点で、ドストエフスキーこそはロレンスとヴェーバーに先んじてこの問題系を主題化する決定的な予言者・先行者として立ち現れるのだ。しかも、イエス思想がこの精神史的伝統におけるもっとも強力な自己批判の契機を代表するという問題性、これをテーマの中心に押しだすという形で。

たとえば、『罪と罰』の構図を考えてみよう。それはこうではないか?

――かのラスコーリニコフは『ヨハネ黙示録』の掲げる「新しきエルサレム」のヴィジョンを社会主義暴力革命の予言的ヴィジョンとして読み替え、それに《非凡人の犯罪権》思想を接続させ、まさに自分をこの現代の「非凡人」・前衛分子たらしめようとする青年である。だがその果てに、彼は貧民街に巣くうしがない金貸し老婆と無辜なる少女を殺すだけのことに終わる。この彼に娼婦とならざるをえなかったソーニャが「大地への接吻」をとおしての自己批判を迫る。かかる構図は、私の観点からいえば、ヤハウェ主義に対してイエス思想が結ぶ自己批判を迫る関係性の象徴そのものにほかならない。そしてその頂点が『カラマーゾフの兄弟』のかの「大審問官」章なのであり、本書第一章が示したように、こうしたドストエフスキーの問題構成は同時にローマ・カトリックへの強烈な批判と結びついていた。つまり、正統キリスト教がその実ヤハウェ主義的心性を克服しておらず、イエス思想の真に独創的な諸契機をまったく取り逃しているのではないかという重大な疑念、否、疑念を超えた明確な判断と結びついていたのだ。

ところで、いま述べた第一の系から生まれてくる問題、イエス思想の真の独創性をいわゆる正統キリスト教は本当に理解し得ているのか、いったい誰がそれを十全に理解し得ていたのかという問いを推し進めること、それは私の聖書論においては次の問題につながった。

すなわち、西欧の正統キリスト教がその最初期に最大の異端派としたグノーシス派キリスト教のイエス理解、これをイエス思想の独創性をあぶりだすための特別な比較軸・参照軸として据え直し、そこから放たれる照明の下に諸福音書がそれぞれに伝えるイエス像をあらためて独自に総合し直す作業、それがこれまで正統キリスト教が紡いできたイエス像とは異なるそれを立ち上げる大きな可能性をわれわれに与えるのではないかという問題に。

ドストエフスキーがグノーシス派のイエス理解をどれほど知っていたのか、それはいまのところ私にはまったくわからない（ただし本書第四章で示したように、最晩年の彼がいわば肝胆相照らす関係を結んだソロヴィヨフがグノーシス派の影響の下にその思想形成を始めたことは明白である。参照、本書第四章・「グノーシ派のプラトン主義的……」節につけた補注「ソロヴィヨフ・グノーシス派……」）。また東方教会の掲げるキリスト教の独自性についての私の知見はまだほとんど無きに等しい。だから、イエス思想の真髄をロシヤ正教こそが体現するというドストエフスキーの主張の妥当性を判断する力もないし、たとえドストエフスキーがグノーシス派の主張を直接にはほとんど知らなくとも、類縁の思想を東方教会のイエス理解を仲立ちに間接的に期せずして摂取した可能性があるのではないか、この仮説についても分析し判断する力がない。

いまのところ私にできることは、ドストエフスキーがその作品や諸々の文書に書き残した言説をグノーシス派の遺した言説と直接比較し、あるいはそれと関連してくる他の思想の言説と比較し、そこに期せずしての類縁性を発見し、それを梃子に彼のイエス理解、あるいはキリスト教理解の独創性を推し量ることだけである。そこからどんな議論が生まれることになったか、読者はそれを本書第四章「大地信仰と生命主義」を中心に第三章・『黄金時代の夢』表象……」節や補論Ⅳ『一八六四年のメモ』と……」を合わせた諸考察のなかに見ることができる。またこの終章の節々に（なおここで注記すれば、そもそも本章冒頭に紹介した私の観点は、ニーチェが西欧の正統キリスト教とイエスの思想とを正反対と呼べるほど対立的であるとみなし、かつ正統キリスト教を古代ユダヤ教へ回帰するものとして批判したことへの深甚なる興味から生じてきたものである。だから、「はじめに」で述べたように、私の作業においては重要な比較軸として常にニーチェが登場してくる[13]）。

ところでいまここで指摘しておきたいことは、そうした分析作業と問題の展開は、私の聖書論にあっては本章の冒頭で言及した二つの問題系・サーチライトのうちの、これから説明する第二のそれによって、その土台が敷かれていたことである。

ドストエフスキーを照射する第二の問題系

では、その第二の問題系・サーチライトとは何か？

私は次の問題に注目していた。すなわち、旧約聖書においてヤハウェ神は、自分への信仰をユダヤ人でありながら捨て他の神々の下へと走る背信の徒に対しては、自らを「妬みの神」と呼ぶほどに激越な怒り浴びせかけることに。ヴェーバーは、旧約聖書とはひっきょうバアール＝アシェラ信仰に対するヤハウェ主義者の「組織的闘争」の記録であり宣言書であったと指摘したが、右の事情はまさにこの問題を象徴するものであった。つまり、「他の神々」とは実はバァール神・アシェラ神にほかならない。

かくて、ヤハウェ神は前述の「政治的および社会的革命」の戦線における「軍神」としてだけではなく、このバァール＝アシェラ信仰に対する「組織的闘争」の戦線における「軍神」としても現れる。しかもこの二つの戦線は相互に切り離しがたく絡みあっていた。というのも、旧約聖書において語られるバァール＝アシェラ信仰のユダヤ民族への浸潤、ヤハウエ信仰の棄教とバァール＝アシェラ信仰への転向という事態はバビロニア捕囚と、とりわけ次の事態、すなわち、ユダヤ富裕層はむしろ捕囚を受容し満足を覚え、そこからの祖国復帰を説いてやまない預言者（＝ヤハウェ主義者）を疎んじ嫌悪するに至ったという事態、それと一つに結びついていたからである（もっとも、この信仰をバビロニアからきた外来宗教であるかの如く語る旧約聖書の言説には、この信仰が外来であるどころか、もともとユダヤ民族にとっても自生的な宗教であった事情を覆い隠そうとする意図が秘められていたと思われる。[14] 参照、『聖書論Ⅰ』第Ⅰ部・第三章・補注「『雅歌』の性愛賛美の異質性」）。

また私は次のことに注目していた。すなわち、この第二の問題系を文化人類学的かつ比較宗教学的文脈に置き直すならば、それが、バァール＝アシェラ信仰の内実をなす大地母神的＝母権的＝「女性原理」的＝アニミズム的宗教伝統に対して、もっとも強烈な天上神的＝父権的＝一神教的＝「男性原理」的＝律法合理主義的道徳宗教としてのヤハウェ主義が戦う「組織的闘争」という意味を同時に孕んでいることに。

そもそも、私はくだんの『聖書論Ⅰ』と『Ⅱ』において、前述の四者関係を考察するに次の視点を導入することに格段の意を用いた。前述の「総序」に私はこう書いている。

「そのさい私には一つの試みてみたい視点があった。その視点とは、バッハオーフェンに始まり、日本では『文化圏的歴史観』を提唱した石田英一郎がそのもっとも有能な継承者であると思える一つの視点、一言でいえば、人類の宗教・文化史の軌跡を《母権的価値体系と父権的価値体系との相克》——それは当然混淆化という問題を伴う——というコンテクストを基軸に考察するという観点である」[15]。

この観点からすれば、まさに旧約聖書が執拗に記述してやまないバァール＝アシェラ信仰とヤハウェ主義との抗争こそ、人類の宗教文化史におけるこの《母権的価値体系と父権的価値体系との相克》のもっとも尖鋭なる事例として問題にされるべきなのだ。

この点で、私の聖書論は特に次の問題を強く浮かび上らせた。すなわち、旧約聖書が表現するヤハウェ主義者の心性（メンタリティー）は、それが強烈な「嫉妬」の精神的エネルギーに満ちている点で、父権的で「男性原理」的な攻撃性に横溢していると評されるべきであり、それゆえにまた必然的に強烈な「女性嫌悪（ミソジニー）」的性格を帯電するに至るという問題を。そもそもが「軍神」であったヤハウェ神が社会的政治的場面で男の抱える「男性原理」的な攻撃的な精神的エネルギー・猟師的かつ戦士的な闘争的心性を最大限に活性化させる神として登場することは明白である。だがたんにこの場面だけでなく、性と愛という人間各個人にとって欠くべからざる実存的次元においても、ヤハウェ神は男のなかの性愛エネルギーを「嫉妬」というきわめて「男性原理」的な攻撃的形態の下に暗黙裡に動員しつつ、しかもそこにダブル・バインドとして父権的律法主義から発する強烈なる禁欲要求——姦淫を死罪に値する重犯罪とみなす[16]——を同時に課すというきわめて複雑な矛盾に満ちた神として立ち現れる（この姦淫禁止要求の強烈さは、裏返しにいえば男性の性欲の所有主義的な攻撃性と強烈さを知るがゆえのそれだ）。そしてこの禁欲の側面は後の正統キリスト教（江川卓によれば、かのロシア正教分離派も）によって性欲そのものの否定という僧侶的形態（パウロ）を伴いつつ継承されるのだ。

かつまた、この欲動動員のダブル・バインド構造は、反バァール＝アシェラ信仰と融合することで、そこに強烈な「女性嫌悪」的言説＝意識をも生みだし、それと一つとなった反性欲主義を原理主義的・「純粋ヤハウェ主義者」（ヴェーバー）、つまりその道徳的指導者層（僧侶階級）たる「預言者」の言説（意識）に染みわたらせもする。たとえば『伝道の書』にいわく。

「わしの見いだしたものは、死よりも苦いものは女であり、その心は罠と網、その手は枷であるということだ。神のおぼえめでたい君は、女から逃れるが、おぼえめでたくない者は女の虜となる[17]」。

ニーチェは西欧キリスト教に顕著な反性愛主義――おそらく誰よりもパウロを念頭に置きながら――を古代ギリシアのディオニュソス信仰と対比しつつこう批判した。――「古代ギリシア的本能」にあっては「生殖による、性の密儀による総体的永世としての真の生」が讃えられ、「この故にギリシア人にとっては性的象徴は畏敬すべき象徴自体であり」、「生殖が、聖なる道として感じとられている」（傍点、ニーチェ）が、これに反して、「キリスト教がはじめて、生に反抗するそのルサンチマンを根底にたずさえて、性欲を何か不潔なものにしてしまった[18]」と。

しかし旧約聖書を読むと、いましがた『伝道の書』に見たように、このキリスト教の反性欲主義の淵源は旧約聖書にあることが歴然とする。実に、そもそも『創世記』が次の問題観の提示の書なのであった。すなわち、女はその肉体によって本来「精神的」な男を性的に誘惑し、誘惑にはまって性の欲望に溺れこんだ男は必ず自分が欲する女をめぐって他の男と激しい嫉妬の争闘に陥り、かくて「肉なるものによって暴虐が地に満ちる」に至るという認識の。かかる認識は旧約聖書全編を貫いているといってよい[19]。

他方ニーチェが対比の比較軸に据えている「古代ギリシア的本能」とは、実はたんにギリシアにだけ特有なことではない。一般に大地母神的アニミズム的宗教では「生殖が、聖なる道として感じとられている」のであり、ヤハウェ主義が死力を尽くして戦ったバァール＝アシェラ信仰でも同様なのだ。[20] まさにその点をヤハウェ主義はひどく嫌悪し軽蔑し憎悪したという事情がここでは想起されねばならない。[21] かくて、妻を他の男にいわゆる「寝取られる」ことを最大の恥辱と考え、姦淫を死罪に値する重犯罪と考えるヤハウェ主義の父権主義は同時に実に激しい反バァール＝アシェラ主義として現れたのだ（付言するなら、ニーチェの遠近法では両者の対立関係は「自然性喪失の諸段階」における「ユダヤ的段階」として問題設定される[22]）。

私見によれば、イエスの掲げる「宗教的救済財」の独自性、その問題位置を把握するためには、ヤハウェ神がこれまで述べてきた二つの戦線を戦う「軍神」として登場するという事情、これが深く考慮されなければならない。まさにイエスとは、かかる「軍神」観念に自己批判を迫る新たなる「神」の観念の宣教者として立ち現れるのであるから。

では、この第二の問題系においてイエスは如何なる立ち位置を取ることになるのか？

私が強調したのは次の諸点であった。

まず第一にイエスは、確かに彼も姦淫を道徳的に批判するにしろ、姦淫を死罪に値する重犯罪とみなすヤハウェ主義の見地を断固として退ける。かつ、批判するさいにも、姦淫をもっぱら家父長がもつ妻所有の権利への侵害という父権的観点から律法主義的に糾弾するヤハウェ主義の立場を否定し、対等なる男女が結び合う愛の誠実さへの毀損という観点から批判する。

第二に、私は彼の唱える「天の王国」論を支える比喩表現を慎重に検討した結果、彼の掲げる「宗教的救済財」の特徴が何よりもその「生命主義」と呼ぶべき性格にあることを強調した。くだんの拙著の第Ⅱ部・第六章「イエスの生命主義とグノーシス派」の「問題の提起」節では大略こう論じた。

——イエスは、死後の霊魂が「永遠の生命」を獲得することをもって救済成就とする。この思想は、死後の救済というテーマにおよそ関心をもたないヤハウェ主義と比較するならば、まったくもって後者にとっては異端の極まりである。

しかもここに提示される「天の王国」表象は、古代ユダヤ教の終末論的性格を帯びた、いいかえれば未来に投射された、くだんの「義人の王国」の再建という政治的な性格の救済ヴィジョンではない。一言でいえば、それは心の病が癒され重荷が説かれた人々の魂の安息そのものを指す比喩であった。またこの点で、イエスの宣べる「永遠の生命」というヴィジョンは実は往還的論理を孕むものであった。死後に「天の王国」に往くという救済ベクトルは、往くことによってまた還るというダイナミズムを魂にもたらすものであり、そのヴィジョンに託された救済の熱望はその還相面においては「今とここ」における現在的生の根本的革新＝新生・更生への熱望となる。かくて「天の王国」は死後の未来においてではなく、只今の現在において、新生を勝ち得し人々の魂のうちに「現世内超越」の次元たる「永遠の今」として実現するものと考えられた[23]。

たとえば、『ルカ福音書』の「神の王国の到来」節では、ファリサイ人の「神の国はいつ来るか」という終末論的問いに対してイエスは明確にこう答える。「神の王国は観察しうるようなさまで到来することはない。人々が、『見よ、ここだ』とか『あそこだ』などと言うこともない。なぜならば、見よ、神の王国はあなたたちの「現実の」只中にあるのだ」[24]（傍点、清）と。おそらく、この《救済の現在主義》にいちばん鋭く呼応したのはグノーシス派である。たとえば、彼らの『フィリポ福音書』には、『「人はまず死に、それから甦〔るでぁ〕ろう』と言う者たちは間違っている。もし、人が初めに、生きている間に復活を受けなければ、死んだときに何も受けないだろう」とある。グノーシス派研究者として著名なペイゲルスは次のことを強調した。彼らは正統キリスト教の「神の国は、歴史上に期待されている実際の出来事であるという考え」をナイーブなものとして退け、「神の国はあなたがたの只中にある」というイエスの言葉を伝える『ルカ福音書』の、「この型の解釈を拡大して、人間の解放は、歴史上の実際の出来事によってではなく、内的変容によって起こることを期待した」[25]（傍点、清）と。

では、この「内的変容」とは何であるか？

その点について、本書は、彼らが掲げる「安息」達成の思想についてくだんの『聖書論Ⅰ』が与えた解説を紹介し、その要点を第四章・「グノーシス派のプラトン主義的……」節でくりかえし、それが如何にドストエフスキーの汎神論的側面をもつキリスト教理解と、またソロヴィヨフの「人-神」思想とも類縁性をもつかを指摘した。そして、また同章のニーチェに関する一連の節（「キリーロフの『人神』論」節、「中間項としての『悪霊』のステパン」節、「キリーロフの『人神』思想と……」節、「ニーチェの遺稿に残る……」節、「ニーチェの書き抜きの……」節、「ニーチェの『遺された断想』に……」節等）では、ドストエフスキーの汎神論的側面をもつキリスト教理解とニーチェの議論とが大きく重なる点を相当詳細に紹介した。実にニーチェはイエスの救済ヴィジョンの特徴を、それが古代ユダヤ教の政治的性格を色濃くもつ救済ヴィジョンと如何に画然と区別され、反終末論的で現在主義的な、かつ生命主義的と形容すべき性格をもつかという点に見ていたのだ。読者には、ぜひそれらの諸節を再読していただきたい。

イエス思想の混淆性あるいは往還性

さて、ここで一つ強く取り出しておきたい問題がある。それは、イエスの生命主義のなかにアニミズム的生命観の或る種の復権を見いだす私の観点とドストエフスキーの「不死」観念との類縁性という問題である。

先に私は、イエスの「永遠の生命」というヴィジョンが往還の力学を秘めていることに言及した。実はくだんの聖書論において私は次の仮説を立てたのである。すなわち、この往還性にはアニミズム宗教にとって本質的な生命の永遠の循環性を主張する思想、何よりも霊魂の転生を説く思想、それの或る種の復活が読み取れるのではないかという仮説を。私は大略こう述べた。

――たとえば、日本の沖縄や奄美のノロ・ユタ信仰においては、怨恨を抱いたままの死あるいは横死は必ず死者の霊魂をして悪霊（「ムン」）化せしめるものとして恐れられ、死骸は、この悪霊となって現世周辺を彷徨うほかなくなった霊魂を必ず呼び寄せるものとして恐れられた。死骸を察知して押し寄せる悪霊を払いつつ、死者の霊魂を転生＝永世の道へと解放＝浄化すること、それは「マブリ・マブイ（霊魂）別(わか)し」と呼ばれたが、この解放＝浄化の正しい遂行こそが沖縄・奄美の葬送祭祀の中心的課題・意味であり、両地域の葬送思想を特徴づける改葬の意味もまたそこにあった。しかもこの善き転生は子孫のうちに実現されると考えられた。まずこの地上において善き生を生きなければ生命の永遠的循環・転生のサイクルへの参入は果たせず、それゆえにまずこの地上での生命（＝霊魂）の浄化ということが果たされねばならない。しかし逆にいえば、天上にあって既に永遠の生命の循環のサイクルへの参入を果たした浄化された生命（＝

霊魂）は実は地上において自分の浄化を必要とする生命（＝霊魂）へその浄化の力を貸す（あるいは浄化する力となる）働きをおこなうという還相をもつ。かの日本のお盆の儀式はその象徴である。祖霊は年に一度必ず家族の下に帰還し、その霊力を家族に授ける。あるいは巫女たちは霊媒者となって、この霊力の応答交信を司る。この意味においても、おのれを浄化して真にして最強の生命力を回復した生命（＝魂）は永遠的＝循環的＝転生的である。

こうしたいわば人類が古来いまに至るまで抱くアニミズム思想の「永遠の生命」主義の復権、それが実はイエスの「復活」神話の核心なのではないか？　また、ドストエフスキーがその幾多の作品のなかで「神と不死の実在」への確信の有無を主人公たちに問いかけさせるとき、そこで問われている「神」と「不死」とは何よりも実はこのアニミズム的な生命の永遠なる循環性への確信の有無なのではないか？

実はこれが私の立てた問いであった。そして本書第二章・「パウロ的復活論と……」節ならびに補論Ⅳの「不死と記憶」節で縷々述べたように、ドストエフスキーが登場人物たちに口にさせる「不死」への確信の有無を問う議論において、パウロがあれほど重大視したイエスの肉体を伴う死後復活の奇蹟を信じるか否かの問題は一切登場させないことを指摘し、少なくともその小説のなかでは、ドストエフスキーは自分のキリスト教をひとえに愛の経験の有無が如何に人間の実存・「生命」にとって決定的な意義を有するかという人間についてのリアルな理解、人間の抱える実存的問題に対する「現実主義」的な認識に依拠せしめたことを強調したのであった（本書第一章・「人間の抱える最重要の実存的問題の……」節）。

つまり私の解釈では、彼にとって「不死」とは、一言でいうなら、人間の世代と世代が結び合う「愛の記憶」が誕生せしめる「生命力」増強の絆――浄化が生みだす増強の――、その永遠なる往還的＝転生的循環性なのである。そこに、いわば民俗学的アニミズム的宗教伝統としてのロシヤ民衆の大地信仰とイエス主義とを独特に融合させようとする、ドストエフスキー的キリスト教の独自性があるのだ（参照、本書第四章・補論Ⅰ『白痴』における『不死』……」、補論Ⅱ「『未成年』における大地信仰と……」、補論Ⅳ「『一八六四年のメモ』と……」）。なおこの点でもう一言添えれば、彼の「キリスト教的社会主義」の構想は、この点で、その基盤をロシヤ民衆の大地信仰と一つになった「共同体」エートスの民俗的強度のなかに見いだそうとするものであった（参照、本書第一章・「ロシヤ民衆の『共同体』エートスと……」節）

私は、ドストエフスキーがシベリヤ流刑体験を通じて得たこの民俗学的関心の強烈さを想い（笞刑サディズムやロシヤ民衆における女性の巫病的ヒステリーの問題も含め）、その強烈さに大きな関心と共感を抱いたのである。

親鸞における「本願念仏専修説」の往還的働きに注目する亀山純生の考察に敢えて関連づければ

『〈災害社会〉・東国農民と親鸞浄土教』のなかで亀山純生は法然・親鸞のくだんの「称名念仏一行」・「本願念仏専修説」の理解にあたって、親鸞の唱える救済思想の往還構造を強調し、従来あまり注目されてこなかった「還相廻向」の側面の重要性を強調している。すなわち彼によれば、「弥陀の廻向には、悪人を往生させる相（側面）と浄土から現実世界に還らせ利他の働きをさせる相（側面）がある」のであり、この往還構造が「親鸞の絶対他力論の根本にあり、法然では主題化されていない思想」なのだ[26]。亀山はまだ十分展開しているわけではないが、この親鸞思想の往還構造は「日本在来の生死の循環的世界観」と深い関係をもつと指摘している。本書での私の議論に引きつければ、それは浄土教的枠内での日本在来のアニミズム的宇宙観の復権という問題になる。

私の解釈装置のなかに亀山の指摘を投げ込むならば、おそらく次のような解釈の遠近法（パースペクティヴ）がそこに成立することになろう。すなわち、悪霊化していた霊魂は「称名念仏一行・念仏専修」をとおして阿弥陀仏の本願に触れ、悪霊化から解放されるに至り、霊魂本来の善き生命性を取り戻して再生に導かれ、転生すべく再び現世に送り返される（＝還相廻向）が、その転生はまず悪人のなかから悪霊を追い払う霊力（セジ――沖縄・奄美の呼称を用いれば）たる念仏の浄化力となって現れる、というように。亀山はこう述べている。「専修念仏は末世における自利利他の大乗仏教の唯一の形態として、自己の救済を願う念仏者の行いが同時に他者の救済とセットであること」、これが見落とされてはならないと。しかし彼によれば、従来の理解は救済問題を個人の実存的次元に一面的に局限化する近代主義的思考方法に妨げられて、この問題側面を正当に評価できなかったのだ。[27]

また私は次の彼の視点にも注目する。彼は念仏唱和の宗教行為それ自身が発揮する――今日風にいえば、そのパフォーマティヴな――救済力を正当に評価することの重要性を強調している。称名する声・その響き・リズム・節、等々が発揮する心身一体的な浄化力やトランス状態へと導く祭祀的な力のもつ宗教的機能への注目なくして、法然・親鸞の「称名念仏一行・念仏専修」論の民衆宗教的な含意を掬い取ることはできない、と。亀山は、この点に関して従来の浄土宗論は「念仏とは何より口で名号を称える行為であるという大前提を見失っていた、あるいは、念仏信仰を知的エリートの目で理解し、民衆世界の念仏の次元で見なかった問題といってもよい」と的確にも指摘している。[28]なお一言すれば、こういう彼の論点も、私の視点からいえば、それは浄土教の枠内でのアニミズム的宇宙感覚の――法然・親鸞による――或る種の復権として評価されるべきものとなるのだ。いわば、それは親鸞思想のなかにある「踊念仏」的要素への注目ともいえるし、それは古代の歌謡を何よりも霊力（セジ）を我が身に乗り移らせる宗教行為、すなわち「魂降り」と捉えた折口信夫のいわば民俗的宗教学の視点とも相通じるといえよう。

私見によれば、ドストエフスキーの「不死」論は、日本に例をとっていえば右に述べたような「生命」主義的なアニミズム的往還論理に強く感応する視点を内蔵している。だからそれは、ロシヤ民衆の宗教意識やその体験の民俗学的側面に対する彼の強い関心と一つに結ばれたものであった。彼は、ロシヤ民衆が福音書の読書によってではなく、賛美歌や詩編の相共にする歌唱・朗誦や神父の説教によるいわば口伝をとおしてイエス思想の真髄たる「憐れみの愛」の共苦精神を体得してきたことを強調し、また民衆の女性に顕著にみられた一種の巫病であるヒステリーや、くだんの神聖痴愚者(ユーロジィ)の存在に強い関心を示した。私は、ドストエフスキー文学の提起する問題をかかる民俗宗教学の視点から掘り下げることはきわめて重要な意義を有すると考える。

なお、以上述べてきた問題にかかわって、ヴェーバーについて一言しておきたい。彼の宗教社会学の根本図式が宗教意識・文化の歴史を呪術的意識に担われていた段階から合理主義的な意識によって担われる段階への発展史として把握しようとする視点にあることは周知のことだが、同時に彼はその議論の随所でおよそ宗教的意識・文化が問題となる限り呪術的・非合理的契機は遂に失われることがないことを指摘し続けたこと、この点も見逃されてはならないと思う。ルードルフ・オットー的にいえば、宗教をして宗教たらしめる根幹的要因たる「ヌミノーゼ経験」は如何なる合理主義的形態をとった宗教意識においても消失することはあり得ないのだ。この観点からいえば、人間の文化的営為はアニミズム的・呪術的経験の合理主義的克服の歴史としてではなく、いわば両者の終わることなきいわば弁証法的対話の歴史としてこそ問題にされるべきであり、その対話にあっては、過剰に合理主義化した意識と文化が人間にもたらす災いがアニミズム的・呪術的経験の再評価・賦活によって批判され修正される局面が――もちろん、その逆の局面とともに――必ず孕まれると認識されることになろう。

さて、先に私はこう述べた。イエスの掲げる「宗教的救済財」の独自性を如何に把握すべきかを問いの中心に据える私の聖書論にあっては、グノーシス派はこの問いを推し進めるうえできわめて魅力的で有意義な参照軸となった、と。そしてこのイエスとグノーシス派との対比的考察は私を次の問いに導くことになった。すなわち、イエスの掲げる「宗教的救済財」を汎神論的宇宙観に接続させる可能性、これを象徴する存在こそグノーシス派だとして、それならば、今度は逆にいってこの汎神論的志向性に対するイエスの独自性、つまりそれに還元し得ない独自な要素というものはどこにあるというべきか？　この問いに、である。

本書を読み進んでこられた読者は、私が導かれるに至ったこの問いと、本書の視点、すなわちドストエフスキー的キリスト教の特質をイエス主義と汎神論的大地信仰との結合・融合・混淆のなかに見定めようとする視点とが大きく重なる面をもち、共振の関係にあることにすぐ気づかれるにちがいない。

結論を先取りしていうならば、私はこう思うに至ったのである。——ドストエフスキー的キリスト教こそは、私が聖書論で浮き彫りにしようと試みたイエスが掲げた救済思想の独自性をきわめてよく理解し、それに一番感応し共振しているといい得る。つまり、イエス思想の独自性が、古代ユダヤ教の政治的性格を基調とする救済思想を乗り越えるべく汎神論的契機を自分のなかに取り入れ、かつその契機を「憐れみの愛」の共苦精神と統合しようとする点にあるとするなら、まさにドストエフスキー的キリスト教はロシヤ民衆の汎神論的大地信仰と共苦の愛を説くイエス主義とを総合する企てとして登場するのだ、と。

この点で私は次のことをまず注記しておきたい。『聖書論Ⅰ』においては、私は『マタイ福音書』のくだんの「愛敵」章に記される次の一節に注目したのであった。その一節とは、「汝の敵を愛せ」との言葉の後に続く次の一節である。いわく、「そうすればあなたたちは、天におられるあなたたちの父の子らとなるであろう。なぜならば父は、悪人たちの上にも善人たちの上にも彼の太陽をのぼらせ、義なる者たちの上にも不義なる者たちの上にも雨を降らせて下さるからである」と。(29)

『マタイ福音書』自体はこの一節を記すだけで、この一節をどう解釈すべきか、イエスはここで完璧に汎神論的観念に向かったと解釈すべきなのか、それともそれは或る微妙な独自の混淆と呼ばれるべきなのか、そもそも汎神論的神観念と「憐れみの神」という人格神的表象とはどういう関係に立つのか、それは論理的には両立不可能であるはずなのに、イエスのなかでは曖昧なる両立が提示されていると捉えるべきなのか、等々の議論を展開するわけではない（展開しようがないというべきだろう）。なお私は『聖書論Ｉ』において、右の一節が『エレミヤ書』の一節、ヤハウェは義人・善人には良順の天候を与え、不義なる悪人には悪天候と不作を与えて懲らしめると述べる一節に意識的に対置されているのではないかと指摘した。(30)

次のことは明らかである。この一節が『マタイ福音書』のくだんの箇所、イエスは魂の医者として、罪人の魂の病を治療するために彼の下に罪人を集めるために来たのであって、義人を糾合するために来たのではないという一節に呼応していることは。それほどにイエスの「父」なる神は憐れみ深く、その深さは善人や義人のみならず罪人にも太陽をのぼらせ雨を降らせるほどだ、とこの一節はいうのだ。

とはいいえ、まさにその憐れみの深さを表現するものとして、くだんの『エレミヤ書』とは明確に異なって、汎神論的思考に連なる神の表象がここで語られていることは何を意味するのか？　これが私の問いであった。

もっと問題を明確にするために、ではまずここでヴェーバーを持ち出そう。彼はインド諸宗教の掲げる「宗教的救済財」を、宇宙神としての神と人間との「神人合一の無感動的エクスタシス」と特徴づけた。ではこの特徴づけを一方の極に置き、他方に『エレミヤ書』の示すヤハウェ主義を置き、そのうえでイエスの位置を測るならば、その位置はどう規定されるべきか？　イエスの追求するそれもまた「神人合一の無感動的エクスタシス」といい得るか？　グノーシス派のいう「安息」は限りなくインド諸宗教のそれに近いといい得るとして、ではイエスはどうなのか？　あるいは、ニーチェの「善悪の彼岸」という概念を持ち出したうえでこう問おう。右の一節にいう善人と悪人を区別することなく等しく両者に太陽をのぼらせ雨を降らせる「父」なる神とは、明らかにニーチェ風にいえば「善悪の彼岸」に立っているのだが、それは果たしてニーチェと同じような意味でそうなのか？　それを問題にしたいのである。

『聖書論Ⅰ』において私がどのような問題設定をおこなったかは本書第四章・「キリーロフの『人神』……」節に相当詳しく引用し紹介した。読者にはぜひそこを再読していただきたい。要するに私は次のことを強調したのである。

——汎神論的救済思想は人間におのれの個人性を超克し、宇宙の全体性との自己同一化を成し遂げさせ、宇宙的全体性の側に立つ主体へとおのれを主体転換せしめることで、「善悪の彼岸」に立つ、一切の現世的人間関係・社会関係を超越した「非情性」・「無常性」が醸しだすカタルシスに与ることを得させようとする。しかし様々な宗教をよく観察してみれば、ほとんどの宗教においてこの超出性はふたたび地上的人間界へと帰還・還送されて再び人間の「有情」のなかで新しい生命感情となって生き直される往還論理が説かれる。そのとき、必ずといってよいほど、非情なる宇宙神は、たとえ父神の相貌を当初とっていたとしても、実質的には母性愛を原理とする「慈悲と赦しの神」へと変貌する（付言すれば、鈴木大拙の理解する大乗仏教はこの典型にほかならない。参照、彼の『大乗仏教概論』岩波文庫、二〇一六年）。イエスの体現する汎神論的契機と共苦の愛の結合・混淆の試みも、こうした事情の一つの典型的な形といい得るのではないか？　この往還の論理の内的構造を十分に解き明かす能力をいまの私はまだもたないが、とにかくイエス思想の独自性はこの点にあることだけは間違いないと思われる、と。そして私はイエスに関しては聖書論におおよそこう書き添えた。

——人間存在の抱える根源的《弱さ》に対する共苦と慈悲の立場、またこの立場においてこそ最高の緊張に達する罪をめぐる裁きと赦しの葛藤の力学、それと緊密に結びついた自己罪悪感に苦悩する被差別民衆へのイエスの深き連帯心等のテーマ、それはむしろパウロ的ともいい得るテーマであり、イエスのいわばユダヤ教的出自を——いわば反措定的に——いちばんよく示すといい得る。こうした一群のテーマに関しては、グノーシス派のイエス解釈はパウロに比して明らかに十分なる問題感受性をもっていない。グノーシス派のイエス解釈にあっては、「神人合一の無感動的エクスタシス」の問題契機のほうがイエスとパウロとを結ぶ共苦の問題契機より色濃く見いだせる。他方、イエス思想の独自性は、いわばそうした「宗教的救済財」を視野に置きながらも、「神の子」でありながら「人間の子」の側に、つまり《罪》と《根源的弱さ》を生きざるを得ない人間の側に寄り添い留まり続けようとする、人間的意志あるいは人間的有情にあると思われる。いいかえれば、イエスは如何なるときも自分を「神」（創造主神であろうと宇宙神であろうと）の代弁人たらんとする「神学者」の位置に就けたことはなく、「心を砕かれた人々」を癒す「医者」としての宗教的実践者たることに終始したというべきではないか？

また大略次のようにも述べた。

――イエスにおける「父（アッバ）」なる神の「固有な関心」は、義と不義、善と悪との弁別が必至の事柄となる現世内的事情に焦点を合わせるものでは全然ない。くりかえしいえば、政治的な集団的敵対性の増強が必ずマニ教的な道徳主義的硬直化を要請するという状況(31)、ならびに制度維持を図る権力はつねにそうしたマニ教的二分法によっておのれの身を養うという事情に。

逆にそれは、絶対的と見えた悪人と善人、義者と不義者との区別が、善人・義人のなかの隠された悪が暴露され、あるいは逆にいえば悪人・不義者のなかの隠された善と義とが顕わになることでまったく相対的なものへと変わり、そうなることで無効となり、対立する両者が等化となる、そうした人間存在の究極的な問題地点に照準を結ぶものなのではないか？　パウロ的にいえば、律法をいとも簡単に踏み破る欲動の衝動性と死の不可避性に切り離しがたく結ばれた人間の現世的＝肉体的存在が孕む《根源的弱さ》、いかなる個人の「自力」による道徳的自己改善・社会改革の努力も手の届かぬところにある人間の存在そのものと一つとなった《弱さ》、あるいは《運命》によって負わされた自力では如何ともし得ぬおのれの罪性、ならびにこの《弱さ》と罪性に向けられた慈悲への渇望という問題地点に焦点を結ぶのではないか？　いいかえれば、社会・政治・歴史の地平の根底にあるがゆえに、それを超えてもしまうメタ次元に位置するという点で、根源的自然の地平、宇宙という地平、いいかえれば人間の存在そのもの、その実存的地平に掉さすといわざるを得ない《弱さ》と罪性の問題、それが産む苦悩からの魂の救済という問題に照準を結ぶのではないか？

いま私が考えるのは、イエスにあってくだんの「汎神論」的契機は次の往還的運動を人間の魂のなかに惹き起こすための観念装置としてあるのではないかということである。

つまり、人間が人間である限り、人間は如何ともしがたく自分たちを国家を頂点とする社会的秩序に組み込み、この社会装置によっておのれを律することによってのみ、まさにおのれを「善悪の彼岸」ならぬ「善悪の此岸」に置き据えることによってのみ生存を可能とする。この根源的事情にさいして、イエスは「汎神論」的な宇宙的全体性の視点を介入させることで、いったんこの地上的存在としての人間の事情、「善悪の此岸」に立つほかないという事情を一挙に相対化し、地上的な善悪の区別を絶対視し、そうすることでたちまちマニ教主義的善悪二元論の罠に落ち、争闘の論理によって自分たちをがんじがらめに縛りあげるわれわれに、その自分たちを懐疑し、そうすることによって見失った認識と感性に再び眼を開くことを教えようとしたのではないか？　そのような自己相対化の回路の象徴としてイエスを捉えるべきではないのか？

またイエスは、「裁き」と復讐欲望に凝り固まった怨恨の心性を「赦し」と共苦の心性へと内側から打ち開くための必須の媒介路として、グノーシス派ときわめてよく似て、宇宙的全体性の呼吸する「プレーローマ的安息」のうちに人間がいったんおのが魂を解きほぐし浄化する必要性を深く直観したのではなかったか？　そのような解きほぐしと浄化によってのみ共苦の愛の「広き、大らかな」（ドストエフスキー）立ち上がりが促されることを。

　つまり、われわれが自分たちの「社会的存在」性を「善悪の彼岸」に立つ「非情・無情」なる汎神論的全体性としての「自然」の方へと超越する《往路》は、実は同時にそこからの《還路》でもあり、往くことが還ることでもある往還の運動性のなかでこそ、われわれはこの如何にしても超越不可能な「善悪の此岸」を可能な限りいちばん正しく、つまりマニ教主義的善悪二元論に滑落するという誤りを犯すことをいちばん少なくし、共苦の愛を可能な限り膨らませて歩く、その歩行姿勢――「裁くな、赦せ」――を手にできるのだ。この知恵の象徴こそがイエスではないのか？

　私が思うに、ドストエフスキーの文学こそこうしたイエス理解にいちばん道をつけているのだ。彼は、何よりも、人間の根源的《弱さ》と如何なる適正な社会組織の建設をもってしても克服不可能な《悪》の神秘的な深さを強調するとともに、人間が「良心の呵責」を苦しむ能力をもつことにイエスへの信仰の根拠を置いた、《作家》という名のリアリストであったのだ！　彼の文学の焦点が常に怨恨人の抱える内的な苦悶にあったことの意味は深い。

二つのヨハネ書とドストエフスキーの問題認識

　ところで、これまでの議論を振り返って、ここでぜひとも指摘しておきたい問題がもう一つある。それは二つのヨハネ書、すなわち『ヨハネ福音書』と『ヨハネ黙示録』とドストエフスキーとの深いかかわりに関連する問題である。またそれは、グノーシス派のイエス理解にも大いにかかわる問題でもある。

既に私はそもそも本書第一章において、またこの終章の「ドストエフスキーを照射する第一の問題系」節においても、典型的にはラスコーリニコフをとおして浮かび上がる問題、ドストエフスキーが「無神論」的社会主義の思想的源泉として『ヨハネ黙示録』を捉えているという点を指摘した。そして、私はこの問題を次の点と結びつけた。すなわち、新約聖書を構成する諸文献中、同書ほどその思想内容において古代ユダヤ教のヤハウェ主義と直結する文書はないという問題と。

私は『聖書論Ⅰ』第Ⅱ部・第三章の「『ヨハネ黙示録』の問題性——ユダヤ教への先祖返り」節において大略こう論じた。[32]

——そこでは、イエスが身を純白の衣に包み、口から「鋭い諸刃の太刀」を突きだし、「燃えあがる火のような」眼をもって、まずこれまでのキリスト教徒迫害者には皆殺しの復讐を加え、「人という人の三分の一を殺す」ために天使軍団を解き放ち、[33]殉教の覚悟が足りぬ優柔不断な信徒には「お前は生温かくて、熱くも冷たくもないから、私はお前を口から吐き出そうとしている」と嫌悪を示し、「私は、自分の愛する者たちをこそ、皆叱責し懲らしめる。だから、一所懸命になって、悔い改めよ」と死を賭した忠誠を要求し、[34]人間の犯す罪をくりかえしひとえに「淫婦との淫行」の比喩をもって糾弾し、[35]かつ悪魔ないしサタンを「太古の蛇」の比喩を以て断罪する最終審判者にして新たに樹立されるべき「神の王国」の王として登場し、[36]第七の天使のラッパに応えて、「この世の統治権は今やわれわれの主と彼のキリストに移れり。彼は世々永遠に王として支配したもう」との声が彼を包んだとされる。[37]そこではイエスはヤハウェとなり、彼の「天国」表象の非政治的かつ反終末論的性格は抹消され、否定したはずの「妬みの神」へと復位するのだ。

また『聖書論Ⅱ』第三章「ユング『ヨブへの答え』を読む」では次のことを指摘した。[38] すなわち、ユングは同書を正統キリスト教が抱える次の問題を象徴する書物と見なしたことを。すなわち、神をその「愛と赦しと善の神」の相貌だけにおいて捉え、かくてまたおのれを《悪》と暴力の要素を一分も含まぬ善と愛の精神に横溢した人格に形成しなければならないと考えるキリスト教的自我は、その強迫的な「完全主義」的自己理解によって、[39] かえって無意識の領野・層においてはきわめて攻撃的な《敵》憎悪のメンタリティーをおのれのうちに育むこととなる、という問題を。

この逆説的転換をユングは「エナンティオドロミー」（反動振幅衝動機制）と名づける。彼の言を借りれば、『ヨハネ黙示録』が提出するキリスト像は「まるで愛を説く司祭の『影』のようであり[40]」、そこには「キリスト教の謙遜、忍耐、隣人愛や敵への愛、また天にまします愛の父とか人間を救う息子や救世主といった、あらゆるイメージの横つらをはりとばすような、おぞましい光景」、「憎しみ・怒り・復讐・盲目の破壊的憤怒・の正真正銘の狂乱」が噴出し、「無垢や神との愛の交わりの原初の状態へと救い出そうと今まであくせくしてきたこの世界を、血と炎で覆いつくすのである[41]」。

ところで、西欧の正統キリスト教にあっては長らくこの『ヨハネ黙示録』と『ヨハネ福音書』とは同じヨハネが著したものと考えてきた。しかし、東方教会の方では既に三世紀半ばに同書の執筆者を『ヨハネ福音書』のヨハネと同一視することが批判され、また今日の聖書研究学界においては明らかに異なるとされている。[42] 付言すれば、D・H・ロレンスはかの『黙示録論』においてこの問題を明瞭に認識していた。[43]

この問題は、そこにさらに次の事実、かのグノーシス派は新約聖書の最重要の正典たる四福音書のなかで実に『ヨハネ福音書』こそを自分たちのイエス理解ともっとも近接したもの・代弁するものとして高く評価したという事実を加味すると、いっそう興味深い問題となる。一言でいうなら、イエス思想とヤハウェ主義とのあいだにグノーシス派のように決定的対立を見るか、そうでなく基本的に同一線上に両者はあると考えるか、その相違が、右の問題の場面で両ヨハネ書を同一の著者のものとみなすか否かという問題となって現れてくるのだ。

では、あれほど「無神論」的社会主義・「政治的社会主義」の暴力革命主義を批判し、それに対し、憎悪のエネルギーではなく共苦の愛のエネルギーに依拠する「キリスト教的社会主義」・「ロシヤ民衆の社会主義」を対置しようとしたドストエフスキーは、右の問題について如何なる認識を抱いていたのか？

私の調べたかぎりでは、彼は両ヨハネ書を同一の著者のものとするか否かという問題に関しては、それを自覚しているとは思えない。ロシヤ正教と西欧の正統キリスト教との対立性という問題は彼にとって中枢的問題であったと思われるが、しかし、右の問題に関する両者の対立といった問題は彼によって語られていない。

とはいえ彼の作品を読むと、いわば無意識の裡に彼はこの問題に接近していると思える。たとえば、まさに『罪と罰』の第四部の終りの方にこういう場面が出てくる。それは、ラスコーリニコフが警察に自首しソーニャと共にシベリヤの流刑地へ下る決意を彼女の部屋で述べる場面である。まずドストエフスキーはこう書く。「ゆがんだ燭台のもえさしのろうそくは〔略〕このみすぼらしい部屋でふしぎと永遠の書を読むためにつどうことになった殺人者と娼婦とを、ぼんやりと照らし出していた」と。[44]そして、ラスコーリニコフにこういわせる。「いま、ぼくにはきみひとりしかいない〔略〕ふたりとも呪われた同士だ、だからいっしょに行こうじゃないか！」と。[45]

江川卓の訳注を参照するなら、ここに出てくる「永遠の書」とは『ヨハネ黙示録』一四章第六節の「永遠の福音」から採られたと推測され、そこにドストエフスキーはアンダーラインを引いていたと注記されている。

また同黙示録の終章（二二章・第一五節）では「殺人者」と「淫行の者」は「新しきエルサレム」に入ることを許されない、その「外にある」者とされており、ドストエフスキーは明らかにこの内容を意識して右のくだりを書いたにちがいない、とも。[46]

つまり、ここには暗黙の裡に次のことが語られているのではないだろうか？　すなわち、主人公のラスコーリニコフとソーニャを受け容れるイエスの精神とは、ラスコーリニコフをかの《非凡人の犯罪権》思想に走らせた『ヨハネ黙示録』によっては示し得ないということが？　いいかえれば、同書が二人の如き「呪われた者」を排するとしたら、逆にいえば、二人を受け容れるイエスは、同書を自分の思念を伝えることを使命とする福音書から排するにちがいないということが。

なおここでグノーシス派が自分たちにいちばん近しいとみなした『ヨハネ福音書』がドストエフスキーの諸作品のなかでどのような登場の仕方をするかといえば、「あらゆる人が神の子となる」という思想を中核として、実に同書はグノーシス派の「安息」思想との強い類縁性を感じさせるくだんの「黄金時代の夢」と「大地信仰」とを繋ぐ思索の線上に浮上するのであり（本書五一―五二頁）、またこれは構想に留まったとはいえ、『白痴』のナスターシャの人物造形にあたって重要なインスピレーションの源泉として登場するのである。そのさいにはナスターシャは『ヨハネ福音書』のなかの有名な「罪の女」章やマグダナのマリアの存在と重ねあわされながら、その魂の新生の可能性が構想されたのではないかと推測される。[47]

グノーシス派における性欲のエロス的肯定とドストエフスキーの性欲観

ところで実はもう一つ、ドストエフスキーを考えるうえでけっして見逃すことのできないグノーシス派からやってくるインパクトがある。すなわち、彼らのプラトン主義的宇宙観の根底を形づくるエロスの観念を参照軸に据えるなら、イエスの愛の思想ならびに性欲観はどんな問題を内に秘めたものとして問い返されることになるのか、また、まさにこの問題に関連してドストエフスキーのそれも問い直されざるを得なくなるという問題、この二つの問題提起にほかならない。

　私はこれまでおこなってきた論究の幾つかの場面で、とりわけ『白痴』の考察において、ドストエフスキーの性欲観と恋愛観には古代ユダヤ教（旧約聖書）に横溢する反性欲主義が深く継承されている面があること、ただし両者のあいだにはその反性欲主義のいわば志向性の顕著な相違が見いだされるとの指摘をおこなった。すなわち、後者における反性欲主義は、男の精神性を堕落に引きずり落とす女の《肉》が発揮する邪悪な性的誘惑力への嫌悪を重ね合わせた《女性嫌悪（ミソロジー）》の志向性と深く結びついていた。だがドストエフスキーにあっては、その反性欲主義はむしろ逆に男の情動に常に孕まれる所有・我有化欲望の攻撃性を告発し、男性にあって愛の情動は常に嫉妬に反転するアンビヴァレントな構造を抱え込む問題性を指弾する、そうした志向性において継承されるのである。なおこの点で、次のことも言い添えておきたい。嫉妬という問題は実にドストエフスキーの個人的資質にかかわる大問題であったことを。彼は人並み以上の大変に嫉妬深い人間だったのであり、彼の小説にくりかえし登場する嫉妬というテーマはヤハウェ主義の抱える問題に直結するテーマであったと同時に、彼の実存が抱え込んだ問題でもあった（参照、本書五章・補注「ドストエフスキーの実存様態に……」）。

　この点で、補論Ⅳ「『一八六四年のメモ』と……」に書いたように、彼には男性おける性交の欲望と快楽は抜きがたく「犯す」快楽（征服し所有し尽くす我有化欲動）の契機を帯電せざるを得ず、もし男の性交者の無意識のなかに何らかの事情から強い復讐やルサンチマンの欲動が蓄積され隠し持たれている場合は、次の如き事態が誕生するという直観があったと思える。

すなわち、その男のなかの無意識的攻撃性がこの「犯す」快楽をくだんの生理学な「自然法則」的レベルを超えて過剰化し、その性交相手をあたかもそこに彼の無意識的な攻撃欲望が憑依する依代へと変え、かくてその性交は知らず知らずのうちにその男の実存的レベルに巣くう復讐欲望のメタファーに変質するといった事態への。いわんや、相手の女性とのあいだに如何なる愛の人格的絆がなく、男性の側には何らかの極度のルサンチマン欲動がある場合は、たとえば彼らが戦場に立たされた兵士であり女は敵側の女であるならならば、その女たちとの性交は彼らにとってたんなる性交に留まらず、同時に必ず公然たる示威的なこれ見よがしの強姦儀式といった共示的(コノテーション)な意味を帯電したものへと変質するにちがいない。

逆に、性交に入る男女が愛の絆で結ばれているならば、その男女は自分たちのいわば生理学的な「自然法則」レベルでは「犯し－犯される」快楽の関係性にあるものを、しかし、一種の遊戯に変え、そのサド＝マゾヒズム的性格を優しさに満ちた愛撫によって中和化し克服し、最後には大いなる平安・安息・庇護し庇護される喜びへとゆきつくであろう。

明らかにドストエフスキーの性愛論の根底をなすのは、人間における性交体験が帯びる自然的＝生理学的位相と実存的＝心理学的位相の葛藤に満ちた複層性へのかかる直観であったと思われる（参照、本書第四章・「『おかしな人間の夢』の……」ならびに第五章・「『白痴』における……」節、補論Ⅳ「『一八六四年のメモ』と……」）。

さて、右の問題を視野の軸においてグノーシス派の諸聖書を振り返るならば、私は彼らの思想がヤハウェ主義と――次の諸点において――真逆であることに強い関心をもつ。その事情はドストエフスキーの性愛思想の問題位置を測る格好の参照軸となる。

グノーシス派の聖書の内容はほとんど世間に知られていないから、私の聖書論からその要点を引いてここで紹介しておこう。

まず第一に、グノーシス派文献にあってはくだんのヤハウェ主義者の女性嫌悪的世界像はまったく逆転する。『聖書論Ｉ』で私はグノーシス派の聖書『この世の起源について』と『魂の解明』のなかの次の諸点に注目した。まず何よりも、そこでは男たちは女を強姦の欲望の対象としてしか見なさない暴行の徒として現れ、男女関係は凌辱から始まる。既に私は、グノーシス派の宇宙観の基底をなすのはプラトン主義的な「全一性と欠如との弁証法」で織りなされる有機的全体性の観念であることを幾度か指摘してきたが、この観点からいえば、聖なる女性の生命に対して歪んだ「欠如的」な男性の「模像的生命」は必ず強姦欲望を抱き、またそれしか抱かないという視点、これこそ彼らの男女の性関係に対する視点でありテーマなのだ。[48] その救済論の骨格をなす物語とはこうである。

——「光の業」たる至上神はこの宇宙全体を司るところの知恵＝光に「ソフィア」という女性名を与え、地上に女性霊魂として遣わす。ところがこれを妬んだ地上世界の創造を任されていた造物主ヤルダバートは、彼の配下のアルコーンにこのソフィアを強姦し、征服し、自分に従わせようとする（なお「ヤルダバート」とは、グノーシス派がヤハウェ名をもじって「至上神」の下位に位置する地上世界の造物主に与えた名前であり、この造物主は地上世界を真の「プレーローマ」的知恵に満ちた形ではなく、「欠如」的にしか、つまり「模造」としてしか形づくれなかったとされる。かくて、地上世界は常に「欠如」が生む妬みの暴力に引き裂かれた世界として展開するほかなくなるとされた）。

こうしてソフィアは娼婦にまで身を落とせしめられる。だが、至上神はその苦境にある彼女を見いだす。彼女はおのれの苦難と恥辱を嘆き、自ら陥った淫行を悔い、自分を助けてくれるよう父なる至上神を呼び求める。すると、神はそれを聞きつけ、彼女の悔い改めを受け容れ、憐れみ、彼女の子宮の向きを外側から内側に変える。すると、ソフィアは本来の自分を取り戻し、その子宮も「魂の子宮」へと変貌し、彼女はその瞬間水に浸され一切の穢れを拭いさられ、子宮も人間の男たちの精液を迎えるものではなく、父なる神が彼女に遣わす「花婿」、彼女の「兄弟」であり父の「長子」である花婿を迎え入れる聖なる子宮へと浄められる。グノーシス派の詩文はこの一連のプロセスこそが「洗礼」の原義であると語る（私にはこの神話は、かのマグダラのマリアの人生を主な題材とし、そのいわば神話化の産物であるかの如く思える）。
ついで、この神の遣わした花婿と浄化されて花嫁に蘇ったソフィアとの結婚は「肉体的結婚のごときものではない」とされ、次のように書かれる。いわく、「互いに交接をする者たちは、そのような交接に満足するであろう。彼らは欲望の苦悩を、重荷であるかのように背後に棄て去り」、欲望だけに駆られた性交の場合のように終わったあとは「互いから〔顔をそむける〕」のではなく、「そうではなく、彼らが〔互いに〕合一すると、彼らは一つ命になる」と。[49]
私が思うに、現代的にいいなおせばこうではないか？　かつて女性霊魂たるソフィアが人間の女をおのれの身体とすることで男の凌辱的欲望の対象となり、娼婦に堕ち、そのことで同時にその性交に自らもサド＝マゾヒズム的快楽を覚えるに至り、たんに男に犯されるだけでなく、自ら「犯される快楽」に走り、そうしたサド＝マゾヒズム的快楽という「欲望の苦悩」・「重荷」を負う羽目となったわけだが、いまやその苦境から解放され、エロス的質に浄化された性交の快楽に到達するに至った、と。
『魂の解明』は、「一つ命となる」この結合は「預言者」の言にあったとおり文字通り「一つの肉体となる」ことだとし、かつ、この一体性は実は魂が人間の女の身体に降り下る以前、天上の父のもとにいたときに兄弟の魂（いまあらためて花婿として迎えたところの）と一体であったときの両性具有的、男女的姿の再興だとする。[50]そして、この真の一体性の高みに到達した男女の性交についてはこう書かれる。「そして彼女が彼と交接したとき、彼女は彼から種を受けた。これが命を与える霊である。こうして彼女は彼によってよき子らを産み、彼らを育てる。これが大いなる完全な誕生の奇蹟だからである」と。[51]

とはいえ、次のことは見逃されてはならない。すなわち、このようにグノーシス派は真にエロス的高みに到達した性交のポジティヴなヴィジョンを掲げるとはいえ、他方ではこのヴィジョンは、地上の性欲と性交はまさに激しい他者所有の欲望と嫉妬と淫乱のサド＝マゾヒステイックなエネルギーに火照った「火炎」的なものだという認識、これとの鋭い対置に置かれるのである。『闘技者トマスの書』は「肉」的性欲を「火炎」に喩え、また『真正な教え』は、霊的な女性霊魂が「身体の中に投げ込まれるとき」、「彼女は欲望と憎しみと妬みの兄弟となり、そして物質的な魂となった」[52]と語る。

だがまた次のことも忘れてはならない。すなわち、グノーシス派的なプラトン主義的な二世界論的な視点――「プレーローマ」的な「真の実在世界」と「欠如」的な「模像的世界」との――からするなら、この嫉妬が梃子となった暴行的・淫乱的な形をとる地上的性欲のなかにも、実は性欲の「本性」についての認識(グノーシス)を獲得し、性欲のあり方を真のエロス的欲望へと転轍する救済可能性がつねに内蔵されており、人間の性体験はつねにこの不完全性から完全性への浄化的＝救済的上向の可能性を内蔵していると捉え直されもするということ、このことを。

『フィリポ福音書』§72c節にこうある。「主は死者たちの中から甦った。彼は以前そうであったようになった。しかし、彼の身体は全く完全なものであった。彼は肉を持っていた。しかし、この肉は真なる肉である。だが、われわれの肉は真なるものではなく、むしろ、真なるそれの摸像としての肉である」[53]（傍点、清）と。また『マリヤによる福音書』7はちょうどその浄化＝帰還の問題にかかわってイエスの出現の意義をこう説く。「救い主が言った。『罪というものは存在しない。本性を真似たこと、例えば姦淫をあなたがたが行うと、これが罪と呼ばれるが、存在するのはその罪を犯す人、つまりあなたがたなのである。このゆえにこそ、つまりその本性の根のところへと本性を立て直そうとして、あなたがたの領域に、いかなる本性のもののところへも善い方が来たのである[54]』と。

なお付言すれば、この《本性ー摸像》論的観点は明らかにドストエフスキーの描くゾシマ長老のいう「キリストの楽園」ヴィジョンを支える「人間＝神の子」論のなかに強力な共鳴者を見いだすこと、このことは明らかである。

では、こうしたグノーシス派の遠近法（パースペクティヴ）からあらためてドストエフスキーを照らすならば、性の問題をめぐって苦闘する彼の姿はどう映るか？

この点で彼をD・H・ロレンスと対比することは興味深い。というのも、ロレンスは――グノーシス派の名前を挙げているわけではないが――、古代の汎神論的宇宙観を回顧する遠近法のなかで、彼の『翼ある蛇』や『チャタレー夫人の恋人』のなかでくだんの「火炎」化した性欲を「小さいセックス」と呼ぶとともに、そこから解放され同時に古代的な宇宙との交信性を取り戻した性欲のユートピア・ヴィジョンを「大きなセックス」と名づけ、彼の性愛論をユートピア的次元をもつものとして構成したからである。ちなみに、『チャタレー夫人の恋人』はこう男主人公のメラーズにいわせている。

「ああ！　核心は優しさなんだ。まんこ意識なんだ。セックスは本当は触れることに過ぎない。最も親しい触れあいだ。それで、この触れることをおれたちは恐れているんだ。おれたちは半分しか気づいてなくて、半分しか生きてないんだ[55]」。

（『聖書論Ⅰ』第Ⅱ部第六章・補注「D・H・ロレンスにおける『小さいセックス』と『大きなセックス』との区別」）

ドストエフスキーについて私はこう思う。彼は、あれほどユートピア次元として「人間的理想」を掲げ続けることの意義を説いたにもかかわらず、性的快楽に関してはロレンス的なユートピアを掲げることはなかった、と。彼にあったのは、これまでの議論の言葉を使えば、サド＝マゾヒスティックな絶えず嫉妬に反転することを自ら恐れ苦悩する「火炎」としての性欲か、ムイシュキン的な性的不能と引き換えの「共苦の愛」かの二分法だけであった、と。

それは彼の人間に対するリアリズムの所産なのか、はたまた彼の根底に食い込んでいた古代ユダヤ教に出自をもつキリスト教のゆえなのか？　あるいは、彼自身の性欲様態（セクシュアリティー）に根ざす人間認識を最大の武器とするほかない《作家》精神、その運命づけられたリアリズムのゆえなのか？

終わりに

最後に次の二つのことをいっておきたい。

まず第一に、この終章の冒頭で私は自分の『聖書論Ⅰ』と『Ⅱ』を貫く探究の視点を紹介すべく、くだんの「総序」からの引用をおこなった。実はその一節の結びには次のことが書き添えられていた。「なお、私の研究はギリシア正教とロシヤ正教、いわゆる東方教会にはまだ全然届いていない。それゆえ、両者をこの考察の圏内に取り入れることができないでいる」と。(56)

いまあらためて思うのは、まさにドストエフスキーは右にいう私の研究の空白部分、すなわち東方教会研究をこれまでの私の探究に架橋する媒介者となるにちがいないということだ。依然としてまだ東方教会は私にとって未知の領域である。だが、本章の「ドストエフスキーにとっての二つのヨハネ書」節で取り上げた問題を見ても、また彼の「大地信仰」に見られる強い汎神論的傾向やグノーシス的救済観との親近性、あるいは彼の「ロシヤ民衆のキリスト教」論を見ても、明らかに彼は私にとって私の問題意識と東方教会とを架橋するもっとも重要な媒介者となることは間違いない。

第二に、私は実は『聖書論Ⅰ』のなかに古代ユダヤ教のヤハウェ主義が掲げる「宗教的救済財」とイエスのそれとの確執というまさに中心テーマにかかわって、こう書き入れていた。

「なお私はこう考えている。人間の救済をめぐるこの政治的思考と非政治的思考との鋭い緊張関係の全体性、対話-対決関係の——敢えていうなら——弁証法的全体性、その提出こそがユダヤ=キリスト教文化圏が人類の文化史に対しておこなった最大の思想的貢献だと」。そしてこう続けた。この点で、自分は実は「古代ユダヤ教のくだんの革命的政治主義を人類の宗教文化史上きわめて重要な独創的意義をもつものとして評価する者」でもあり、この評価をきちんと加えた形で右に述べた「緊張関係の弁証法的総合」を適切に論述するためには「第三巻の執筆を必要とする」と。[57]

私はここにいう「第三巻」はまだ書けずにいる。その代わりに登場したのが本書であった。とはいえ、本書を書き終えて私はつくづく思う。ドストエフスキー文学の全体こそ右にいう「弁証法的総合」を一身に体現した十九世紀における偉大な文学的試みであり、まただから、彼の文学的営為は二十一世紀においても変わることなき「現代的意義」を保持し続けるということを。

このことを示すことこそ本書の課題にほかならなかったということを。

注

はじめに

(1) 原卓也訳『カラマーゾフの兄弟』下、新潮文庫、四七六頁。

(2) 江川卓訳『悪霊』上、新潮文庫、三六三頁。

(3) 江川卓訳『悪霊』下、新潮文庫、五二四頁。

(4) 工藤精一郎訳『未成年』下、新潮文庫、二〇〇頁。

(5) 拙著『聖書論Ⅰ　妬みの神と憐れみの神』の第Ⅱ部「イエス考」・補注「《人間の根源的弱さへの憐れみの愛》の思想とドストエフスキー」、藤原書店、二〇一五年、一六九—一七〇頁。

(6) 江川卓訳『罪と罰』上、岩波文庫、一九九九年、五三一—五四頁。なお今日ミハイル・ブルーガコフはスターリン治下のソ連における最大の作家と目されているが、彼の最高傑作とされる『巨匠とマルガリータ』(水野忠夫訳、岩波文庫、二〇一五年)には、主人公の作家が創作したとされる小説がいわば《小説内小説》として登場する。それはイエスの磔刑死を頂点に据えた、イエスとマタイと当時のユダヤ総督ピラトゥスとの対話劇として書かれる。あたかもかの「大審問官」章の如く。そのさいブルガーコフはイエスの思想の核心を、罪人を「病者」に神を「医者」に擬し、「憐れみの愛」を病める人間(=罪人)への最大の治療薬とみなす『マタイ福音書』のイエス解釈に設定している。だからこの《小説内小説》にあっては、マタイがイエスに最後まで付き従い、彼の遺骸を独りで密かに収容し埋葬した、イエスの最も忠実なる弟子として登場する。同小説ではドストエフスキーが《作家》を象徴する存在として讃えられる。私は右の問題設定自体がドストエフスキーから汲み取られたのではないかと推測する。参照、同書・上巻、四九—五四頁。

(7) 小沼文彦訳『作家の日記』4、ちくま学芸文庫、一八八七年、五・六月号・第三章、四三二—四三三頁。

(8) 同前、四三四、四三七頁。

(9) ドストエフスキー『書簡』(『ドストエフスキー全集18』)米川正夫訳、河出書房新社、一九七〇年、二八〇—二八一頁。

(10)『作家の日記』6、一八八一年一月号、一八六—一八七頁、『カラマーゾフの兄弟』下、六七六頁、原卓也の解説にも引用されている。

(11) 拙著『聖書論Ⅰ』の第Ⅱ部「イエス考」のなかの補注「《人間の根源的弱さへの憐れみの愛》の思想とドストエフスキー」、一七〇—一七一頁。

(12) 江川卓の「謎とき」ドストエフスキー解釈シリーズは以

下のとおり。『謎とき『罪と罰』』、『謎とき『カラマーゾフの兄弟』』、『謎とき『白痴』』(出版順)、いずれも新潮選書。
(13) ニーチェ『偶像の黄昏　反キリスト者』(『ニーチェ全集14』)原佑訳、ちくま学芸文庫、一九九四年、一三八頁。
(14) 江川卓『謎とき『カラマーゾフの兄弟』』新潮選書、一九九一年、一八—一九頁。
(15) 山城むつみ『ドストエフスキー』講談社、二〇一〇年、八五頁。
(16)『作家の日記』1、一八七三年・第五章、一〇二頁。江川卓訳『罪と罰』下、岩波文庫、訳注二〇九、四〇七頁。
(17) 工藤精一郎訳『未成年』下、新潮文庫、四八二、四八五、四八七—四九一頁。
(18) 参照、拙著『否定神学と《悪》の文学Ⅱ　マンの『ファウスト博士』とニーチェ』アマゾン・kindle電子書籍、セルフ出版、第四章「人間的相互性への欠如的苦悩とマゾヒズム」。なお、同書でも触れているが、マンはドストエフスキーの文学を「地獄的な魂の状態に通じたキリスト教的な知識の世界」と呼び重大な関心を示している。私見では、彼の『ファウスト博士』へのドストエフスキーの影響はくだんの第二五章にとどまらず、主人公のアドリアンが交響カンタータ『ファウスト博士の嘆き』を最後の作品として作曲するというプロットにまで及んでいる。『未成年』のなかに、後に首吊り自殺するアンドレーエフがドルゴルーキーにこう語る場面がある。——自分は音楽好きであり、もしオペラを作るとしたら、きっとゲーテの『ファウスト』を取り上げ、グレートヒェンのおのが罪の赦しを乞うもそれを得れない苦悶をテーマとし、それを表現するために「いたましい叙唱」に「悪魔の声、悪魔の歌」が混じり合い溶け合って、最後にそれが「さながら全宇宙の喚声」の如き神を称える「ホザナ」の喚声によって結ばれるようにしたい、と(『未成年』下、三二六—三二八頁)。この彼の構想は、その本質において、実にアドリアンの『ファウスト博士の嘆き』とそっくりなのだ。推察するに、マンはこの『未成年』の一節から多大なるインスピレーションを得たのではないか?。

第一章　社会主義とドストエフスキー

(1) 江川卓『謎とき『カラマーゾフの兄弟』』新潮選書、一九九一年、九三頁、なお、私の調べたかぎりではこの一節はこのままの形では『作家の日記』のなかには出てこず、江川がその要点を次の箇所から要約したものと思われる。『作家の日記』5、一八七七年、十一月号・第三章・第三節「チャンスをのがしてはならない」四〇九—四一二頁。また同趣旨の言説が『作家の日記』4、一八七七年・一月号・第一章・第一節「三つの理念」、一八—二〇頁にもある。
(2)『作家の日記』1、一八七三年、第十六章、三九一頁。
(3)『作家の日記』4、一八八七年、五・六月号・第三章、四三二—四三三頁。
(4) 同前、四三四、四三七頁。『作家の日記』5、四〇五頁。
(5)『作家の日記』2、一八七六年、六月号第二章、五二〇頁。
(6)『作家の日記』2、一八七六年、六月号・第二章、五〇六頁、『作家の日記』3、一八七六年、七・八月号・第一章、一四四―一四九頁、『作家の日記』6、一八八一年、一月号・第一章、一八五頁等も参照。
(7)『作家の日記』4の一月号、第一章・第一節「三つの理念」も五月・六月号と並んでムイシュキンの発言と大きく重なる。
(8) 木村浩訳『白痴』下、新潮文庫、四一八―四二四頁。
(9) 同前、四二三頁。
(10) 参照、江川卓『謎とき『白痴』』新潮選書、一九九四年、一〇三―一一九頁。
(11) 工藤精一郎訳『未成年』上、七六、一二三頁。
(12)『未成年』下、新潮文庫、二〇八頁。
(13) 同前、二一〇頁。
(14) 同前、二一一頁。
(15) 同前、二一一頁。
(16) 同前、二一四頁。
(17) 原卓也訳『カラマーゾフの兄弟』上、新潮文庫、四九頁。
(18) 同前、四九頁。
(19) 同前、四四九頁。
(20) ドストエフスキー『書簡』(『ドストエフスキー全集18』)米川正夫訳、河出書房新社、一九七〇年、二八〇―二八一頁。
(21)『カラマーゾフの兄弟』上、一〇頁。
(22) 同前、一〇頁。
(23) 同前、一七頁。
(24) 同前、一一九頁。なお、『作家の日記』1、一八七三年、第三節「環境」も参照せよ。
(25) 同前、一一六―一一七頁。
(26) 同前、一二五頁。
(27)『作家の日記』6、一八八一年一月号、一八六―一八七頁、『カラマーゾフの兄弟』下、六七六頁、原卓也の解説にも引用されている。
(28) 同前、上、一二〇頁。
(29) 工藤精一郎『死の家の記録』新潮文庫、一九七三年、二八―二九頁。ただし、ドストエフスキーの観察によれば、ロシヤの徒刑囚のうちに「良心の呵責」に苦しむ姿を見ないというこの特徴にはもう一つの側面がある。それは、ロシヤ民衆の一員であるところの徒刑囚たちが、民衆は自分たちを「不幸な人々」とみなして深い共苦の感情を抱きこそすれ、その犯罪を責めることがないこと(少なくとも同胞に対する犯罪でないかぎり)を確信しており、この点で彼らの「良心は安らかである」ことに由来するという側面である(同書、三四七―三四八頁)。
(30)『作家の日記』4、一八七七年二月号、一四六頁。「一八六四年のメモ」二〇九頁。
(31)『作家の日記』5、一八七七年七・八月号・第二章、一〇七―一〇八頁。
(32)『カラマーゾフの兄弟』上、一二一頁。
(33) 同前、一二二頁。
(34)『作家の日記』2、一八七六年二月号・第一章、一四二―一四三頁。
(35) ルー・ザロメ『ライナー・マリア・リルケ』(『ザロメ著

作集4』）塚越敏・伊藤行雄訳、以文社、一九七三年、二二一—二二三頁。参照、拙著『聖書論Ⅱ　聖書批判史考』第二章・「人間における二つの宗教源泉——ザロメを手がかりとして」、七八—八四頁。

(36)『カラマーゾフの兄弟』上、一二三頁。

(37) 同前、五六—五七頁。

(38) 同前、中、一〇二頁。

(39) 江川卓訳『悪霊』上、新潮文庫、四四九頁。

(40) 参照、『ヨハネ福音書』の、イエスが『ホセア書』を引き合いに出しながら、神は「神の言葉を受け容れた人々」のことを「神々」といっていると論じる箇所（岩波書店・新約聖書Ⅲ『ヨハネ文書』五九頁）、ならびにそれをめぐるユングの解釈を紹介した湯浅泰雄『ユングとキリスト教』人文書院、一九七八年。一三〇—一三一頁、拙著『聖書論Ⅰ』、三一四—三一六頁。なおそこで示される解釈視点からは、『ヨハネ福音書』の次の一節にある「一人残らず永遠の命を保つ」は「あらゆる人が神の子となる」と同趣旨であると解釈される。「つまり神はひとり子を与えるほどに世を愛したのである。彼を信じる人が滅びることなく、一人残らず永遠の命を持つためである。つまり神が子を世に遣わしたのは、世をさばくためではなく、世が彼を通して救われるためなのである」（岩波版、一四頁、他に二六、三四頁）。

(41) この両ヨハネの区別と『ヨハネ黙示録』と『ヨハネ福音書』の対立性に関しては、拙著『聖書論Ⅰ』第Ⅱ部第三章・「『ヨハネ黙示録』の問題性——ユダヤ教の先祖返り」節も参照されたし。

(42)『カラマーゾフの兄弟』上、一三〇—一三一頁。

(43)『罪と罰』中、一三六頁。

(44) 同前、一三五—一三八頁。

(45) 参照、『罪と罰』下にある訳者江川卓の「解説」、四一八頁。

(46)『作家の日記』4、一六六—一六九頁。

(47)『カラマーゾフの兄弟』中、一三八—一三九頁。

(48) 同前、一三四頁。

(49)『作家の日記』3・一八七六年・七・八月の第四章・第四節「土地と子供」、一二九—一三〇頁。

(50) 同前、一三四頁。

(51) 同前、一三二頁。

(52) 同前、一三三頁。

(53) 同前、一四七—一四八頁。

(54)『カラマーゾフの兄弟』上、四七五頁。

(55) 同前、四八六—四九六頁。

(56)『罪と罰』中、二九三頁。

(57) 同前、一四二頁。

(58) 同前、一四三頁。

(59) 同前、一四四頁。

(60) 同前、一四六頁。

(61) 同前、一四七頁。

(62) 同前、二九三頁。

(63)『作家の日記』2、四九二頁。5、四一〇頁。6、一二三、一二八頁。

(64)『罪と罰』下、三四四頁。
(65)『悪霊』上、四七八頁。
(66)『悪霊』下、五二二頁。
(67)同前、五二三頁。
(68)同前、二八八頁。
(69)同前、一二二一―一二二五頁。
(70)同前、一二二八―一二三〇頁。
(71)同前、一二二五―一二二八頁。
(72)同前、一二二六頁。参照、『作家の日記』6、一二二六頁。
(73)同前、一二二六頁。
(74)同前、下、一〇〇―一〇一頁。
(75)『作家の日記』1、四〇九、四二二頁。
(76)同前、二〇―二二頁。
(77)同前、一九頁。
(78)この点については、江川卓の『謎とき『カラマーゾフの兄弟』』にも同様な指摘がある。同書三九―四〇頁。
(79)同前、二四―二五頁。
(80)『作家の日記』4、七八―九〇頁。
(81)同前、六六―七四頁。
(82)『作家の日記』1、二九頁。
(83)同前、一〇八頁、なお『死の家の記録』のなかにドストエフスキーが文章語の教育をほどこし新約聖書を読めるようになったアレイに「どこがいちばん気に入ったか」と尋ね、アレイが「許せ、愛せ、辱めるな、敵を愛せ、とイエスが言うところです。ああ、何ていい言葉でしょう!」と答えた、と回想する場面がある(同書、一二〇頁)。
(84)『作家の日記』6、一八八〇年、八月号・第三章、七二―七七頁。
(85)『作家の日記』1、一九七三年、第三章、四四―四五頁、参照、漆原隆子「構想における『作家の日記』の役割」『作家の日記』6、三一六―三一八頁。
(86)同前、四四頁。
(87)『死の家の記録』三七―三八頁、一〇一頁、二五三―二五四頁、三三五―三四二頁、。
(88)『作家の日記』1、四〇頁。
(89)同前、三七八―三七九、三九一、三九五頁。
(90)同前、三九二―三九三頁。
(91)同前、三九九―四〇〇頁。
(92)同前、三九九頁。
(93)同前、三九五頁。
(94)同前、四〇一頁。
(95)『死の家の記録』四七二―四七七、四八四―四八九、四九八―五〇〇頁。
(96)同前、五五七頁。
(97)『作家の日記』2、一八七六年、六月号・第一章、四七三―四九六頁。
(98)同前、四八五頁。
(99)同前、四九一―四九二頁。
(100)同前、四八三頁。
(101)同前、四八八―四八九頁。

(102) 不破哲三『スターリン秘史　巨悪の成立と展開』2、新日本出版社、二〇一五年、一五―一七頁。

(103) 同前、一七―二二頁。

(104) 同前、一八頁。

(105)『スターリン秘史』1、二〇一四年、二二三―二二六頁。

(106) 二四二頁。

(107) 同前、三〇四頁。

(108) 同前、二二六―二二七頁。

(109)『作家の日記』5、一八七七年、七・八月号・第二章、九七―九八頁。

(110) 同前、九八―九九頁。

(111) 同前、一〇〇頁。

(112) 同前、一〇一頁。

(113)『作家の日記』3、一八七六年、十月号・「第一章、二四二―二四三頁。

(114) たとえば『作家の日記』2、一八七六年、五月号、第一章・第三節「裁判所とカイーロヴァ夫人」、「すでに斬りつけたときでさえも、自分では本当に斬り殺そうとしているのかどうか、またその目的でこうして斬りつけているのかどうかは、まだ自分でも分からないでいたのかもしれないと、わたしはあえて断言してはばからない」（傍点、ドストエフスキー）、四二三頁。

(115)『死の家の記録』三四九―三五五頁、三六〇―三七三頁。

(116) 山城むつみ『ドストエフスキー』講談社、二〇一〇年、一五七頁。

(117) ニーチェ『権力への意志』上（『ニーチェ全集12』）原佑訳、ちくま学芸文庫、二二七頁、なお参照、拙著『聖書論Ⅱ』第一章「ニーチェのイエス論」・「無政府主義的イエスと国家主義的キリスト教」節。

(118) 同前、二〇七頁、『聖書論Ⅱ』二二三頁。

(119) 同前、二一六頁、『聖書論Ⅱ』二二三頁。

(120) ニーチェ『偶像の黄昏　反キリスト者』二〇九頁。

第二章　ドストエフスキー的キリスト教の諸特徴

(1) 参照、拙著『聖書論Ⅰ』第Ⅱ部第六章・補注「パウロにおける『天の王国』表象の終末論的性格と、その肉体復活論」、三二五―三二七頁。

(2)『作家の日記』5、一八七七年、七・八月号、一五―一六頁。

(3) 江川卓も同様な捉え方を打ちだしている。参照、『謎とき『カラマーゾフの兄弟』』二八二―二八三頁。

(4)『白痴』上、四二八頁。

(5) この点で、『おかしな人間の夢』の訳者安岡治子がその解説のなかで「苦しみ（ストラダーニエ）を体験した人々に対してしか共苦（ソストラダーニエ）を寄せることはできない」との一文を書き入れている点は、私のいわんとするところに大いに触れる点である（『白夜／おかしな人間の夢』光文社古典新訳文庫、二三七頁）。英語の **com-passion**、独語の **Mit-leiden** と同様、ロシヤ語の **сострадание** も **страдание**（苦悩・苦痛）に **co** という「共にする」という意味の前置詞を合成してできており、その語義の原点は苦悩の連帯性を表示するところにあるのだ。またこの点をめぐって、ニーチェの語義理解がこの連帯性の契機を見損なっているという問題に関しては、拙著『聖書論Ⅱ』三六—三八頁、『大地と十字架』九七—一〇三頁を参照されたし。

(6)『作家の日記』2、一八七六年、二月号、第二章・第三節「スパソーヴィッチ氏の弁論。巧妙な手口」。

(7)『作家の日記』5、一八七七年、七・八月号、第一章・第四節「裁判長の架空の訓示」、六二—七六頁。

(8)『カラマーゾフの兄弟』上、四七頁。

(9)同前、四七頁。

(10)同前、四八頁。

(11)同前、下、五七七頁。

(12)同前、五七七頁。

(13)同前、七二頁。

(14)同前、五八二—五八三頁。

(15)同前、五九〇頁。

(16)同前、五九十—五九一頁。

(17)同前、五九二頁。

(18)『作家の日記』2、一八七六年、二月号、第二章・第三節「スパソーヴィッチ氏の弁論。巧妙な手口」。

(19)『作家の日記』4、一八七七年、一月号・第一章・第四節「名の日の祝いの主人公」、九〇—九三頁。

(20)『カラマーゾフの兄弟』下、五六八—五六九頁。

(21)同前、五八五頁。

(22)『カラマーゾフの兄弟』上、二六頁。

(23)同前、三四頁。

(24)同前、三四頁。

(25)なお、《死臭》は、人間が抱く死への恐怖と嫌悪のシンボルとしてドストエフスキーの身体感覚に何らかの理由で刻み込まれたテーマであったと思われる。その一端を窺わせる短編は『作家の日記』1に掲載される『ボボーク』であろう。

(26)エレーヌ・ペイゲルス『ナグ・ハマディ写本』荒井献・湯本和子訳、白水社、一九九六年、四一頁。

(27)同前、四九—五四頁。

(28)『コリント人への第一の手紙』所収『パウロ書簡』一一五頁。

(29)同前、一一六頁。

(30)ニーチェ『権力への意志』上、一七三頁。

(31)山城むつみ『ドストエフスキー』二四一頁。なおこの私信の一節を掘り起こしてきたのは山城の大きな功績であるが、しかし、彼はこのドストエフスキーの「奇怪な想像」(同書、二四一頁)を問題にしても、ここで私がおこなったようなドストエフスキーにおける《実存的現実主義-信仰-奇蹟》の三者関係や、小説的展開と私信での信仰告白のあいだのズレないし葛藤といった問題には一切関心を示していない。なお谷寿美『ソロヴィヨフ　生の変容を求めて』(慶応義塾大学出版会、二〇一五年)にもこのくだりが紹介されている。同書、二六二、二七五頁(注62)。

(32)『白痴』下、一六〇—一六二頁。
(33)『作家の日記』3、二二八頁。
(34) 同前、二二二頁。
(35) 江川卓も或る夫人に宛てたドストエフスキーの書簡を引いて、同様の指摘をおこなっている。『謎とき『カラマーゾフの兄弟』』三九頁。そこでは、ドストエフスキーは自分の核心となる最大の信仰箇条とは、「キリスト以上に美しい、深い、共感できる、理性的な、男性的な、完璧なものは何一つ存在しない」という、イエスの人格性への絶対的共感にほかならないと述べている。
(36) 木村浩訳『白痴』上、新潮文庫、四一一頁。
(37)『未成年』下、四八二—四八三、五八八頁。
(38) 同前、三八七頁。
(39)『作家の日記』5、十二月号、第二章、第一節「ニェクラーソフの死。その墓前で語られたことについて」、四七二頁、。
(40)『作家の日記』4、一八七七年一月号・第一章・第四節、七八—八九頁。
(41)『未成年』下、五九二頁。
(42)『作家の日記』2、第一章・第二節「今度書く長編小説。ふたたび『偶然の家族』」、二二頁。
(43) 同前、二二頁。
(44) 同前、二二—二四頁。
(45)『カラマーゾフの兄弟』中、一九〇—一九三頁。
(46) この一節と次の一節は米川正夫訳『カラマーゾフの兄弟』(上、『ドストエフスキー全集12』、河出書房新社、一九六九年、二七九頁)から採った。なお原卓也訳『カラマーゾフの兄弟』上、四五二頁。
(47) 同前、二八九頁。同前、四六九—四七〇頁。
(48) 古野清人「ドストエフスキーとギリシャ正教」、所収『文芸読本　ドストエフスキー』河出書房新社、一九七六年、二一〇頁、なお、この「反逆」章についてのドストエフスキー自身の意識とその背景等については、拙論「ドストエフスキーにおける〈受難した子供〉の視線——ベンヤミンにも寄せて」、所収『〈受難した子供〉の眼差しとサルトル』御茶の水書房、一九九六年、三七二—三七九頁も参照されたし。
(49) ドストエフスキー『書簡』(『ドストエフスキー全集18』)米川正夫訳、河出書房新社、一九七〇年、二八〇—二八一頁。
(50)『カラマーゾフの兄弟』中、六〇四—六〇七頁。
(51) 同前、六〇六頁。
(52) 同前、六〇九頁。
(53) 同前、上、八七頁。
(54) 同前、九六頁。
(55) 同前、九二頁。
(56) 同前、九三頁。
(57) 同前、中、三四八頁。
(58) 同前、三四九頁。
(59) 同前、七五頁。
(60) 参照、拙著『聖書論I』第I部第六章「『残酷なる試の神』としてのヤハウェと預言者のマゾヒズム」。
(61)『カラマーゾフの兄弟』中、七五頁。

(62) ルードルフ・オットー『聖なるもの』久松英二訳、岩波文庫、二〇一〇年、一六九頁。
(63) 参照、拙著『聖書論Ⅱ』第四章・「オットーの旧約聖書論――ヴェーバーとの比較において」節。
(64) 『ヨブ記　箴言』旧約聖書Ⅶ、並木浩一訳、岩波書店、二〇〇四年、一六九頁。
(65) 拙著『聖書論Ⅰ』第Ⅱ部第一章・「汎神論的宇宙神と慈悲の神とは如何に媒介可能か?」節、一八三頁。
(66) 参照、拙著『聖書論Ⅱ』第四章「オットー『聖なるもの』を読む」。
(67) 山城むつみ『ドストエフスキー』五〇六頁。
(68) マックス・ヴェーバー『宗教社会学論選』大塚久雄・生松敬三訳、みすず書房、一九七二年、五三、六〇―六七頁。
(69) 同前、次のような指摘がある。「現世を呪術から解放すること、および、救済への道を瞑想的な『現世逃避』から行動的・禁欲的な『現世改造』へと切りかえること、この二つが残りなく達成されたのは〔略〕ただ西洋の禁欲的プロテスタンティズムにおける教会および信団の壮大な形成のばあいだけであった」(七六頁)。
(70) 同前、六六、七六頁。
(71) 同前、四二―四五、七六―七七頁。
(72) 同前、六七頁。
(73) 同前、六七頁。
(74) 同前、六八頁。
(75) 山城むつみ『ドストエフスキー』四五〇頁。
(76) 同前、四五〇頁。

第三章　「少女凌辱」というテーマの比重と問題位置

(1) この形容は少女との性交に興奮する性欲様態を指してドストエフスキーが使った言葉ではないが、彼は或る瞬間に――それこそ「魔がさす」ように――或る欲動が抗しがたい悪魔的衝動となって人を犯罪に駆り立てる実存的事態にきわめて強い関心を一貫して向け続けた。『作家の日記』3、一九七六年、十月号、二四三頁。
(2) 拙論「ドストエフスキーにおける〈受難した子供〉の……」。
(3) 『悪霊』下の第三部の最後に特別につけられた「スタヴローギンの告白」に添えられた訳者江川卓の注記にその事情は詳しい。また拙論「ドストエフスキーにおける〈受難した子供〉の……」も参照されたし。
(4) 同前、五七二頁。
(5) 『作家の日記』6、ちくま学芸文庫、一九九八年、二六六頁。
(6) 安岡治子訳『おかしな人間の夢』所収『白夜/おかしな人間の夢』光文社古典新訳文庫、二〇一五年、一九二頁。
(7) 同前、一九三頁。
(8) 同前、二三二頁。
(9) 小沼文彦訳『作家の日記』4、三二五頁。
(10) ヘシオドス『仕事と日』松平千秋訳、岩波文庫、二四―二五頁。

(11) 関根清三訳『イザヤ書』旧約聖書Ⅶ、岩波書店、一九九七年、五〇—五一頁。
(12) 鈴木佳秀訳『十二小預言書』旧約聖書Ⅹ、岩波書店、一一一頁。
(13) ヘシオドス『神統記』廣川洋一訳、岩波文庫、二二一—二三頁。
(14) 江川卓『謎とき『カラマーゾフの兄弟』』二一七—二一九頁。
(15) なお、この問題は、拙著『聖書論Ⅰ』の中心問題の一つである。参照、同書、第Ⅱ部・第一章・「汎神論的宇宙神と慈悲の神とは如何に媒介可能か」、「三つの問題側面」、「イエス思想の混淆性あるいは往還性——本書の視点」の各節。
(16)『悪霊』上、六五頁。
(17) 工藤精一郎訳『貧しい人々』新潮文庫、一五〇頁。
(18) 同前、一六〇頁一六三頁。
(19)『白痴』上、三八—四一頁。
(20) 同前、四一九頁。
(21) 同前、四二〇頁。
(22)『悪霊』下、五六一頁。
(23) 同前、五七二頁。
(24) 同前、六六頁。
(25)『白痴』上、一四八頁。
(26)『白痴』上、七三頁。
(27) これは江川卓の訳、『謎とき『白痴』』二二二頁、一九三頁も参照。
(28) 同前、七六頁。
(29)『白痴』下、二一一頁。
(30)『白痴』上、七八頁。
(31) 同前、一三七頁。
(32)『悪霊』上、四五二頁。
(33)『カラマーゾフの兄弟』上、四六四頁。
(34)『悪霊』下、五六二—五六三頁。
(35) 同前、五七三頁。
(36)『作家の日記』下（『ドストエフスキー全集15』）米川正夫訳、河出書房新社、一二〇頁。『作家の日記』4、三〇一—三〇二頁。
(37) 同前、一二二頁。同前、三〇六頁。
(38) 同前、一二二頁。同前、三〇六頁。
(39) 拙論「ドストエフスキーにおける〈受難した子供〉の……」、三九五頁。
(40)『悪霊』下、五九八頁。
(41) 同前、五五六頁。
(42) 同前、上、三五九頁。
(43)『罪と罰』中、二九二頁。
(44)『罪と罰』下、三二一頁。
(45)『罪と罰』中、二二四頁。
(46)『罪と罰』下、三三二—三三三頁。
(47) 同前、三二四頁。
(48) 同前、三二五頁。
(49) 同前、一一四頁。

(50)『作家の日記』2、二〇二—二〇三頁。
(51)トーマス・マン『ワーグナーと現代』小塚敏夫訳、みすず書房、新装、二〇〇〇年、二四八頁、参照。拙著『マンの『ファウスト博士』とニーチェ』アマゾンkindle電子書籍、セルフ出版、補論「マン・ヴァーグナー・ニーチェ」。
(52)『作家の日記』3、二四二—二四三頁。

第四章　汎神論的大地信仰とドストエフスキー、そしてニーチェ

(1)『罪と罰』中、三六一頁。
(2)『罪と罰』下、四〇六頁。『カラマーゾフの兄弟』中、二四六—二四七頁。
(3)『罪と罰』下、四〇六頁。
(4)同前、上、四〇五—四〇六頁。
(5)江川卓『謎とき『カラマーゾフの兄弟』』五〇—五一頁。
(6)『罪と罰』下、三四四頁。
(7)同前、一三五頁。
(8)江川卓訳『悪霊』上、四八六頁。
(9)同前、四八七頁。
(10)同前、四七六頁。
(11)『悪霊』下、五七九頁。
(12)同前、五八五頁。
(13)なお私見によれば、このサルトルが捉えた問題をおのれの実存が抱える問題に鋭く切り込む洞察としてもっとも重く受け取った日本の作家は三島由紀夫であった。参照、拙著『サルトルの誕生——ニーチェの継承者にして対決者』藤原書店、二〇一二年、第一部・第一章「想像的人間という主題　三島由紀夫を手掛かりに」『三島由紀夫におけるニーチェ』思潮社、二〇一〇年、第一章「三島由紀夫という《想像的人間》——方法」。
(14)『罪と罰』下、三九四—三九五頁。
(15)同前、三九五頁。
(16)『悪霊』上、一七六頁。
(17)同前、二七七頁。
(18)同前、二一七頁。
(19)同前、二一四頁。
(20)ルソー『人間不平等起源論』(『世界の名著』36)小林善彦訳、中央公論社、一九七八年、一三一頁。彼はこう書いている。動物が知る怖れと不幸は苦痛と空腹だけである。それは身体が感じる直接的な感覚を出るものではない。しかし人間は「死の恐怖」を感じ、それに纏いつかれもする。「死とその恐怖についての知識は、人間が動物的な状態から離れるとき最初にえたものの一つである」と。
(21)『悪霊』上、二二五—二二六頁。
(22)同前、二一六頁。
(23)同前、二一七—二一八頁。
(24)同前、二一七頁。
(25)同前、下、四三六頁。
(26)同前、上、四四九頁。
(27)同前、下、三九五頁。

(28) 同前、上、四五一頁。
(29)『カラマーゾフの兄弟』上、四四一頁。
(30)『悪霊』上、四五三頁。
(31) 同前、二一七頁。
(32) 同前、下、五〇八—五〇九頁。
(33) 同前、五〇七頁。カタカナ表記は原文ではそこが仏語で書かれていることを示す。
(34) 同前、一六九頁。
(35) ニーチェ『偶像の黄昏　反キリスト者』二二七頁。
(36) 同前、二一四頁。
(37) 同前、二二八頁。
(38) 拙著『聖書論Ⅱ』一六—一七頁。
(39) 同前、二二五頁。
(40)『未成年』下、一四四頁。
(41) ニーチェ『権力への意志』下(『ニーチェ全集13』)原佑訳、ちくま学芸文庫、一九九三年、四八九頁。なおサルトルの『家の馬鹿息子』によれば、かかる「高所」の観点をフローベールもまたその「否定的無限」の概念によって自らの観点としたのである。参照、拙著『サルトルの誕生——ニーチェの継承者にして対決者』補論Ⅱ(藤原書店、二〇一二年)。
(42) 参照、拙著『大地と十字架——探偵Lのニーチェ調書』思潮社、二〇一三年。
(43) ニーチェ『偶像の黄昏　反キリスト者』(『ニーチェ全集14』)原佑訳、ちくま学芸文庫、一九九四年、六七—六八頁。
(44) 同前六八頁。
(45) 同前、一三八頁。
(46) 同前、二〇八—二〇九頁、なお『ヴァーグナーの場合』にも同趣旨の指摘がある。同前、三四二頁。またニーチェのくだんの遺稿「残された断想(白水社版『ニーチェ全集』第十巻)にもドストエフスキーを明示しての同趣旨の節がある。五一七、五二二頁。なお拙著『《想像的人間》としてのニーチェ——実存分析的読解』晃洋書房、二〇〇五年、九三—九四頁、『大地と十字架——探偵Lのニーチェ調書』思潮社、二〇一三年、一六二頁には、この「白痴」という表現をめぐってニーチェがドストエフスキーの『白痴』を読んだか否かについてヤスパースが彼の『ニーチェとキリスト教』で展開した考察を取り上げている。
(47) 参照、拙著『大地と十字架——探偵Lのニーチェ調書』第Ⅰ部・「ニーチェとドストエフスキーを繋ぐ環としての子供主義」章、一五九—一六三頁。
(48) 参照、「ドストエフスキー」の項、『ニーチェ事典』弘文堂、一九九五年、四一一—四一二頁。
(49)『偶像の黄昏　反キリスト者』二〇八頁。
(50) 参照、拙著『大地と十字架——探偵Lのニーチェ調書』第Ⅰ部・『墓の歌』章が告げるもの」節、「イエスの快楽主義の『心理学的類型』分析」節、一二四—一三〇、一五二—一五八頁。
(51) 参照、拙著『大地と十字架——探偵Lのニーチェ調書』六〇—六五頁、九七—一〇三頁。
(52) ニーチェ「残された断想」四七四—四九〇頁。

(53)『ニーチェ事典』の「ドストエフスキー」の項目を執筆した中尾健二は、そのなかで的確にこの問題を指摘し、かつドストエフスキーとニーチェとの思想的関連を「キリストおよびキリスト教解釈」と「〈社会主義〉の内在的批判」という二つの問題の環において究明すべきことを説く。とはいえこの『悪霊』からの抜粋そのものに関していえば、もちろん事典の項目記述という枠組みの制約からして当然であるが、それが「素材」というレベルを超えて如何なる意味でニーチェ思想と内在的に関連してくるか、この点の具体的究明は今後の課題としている(同書、四一一―四一五頁)。なおこの課題にかかわる中尾の研究を探したが私には見つけることができなかった。

(54)参照、『悪霊』下に付けられた江川卓の解説、五二九―五三〇頁。

(55)ニーチェ『遺された断想』五二一頁。

(56)ニーチェ『偶像の黄昏　反キリスト者』二六六―二六七頁。

(57)ニーチェ『遺された断想』四九一―四九七頁。

(58)同前、四七四―四八二頁、四八七―四八九頁。

(59)同前、四八二―四八六頁。

(60)同前、四七五―四七六頁、四七八、四八七―四八九頁。

(61)『悪霊』上、三九二―三九三頁。

(62)同前、下、五二五頁。

(63)同前、五二五頁。

(64)参照、拙著『《想像的人間》としてのニーチェ――実存分析的読解』三一―三五頁、『大地と十字架――探偵Lのニーチェ調書』六〇―六一頁。

(65)安岡治子訳『おかしな人間の夢』一八九頁。

(66)なお、『ソロヴィヨフ　生の変容を求めて』(慶応義塾大学出版会、二〇一五年)を書いた谷寿美は同書のなかでソロヴィヨフにおける「神人」と「人‐神」観念の区別をめぐる議論を紹介するなかで、その区別とここでのキリーロフの区別とは「似て非なるもの」であると論じつつ、後者を私と似て「一種ツアラトゥストラ的な超人の理念」と特徴づけている(同書、二二八頁)。

(67)Julius Wellhausen. „Prolegomena zur Geshichte Israels“ DRUCK UND VERLAG VON G. REIMER. BERLIN 1883 s. 441、サイト eBook and Texts よりダウンロードして読める。

(68)Ebenda, s. 442.

(69)『カラマーゾフの兄弟』中、六六―六七頁。

(70)同前、六九頁。

(71)同前、八三頁。

(72)同前、八三頁。

(73)同前、一四三頁。

(74)参照、拙著『聖書論Ⅰ』第Ⅱ部・第六章「イエスの生命主義とグノーシス派」『聖書論Ⅱ』第一章「ニーチェのイエス論」、特に「『インドならざる土地に生まれた仏陀』としてのイエス」、「反終末論的イエス」、「ニーチェとグノーシス派との類縁性の基盤」等の諸節。

(75)『カラマーゾフの兄弟』下、三五五頁。

(76)同前、三五五―三五六頁。

(77) ニーチェ『偶像の黄昏　反キリスト者』二三〇頁。ニーチェは、パウロは人間に巣食う「個人的虚栄心」としての復活願望に「阿諛」することによってキリスト教の大衆化を図った、と罵倒している。

(78) 同前、二三〇頁。

(79) 同前、二二七頁。

(80) 拙著『聖書論Ⅱ』一四―一五頁。

(81) 参照、安岡治子『おかしな人間の夢』解説、一二九頁。

(82) 同前、二三〇頁。

(83) 同前、一八三頁。

(84) 同前、一八五―一八六頁。

(85) 同前、一八九頁。「そうだ、彼らは樹木の言葉を発見し、たしかに樹木も彼らの言葉を理解していたのだ。自然全体をも彼らは同様に見ていた」。

(86) 同前、一九二頁。

(87) 同前、一九二頁。

(88) 同前、一九一頁。

(89) この観念については私の『聖書論Ⅰ』、六三頁、参照。なお第Ⅰ部・第三章「ヤハウェ主義を特徴づける女性嫌悪、あるいはその『肉』メタファー」、第Ⅱ部・第五章「女性嫌悪に抗するイエスとグノーシス派――グノーシス派文書『この世の起源について』と『魂の解明』にかかわらせて」はこの問題観についての考察をテーマとしている。

(90) 同前、一九八頁。

(91) 拙著『聖書論Ⅰ』第Ⅱ部・第六章・「プレーローマ的安息の観念」節、「《全一性-欠如》のプラトン弁証法」節。

(92) 『真理の福音』、所収、ナグ・ハマディ文書Ⅱ『福音書』岩波書店、二三八頁。『聖書論Ⅰ』二九二頁。

(93) 『三部の教え』、所収『福音書』二三八頁。同前、二九二頁。

(94) 同前、二五二頁。同前、二九二頁。

(95) 同前、二四八頁。同前、二九二頁。

(96) 同前、二四八頁。同前、二九二頁。

(97) 同前、二四九頁。同前、二九二―二九三頁。

(98) 谷寿美『ソロヴィヨフ　生の変容を求めて』二二六頁。

(99) 同前、二四八頁。

(100) 同前、二四九頁。

(101) 同前、二三八頁。

(102) 『白痴』下、一二三頁。

(103) 同前、一五三頁。

(104) 『死の家の記録』七一―七四頁。

(105) 『白痴』下、一五五頁。

(106) 同前、一六〇―一六二頁。

(107) 同前、一六九頁。

(108) 同前、一七〇頁。

(109) 同前、一七一頁。

(110) 同前、一七二頁。

(111) 同前、一七三頁。

(112) 『悪霊』下、五八五頁。

(113) 『カラマーゾフの兄弟』上、頁。

(114) 『白痴』下、一八八―一九〇頁。

(115) 同前、五四一―五四六頁。
(116) 江川卓『謎とき『白痴』』一八八頁。
(117)『作家の日記』3、二六四―二七〇頁。
(118)『未成年』下、三九三頁。
(119) 同前、三九三頁。
(120) 同前、三九四頁。
(121) 同前、三九五頁。
(122) 同前、四〇一頁。
(123) 同前、四〇二頁。
(124) 同前、四〇二頁。
(125) 同前、四〇二頁。
(126) 同前、四〇三―四〇四頁。

第五章 「カラマーゾフ的天性」とは何か?――悪魔と天使、その分身の力学

(1)『悪霊』上、三六五頁。
(2) 同前、三六四頁。
(3) 同前、三六一頁。
(4)『カラマーゾフの兄弟』上、二二〇頁。
(5)『悪霊』上、二〇四―二〇五頁。
(6)『白痴』上、一四八頁。
(7)『未成年』上、五四一―五四二頁。
(8) 同前、五四三頁。
(9)『カラマーゾフの兄弟』上、七九頁。
(10) 同前、八一頁。
(11) ドストエフスキー『二重人格』小沼文彦訳、岩波文庫、一七〇頁。
(12) 同前、二四―二五頁。
(13)『罪と罰』上、三七頁。
(14) 同前、五九頁。
(15) 漆原隆子「構想における『作家の日記』の役割」『作家の日記』6、三二一頁。
(16)『罪と罰』中、二六七頁。
(17) 西田幾多郎については、参照、拙著『聖書論Ⅱ』第五章「西田幾多郎と終末論」。
(18)『未成年』上、一〇―一一頁。
(19) 同前、一三頁。
(20)『死の家の記録』二二一―二三頁。
(21) 同前、三六九―三七二頁。
(22)『罪と罰』下、一二八頁。
(23)『作家の日記』6、三三三頁。
(24) 同前、三五頁。
(25) 同前、三八頁。
(26)『未成年』下、一五七頁。ドルゴルーキーは語る。この彼の法律上の父であるマカールは、妻(つまり彼の母)がヴェルシーロフに走ってドルゴルーキーを孕むことになっても、「広い心で永久に母を許してくれ」、それゆえに母が「一生涯〔略〕おそれと、不安と、敬虔な気持ちを抱きながら、心からの尊敬をささげていた」相手であった、と。
(27)『作家の日記』4、六四頁。

(28)『作家の日記』5、九四―九五頁。
(29)『作家の日記』4、五七頁、『作家の日記』6、六三頁も参照せよ。
(30)『作家の日記』6、四七頁。
(31)『白痴』上、三八六頁。
(32)同前、三九八頁。
(33)同前、三九六頁。
(34)ニーチェ『偶像の黄昏　反キリスト者』二九一頁。
(35)同前、二九一頁。
(36)同前、二九二頁。
(37)同前、二九二頁。
(38)ニーチェ『悦ばしき知識』(『ニーチェ全集8』)信太正三訳、ちくま学芸文庫、七九―八〇頁。
(39)同前、八〇頁。
(40)ニーチェ『ツァラトゥストラ』上(『ニーチェ全集9』)吉沢伝三郎訳、ちくま学芸文庫、六七頁。
(41)ヴェーバー『宗教社会学論選』一三四―一四六頁。
(42)同前、一四四頁。
(43)サルトル『存在と無』Ⅲ、松浪信三郎訳、ちくま学芸文庫、二〇〇八年、三九四頁。
(44)同前、三九八―四〇五頁。なおこの点で、バルザックの『ランジェ公爵夫人』(バルザック「人間喜劇」セレクション『十三人組物語』所収、西川祐子訳、藤原書店、二〇〇二年)は、こうした「我有化」的な所有の「情熱」を中核において男女の愛慾模様をまさにニーチェを彷彿とさせるが如く、「恋愛闘争」として描きだす。なお、私はこのテーマが夏目漱石の『行人』によって深く共有されていることに注目し、その点を論じたことがある。参照、「漱石とニーチェ――『行人』における『所有』の問題を手掛かりに」、近畿大学大学院文芸学研究科「渾沌」第7号、二〇一〇年。
(45)同前、三九六―三九七頁。
(46)参照、拙著『サルトルの誕生――ニーチェの継承者にして対決者』藤原書店、二〇一二年、第I部・第二章「実存的精神分析と『存在と無』」。
(47)『白痴』下、四七五頁。
(48)同前、二一四頁。
(49)同前、二一五頁。
(50)同前、二五二頁。
(51)同前、二五四頁。
(52)同前、二五三頁。
(53)同前、四六九頁。
(54)『未成年』下、四八五頁。
(55)同前、四八二頁。
(56)同前、五〇六頁。
(57)サルトル『存在と無』Ⅲ、四〇七―四〇八頁。
(58)『未成年』上、八七頁。
(59)『未成年』下、五一八頁。
(60)同前、三五八頁。
(61)同前、五一四頁。
(62)拙著『大地と十字架――探偵Lのニーチェ調書』、とりわけ、「窮境にある人類への同情のあまり神はその同情のなかに溺死する」章、「戦士的友情か母性愛的共苦か」章。

(63) ニーチェ『善悪の彼岸　道徳の系譜』（『ニーチェ全集11』信太省三訳、ちくま学芸文庫、二四一頁。

(64) 参照、拙著『《想像的人間》としてのニーチェ――実存分析的読解』晃洋書房、二〇〇五年、第Ⅱ部、第2章「〈病者〉の光学――あるいは、ニーチェのイエス論」、第3章「暴力の光学」『サルトルの誕生――ニーチェの継承者にして対決者』藤原書店、二〇一五年、とりわけ第Ⅱ部「『力のモラル』か『相互性のモラル』か」におけるニーチェ批判の諸箇所。

(65) 『白痴』下、四九四―四九五頁。

(66) 江川卓『謎とき『白痴』』一九三頁、なお二二頁も参照。

(67) 木村浩訳『白痴』上、新潮文庫、三二三頁、米川正夫訳『白痴』（『決定版ロシヤ文学全集8』）、日本ブック・クラブ、一九七〇年、一八〇頁、小沼文彦訳、『白痴』（『ドストエフスキー全集7』）、筑摩書房、一九六三年、一七三頁、中山省三訳、『白痴』上（『ドストエフスキー全集』）、三笠書房、一九三九年、三三〇頁。なお原文をここで紹介すれば、「二カ月ずつ泊まっていって」の後は、「**опозорит, разобиит, распалит, развратит, уедет**」であり、直訳すれば、「恥をかかせ、ひどく侮辱し、熱くして、淫乱にさせ、行ってしまう」なのである。

(68) 『白痴』下、四八八頁。

(69) 山城むつみ『ドストエフスキー』三一六頁。

(70) 同前、三〇七頁。

(71) 同前、三一七頁。

(72) 同前、三二五頁。

(73) 『作家の日記』6、三二〇頁。

(74) 『作家の日記』3の、『柔和な女』が掲載される十一月号のひとつ前の十月号・第一章第三節「二つの自殺事件」には、「亡命者の娘」である若いインテリ女性の自殺事件と対比して、「両手で聖像をしっかり抱きしめて」（傍点、ドストエフスキー）四階の窓から飛び降り自殺した貧しいお針子の事件への言及がある。彼は、前者が遺した遺書に横溢する――私の言葉を持ち出せば「自尊心の病」からくる――ニヒリスト振りに嫌悪を示しつつ、後者を「なんとなくつつましい、素直な自殺」と呼び、「だが、このふたつの魂のうちこの地上でより多く苦しんだのははたしてどちらのほうなのだろうか?」とその節を結んでいる（同書、二六〇―二六三頁）。この事件の印象がたちまち『柔和な女』の創作に取り入れられたことは明白である。

(75) 『作家の日記』3、三二六頁。

(76) 同前、三三四頁。

(77) 同前、三四九―三五〇頁。

(78) 同前、三四二―三四三頁。

(79) 同前、三五二頁。

(80) 同前、三三五頁。

(81) 同前、三七四頁。

(82) 同前、三七八頁。

(83) 同前、三四〇頁。

(84) 同前、三四七頁。
(85) 同前、三九〇頁。
(86) 同前、三七九頁。
(87) 同前、三二九頁。
(88) 同前、三三七頁。
(89) 同前、三四三頁。
(90) 同前、三六八頁。
(91) サルトル『存在と無』Ⅲ、松浪信三郎訳、ちくま学芸文庫、筑摩書房、二〇〇八年、三七〇頁。
(92) 同前、三七一―三七二頁。
(93) 同前、三七三頁。
(94) 同前、三七四頁。
(95) 『柔和な女』(『作家の日記』3、所収)、三七三頁。
(96) 拙著『サルトルの誕生』二五〇頁、サルトル『道徳論手帳 Cahiers pour une morale』Gallimard, 1983, p. 523.
(97) 山城むつみ『ドストエフスキー』二三二頁。
(98) 同前、一八〇、二二〇頁。
(99) 『罪と罰』上、一〇八頁。
(100) 『罪と罰』上、二〇八―二一〇頁。
(101) 同前、二二〇―二二二頁。
(102) 同前、中、九五頁。
(103) 同前、九九頁。
(104) 同前、下、一〇九頁。
(105) 同前、一一〇頁。
(106) 拙著『三島由紀夫におけるニーチェ――サルトル実存的精神分析の視点から』思潮社、二〇一〇年、三四頁。サルトル『聖ジュネ』I、人文書院、六七頁。
(107) 同前、三六頁。同前、二一頁。
(108) 『未成年』下、九四―九五頁。
(109) 同前、上、三〇頁。
(110) 同前、一六四頁。
(111) 同前、三一頁。
(112) 同前、三三頁。
(113) 同前、三三頁。
(114) 同前、下、八三頁。
(115) 同前、上、一〇九頁。
(116) 同前、一一三頁。
(117) 同前、下、九九―一〇九頁。
(118) 同前、一〇七頁。
(119) 同前、九六―九七頁。
(120) 同前、一四二頁。
(121) 『作家の日記』5、五〇一頁。
(122) 『作家の日記』1、一〇二頁。
(123) 同前、一〇〇頁。
(124) 同前、一〇二頁。
(125) 参照、『二重人格』岩波文庫、一九八一年(改版)、訳者小沼文彦の「あとがき」、三二一―三二六頁。なお、この「あとがき」に一言不満をいいたい。小沼は正しくもこの作品を『貧しき人びと』と並ぶドストエフスキー文学の「母胎」と呼び、またその母胎的意義をロシヤ文学の系譜のなかでの「本格的な都会小説」の誕生のうちに見て、主人公を「都会と管理社会の重圧に押しひしがれた、肉体的にも精神的にも歪められた、純粋な都会生活者」と形容している。私の不満はこの規定の仕方にある。その「都会小説」という言い方は一般的に過ぎ、間違っていないにしろ、まさに二重人格的自己分裂にまで追い詰められる主人公の特殊な実存的事情（まさにその怨恨的性格）に届くものではない。さらにいえば、またこのテーマの後期長編世界での展開とこの作品でのそれとの異同——私がドストエフスキー文学の発展を支える脈管とみなした——という決定的問題についてはまったく触れていない。

(126) 参照、拙著『村上春樹の哲学ワールド——ニーチェ的長編四部作を読む』はるか書房、三一一—三一二頁。

(127)『二重人格』一八頁。

第六章　ドストエフスキーの小説構成方法論

(1) 参照、拙論『ニーチェ的なるもの』と現代（中）」はハイデガーとニーチェとの思想的な重なり具合を分析したものだが、そのなかでハイデガーの「世界・内・存在」概念が如何にニーチェの「遠近法」思想から影響を受けているかを論じている。本書第五章・「ラスコーリニコフの……」節で取り上げた「情状性」概念もそこで詳しく論じている。近畿大学大学院文芸学研究科紀要「渾沌」第4号、二〇〇七年。

(2)『罪と罰』上、一一六—一一七頁。

(3)『未成年』下、一九七頁。

(4) ウイリアム・ジェイムズ『宗教的経験の諸相』上、枡田啓三訳、日本教文社、一九九〇年、二四二—二四三頁。

(5) ミハイル・バフチン『ドストエフスキー論』新谷敬三訳、冬樹社、一九七四年、一七三頁。

(6)『罪と罰』中、四九頁。

(7)『作家の日記』3、三一四頁。

(8) 同前、三一五頁。

(9) 同前、三一四頁。

(10) 同前、三一六頁。

(11) サルトル『文学とは何か』海老坂武訳、人文書院、五五頁。参照、拙著『サルトルの誕生——ニーチェの継承者にして対決者』藤原書店、二〇一二年、二五五—二六〇頁。

(12)『罪と罰』上、一二六頁。

(13) 拙論「ドストエフスキーにおける〈受難した子供〉の……」、四〇一頁。

(14) 江川卓『謎とき『カラマーゾフの兄弟』』一四四—一四九頁。

(15) 安岡治子訳「一八六四年のメモ」、所収『白夜／おかしな人間の夢』解説、二三三—二三八頁。

(16)『白痴』下、一七二頁。

(17)「一八六四年のメモ」二一七頁。

(18) 同前、二一七頁。

(19) 同前、二一一頁。

(20) 同前、二〇九頁。

(21) 同前、二一八頁。
(22) 同前、二一四頁。
(23) 同前、二一六頁。
(24) 同前、二一二頁。
(25) 『マルコによる福音書　マタイによる福音書』六三、一九四頁、『ルカ文書』一二五頁、岩波書店、新約聖書Ⅰ、Ⅱ。
(26) 江川卓『謎とき『カラマーゾフの兄弟』』一四六頁。
(27) 安岡治子も江川と同様な見地から同じ表記の仕方をとった。「一八六四年のメモ」二一三頁。
(28) 参照、拙著『聖書論Ⅰ』第Ⅱ部・第五章・「パウロの性欲観」節、二五二―二五六頁。
(29) 『作家の日記』5、一〇七―一〇八頁に見られるドストエフスキーの議論は「キリストの自然法則」について語っていると読める。
(30) 江川卓訳『地下室の手記』新潮文庫、一九六九年、六頁。
(31) 同前、七頁。
(32) 同前、八頁。
(33) 同前、一六―一七頁。
(34) 参照、拙著『《想像的人間》としてのニーチェ――実存分析的読解』九―一〇、四五―五九頁。ザロメはまさに「行為者」型人間と対置してニーチェを「認識者」型人間の典型と評し、彼の人格的本質は「認識者の英雄主義」にあるとする。すなわち「行為者」の方を「そのさまざまな心の動きや衝動がたがいに調和しあい、一つの健全な統一を形成している性格群」、いいかえれば、「分割されない者、分解されない者、本能的人間、主たるべき本性の持ち主」と規定したうえで、他方の「認識者」とは、「その衝動や心の動きがたがいに阻止しあい反目しあっている性格群」、いいかえれば、「統一としてのおのれ自身を自ら進んで放棄する、――彼の主体が多音的であれば多音的であるほど、このことは彼にとってますます好ましい」こととなる、そうしたタイプの人間とする。そしてニーチェとはこの「認識者」の性格特性を徹底的に貫くことに命を懸けた人間だとみなすのである（同書、四五―四七頁）。
(35) 『地下室の手記』一三頁。
(36) 同前、五八―五九頁。
(37) 同前、六〇頁。
(38) 同前、六一頁。
(39) 同前、一四七―一五二頁。
(40) 同前、一五三頁。
(41) 同前、一五三―一五四頁。
(42) 同前、一六二頁。
(43) 同前、一六四―一六五頁。
(44) 同前、一七二頁。
(45) 同前、一九六―一九七頁。
(46) 同前、一九八頁。
(47) 同前、三六頁。
(48) 同前、三六―三七頁。
(49) 同前、四〇―四一頁。
(50) 同前、一九二頁。

終章　ドストエフスキーと私の聖書論

（1）拙著『聖書論Ⅰ』一頁。

（2）同前、三九頁。関根清三訳『イザヤ書』旧約聖書Ⅶ、岩波書店、一九九七年、四〇頁。

（3）同前、三九頁、ヴェーバー『古代ユダヤ教』上、内田芳明訳、岩波文庫、二一、二九頁。

（4）同前、一四八頁。補注「『革命家』として預言者を捉えるフロムの視点」（フロム『ユダヤ教の人間観』飯坂良明訳、改訂版、河出書房新社、一九八〇年、一五八—一五九頁）。

（5）同前、二三一—二三二頁、なお、主としてインド諸宗教の掲げる「宗教的救済財」と比較しながら古代ユダヤ教の掲げるそれの「現世内」的性格についてヴェーバーが集中的述べている箇所は、『古代ユダヤ教』下、七四七—七五五頁である。

（6）ヴェーバー『世界宗教の経済倫理』四五頁。

（7）参照、拙著『聖書論Ⅰ』第Ⅰ部、第一章、第二章、第六章、第Ⅱ部・第三章・「『ヨハネ黙示録』の問題性——ユダヤ教への先祖返り」節、等ヤハウェ神の「妬み」心性を批判的に分析した箇所。

（8）同前、第Ⅱ部第一章・「サマリア人問題」節、第二章・「被差別民という問題の地平」節。

（9）同前、第Ⅱ部、「戦争神ヤハウェの拒絶」、「聖戦思想との対決」、「サマリア人問題」等の諸節。

（10）同前、第Ⅱ部第二章「イエスにおける慈悲の愛の構造」。

（11）同前、一五三頁、（ヴェーバー『古代ユダヤ教』上、八二頁。中、五四六—五四八頁。下、八一五—八一六頁）。

（12）同前、一四八—一五二頁。

（13）同前、三、一八頁、『聖書論Ⅱ』第一章「ニーチェのイエス論」。

（14）参照、『聖書論Ⅰ』第Ⅰ部・第三章・補注「『雅歌』の性愛賛美の異質性」。なお、ニーチェがくだんの『遺された断想』のなかでバール＝アシェラ信仰を「耕作と牧畜の自然神（＝バール＝ディオニュソス）」と形容していることについては、本書二二三頁を参照されたし。

（15）同前、四頁。

（16）同前、「『姦淫』重犯罪視に波打つ父権的心性」四九—五二頁。

（17）同前、第Ⅰ部第三章・「ヤハウェ主義を特徴づける女性嫌悪……」節、中沢洽樹訳『伝道の書』（『世界の名著　聖書』中央公論社、二九〇頁、。

（18）拙著『聖書論Ⅱ』第一章・「ニーチェの禁欲主義批判」節、四一—四二頁（ニーチェ『偶像の黄昏　反キリスト者』一五五—一五六頁）。

（19）参照、拙著『聖書論Ⅰ』、ほぼ第Ⅰ部「妬みの神」の全章、第Ⅱ部第四章、第五章、等。

（20）同前、四二—四五頁。

（21）同前、四二頁。

（22）『遺された断想』四九四、五一一頁。

（23）『聖書論Ⅰ』二八六頁。

（24）『ルカ文書』新約聖書Ⅱ、岩波書店、一九九五年、一〇九頁。

(25) 拙著『聖書論I』二二六―二二七頁（ペイゲルス『ナグ・ハマディ写本』二一八頁）。
(26) 亀山純生『〈災害社会〉・東国農民と親鸞浄土教』農林統計出版、二〇一二年、一四四頁。
(27) 同前、一四五頁、一五八頁。
(28) 同前、一五八頁。
(29) 拙著『聖書論I』一五五頁（『マルコによる福音書　マタイによる福音書』一一一頁）。
(30) 同前、一二〇、一五五頁。
(31) マルティン・ブーバーはこの問題状況を適確にもこう把握した。「宗教ほど神の顔をわれわれからさえぎってしまうことのできるものは他に例がない」と同様「道徳ほど共にいる人間の顔をわれわれからさえぎってしまうことのできるものはない」（田口義弘訳『対話的原理』ブーバー著作集1、みすず書房、一九六七年、二一九頁）。
(32) 拙著『聖書論I』「『ヨハネ黙示録』の問題性――ユダヤ教への先祖帰り」二三三～二三四頁。
(33)『ヨハネ黙示録』所収、新約聖書V、『パウロの名による書簡、合同書簡、ヨハネの黙示録』岩波書店、一九九六年、一八九―二一六頁。
(34) 同前、一九九―二〇〇頁。
(35) 同前、一九六、二三一、二四五、二四九―二五六頁。
(36) 同前、二二三、二二六、二六〇頁。
(37) 同前、二二一頁、二〇六頁も参照。
(38) 拙著『聖書論II』第三章・「ユングによる『ヨハネ黙示録』批判」節、九五―九六頁。
(39) ユング『ヨブへの答え』林道義訳、みすず書房、一九八八年、六〇頁。
(40) 同前、一一一頁。
(41) 同前、一一三頁。
(42)『ヨハネ黙示録』解説、三六三頁。
(43) ロレンス『黙示録論』福田恆存訳、ちくま学芸文庫、二〇〇四年、四四―四六頁。
(44) 同前、二九〇頁。
(45) 同前、二九〇頁。
(46) 同前、二六三―二六四頁。
(47) 江川卓『謎とき『白痴』』一二六―一二七頁。
(48)『聖書論I』第II部・第五章・「強姦欲望という神話的テーマ」二七〇頁。
(49) 同前、二七六頁（ナグ・ハマディ文書III『説教・書簡』二一九―三〇頁）。
(50) 同前、二七六頁（同前、三〇頁）。
(51) 同前、二七七頁（同前、三二頁）。
(52) 同前、二八〇頁（同前、一二三頁）。
(53) 同前、三〇二頁（ナグハマディ文書II『福音書』八六頁）。
(54) 同前、三〇三頁（同前、一一九頁）。
(55) ロレンス『チャタレー夫人の恋人』武藤浩史訳、ちくま文庫、五五四頁。
(56) 同前、一頁。
(57) 同前、二三二―二三三頁。

あとがき

いまぼくは、ボローニャの、かつてナポレオン時代まで、ローマに伍す法王勢力の拠点であった聖ペトロニア聖堂（ドゥーモ）前のマッジョーレ広場に立っている。ここを扇の要として、ボローニャの旧市街の全体は、朱・黄茶・白・黒などからなる色模様の華麗な滑らかなる大小さまざまな色大理石の板、それらを敷き詰めた果てなき回廊によって幾重にもおのれを隈取り、蜘蛛の巣状に織り上げ、一個の赤レンガ色の石造の小宇宙となってぼくを包む。人は旧市街を歩くかぎり雨の日もほとんど傘を必要としない。回廊を行き来し、向かいの回廊に一走りすれば事は済むのだから。

聖堂、幾多の大教会、一切の夾雑物を排しひたすらに頂点の天蓋を目指すその内部の聖なる筒抜けの空間はもちろん要塞の役は果たさぬ。銃眼も穿たれてはおらず、銃座、弾薬庫、兵士の控室、戦闘指揮所、それらの幾階にもわたる積み重なりも、それらを繋ぐ階段も、何も無いのだから。だが視点を変えれば、その外観は紛れもなく要塞である。それ以外の何であろう？　あのヨーロッパ中世の騎士たちが身にまとう寸部のつけいる隙も与えぬ鉄壁の甲冑、ただ薄目の横一線の眼の覗き所だけが隙間といえば隙間の、それ自体一個の人型の鉄壁の要塞であるあの甲冑のいでたち、それと相似のあくまでも要塞たらんとする戦闘と防御の意志、それが教会をも貫いていることは紛れもない。既に旧約聖書に何度となく書き記された皆殺しを掟とする聖戦、その根底にある敗北即死の真底の恐怖、その裏返しの表現以外の何であろう！　かかる鉄壁の要塞的威容の誇示あるいは偏愛とは！

そうだ！　これこそが国家という権力意志の最深の心理だ。この要塞的建築意志の基底にある敗北即死の恐怖こそが。つまり、聖なる大教会、要塞、国家権力、この三者は一つのものだ！

突然、ぼくを一つの直観が撃つ！

ローマ・カトリックに対する、とりわけイエズス会に対する、ドストエフスキーのあの執拗極まる憎悪、ニーチェとほとんど軌を一とするそれ、かかる憎悪はこの三位一体的な要塞的教会への憎悪なのだ。そしてまたこの華麗にして堅固極まる「都市国家」ボローニャの自恃に満ち満ちた石造り小宇宙への憎悪なのだ。後に近代西欧ブルジョワジーが受け継ぐにせよ、かかる華麗なる権力と美と教養と富との貴族主義的融合、そしてこの融合とキリスト教司祭権力とのまったき癒着、この「都市国家」的力の総体への憎悪なのだ！　それがドストエフスキーのキリスト主義、いいかえればイエス主義の核心だ！

ここで舞台を十九世紀帝政ロシヤに移せば、この意味で当時におけるロシヤの唯一なる人工「都市国家」ペテルブルクの、しかし、その裏の路地世界にひしめき巣くう流れ者的貧民の群れ、おそらくほとんど外国語と聞き違えるほどに口舌のゆがんだ方言を話す彼ら、かの乞食と紙一重の「無産者（プロレタリアート）」たちは、実は彼らが捨ててこざるを得なかった故郷にはまだ息づいていたロシヤの大地信仰と、それと一つになった「共同体」の心性、それらへの無意識の絆をまだその胸中に隠し持っていたのだ。この隠された絆こそが作家ドストエフスキーの創作源泉、彼の精神のトポスであったにちがいない！

もちろんドストエフスキー自身はあの農奴制ロシヤが生んだ地主貴族の申し子であった。とはいえ彼自身はくりかえし強調した。作家となった自分という個人の実存的アイデンティティーの核心は流刑地シベリヤでの無学文盲のロシヤ民衆との起居を共にした数年の経験にこそあると。しかも、犯罪者の烙印を押された彼らとの。その彼らにあってキリスト教の何がどう現に生きられていたのか、それを直に彼らとの親交をとおして自分の身に刻んだこと、つまりその自分における経験であったと。

いま、ぼくは問う。では、この流刑地シベリヤでドストエフスキーが経験した民衆のキリスト教と、たとえばこの「都市国家」ボローニャの大聖堂・大教会・隈なき回廊のキリスト教とは同じものなのか？――聖書の伝承するイエスとその幾人かの使徒たちのボロを身にまとう流浪、そこでの同じくボロをまとう、幾多の人生の苦悩から精神を病むに至った人々（悪霊憑き）、皮膚病患者、娼婦、仲間のはずの民衆からさえ「裏切者」呼ばわれされる徴税人、被差別民たるサマリヤ人、そうしたいわば自他ともにおのれを半ば「罪人」視する彼らとイエスとの問答、その生ける時空とボローニャの「都市国家」権力と一つのものとなったキリスト教とのあいだに何の共通点があろう！

しかも、シベリヤ流刑を体験したドストエフスキーは、それ以前は実は極端な西欧社会主義かぶれの理想主義者であった。最良の西欧個人主義をおのれ自身の精神的故郷とみなす人間として、彼はロシヤ的現実の憎悪者だったのだ。彼をシベリヤ流刑に処する原因となったくだんの「ペトラシェフスキー・グループ」こそは十九世紀後半の革命パリの最新社会主義思想をロシヤに持ち込むべく活動していた小セクトだった。しかもまた彼は刑期をつとめあげペテルブルグに戻って作家活動を再開するや、西欧を訪ね歩く。彼はことあるごとに、自分の精神的祖国は西欧でもあり、自分のスラヴ主義と西欧の最良の精神的遺産は常に一つとなっていると力説し続ける。彼は西欧主義とスラヴ主義の葛藤的共存をこそ欲する。しかも、実は彼自身の実存の構造そのものが恐ろしいほどの自己分裂性を抱え込んだそれであった。「反対極への渇望」としての「カラマーゾフ的天性」とはほかならぬ「ドストエフスキー的天性」であった。彼はシベリヤとペテルブルグを往復し、農奴制ロシヤと西欧を往復し、民衆世界と知識人世界を往復し、「新しきエルサレム」への政治的渇望と汎神論的「大地信仰」を往復し、彼の内部の淫欲と共苦を、犯罪者と無垢なる子供を、激しいルサンチマンと赦しの愛を、ニヒリストと信仰者を往復し、だからその全部を内部に詰め込んだ自分を生きた！

こうしたこと全てをいままたぼくはここボローニャで思い起こす。

要するにぼくはいいたいのだ。ニーチェ愛用の言葉を借りれば、ドストエフスキーの生きるこの「距離のパトス」、あるいはぼく愛用の言葉を使えば「異種交配化合」の精神、おのれ自身も含め、自分を惹きつけもすれば恐ろしく反目もさせるものすべて、それに対していつも歯を剥いて向き合うことをやめないこの精神の構え、これこそがぼくが彼を論じる唯一なる理由なのだと。なぜなら、ぼく自身が自分流の「距離のパトス」を、「異種交配化合」を生き通したいからだ。

この断想を「あとがき」としよう。

二〇一六年、四月十日、ボローニャにて

清　眞人

ら 行

わ 行

は　行

ま　行

や　行

な 行

た行

Ⅲ　文献索引

絵画作品も含む。聖書、およびドストエフスキーの作品以外は著者名を付記

あ　行

か　行

さ　行

わ行

ま 行

や 行

ら 行

な　行

は　行

た行

さ行

か　行

II　事項索引

⇒　：当該項目は⇒が指示する項目を検索せよ
⇔　：当該項目と対関係にある
＊　：より分節化され特定化された検索項目として掲げるもの

あ　行

わ 行

ま 行

や 行

ら 行

は　行

た 行

な 行

さ 行

か行

人名・事項・文献名索引

1. ドストエフスキーとイエスに関しては、彼らの名前は全編にわたって頻出するので省略した。また作中人物名はその作品で一番頻度の高い呼称を索引名とし、（　）内にその正式名と登場する作品名を掲げることにした。たとえば、ラスコーリニコフ（ロジオン・ロマーヌイチ・ラスコーリニコフ、愛称　ロージャ、『罪と罰』）というように。

2. 或る人物について、たとえば第一章「アリョーシャを貫く反転の可能性……」節のように、その人物を主題とした章や節あるいは補注が組まれている場合は、まずそれを明示し、その範囲に関しては言及箇所の頁表示を省略した。それ以外の言及箇所の頁範囲のみ表示した。

3. 事項に関しても同様である。

4. 人名には、実在した人物のみならず、作中の人名（作品名を表示）も含まれる。

5. 外国人に関しては、ヴェーバー（マックス）というように姓を最初に掲げ、名前は（　）で括って後に添えた。

6. 各項目は五十音順で、密接に関連する項目は五十音順によらず直後に配置し、＊をつけた。

7. たとえば「イエス主義」、「ヤハウェ主義」のように人名を冠しているが、あくまで事項のものは事項索引に配置した。

8. 人名と文献については注は索引の対象にし、事項については注は索引の対象としなかった。

I　人名索引

あ　行

アグラーヤ（イワーノヴナ・エパンチナ、ムイシュキンをめぐってナスターシャとライバル関係に入る、『白痴』）　39, 165, 246-7, 283-6, 295, 357-8

アシェラ（⇒事項・バァール＝アシェラ信仰）

アデライーダ（イワノーヴナ、ドミトリーの母、父フョードルの最初の妻、『カラマーゾフの兄弟』）　44

アリョーシャ（アレクセイ・フョードロヴィチ・カラマーゾフ、末弟、『カラマーゾフの兄弟』）　第一章・「アリョーシャを貫く反転の可能性――イワンとの《二者一組的なネガ・ポジ関係性》」節　39, 45, 48, 51, 53-4, 62, 68, 95, 107-8, 112-5, 118, 120, 123-4, 127, 150, 158, 166-7, 183-4, 200-1, 245, 258, 384

イザヤ（『イザヤ書』含む）　156-7, 219-21, 388, 433, 444

イッポリート（キリーロヴィチ、検事補・『カラマーゾフの兄弟』）　13

イポリート（チェレンチェフ、『白痴』）　補論Ⅰ・補注「『作家の日記』の「判決」節とイポリート」　39, 119, 239-46, 298-9, 357, 361, 384

イリューシャ（アリョーシャが愛護した少年、『カラマーゾフの兄弟』）　108

イワン（フョードロウィチ・カラマーゾフ、次兄、『カラマーゾフの兄弟』）　第一章・「アリョーシャを貫く反転の可能性――イワンとの《二者一組的なネガ・ポジ関係性》」節、「ゾシマとイワンの共鳴関係――「教会的社会裁判」思想をめぐって」節、第二章・「イワンにおける「神への拒絶」とドミトリーの夢」節

著者紹介

清 眞人（きよし・まひと）

1949年生まれ、早稲田大学政経学部卒業、同大学院文学研究科哲学専攻・博士課程満期修了。元、近畿大学文芸学部教授。
本書に深く関連する著書としては、『《想像的人間》としてのニーチェ――実存分析的読解』晃洋書房、2005年。『遺産としての三木清』(共著) 同時代社、2008年。『三島由紀夫におけるニーチェ――サルトル実存的精神分析を視点として』思潮社、2010年。『村上春樹の哲学ワールド――ニーチェ的長編四部作を読む』はるか書房、2011年。『サルトルの誕生――ニーチェの継承者にして対決者』藤原書店、2012年。『大地と十字架――探偵Lのニーチェ調書』思潮社、2013年。『聖書論 I II』藤原書店、2015年。『否定神学と《悪》の文学I　預言者メンタリティーと『白鯨』』アマゾン・kindle電子書籍、2015年。『否定神学と《悪》の文学II　マンの『ファウスト博士』とニーチェ』アマゾン・kindle電子書籍、2015年。『否定神学と《悪》の文学III　ドストエフスキー的なるものと『罪と罰』』アマゾン・kindle電子書籍、2015年。他多数。

ドストエフスキーとキリスト教(きょう)

――イエス主義(しゅぎ)・大地信仰(だいちしんこう)・社会主義(しゃかいしゅぎ)

2016年10月10日　初版第1刷発行©

著　者　清　眞人
発行者　藤原良雄
発行所　株式会社 藤原書店

〒162-0041　東京都新宿区早稲田鶴巻町523
電　話　03（5272）0301
FAX　03（5272）0450
振　替　00160‐4‐17013
info@fujiwara-shoten.co.jp

印刷・製本　中央精版印刷

落丁本・乱丁本はお取替えいたします
定価はカバーに表示してあります

Printed in Japan
ISBN978-4-86578-090-1

言語から見えるヨーロッパ全史

西欧言語の歴史

H・ヴァルテール
平野和彦訳

ギリシア、ケルト、ラテン、ゲルマン――民族の栄枯と軌を一にして盛衰を重ねてきた西欧の諸言語。数多存在する言語のルーツ、影響関係をつぶさにたどり、言語同士の意外な接点を発見しながら「ことば」の魅力を解き明かす欧州のベストセラー、ついに完訳！［序］A・マルティネ　図版多数

第41回造本装幀コンクール展入賞

A5上製　五九二頁　**五八〇〇円**
（二〇〇六年九月刊）
◇978-4-89434-535-5

L'AVENTURE DES LANGUE EN OCCIDENT
Henriette WALTER

日本思想の根本は、助詞「は」にある

日本語と日本思想

〈本居宣長・西田幾多郎・三上章・柄谷行人〉

浅利　誠

思想は言語に規定される――母語の文法に正面から向き合った宣長、西田幾多郎、三上章、柄谷行人などの読解から、これまで流布してきた「日本思想の独自性」の虚偽を暴き、日本語で思考するための新たな地平を切り拓く。

四六上製　三一二頁　**三六〇〇円**
（二〇〇八年一一月刊）
◇978-4-89434-614-7

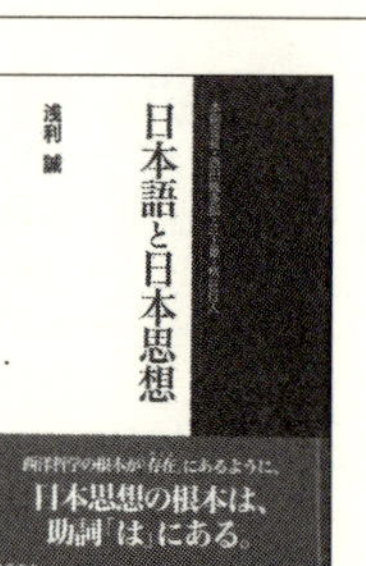

九ヶ国語に翻訳の名著

〈FS版〉赤ちゃんは知っている

〈認知科学のフロンティア〉

J・メレール、E・デュプー
加藤晴久・増茂和男訳

赤ちゃんには生まれつき言語能力があるか？　認知科学の世界的権威が、実験に基づき、赤ちゃんが生まれつき持っている能力を明快に説く。「赤ちゃん学」読本としても好評の書。

四六並製　三六〇頁　**二八〇〇円**
（一九九七年一一月／二〇〇三年一一月刊）
◇978-4-89434-370-2

NAÎTRE HUMAIN
Jacques MEHLER et Emmanuel DUPOUX

世界中で読まれる決定版

赤ちゃんはコトバをどのように習得するか

〈誕生から2歳まで〉

B・ド・ボワソン＝バルディ
加藤晴久・増茂和男訳

誕生から二十四ヶ月までのわずかな期間で、「バブバブ」（無意味な喃語）から初めての単語、そして文へと、驚くべき進歩を遂げる過程とその多様性を丹念に辿り、「言語習得」という人間の普遍的能力の謎に迫る。

A5上製　二五六頁　**三二〇〇円**　**口絵四頁**
（二〇〇八年一月刊）
◇978-4-89434-608-6

COMMENT LA PAROLE VIENT AUX ENFANTS　Bénédicte de BOYSSON-BARDIES

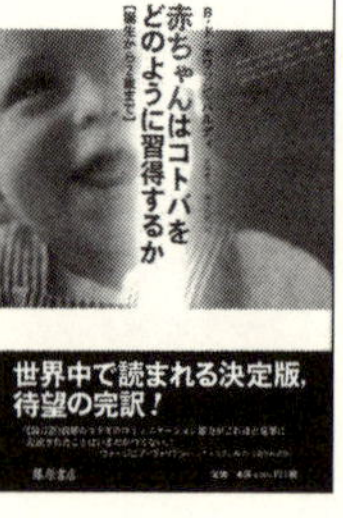

サルトルとは何か？　生誕百年記念！

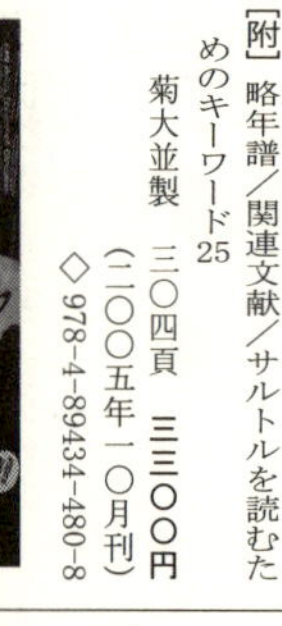

別冊『環』⑪

サルトル 1905-80

〈他者・言葉・全体性〉

〈対談〉石崎晴己＋澤田直

[多面体としてのサルトル] ヌーデルマン／松葉祥一／合田正人／永井敦子／ルエット／鈴木道彦

[時代のために書く] 澤田直／フィリップ／本橋哲也／コスト／黒川学／森本和夫

[現代に生きるサルトル] 水野浩二／清眞人／的場昭弘／柴田芳幸／若森栄樹／藤本一勇

[附] 略年譜／関連文献／サルトルを読むためのキーワード25

菊大並製　三〇四頁　**三三〇〇円**
（二〇〇五年一〇月刊）
◇978-4-89434-480-8

サルトル生誕百年記念

サルトルの世紀

B-H・レヴィ
石崎晴己監訳
澤田直・三宅京子・黒川学訳

昨今の本国フランスでの「サルトル・リバイバル」に火を付け、全く新たなサルトル像を呈示するとともに、二十世紀の思想地図をも塗り替えた世界的話題作、遂に完訳！

第41回日本翻訳出版文化賞受賞

四六上製　九一二頁　**五五〇〇円**
（二〇〇五年六月刊）
◇978-4-89434-458-7

LE SIÈCLE DE SARTRE　Bernard-Henri LÉVY

サルトルはニーチェ主義者か？

サルトルの誕生

（ニーチェの継承者にして対決者）

清　眞人

《初期サルトルはニーチェ主義者であった》とするベルナール＝アンリ・レヴィの世界的話題作『サルトルの世紀』を批判。初期の哲学的著作『想像力の問題』『存在と無』から、後期『聖ジュネ』『弁証法的理性批判』『家の馬鹿息子』に継承されたニーチェとの対話と対決を徹底論証！

四六上製　三六八頁　**四二〇〇円**
（二〇一二年一二月刊）
◇978-4-89434-887-5

11言語に翻訳のベストセラー、決定版！

サルトル伝 1905-1980 ㊤㊦

A・コーエン＝ソラル
石崎晴己訳

サルトルは、いかにして〝サルトル〟を生きたか？　社会、思想、歴史のすべてをその巨大な渦に巻き込み、自ら企てた〝サルトル〟を生ききった巨星、サルトル。〝全体〟であろうとしたその生きざまを、作品に深く喰い込んで描く畢生の大著が満を持して完訳。

四六上製　㊤五四四頁（口絵三二頁）　㊦六五六頁　各**三六〇〇円**
（二〇一五年四月刊）
㊤◇978-4-86578-021-5
㊦◇978-4-86578-022-2

SARTRE 1905-1980　Annie COHEN-SOLAL